2022年度兵团文艺精品工程扶持项目

金丝玉

上

张新军◎著

新疆生产建设兵团出版社

图书在版编目（CIP）数据

金丝玉．上／张新军著．-- 五家渠：新疆生产建
设兵团出版社，2025．6．-- ISBN 978-7-5574-2536-4

Ⅰ．I247.5

中国国家版本馆 CIP 数据核字第 202400VJ06 号

责任编辑：赵子芳　　　　责任校对：于水江　　　　封面设计：君阅天下

金丝玉．上
JINSIYU. SHANG

出版／新疆生产建设兵团出版社
印刷／三河市嵩川印刷有限公司
版次：2025 年 6 月第 1 版　　　　印次：2025 年 6 月第 1 次印刷
开本：16 开　　　　印张：36　　字数：520 千字

新疆生产建设兵团出版社

ISBN 978-7-5574-2536-4　　定价：168.00 元
邮购地址：新疆五家渠市迎宾路 619 号
电话：0994-5677116　0994-5677185
传真：0994-5677519

目录

那一年仲夏，正是车排子农场沙枣花漫野飘香的季节，破土而出的棉花苗子，刚刚蹿出几片娇嫩鲜亮的绿叶子，空气里弥漫着浓稠的草木气息和甘甜的花香。我的寡妇母亲蔡秀芬携带年幼的哥哥，一路跋山涉水穿越戈壁荒漠，从四川绵阳投奔六千里之外的新疆大姨。她万万没有料到，几经周折，沿途风尘仆仆，来到遥远荒芜的准噶尔盆地西部边缘角落，在一个灰色苍茫的几乎被世人遗忘的绿洲小连队仓促落脚。但是她那隐秘的不为人知的身世很快被一些人知晓，母亲随即被称呼为"破鞋"，成为连队人人嘲笑、奚落和刁难的对象。

　　在偏僻、闭塞、男女老少一共只有几百人，风沙肆虐，人畜共居，像汪洋中一座孤岛似的蜷缩成一团的小连队，这个绰号比风跑得都快，一眨眼就刮遍了连队的四面八方、角角落落。后来，我无意中知道了这件事，无疑是晴天一声霹雳。在那个年代，对于涉世不深尚且年少的我，那些人对母亲的这个称呼，毫无疑问充满了轻贱、鄙视和羞辱，让幼小的我猝不及防。它像一顶肮脏丑陋的大帽子，扣在我尚未发育完整的小脑袋上；又像一座大山一样，压得我喘不过气来，令我无地自容。从那一天起，我变得自卑、胆小、敏感、多疑、愁肠百结、畏畏缩缩，整日昏天黑地，惶惶不可终日，内心充满了无尽的烦恼和忧伤。整个少年时代，这个令人作呕、避之不及的称呼，那些无处不在的指指戳戳、鬼鬼祟祟，在连队像影子一样紧紧尾随着我，血淋淋的，寸步不离，是横亘在我心中一道无法愈合的伤口。

第一章

　　后来，随着我渐渐长大，慢慢懂事，从妈妈的只言片语中，从她那忧郁、凄凉、孤苦、无奈、惆怅的眼神里，我大概知道了母亲的一些身世，当然不是全部。当年，父亲（哥哥的亲生父亲）死后，他们母子在四川绵阳无依无靠，无法生计，只好投奔远在千里之外的新疆叔伯大姨蔡月梅，想在人少地多的边疆找个好人讨生活。当时和她同行的还有她的一个闺密周凤琴，在新疆下野地农场两人匆匆分手后，那人便从此下落不明。当然，对其中的一些关键部分和具体细节，比如在哥哥父亲死之前的部分，还有更早的一些模糊往事，也就是我特别想知道的内容，母亲却闭口不谈，或者三言两语一带而过。往事残缺不全，像一串散落在地上的珠子，孤零零的无法串连在一起。我很失望，却对母亲束手无策。母亲不愿意说，肯定另有隐情或者难以启齿，作为儿子的我也没有办法。

　　回到那一年。当我隐约知道母亲是"破鞋"的时候，已经是1975年夏天。那时，我的母亲蔡秀芬从四川到新疆兵团车排子农场已经整整13个年头了。我对这个年份刻骨铭心，记忆深刻，可以说1975年是我人生的里程碑和分界线，也是我冗长故事叙述的开始和源头，很多记忆和往事因为这一年而栩栩如生，鲜活如昨。很多年以后，我在一本发黄的卷了边的《中华人民共和国大事记》旧书里，不经意看见那一年中国大地上发生的事情：第一，1月5日，根据毛泽东提议，中共中央发出文件，任命邓小平为中共中央军委副主席兼中国人民解放军总参谋长，张春桥为总政治部主任。第二，1月18日新华社讯，全国有近1000万名知识青年上山下乡。第三，2月4日，中国最大的水电站刘家峡水电站建成。第四，4月5日，蒋介石病逝台湾，享年88岁。第五，7月1日，中国第一条电气化铁路——宝（鸡）成（都）铁路电气化工程完工。第六，7月10日，陕西临潼秦始皇兵马俑出土。第七，9月7日，周恩来会见罗马尼亚党政代表团，这是周恩来最后一次会见外宾。第八，12月1日，美国总统福特夫妇抵达北京，邓小平到机场迎接。这些当时影响巨大的新闻事件，每一件都惊天动地、万人瞩目，曾经街谈巷议，轰动一时，最后成为那个时代最耀眼的标志被载入史册。那是个伟大非凡的时代，纵观世界，小小寰球，四海翻腾云水怒，五洲震荡风雷激；天下大乱，形势大好，敌人一天天烂下去，而我们一天天好起来。对于这些国内和国际大事，我当然不知道，或者当时知道了，也没有留下什么深刻印象，原因是北京离老房子太远了，而这些事情也离我太远了。老房子毕竟是一个耳目闭塞、风吹草低见牛羊的荒凉地，风吹过，雨淋过，留下石头一样沧桑古老的破房子，陪伴着几个牧羊人和一天天过去的几乎相同的岁月。当然，我还不知道，在轰轰烈烈惊天动地的大事中，还有一些微不足道的琐碎小事，发生在遥远的老房子，发生在我身上。1975年，当时我还很小，由于营养不良，个头低矮，身体单薄、瘦削，两只空洞无神的眼睛茫然无知，头发像一堆旺盛发黄的芨芨草，被荒野的风吹得凌乱不堪，衣服皱皱巴巴打着补丁，浑身晒得黑不溜秋，装满玉米粥的小脑袋混混沌沌、懵懵懂懂，对纷繁芜杂的人世间一知半解，一切尚蒙在鼓里。

我的母亲是"破鞋"。在车排子农场六连，在遥远荒僻的老房子，由于众所周知和心照不宣的原因，这个明显带有侮辱性的轻贱绰号，是一个很隐秘很无耻也很下流的称呼，无法在大庭广众之下言传，似乎他们也知道这一点。所以对母亲的这种蔑称，以及由此引申而来的种种话题，只限于茶余饭后的私下里，或者是道听途说，或者是风言风语。连队上一些无聊的人谁也不会去考证传言的真伪，他们无所事事，脸上挂着恬不知耻的讥笑，一个个眉飞色舞，唾沫星子乱溅，甚至信口雌黄，添油加醋。因为这个称呼本身具有突破时间和空间的束缚限制的特点，可以随意展开无限的想象和拓展的空间，他们津津乐道，热衷于此，借此打发漫长而寒冷的准噶尔盆地冬季闲暇时光。如果这些闲言碎语让父亲听到，或者偶尔传到他耳朵里，面相木讷却性格暴戾的他立即会火冒三丈，骑着马挥舞着手中的皮鞭去教训那些可恶的传闲话的人，并且扯开嗓子破口大骂，让他们一个个闭上满口喷粪的乌鸦嘴。

知道这件事的时候，我还不到 12 岁，正是身体疯长、情窦初开、荷尔蒙分泌旺盛的青春期，精力过剩，闲得无聊，整天像一头在荒野地里乱窜乱跑的无拘无束的公牛犊子，自由散漫，野性十足，却又时常胆小如鼠，忧心忡忡，显得心事重重、少年老成。很多年以后，已是成年的我，偶然回忆少年往事，依然对那个夏季神秘诡异的夜晚印象深刻，记忆犹新。因为从那一个酷热烦躁的夜晚开始，我觉得自己突然长大了，懂事了，一双天真无邪充满幼稚无知的眼睛，单纯、青涩、懵懂，带着一丝淡淡的忧郁和哀伤。那时，我常常独自一人，坐在老房子荒野的土坡上，茫然地望着混沌纷杂的人世间，像望着一道复杂的无法解开的数学方程式，紧张、焦灼、困惑、迷惘、一头雾水，内心是一片与我年龄不相称的荒凉惆怅和苍茫迷离。也就是从 1975 年夏季的那天晚上开始，我彻底告别了自己的少年时代，摆脱了稚气，内心凄凉，感觉自己茕茕孑立，形影相吊，从此一个人惶惶走向前方未知的道路。现在回忆起来，那个情景仍然真真切切，历历在目，仿佛就在昨天，仿佛就在眼前。

那是一个令我终生难忘和羞于启齿的夜晚。那天夜里，在老房子的土炕上，少年的我第一次遗精。那一刻，短暂即逝的欢愉之后，接踵而至的是海啸般的仓皇、羞怯、惊悸和不知所措，它们排山倒海般的气势在茫茫夜色中湮没吞噬了我。当然，那时候我还不知道什么叫遗精，我还小，一无所知，用新疆的土话说，是一个傻乎乎的勺子。我生活在一个叫车排子的新疆生产建设兵团军垦农场，农场下面的一个个连队，如星罗棋布般散落在准噶尔盆地西部边缘的四面八方，一块块整齐宽阔的长方形条田、一排排灰色苍茫的防风林、一条条蜘蛛网般密布的引水渠把它们连接在一起。我的六连，一个沉寂、单调、荒僻的小村庄，四野苍苍，灰头土脸，隐藏在盆地边缘锯齿般凌乱不堪豁豁牙牙的旮旯里，像一只搁浅在海岸边孤立无援的小舟，夹在沙漠与绿洲之间苍黄幽暗的褶皱里，风雨飘摇，黄沙弥漫，像传说中的西伯利亚一样遥远荒蛮。

这个传说源自一种亘古未变的成见。提起西伯利亚，人们总是把它和雪域、严寒、空旷、野蛮以及流放的无数囚徒联系在一起。在我少年的记忆和想象中，这片北方广袤辽阔的大地，属于与我近在咫尺的邻国苏联，近在眼前，却远在天边，是一个山连着山、望山跑死马的荒凉地方，连接着广阔的森林、海洋、江河、湖泊和沼泽，距离车排子还有十万八千里。但是，西伯利亚凛冽刺骨的寒流，浩浩荡荡，所向披靡，每年冬季都要长途跋涉，漂洋过海，越过千山万水，越过漫长曲折的中苏边境线，越过一排排生锈的铁丝网和一座座孤零零的黑铁皮哨所，扫荡侵袭我生活居住的车排子农场，把准噶尔盆地上的男人女人和鸡、猫、狗、兔、鸭冻得瑟瑟发抖，整个大地都被冻僵了。

小小的我，从一出生就领略到西伯利亚寒冷的严酷，那一缕缕渗到骨子里的风，像锋利的刀子一样穿透了我。寒气逼人、天空阴沉的冬季，千里荒原，白雪皑皑，盆地上的树木结满晶莹洁白的冰霜，树枝冻得嘎嘎作响，枯枝在寒风中夹着雪花，抖抖擞擞往下坠落。黄昏日落，残阳如血，一群群无处觅食的乌鸦麻雀叽叽喳喳叫个不停，围着老房子高大的柴火垛、草垛和房屋圈舍飞来飞去，最后散落在白茫茫的大地上，像一片黑压压的乌云。寒冷的夜晚，北风呼啸，雪花飘舞，人们窝在家里，穿着笨重的长腰骆驼毛毡筒，披着厚厚的羊皮大衣，围坐在燃烧着梭梭柴的火炉旁，消磨漫长寂寞的冬夜时光。北风打着旋儿不停地刮，像野兽发出的一声声吼叫，吹得门板和窗户咣咣地响，夜色浓稠得像一团凝固发黑的猪油。

这时候，男人坐在小饭桌旁，就着一盘水煮花生米，一盘酸白菜或者几根咸萝卜条，一声不吭，在煤油灯飘忽摇曳的光亮下，独自喝着连队自酿的高粱酒；女人坐在桌子旁边纳着鞋底，低声讲述过去的事，孩子们漫不经心，一边听，一边在通红的炉盖子上烤着土豆片、葵花子。铁炉盖滋滋响，冒着细小、纷乱、苍白的烟气，食物烤焦的香味与烧酒醇甜的气味，混合弥漫在一起，充满了逼仄、拥挤、杂乱的小屋。火炉温热的红光闪烁、跳跃，映照在每个人的脸上和身上，红扑扑，暖洋洋，小小的土屋温暖、安详、甜蜜，却又充满忧伤。屋外，成群的牛羊蜷缩在四处透风的圈舍里一动不动，仿佛冬眠一般。偶尔有几声野狼和狐狸凄厉的嗥叫，从遥远的荒野间、树木的缝隙里断断续续传来，荡漾在浓浓的荒芜夜色中，最后渐渐消失在漆黑的寒冷的远方。有时候，在清冷的早晨，我们推开房门，会发现院子里的雪地上，有一行不知什么动物留下的新鲜的梅花状小蹄印，清晰、醒目，凌乱地布满了院子，好像刚刚离开，曲里拐弯地延伸到积雪覆盖的乱树丛中，带给我们童年无穷无尽的遐想和乐趣。

多少年以后，我只记得老房子那个夏季的夜晚，温馨、幽静、安详，忽明忽暗的夜色中还有一丝捉摸不透的诡异，那是1975年盆地酷热夏季中的一个普通而平静的夜晚。那夜，月亮像一只光洁无瑕的银盘，在白莲花般的云朵中慢慢穿行，月光如水，夜风习习，老房子在夜色中像石头一样悄无声息。家里出奇地安静，幽幽暗暗，偶尔能听见旁边庄稼地玉米拔节此起彼伏的微弱声音，癞蛤蟆和蟋蟀以及无数不知名虫子低鸣的叫声，混合着父母和兄弟们轻微的若有似无的鼾声，在半明半暗狭小逼仄的土屋内轻轻荡漾，连往日黑夜在牛皮纸顶棚上窸窸窣窣跑动的老鼠都悄无声息。那个夜晚，我辗转反侧，迷迷糊糊，在炕上做了一晚上奇怪的梦，梦的具体情节和细节已经遗忘，只朦胧记得遇见了我暗恋的一个女生（少年的我自作多情）。她脚步轻盈，黑发飘飘，后脑勺上扎着一条花丝巾，色彩艳丽，微微晃动，像一朵摇曳绽放散发迷人幽香的红柳花。她面庞秀丽，喜欢唱歌，性格开朗活泼，是班里的语文课代表，也是我们班的班花。平时她的一举一动、一笑一颦，总是牵扯着我们的目光和神经，是我们男生目光的聚焦点。但是在表面上，我们和女生划清界限，互不来往。在班里，男生女生并排用一个木头课桌，中间用铅笔刀划了分界线，楚河汉界，犹如战场，谁也不能越过。平时，我和她碰面都不说话，各自低着头，脸红红的，擦肩而过。但在内心，我总想和她说话，哪怕是一句不痛不痒的废话。每当我看见她那随风飘动的花丝巾，优雅、娇艳而生动，我的心就会跟着一摇一晃，很长时间不能平静。但是在这天晚上，鬼使神差，在我迷幻般不能自拔的睡梦中，她一反常态，显得非常友好和主动，凑到我跟前，很亲密地和我说了一会儿话（具体内容已经忘记），并且冲我莞尔一笑。最后，好像还给我抛了一个媚眼，她转身离去时，长长的黑发掠过我的脸颊，带着少女特有的芳香，我的心呀直痒痒，像一朵含苞欲放春天膨胀的花蕾。那一刻，我浑身燥热，呼吸急促，心跳加快，一种从未体验过的莫名渴望和冲动，紧紧攫住了少年的我，使我欲罢不能、飘飘欲仙。少年的我感到从未有过的激动和眩晕，夹杂着一种说不出的惬意和快感。紧接着，迷迷糊糊之中，我的眼前一片漆黑，感觉自己突然滑进了一条深不可测的水渠，水渠漫长而宽阔，流向滔滔不绝的远方。渠水浑浊冰凉，流得很急很猛，波涛汹涌，翻卷着银灰色的一朵朵浪花，呼啸、嘶鸣着向前滚滚流动。黑暗中，我淹没在巨大的波涛中无依无靠，呼吸急促，手忙脚乱，拼命挣扎。水渠两边光溜溜的，是软乎乎的黑色的稀泥巴，没有一点附着物，连一根柴草棍子都没有。恍惚之间，我依稀看见一条柔软的花丝巾漂浮在水面上，它的艳丽飘逸因为浑浊的水色而显得更加耀眼。花丝巾就在我前面不远的地方，随着波涛一起一伏，似有若无，若隐若现，仿佛随时都会卷入滚滚激流而无影无踪。哎哟，那是我熟悉的花丝巾，那是她的花丝巾，上面留有她可爱的芳香！但是我看不见她的身影。我喊了一声，思瑶！嘴里猛地呛了一口水，我不顾一切，想冲到前面，抓住那条花丝巾。这时，一个波浪从后面卷了过来，我很快被大水淹没了。我拼命挣扎着向上扑腾，再一次露出水面的时候，我睁大双眼，再也没有看见那条花丝巾，它消失得无影无踪。我彻底泄气了、绝望了。无奈之下，我只好放弃了挣扎，随波逐流，一会儿浮出水面，一会儿沉入水中，几乎被水呛醒，脑海里晕晕乎乎，一半停留在梦中，一半想回到现实，累得气喘吁吁。我想睁开眼睛，想喊出声音，但一股无法言说的魔力牢牢控制着我，我怎么努力都无济于事，始终睁不开眼睛，也说不出一句话。最后，在慌乱、迷失和梦幻中，在最后的几乎绝望窒息中，我的手终于抓住了渠岸边一棵下垂的小榆树枝丫。后来，我就在精疲力竭中迷迷糊糊睡着了。第二天早晨醒来，我昏头昏脑，感觉两腿间湿漉漉的，伸手一摸，是一些黏糊糊的有点湿润黏滑的液体，把我的粗布裤衩子打湿了一片。我有点莫名其妙，把手伸到鼻子跟前闻了一下，一股腥烘烘的腐烂鱼虾气味冲进我的鼻孔，怪怪的。回忆夜晚的那场奇异梦境，少年的我望着屋顶蓬松、肮脏、黑乎乎的破旧顶棚，茫然失措，内心困惑不已。这时，妈妈在外面隔着窗户大声叫我，花生（我的乳名），太阳晒屁股了，赶快起来吃饭！我顾不得多想，急急忙忙穿上衣服就出去了。

我趿拉着鞋子跑到房后土堆跟前，强烈的阳光刺得我睁不开眼，急慌慌脱下裤衩对着土堆乱滋，然后放了一个响屁，才睁开惺忪的眼睛。我看见尿液浑浊发黄，冒着一股股臊气，一棵骆驼刺在激流中东倒西歪，枝叶乱颤，像遭受了突然来临的狂风暴雨。

像太阳每天从东边的戈壁滩升起一样，一年四季，雷打不动，我家的早饭千篇一律是玉米面糊糊和咸萝卜条（除了过年的那几天），玉米糊糊是主食，咸萝卜条是下饭菜。一人一大碗，热气腾腾，香喷喷的，荡漾着玉米面金黄的光泽。每天在妈妈忧郁慈祥的经典目光里，在几个弟弟呼噜、呼噜急促的喝粥声中，我匆匆吃过饭，背着书包就朝连队学校跑去。

第二章

上午第一节课是语文，是我最喜欢的课。关世华老师用抑扬顿挫、富有磁性的男中音念着课文，题目是《赵州桥》。他摇头晃脑，来来回回在课桌之间漫步行走，旁若无人，陶醉在文章描写的壮观景色和激情荡漾的抒情中。教室里静静的，只有他的男中音在轻轻回荡，悦耳动听，曼妙无比。一只褐色的麻雀站在窗台上，伸着小脑袋往教室里窥探。"这座桥不但坚固，而且美观。桥面两侧有石栏，栏板上雕刻着精美的图案：有的刻着两条相互缠绕的龙，嘴里吐出美丽的水花；有的刻着两条飞龙，前爪相互抵着，各自回首遥望；还有的刻着双龙戏珠。"这些优美抒情的句子，是我平日里最喜欢的，我要认真把它抄写在本子上，留着以后慢慢品味欣赏。可是今天我一句也没有听进去，我心不在焉，我的思想开小差了，而且跑得很远很远，满脑子都是昨晚断断续续离奇的梦境。怀着好奇和恐慌，我一遍遍回忆着夜晚那些不曾有过的荒诞情景，内心躁动不安，惶惶不可终日。我用眼睛偷偷向旁边瞥了一下，那个梦中的漂亮女同学秦思瑶，坐在我的左侧，正在聚精会神，跟随着老师的声音小声朗诵课文，一头秀发随着她的声音和节奏微微晃动，花丝巾打的一个结，像一只美丽轻盈的彩色蝴蝶，静静地伏在漆黑的头发上，好像随时要振翅高飞。她连看都没有看我一眼，面带凛然之色，孤傲得像个小公主。从侧面看，她的面部轮廓生动简洁，鼻子微微高挺，嘴巴一张一合，线条柔和，清晰明亮，宛如一幅纯真艳丽的水彩画。她的头发更美，洒脱、飘逸、很长、很黑，像砚台里的墨汁，像伸手不见五指的夜色，衬托着她的容颜白白嫩嫩、光洁无瑕，模样楚楚动人，闪耀着少女特有的神采。她的脚上穿着绣有彩色花纹的淡青色丝光袜子，一双白色短腰回力鞋。柔软的橡胶鞋底，洁白的帆布鞋帮，小巧玲珑，一尘不染（每天擦鞋粉）。我没有看见，但是我能想到，因为全班或者全校，甚至整个六连，只有她一个人穿着工厂制造的回力鞋，时髦而洋气，那是她父母回老家湖南长沙时给她买的；而我们穿的都是妈妈给我们做的松紧布鞋，手工缝制的，粗针大线，千层布白色鞋底，鞋面一律是黑色条绒布，与她的白色回力鞋相比，显得呆头呆脑、土里土气，而且我还光着脚，裸露着黑不溜秋、脏兮兮的脚脖子，因为我没有袜子。我胡思乱想，心旌摇曳，抬起头，又低下头，左顾右盼，坐立不安，神情恍恍惚惚，觉得时间过得太慢，今天的课程太漫长。

当！当！当！下课的钟声终于响了。窗台上的麻雀振了一下翅膀，扑棱着飞走了。关老师很不情愿地合上课本，宣布下课。早晨喝了一大碗玉米糊糊，现在全部变成了尿水，我的膀胱憋得鼓鼓囊囊，再不排泄就要爆了。我迫不及待，第一个冲出教室，连蹦带跳向学校旁边的厕所跑去。厕所在学校西北角，下课后很多学生都要上厕所，去晚了就没有位置了。我气喘吁吁，第一个跑进厕所，狭长灰暗的厕所空空如也，只有一群群苍蝇嗡嗡飞舞，四处弥漫着刺鼻难闻的腐烂味和尿臊气。我选择了最里边的一个坑位蹲了下去，一阵急促的畅快淋漓的响声过后，身体一下子轻松了许多。

后面，陆陆续续进来一些学生，吵吵嚷嚷、叽叽喳喳，厕所立刻变得热闹起来，响声此起彼伏，显得更加乱糟糟、臭烘烘。我蹲在木头桩子搭建的坑位上，旁若无人，眼睛四处游荡，最后盯着对面黄褐色的一截子土墙。土墙上安装了两个木头窗户，天长日久，风吹日晒，草绿色的铁丝纱窗早已锈烂得支离破碎，白晃晃、直愣愣的阳光透过破纱窗射进来，像两个巨大修长的探照灯，无数微小的尘埃物和小虫子围绕着雪白明亮的光柱，上下左右急遽飞舞，浑浊、密集、凌乱，却显示着柔和、细腻与宁静。曾经刷过白灰的墙壁污浊不堪，沾满了密密麻麻的苍蝇屎和雨水冲刷留下的灰黄色印迹，像印象派画家抽象的画作。不知是谁用木棍在上面画了一些乱七八糟的图画和文字。

> 戈壁滩，芨芨草，
> 风吹草低见牛羊。
> 崔小馍，李小勺，
> 省的饭菜喂他娘！

我笑了一下。姓崔的和姓李的是六连炊事班的炊事员。在这个物质短缺的年代，他们的工作令人羡慕，但他们对农工却很计较，很苛刻。老崔负责和面蒸馒头，每次蒸的馒头都很小；老李负责炒菜打菜，每次都用小勺，很多人打饭时当面不敢吭声，背地里却将两人骂得一文不值。

用土块和草泥、苇把子垒砌的，四处透风、墙壁陈旧、摇摇欲坠的破烂厕所，污秽不堪，臭气熏天，墙壁上随意涂画的文字充满诙谐、调侃、戏谑和谎言，给单调无聊的蹲厕人带来一丝乐趣。我百无聊赖，低下头看去，粪坑里飘满了被学生当作手纸的作业纸，天女散花一般，上面纷乱的蓝色笔迹和红色的批语被大片尿液浸渍得模模糊糊，蒙着一层晦暗的凝固而油腻的光。我抬起头，又将目光投向对面的墙壁，在窗户外强烈光线照耀下，墙壁上有一层灰色的阴影，像一团乌云。有些文字被后来的涂鸦者多次覆盖而模糊不清，字体杂乱无章，很难辨认。

> 东风吹，战鼓擂！
> 当今世界谁怕谁？

可笑的是，"战鼓擂"的"擂"字旁边画了一个圆滚滚、胖乎乎的大炮弹，寥寥几笔，线条粗壮，硬挺挺、直愣愣的，像一个剥了叶片裸露的玉米棒子，上面长满了毛乎乎的尖锐倒刺，显得支棱八叉、张牙舞爪。

我又笑了一下，晃了晃脑袋，漫不经心地把目光扫向右边的墙角，墙那边就是女厕所，中间隔着涂了厚厚草泥的芦苇墙，淅淅沥沥之声清晰可闻。我无意中又在墙角旮旯下面发现了一句，那是一个不引人注意的肮脏角落，灰土土的，织满了脏兮兮、乱糟糟的蜘蛛网，而且字迹模糊，似有若无，不仔细看，就会忽略过去。

我凝神细看，不禁大吃一惊，一下子目瞪口呆。

田扎根他爹是活国民党！

陈志疆他妈是一个破鞋！

田扎根和我是同班同学，他的父亲田福根是 1949 年参加新疆"9·25"起义的国民党士兵，在中华人民共和国成立前 5 天参加了解放军，退伍后成为六连机务排一名油料保管员，每天赶着一辆毛驴车到条田给拖拉机送油料，因为出身贫农，根正苗红，现在是我们连队学校的贫管会代表。

当了贫管会代表，田福根不用赶驴车送油了，成天坐在学校办公室里，喝茶看报纸。时间长了，他坐不住，就到教室里转一转，给一年级的小学生教儿歌。学生不叫他老师，叫他"田爷爷"，一看见他进来，就齐声喊："田爷爷好！"这时他圆圆的脸，笑眯眯的，五官舒展，像一个蒸熟的糖包子，眉宇间一道道皱纹格外分明。他开始给小学生教儿歌，他说话时河南口音很重，他说一句，小学生跟着念一句，童声稚嫩，犹如鸟雀齐鸣，拖着长长短短的余音。

我家小弟弟呀，

半夜笑嘻嘻，

问他笑个啥呀？

梦见毛主席！

唱完儿歌，田福根问小学生，小同学们，你们长大以后，想干什么？

> 我想到北京，去见毛主席！
> 我要当解放军，保卫祖国！
> 我要当工人，去炼钢铁！
> ……

小学生争先恐后，叽叽喳喳，回答得五花八门。田福根很满意，他说："你们现在要好好学习，长大了做革命事业接班人！"小学生齐声回答："好！"然后，他在老师和小学生的掌声中离开了教室。

闲的时间太多，田福根就经常开大会给全校学生上忆苦思甜课，讲被国民党抓壮丁受的罪，解放后在新社会享受的幸福生活。每当讲到辛酸处，他不禁声泪俱下、泣不成声。这个时候，全校学生在老师的带领下，全体起立，挥拳高呼：牢记阶级苦！不忘血泪仇！因为田福根喋喋不休、老生常谈，会后每人还要喝一碗难以下咽的苣荬菜汤，这叫忆苦饭，亲身体验旧社会的苦难，时间长了，同学们都很烦他，背地里叫他"活国民党"。

而陈志疆，就是我！

当时，我虽然还很小，但道听途说，多多少少知道"破鞋"的意思。我们班同学崔新疆的妈妈王雪莲，虽然是一个连队农工，但整天打扮得花枝招展，她招蜂引蝶，是一个漂亮而风骚的女人。六连小商店里，除了油盐酱醋茶等一些必需的生活日用品，唯一的化妆品是上海百雀羚日用化学有限公司生产的铁盒装的"百雀羚"牌雪花膏。一个小小的铁盒子，圆圆的，小巧玲珑，非常精致，盖子上面画了4只栩栩如生的彩色百灵鸟。在深蓝色背景衬托下，其中两只在半空中展翅飞翔，姿态优美，活灵活现；另外两只栖息在枝头，呼朋引伴，声音婉转，仿佛能听见它们清脆悦耳的鸣叫和翅膀抖动的颤音。铁盒子里面的雪花膏，覆盖着一层薄薄的银色锡纸，轻轻揭开锡纸，雪花膏如玉如脂，芬芳馥郁。每次我和同学去商店买铅笔和本子的时候，都要看一眼躺在水泥玻璃柜下的"百雀羚"牌雪花膏，我们想看一看，想闻一闻那种香甜柔和的化学气味，我们的心痒痒，蠢蠢欲动，但少年的我们总是空怀惆怅，无功而返。柜台里的营业员阿姨冷着脸，一副拒人千里的样子，她不让我们看，更不让我们打开盒盖闻。她知道我们不买，看的次数多了，盒子就旧了，就不好卖了。"百雀羚"牌雪花膏是我认识的第一个化妆品，它奇异浓郁的香气，和五月里野外沙枣花的香味一起，持久地留在我的童年记忆里。

当然，在偏僻贫穷的小连队，"百雀羚"牌雪花膏属于少有的奢侈品，它的买主很有限，整天在地里忙忙碌碌、灰头土脸的农工们无人问津，我们想买却没有钱。整个连队，买主就那么几位，她们是连队的教师和卫生员。她们衣着整洁，举止文雅，从事着连队人人羡慕的职业。"百雀羚"牌雪花膏膏体洁白，细腻柔滑，挖出黄豆粒那么一点，均匀地抹在脸上，整个人就散发出沙枣花般浓郁的芳香。

连队里，崔新疆的妈妈王雪莲是唯一一个买"百雀羚"牌雪花膏的农工。无论连队每天劳动多么紧张繁忙，回家后她总是用香皂把自己洗得干干净净，然后换上合身体面的衣服，与其他农工相比，别人是满身汗酸味，她身上是雪花膏的香味，就像羊群中一匹芬芳四溢的骆驼。她脸上擦的雪花膏很多很厚，就像抹了一层白面，香气混合在微风中，距离几米远都能闻到，经常有小屁孩跟在她后面，叽叽喳喳，闻她身上散发的香气。我也喜欢闻她身上的香气，我去过她家，她没有架子，见了我也笑眯眯地和我打招呼，还留我在她家吃饭，我对她充满好感。她虽然很香、很讲究，也很会打扮，但她却是一只"破鞋"。每次王雪莲从连队路上走过，浓郁的香气飘过后，连队人就对着她的背影指指戳戳，说三道四，骂她是"妖婆子""狐狸精"。崔新疆上小学三年级的时候，他爸爸得肝病死了，王雪莲耐不住寂寞，就找连队的野男人。每次崔新疆睡觉后，她就和男人在一起鬼混。有一天夜里，她和炊事班班长在家里约会，因为炊事班班长有实权，管着全连男女老少的吃喝，每次去崔新疆家怀里都揣两个香喷喷的白面馒头。这天晚上，明月高悬，夜深人静，两人正在亲热时，外面突然传来了布谷鸟"咕咕"的叫声，这是她和机务排排长约定的联系暗号，这天她记错日子了。慌乱中，她把炊事班班长藏在地上一个大木箱子里，开门后她一屁股坐在箱子盖上，机务排排长进了门急不可待，着急慌慌就和她在箱子上办了事。这些我当然没有看见，是听连里大人在商店门前大榆树下闲谝宣荒时说的，当时说得绘声绘色，有胳膊有腿，有鼻子有眼，好像他们亲眼看见了一样，或者他们当中的一个就是藏在箱子里的炊事班班长。

奶奶个头，你妈才是"破鞋"！我恶狠狠地骂了一句，站起来提起裤子，朝墙角旮旯处狠狠踢了几脚，把脚指头都踢疼了，直到将我的名字踢得模模糊糊看不清楚。

厕所空无一人。我走过一排排黑乎乎、臭烘烘的坑位，向厕所门走去。厕所门旁边是水泥砌的长方形小便池，我看见同班同学田扎根和马天山赤裸屁股对着门，裤子脱落在膝盖上，正站在小便池边比谁尿得高。两个人咬着牙憋着气尿尿，哼哼呀呀的，滋得小便池上方尿星子乱溅。

"奇怪奇怪真奇怪，不晒太阳黑得快！"马天山大声嚷着，嘭！放了一个大响屁。

"奇怪奇怪真奇怪，没有骨头硬起来！没有骨头硬！起！！来！！！"田扎根也大声嚷着，他咬着牙使劲憋屁，嘴里吭哧吭哧的，却没有放出来。

马天山说："我尿得高，超过你的头了！"

田扎根回答道："老子的尿滋到房顶上去了！"两人骂骂咧咧，互不相让，谁也不服谁。

"扎根，我给你讲一件事。"马天山歪着头，有点神秘兮兮地对扎根说。

我在他俩背后停下脚步。两人人高马大拳头硬，在班里没人敢惹，我和他们玩得很好，我经常给他俩写作文，背靠大树好乘凉，这样别人就不敢欺负我。我想知道他们背着我说些什么秘密。

"什么事？"田扎根看也不看他，他晃动着，尿液淅淅沥沥地快完了。

"哎，这是秘密。说完后你的弹弓要让我玩一个星期。"马天山压低声音说。

田扎根歪头看了他一眼说："可以，你说。"田扎根有一个用拖拉机旧橡皮内胎做的弹弓，弹性很大，很有劲，小石子射得很高很远，可以击中柳树杈上高高的斑鸠窝。

"放学回家，你把尿尿到你家锅里，要使劲尿，使出吃奶的劲！然后用火猛烧，你就会看见锅里有很多小孩儿在跳肚皮舞。"马天山说。他边说，边扭动腰肢，晃动屁股，做了一个滑稽夸张的舞蹈动作。

"哈哈，还有这事！"田扎根张嘴大笑，尿星子胡乱滴到裤子上。

"不信你回去试试。"马天山说。

"老子试过以后，再给你弹弓。"田扎根说。

今天上午，最后一节课是数学课，我最烦数学，王冰茹老师讲得枯燥无味，我听得稀里糊涂，一知半解。说不清什么原因，我今天心情很烦躁，很郁闷，心猿意马，胡思乱想，没有一点心思上课。这时，教室里突然有人放了一个响屁，从田扎根座位方向传来，可能他在厕所酝酿的时间太长，现在终于引爆了。屁的声音很大，旁若无人，粗野而放肆，引得同学们哄堂大笑。王老师恼怒地问："谁放的？"教室一下子鸦雀无声，全班同学目光转向田扎根。田扎根得意扬扬，脸上挂着厚颜无耻的笑容，仿佛终于做了一件引人注目的事情。王老师怒斥田扎根："又是你捣乱课堂纪律，你的脸皮比城墙还厚！"田扎根不慌不忙，镇定地望着王老师说："不是我放的！"你不要冤枉人！王老师大声问："不是你是谁？"田扎根指着座位前面的文艺课代表徐志伟说："他放的！"徐志伟平时腼腆、秀气，嗓音优美，歌唱得好，性格有点像女孩子。这时，在全班同学的注视下，徐志伟脸憋得通红，一句话也说不出来，"哇"的一声哭了，同学们又大声哄笑。王老师走下讲台，"咚！咚！咚！"用教棍猛敲课桌，乱糟糟的课堂才慢慢平静下来。

少顷，我看见王老师背对着我们在黑板上写数学题，就弯腰悄悄离开课桌，溜到教室后面，轻轻打开窗户，手抓住窗户框翻上了窗台，一跃跳了出去。我们班逃课的学生都是从后面窗户里跳出去的。

太阳懒洋洋地悬挂在高高的半空，白晃晃的，像个通红滚烫的破锣，散发出金属一般炽热的光芒。校园里空荡荡的，只有一阵阵干燥热烈的风，吹过来，又吹过去，在校园里轻轻徘徊荡漾，一排排杨树寂寞无语地耸立着，树叶子低语般哗哗响着。远处的操场上，一个高年级班的学生正在上体育课，他们围在一起蹦蹦跳跳，叽叽喳喳说笑着打篮球，腾起一股股烟尘。近处的教室里传出琅琅的读书声。我不敢从老师的办公室门前过，就从教室后面绕了一个大圈，溜到了学校北侧的公路。公路其实是一条土路，旁边是宽阔的黑乎乎的排碱渠，渠底很深，生长着参差不齐、绿油油的杂乱芦苇，泛着泡沫的发黄的盐碱水在渠底缓缓流动，流向看不见的远方。公路两边，被一排排繁茂密集高大挺拔的榆树林遮盖得严严实实，路面留下稀稀疏疏、斑驳凌乱的树影，一群黑色的野蜜蜂飞舞着嗡嗡鸣叫，忽东忽西，忽南忽北，小小的翅膀在阳光下闪烁着细碎明亮的光芒。路上空空荡荡，满目白光，像撒了一层盐，一个人都没有。顺着公路朝东走，它的尽头是蜿蜒的覆盖着野草的小路，我顺着公路，晃晃悠悠地往老房子走去。

第三章

　　走到家门口，我看见用红柳条子扎的院子门关着。父亲放羊中午不回来，兄弟们还没有放学，母亲可能到林带里捡柴火或者到玉米地拔兔子草去了。我推开红柳门，进了院子，又来到做饭的草棚子。此刻，我的肚子饿得叽里咕噜乱叫，就在棚子里找吃的，案板上光秃秃的什么也没有，盆子、碗都是空的，我走到灶台跟前，揭开木头锅盖，里面也是空的。我失望地把锅盖扔到锅上，铁锅发出一声沉闷的响声。这时，我突然想起了马天山在厕所里说的话，回头看了一下院子，院子里静悄悄的，正午的阳光从上到下洒满了角角落落，白晃晃的，明亮，刺眼，连个鬼影都没有。我过去把棚子门关上，来到灶台跟前，把锅盖放到案板上。我朝铁锅里撒了一泡尿。撒完尿，我把灶台旁的玉米秆子塞进炉灶，划着火柴点燃了。不一会儿，铁锅滋滋啦啦慢慢响了，我的眼睛一动不动盯着铁锅，黑乎乎的锅底冒出无数个圆圆的小水泡，乱糟糟的，一个个争先恐后，慌里慌张，蒸腾着、相拥着集体向上乱蹿，夹杂着骚烘烘的尿臊气，却没有小孩跳舞，一个都没有。我有点失望，又有点不甘心，眼睛一直盯着铁锅，希望瞬间有奇迹发生。过了一会儿，眼看火苗就要熄灭了，我又往炉膛里塞了一把玉米秆，继续盯着锅底看。

　　"志疆，你在干什么？"一个声音在我背后突然响起，吓了我一跳。

　　我扭头看见是妈妈，不知什么时候，她站到了我身后。

"吓着你了，孩子。你放学这么早？我在 5 号地拾柴火，一抬头看见咱家棚子冒烟，还以为失火了。"妈妈的声音很轻，很温柔，她边说边走到灶台跟前。

"你煮的什么？怎么有一股尿臊味儿？"妈妈看着我，有点吃惊地问。

我手足无措，低着头，眼睛不敢看母亲。

妈妈好像突然明白了，"你把尿尿到锅里了？"声音都变调了。

我面无表情，抬头看了母亲一眼，仍然没有回答。

"这是一家人煮饭的锅，你这孩子怎么能这样！"母亲生气了，弯腰从地上抓起一根玉米秆，朝我身上打来。

从小到大，这么多年，这是母亲第一次打我。我没有躲闪，玉米秆子软软的，打在我身上也不疼，但把我一上午心中郁积的怨气打出来了！我上前一把夺过玉米秆，毫无防备的母亲一个趔趄，差点儿摔倒在地。

"你是'破鞋'！"我也不知道为什么，对着母亲，脱口吼了这么一句。

仿佛猛然被雷电击了一下，妈妈一下子愣住了！她不知所措，呆呆地看着我，一动不动，眼睛刹那间显得惊恐、无助、呆滞、绝望。最后，浑浊的眼泪像一颗颗玉米粒子，顺着她的脸颊慢慢流了下来，无声地滴在她苍老的嘴角、胸前的衣襟和地上。

我也惊呆了！这是我第一次看见母亲流泪。家里日子那么苦，那么难熬，有时候都觉得快要过不下去了，母亲也没有流过泪，在我心里，她是一个非常坚韧的母亲！我心中最亲爱的人！为了我们，她平时像一只倔强的老母鸡，总是伸出柔弱的翅膀庇护着我们，为我们遮风挡雨，为我们忍饥挨饿，为我们受尽苦难，而今天她却流泪了，在她亲爱的儿子面前！可见我的这句话是多么恶毒、尖刻和冷酷！我仿佛用一把尖锐锋利的刀子，狠狠捅了母亲一刀！

时间仿佛凝固了，凝固了一个世纪，或者更长。我低着头，不敢看母亲。草棚子静静的，没有一丝声音。我偶尔抬起头，偷偷瞥一眼，看见母亲像一截木头桩子，仍然一动不动，傻呆呆地看着我，脸上充满屈辱、孤苦和无奈，仿佛走到人生的穷途末路。我赶忙低下头。我万万没有想到，我不假思索愤怒中说出的这句话，像一条吐着信子的毒蛇，不但在母亲心中卷起惊涛骇浪，令她难堪、痛苦、耻辱，还疯狂啃噬撕扯着她的灵魂和肉体，一瞬间使她鲜血淋漓，遍体鳞伤。现在，我非常后悔刚才自己说了那句话，但我不知道接下来该怎么办，内心惶恐不安，束手无策。此刻的母亲肝肠寸断，痛苦万分，浑身微微颤抖，像得了暴发性疟疾一般。她的嘴巴半张着，牙齿打战，显得毫无依靠，可怜巴巴，内心仿佛有千言万语，此刻却无从说起。可怕、寂静的沉默中，她一句话也不说，任凭泪水在沧桑的脸颊肆意流淌。

不知过了多长时间，周围死寂，炉膛里的火慢慢熄灭了，没有燃烧完的半截玉米秆悄无声息地从炉台上掉下来，一股淡淡的带有煳味的柴烟混合着熏人的尿臊气，弥漫了整个棚子。我低下头，用手捂住脸，绕过母亲，从棚子里逃也似的跑了出去。

第四章

很多年以后，我成为一名警察。

有一天，周剑峰所长通知我，说接到车排子农场公安局电话，让我第二天到准噶尔总场公安局政治处宣传科去帮工。我说："好。"周所长点燃了一支烟，又说："志疆，这次让你去帮工，领导说时间可能要长一点，你把手头工作交接一下，管区的事情你暂时不要管了，我安排给赵国富。跟着政治处，年年有进步，你去了以后要好好工作，说不定今后就留在政治处不回来了。"我听了这话，赶忙上前赔着笑脸说："所长，我哪都不去，就跟着你好好干。"周所长听了，也笑了一下，说："你小子越来越会说话了，我倒是希望你们一个个翅膀长硬，练好本领，飞得越远越好。"

那时候，我在车排子农场公安局车排子派出所已有两年警龄，是一个管区民警，所里给我配了一辆半旧的"幸福"牌250两轮摩托车，管辖四五个基层单位的社会治安。我喜欢文学，业余时间看书写作，是车排子农场一个小有名气的新闻写作者，经常在总场报纸上刊登一些豆腐块文章，偶尔副刊上也有一篇小小说和散文发表。广播电台也经常播送我的稿件，三天两头邮政局有稿费单送到派出所，虽然只有几毛钱、一块钱，却让所里的同事们羡慕不已，因为我们的月工资也就是50多元，一个月有10块、8块的稿费已经是一个大数字了。准噶尔总场公安局政治处人少事多，经常抽调基层派出所的民警前去帮工，因为我文笔还可以，又经常在报刊发表文章，所以已经去过多次，无非是写一篇侦破通讯稿件，或者采访宣传一个先进民警典型，这些对我来说已是轻车熟路、小菜一碟。

此时已是中午，太阳已经挂在高高的榆树梢子上。因为明天就要离开派出所到总场公安局，我内心有点激动，有点兴奋。刚才周所长跟我说要把管区的工作交给赵国富，赵国富是我的师傅，我要跟他说一下。在办公室转了一圈，没有见到师傅，我来到派出所放杂物的后院，看见赵师傅正在院子里修三轮摩托车，两手沾满黑乎乎的油污，零件、螺丝卸了一地，放在一张报纸上。我走过去对赵国富说："赵师傅，我明天要去总场公安局帮工。"赵师傅头也没抬，说完只顾拿着扳手卸发动机上的零件，过了一会儿，说了一句："晚上在疆豫饭馆吃饭。"然后头也不抬继续修车。疆豫饭馆是场部的一个个体小饭馆，以爆炒肥肠和麻辣豆腐出名，特别是爆炒肥肠，柔滑细腻，香辣脆爽，吃一口，双齿间弥漫着浓郁的香味，还有一股猪大肠特别的味道，赵师傅平时爱这一口。我看他忙，就走了。

中午在机关食堂吃过午饭，我抽空骑摩托车回了一趟老房子。时令刚进入秋分。这个时候，是准噶尔盆地一年中最美的季节，秋高气爽，瓜果飘香。辽阔起伏的车排子原野，层林尽染，色彩斑斓，像铺满金子银子的地毯，金黄透亮的是玉米、谷子、黄豆，银光闪烁的是望不到边的棉花，各种作物不同的色彩，像一幅幅艳丽奇异的画卷，交相辉映，光彩夺目，扑入眼帘的是一派丰收景象。道路两旁，等待收获作物成熟的各种气息浓郁醉人，弥漫了一望无垠的原野，一群群麻雀、斑鸠、沙枣鸟呼啸着在盆地上空飞翔嬉闹，发出一声声天籁般的鸣叫。

派出所离老房子不到十公里，坑坑洼洼的小路，骑摩托车十几分钟就到了。到了家门口，我停好摩托车，推门进去，家里没有人，母亲可能出去拔兔子草了。我挑起水桶，到羊圈旁的水井挑了两担水，把水缸倒满，很长时间没有干活儿了，猛一干，累了一头汗。这时，母亲背着一捆柴火走了过来，我叫了一声妈，帮她把肩上的柴火慢慢放下来，母亲脸上挂了一层灰尘，来不及洗脸，她拍了拍身上的柴屑，要给我做饭，我没让她做，说自己吃过了。我把到总场公安局帮工的事跟母亲说了，母亲看着我一脸笑意，我说这一段时间回不了家。妈妈要留我吃晚饭，说给我包我最爱吃的韭菜鸡蛋馅儿饺子，我说晚上和赵师傅约好了一起吃饭，临走的时候，我往妈妈口袋里塞了20块钱。

晚上8点多，我和赵师傅走出派出所，顺着路边杨树林，来到紧挨着旱冰场的疆豫饭馆。在小雅间要了一盘爆炒肥肠、一盘鱼香肉丝、一盘麻辣豆腐、一盘醋熘土豆丝，四个小菜热气腾腾端上桌，我打开一瓶"天池特曲"白酒，给赵师傅和我各倒了一杯，开始吃菜喝酒。

赵师傅是陕西榆林人，比我大5岁。他18岁来到新疆南疆阿克苏，当了一名武警，看押监狱服刑的罪犯。当兵寂寞，他在驻地谈了一个上护校的女朋友，服役期满后没有回陕西，那时他的女朋友已经毕业，在准噶尔市医院当了一名内科护士。赵师傅想转业到准噶尔市，费了很大功夫也没有办成，最后转业在车排子农场。他在部队是干部，比我早三年调到派出所，一直与妻子两地分居。这一段时间，听说他的妻子和他闹离婚，他本来言语不多，平时显得闷闷不乐，这一阵子就更沉默寡言了。

"师傅，明天我就要走了，我敬您一杯！"我举起酒杯说。

赵师傅看了我一眼，没有说话，端起酒杯，和我碰了一下，一饮而尽。

"师傅，我这一走，管区的事就全交给您了。"我用筷子给师傅盘子里夹了一块肥肠，说道。

"你尽管放心，管区的事你不用操心。"赵师傅嚼着肥肠，跟我说。

我和赵师傅你一杯，我一杯，说着话，不到一个小时，一瓶白酒就见底了。赵师傅还要喝，他的脸红了，舌头也大了，话也比刚才多了。我知道不能喝了，师傅的酒量我知道，也就半斤左右，喝多了影响第二天工作，周所长知道了也不高兴，况且明天我还要动身去准噶尔市，回去还要准备一下，就说："师傅不喝了，我回来咱哥俩继续喝。"赵师傅醉眼蒙眬，扯开嗓子，开始唱民歌，这是他喝多的表现，每次喝多后他都要借着酒劲吼一段，借以打发心中的烦恼郁闷，而歌谣《黄河的水干了》是每次必唱，是他醉酒后的保留节目。

> 早知道黄河的水干了
> 修他妈的铁桥是做啥呢
> 早知道尕妹妹的心变了
> 谈他妈的恋爱是做啥呢
> 做啥呢
> 做啥呢
> ……

脸红心跳，酒壮人胆，他一改平日的内向和沉稳，吼声高亢激越，一字一顿，声音嘶哑，糅杂着黄土高原的苍凉、恢宏和绿洲草原的柔美、细腻，粗犷的韵味，发自内心和肺腑，透着一股中年人的无奈、凄凉和沧桑。

我赶忙过去，掏出钱给老板结了账，扶着赵师傅走出饭馆，一摇一晃回到派出所。

第二天，我从车排子农场客运站乘坐班车来到了 200 多公里外的准噶尔市，从市客运站步行来到准噶尔总场公安局。在新疆，兵团农场和地方政府在一个地理区域，人员混杂，但各有各的行政区划和管辖范围。准噶尔市以著名的准噶尔盆地的名称命名，坐落在天山脚下，是一个干净整洁、小巧玲珑的县级市。

这座小城虽然地处偏远，但历史悠久。公元前 60 年，为了管理统一后的西域，西汉政府在乌垒城（今新疆轮台县境内）建立西域都护府，正式在西域设官、驻军、推行政令，开始行使国家主权。现在准噶尔市的区域在唐朝时隶属于北庭都护府下的昆陵都督府。清代属库尔喀喇乌苏管辖，为厄鲁特蒙古的牧地。1884 年新疆地区建省，天山南北的军台、营塘一律改为驿站，专门从事军政公文信息的传递。准噶尔驿站是其中之一。

清道光二十二年（1842 年）10 月 24 日，正是霜降时节，万物凋零，大地凝霜，准噶尔驿站来了一位特殊的客人。此人中等身材，穿一身灰色粗布长衫，外面套着一件对襟盘扣棉袄，两鬓斑白，面色疲惫，两道浓密紧蹙的粗眉，一双圆圆的布满血丝的眼睛，脸庞消瘦，眼袋略显下垂，下巴上的一束黑白相杂的短胡须，沾满了戈壁的沙尘，在微风中轻轻晃动。他踩着满地盐碱的荒野，望着眼前飘落的叶子、杂乱的树木和苍黄肃静的野草，一脸惆怅，心情沉重。他的身后，远远跟着两个同样风尘仆仆的年轻人。这是一位声名显赫的贵宾，他就是当时名震中外的林则徐。不过，这次他不是以朝廷命官的身份来准噶尔驿站视察，而是一个因禁止鸦片烟毒，被充军新疆伊犁的朝廷钦犯。跟在他身后的是儿子林聪彝、林拱枢。那一天，疲惫不堪的林则徐奔波劳累了一天，当晚，便和押解他的随从在准噶尔驿站住宿一晚，并在日记中留下一段著名的话语："又行四十里，奎墩居民百余户，闻水利薄，田非膏腴，村圩殊荒陋耳。唯军台尚清洁，前院尤鸿敞，足容大车，遂宿焉。"岁月流逝，人世沧桑，唯有史书上这段话流传至今。

现在，在林则徐当年曾经落脚休憩的地方，建了一个造型优美、古朴雅致的木头亭子，取名"恤民亭"。亭子两边油漆成朱红色的圆木柱上题有一副对联，左联为：为政若作真书绵密无间；右联是：爱民如保赤子体会入微。对联镌刻在木头上，工整的隶书字体，笔画浑厚苍劲，拙朴厚重，线条圆润流畅，又涂了油漆，时间久了锈蚀成了铁锈一样的暗红色。亭子里面，南来的燕子在梁柱上筑巢，每年春天撒下一地干燥细碎的粪粒。旁边一棵老榆树，树身皲裂，枝丫遒劲，好似一具镂空的骆驼骨架，矗立在荒野小道旁。这棵树据说是林则徐当年拴马的，后来被木栅栏围了起来。木头亭子经年累月风吹雨打，油漆已经剥落，露出破败的木头花纹，像传说一样古老。恤民亭位于进出准噶尔市的必经之路上，正前方就是连接连云港和霍尔果斯的 312 国道，过往客人路过此处，可以歇歇脚，喝口水，观看四周迥异的风景。站在亭子里，抬头远望，可以看见准噶尔市高耸的楼房隐藏在片片绿树丛中。

虽然历史悠久，但准噶尔建市的时间很短，只有 20 年，是一座年轻美丽的边陲小城，中国西部一颗璀璨的明珠。准噶尔总场场部驻扎在准噶尔市，属于驻市单位。一条东西走向宽阔笔直的柏油路，是市区主干道，叫天山路，道路两侧是繁华热闹的商业区，店铺林立，熙熙攘攘。天山路将地方管理的准噶尔市和兵团管辖的准噶尔总场的行政区划分开，天山路南侧是准噶尔市，北侧是准噶尔总场，各自管辖的区域紧密相连，人来人往，地域却又泾渭分明一目了然。

小城很小，但麻雀虽小五脏俱全，城市林林总总的政府机关和各类功能应有尽有。小城道路东西方向称为路，南北方向称为街，路与街交错的十字路口，耸立着高高的街灯和闪烁的红绿灯。路和街的尽头，就是农场种植的各类作物，高的是玉米，矮的是棉花，枝叶上蒙着一层灰色细密的尘埃，高低错落地生长着。再往下，就是尘土飞扬的石子路和隐藏在绿树庄稼中的连队村庄。

阳光柔和，微风和煦，我朝总场公安局方向走去。准噶尔总场公安局办公楼在天山路北侧，是一座苏联式砖木旧建筑，已经很老了，外表刷的土黄色涂料，共有三层，坐落在景色幽静的总场第二招待所大院内。院子四周是苍绿的榆树丛，修剪得整整齐齐、平平展展，院子里种植了杨树、柳树、榆树、松树，绿树葱葱，浓荫如盖，有几只雪白的鸽子在空地上悠闲漫步，觅食嬉戏，办公楼在绿树环绕中显得从容淡雅，幽静别致。到了招待所大院，我径直来到公安局二楼政治处。政治处薛主任是一个50多岁精神矍铄和蔼可亲的老头儿，中等个头，微胖，眯眯眼，见了我热情地打招呼，让座，倒茶，寒暄。他是急性子，说话直来直去。安排好我的食宿后，薛主任开始给我分配任务。他说："志疆，这次请你来，事情比较多，你要在政治处多待些日子。"我巴不得在总场多待一些时间，这毕竟是一个驻市单位，环境比我上班的车排子农场强多了，工作也比车排子派出所清闲自在，没有那种随时出警、紧张忙碌的紧迫感。想到这里，我满口答应，连说了几个好。薛主任接着说："局里准备撰写公安志，记录咱们总场公安发展的历史，内容涉及的面很广，时间跨度也很大，前期要查阅摘录大量历史资料，工作量很大，这项文字工作比较枯燥，也很琐碎，工作要求很高。你要做好充分的心理准备，要耐得住寂寞，要认真细致，做好档案整理记录工作。"我说："你放心吧薛主任，我一定完成任务。"说着话，薛主任从办公桌抽屉里拿出一把钥匙给我，说："档案室在办公楼地下室，你先把档案资料全部看一下，做一些卡片摘录，厘清思路，找到头绪，为下一阶段写史志做好前期准备。"

我愉快地接受了任务。中午，在总场机关食堂吃过午餐，我来到地下室。地下室的进口在一楼西侧走廊尽头的一个拐角，楼梯口的下方，我下了几层水泥台阶，又侧转，走进一个黑黝黝的过道里，里面很安静，漆黑一片，可能久不通风的缘故，过道里的空气有点凝滞浑浊。停了一会儿，眼睛逐渐适应了黑暗，我右手扶着墙壁，小心翼翼往前挪，慢慢走了几步。这时，手指触摸到了一根细线，一拉，果然是开关线，电灯亮了，光线黄黄的。我看见一条逼仄狭窄的通道，像一条细细长长的隧道，通向幽深黑暗的前方。通道两边是一个个小木门，门与门之间的间隔，有的近，有的远，显示着房间大小不一，房门用红油漆分别写着"物证室""暗室""储藏室"等门牌，油漆字在昏暗的灯光下闪着微暗诡异的红光。我继续往前走，在写着"档案室"的一个木门前停下脚步，用薛主任给我的钥匙打开了小木门。暗锁锈了很不好开，吱吱扭扭乱响，慢慢转动了好一会儿，来回反复了几次才勉强打开。一推开门，一股热烘烘发霉潮湿的陈年气味，混合着挤出门缝，扑面而来，狠狠呛了我一下。我踉跄着打了一个喷嚏，然后借着门口微弱的一丝光亮，摸到电灯开关，拉开，室顶上的一只灯泡亮了，上面沾满了蜘蛛网和尘埃，光线昏黄，无精打采，像人昏睡很久之后刚刚睁开的眼睛。我又锁住门，来到办公室，找到局机关管理员要了一个大灯泡，下到档案室换上，房间一下子亮如白昼。

我看见狭长宽敞的一间地下室，堆满了各式各样的老式木质文件柜和破旧不堪、摇摇欲坠的办公桌，高高低低，杂乱无章，泥塑一样耸立在屋子中央。走近仔细看，这些摆放凌乱的木柜和桌子一律涂着猪血色油漆，红中泛黑，黑中透红，在灯光下闪着幽暗诡秘的光泽。所有的木柜子门都敞开着，里面塞满了用牛皮纸袋、塑料盒子装的各种文件资料，有的资料袋装不下，干脆就直接摞在桌子上、地下，堆叠得乱七八糟，满满当当，上面落了厚厚一层灰尘，弥漫着一股呛人的霉味和潮湿味。各类物品无序排列，东一堆，西一摞，像一个令人眼花缭乱的杂货铺。一个不知主人是谁的灰色人造革旅行袋，印着醒目的北京火车站白色图案，塞满了一些旧衣服和日用品，最上面是一个草绿色铁质军用水壶，一个塑料洗漱用具包，像疲惫的旅行者一样躺在地上；一个尿素袋子，里面装满了各种颜色、各种式样的塑料麻将，敞开着口，幺鸡四饼八万九条东风眨着眼，斜靠在旅行袋旁边。几张摇摇晃晃的办公桌，缺胳膊少腿，歪歪扭扭，一碰吱吱乱响，抽屉和下面的半截柜半开着，里面装着各种书籍、文件、报纸和各类报表的底稿，使用过的皱巴巴的蓝色复写纸，没有笔芯的空圆珠笔杆，秃头的半截红蓝铅笔。几张过了时效的刑事案件通缉令，几幅面目狰狞剃了光头的黑白人物照片，各种油印的寻人启事，画着大红"×"的死刑执行公告，散乱地堆放在布满灰尘的桌面上，历史的沉重和往事的沧桑呼之欲出，扑面而来。我心不在焉，毫无目的地胡乱翻看着。几个塑料封面花花绿绿的笔记本，躺在拉开的抽屉里，里面是样板戏《红灯记》《沙家浜》《智取威虎山》的彩色人物插图，这几个不起眼的笔记本，却是党委会会议记录本，内容记录得满满当当，密密麻麻。各种颜色的钢笔字迹，工整的，娟秀的，潦草的，力透纸背的，龙飞凤舞的，一气呵成的，是权力博弈和重大事件社会真相的原始记录，是机关这架庞大机器的核心，曾经决定了很多人的命运、人生和前途，当年是多么炙手可热。另几张桌面上，更是拥挤不堪，林林总总堆了几台老式黑色手摇电话机，两个手持式高音喇叭，一台陈旧油污的手动油墨复印机，4个失去内胆锈迹斑斑的铁质暖水瓶，几个花花绿绿颜色晦暗的彩色地球仪。一台上海照相机四厂生产的带有黑色金属支架的"海鸥"牌 WM6-I 室外木质照相机，像一件出土文物，静静伫立在地下室西南角，蒙着一层灰色的尘埃。一个装过香皂印有上海制皂厂的纸箱子，装了满满一箱子拍摄过的黑白胶卷，分别用牛皮纸小文件袋仔细隔开，别着已生锈的细小的大头针，上面清楚标注着案件名称和拍摄地点以及拍摄年月日等。

档案室半截在地下，半截露在外面，有两个长方形单扇铁制窗户，与外面东侧的水泥地面齐平，玻璃上贴着沾满灰尘泛黄的旧报纸。我慢慢挤过去，抓住窗户把手，扭动，旋转，吱吱呀呀，用力打开窗户，外面的光线和清新的空气一下子涌了进来，灰暗阴沉的地下室立刻变得通透而明亮。

我一个人站在地下室中央，愣了好大一会儿，心情才平静下来，开始清理打扫室内卫生。我用扫帚先把屋顶和墙面的蜘蛛网、灰尘掸干净，然后开始仔细清理地面物品和垃圾。我从一个柜子底下掏出两个麻雀的尸体，麻雀已经阴干，成了动物标本，它们仍然紧紧相拥在一起，两颈相交，生前可能是一对热恋中的情侣。我判断它们当时是从窗户里飞进来，爱情使它们晕头转向，却再也没有飞出去，档案室成为它们最后的殉情葬身之地。墙角旮旯处，还有3只早已死去的蝙蝠，时间久远，也成为动物标本。17发加拿大90式手枪子弹，像一堆胖乎乎的花生米，已经锈迹斑斑。5颗木柄教练手榴弹，3个"梅林"牌午餐肉空罐头盒，一双"解放"牌短腰旧塑胶鞋。一套干涸的出黑板报的彩色水粉画颜料，装在细长的纸盒子里，12种缤纷鲜艳的颜色，赤橙黄绿青蓝紫，像凋谢的花蕾，依次排列，整整齐齐，象征着凝固的时间，凝固的往事，凝固的时代，与它相关联的社会场景是翻卷的红旗、沸腾的人群、虔诚的面孔、喧天的锣鼓，回忆让我心潮起伏，浮想联翩。

地下室虽然很大，但是由于堆满了各种凌乱不堪的物品和杂物，空间显得逼仄，窗户和门都已打开，依旧弥漫着一股浓郁的土腥味和潮湿气以及纸张的陈腐气，待久了有点憋闷烦躁。我累得汗流浃背，搞得灰头土脸，浑身沾满灰尘污垢，用了几乎一个下午的时间，总算把地下室打扫干净，可以落脚了。

第五章

第二天，我的工作正式开始了。首先是整理这些乱七八糟、毫无头绪的各类资料，让它们分门别类归档有序，恢复原有的时间秩序和逻辑思维，便于今后工作使用、检索和参考。我从小就喜欢安静，喜欢文字，喜欢翻阅古老的陈年往事，那些遥远时光中的只言片语，在时间的长河里泛着词语的微光，常常使我陶醉其中，这大概和我少年老成有关吧。

首先，我要整理办公桌抽屉里乱糟糟的文件资料，给自己腾出一个办公活动的空间和容身之地。我挑选了一个外观好一点、看起来比较结实的办公桌，开始动手清理。抽屉里有一个纸质档案盒，里面装着信件和各种文字资料。我抽出来一个牛皮纸信封，一张黑白照片从信封里无声地滑了出来，轻轻掉在地上。我捡起来一看，是一个温婉美丽、气质不凡的江南女子，恬静优雅，眼神柔和，身着黑白格子的旗袍，像民国时期的一位女明星。她一动不动地望着我，姣好的容颜像磁铁一样吸引了我。我阅读了这些信件，信是一个叫莲香的女人（没有写姓）写的，写信时间是1950年到1953年，我断定这张5英寸照片上的人物毫无疑问就是莲香。不知道过去了多少年。时间湮没了多少往事。风花雪月，物是人非。人生无常，世事难料。这是一个执着的重情义的女子，字里行间透露出抑制不住的情感和浓郁的忧伤，把离别思念的情绪抒发得淋漓尽致，文笔细腻，遣词造句都很优美。她的信装在一个牛皮纸文件袋里，共有16封，来自遥远南

方的一个省，同一种信封，同一种信笺纸，同一种笔迹，都是一个相同地
址邮政局发出的。信件叙述的大概内容是：1949年2月，她新婚宴尔的丈
夫潘青岑参加中国人民解放军，后来随西北野战军进军新疆，一路西进，
后来却杳无音讯。痴情女子在家乡心绪不宁，望眼欲穿，写了一封封热切
温馨的家书，充满深情、思念和焦虑不安，却石沉大海。从信的内容和字
迹看，这个女子受过良好的教育，可以算是一位知识女性。她和丈夫青梅
竹马，长大后自由恋爱结婚，是那个时代幸福的一对伉俪。有道是：醉后
方知酒浓，爱过方知情重。在风景旖旎的江南小镇，两人卿卿我我，曾经
度过一段甜蜜而短暂的幸福时光。离别后，她知道边疆冬季寒冷，买来毛
线亲手给他织了一件厚毛衣，在毛衣的左袖口处，她用丝线精心绣织了一
朵微型的粉红色莲花，枝叶摇曳，含苞欲放，仿佛弥漫着幽幽莲香。因为
没有回音，她犹豫不决，拿不定主意，毛衣是寄还是不寄？寄了，心上人
收不到，枉费自己一腔心血；不寄，又了却不了满腹心事。真是寄与不寄
间，她有千万难。闺中思妇，心思缠绵，满腔情思，跃然纸上。但她不知
道，时过境迁，往事如梦，她远在新疆的丈夫潘青岑早已喜新厌旧，将家
乡的她抛弃，并与军区文工团一名年轻漂亮的女演员组建了新的家庭。收
到莲香的信后，她的丈夫拒绝回信，让通信员一律在信封上写"查无此人，
退回原地"的便签，原封不动统统退给了莲香。恨重重，怨重重，人间最
苦是情种。最后，无奈、苦闷、绝望的莲香，给新疆军区政治部领导写信，
事情遂暴露。莲香的丈夫潘青岑向部队隐瞒了他在原籍的婚史，欺骗组织，
性质严重，理所当然受到严肃处理，开除军籍后成了一名农工，政治生命
就此终结，他年轻的妻子毫不犹豫地离开了他。当然，莲香对此一无所知。
有一封信中，莲香抄写了一段金末著名文学家元好问的《摸鱼儿·雁丘词》
一词："问世间，情是何物？直教生死相许。天南地北双飞客，老翅几回
寒暑。欢乐趣，离别苦，就中更有痴儿女。君应有语：渺万里层云，千山
暮雪，只影向谁去？"可以想象，独居寒舍的莲香，每日不思茶饭，身心
憔悴，在一个个或月光流泻，或雨打芭蕉，或寒风呼啸的夜晚，夜阑人静时，

当她独自面对孤灯,是如何度过一个个漫长难挨的黑夜。当年,莲香在冥冥之中似乎也感到与丈夫的情感出现障碍,但毕竟隔着千山万水、戈壁大漠,路途艰难,音讯全无,她一个柔弱女子又能如何?但她仍然抱有一丝希望,渴望夫妻再次相聚。这首词婉约凄恻,抑郁缠绵,团聚时的柔情似水,离别时的刻骨铭心,对至情至爱的讴歌淋漓尽致,借以抒发莲香内心复杂微妙的情感。但是,现实生活是残酷的,档案里没有记载莲香是否知道这些情况(也许她还在痴痴等待),故事到此戛然而止,只有这十几封情深意长的寻夫信和新疆军区政治部组织处盖有鲜红印章的处理决定,留下一个长长的悬念。

　　一份普通的犯人服刑改造档案,虽然内容很少,却引起了我的阅读兴趣。档案记载了一个名叫刘石磨的犯人在大墙内劳动改造的一生。黑白照片中的刘石磨是一个憨厚朴实的农村青年,浓眉大眼,忧郁的神情,紧绷的嘴角,宽厚的前额,显得性格倔强固执。1958年秋天,他在原籍甘肃省定西县农村偷窃了15斤玉米,被判处有期徒刑3年,押送新疆劳动改造。在渺无人烟的茫茫大漠,他逃跑了7次,抓回来7次,被7次加刑,反反复复,刑期加起来有20年。档案里,一组不同时期的黑白发黄的旧照片,刘石磨毫无掩饰的面部表情,形象地记录了他的一生:从最初憨厚的笑容、木然的表情、冷漠的眼神,到后来面部呆滞、神情沮丧、痛苦绝望。刘石磨连续脱逃,连续被抓,刑期变得遥遥无期。他最后死于一场暴发性肝衰竭疾病,终年46岁,埋葬在青格里沙漠西北侧沙丘。墓地位置编号是00631。

　　还有一件令人啼笑皆非的事件,人生和命运的反复无常捉摸不透,引人掩卷深思。这个事件当年轰动一时,我也曾经听说过,今天目睹原始资料,内心又受到强烈震撼。事件是这样的:1968年,"文革"进入高潮,农场子弟学校人人都要学习背诵毛主席语录。这天,这位叫陈元恺的毕业于北京大学历史系的老师给学生上历史课,师生集体唱毕《大海航行靠舵手》歌曲后,开始学习毛主席语录,然后再开始正式上课。这时,一个学生的毛主席语录本找不到了，书包、抽屉里都找遍了，还是没有找见，他很着急。陈老师过来帮学生找，最后在板凳上发现了语录本，原来学生坐在屁股下面没有发现，陈老师笑着说了学生一句，你真是骑着毛驴找毛驴！这句话说出后，教室里突然安静极了，静得掉下一根针都能听见。陈老师感觉气氛不对，抬眼环顾四周，看见全班学生齐刷刷盯着他，目光紧张而异样。紧接着，一个男同学站起来，高喊口号：打倒现行反革命分子陈元恺！紧接着陈元恺被游街批斗，后来他自杀了。"文革"结束后，陈元恺被平反昭雪恢复名誉，遗体被重新安葬，但这时他已去世12年。他被没收的字画亦被如数归还。这些字画，当时价值5套单元房。3个子女为争夺价值不菲的字画闹得不可开交，最后上了法庭。后来，看破红尘的母亲将全部字画付之一炬，然后纵身跳楼自尽。

　　静静的地下室，沉默的各类资料，跨越时空的对话，无言的人生结局，仿佛是另外一个遥远的不为人知的陌生世界。冥冥之中，我恍惚看见，平素无人问津、空寂杂乱的档案室，曾经一页页沸腾、疯狂、鲜活的世间生活，现在却冷却、凝滞、呆板、蜷缩、隐藏、匿迹在黑暗封闭的地下室，似乎与世隔绝，远离社会，但它暗藏的历史和内容，包罗的世间万象，其实就是人生的另一个舞台、另一个世界。现在，一个偶然的机会，我面对他们，我打开他们，我努力展现他们。在我面前，沉睡的各色人物一个个从发黄的纸堆中苏醒、复活，重新走回喧嚣杂乱的人世间，仿佛穿越一般令人惊悚愕然。他们声泪俱下的倾诉、群情激昂的对话或者声嘶力竭的呐喊，演绎着各自的人生话剧，或悲剧或喜剧或闹剧，惟妙惟肖，如泣如诉，诠释着人性的复杂和世间的善恶，林林总总，包罗万象，令人唏嘘不已，感慨万千。

　　但是大多数时候，我整天一个人待在地下室，孤孤单单，无人问津，翻阅整理记录这些陈旧发霉的历史资料，还是太枯燥，太寂寞，甚至很无聊，让我感觉寡淡无味、如同嚼蜡。又过了几天，内心愈发孤寂烦闷，却无处诉说。我渐渐对这项工作失去兴趣，内心产生一股厌烦情绪。当管区民警时，我在车排子派出所辖区骑一辆破摩托车东奔西跑，天天走家串户，搞案子抓预防，喝酒吃肉，到荒野抓兔子，现在猛然坐下来闭门不出，确实有点不习惯，有些不适应。我觉得这次来政治处帮工整理资料，不如让我下派出所采访一个先进人物，或是到刑警队写一篇侦破通讯。白天四处寻觅搜集素材，忙得云天雾地；晚上和弟兄们胡吃海喝一顿，聊天宣荒吹得天翻地覆，这样既丰富了社会阅历，也加深了弟兄们之间的感情，我又获得了第一手资料和一些鲜活的细节，可谓一举多得。现在天天待在档案室，天南海北，抄抄写写，终究有点啰里啰嗦婆婆妈妈。

然而，转念一想，薛主任第一天跟我说的话又在耳边响起，理智最终还是战胜了情感。我是一名警察，必须无条件服从领导安排的工作任务，不能由着自己的性子来，这是毫无疑问的。于是，虽然我内心不情愿做这些抄抄写写嚼剩饭的事，但最后还是硬着头皮，耐着性子，继续投身于档案整理工作中去。我的心必须收回来，沉下去，抛开所有的杂念，全身心投入，面对这些陌生庞杂的档案资料，努力适应当前这项工作。我觉得自己有这样的定力和耐力，否则政治处也不会让我来，全局有 300 多人呢，为什么单单调我来？说明我有这个定力和能力。我要努力接近这些资料，让自己融入其中。这当然还要有一个适应过程，但我必须尽快进入角色，努力完成这项工作，这样领导才能器重我，我以后才会有更多的成长机会和进步发展空间。想到这里，我努力振作精神，一下子又觉得信心满满，浑身充满了激情和活力。

在中国共产党政治争取和人民解放军胜利进军的影响下，国民党军新疆警备总司令陶峙岳、新疆省政府主席包尔汉先后于 1949 年 9 月 25 日、26 日通电全国，宣布起义，脱离国民党政府，新疆宣告和平解放。至此，占国土面积六分之一的新疆，在中华人民共和国成立前夕，和平解放了，回到了新中国的怀抱。9 月底，起义部队改编为中国人民解放军二十二兵团，开始在天山南北平叛剿匪，很快稳定了新疆局势。那时候，由于新疆距离国内兄弟省份路途遥远，交通不便，运输费用极为昂贵，粮食物资拉运到新疆，价格上涨了 8 倍，积贫积弱的共和国不堪重负。为了屯垦戍边巩固新疆，毛泽东主席一声令下，十万大军解甲归田。野战军变成了新疆生产建设兵团，军人变成了劳动者，拿枪的手放下枪，拿起了铁锹、坎土曼。当年，除转业的解放军外，内地的大批农民、学生、无业人员纷纷涌入新疆生产建设兵团，他们有的是通过组织招录来的，有的是通过亲戚朋友介绍而来，还有很多人自流来疆，怀着各种各样的目的，浩浩荡荡，鱼龙混杂，来到了这块遥远、陌生、广袤的西部土地。他们各自不同的人生、迥异的经历，汇集成眼花缭乱的各类人事档案。而档案是直接形成的历史记录。每一个人都有一份档案，个人档案是一个人一生政治社会生命轨迹的缩写。众多的档案，密密麻麻的文字，表格，图片，鉴定，自传，汇集成一幅雄壮的波澜壮阔密密匝匝的社会人生画面。

现在，我用一把普通的钥匙，打开了一道普通的门，这道门的后面，是一片虽然陈旧但却崭新的天地，它与外面喧嚣鲜活的世界截然不同。这间地下室的资料室，虽然不能称为汗牛充栋，但也是林林总总，包罗万象，我要抽丝剥茧，推陈出新，理出骨架和脉络，然后再厘清丝丝缕缕，让它们成为一个符合逻辑的合理系统，最后成为一段历史永远保存下来。现在，沉浸其中，我要用热情和执着唤醒沉睡的它们，使它们一个个复活、新生、涅槃、绝处逢生、枯树开花。渐渐地，在接下来的几天里，以致后来漫长的日子，我的心绪慢慢沉淀下来，开始渐入佳境，心无杂念，静若止水，精神面貌和心态发生了有利于工作的积极变化。于是，在我的眼里，这个终年不见阳光的档案室，是一个充满了神秘色彩和不为人知的密室。在这个隐蔽的几乎无人知晓的角落，每一张陈旧的纸片都记录了鲜为人知的历史，因为真实而惊心动魄、扣人心弦。对各类人物命运的跌宕起伏、悲欢离合，更是充满了未知和好奇。接下来的日子里，我心无旁骛、专心致志，地下室逐渐吸引了我的全部精力和目光。

偶尔，中午或者黄昏，地下室的窗台上会落下来一只灰色的麻雀，或是一只怯生生的深褐色的沙枣鸟，它们小心翼翼地探着小脑袋，胆怯地打量着里面这个神秘未知的世界，眼神充满好奇和惊喜。这时候，我会放下手头的工作，一动不动，屏息凝神，紧紧盯着它们，仿佛要和它们对话。有一天下午，一只黄眼圈的麻雀试探着飞了进来，却不停留，只围绕着灯泡飞了一圈，就匆匆飞出去了。也许，很多人内心都和这只麻雀一样，都有窥视他人秘密和隐私的冲动、欲望和行动。幽静的地下室，这个封闭的机关，对于强烈渴望了解这个世界的我来说，现在的每一天，都是新奇的、鲜活的，调整心态后的我，觉得每一天都和前一天不一样，我正值青春年华，情绪每天都处在亢奋和惊奇中，内心充满了不可言说的愉悦。这间几乎被人遗忘的档案室，浓缩记录了这个地区的历史，记录了很多人的秘密，而这些秘密，我坚信很多人连他自己一辈子都不知道。当然，对于整个庞大复杂的社会系统来说，这些资料和档案只是九牛一毛，还有无数的史料和细节被湮没在浩瀚漫长的历史长河里，消失在口口相传的言语里。现在，每天能够接触这些旁人无法触及的秘史，我甚至觉得有点幸运和兴奋。于是，沉睡中的它们，在我的阅读整理中渐渐苏醒、复活，不再是一页页呆板发黄的繁体字，而是一个个立体丰满的人物或是真实鲜活的事件。

第六章

　　一个人专注于某一件事情，时间就过得很快。有一天下午，外面阳光慵懒，光线透过小窗户，斜斜地照进地下室，室内像往常一样寂静无声，充满安详平和的氛围。我像平日一样，午餐小憩后来到档案室，从一个木柜子里拿出一摞子资料，打开一个发黄的牛皮纸袋，准备做卡片记录，然后分别归类存档。我坐下来，慢慢抽出资料，里面是一卷厚厚的纸质档案，封面照例是黄色的牛皮纸，用白色细棉线绳子装订，因为年代久远，棉线绳子已经微微发黄，失去了原有的弹性和洁白。档案封面用隶书写着：北京市改造妓女工作。右上角有两个黑色繁体字：绝密。这又是一个秘密，而且是密级中最高的绝密，它一下子吸引了我。这时候，不知怎么回事，我一阵恍惚，鬼使神差，阴错阳差，一件遥远的往事突然闪烁了一下，闪电一般迅疾而出，浮现在我的脑海，随即又消失得无影无踪。这个往事，已经过去了很多年，几乎被我遗忘，它早已被我严严实实埋藏在内心深处，我守口如瓶，多少年来滴水不漏，就连最亲近的人我都没有透露过，现在突然迸发出来，有点猝不及防、不知所措，它和眼前的历史混合纠缠在一起，我说不清楚它们怎么会在我的脑海里同时出现，然后又相互交织在一起，乱麻一样缠绕在心头。我的心猛然哆嗦了一下，迫不及待地翻开档案，迅速看了起来。

　　北京市改造妓女工作（引言）

　　1949 年 11 月 21 日，北京市第二届各界人民代表会议做出决定：兹特根据全市人民之意志，集中所有妓院老板、领家、鸨儿等加以审查和处理，并集中加以训练，立即封闭一切妓院……，改造其思想，医治其疾病……当晚，北京市公安局局长罗瑞卿亲自坐镇指挥，北京市2400多名干警分头同时行动，一夜之间，全市224家妓院全部被封闭，拉开了新中国结束妓院历史的序幕……

　　档案是当时留下来的各类资料和工作简报，还有一些黑白照片，粘贴在硬纸板上，标注了工作内容、拍摄地点和日期，记录得很详细、很完整，装订得很整齐，是一部内容翔实的共和国改造妓女工作历史记录。档案最后面，是一个薄薄的花名册，单独装订成册，封面上写的名称是：新疆军区生产建设兵团车排子农场接受自流来疆人员花名册，右上角照例是"绝密"两个小黑字。纸的颜色发黄发灰，字体是细毛笔写的繁体，楷体小字，娟秀清晰。看见花名册，我的心脏莫名其妙狂跳不止，仿佛随时要跳出胸膛，呼吸也急促起来。少顷，我的手指颤抖着翻开花名册，一张张女人的2寸黑白照片映入我的眼帘，虽然几十年过去了，岁月沧桑，世事变迁，但照片上的她们依然年轻靓丽，一个个举止端庄、神态优雅，闪烁着抑制不住的青春光彩。我逐页翻开，凝视着一张张清晰的黑白照片。她们有的妩媚，有的妖艳，有的搔首弄姿，有的故弄玄虚，一律穿着各色立领盘扣旗袍，隔着遥远的时光长河向我微笑。这时，我发现这些女人没有姓名，姓名一栏写的是阿拉伯数字编号，人物按照数字顺序依次排列，备注栏里是各自的档案号，其他年龄、籍贯、家庭住址、出身成分都记得清清楚楚。我慢慢翻着，细细看着，第1页，第2页，第3页……当我的手指颤抖着翻到第12页时，一张熟悉的黑白照片赫然出现在我的面前。我的血液沸腾，像炽热的岩浆，心脏几乎要跳出胸口。我努力镇定下来，咬着牙，屏住呼吸，端详着她俏丽清新的面容：如月的面庞，弯弯的刘海，一双黑亮的大眼睛，带着一丝淡淡的忧郁和哀怨，一动不动，亲切、文静地看着我，那副神情，那个姿态，仿佛穿越漫长的时空和岁月，此刻就活生生站在我的面前，笑盈盈地注视着我，我能闻到她身上散发出的馥郁熟悉的气息。我按捺住狂跳的心脏，又仔细核对了年龄和籍贯等内容，一字不差，结果和我心中预想的一模一样。毫无疑问，眼前这个年轻漂亮的女人，就是我的母亲！

如雷轰顶，我一下子瘫坐在地上，头重重地碰在坚硬的木头柜子上，内心顿时五味杂陈，各种滋味涌满肺腑。我的血液在燃烧，嘶嘶作响，像熊熊的烈焰。一种痛彻心扉和如坠深渊的感觉，迅速弥漫了我的身心，我陷入一种完全无助的境地，恍如隔世。

噢，我亲爱的妈妈呀，您怎么会在这里！您怎么会在这里！！犹如万箭穿心，我感到浑身上下一阵战栗，随之感到一阵阵撕心裂肺般的疼痛，晕头转向，不知所措，眼前发黑，地下室天翻地覆般旋转起来，各种发黄的纸张和杂乱的碎片像雪片一样漫天飞舞，无数张面孔交替着在我眼前出现，整个世界一片混沌迷茫。

恍惚中，往日的生活情景，妈妈慈祥的面孔，连队人鬼祟的议论，像一个个翻转的蒙太奇镜头，交错浮现在我的脑海里，在我眼前轮番展示，最后渐渐消逝，慢慢沉淀定格在记忆深处。我不堪重负，百思不得其解。黑暗中，我感到前所未有的无助，心脏仿佛被冷藏在暗无天日的冰窖里，浑身不寒而栗。我瞠目结舌，一遍遍颤抖着反问自己，妈妈怎么会是这样？为什么这些事情会发生在亲爱的妈妈身上？今天下午发生的一切，像一把锋利的刀子，刺中了我的心脏，就像当年我刺中母亲一样！

一种从来没有过的空虚绝望，浓雾一样笼罩在我心头，经久不散，挥之不去。从此，一个沉重的包袱，像一块千斤巨石，压在我的心上，使我时刻感受到它的沉重，我被压抑得喘不过气来。

过了许久许久，我才慢慢缓过神来，回到眼前残酷的现实世界，但内心仍觉得扑朔迷离，被重重迷雾环绕。母亲是四川绵阳人，怎么千里迢迢到了北京？为什么做了妓女？为什么又来到远隔千山万水的新疆生产建设兵团，怎么和老房子的父亲结婚了？善良慈祥的母亲怎么和肮脏的令人作呕的妓女联系在一起？还有连队人传说中的"破鞋"绰号？我想拨开重重迷雾，解开母亲身上的疑团，探寻她的身世，看清人世间的黑白与真假，我想知道这一切。可是这些疑问一环套一环，环环相扣，组成了一个巨大的麻团，千丝万缕缠绕在我的脑海，令我眼花缭乱、头晕脑胀，穷尽一切办法也找不出答案。

　　档案室静静的，仿佛空气都停止了流动。我的血液凝滞，像断流的江河。我呆呆地坐在椅子上，泥塑般一动不动，神情呆滞肃穆。历史记忆与现实情景交替重合，人世间的矛盾冲突错综复杂，往事惊心动魄，现实无可奈何，使我心中百感交集、波澜起伏，掀起的惊涛巨浪，冲撞着我的心胸和脑海，使我久久不能平静。现在，我实在读不懂人生这部深奥复杂玄妙的大书，它艰涩、隐晦、渺茫，甚至残酷，充满了太多的无奈和宿命，我的心绪像冬季的原野一样寒冷苍茫，甚至开始怀疑人生。以前我阅读文学作品，主人公苦难的命运和人世间的悲欢离合、爱恨情仇，常令我沉浸其中不能自拔，也会使我心潮起伏、泪流满面。过后思量，又觉得自己情感太脆弱、太矫情，没有必要为作者虚构的人物掬一把同情的泪水。而眼前，这个现实生活中的主人公不是别人，也不是作家虚构创造的人物，她是真实的、鲜活的，是一个现实社会中活生生的人，一个生命中与我最亲近的人，她是我亲爱的母亲！作为她的儿子，我渴望母亲是美丽的，从外表到灵魂；她是善良慈祥的，是我生命的依靠；她怀胎十月生养了我，我与她血脉相连，气息相通，打断骨头连着筋，想到这里，我心中有一种玉石俱焚的感觉。世界上，没有哪一个儿子希望自己的母亲是妓女！我的心啊，怎能不撕心裂肺般疼痛！

　　又不知过了多长时间，太阳的光线透过玻璃窗户，射进寂静无声的档案室，阴暗的墙壁呈现出一片暖意，映照得整个地下室祥和庄严。我的心情稍稍平静，激动不安的情绪也慢慢缓和下来。我定了定神，站起来，把母亲的照片从花名册上轻轻撕下来，用一张白纸仔细包好，上面用钢笔写了日期：1986年9月26日。一瞬间，这个日子海枯石烂般镌刻在我内心深处，我知道我一生都不会忘记。然后，我小心翼翼地把照片装进我的上衣口袋里。后来，我把这张照片夹到一本书里，谁也没让看，包括我的母亲。这件事永远属于我一个人的秘密，我也同样深藏内心深处，一辈子守口如瓶。许多年以后，我记不清母亲的照片到底夹在哪本书里，把家里藏书翻遍也没有找到。此后，我再也没有看见过这张2寸黑白照片。

第七章

准噶尔盆地，生我养我的故乡，位于恢宏辽阔的中国西北部。

准噶尔盆地是中国第二大盆地。它西北以准噶尔为界山，东北为阿尔泰山，南部为北天山，是一个略呈三角形的封闭式内陆盆地，东西长 700 千米，南北宽 370 千米，面积约 38 万平方千米。盆地腹部为古尔班通古特沙漠，面积占盆地总面积的 36.9%。

准噶尔盆地西部有高达 2000 米的山岭，有几处大的河谷和缺口，如额尔齐斯河谷、额敏河谷及阿拉山口，强劲的西北风由河谷和缺口吹入盆地，挟风带雨，长驱直入，冬季气候寒冷，降雪丰富，夏季雨水较为丰沛。盆地边缘为山麓绿洲，日平均气温大于 10℃ 的温暖期有 140 ~ 170 天，栽培作物多是一年一熟，盛产棉花、玉米、小麦等农作物。

辽阔的准噶尔盆地，在很久很久以前，是一片浩瀚缥缈的大洋。1998 年，陕西省著名作家高建群曾经来到新疆，探险一般游览了罗布泊。高建群是一个面相黝黑、性格粗犷的陕北汉子，他有一头浓密卷曲的黑发，一双睿智的充满激情时常眯缝着的小眼睛，说着一口亲切地道的陕北话。他是一个性情中人，宅心仁厚，豪放健谈，谈起文学，讲到兴奋激动处，他总是情不自禁地手舞足蹈，双眼炯炯，毫不掩饰自己热烈奔放的情绪。高建群被誉为浪漫派文学"最后的骑士"。他的长篇小说《最后一个匈奴》与陈忠实的《白鹿原》、贾平凹的《废都》等陕西作家的作品引发了"陕军东征"

现象，当年震动了中国文坛。

那一年，面对罗布泊，面对死亡一般的寂静，高建群站在一处奇异突起的雅丹上，浮想联翩，文思泉涌。此时，他感到自己身体中的一部分东西正在死亡，而另一部分新鲜的物质正在倔强地生长出来，他的文字是死亡与复活融会贯通的混血儿，充满了历史的野性沧桑和生命的丰厚哲理。他在《中国作家》杂志发表的纪实文学《罗布泊大涅槃》一文中，对中国西部有一段精彩绝伦的叙述，形象准确地描述了准噶尔盆地的历史变迁。他这样写道：沧海桑田，鱼龙变化。这个变化的过程可以叫地球时间，或者叫罗布泊时间。

在 3.5 亿年以前，正如中国的东方有一片太平洋一样，在中国的西方亦有一片大洋。它的名字叫准噶尔大洋。它横亘在中亚细亚腹心地带。现在的新疆的大部分，现在的中亚五国，那时候正是这片大洋的洋底。

后来地壳变动，海水干涸，大洋露出洋底。地壳的挤压令天山山脉隆起，而洋底则成为草原和戈壁。

至十万年前时，海水浓缩成一个 3 万平方公里的水面。它被称作罗布泊，或罗布淖儿。它位于天山以北，塔克拉玛干大沙漠以南。

至公元纪元开始时，也就是两千年前时，司马迁曾在《史记》一书中，几次提及罗布泊。司马迁称罗布泊为"大泽""盐泽""蒲昌海"。

罗布泊之所以被《史记》《汉书》提及，是为了记述当时统治者的拓边之功。想那时罗布泊再度缩小，露出了许多的陆地。后来的唐诗中，有"黄沙百战穿金甲，不破楼兰终不还"的句子，证明那时候楼兰已处在一片黄沙之中。

这以后，罗布泊便被历史遗忘。

它被重新记起是在 19 世纪末。先是俄国探险家普尔热瓦尔斯基在罗布泊边缘地带探险，接着又有许多西方探险家到那里，试图揭开这块中亚细亚腹地的神秘面纱。而在这些探险家中，运气最好的是瑞典探险家斯文·赫定。

斯文·赫定率领他的豪华驼队，由当地人做向导，在这片死亡之海上游曳。在一个刮大风的日子，他们迷路了。大风后来把他们刮到了一座死亡城堡面前。湮失了许多世纪的楼兰古城自此被发现，西域探险重要的一页至此被揭开。这个时间是 1900 年 3 月 28 日午后 3 点。

至此，"楼兰热""罗布泊热""丝绸之路热"一直延续到本世纪。

1972 年，美国总统尼克松访华。作为礼物，他送给中国方面一摞从卫星上拍摄的中国地貌图。这图中有一张是罗布泊的图片。图片显示，曾经浩瀚的准噶尔大洋，拥有三万平方公里水面的罗布泊，如今已经干涸，一滴水也没有了。图片上的罗布泊，像一只风干了的人的耳朵一样，每一圈轮廓线都记载着它逐年干涸的过程。

注入罗布泊的孔雀河、若羌河断流，塔里木河成为季节河，是罗布泊干涸的直接原因。而中亚细亚干燥的气候，不成比例的降雨和蒸发，是它干涸的另一个原因。

……

亿万年，弹指间。天地转，光阴迫。沧海桑田，桑田沧海，天翻地覆，地覆天翻。谁也不知道，谁也搞不清，这颗浩瀚太阳系中呈蔚蓝色的椭圆形星球，经过了多少个轮回，颠覆了多少岁月，至今依然在茫茫宇宙中缓缓旋转着，旋转着……

时光通道，深邃，无限，永恒。鸿蒙洪荒中，时光退去，时光再来，时光循环往复，时光永无止境；反复更迭中，大洋渐渐消失，大地徐徐呈现；原始混沌中，千里高山崛起，无数巨石撞击堆叠，山峰狰狞，刺破青天，雄狮一般傲然屹立在西部荒原。宇宙所有，反反复复，验证了那句朴素的哲理：人间正道是沧桑。

现在，穿越时光漫长的隧道，时间回到 1962 年的夏季。我的牧羊人父亲，一个退役的中国士兵，骑着一匹高大威武、长鬃飘舞的骊马，站在曾经远古浩渺的准噶尔大洋，现在广袤苍凉的准噶尔盆地，放牧着一群洁白肥硕的细毛羊。广阔无垠的准噶尔盆地，朝晖夕阴，气象万千，天高地远，太阳高悬，举目皆是混沌、粗野、壮阔的风景。

　　这是仲夏的一天中午。天地之间，立着父亲、马、羊群、牧羊犬。父亲头戴一顶黄军帽，穿着一件褪色的黄军装，帽子和军装已经没有帽徽领章，只有缀戴过帽徽领章的地方，黄布的颜色还是簇新的，显示着曾经的军人身份。黄军装的后背上覆盖了一层白花花的汗碱，腰里扎着一根牛皮武装带。准噶尔盆地强烈的紫外线无遮无拦，日复一日，年复一年，将他的脸庞晒成黝黑发红的古铜色，闪着金属一样坚硬明亮的光泽。他的两个健壮的胳膊，奔波在大地上的两条腿，肌肉硬邦邦，山冈一样宽厚起伏的胸膛，颜色黑红，陨石一般，那是炙热阳光渗透形成的烙印，仿佛是用通红沸腾的铁水浇铸的，属于准噶尔盆地特有的颜色，已经与身体浑然一体。他的肩上，斜背着一支锃亮的 56 式半自动步枪，枪刺在阳光下闪着白光。他的手中，拿着一把细皮条编制的鞭子。父亲骑在高高的马上，腰板笔直，神情肃穆，望着远方，雕塑般伫立在准噶尔盆地，像荒原上的一棵老榆树，像雪峰中的一座陡峭山崖。

第八章

　　后来，以及后来的后来，有了我们。在我们不断长大的过程中，父亲不厌其烦地絮絮叨叨，告诉我们兄弟几个，他的老家是甘肃省张掖县，他的父母很早就死了，是他的奶奶讨饭把他带大的。父亲的声调带着浓郁的甘肃口音，带着一股怪异难听浑厚的腔调，让人听了非常不舒服，但是时间长了，我们的耳朵也习惯了。上学后有了地理课，我知道张掖县位于狭长的河西走廊中段，著名的古丝绸之路就从这里经过，走廊绵延7000多公里，向西一直伸展到欧洲的地中海。父亲还告诉我们，张掖是祖祖辈辈生长生活的地方，从出生到死亡，他们从来没有离开过张掖一步。从小我听父亲喋喋不休地说张掖土地肥沃，抓一把泥土可以攥出油来。地理书上说张掖盛产麦子、水稻、红枣和土豆，素有"桑麻之地"、"鱼米之乡"的美称，自古有"金张掖"的美誉。"那个胡麻油呀，金亮亮的，想起那个香味呀，晚上就睡不着觉"，这是父亲的口头禅，在他的心里，很多往事像风一样消逝，无影无踪，留在记忆里的故乡，就是一壶香喷喷的泛着金光的胡麻油。在后来我们和我们的后代填写的无数表格和各类履历中，写的籍贯毫无例外是甘肃张掖。但父亲的后半辈子，千里迢迢远离故乡，在准噶尔盆地边缘这块叫作车排子的荒野中扎根，然后奔波、劳作、生活，繁衍后代，大西北雄浑苍凉的准噶尔盆地，再次向我们敞开母亲般的胸怀，接纳了我们。车排子的盐碱水和玉米粥，养育、安置了我们的肉身和灵魂，

44

我们在荒原上开拓人生、种植梦想。从此，父亲再也没有离开过车排子一步，最终死去，被我们兄弟埋葬在车排子荒野。因为父亲，这块地方后来被我们称为故乡。

当年，在小小的农业连队六连和牧羊点老房子，关于父亲和母亲在准噶尔盆地西部边缘的车排子荒野邂逅，流传着很多版本和传说，衍生了很多故事，真真假假，虚虚实实，我长大后听说了很多，有点不辨真伪稀里糊涂。但是父亲和母亲这次在车排子相遇，以及后来发生的很多事情，彻底改变了这两个苦命人的一生，这一点是毫无疑问的。也许是命中注定，月下老人早已安排好了一切。当然这一切，都是我长大后慢慢得知的。六连很小，是一个近乎封闭的世界。连队的人很少，大家天天低头不见抬头见，左邻右舍，家长里短，油盐酱醋相闻，有几只母鸡都如数家珍，几乎每个人都没有秘密。

那是准噶尔盆地仲夏的一个迷人黄昏，日落烟霞，荒野壮阔。远方，逶迤冷峻的天山山脉，一座座高耸的雪山冰峰，巨影巍峨，一层层阴冷柔和的皱褶缝隙，轮廓清晰，线条分明，在夕阳里忽高忽低，忽明忽暗，仿佛一帧立体感强烈的木刻版画。西方，遥远苍茫的西方，一缕缕一团团红彤彤的火烧云，金碧辉煌，鲜艳刺目，燃烧了如犬牙交错的地平线。在车排子空旷坦荡的原野上，云霞缭绕，雾霭迷离，静静的风，一遍又一遍，吹拂着空旷而辽阔的大地。一群群麻雀呼啸着，掠过苍茫绚丽的天空，箭一般飞向霞光缥缈的远方，最后消失在橘红色的晚霞里。

而此刻，在一株弥漫着血色余晖和浓郁花香的沙枣树下，父亲和母亲殊途同归，不期而遇，冥冥之中仿佛命中注定。

父亲是六连的一个牧羊人。在农业生产连队，几乎每个连队都养有一些牛羊，生产的羊肉和牛奶用来改善农工生活，圈舍里积攒的牛羊粪，拉运出来堆积排列成长方形，发酵后被拉运到庄稼地里当肥料。牧羊人居住在零零星星散布四野的畜牧点，远离连队。畜牧点大多选择在荒僻无人的戈壁荒野角落，天似穹庐，笼盖四野，旷野灌木丛生，野草丰茂，方圆几十公里杳无人迹，常有野狼、野兔、狐狸出没觅食。简陋的几间土坯房，草泥屋面，青砖封檐，外墙刷着耀眼刺目的白石灰，隐藏在一大片乱树荆棘灌木丛中居住着几户牧羊人，空气中飘散着浓郁的苦艾和甘草的香气，缕缕炊烟环绕，点缀着终日寂寞的荒原。房子的四周，是高低错落散发着浓烈干草气息的金黄色草垛，苜蓿草，玉米秆，麦秸秆，稗子草，野芦苇，方的，圆的，长方形，正方形，像一座座陈旧发霉的古堡，上面布满了麻雀、燕子、褐头鸫筑的鸟巢，飘散着它们身上掉下来的各色羽毛。用土坯垒砌的低矮圈舍，木头围筑的供牛羊活动的圈子，长年弥漫着牛羊特有的膻腥味。一口用青砖砌筑的幽深土井，圆圆的井口，散发着清凉的水汽，砖缝里长满绿油油的青苔。井边立着一个柳木做成的高大井架，井杆上吊着一个晃晃悠悠的木桶，一群群灰褐色的乌鸦、麻雀、斑鸠飞翔嬉戏在水槽旁。井水清澈甘甜，四季源源不断，养育着畜牧点的羊群、牛群和牧羊人家。

一年四季中温和的春季，和微醺的秋季一样，是准噶尔盆地最迷人最美丽的季节。天空布满了铅灰色低沉的浓云，几场绵绵细雨过后，伴随着温暖和煦的一缕缕春风，盆地开阔的一望无际的原野上，铃铛刺、芨芨草、苦豆子、红柳无拘无束、争先恐后绽开它们翠绿的枝丫，或者从褐色喧腾的土地上钻出蒲公英、车前子、野蒿草令人心疼的黄绿嫩芽，星星点点，团团簇簇，染绿了整个荒野。接下来，沙棘、骆驼刺、琉苞菊、蝎尾菊、肉苁蓉等各类荒漠植物铺天盖地，枝叶葳蕤，是广阔丰饶的天然优良牧场。从4月底到10月初，大约有半年的时间，父亲和另外几个牧羊人，在辽阔的牧场放牧着一群羊和一群牛。父亲在部队曾是一名骑兵，复员后来到连队，成为一名牧人。现在，他整天骑着一匹健壮高大的骟马，在车排子腹地的戈壁、山岗、荒野游荡，陪伴他的是一群不会说话的各种毛色的牛羊。傍晚牧归的时候，父亲坐骑后边牵拉着一辆橡胶轮胎架子车，车上装载着一些戈壁滩上干枯朽烂的梭梭柴、红柳，用粗麻绳紧紧捆着。父亲孤身一人，在野外奔波一天，回到畜牧点还要自己烧水做饭，放牧的时候顺便砍点柴火，自己烧不完，就送给另外几户牧人。山高路远，地老天荒，多少年来，父亲无亲无故，了无牵挂，在老房子过着一人吃饱全家不饿的逍遥日子。

　　车排子荒野上，与父亲每天形影不离的除了一匹骊马、一只黑色的牧羊犬亮亮、家里的一只黄猫外，还有一头叫花花的白色小绵羊。花花是父亲起的名字，它是一头突然出生在戈壁滩的羊羔子。这年秋天的一个中午，一头老绵羊毫无征兆地在一丛芨芨草中产下了这只小绵羊，老绵羊已经很老了，走路迟缓，毛色发灰，这个冬天来临后，它就要被追肥淘汰宰杀，然后分给农工过年，谁也不知道它什么时候怀上了羊羔。父亲听到老绵羊衰弱嘶哑的叫声策马来到跟前，看见小羊羔呼吸微弱，有气无力，躺在地上挣扎着站不起来，已经奄奄一息。父亲跳下马，抱起瘦弱的小羊羔，解开上衣扣子，把它放在自己怀里，小羊羔虚弱地呻吟着，被父亲带回了老房子。父亲挤牛奶，天天用奶瓶子给小羊羔喂奶，晚上小羊羔就卧在父亲床跟前。在父亲的精心照料下，小羊羔一天天长大了，壮壮实实，浑身毛色雪白，一双褐色的眼睛，憨瞪瞪的，闪着明亮温和的光，它对父亲非常依恋，天天跟在父亲屁股后面，父亲给它起了"花花"这个名字，叫它"花花"时，它就抬起头，眼睛定定地看着你，模样非常可爱。

　　有一天下午，荒野突然变天，刚才还是阳光普照万里无云，一阵狂风从西边刮来，霎时乌云满天，飞沙走石，紧接着电闪雷鸣，暴雨从天而降，噼里啪啦砸得荒野冒起一股股浓密纷乱的白烟。父亲赶忙从马鞍子上挂着的褡裢里取出雨衣穿上，策马来到沙枣树下避雨，羊群被惊得四散开来，在荒野上毫无目的地乱跑乱叫，亮亮"汪汪"叫着东奔西跑，追逐着跑散的羊只。戈壁滩上的风雨来得急，去得也快，不一会儿狂风就把乌云卷走了，雨停了，风住了，西边的天空出现了一道绚丽的彩虹，空气像牛乳一样清新凉爽。父亲骑着马，把分散跑乱的羊只归拢在一起。这时，父亲突然发现花花不见了，他的心一下子提到了嗓子眼，他叫上黑狗亮亮，在羊群周围的荒野开始寻找，却始终不见花花的踪影。父亲焦急地举目四望，茫茫荒原一望无际，云气氤氲，上空弥漫着青烟似的一层薄雾，一群暮归的麻雀呼啦啦掠过天空，向远处急速飞去。亮亮在地上嗅来嗅去，突然抬起头撒开四蹄，朝荒野东北方向跑去，父亲见状抖动缰绳，骑着马跟着追了过去。

这时，弯弯的彩虹渐渐消失，西斜的阳光给荒野铺上了一层淡淡的玫瑰红，冥冥之中仿佛有神灵指引，黑狗亮亮带着父亲，一路狂奔，不知跑了多远，走了多少路，来到了一片五光十色的大荒滩。荒滩高低起伏，寸草不生，却撒满了色彩绚丽的各类石头，红色、黄色、白色、绿色、黑色的小石头，颜色形状各不相同，密密麻麻，像一颗颗璀璨明亮的宝石，闪着奇异的光彩，撒满了雨后初霁的荒滩。父亲勒马站住，他被眼前壮观的景象震撼了，满地的石头，漫无天际，像一朵朵燃烧的火焰，沸腾了他的血管，点燃了他的血液，他的心脏狂跳，整个身体灼热起来。在车排子戈壁滩上放羊放牛，多少年来走遍了东西南北角角落落，父亲却从来没有到过这个神奇迷人的地方。在夕阳落山的血色余晖里，整个荒滩闪闪发亮，像一个金碧辉煌、珠光宝气的皇宫。父亲仿佛来到了一个充满神秘气息和浪漫虚幻的童话世界。

极目远眺，父亲看见绵羊花花站在不远处的一片荒滩上，一动不动，高高扬着脖子，亲切地看着父亲。父亲欣喜若狂，翻身跳下马，快走几步，一下子抱住了花花，仿佛久别重逢的朋友。花花毛茸茸的头贴在父亲的脸上，咩咩地叫唤着，像撒娇一般。父亲疑惑的是花花身上干干净净，没有一丝被雨水淋过的迹象，他轻轻抚摸着花花，花花湿漉漉的眼睛望着父亲，清澈如水的瞳仁仿佛直抵内心。来不及多想，父亲抱起花花，骑到马背上，他最后看了一眼荒滩，正要策马离去，却看见刚才花花站立的地方，一颗彩色的石头发出耀眼的光芒，在地上熠熠生辉，显得与众不同。怀着强烈的好奇心，父亲又跳下马，放下花花，来到花花刚才站立的地方，蹲下身子小心翼翼地捡起这个小石头，用手擦去它的尘埃。小石头像一束跳跃的火苗，晶莹剔透，在父亲手掌上闪耀着奇异的红光，仿佛一颗亮晶晶的星星掉落在他手上。父亲端详了许久，如获至宝，满心欢喜，他痴迷地凝视着手中的小石头，忘记了周围的一切。过了好一会儿，花花走过来，用头蹭了蹭父亲的裤腿，咩咩叫了两声，父亲才从沉醉痴迷中回过神来。他抬起头，看夕阳下山，天色已晚，流岚环绕四野，他把石头放进贴身衬衣的口袋里，才带着花花恋恋不舍一路返回。后来，父亲想起这件事，心中觉得万分蹊跷，他想再去那个遍地闪耀着石头光芒的荒滩，却怎么也找不到那条路，问过路的卡车司机和哈萨克牧羊人，没有一个人知道那个地方。

有一次，父亲遇见了一个抛锚的货运司机，他远远地向父亲招手呼叫，父亲骑马过去，他向父亲要水喝，父亲取下拴在马鞍子上的水壶，递给了司机。司机接过水壶，咕嘟咕嘟喝了一大口，父亲让他把水壶里的水倒进他的水杯子里，说他马上就回家了，司机感激地把水倒进他的水杯子里，然后把空水壶递给父亲。闲聊中，父亲又问他知道不知道附近有个到处是石头的荒滩，司机告诉父亲，他听老司机说过这个地方，叫红石滩，离这里很远，他也没有去过。传说这个地方非常神奇，各种彩色的石头时隐时现，但大多数时间是戈壁沙砾，和别处的荒滩一样。只有暴风雨来临后，狂风卷走了流沙，雨水冲刷，荒滩才会显露出一颗颗彩色的石头，不到一天，漫天风沙又会把它覆盖淹没，和原来一模一样。听有幸见过的人说，那里的每一块石头都迎着太阳发光，捡一块石头，将来会有好运降临。听了司机的话，父亲陷入了沉思。神奇诡异的传说谜一样吸引着父亲，后来，父亲骑着马，带着亮亮，让神奇的花花带路，反复寻找几次无果，好像红石滩像野马群一样来去无踪，最后只好作罢。捡到的那块小石头，他像宝物一样小心地珍藏着，随身携带在他的身上，日夜不离陪伴着他。

这天傍晚，和平日一样，父亲赶着一群肚子吃得滚圆、慢慢腾腾行走的绵羊，后面照例拉了满满一车柴火，骑着马，不紧不慢往畜牧点走，车轮碾轧在松软虚浮的盐碱地上，发出哧哧啦啦的声响，腾起的一股股尘雾与飘逸的暮霭混合在一起，在荒野上一团团慢慢滚动。远远地，一棵巨大的沙枣树裹满了金色霞光，像一个熊熊燃烧、光芒四射的火炬，耸立在平坦开阔的苍茫原野上。这是一棵野生沙枣树，放眼望去，视野之内只有这一棵孤独挺立的树，多少年来没有被狂风刮走，简直就是一个奇迹。

没有人知道这棵沙枣树的来历。不知何年何月，或许是一只长途跋涉迁徙的鸟类遗弃的粪便夹带了一粒种子，又恰好是一个阴雨天，它便顽强地发芽生根，渐渐长大，成为一棵参天大树。光阴荏苒，日月如梭，不知生长了多少年，经历了多少风霜雨雪，树皮开裂，满目沧桑，枝丫却蓬勃苍劲，宁静深沉，像一位饱经风霜、气定神闲的时间老人，默默守护陪伴着无垠的空旷原野。每年四五月间，一夜春雨浇灌滋润之后，它满身绛紫的枝丫便舒展开来，绽放出星星般璀璨的米黄色小花骨朵，满树繁花，云蒸霞蔚，晃晃悠悠，顾影自怜，随微风散发出一缕缕沁人心脾的幽香，引来一群群野蜜蜂围着它嗡嗡作响，一起翩翩起舞，在茂密纷乱的枝丫间寻欢作乐。

"汪！汪！汪！"突然，黑色牧羊狗亮亮在羊群前面大声吠叫，声音慌张急促，好像发现了什么东西，打破了荒野傍晚悠然闲适的宁静。父亲勒住马，放眼四野，天还没有黑透，灰蒙蒙的原野，雾霭笼罩，空无一人。这时，黑狗还在狂叫不止，声音变得惊恐尖厉。父亲凝神细听，远处沙枣树方向，隐隐约约传来一声瘆人的凄厉的叫唤，夹杂着一个人惊恐的呼叫，在寂静的原野十分刺耳。

不好！前面有狼！父亲心中一惊。黄昏时分，鸟雀归巢，野兔匿洞，荒野上时常有饥饿的孤狼游荡，它在寻觅走失的羊只或晚归的野兔野鸡，经常有掉队迷失的小羊羔成为它的晚餐，父亲背上的56式老步枪，就是用来对付野狼的。而现在，还有人的呼叫，一定是晚归迷途的旅人，在荒野上遇见了狼！

来不及多想，父亲立即解开拴在马鞍子上的皮绳，分离开架子车，扬起手中的皮鞭，一抖缰绳，朝马臀部甩了一鞭子，马吼叫了一声，扬起四蹄，朝沙枣树方向疾驰而去。

父亲放开缰绳，任由马儿向前飞奔。风在他耳边呼啸，大地像起伏的波涛般摇晃颠簸，眼前的小草像风一样向后急速移动。他把背在肩上的步枪取下，子弹上膛，双手平端着，弯着腰，匍匐在马背上，摆开了随时准备射击的姿势。

一瞬间，骊马已经驮着父亲，飞驰到沙枣树前。父亲看见，残阳余晖中，一只麻灰色的野狼正向一个人扑去，那人拉着一个孩子，围着沙枣树，左躲右闪，慌里慌张，孩子惊恐的哭声在傍晚的原野分外尖厉恐怖。

"砰"！父亲举起步枪，扣动扳机，朝天鸣了一枪。父亲没有把枪对准野狼，他害怕伤着抱孩子的大人。

枪声，在空旷的原野分外响亮、刺耳。大灰狼嚎叫了一声，头也不回地跑了。空气中飘荡着一股浓重的火药味，久久不散。

沙枣树下，呆呆地站着一个人，一身灰色衣装，逐渐浓重的暮霭中分不清是男还是女，手里还拉着一个哭泣的半大小子，不远处一个提包扔在地上。

往前走了几步，父亲翻身跳下马，开口道，"喂！你到什么地方去？"

四下里，原野又恢复了宁静。暮色四合，夜色渐浓，树下的人紧张、恐惧，显然还没有从刚才的惊恐险境中回过神来。她一把将孩子拉起来抱到怀里，惊慌地望着父亲。受惊的羊群跑了过来，"咩咩"叫唤，像一群士兵，把沙枣树围得严严实实。

荒原上野草离离，浑然一体，几乎没有路，只有一条羊肠小道时隐时现，曲曲弯弯通向远方的连部，隐没在无边的荆棘荒草丛中。一个星期一趟的总场客运站班车，把旅客扔到公路旁就扬尘而去，往连队去只有步行。荒野茫茫，四顾无人，父亲经常遇见迷途的旅人。

见那人不吭声，父亲又说："你不用害怕，到哪里去尽管跟我说，我可以送你。"

可能那人听父亲语气和蔼，不像坏人，也可能赶路人已经束手无策，只有求助眼前这个牧羊人，况且刚才若不是这个人及时骑马赶到，开枪撵走了凶恶的野狼，自己可能早已成了饿狼口中的美味。想到这里，便怯怯答道，"我找六连的方兽医。"腔调细细的，绵绵的，是女人的声音。

父亲没有说话，他挥动鞭子，把羊群赶走。羊群撒着欢，"咩咩"叫着，向牧羊点方向跑去，暮色中卷起一股股尘土，笼罩在湿气浓重渐渐黯淡的原野。天天走同样的地方，羊群知道回家的路，在戈壁滩奔波觅食了一天，每只羊儿都急着回去喝清凉解渴的井水。

父亲骑马返回原路，来到刚才卸下架子车的地方，重新把架子车用皮绳拴到马鞍子上。父亲三下五除二，把架子车上的柴火卸了下来。父亲策马向沙枣树奔去，架子车摇摇晃晃，颠颠着向前滚动。

天已经完全黑了，星星在深蓝色的天空中眨着眼睛，浓重的饱含着水分的潮气弥漫了原野，空气湿漉漉的，像水洗过一样。来到沙枣树跟前，父亲勒住马停下来，对沙枣树下的女人说："喂，坐我的车，我送你回家。"

女人没有说话，感激地看了父亲一眼，也不推辞，抱着孩子，提着提包上了父亲的马车。

父亲经常做这样的事，每天放羊、吃饭、睡觉，生活没有一丝波澜，做点不同的事情，日子也过得有趣一点，快一点。何况这人是方兽医家的亲戚。父亲和方兽医都是连队畜牧排的，牛羊配种、生病、打防疫针，父亲都要找方兽医，两人很熟悉。

父亲今年46岁。他18岁在甘肃张掖被国民党抓壮丁，后来随部队到新疆驻防，1949年在迪化（现乌鲁木齐市）参加"九二五"和平起义，加入人民解放军行列。从部队复员后分配到连队畜牧点。那时候，连队几乎清一色男人，来自各个不同省份，女人却寥寥无几，属于珍稀动物。狼多肉少，僧多粥少，娶媳妇这样的好事，轮不到整天在戈壁滩默默无闻放羊的父亲。

这天下午，太阳西斜，余晖浸染。连队食堂韩司务长骑自行车来到畜牧点，传达连长的指示，杀一只羯羊招待场部来的电影放映员，顺便通知畜牧点牧工晚上去连部看电影《南征北战》。在家清理圈舍的父亲，干脆利索地杀完一只羯羊，把剥好剔净的羊肉放进司务长的自行车驮筐，把羊皮摊开晾在羊圈木头护栏上。忙完休息时，韩司务长抽出一只"黄金叶"卷烟，递给父亲，父亲没有接，他嫌卷烟劲小，平时他只抽自己卷的莫合烟。韩司务长掏出火柴划着，一边点烟，一边说："老陈，年龄不小了，该成个家了。"父亲听了，看了一眼司务长，没有马上接韩司务长的话。父亲平时闷声不响，但是做梦都想有一个家，奔波一天回家有碗热汤饭吃。但连队分配来的女人，年轻漂亮的都嫁给了连长、指导员、会计等领导，条件差一点的也和拖拉机驾驶员、在浇水排工作的男人成了家。女人本来就少，以父亲现在的条件，戈壁滩下暴雨也淋不到他。

父亲没有吭声，从口袋里掏出莫合烟袋，捏出金黄柔软的烟丝，卷了一支，借韩司务长的烟点燃。他深深吸了一大口，烟雾在身体里待了很长时间，父亲才徐徐吐出来，浓浓的淡蓝色烟雾，一圈圈笼罩飘浮在父亲头上身上，仿佛父亲满腹心事和万般愁绪。在六连，以前也有个别好心人给父亲介绍媳妇，当然这些女人，都是别人挑剩下的，不是寡妇，就是没有生育能力，有的还是残疾人。就是这类女人，和父亲见面说不上三句话，扭头就走了。父亲长得又黑又瘦，常年在戈壁滩奔波游荡，脸庞像枯燥皲裂的榆树皮，粗糙、沧桑，沟壑纵横，爬满了生活的艰辛和无奈，显得老态龙钟。只有一双饱经风霜的眼睛，在浓密的眉毛覆盖下，闪烁着沼泽般的宁静和忧郁的光泽。父亲平时木讷寡言，三脚踹不出一个屁来，偶尔发起脾气，八匹马都拉不住。而且工种又不好，天天跟着牛羊屁股跑，就知道死命干活儿，最大的生活乐趣就是卷莫合烟抽，从来不会用甜言蜜语讨好女人，更不会献殷勤，而且年龄又偏大，没有女人能看上他、喜欢他。

天苍苍，野茫茫。在戈壁滩一个人放牧牛羊，看似逍遥自在、无牵无挂，但日子久了，那种与世隔绝般的孤独和无人陪伴的寂寞，常常像一座大山压在父亲心头。内心的苍凉和无尽的惆怅，父亲无法诉说，也无人诉说。父亲渴望有一个家。

都是一个连队，韩司务长当然了解父亲的境况和心思，见父亲没有答话，便接着说："老陈，今晚先到连部看电影，看完了，你到我家来，我老婆给你介绍个人家。"停了一会儿，韩司务长又说："成不成，你和人家先见个面，聊一聊，说说话。不过，我丑话说在前面，这个女人以前结过婚，你不嫌弃人家就行。"

抽完烟，韩司务长骑着自行车，驮着羊肉，摇摇晃晃顺着小路走了。看着司务长渐渐远去的背影，父亲有点魂不守舍，有点心急火燎，平时干活儿四平八稳、不急不躁，他从来没有像今天这样焦虑不安过。这个时辰，牛羊归圈,太阳快跌进地平线了,来不及做晚饭,父亲回房子揣了一个凉馍,索性骑上马,边吃边朝连队走去。连队离牧羊点有 3 公里多,不一会儿就到了。父亲把马拴到连部旁边的小树林里,朝连部走去。连部门前的广场上,早已聚集了一群孩子,叽叽喳喳,摆满了各家各户的小板凳,他们在替父母占晚上看电影的位置。那天晚上,看的什么电影,具体什么情节,父亲忘记了,他满脑子都是和这个陌生女人见面的情景。电影完了,人们一哄而散,离开了连部,一轮明月亮晃晃,照着空荡荡的广场,周围一下子清静下来。这时,韩司务长走到父亲跟前,把父亲领到他家。

进了韩司务长家,父亲看见一个面目清秀、头发绾成一团的年轻女人正在和韩司务长老婆在马灯旁说话,灯光把她的脸庞照得红扑扑,像镀了一层油彩。女人见了他,倒不显得拘束,莞尔一笑,也不说话,站起来给父亲让了座,倒了一杯水,放在父亲面前的小桌上。父亲也觉得这个女人有点面熟,却记不起在哪里见过,又不好意思多看,闷着头只是端着杯子喝水。

看见有点冷场,韩司务长说:"老陈,不认识了?"

抬头看了一眼韩司务长。父亲说:"不认识。"

"前几天不是你把人家从狼嘴里救下来,又把人家娘俩从沙枣树下送到连队的吗?"韩司务长说。

父亲怔了一下,抬起头,认真地看了一眼那女人,正好与女人黑漆漆的温柔目光对视。父亲嘿嘿笑了。

"那天天黑,没看清楚。"父亲老老实实说。那天傍晚,父亲把女人和孩子送到连队方兽医家后面的公路,用鞭子指了一下方兽医家,说了一句,"前面就是你亲戚家。"不等女人答话,就骑着马走了。他急着回去还要把羊群赶回圈里。

"那你今天好好看。你狼都不怕,还怕一个女人?"韩司务长哈哈一笑,说得两人又羞涩地低下了头。

"老陈呀,你俩有缘分,你们好好聊一聊。"韩司务长老婆说完,便拉着韩司务长出了门。

第九章

　　与母亲第三次见面，是在父亲老房子低矮破旧的趴趴房里。父亲在畜牧点有一间房子，和另一个牧羊人王长福一起居住。后来王长福要结婚，没有房子，父亲就把房子让给他，自己搬到羊圈旁边一间存放杂物的趴趴房里，这样王长福就有了婚房，而父亲住进趴趴房，夜里正好可以看护羊群。趴趴房前高后低，逼仄狭小，地基有三层青砖，其余都是土块垒砌，仅有七八平方米，后墙上一个小窗户，蒙着一块黑乎乎沾满泥点子的塑料布。一个单身牧羊人的房子里凌乱不堪，只有一张红柳条编织的床，一些破旧的棉被褥子、衣物，一个水缸，几个简单的锅碗瓢勺，一个高高的用柳树条编织的筐子，装着各种厚薄不一的皮子、几副马笼头、一副马鞍子和细皮绳编织的长短不一的绳子。那是牧羊人父亲的全部家当。

　　这天傍晚，父亲披着晚霞，拖着疲惫的身子，赶着羊群回牧羊点，远远看见趴趴房升起一缕炊烟，心中顿生疑惑。他的门从来不上锁，家里没有值钱的东西，平常也没有人去，现在谁进了房子？还升起了炊烟？把羊群饮水后圈起来，父亲匆匆回到家。推门进屋，看见青石板饭桌上饭菜已做好，一盘土豆丝，一盘西红柿炒鸡蛋，白面和玉米面混合在一起搓的拉条子，冒着香喷喷的热气。一个女人正在埋头洗衣服，听到开门声，她抬起头，沙枣树下的女人一张俊俏白净年轻的脸，笑吟吟地迎着父亲，宛如一朵甜蜜、羞涩、悄然绽放的沙枣花。

"你回来了？"她发出像荒野上黄鹂一般好听的声音，轻柔，悦耳，亲切，像是熟悉的一家人。

"回来了。"父亲答道。父亲的回答有点不由自主，有点紧张局促，还有一点不自然，好像回到的不是自己的家。

"快洗洗手吃饭吧！"她随即命令父亲，声音轻快、急促，饱含着关切和温暖。

这天晚上，父亲吃到了有生以来除母亲外第一个女人做的饭菜。女人做的饭菜很好吃，很可口，虽然是家常菜，却很合父亲的胃口。父亲很高兴，很激动，从床底下扒拉出一瓶连队酿的高粱酒，倒在碗里，一个人喝了起来。父亲没有酒瘾，平时只有过年才喝酒。

夜幕降临，牧羊点一片安宁。父亲的小屋，昏黄的煤油灯下，父亲醉眼蒙眬，心旌摇曳。他破旧狭小的土房子，他戈壁滩上唯一遮风挡雨的家，开天辟地，第一次走进来一个女人，而且是一个年轻漂亮的女人。他看着眼前这个仿佛从天上掉下来的女人，心情既紧张又激动，还有一丝惊喜和不知所措。前几天，在连部看电影那天晚上，在韩司务长家，他们聊到很晚，父亲知道她是四川绵阳人。她告诉父亲，她在老家结过一次婚，有一个孩子。至于什么原因离开四川，又怎么来到新疆，来到车排子农场，来到六连，她没有说，父亲也没有问。父亲觉得，以前的事和他没有一分钱关系，没有必要问，也没有必要知道。

她穿着一件蓝色的外衣，紫色的有机玻璃扣，里面是一件粉红色衬衣。她身材颀长，不胖不瘦，差不多和父亲一样高，但女人显个子，所以看起来她比父亲略高一点。她的脸很白，皮肤细腻，像涂着一层洁白光滑的油脂，在油灯柔和的火焰里泛着光。她慈眉善目，性情温柔，一双大眼睛忽闪着，像一潭深水，深情、幽静、黑亮，带着一丝不易察觉的笑意，隐藏着一缕淡淡的看不见的忧伤。她的头发浓密，很长，很黑，衬托着她的脸庞更加白嫩细腻。女人面色平静，微笑起来，像平静的湖面漾起涟漪，妩媚动人，娇羞可爱。

煤油灯下，父亲戈壁一样沉默冷峻的面容，在烈酒的微醺中逐渐舒展放松，像一片春风沉醉的原野。这个晚上，女人的千娇百媚和酒精的推波助澜，温柔融化了他那颗饱经风霜、沧桑疲惫的心，他享受着、品味着从未有过的美好时光和摄人心魄。对于一个整天孤独行走在戈壁荒原上的牧人来说，他的内心是坚硬的，封闭的，是拒人千里的。天地间，他一个人骑着马踽踽独行，荒原的风吹拂着他的脸颊，他独自回忆往事，思念远去的亲人；他咀嚼生活的艰难，体验人生和岁月。一个人走在荒原上、风雨中，他的影子也是孤独的。长久以来，他的心扉顽强牢固，坚如磐石，像一个防守严密、牢不可破的城堡，不会轻易向陌生人打开。然而这个安静温馨的夜晚，这个美丽温柔的女人，伴随着浓郁香醇的烈酒，走进了属于他的封闭城堡。

这天晚上，这个女人没有回到连队的方兽医家。

这天晚上，借着微醺的酒意，父亲雄风浩荡，激情昂扬，浑身血脉偾张，成了一个真正的、完整的男人。

这天晚上，父亲和这个女人依偎在红柳床上，说了一晚上的话。后半夜，煤油灯没油了，扑闪了几下，终于熄灭了，土房子一片漆黑。两人喃喃私语，直到拂晓。父亲这天晚上说的话，比他上半辈子加起来说的话都多。

这个女人叫蔡秀芬。她出生在四川绵阳专区德阳县一个靠近县城的小山村，父母靠着几亩薄田，生养了两个儿子和她们姊妹三人，她在姐妹中是老大。1961年冬季，她的丈夫在三江码头扛麻包时，突然一脚踩空落入江中溺亡，连尸首都没有见到。丈夫死后，她的生活一下子陷入窘境。听闻大伯家的堂姐蔡月梅在新疆生产建设兵团一个农场，她来信说那里人少地多，可以吃饱肚子。她走投无路，想离开这块伤心之地，走得越远越好。她到公社开了证明，抱着两岁多的儿子，和同村的姐妹周凤琴一起投奔新疆的堂姐。一路坐轮船坐汽车坐火车，到了新疆哈密市尾亚火车站，下了火车，南来北往的人拥挤着，乱糟糟的，四处都是横幅，招募内地来的人员。她俩被下野地农场接待站的人拦住了，问她俩到什么地方去。她回答，到车排子农场去。她记住了堂姐来信的地址。那人说，下野地农场和车排子农场都是一个总场，两个农场挨着，他们那里开发了土地，正需要人，去了可以当工人发工资。到了新疆两眼一抹黑，两人听了他的话，决定先到下野地农场落脚，安顿好以后再慢慢找堂姐。

第二天，一辆敞篷汽车将她俩和一群人拉到了下野地农场一个开荒连，住进了泛着新鲜泥土味、墙壁潮湿、屋顶漏土的地窝子。没过几天，指导员把面容姣好的周凤琴介绍给了从部队复员的连长李建疆。而她则被介绍给了一个满脸麻子、瘸着一条腿的园林班郭班长，他是在 1949 年 8 月解放兰州时受的伤，他不嫌弃母亲还带了一个孩子。指导员跟她说："郭班长是老革命，参加过抗日战争和解放战争，为了建设边疆耽误了自己的婚事，你和他见见面，如果没有意见，三天后就结婚，到时候连里给你们举办婚礼。"她见了郭班长一面，他个子不高，一脸大麻子，坑坑洼洼，走路一瘸一拐，被指导员带着来到了她的地窝子。指导员给两人作了介绍，郭班长见了她也不说话，呵呵一笑，露出一嘴黄牙，满脸不自在。母亲看了他一眼，心里叹息了一声，什么话也没有说。指导员还以为两人不好意思说，就带着郭班长一瘸一拐离开了。当晚，她躺在芨芨草编织的床上，望着黑乎乎的房顶，翻来覆去睡不着。郭班长丑陋沧桑的面容使她夜不能寐，一闭上眼睛，就看见郭班长拖拉着一条瘸腿晃晃悠悠向她走来。见面后的第二天晚上，她来不及告诉周凤琴，连夜抱着儿子逃离了开荒连，到总场场部坐了班车去车排子农场，继续寻找堂姐蔡月梅。

那天下午，在路口下了班车已是黄昏，她在荒野四顾无人，饥渴难耐。她抱着儿子，按照司机指的路，一步步朝荒原走去。黄昏的原野阒无一人，她内心忐忑不安，偏偏又遇上了饿狼，千钧一发之际，幸亏父亲飞马赶到，开枪救了母子两人，并用马车带着她们到了六连堂姐蔡月梅家。和父亲结婚，她当然不仅仅是感激父亲的救命之恩。那天傍晚，父亲把她们母子送到六连大姨家房后头也不回就走了，父亲给母亲留下了深刻的印象，这是一个靠得住的踏实男人，虽然母亲因为傍晚光线昏暗，连父亲长什么样子都没有看清楚。

父亲没有嫌弃她和她的半大小子，他和这个小房子太需要一个女人了，而且这个女人还是一个漂亮温柔的年轻女子。第二天上午，父亲骑马带着蔡秀芬，直接到了六连连部。父亲在马鞍子后面铺了一条撒满小花的布单子，这样她坐在后面会舒服一点。在连部门口，父亲把马拴在旁边的电线杆上，去找连领导。

父亲推开连长办公室，一个和父亲年龄相仿的中年人正在打电话，看见父亲进来，用手指了一下旁边的一条沙枣木长条凳，示意父亲坐下。父亲一屁股坐下，母亲怯生生地站在父亲身旁。

办公室两张办公桌并排放着，对面指导员的座位空着。正面墙壁上贴着一张毛主席的画像，画像上部和两边是一副刷了黄色油漆的木制对联，字是雕刻进去的，凹槽里涂了红油漆，方正楷书，横平竖直，非常醒目。横批是：为人民服务。左联是：艰苦锻炼了钢铁意志。右联是：劳动锻炼了辛勤双手。横批的左侧和左右联的上侧分别是毛主席头戴军帽和戴着红领章的彩色头像。连长操着浓重的甘肃腔，说着生产的事情，好像在向场部生产科申请化肥。

打完电话，连长把话筒"咔嚓"一声放进座机卡槽里，转过头，望着父亲笑眯眯地问："老陈，大上午头跑过来，有什么事吧？"说着，用眼睛打量着父亲身旁的母亲。

"高连长，我准备到场部领结婚证，找你开个证明。"父亲直接说了。高连长和他是甘肃老乡，不过他是张掖的，高连长是定西的，两个人都从部队转业到农场，高连长在国民党队伍里就是军官。但父亲和他不在一个部队，来到六连才认识他。

"结婚？好事！好事！新娘子就是这位了？"高连长看着母亲笑着说。

"秀芬，过来，这是咱们六连高连长。"父亲一把扯过母亲，将她拉到前面。"叫高连长。"父亲跟母亲说。

"高连长。"母亲羞怯地看了一眼高连长，怯生生地说。

"好！听口音是四川人。咱们农场就是五湖四海，哪个地方的人都有。不过，老陈，马指导员今天身体不舒服，在家休息，开证明这事归他管，要不你过两天再过来。"高连长跟父亲说。

"你也知道，高连长，老房子忙得很，我来连里一趟不容易。不行我到家里去找他。"父亲站起来急切地说。

"这样吧老陈，你在连部等一会儿，我去跟指导员说一下。"高连长说。

"那就谢谢你了。"父亲感激地说。

高连长说着出了门。刚才他看到母亲，知道这是方兽医家的亲戚。方兽医跟他说过她，连里就这么多人，他知道每个人的情况和底细。蔡秀芬这个情况有点复杂，他一时拿不准，想拖延几天和指导员见面沟通一下，但父亲比较着急，他只好到家和指导员商量。

进了马指导员家，马指导员正坐在饭桌前喝茶，见高连长进来了，让了座，给他倒了一茶杯水。高连长问了指导员的病情，把父亲和母亲结婚的事跟指导员说了。

指导员沉思了一会儿说："这个女人的背景有点复杂，我听方兽医给我说过。但是，上面没有文件说不能结婚。毛主席在《关于正确处理人民内部矛盾的问题》里说，调动一切积极因素，团结一切可能团结的人，并且尽可能地将消极因素转变为积极因素，为建设社会主义社会这个伟大的事业服务。蔡秀芬嘛，这个情况确实有点复杂，她是旧社会过来的人，但是她有公民的基本权利，和陈大河结婚我看是可以的，不是早就提倡婚姻自由了吗？老陈也是六连的职工，一个人这么多年，一直没有碰到合适的人，现在既然他们两个人同意，我没有什么意见。"说完，他拿起桌子上的一本《毛泽东选集》，翻开放在桌子上。

"那好吧，指导员。我也同意。我回去就给他们开证明。你在家好好休息，连里一堆事，我先走了。"高连长说。

父亲拿了结婚证明，然后带着母亲，一溜烟到车排子场部机关群工科领了结婚证。从此，这个女人就正式成为我的母亲。而那个半大小子，2

岁多的铜栓，自然成为我同母异父的哥哥。

那天下午，从场部群工科回来，父亲拿出结婚证，和母亲凑在一起，喜滋滋地翻看着。

结婚证是一张封面印有毛主席头像的红色卡片，扉页上有毛主席语录：

实现婚姻自由，男女平等，……

《论联合政府》

真正的男女平等，只有在整个社会的社会主义改造过程中才能实现。

《妇女走上了劳动战线》一文的按语

团结起来，参加生产和政治活动，改善妇女的经济地位和政治地位。

为《新中国妇女》杂志的题词

正文是：

陈大河，男，四十六岁；蔡秀芬，女，三十岁。两人自愿结婚，经审查合于《中华人民共和国婚姻法》关于结婚的规定，发给此证。

一九六二年五月二十八日

（印章）

结婚证四周是彩色的和平鸽、鲜花、稻穗、棉花串联组成的精美图案，暖意融融、喜气洋洋簇拥环绕着正文。

两人手捧结婚证爱不释手，翻来覆去看了好几遍，你望着我，我望着你，兴奋得看不够。最后，父亲把结婚证锁进他唯一的一个木头箱子里，小心翼翼地珍藏起来。

"叮铃铃"，门外响起了自行车铃铛声。父亲掀开门帘出门，看见方兽医骑着自行车来了。这是一个四十多岁厚墩墩的男人，中等个儿，长相敦实，鼻梁上架着一副近视眼镜，背着一个兽药箱，显得有点文质彬彬。他是蔡月梅的丈夫，蔡秀芬的姐夫，今天上午父亲带着母亲到连部开结婚证明，母亲到方兽医家，跟大姐蔡月梅讲了和父亲领结婚证的事。到了六连以后，母亲当时心里清楚，她不赶紧嫁人，后果会和下野地开荒连一样，六连领导会给她介绍一个，这一点，走到哪里都一样，农场的连队，到处都是如饥似渴、内心恓惶的单身汉，他们像狼一样的眼睛，虎视眈眈，紧紧盯着同样是单身的女人。大姐蔡月梅是母亲在新疆唯一的亲人，在六连园林班工作，管理连队的苹果园和葡萄。在这之前，她通过韩司务长给父亲介绍了母亲，现在听了母亲的话，大姐说："只要你们两个人愿意，我和你姐夫没有意见。"母亲带着哥哥住在大姨家，毕竟是亲戚家，大姨家房子狭小，还有两个孩子，加上铜栓，三个孩子挤在一起，时间长了也不是个事。母亲嫁出去了，大姨也感到轻松，况且父亲的情况他们知根知底，虽然年龄大一点，长相老一点，但是为人老实厚道，干活儿实在，每月有工资，生活没有问题，在偏僻的农业连队，一个带着孩子的离婚女人还有什么更高的要求呢？再说结婚后，她们母子两人的户口可以从四川绵阳迁移到农场，连队凭户口本发粮油本，每月就有了口粮和清油，布票、肉票也会按时发放。母亲走后，大姨赶紧找人缝了两床新棉被，作为新婚礼物，让方兽医送来。

方兽医用自行车驮来了两床新棉被，还有一条"上海"牌太平洋双人床单，他把礼品放进房子就要走，父亲留他晚上喝喜酒，他说西头猪圈的母猪生病了，他要去给猪打针。母亲给他冲了一杯白糖水，他也来不及喝，慌着要走。

出了门，方兽医跟父亲说，铜栓在他家玩几天，过段时间再送回来。说罢，方兽医骑着自行车风风火火地走了。

父亲目送着方兽医离去，内心充满感激，眼中噙满了泪水。方兽医不仅送来了结婚礼物，还把铜栓留在家里，让他和秀芬安安心心过几天新婚的舒心日子，想得仔细周到，真是一个好人。

母亲已经把房子打扫得干干净净。在场部领结婚证时，母亲到商店买了一张大红纸，回来后，母亲用剪刀剪了两个喜字，贴在门前门后，"喜"字红彤彤的，鲜艳明亮，黑乎乎的小土屋立刻显得喜气洋洋。傍晚，母亲做了四个菜，土豆烧牛肉、韭菜炒鸡蛋、干豆角炒猪肉，还有一盘粉条拌菠菜，简单而丰盛。父亲就请了一个人，和他一起放羊的王长福。早晨赶羊出圈的时候，父亲就和王长福说好了，晚上回来到他房子吃饭。

四个菜，荤素搭配，摆满了青石板饭桌，热菜冒着诱人的香味，弥漫了狭小的小土屋。这时，有人推门进来，是王长福。他手里拿着一个有鸳鸯戏水图案的搪瓷脸盆，两个透明的玻璃杯子。他大声说着恭喜祝福的话，将东西递给了父亲，父亲连忙接过，把他让到饭桌上。

王长福中等身材，脸色黑黝黝的，泛着被烈日暴晒后苍红的颜色，发出铁锈一般的光泽。他胡子拉碴，上身穿一件脏兮兮的黄色旧军装，下身是一条膝盖打着补丁的蓝裤子，身上散发着一股牛羊的臊味。长年累月在荒野奔波，整个人显得老气横秋，其实他只比父亲小几岁。

母亲拿了两个小白瓷碗，倒了两碗酒，放在父亲和王长福面前。王长福也不客气，端起酒碗，和父亲碰了一下，咕嘟咕嘟一口气喝了下去，把碗放下，也不吃菜，看着父亲，脸色有点阴云密布，愁眉不展。

父亲又把酒倒好，放在王长福面前，说："老王，动筷子吃菜。"

父亲知道王长福心里有事。前年秋天，王长福要结婚，父亲搬到趴趴房，把大房子腾出来给他结婚。他喜滋滋把房子粉刷一新，花钱请木匠做了大床和柜子，把婚事办了。可是结婚不到两年，那个媳妇拿着他的钱，一声不吭和一个外地人跑了，再也没有回来。今天看着父亲结婚，他触景生情，不由自主地想起了自己的辛酸往事。

在牧羊点四户人家中，王长福是最后一个到老房子的。他四十岁出头，黑瘦的脸庞，眼睛细小，右下巴处长了一颗米粒大的肉瘤，棕红色的，用陆德林老婆的话说，是他母亲在怀他的时候不长眼睛，拉屎拉到路中间了，所以上天就给他留了一个肉瘤。他是从车排子农场十三连调过来的，十三连是新生队，专门接收从劳改农场刑满释放的新生人员，表现好的过两年后，再分配到其他连队工作。

王长福结婚两年，他的老婆依然肚腹平平。连队上到老房子拉肥料的人就议论纷纷。有人说老王可能身体不行，两年了还不见动静。有人说他女人是碱包地，男人累死累活也播不出苗。直到后来，女人一声不吭跟着一个江湖郎中跑了。

老房子饲养着一群牛和一群羊，每年四五月份天气转暖的时候，时常有收购羊皮、牛皮的骑着马或者赶着牛车的哈萨克贩子，收购肉苁蓉、甘草、贝母的湖北、江西肤色黧黑的药材贩子。他们三三两两来到老房子，骑着加重自行车，后座椅上架着一个荆棘条编织的驮筐，一边一个，满载着收购的各种药材。他们风尘仆仆，浑身膻味汗味，在老房子歇歇脚、喝碗水、讨口馍，讲外面一些稀奇古怪的事情，老房子是他们长途跋涉行走的驿站。荒年饿不死手艺人，还有一些斜背着棒槌走村串连打网套的浙江人，多半是父子，父亲身材瘦削，儿子脸色白净，都穿着灰色的平布外套。四处流浪讨生的江湖游医，骑着叮当作响的破自行车来到老房子，他们神秘莫测，不知从何处来，一个个身怀绝技，用土传偏方能医治好连队兽医治不好的牛羊疾病，收取一些费用，以此谋生。

这是一个闷热而潮湿的下午，一只只燕子低叫着掠过草垛，贴着羊圈盘旋飞舞，地上的一群群蚂蚁慌里慌张、争先恐后往高处搬家。太阳偏西的时候，蚊虫密集，肆意叮咬。一个安徽人像游荡的幽灵，悄无声息地骑着一辆破自行车，叮叮当当来到了老房子。他穿一件灰色的圆领老头衫，一条连队人很少见的蓝色府绸裤子，脚上是一双灰色塑料凉鞋，长得尖嘴猴腮，一双鼠目，嘴唇上长着一圈黄乎乎的胡须，眼睛滴溜溜转悠，声音沙哑而含糊不清，说话时像公鸭一样嘎嘎叫唤。

他扎好自行车，先到王长福家讨水喝，王长福老婆瞥了他一眼，指了指门后的水缸，他拿起水瓢，咕咚咕咚喝了一瓢凉水，声音像老牛饮水一般。

他用袖口擦了擦嘴，看了一眼王长福老婆，然后出来，围着牛圈转了一圈，牛圈里有几头黄皮寡瘦的奶牛，头低耳垂，皮毛脱落，一群绿头苍蝇围着奶牛上下飞舞，嗡嗡叫着，牛尾懒洋洋的有气无力，扫来扫去也赶不走，一副病恹恹的样子。他围着奶牛不动声色地看着，一句话也不说。

王长福过来了。他掏出一盒纸烟，给安徽人递了一支，自己点燃一支，看着这个安徽人看牛。

看了一会儿，安徽人上前抱住牛头，扳开牛的嘴巴，察看了牙口和舌头，他一个个看过去，又翻开牛的眼睛，观察眼睛的变化，他蹲下身子，用木棍拨拉牛粪，察看粪便的颜色。

"怎么样，老乡？"王长福在旁边问。

安徽人摇摇头，没有说话。他来到自行车跟前，从大梁上吊着的帆布挎包里，掏出一个带着长线的神秘物件，又来到奶牛跟前，抱住牛头，慢慢从牛嘴伸进牛的肚子里，过一会儿又慢慢抽出来，上面竟沾满了锈蚀的铁钉和铁丝！

一连几头牛，安徽人用同样的方式，小心翼翼地从奶牛肚子里掏出了锈迹斑斑的铁物，扔在一个木桶里，竟有小半桶。那是他获取报酬的凭证。

还有几头牛，安徽人用一个细长的酒瓶子调制好一种黄色药粉，加了水的药粉刺鼻难闻，宛若烧焦的牛毛，熏得牛直流泪。他上前抱住牛头，硬是把泛着泡沫的药水灌进了牛肚子，牛呛得接连打喷嚏，憋得眼珠子要掉下来。给牛灌药的时候，他咬紧嘴唇，动作凶狠，牛奋力挣扎，四蹄乱舞，他一手抱住牛头，一手拿着药瓶，牛的身子剧烈晃动扭曲着，牛头却在他怀里一动不动，药水一滴不漏被灌进牛嘴，咕咚咕咚流进胃里，牛鼻孔喷出浑浊的粗气。第二天早晨，这些奶牛稀里哗啦拉出一堆褐色粪便，臭气熏天，苍蝇欢天喜地飞过来，烟雾一般麇集在上面。粪便中爬出了一条条白色的长虫，长虫在地上慢慢蠕动着，被觅食的公鸡叨起来吃了。

陆德林是老房子畜牧组组长。他安排安徽人在王长福家吃饭，晚上住在牛圈存放牛奶的小房子，几块柳木板子铺在地上，铺上被褥就可以凑合着睡觉，已是夏天了，不用盖被子，在哪里都可以对付一晚上。

王长福的女人崔谷香，三十多岁，脸庞白白净净，眼睛水汪汪的，因为没有生养孩子，她的身材像姑娘一样苗条。她在家中姊妹中排行第七，六连和老房子的人叫她七仙女，真实名字反而无人提及。这女人从河南上蔡来新疆，从小在家中跟着母亲做针线活儿做饭，烧的一手好饭菜，只可惜老房子各类食材紧缺，无用武之地。安徽游医来了后，陆德林安排她做饭，他找畜牧排长拿了一些鸡蛋、豆腐之类的副食，补贴给王长福。

第一顿饭，是韭菜炒鸡蛋，炕的油面饼，烧的菠菜汤。王长福的老婆会调剂，没有肉，一日三餐顿顿有鸡蛋，韭菜炒鸡蛋，油炸鸡蛋饼，清水荷包蛋，主食是捞面条、馒头和油饼，都是过年才吃的稀罕食物。陆德林跟王长福说："这安徽人有两把刷子，你让你老婆把他招待好，让他费心把咱们的牛羊看好。"是的，如果老房子死一头牛、一只羊，他是组长，要到连里做检查，一顿饭能有几个钱？

安徽人在门前石板桌上正吃着饭，几个孩子围拢过来，咋呼着要看怎样把铁丝从牛肚子里取出来。安徽人摆摆手说："你们出去玩去，等一会儿给你们讲故事。"孩子们才散了。

吃过饭，安徽人喝了几口连队的烧酒，脸色红扑扑的，几个孩子又跑过来，吵嚷着让他讲故事，他抿抿嘴，喝一口茶，清清嗓子，开始说书。他从挎包里掏出两个扑克牌大的小竹板，"啪！啪！啪！"甩了几下，周围安静下来。大人听到快板声，也聚拢过来。安徽人说书时却像变了一个人，吐字清晰，噼里啪啦，一句接着一句，声音带有一种男人低沉浑厚的磁性。

他说的是《武松打虎》。他先说了几句快板书开头：

　　　　闲言碎语不要讲，说一说好汉武二郎。
　　　　那武松学拳到过少林寺，功夫练到八年上。
　　　　……

接着进入故事。他用手做着各种夸张惊奇的动作，小鼠目闪闪发光，滴溜溜乱转，嘴里开始模仿各种声音：说话声、喝酒声、风雨声、呼噜声、老虎的吼叫声，各种声音惟妙惟肖，仿佛就在眼皮子底下……

……武松看到了路旁一块大青石，被雨水冲刷了多少年，平整光滑，武松觉得好像是老天爷给自己定制的单人床，把哨棒往身旁一放就躺下了，迷迷糊糊，酒劲上来了，刚想睡下。只见一阵狂风起来，原来云从龙，风从虎，老虎一出来是威风八面……

孩子们一个个瞪大眼睛，鸦雀无声，屏住呼吸聚精会神地听。说着说着，他戛然而止，不讲了，慢慢端起茶水碗，喝了一口，他这是故意卖关子，孩子们吵着嚷着要让他继续说，他才慢条斯理、不紧不慢地往下说。

王长福的女人七仙女倚着门框，手里端着一个草绿色的搪瓷缸子，边喝茶，边听安徽人讲故事。刚来老房子的时候，她不喜欢喝水井里的盐碱水，嫌有一种苦味，就用井水泡茶喝，用茶的味道盖住苦味，时间长了，养成了喝茶的习惯。平时无论忙闲，她都要泡一缸子茶，自己慢慢喝。搪瓷缸子是她哥哥当兵复员的纪念品，她来新疆时，哥哥当作礼物送给她，平日里与她形影不离。

故事跌宕起伏，听的人一惊一乍，脸色急剧变化，安徽人讲得眉飞色舞，一腔一调拿捏准确。她却显得心不在焉，眼色迷离，好像有满腹心事。说书人碗里的茶水喝完了，她端起暖水壶，把碗沏满，又回到原来的位置，倚到门框上。

雨，在半空酝酿了一下午，终于在傍晚时分下了。雨点扑哧扑哧落到地上，砸起一串串白烟，消失在雨幕中。说书人不说了，跑了一天，干了半天，他累了，要到牛圈存放牛奶的房子里去睡觉。

连着三天，安徽人看牛看羊治病，王长福老婆负责做饭烧水。傍晚，吃过饭，喝几口酒，安徽人接着说书，大人孩子围坐一圈听。夜雨三场，淅淅沥沥，故事好像羊肠子，疙疙瘩瘩，一段说完，还有下一段，《空城计》《薛仁贵征东》《穆桂英挂帅》好像永远也说不完。雨停了，他回牛圈睡觉，明天再接着说。第四个傍晚，没有下雨，地面潮湿，但路已经干了，王长福放羊回来，没有看见安徽人。他回到家，也没有看见自己的老婆，围着老房子转了一圈，不见两个人的影子。他看见一团浓雾般的蝗虫从他头顶呼啸而过，夹带着一股屎壳郎腥臭难闻的气息，消失在阴云密布的西北方。他预感到不祥，可能有灾祸发生，汲汲皇皇中又转身回到房子，门前的自行车不见了，桌子上的搪瓷缸子也不见了。这时他才恍然大悟，安徽人带着自己的老婆跑了！

犹如狂风吹走一粒沙子，一滴水掉进沙漠里，老房子再也没有这两个人的音讯。

"老王，别想过去的事了，今天是我结婚的日子，咱们好好高兴一下，来，喝酒！"看着王长福若有所思的样子，父亲端起碗，和王长福碰了一下，一仰脖儿，喝了下去。

"老王，你不要慌！天下好女人多的是，有机会找一个，再成个家。"父亲用手抹了一下嘴，说。

"一个人好，一个人好！一人吃饱，全家不饿。"王长福闷声闷气地说。

"以后刮风下雨回来晚了，就到我这里吃饭。"父亲说。

王长福笑了，爽快地说："好呀，就怕来的次数多了，嫂子嫌烦。"

"怎么会烦呢！多一个人吃饭，锅里多添一瓢水就够了。况且你和老陈是朋友。"母亲在一旁笑吟吟地说。

"好，一言为定。"王长福高兴地说。一个人在戈壁滩奔波一天，再回来生火做饭，洗锅刷碗，的确是一件很麻烦的事。

气氛又活跃起来，两人说着话，你一碗，我一碗，慢慢喝着，吃着，说着。

后来，酒喝完了，王长福摇摇晃晃，出了门走了。

夜深了，小小的趴趴房里，灯光摇曳，只有父亲和母亲。父亲坐在饭桌旁，满脸通红，每一道皱纹里都洋溢着喜悦和兴奋。他看着坐在桌子另一侧的母亲，一句话不说，沉浸在幸福时光里。这时候，父亲好像突然想起了什么，他小心翼翼从衬衣口袋里掏出一个小物件，望着母亲，还是一句话没有说，拉过母亲的手，郑重地放在母亲手心里。这是一块粉红色椭圆形的小石头，亮晶晶，滑溜溜的，麻雀蛋般大小，是父亲多年前寻找绵羊花花时在红石滩捡的。放牧的时候，父亲没事就把石头拿出来，在手里把玩、观赏。天长日久，这个小石头细腻油润，愈发晶莹剔透，犹如欲滴之露，惹人喜爱，是父亲珍藏的一个爱物。

"这块石头是我在戈壁滩捡的，跟了我很多年，我很稀罕它。"父亲凝视着母亲说。

母亲看着父亲，又看看父亲手中的石头，内心百感交集，身子微微起伏着。

"秀芬，以后你看见它，就跟看到我一样。"父亲凝视着母亲，继续动情地说。

"他们说，有了这块石头，一个人就会有好运。真是的，你看看，我现在就有了你。"父亲喃喃自语，若有所思，仿佛沉浸在遥远的往事中。

母亲没有说话。她小心翼翼地接过这个小石头，捧在手心里，凝神细看。在母亲白皙、柔软、细腻的掌心里，在煤油灯跳动的光焰下，这个带着父亲体温的小石头，越发显得通体透明，晶莹娇嫩，像一朵燃烧跳跃的小火苗，一颗光彩夺目的稀世之宝。刹那间，母亲怦然心动，热血翻涌，一股暖流涌遍了她的全身。她抬起头，面颊通红，双眼一动不动凝望着父亲，父亲也笑眯眯地望着她，两只眼睛眯成一条缝。母亲呼吸急促，双手微微颤抖，仿佛她手里捧的不是一块小石头，而是父亲一颗滚烫炽热的心脏！

和父亲成家后的第三年冬天，母亲抱着我回四川绵阳老家，去看我姥姥。姥姥给我了一个银质的长命锁，戴在我的脖子上，妈妈和我还有姥姥和小姨，照了一张 5 寸的黑白照片。这一天，妈妈独自到镇上赶集，让镇上的老银匠在石头上包了一层细细的银丝，穿上一根精致细小的彩绳，然后把石头挂在她的脖子上。此后，无论春秋，无论白昼，这个小石头都陪伴着母亲，从没离开过。当然，大多数时间，母亲都小心翼翼地把石头珍藏起来，从不示人，只有特别重要的日子，或者特别高兴的时候，母亲才会拿出来，挂在她那白皙、细腻、柔滑的脖子上。

白驹过隙，时光流逝，不知不觉过去了很多年。在雄伟的天山脚下，浩瀚无垠的准噶尔盆地戈壁腹地，曾经的准噶尔大洋洋底，人们发现了一种色彩斑斓光滑油润的石头。这类石头历经亿万年风沙烈日、雨雪冰霜的磨砺，颜色以红、黄、白、绿、黑为主色调，质地细腻致密，光润透亮，很快在喜爱石头的人群中风靡，吸引了很多人前来捡拾。因为这类石头多在渺无人迹的戈壁荒滩，远离人群，人们给它起了一个名字，叫"戈壁玉"。据后来闻讯而来的考古学家考察，大约一亿年前的白垩纪时期，这里曾经是一个巨大无边的淡水湖，湖水里生活着各种鱼类，湖岸生长着茂密的各类草本植物。后来经过两次大的地壳变动，湖泊变成了间夹着砂岩和泥板的陆地瀚海。沧海桑田，物换星移，经过亿万年的风沙和干旱，戈壁玉逐渐露出地表，再经过千百年的风沙打磨，形成了各种形状、五彩缤纷的戈壁玉籽料，如星星一样散落在漫无边际的戈壁荒野。

戈壁滩一下子来了很多人。人们像突然发现了新大陆一样，骑着马，骑着骆驼，开着各种越野车、房车，成群结队涌向天山脚下的这块戈壁滩，寻觅捡拾裸露在地上的宝藏，人稠得像河坝里的石头。夜晚，一座座露宿的小帐篷里的灯光，闪闪烁烁，明明灭灭，增添了夜的幽静和神秘。紧接着，来自河南、福建、浙江的玉石雕刻工匠和手艺人来到戈壁滩附近的克拉玛依市、乌尔禾镇、兵团周边的农场连队，他们安营扎寨，收购各种戈壁玉石原料，就地雕刻成各种工艺品、挂饰、摆件。于是，一个个玉石专卖店如雨后春笋般冒了出来，各种石头光彩耀眼，琳琅满目，形成了一个玉石产业，很快造就了一批富翁。后来，随着玉石产业的逐渐兴起壮大，集聚了一批专门从事产供销的人，带动了当地的经济发展，并吸引了全国各地的旅游者前来旅游观光。

再后来，随着戈壁玉声名鹊起，它受到更多人的青睐和追逐，一块块看似普普通通未经雕饰的玉石，经过能工巧匠雕刻后，摇身一变，华丽转身，成了具有很高观赏、收藏价值的艺术品。它像一个无人问津的灰姑娘，一步步从戈壁荒野，从大漠深处，登上了都市的大雅之堂，走向全国，走向世界。因为它产于古丝绸之路，玉石多为金黄色，内部有若隐若现的丝状萝卜纹，玉石界学者把这类石头正式命名为"金丝玉"。他们这样定义金丝玉：金丝玉系指产于新疆维吾尔自治区行政区域内，常见于准噶尔盆地及周边地区。主要有隐晶质或显晶质石英及少量云母、绢云母、绿泥石、褐铁矿等矿物组成的集合体，化学成分以二氧化硅为主，摩氏硬度 6.5 ~ 7。常见颜色为黄色、红色、白色等，当含有不同的微量元素（如 Fe、Mn、Ni、Cr 等）或混入其他有色矿物时，可呈现不同颜色。

准噶尔盆地的列祖列宗，诸位朋友石友，亲爱的读者们，金丝玉经过亿万年时光磨砺，五彩缤纷，横空出世，是新疆独有的玉石种类，产自天山脚下准噶尔盆地辽阔的戈壁荒野，它稀有、珍贵，质地温润细腻，色彩斑斓艳丽，是天地自然孕育的精灵，是上天赐给我们人类的神物。

金丝玉是玉石界的后起之秀，它像一匹从天而降的黑马，又如一道划破天际照亮天空的闪电，从名不见经传、无人知晓，到现在闻名遐迩、驰名中外，跻身于中国名玉石之列，光芒万丈，大放异彩，声名远播，广为流传，形成了灿烂辉煌的金丝玉文化。它作为中国五千年传统文化的一部分，必将继续发扬光大，绽放斑斓色彩，陪伴我们的生活理想和爱情，未来前途不可限量。

但是，开天辟地，从古至今，第一个在中国大西北准噶尔盆地车排子荒野发现金丝玉的是我的父亲这是毫无疑问的。父亲是一个没有文化的牧羊人，他不知道玉石的悠久历史和传说，在某年某月的某一天，父亲在车排子荒野与这颗玉石不期而遇，当然他也不知道这是一块千年不遇的绝世珍宝，他只是觉得这颗石头圆润好看，温润柔美，散发着夺目的红色光焰，是一个吉祥之物而予以收藏。那颗火焰一样明亮的小石头，是车排子大地馈赠给勤劳诚实父亲的礼物，凝聚着太阳的热烈，闪耀着月亮的光芒，像天上的星星一样璀璨夺目，是当年父亲赠送给母亲的定情之物，象征着他们的爱情天长地久、海枯石烂、万古长青。

当然，父亲当年做梦也不会想到，他无意中在准噶尔盆地西部边缘戈壁滩捡到的这颗小石头，是金丝玉中的极品宝石。它那耀眼的光焰，通红艳丽，温润凝透，珍稀名贵，日后轰动了中国玉石界。父亲与母亲当年在车排子用生命演绎了一个荡气回肠的爱情传奇，父亲不会想到，围绕着这颗美丽多情的金丝玉，多少年以后还会发生另外一个缠绵悱恻、动人心魄的爱情故事，这个故事的主人公是他引以为傲的儿子。车排子是一块辽阔神奇蕴藏着无穷宝藏的地方，人员来自五湖四海、天南海北，他们中间不断创造诞生各种奇妙不朽的传说，车排子人性格鲜明，敢爱敢恨，男男女女发生离奇激荡的爱情故事不足为奇，而且只要有人类，只要有劳动的激情和美好的向往，各种传说和爱情故事就会像歌谣一样传唱下去，直到地老天荒。当然这一切的一切，父亲确实想不到，因为在这之前，父亲已经离开了人世。

第十章

连队像辽阔苍茫的黄色背景上撒落的一串串璀璨的绿色珍珠，时隐时现，闪着绿光。它的四面八方，被一排排高大挺拔的柳树、榆树、杨树或者曲折如一团云雾似的沙枣树包围笼罩着，哨兵般簇拥环绕着，坐落在准噶尔盆地边缘宽阔无边的荒野上，像陷入汪洋大海中的一叶小舟。田野上，黄、灰、绿三种色调铺天盖地涌入视野，黄的是沙漠，绿的是庄稼，灰蒙蒙的苍穹雾霭把沙漠和绿洲糅为一体，色彩鲜明又浑然一体。这幅连队景色，风吹雨打，酷霜严寒，一年又一年，犹如雕刻，纹丝不动，始终依然。

虽然已经脱离了军事化建制的部队，开始了农业生产建设，但是一个个农业连队，仍然沿用原先部队的番号，按照数字序号排列，一连，二连，三连，四连，五连……每个连队都有连部、学校、卫生所、商店、食堂、高音喇叭和防守严密的武器库、弹药库。连部是一座独立的土木建筑，白墙青砖，高大宽敞，办公室墙上挂着木头牌子，用红油漆写着办公室名称，有连长、指导员、副连长，还有文教、会计和统计员、出纳，一头沉办公桌，沙枣木靠背椅，刷着闪亮的黄漆。连长和指导员办公桌上有一部黑色的手摇电话，一根细细的铅灰色铁丝电话线钻出窗外，由一根根黑色的木头电线杆连接着，通向营部，通向场部，是连队唯一的现代化通信工具。连部是连队的指挥机关和心脏，向全连农工发布各种命令、生产战报、宣传鼓动，开展各项文娱庆祝活动。大礼堂是仿苏联式建筑，矗立在整个连队中央，中间的门楼高高耸立,气势宏伟,威武庄严,上面镌刻着鲜红的五角星图案,两边廊柱上用红油漆书写着毛泽东的诗词,左边是:为有牺牲多壮志。右边是:敢教日月换新天。大礼堂是连队人开大会、看电影、举行文艺演出的地方。一口大铁钟,用废旧犁铧改制焊接,挂在大榆树的枝杈上,正对着连部广场,由于长年累月风吹雨淋,表面已是锈迹斑斑,通体黝黑,雄浑庄重。大铁钟声音洪亮,铿锵有力,声音回荡在连队上空,传得很远很远,是连队人作息出行的集体时钟。每个连队的东西南北方向,各分布着一个畜牧点,棋子般散布在连队四周,星星般拱卫着绿色的连队。每一个畜牧点,都有一条笔直或者蜿蜒的尘土飞扬的小路通向连队。

每一个畜牧点都有一个名字,名字是连队人随意顺嘴起的,形象、具体、贴切。六连东边的羊圈,人们叫东头或羊圈。西头的猪场,人们叫西头或猪场,又叫烧酒坊。因为西头有一个烧酒作坊,连队人用收获的玉米或者高粱酿酒,工艺很原始,设备很简陋,酿制的烧酒却清澈透明、浓香醇厚,很受连队人欢迎,是过年过节家庭少有的奢侈品。西头还有一个豆腐坊,一头小黑驴,一盘石磨,磨豆腐的原料是连队种植的黄豆,小黑驴慢悠悠晃着,小石磨吱呀吱呀转动,黄灿灿的豆子磨出的豆腐、白白嫩嫩、香气扑鼻,吃一口热腾腾的豆腐,鲜嫩爽口,味道真是好极了。不过豆腐坊大多数时间都闲着,只有过年过节的时候才磨豆腐,豆腐凭票供应,连队人每家每户可以分两公斤豆腐。西头离连队远,有2公里距离,平时很少有人去,只有几个忙忙碌碌的饲养员吃住劳动在西头。在晴朗无云、碧空如洗的白天,在连队可以看见西头升起的淡蓝色炊烟,烟雾缭绕,弥漫在遥远的地平线尽头。如果有风,一团团炊烟就被撕扯成一缕缕、一片片,像灰色的云彩一样飘飘忽忽,若有若无,在蓝天上随意涂抹着图画。西头挨着奎屯河,一条流向下游甘家湖的季节河,河水平静、浑浊,波澜不惊。河道里长满了密密麻麻指头粗的芦苇,芦苇绿森森的,高低参差,颜色发青,犹如翡翠一般,随着河道蜿蜒西去,绵延几百里,在沿途浑黄灰褐色的荒野映衬下,很是壮观。在河岸两边黑色白色的碱土上,生满盘根错节的红柳、铃铛刺、甘草、牛蒡、苦豆子，一丛丛一簇簇。开花的时候，色彩缤纷，如云如霞，顺着弯曲的河道一眼望不到边际。青青翠翠的芦苇荡里，有泥狗子、黑泥鳅、野鲫鱼等各类野鱼游荡和各种颜色野鸭、水鸟嬉戏，一只只蜻蜓振动着淡绿色透明的翅膀，在芦苇丛中静悄悄地飞舞。每年五月初，河中厚厚的冰块渐渐消融后，河岸边枯草瑟瑟，随风起伏，有时坚冰的破裂声和撞击声，惊起灌木草丛中灰褐色的野兔，它们抬起前蹄站立，像人一样东张西望。有时会看见一只拖着长尾巴的皮毛金黄的狐狸，晃了一下，迅速消失在金黄色的枯草丛中。

夏秋两季，太阳快落到地平线的时候，河面跳跃翻涌着红艳艳的万道霞光。有连队人在水中放下一个口小肚大柳条筐子编织的鱼篓，里面放置帆布包着的油渣，经过河水浸泡后，油渣香味四溢，引诱鱼儿入篓。第二天早晨，天蒙蒙亮，拉着绳子慢慢起出鱼篓，运气好的话，可以收获小半篓颜色青黑、一拃长活蹦乱跳的泥鳅，回家洗干净，裹上面粉用油炸，吃起来又香又脆，是难得的美味佳肴。有连队人熟悉河道，花时间仔细观察了野鱼游走的路线，在必经之地下篓，收获后一家人吃不完，偷偷骑自行车跑到场部把鱼卖掉，就有了一笔额外收入。河岸边是生长着芨芨草、刺棵子、碱蒿子的大片荒坡野地，起起伏伏，凸凹不平，是连队的公共墓地，一座座用白碱黑碱堆砌的土包密密麻麻，沿着河岸无序排列，埋葬着连队死去的亲人。连队人死了，一律由木工房提供柳木棺材，棺材涂着鲜艳的猪血色油漆，闪闪发亮。安葬的风俗和做法都是按照河南人制定的习俗，因为连队河南人最多，结婚、殡葬都是沿袭河南人的日常惯例。下葬时，无论死者生前是否有饮酒的嗜好，棺材里都要放 2 瓶连队酿的高粱酒，意思是慰藉死者，聊以打发以后寂寞清冷的时光。荒野上，墓地平常悄无声息，只有河水潺潺，风儿缠绕，伴随着无尽岁月。一年中，只有清明或者逢年过节，才会有人前来墓地祭拜，烧香，放鞭炮，供上祭品，然后隔着厚厚的碱土，与另一个世界的亲人喃喃私语。最后用铁锹铲除坟头的荒草，四周培上一层新土，寄托后人的哀婉和思念之情。也有的坟头，终年荒芜，四处鼠洞，爬满了野草，新叶覆盖着枯枝，厚厚的一层。木板上的毛笔字模模糊糊，看不清死者的名字，也从来没有人前来祭拜。这些死者多半是孤身一人来到新疆，死后葬在这里无人祭扫，任凭风霜雨雪，爬满了白碱黑碱。时间长了，谁也不知道土堆里埋葬的是何许人也。

西头是兵团农场和地方乡村的分界线，过了奎屯河，就是地方的公社村庄，东一个，西一个，稀稀拉拉，村与村距离很远，隐没在乱树丛和沙丘荒野中，与连队隔河相望。再往西，就是遥远苍茫的阿拉山口，那是准噶尔盆地雨和雪产生的源头。晴朗无云的日子，站在高坡远眺，可以看见阿拉山口巨大的豁口，在连绵的黛青色群山中闪着明亮耀眼的光芒，像洁白无瑕的水晶。来自西伯利亚强劲狂野的西北风，一年四季就从这个峡谷一样的豁口，昼夜不息，浩浩荡荡，吹向辽阔的准噶尔盆地，吹向深远的天山北坡腹心，吹响一个个连队和村庄，直到精疲力竭，它才销声匿迹。西头远，西头寂寞，只有一群群麻雀、沙枣鸟、斑鸠整日在西头猪场周围碧蓝的天空盘旋、嬉闹，在地上觅食喝水，一年四季，春夏秋冬，从不间断。西头最热闹的时候，是过年前杀猪。每年12月的最后几天，下雪了，交九了，天冷了，上大冻了，地里的农活儿早已干完了，这段连队人难得的空闲时间，是西头冬宰杀猪的日子。这是过年的序曲，辛劳的一年即将过去，新的一年将要开始，再困难再贫穷的家庭，也要想方设法准备一些好的吃食，预备一些年货，一家人聚在一起，迎接新的一年。冬宰的前几天，连队人欢天喜地，一家派出一个代表，到食堂司务长那里排队领肉票。肉票是一张盖有连长鲜红印章的二指宽的白条子，上面写着猪肉的公斤数，印有"一次有效，丢失不补"的铅字，连队无论男女老幼，每人分配一公斤猪肉，买肉的钱由统计员从下月的工资中扣除。到了分肉的这一天，连队人有的走路，有的骑自行车，三三两两、断断续续，成群结队到西头凭票分猪肉，从上午一直持续到临近黄昏。这些天，中午或者晚上，连队家家户户飘出炒猪肉浓郁持久的香味、叽叽喳喳的笑声，整个连队喜气洋洋，和过年一样热闹。

父亲放牧的畜牧点在连队南头，名字叫老房子。部队刚来的时候，车排子南头四面八方都是荒野，举目望去一片荒凉，没有人烟，只有一些野猪、野兔、狐狸惊慌乱窜的踪影。连队人白手起家，就地取材，盖起了一排坐南朝北的土房子，地基铺了一层苇子隔碱，屋檐是三层青砖，房梁铺上厚厚的红柳把子，铺上苇子，上了两层结实的房泥，既遮风挡雨又冬暖夏凉。每间房子方方正正，有棱有角，外墙涂了白石灰，门窗刷了油漆，是连队最早最老的房子。时间长了，大家就叫这地方为老房子。你到什么地方去？到老房子。干什么去？打牛奶。今天到什么地方干活儿？老房子。干什么活儿？到牛圈积肥。老房子，简单，亲切，顺嘴，好记。后来时间长了，老房子塌了，在原地又盖起了新房子，但名字还是叫老房子。

在老房子，父亲和母亲结婚后，他的生活还是老样子，白天依旧放羊捡柴，打草清圈，添料加水，围着一群活蹦乱跳的牛羊转圈圈。母亲手脚勤快，洗洗刷刷，缝缝补补，一日三餐不重样，粗茶淡饭经她的手，变得香甜可口。轮到父亲放牧的这一天，母亲中午走路给父亲送饭，汤汤水水，辣子醋蒜，一应俱全；而从前外出放牧，父亲都是带一点馒头饼子之类的干粮，凑合一顿午饭。马鞍子上挂着一个铁皮军用水壶，早晨装的开水，到中午已经凉了。回来的路上，母亲也不空手，送饭的篮子装满了采摘的各种野菜，肩上还扛着一捆烧饭的柴火。

结婚后不久，母亲用碎麦草屑和了一堆草泥，把房子里面用草泥全部糊了一遍，堵住小窟窿小眼洞，抹平坑坑洼洼，然后用白灰水仔细涂刷了，窗户重新换了白色透明的塑料布，小房子立刻变得干干净净，亮亮堂堂。母亲天生是操持家庭的好手，把家里收拾得整整齐齐、利利索索。王长福会一些简单的木工活儿，她让父亲替换王长福放羊，利用两天的时间，让王长福在火墙炉子旁边给哥哥做了一个小木床，木头是连队盖羊圈剩下的边角料，床上铺了一个厚厚的芨芨草垫子，松软暖和。剩余的沙枣木木板，王长福又做了一个小饭桌，替换了原来笨重的青石板饭桌。王长福从羊圈拿来一瓶给牛羊打号的红油漆，均匀地刷在饭桌上。刷了油漆的沙枣木饭桌，红彤彤的，光彩照人，洋溢着一团红艳艳的喜气。母亲在火墙中间的走道上拉了一根铁丝，悬挂了一个翠绿色布单子，这样就把房子一分为二，外间是做饭的厨房，住哥哥铜栓；里间是卧室，住父亲母亲。母亲明亮的眼睛，柔软的话语，轻盈的身子，温暖的气息，里里外外，进进出出，仿佛把这个曾经黑不溜秋的小土屋照耀得光彩照人，充满了女人特有的温馨气息，父亲回来看见焕然一新、一尘不染的房子，高兴得合不拢嘴。

夜幕降临荒原后，狭小逼仄的土屋属于两个人的狂欢和柔情。

夜深沉，静悄悄，一钩弯月，高悬夜空，明晃晃的，洒下的清辉阴凉迷人，充满梦幻。树木黑森森的影子，在微风中轻轻晃动。寂静的荒野上，偶有一两声凄惶惆怅的狼嚎，很快消失在浓浓夜色中。远方，树林里传来布谷鸟、鹞鹰、麻雀轻微的呓语。近处，灌木草丛中蟋蟀、蟾蜍和不知名虫子断断续续的低吟，小合唱般轻轻飘漾，淹没在荒野无边无沿的暗夜里。静悄悄的夜啊，温馨、惬意、迷人，只有牛羊似有若无的咀嚼和粗重的呼吸从黑暗中传来。马儿嚼着草料，偶尔打个响鼻，更增添了黑夜的深远和宁静。遥远的老房子，这个几乎被人遗忘的偏僻角落，宛如夏夜里一个纯净的童话，在寂静无声的准噶尔盆地边缘，进入了沉沉的梦乡……

浓浓的夜色掩盖不住汹涌的原始撞击和生命激情。在戈壁滩玩耍了一天的哥哥铜栓，早已进入梦乡。在这间紧挨着羊圈的简陋小土房里，在这昏黄的、弥漫着柴烟味和闪烁不定的煤油灯光下，父亲和母亲尽情缠绵。父亲年近半百，聚集了半辈子的能量犹如开闸的洪水，瞬间奔腾不息，尽情释放。父亲终日在戈壁滩奔波，一脸胡茬儿，神色疲惫，他的身影孤独单调，他的内心被原野的风吹得像石头一样寂寞荒凉。傍晚披着一身晚霞回去，远远地，父亲看见小土屋上小小的烟囱，冒出的一缕炊烟纤细悠长，仿佛童话中的一幅黑白插图，父亲僵硬、冷漠、疲惫的心，好像被滚烫的开水浸泡过，一瞬间变得温暖、柔软、舒适。回到简陋干净的小土屋，母亲把父亲侍候得舒舒服服、周到细致，虽然是野菜粗粮、土豆白菜，却是天天变着花样，充满了安详恬淡的生活乐趣。而每天夜间，万籁俱寂，大黑狗亮亮一声不吭，在门外忠诚地守卫着黑夜的宁静。小土屋里，父亲是一头勇猛咆哮的公牛，母亲是一只温柔低吟的绵羊。在忽明忽暗的煤油灯火苗中，红柳条编织的床垫吱呀呀响，奏着欢乐浪漫的小夜曲，直到父亲精疲力竭，沉沉睡去。

清晨，原野浓浓的雾气还没有消散，遍地是湿漉漉的露水，黑灰色的轻薄雾霭笼罩着老房子。在云雀、燕子、麻雀的鸣叫声中，父亲吃过饭，带着黑狗亮亮，骑着马放羊去了。母亲一个人在家里收拾家务。

小土屋前面有一片空地，长满了骆驼刺、牵牛花、稗子草。收拾完家务，母亲拿了一把铁锹，来到空地跟前，一根一根铲除野草，用了一上午时间，把空地平整干净。下午，她在空地上挖了一个简易圈舍，长方形的，大约1米宽、2米长，不到1米深。然后，母亲在圈舍上面搭了几根榆木棒子，覆盖上干苜蓿草，又压了一层厚厚的泥土，留了一个能容纳人进出的洞口。接着，她来到邻居老陆家，用3块钱买了他妻子的2只青紫蓝兔子，一公一母。兔子颜色是蓝灰色，嘴唇钝圆，耳朵直立，圆圆的眼睛，清澈碧蓝，非常可爱。从这一天开始，母亲天天给兔子拔草，喂水，清扫圈舍，精心照料。一个多月后，一群小兔子出生了，肉乎乎、肥嘟嘟的，从兔子洞里探头探脑，学着老兔子的样子吃草，听到脚步声，哧溜一下就溜进洞里。我属兔，在老房子出生时，是大雪纷飞的十一月。稍稍长大后，我熟悉的第一个动物不是牛羊，不是鸡鸭，而是文静可爱的兔子，从小母亲就让我拔草喂兔子，说我是冬天的兔子，生下来大雪纷飞，没有草吃，你不找草，只有饿死。所以从小我对兔子有很深的感情，见到兔子感觉特别亲切，我从来不吃兔子肉，大概就是这个缘故吧。

这年秋天，母亲问园林班的大姨要了几棵葡萄苗，栽种在房子门前。第二年春天，葡萄发芽了，绿油油的枝叶爬满了木头支架，在房子前面洒下一小片斑驳如画的绿荫。

第十一章

  小小的老房子隐藏在沙窝子树林草丛里，住着4户人家。东头是一家河南人，男的叫陆德林，老实巴交的一个中年人，参加过抗美援朝，1956年从河南自愿支边来到新疆生产建设兵团；女的没有工作，叫王翠枝，在家带孩子做饭，操持家务。她比老陆小十几岁，一个胖乎乎臃肿的、喝凉水都长肉的女人，天天喋喋不休，嫌她丈夫没有当官，和他一起打仗回来的战友都当了领导，他现在还天天跟着牛羊屁股跑。紧挨着陆德林的是一对湖北武汉夫妇，男的叫程友亮，是一个右派分子，曾经是大学教授，下放到兵团农场接受劳动改造。他在老房子干杂活儿，挤牛奶、清理肥料、维修圈舍，偶尔人手忙不开，他也替换着放几天牛羊。女的姓马，是六连学校的地理老师，老房子的人都叫她马老师，教过我地理课，马老师是老房子唯一一个搽雪花膏的人，我喜欢闻她身上的香气。这是一对沉默寡言的知识分子，白天各忙各的工作，晚上回到家关上门，很少与左邻右舍来往。第三家是王长福，老婆前段时间跟人跑了，他又恢复到以前一个人的生活。

  这天中午，太阳刚刚爬上杨树梢，明亮的阳光洒满天空，原野辽远、空旷、透明。六连副连长兼民兵连长古大成骑着一辆"永久"牌自行车，沿着连部通往老房子的土路，一个人慢慢悠悠朝老房子骑来。他主管连队畜牧和武装工作，整个连队四周的畜牧点都在他的管辖范围。这是一个年龄四十出头的壮年男人，一米八的个头，留着分头，胡子拉碴，面容似铁，目光炯炯，看人时眼睛带着一股子狠劲。平时，他穿一身黄军装，风纪扣扣得严严实实，一丝不苟，左胸前别着一个金属毛主席头像。他的腰里常年佩戴着一把驳壳枪，鼓鼓囊囊的，显得威风凛凛。他说话嗓门大，粗声粗气，声音嗡嗡响，震得人发怵。连队很多人怕他，背地里给他起了一个绰号，叫他"古大炮"。

"古大炮"长相威武，声音洪亮，说话铿锵有力，像样板戏中意气风发、英气逼人的英雄人物。冬闲的时候，连队业余毛泽东思想宣传队男男女女排练京剧《沙家浜》，他扮演新四军指导员郭建光。明亮的汽油灯下，他一身戎装，英姿飒爽，在大礼堂舞台上亮相，一招一式，有板有眼，唱腔抑扬顿挫，韵味十足：

> 远望着沙家浜云遮雾障，湖面上怎不见帆过船航？
>
> 为什么阿庆嫂她不来探望？这征候看起来大有文章。
>
> 日、蒋、伪暗勾结只有来往，村镇上乡亲们要遭祸殃。
>
> 战士们要杀敌人，冒险出荡，
>
> 你一言，我一语，慷慨激昂！
>
> 这样的心情不难体谅，阶级仇民族恨燃烧在胸膛……

6月初的准噶尔盆地荒野，阳光温暖，清风荡漾。迎风耸立的铃铛刺、高扬的芨芨草、匍匐的骆驼草，全部被季风染成了耀眼迷人的绿色，一团团，一簇簇，一丛丛，生机盎然，随风摇曳，环绕着平坦翠绿的老房子。成群的野蜜蜂和蝴蝶，围绕着草丛荆棘四处飞舞，像一朵朵绚丽绽放、飞舞飘动的花朵。

来到老房子，古大炮把自行车扎在陆德林家门前，陆德林的胖老婆王翠枝见了他，忙不迭地要给他泡茶，他没有理她，他讨厌这个整天大嗓门、胖乎乎的婆娘，而这个胖女人每次见了他，就像苍蝇一样围着他嗡嗡飞舞、喋喋不休。他疾步撇开她，离开老房子，一个人围着羊圈、牛圈转了一圈，看了草料库房，看了肥料堆，看了配种站。他看见一个小男孩在荒野追逐蝴蝶玩，他没有见过这个孩子。最后，他来到父亲的小趴趴房，也不敲门，径直推门进了房子。

母亲正在案板上和面，准备做午饭，听见门响，一扭头，看见这个冷不丁闯进来的男人，有点惊讶，不知道该怎么称呼他。

母亲稍微愣了一下，仔细看来人，没有见过，也搞不清他的来历，从穿戴和模样看，像个连队干部。

母亲只好说："坐吧，叔。"

"古大炮"抬腿往里走，掀开门帘布，毫不客气地坐在母亲的大床上，大床"吱呀"了一声，仿佛不太欢迎这个没礼貌的客人。火墙边的大黄猫瞪着圆溜溜的眼珠子，蹲在地上看着古大炮。

古大炮环顾了一眼房子，自言自语地说："房子收拾得干净。"

"老陈上辈子造了什么福，娶了这样一个俊媳妇！"古大炮嘴里不咸不淡地说，声音嗡嗡响。

母亲望着他，脸红了，有点尴尬，不知道怎么接他的话，她赶忙把手上的湿面粉搓干净，提起暖壶，给古大炮倒了一杯开水，端了过去，放在他面前的饭桌上，说："叔，你喝水。"

"你和老陈是自由恋爱，好呀！不像我们，干什么都依靠组织，娶媳妇都是组织分配的，见面不到三天就结婚了。在部队待了三年，没见过女人，看见一头老母猪都是双眼皮。"古大炮情绪有点懊丧地说，眼睛胡乱打量着房子，最后目光停留在母亲身上，眼睛直愣愣地盯着母亲。他从部队复员后分配到六连，当年正年轻，有一股闯劲，想干一番事业，马指导员把他的外甥女介绍给了他。这个宁夏女人的特点是身材肥硕，皮肤粗糙，脸色黑红，说话粗声大气，大大咧咧没有心眼儿，他当然看不上她，但为了以后进步，他还是和她结了婚，毕竟马指导员可以决定他在连队的命运。结婚后，媳妇一口气给他生了三个儿子。她虽然没有什么文化，却被安排在连部托儿所工作，刮风下雨淋不着，是很多人羡慕的好工作。

"我知道你。"古大炮端起杯子，刚准备喝，发现水有点烫，他又放下杯子，紧紧盯着母亲，一字一句地说。

"你知道我？"母亲诧异地看着他，轻声诘问了一句。

"我在场部机关，看过你的人事档案。"古大炮不紧不慢地说，语调有点怪异，还有点耐人寻味的意味。他紧绷着的脸上掠过一丝阴云，定定地凝固在冷漠的毫无表情的脸颊，意味深长地盯着母亲。

母亲哆嗦了一下，身体仿佛猛然被雷击了一下。在高大威严的古副连长面前，她不由得产生了一种强烈的自卑感。

"你以前的日子多滋润！吃香的，喝辣的。嗨呀，现在成了这副样子，住在戈壁滩上，嫁给一个放羊的，天天喝盐碱水，吃苞谷糊糊，闻着臭烘烘的牛羊气味，真是凤凰落架不如鸡！"古大炮带着揶揄的口气，语气中有点幸灾乐祸。

"现在呀，是我们的天下！"古大炮停顿了一下，脸色渐渐转晴，他意味深长地且有点得意地继续说："现在这个年代，不论在什么地方，干什么都讲出身、论成分。就说你叔我吧，1956年响应党的号召复员进疆，当过兵，扛过枪，家庭出身贫下中农，根正苗红，又是共产党员，这三块金字招牌，红彤彤的，一块比一块响，一块比一块亮，一块比一块硬，走到哪里都是响当当！走到哪里都是硬邦邦！"说到后面"响当当、硬邦邦"六个字时，他突然提高了声调，声音密集有力，像一面骤然敲响的铜锣，震得小土房子嗡嗡响。大黄猫叫了一声，钻到了床底下。

"你们家老陈，说起来也是苦出身，也当过兵，但是他是怎么当的兵？他是在解放军的炮火中投降过来的国民党兵！再不举手投降，解放军就会毫不犹豫地消灭了他们！所以呀，这年头，识时务者为俊杰，你们要听话，要认清形势，不要与历史潮流对抗，要继续改造世界观，这可是一辈子的事情！"古大炮咳嗽了一声，声音缓和了一下，但依然咄咄逼人。

母亲内心犹如针扎。她仿佛做错了什么事情，浑身瑟瑟发抖，垂着手，低着头，一声不吭。

"你嘛……唉，不说了，都是过去的事了，一堆陈谷子烂芝麻。你看你长得细皮嫩肉的，天天风吹日晒，在这戈壁滩上也真是不容易。"古大炮看着母亲，又说了一句，不怀好意地笑了一声。

气氛有点紧张怪异，时间仿佛停滞了。少顷，古大炮从桌子上拿起一盒烟，盯着烟盒上金黄色的图案。那是结婚时母亲买的一盒"黄金叶"牌香烟，父亲吸不惯纸烟，他只吸自己卷的莫合烟。

"不说了，不说了。过来，给你老古叔点支喜烟。"古大炮色眯眯地望着母亲，从烟盒里慢慢抽出一支烟，放在鼻子跟前嗅了嗅，吸了一口气，然后对着母亲说道。

母亲看了一眼古大炮，往前走了两步，拿起桌子上的火柴盒，取出一根火柴，颤巍巍地划着，慢慢挪到古大炮跟前，小心翼翼地给他点烟。

古大炮右手夹着烟，把烟叼在嘴上，抬起左手，摸了一下母亲拿着火柴的手。

母亲的手像被毒蛇咬了一下，一哆嗦，烟没点上，火苗抖动了一下，差点儿燎到古大炮的眉毛。她仓皇后退几步，站在旁边火墙跟前，不知所措，惶然看着古大炮。

古大炮表情有点尴尬，"嗨、嗨"干笑了两声，像黄昏时榆树林乌鸦古怪的聒噪。然后，他极不自然地拿起火柴盒，掏出一根火柴，"哧啦"一声划着火，点燃了叼在嘴上的香烟。他眯着眼，深深吸了一口，然后用力晃了一下火柴梗，火苗急遽熄灭，他猛地把火柴梗扔在地上，用脚狠狠踩了一下。

小土房子一下子陷入寂静，静得能听见古大炮手中香烟丝丝的燃烧声。

"你们两个人，结婚这么大的事，也不邀请你叔喝顿喜酒。"古大炮龇着牙，斜着眼，神情慢慢恢复了常态，大大咧咧又挑起一个话题。

"等晚上老陈回来，请你喝酒。"虽然心里很烦这个人，但母亲不敢得罪他，嘴上还要说好听的话。

"以后再喝吧！好好听叔的话，到时候给你在"五七排"找个工作，年纪轻轻的，不能天天待在家里吃闲饭。"古大炮说。

"古连长！古连长！到我家吃饭去，我给你做的油泼臊子面，你最爱吃的！"屋外面传来陆德林老婆的叫声，她一边大声喊着，一边推门进来。

古大炮看了一眼母亲，站起身，极不情愿地和陆德林老婆走了。

母亲心神不定，愣愣地站了好一会儿，看到案板上和好的面，才想起做饭。她好像被秋霜打过的庄稼一样，神情沮丧，无精打采，胡乱做好饭，自己没有吃，走路去给父亲送饭。在沙枣树下，她看着父亲吃饭。

父亲嘴里嚼着面条，咕哝了几口，问母亲："你饭里没有放盐？怎么这么寡淡？"

母亲不好意思地低下头，小声说："可能忘记放了。"

父亲把母亲带来的瓶子里的醋全部倒进碗里，就着汤面条吃着窝窝头。吃完饭，父亲卷了一根莫合烟抽，母亲才把古大炮来家里的事给父亲说了，当然没说点烟的事，只说他要让父亲请他喝酒。

"哼，他这个人不安好心，见了女人就走不动，以后我不在，不要让他进咱家房子。"父亲咬着牙说。

"他没有敲门，直接就进来了。"母亲说。

"以后听到外面有动静，赶快把房门顶上。"父亲吐了一口烟雾说。

羊群三三两两，低头摆尾，在白花花的碱地上啃食稀疏的缺乏水分的野草，像蚂蚁一样慢慢爬行。据说羊吃了戈壁滩的盐碱草，喝了含氟的盐碱水，肉质鲜嫩而且瓷实。

"他说……他知道我的事。"母亲看着羊在太阳底下吃草，吞吞吐吐地说。

"你的事……? 他怎么知道？"父亲从嘴巴上取下烟卷，抬起头，看着母亲诧异地问。

"他说……他在场部机关看过我的档案。"母亲低下头轻声说。

"唉，他是当官的，又管着民兵，有权力在场部看档案。"父亲叹口气说。

"这……怎么办？"母亲脸色忧郁地看着父亲，不知如何是好。

"怎么办？凉拌！他知道了又怎么样？他能咋样？是我和你一块过日子，扯他什么咸干！"父亲皱着眉头吐了一口痰，语气坚决地说。

母亲感激地望着父亲，眼睛湿润了，她的手在微微发抖。

"以前的事，谁也别提了！"父亲捡起掉在地上的一个馍渣，塞进嘴里，闷声闷气地说。

"他还说要安排我到'五七排'劳动，可以挣工分。"过了一会儿，母亲声音平静地说。

"工作的事以后再说吧。"父亲说。父亲深深吸了一口粗长的烟卷，慢慢吐出烟雾，"咱们小老百姓，把公家的活儿干好，把自家的小日子过好，这年头，天塌下来有大个子顶着，和咱们没有关系。"父亲在烟雾中说。

第十二章

太阳的火焰和光芒，依旧燃烧照射，天地一片暖洋洋；空旷的风夹带荒野粗粝干涩的气息，依旧吹拂飘荡，掠过所有的清晨和夜晚；简单的日子，依旧一天天流逝着，过了一天又一天，过了一天又一天。荒野中的老房子，依然像石头一样纹丝不动，依旧是一副灰苍苍破旧不堪的老样子，草木慢慢生长，牛羊慢慢长大，云雀依旧鸣啭，白天和夜晚，周而复始，寂寞而清静。

一眨眼，夏天到了。虽然早晨和晚上还是很凉，但是和煦的春风吹绿了荒野，地气回升，草木萌发，大地一片生机勃勃。

大清早，太阳还没跳出地平线，东方还是一片烟雾般的灰蒙蒙。父亲踏着潮湿的浮着虚土的小路，来到羊圈。圈了一晚上的牛羊，刚打开木头圈门，就相互拥挤着、推搡着、叫唤着，一个个活蹦乱跳、争先恐后地往外跑，空荡荡的圈舍，黑乎乎的，湿漉漉的，留下一晚上排泄的粪便和浑浊发黄的尿水，在初夏清新凉爽的空气中，弥漫着浓郁强烈的牛羊气息。一群黑压压的麻雀，从旁边围着木头栅栏的高高的草垛上盘旋而来，忽闪着翅膀，呼啦啦落了下来，一边啄食牛粪羊粪中的玉米粒和草籽，一边叽叽喳喳追逐着欢叫着。父亲和王长福骑着马，各自赶着一群牛、一群羊，大声吆喝着，往荒野深处去放牧。程友亮和陆德林帮着把牛羊赶到荒野边，无论是谁放羊，另两个在家的都要帮忙把牛羊赶出圈，送到荒野上。牛羊隐入铃铛刺和芨芨草丛中，程友亮和陆德林慢腾腾往回走，大黑狗亮亮跟着父亲一起走了。吃过饭，孩子们眯缝着惺忪的眼睛，背着书包到连队上学去了，马老师骑着自行车到学校上课去了，陆德林赶着牛车，晃晃悠悠到连队粮场拉饲料去了。

太阳出来了，暖融融的光芒四射开来，天地一片洁净光明。老房子一下子空荡荡的，就剩下母亲和陆德林的老婆、程友亮。牛羊出圈后，程友亮推着架子车，拿着铁锹到牛圈羊圈清理粪便，打扫圈舍。这个沉默寡言的中年人，动作慢慢腾腾，一个人一声不吭可以干上一天活儿，从羊圈牛圈拉出来的肥料，倒在水井旁边的空地上，堆积得像一座座馒头似的小山，散发着臭烘烘的青草腥味和腐烂的气味，一只只黑色的乌鸦在粪堆上翻飞着寻觅虫子和草籽。程友亮用铁锹把肥料堆铲平，然后整理成一个长方形，整整齐齐，有角有棱，然后拉来沙土，用沙土均匀覆盖住压实，经过一个夏季焐熟发酵，秋季庄稼收获后运到地里当来年的肥料。

吃过早饭，陆德林的胖老婆王翠枝喂完鸡鸭狗兔，没事干，闲得慌，一摇一晃地扭着大屁股来找母亲。这个女人身材高大，胸脯充气一样鼓胀耸立着，两个肥硕的奶子在薄薄的衣衫里颤动着，随着身体的扭动一摇一晃。

她先到房子后面的菜园子，用镰刀割了一捆绿油油的新鲜韭菜，又割了几根芦苇，把韭菜用苇子捆扎好，来到趴趴房。母亲正在收拾房子，用抹布仔细擦小饭桌。

"老陈家的，你真勤快！桌子擦得明晃晃，可以当镜子用。"她进来后唠唠叨叨，赞不绝口。"我自己种的，你尝尝鲜。"她把手中的韭菜随手递给母亲。

"谢谢你！我可没有东西送给你。"母亲笑着，接过她手中的韭菜说。

"哎呀！都是邻居，老辈说远亲不如近邻，不用说客气话。"陆德林老婆笑嘻嘻地说。

"哎呀，这韭菜真新鲜，闻着都有一股香气。"母亲把韭菜举到鼻子跟前，深深嗅了一下。

"哈哈，你仔细闻闻，还有一股马粪蛋子的味道呢！去年入冬前，我在韭菜地铺了厚厚一层马粪，这样春天来了韭菜发芽早，根子还壮实。以后想吃，你就自己到地里割去，想什么时间吃就去割，镰刀就在韭菜地边，反正割了一茬，过几天就会长出来，我可不再给你送了。"她笑嘻嘻地说。

"真的谢谢你了！以后我就自己去割，不用麻烦你。"母亲笑着说。

"大妹子，你的声音真好听，像百灵鸟一样！我就喜欢听你说话。"这个心直口快的女人，没说几句话，就和母亲无话不说，拉开了话匣子。

她的原籍在河南省上蔡县一个农村，祖辈务农，几代人都生活在一个村子里，从小到大，她从来没出过村。她和陆德林一个村，是隔门邻居。陆德林比她大十二岁，正好一轮，论辈分高她一辈。1956年3月，陆德林从朝鲜战场归来，全村人上街敲锣打鼓，燃放鞭炮，像欢迎英雄凯旋一般迎接他。1951年，他们所在的公社，有2个人出国上了朝鲜战场，邻村也去了一个，却没有回来，牺牲在残酷的上甘岭战役中，遗骸埋在朝鲜。在战场上，陆德林是从死人堆里爬出来的。一次战役中，部队后方供给线被美军飞机封锁，他靠着几个熟土豆熬过了艰难时刻，终于等到了志愿军援兵。这是陆德林后来跟她说的。那次战役，陆德林负了重伤，落下一身毛病。那一年，陆德林34岁，她22岁，在农村，像她这个年龄已经是大龄，和她一样岁数的早当了母亲。年轻时，她性格开朗，身材苗条，两只大眼睛忽闪忽闪，一根长辫子油光发亮，在村子里很是惹眼。高小毕业后，她不愿意像父辈一样，一辈子待在农村刨土找食，想出去又没有门路。这时候，陆德林从部队回来了，在乡亲们眼里他是一个大英雄，她爱上了陆德林，两个人偷偷好上了。但是，陆德林大她一轮，按辈分是长辈，虽然早就解放了，但是在封建思想还很严重的农村，两个人要在一起生活，免不了风言风语，唾沫星子都要淹死人。

那一年夏天，正是麦子抽穗时节，空气香甜，四野金黄，无边无际青黄相间的麦田溢满了香甜稠密的麦香。村子里召开大会，队长传达县里的文件，动员年轻人到新疆生产建设兵团，保卫边疆，参加社会主义建设。队长说："我在县里听新疆兵团来的干部介绍，新疆生产建设兵团土地面积大得很，种的棉花、麦子、玉米一眼望不到边，夏天吃西瓜用架子车分，冬天吃肉每人分一整只羊，什么东西都管够，放开肚皮吃，每个月还发工资！住的嘛，楼上楼下，电灯电话，一拧开关，自来水就出来了，水清凉得可以直接喝进肚子里，那才是真正的社会主义！"队长的话惹得村里年轻人睡不着觉，很多人心里直痒痒。傍晚，夜色笼罩了村庄，她和陆德林在麦田里约会，两人躺在松软清香的麦垛上，对着蓝幽幽点缀着无数星星的天空商量来、商量去，最后决定到新疆去。她生性活泼外向，早就想离开这个小村庄、到外面看一看，现在既然村庄容纳不了他们的爱情，干脆就出去，到新疆去！那里山高路远，戈壁滩大，谁也不知道他俩的底细。战场上见过生死的陆德林，当然也非常愿意去新疆，一来可以换个地方见见世面，二来可以和心爱的姑娘在一起，他何乐而不为呢？夜色很深了，他们依偎在柔软的麦草垛上，甜蜜地偷吃了禁果。

"那时候，老家人多地少，靠天吃饭，一年四季喝红薯糊糊就咸菜，吃顿白面馍、烧豆腐就是过年，队长一动员，村里很多年轻人就报名来新疆兵团。离开河南，到了新疆乌鲁木齐，来到兵团农场。一路上真是受罪，先坐火车，后来是卡车，最后换成了牛车，一路上都是寸草不生的黑颜色黄颜色戈壁沙漠，几天见不到一个人影，我们才知道上当了！来到车排子，我们一个公社的被农场分到连队，到处都一样，哪有楼房？连房子都没有，黑乎乎的沙子，戈壁滩大得一眼望不到边，一刮风满嘴是沙子，地很大，地里的庄稼看不到头，老家哪有这么大的地？干活儿累死人，太阳晒死人。住的是地窝子，喝的是盐碱水，吃的是玉米面窝头。我后悔了，也不出工，成天在地窝子里哭鼻子，想回去。可那时候，我肚子里已经怀上了陆德林的孩子，没办法，只好领了结婚证，和他在这里生活下来。老陆在战场上受过伤，身体不好，领导就安排他在老房子干点轻活儿，算是照顾他这个打过仗的退伍兵，一年又一年，娃都这么大了，就这样过来了。"陆德林老婆一口气说了一堆话，然后长长叹息了一声。

"人在哪里都是一辈子，只要自己活得好就行。"听着她说的话，想着自己的心事，母亲看着这个胖女人说。

"你们家嘛，老陈是个好人，咱们女人家，终归是要嫁人，嫁鸡随鸡，嫁狗随狗，跟着杀猪的翻肠子，嫁给当官的做娘子，唉，这就是一个人的命！这辈子找个好男人不容易。"陆德林的老婆又叹了一口气，拉着母亲的手掏心掏肺地说。

"是的。我看你家老陆也是个好人，每天放羊回来，在戈壁滩跑了一天，还帮你干家务，不是挑水就是洗衣服，知道心疼你。"母亲接着她的话说。

"唉，大妹子，你不知道，谁家的锅底都是黑的，家家都有一本难念的经，一家不知一家难呀。"陆德林老婆脸色骤然阴郁下来，像飘过一团浓云，嘴里气哼哼地说。

"你们过得不是挺好吗？你给他生了一男一女，你们现在儿女双全，多有福气！"母亲看着她不解地说。

"唉，大妹子，你不知道。老陆在朝鲜打仗，天天炮火连天，炸弹像雨点子一样，他的身体受了惊吓，晚上干那事不行。十天半月搞一次，上来几下子就完了，还累得气喘吁吁，出一身冷汗，比他在戈壁滩放一天羊还累！他奶奶的，真是银样镴枪头，中看不中用。他闲着，可苦了老娘！真是白披了一张男人皮！"陆德林的老婆气哼哼地说。

母亲吃惊地看着她，不知道说什么好。

停顿了一会儿，陆德林老婆又说："我看你们家老陈可以，男人嘛，三十如狼，四十如虎，他正是壮年，又憋了这么多年，你这么年轻漂亮，又温柔体贴，你俩可能夜夜不空吧？"

母亲红着脸，眼睛看着别处，没有接她的话。

"我以前看老陈走路都是雄赳赳、气昂昂的，浑身有使不完的劲。现在大清早骑在马背上都晃晃悠悠，大妹子，人是铁，饭是钢，天天让老陈喝苞谷糊糊不行，他没有力气，你要想办法给他增加营养，要不他的身体就垮了！"陆德林老婆说。

"可是让我拿什么增加营养？家里就这些东西，除了面，就是菜，巧妇难为无米之炊呀！"母亲愁眉苦脸地说。

"大妹子，靠山吃山，靠水吃水，咱们在戈壁滩，就要想办法利用这些荒地。我给你两只下蛋的老母鸡，下了蛋，孵两窝鸡娃，秋天鸡娃子长大了就是一群鸡，戈壁滩到处是野草和虫子，等入冬以后，公鸡杀了吃肉，母鸡留着下蛋，明年开春你们家就有鸡蛋吃了。嗨呀，鸡蛋炒韭菜，那是绝配！就像土豆烧牛肉一样，可是咱们天天守着一群牛，几年也吃不上一顿牛肉。"陆德林老婆快人快语。

母亲两眼放光，抓住她的手说："你说得对，我就按你说的办。"

第二天早晨，赶在鸡出窝前，陆德林的老婆在鸡窝里抓了两只咯咯叫唤的芦花母鸡送给母亲。母亲要给她钱，这个女人说什么都不要，说以后还她两只鸡就行了，母亲这才作罢。

"老陈家的，要学会过日子。咱们都是小老百姓，过日子就要像过日子的样子。在老房子，只要你勤快，能吃苦，就能吃饱肚子，日子就会过得好！"陆德林的老婆又絮絮叨叨地说。

"大妹子，你养一群鸡，有鸡蛋吃，吃不完腌成咸鸡蛋，冬天没菜的时候吃。你在水井边，再开一块荒地，用树枝围起来，种上菜，肥料老房子多的是，你用井里的水浇菜。夏天吃不完，晒成干豆角、干茄子片，做成西红柿酱，有了菜冬天日子就好过了。这里天高皇帝远，资本主义尾巴割不到这里！"陆德林的老婆大声说，母亲听了心花怒放，觉得日子会越过越好。

母亲在兔子圈旁边用土块砌了一个鸡圈，用树枝围了一个篱笆墙。扎好鸡圈，母亲端了一盆玉米面，来到陆德林家，说要换 15 个鸡蛋孵鸡娃。陆德林老婆不要面，母亲说什么也不同意，两人拉拉扯扯，最后母亲说："你不要，我以后就不和你来往了。"陆德林老婆才极不情愿地把面粉倒进面袋子里。然后，陆德林老婆从房子里端着一盆鸡蛋，来到院子里，拿着鸡蛋对着阳光，眼睛眯成一条缝，挑了 20 个鸡蛋，放进母亲的面盆里。她说：

"这都是公鸡踩过的蛋，回去让老母鸡抱窝，到秋天就是一群鸡。"

过了两天，一只芦花母鸡羽毛蓬松，脖子上的毛竖起来，蹲在鸡窝里不出来。母亲知道这是母鸡抱窝的前兆。母亲用麦草在鸡窝里做了一个窝，把鸡蛋放进窝里，精心伺候老母鸡，每天给它喂水喂食，20多天后，这只老母鸡带着十几个孵出的鸡娃子，五颜六色，叽叽喳喳满地觅食，土屋门前一下子充满了生机和活力。

母亲一天闲不住。她在水井旁，拿着铁锹挖了一块荒地，周围用羊圈的烂木头围了起来，王长福抽空用架子车拉来发酵好的牛粪羊粪，在地里厚厚铺了一层，然后翻到地里，又用井水把地浇了一遍。王长福说，把肥料翻到下面，再浇水，捂上一个夏天，到七月底用耙子一搂，地肥得流油，打好埂子，就可以种白菜、红萝卜了，冬天就有菜吃了。

老房子四周荒野的铃铛刺、刺棵子上挂了绵羊的毛絮，风一吹，就像冬天的一朵朵雪花飘舞。母亲就一撮一撮去撕，一上午可以聚积西瓜大那么一团，一天可以收获三四个西瓜大的羊毛团，她的手被尖刺扎得满是血点子。收的多了，母亲用洗衣粉把羊毛洗干净，晾晒在柴火垛上，干了以后纺成线，给父亲织手套织袜子。她不让父亲放羊的时候拉一辆架子车拾柴火，那样太辛苦，她每天捡的柴火，足够一天做饭，还有剩余。

一条浑浊湍急的水渠从老房子前面五六百米的荒野上穿过，水面闪着阳光细碎纷乱的光波，流向远方六连的大块条田。这是一条从西干渠引过来的水渠，沿途穿过荒野、林带、庄稼地，漂浮着草末子、羊粪蛋子和树叶，翻涌着水花向西流去。渠道帮子上，长满了茂盛的苦豆子、野甘草和苇子、蓬蒿、莲花状匍匐的车前子，藤蔓丛生，盘根错节，散发出浓烈的类似炊烟味的青草气息。灰蓝山雀、大苇莺、角百灵、麻雀在渠面和草丛中飞翔嬉戏着，传来接连不断呼哨般清脆的响声。

浇水排巡渠员马三骑着一辆没有前后挡泥板的破自行车，顺着渠道帮子巡渠。他不到四十岁，面相比实际年龄显老，小眼睛，右眼有点斜视，干瘦的身子，光背穿着一件分不清颜色的旧衬衫，敞着怀，露出瘦骨嶙峋、泛着蜡黄肤色的胸膛，脚上穿着一双沾满泥浆的黑胶筒靴，自行车大梁上拴着一把闪亮的方头铁锹。

马三是河南上蔡县人，和王翠枝同县不同村，两家相隔不到二十里。他小时候上过几年学，人民公社成立后，大队成立了集体食堂，他负责为食堂采购蔬菜副食，他好吃懒做，游手好闲，成天吃得肚儿圆，嘴上抹着油乎乎的光。可是好景不长，三年困难期间，食堂解散了，大家又回各家吃饭，他的嘴吃刁了，肚子里油水足，吃不惯家里的粗茶淡饭，一个人跑到新疆，到处打短工出苦力，沾染了喝酒抽烟赌牌的恶习，挣的钱吃喝赌全花完。后来他落脚到六连，那时连队地多人少，他当了一名农工。很快，他受不了连队的大田活儿，成天累得一身臭汗，大热天还要突击下地。凭着油嘴滑舌，他到了浇水排，本想着到浇水排活路可以轻松点，口粮也多，他又受不了上夜班蚊虫叮咬睡不好觉，最后连里让他巡渠，管理水渠闸门的开放水，一个人逍遥自在，成天骑着自行车到处转悠。但他到现在还是一个单身汉，又不愿意住在大房子里，他嫌吵，一个人住在一间快要倒塌废弃的破房子里，倒也安逸自在。

巡了一上午渠，马三一身热汗，口干舌燥，来到沙枣树下，他停下车，摘下头上被汗水浸湿的草帽，使劲扇着。凉快了一会儿，他推着自行车，想到老房子他的老乡王翠枝家里讨口水喝。

太阳当头，炽热如火，自行车轮子在虚泡泡的碱地上擦着野草哧哧响。穿过荒野，马三来到老房子。他看见一个皮肤白皙、风姿绰约的女人端着一盆子洗好的衣服，搭在草垛上，湿漉漉的衣服晾在金黄色的草垛上，像一面面蓝旗。他痴痴地望着，流着口水，竟忘了走路，直到那女人晾完衣服，拿起地上的盆子，一回头看见他，他才手忙脚乱地推着自行车，往王翠枝家走去。

王翠枝敞着怀，露着两只肥硕滚圆的褐色乳房，正在棚子门前择豆角，一抬头看见马三过来了，赶忙放下豆角，把衬衣扣子扣上。

"哎哟，小老乡，好长时间没来了。"她看着马三，热情地打着招呼。

"天天忙呗。大姐，快给倒碗水喝，渴死了。"马三用袖子擦着汗说。

"我给你杀西瓜吃。"王翠枝起身说。

"先喝点开水，西瓜不解渴。"马三把自行车扎在棚子的阴凉处，一屁股坐在马扎子上。

"我给你倒一碗红茶菌，刚泡好。"王翠枝回房子，给他倒了一碗红茶菌水，颜色黄澄澄的。马三接过来，咕咚咚牛饮下去，用袖子擦了一下嘴巴。王翠枝又进房子给他倒了一碗。

"哎，王大姐，刚才那个娘们是谁家的？"喝了几口红茶菌，马三放下碗问。

"哪个娘们儿？你没名没姓的。"王翠枝问。

"就在那边，刚才端一盆子衣服晒。"马三指了指草垛说。

"哦，怎么，你眼馋了？那是陈大河家的，你看上了？你看上有屁用，人家都怀上孩子了。"王翠枝调侃说。

"唉，好汉无好妻，赖汉娶个娇滴滴。他陈大河一个放羊的，凭什么找了这么漂亮一个老婆。"马三有点沮丧又夹带着一丝羡慕说。

"你羡慕人家有啥用！你天天没有个正形，一个月的工资吃完喝完，哪个姑娘能看上你。"王翠枝撇着嘴说。

"哎哟，我的好大姐，你再也不要拿我开心了，亲不亲，故乡人，在六连咱俩可是近老乡。"马三有点可怜巴巴地说。

"好了，不说了。说点别的，马三，好长时间没听你的颠倒话了，今天说一段，让大姐高兴高兴，回头有合适的了，给你介绍个媳妇。"王翠枝说。

"就你一个人，提不起劲，你多叫两个人过来听。"听了王翠枝的话，马三嬉皮笑脸地说，然后从口袋里掏出莫合烟卷了起来。

"好你个臭马三，倒拿起架子了。这一会儿哪有人，都干活儿去了，还没有回来。"王翠枝说。

"怎么没人？刚才在草垛那儿搭衣服的不是人？"马三撇着嘴说。

"嗨，别看你的眼睛小，还真是聚光。好吧，我给你叫过来。"王翠枝说。

说着，她扭着屁股，一挪一晃，走到草垛跟前，喊道："喂，老陈家的，你快过来一下呀！"

"大姐，有事吗？我要回去做饭。"草垛后面传来母亲的声音。

"太阳还没到树梢子上，做饭等一会儿，不耽误。你过来一下，这有好看的节目。"王翠枝喊道。

母亲走了过来。来到王翠枝家棚子跟前。她看见刚才直瞪瞪盯着看她的那个人也在，停下了脚步。

"过来坐，老陈家的。"王翠枝招呼母亲。

马三两眼盯着母亲。母亲迟疑着举步不前。王翠枝知道她看见陌生人不好意思，就说："这是我老家娘家侄儿，叫马三，是浇水排的，会编顺口溜，会说颠倒话，你过来听听。"

"马三，水也喝了，人也来了，开始吧。"王翠枝催促马三说。

马三的目光从母亲身上移开，他又端起碗喝了一口水，吸了一口烟，然后扔了烟头，从马扎子上起来，拿起王翠枝择菜的盆子，手指头并拢，慢慢敲击着铁盆底子，然后越来越快，开始有节奏地、大声用河南腔说着：

> 叮叮开，叮叮开，
>
> 妖魔鬼怪快离开。
>
> 十八老汉登上台，
>
> 歪瓜裂枣笑开怀。

马三弓着腰，撅着屁股，围着院子转了一个圈，故意用公鸭嗓子嘎嘎叫着说着顺口溜，引得在棚子阴凉处的公鸡咯咯直叫唤。

> 颠倒话，话颠倒，
>
> 石榴树上结樱桃。

老鼠搂着猫睡觉，

癞蛤蟆压塌桥。

颠倒话，话颠倒，

聋子听见笑盈盈。

满天月亮一个星，

千万将军一个兵。

颠倒话，话颠倒，

寒冬腊月种棉花。

小鸡叼瞎黄鼠狼，

青蛙吃了长蛇精。

马三说的时候，随着盆子发出的打击声音，长长短短，密密匝匝，时而密集如鼓点，时而清脆如短笛，他转着圈，弯着腰，摇着脑袋，嘴巴和鼻子夸张抽动错位，脸上做着各种滑稽怪相，前四句是武汉话，到了后四句，他的声音变成了四川话，到了最后四句，又变成了甘肃话，惟妙惟肖，诙谐生动。

王翠枝张开嘴笑得嘎嘎响，差一点岔过气，母亲也笑出了声，觉得她的这个娘家侄儿真是风趣，应该到宣传队说相声，在浇水排屈才了。

转眼中秋节快到了。前几天，六连商店给每家每户分了一公斤白糖，母亲坐陆德林拉饲料的牛车，到连部商店买了白糖，回来后母亲就琢磨着自己做月饼。她有一个木头做的月饼模具，那是当年她的母亲送给她的，一个圆圆的桃木，刻了一个圆圆的月饼模型，中间是一个"福"字。她先把白糖用开水化开，倒了一点熟猪油，慢慢搅匀，然后把白糖水倒进白面盆里，揉成面团，用锅盖盖住面盆醒面。过了半个小时，面醒好了，母亲把月饼模具上均匀沾了一层薄薄的面粉，面团用刀切成小块，揉匀和好，放入模具里，在模具上用力压几下，再倒出来，一个带"福"字的月饼就做好了。最后，母亲把锅烧热，锅底抹一点油，用小火慢慢烙月饼，不停地翻面，直到两面焦黄，香气扑鼻，月饼就做成了。

母亲用了半天的时间，仔仔细细把月饼做完。到了中秋节那天黄昏，皎洁的月亮还没有爬上杨树梢，母亲挨个儿给老房子的人家送月饼。她给程友亮家送了6块，给陆德林家8块（她家有2个孩子），王长福放羊没回来，她给他留了2块。

雾气氤氲，弥漫了老房子。快吃晚饭的时候，陆德林老婆在院子里大声嚷着，老房子的，每家端两个菜，我们一起吃饭，一起过个中秋节！她首先在家门前的石板桌子上摆了两个菜，一大盘辣子炒鸡，一盘韭菜西红柿豆腐，又端上母亲送的月饼。听到喊声，程友亮也从自家房子出来，后面跟着马老师，他们一人端着一盘菜，一盘腊武昌鱼，一盘广味香肠，盘子很小，都是从武汉寄来的，放到陆德林家的青石板饭桌上。母亲也端来了炒好的菜，一盘西红柿炒鸡蛋，一盘猪肉炖粉条。只有刚放羊回来的王长福没有端菜，他还没来得及做，其实他也没有准备。母亲说，老王，你的菜我给你炒了，你过来吃就行了。

父亲从床底下找到一瓶西头酒坊烧制的高粱酒，来到饭桌前，给陆德林、程友亮、王长福各倒了一碗，4个男人围着石板桌，一边吃一边喝起来。铜栓和几个孩子也围拢过来，端着碗吃饭，看大人喝酒。

今天中秋节，咱们老房子人第一次聚在一起吃饭，大家干了这碗酒！父亲说。

多亏了老陈家的！没有她把大家聚拢在一块，我们还坐不到一起。陆德林老婆在一旁说。

吃着，喝着，说着，大家又吃了母亲做的月饼，又香又甜，都说比商店买的还好吃！孩子们拿着月饼，吵吵嚷嚷跑着跳着玩去了。

母亲今天特别高兴，她今天特意戴上父亲送给她的石头，听到大家夸奖她，她脸红红的，有点羞涩。她说，咱们老房子就是一家人，以后谁家有事，大家互相帮衬着，再大的事也过去了。

陆德林老婆眼尖，一抬头看见了母亲脖子上戴的石头，说，哎哟，老陈家的，你今天真漂亮，还戴了一块石头，快取下来让我们看看！

母亲小心翼翼地从脖子里取下石头，递给陆德林老婆。

啧啧，真好看！真是一块好石头。陆德林老婆手里拿着石头，边看边说。

在一旁一直不吭声的马老师说，这可不是一般的石头，这是一块玉。她一头短发，脸色白净，鼻孔小巧圆润，犹如一支竹笛上的两个孔洞，长着一双好看的细长的丹凤眼。

是一块玉？哎呀，那就更值钱了。老陈，在什么地方买的？陆德林老婆问。

我哪有钱买玉？再说我也不知道这是玉，这块石头是我前几年在戈壁滩放羊捡的。父亲憨笑着说。

捡的？王长福天天放羊怎么没捡到？陆德林天天放牛怎么没捡到？媳妇是捡的，玉也是捡的，怎么好事都轮到你老陈头上了？陆德林老婆尖着嗓门大声说。

人和玉是有缘分的。虽然是地上的东西，可能躺在那里很多年，但是，只有遇到有缘的人，玉才会出现。马老师说。

老陈在戈壁滩捡到这块玉，说明这块玉和老陈有缘分，又遇到秀芬，更是缘分，这块玉归秀芬，就是天意！我们应该为老陈和秀芬碰一碗酒，祝愿他们日子过得红红火火！喝了几口酒，平时不太说话的程友亮说了一句，不愧是知识分子，肚子里有货，说得头头是道，听了让人心里舒服高兴。

大家异口同声说，好！举起酒碗碰了一下，一仰脖儿，喝了。

老陈家的，真是人靠衣服马靠鞍！戴上这块玉，你是越来越漂亮了。陆德林老婆夸赞道。一转脸，她的脸上带着一股怒色，对着陆德林说，这辈子跟着你真是亏死了，天天就是带孩子喂鸡、围着锅台转，连一件像样的衣服都没有，这个月发了工资，什么也不买，老娘先到场部商店给自己买一身布料。

你看你胖的，喝一碗凉水都长肉！你照照镜子看看，腰比井口都粗，穿啥都不好看，哪像人家秀芬，要身材有身材，要长相有长相，人家就是披一个破麻袋片子都好看！陆德林轻易不说话，说一句话噎死人，逗得大家都哈哈大笑起来。

奶奶的，想当年咱也是村里的一朵花，要身材有身材，要长相有长相，跟着你来新疆，喝碱水，吃苞谷馍，身体发福得像大妈！都怨你！你还有脸笑！陆德林老婆狠狠瞪了陆德林一眼，气哼哼地说，又引得大家一阵大笑。

一轮明晃晃的圆月，高悬在墨蓝色地毯一样纯净的天空，洒下的光辉，水一样阴凉迷人，照耀着夜幕下的老房子，照耀着月光下欢乐说笑的人们。

过了中秋节，天气愈发凉爽，芦苇苍黄，白露为霜，老房子就开始忙碌起来了。每年秋收，两头不见太阳，人都要累得脱一层皮。母亲是听陆德林老婆这样说的。这时候，连队秋收到了关键时刻，叫秋收战役，连队的男男女女、老老少少都要参加，到棉花地拾棉花、玉米地掰苞谷、粮棉场搬运装卸。连队的广播从早晨天不亮，一直响到月色溶溶，连长的生产作战计划、指导员的战前动员讲话、文教的好人好事快板书、统计的每天生产战报、雄壮嘹亮的歌声，一个接着一个，声音震耳欲聋，真像打仗一样紧张繁忙。连队机器轰鸣，人欢马叫，连队人没有星期天，从早忙到晚，一场战役接着一场战役，从地里抢回成熟的庄稼和各类作物，一垛垛玉米、棉花、葵花、黄豆堆满了粮场、棉场。老房子四周的荒地，早年被开垦出来后，种植了玉米、苜蓿、甜菜、红萝卜，是牲畜的饲料地，作物收获后作为饲料储存起来，是老房子牛群羊群过冬的物资。因此，老房子也进入一年中最忙碌的时节，沾满油污和泥土灰尘的"东方红"拖拉机吼叫着，喷着一股股呛人的浓烟，拉来垛得方方正正的玉米秆、苜蓿草，卸在老房子的草料场边，像一座座小山。地里挖出来的甜菜、红萝卜，一垛垛、一堆堆，凌乱地堆积在老房子的空地上，散发着泥土气息和成熟后的植物芳香。牧人们每天除了放牧、挤奶、清圈，还要把干饲草堆成垛，四周围上木头栅栏，把甜菜、萝卜一袋袋下到黑洞洞的菜窖里，用细沙土埋好，再把窖口用麦草捆堵得严严实实，把地里收获的东西收拾储藏好，还要马不停蹄到场部加工厂拉回畜牧科分配给畜牧点的油渣、麸皮、棉壳，这是给种羊种牛预备的精饲料，把油渣、麸皮运到库房里储存好，不要让老鼠糟蹋、雨雪淋湿发霉。准备储藏好牛羊过冬的干草饲料，等待漫天大雪封门，这在老房子是天大的事情。

第十三章

　　关于车排子这个地名的渊源，在准噶尔盆地西部边缘，在兵团的车排子农场各个连队和地方的车排子乡镇村庄，几百年来有很多传说，流传着各种各样的故事，人们众说纷纭，莫衷一是。但是，最后被官方认可，编入史志的，是这样叙述的。

　　传说在很久很久以前，这里是一大片未被开垦的亘古荒原，生长着一望无际的梧桐、红柳、梭梭和各种荆棘野草，荒坡野林出没的是野猪、黄羊和狐狸，天空偶有黑鸢、秃鹫、猎隼掠过，在大地上投下孤独苍凉的影子，没有人烟，遍地荒芜。这年夏天的一个黄昏，太阳快要落山了，远远驶来一辆轱辘车，一头老黄牛拉着笨重的木头车排子，蜗牛般行走在长满荒草的戈壁滩上。赶车人是一个愁眉苦脸的哈萨克小伙子，一身破烂的咖啡色粗布衣服，裹着他高大健壮的身体，他忧愁地望着远方，慢腾腾地走着。车上坐着一位美丽的哈萨克少女，头上戴着一个灰色方巾，上身套着一个红色坎肩，怀里抱着一个断了琴弦的冬不拉。她的脸色抑郁，面带愁容，一声不吭地坐在车上。荒野上，只有老黄牛呼哧呼哧的喘气声和车轮碾轧地面的扑哧扑哧声。

　　弦虽断，曲犹扬；断肠人，在天涯。这是一对热恋中的哈萨克青年。此前，他们一同给一个哈萨克巴依打长工，小伙子在草原上放牛，姑娘在牛栏里挤奶，时间长了，两个人相爱了。哈萨克族年轻人能歌善舞，他们是天生的歌唱家和舞蹈家，在黄昏的草原，霞光灿烂，绿茵满地，他们两个人在草地上翩翩起舞，唱起哈萨克民歌，歌曲滑稽可笑，幽默诙谐，他们歌唱草原生活和纯洁的爱情，讽刺鞭挞可恶贪婪的巴依。

你是一只大公鸡呀，

九只母鸡围着你，

骚情把那尾巴翘呀，

跳起舞来追母鸡。

天还没亮就打鸣呀，

害得长工呀早开工，

你的歌声传四方呀，

乐得巴依呀笑开怀

……

　　有一天下午，姑娘坐在毡房旁边的轱辘车上，一边弹琴、哼着曲子，一边思念远方放牧的情人。这时，巴依的儿子走了过来，他看上了美丽的姑娘，强行要让姑娘和他成亲。姑娘坚决不从，巴依的儿子威胁道，你如果不同意，我就杀了你全家。后来，姑娘的父母慑于压力，被迫答应了这桩婚事。姑娘悲愤万分，和小伙子抱在一起痛哭。最后，两人商量离开这里。在和巴依儿子举行婚礼的前一天晚上，小伙子赶着轱辘车，乘着夜色，带着心爱的姑娘逃离了草原。

　　不知走了多少路，牛困人乏，饥肠辘辘，步履愈发艰辛，车轮愈发沉重。第二天天亮，他们看见四野茫茫，荒无人烟，一条浑浊的河流，向西流向不知名的远方。他们茫然四顾，不知道到了什么地方。整整走了一天，也没有走出荒野。第三天黄昏，老黄牛累得实在走不动了，任小伙子用红柳条子不停抽打，它就是不紧不慢，疲惫地一摇一晃地走着。来到一片梧桐林，一根车轴"咔嚓"一声突然断裂了，走了没多远，又断了一根，轱辘车再也走不动了，车排子像一滩泥一样瘫痪在地上。无奈，两人只好丢弃了轱辘车，放开老黄牛，相扶着沿着河岸，顺着流水的方向，一步一步，走向未知的远方。

多少年过去了，这块几乎被人遗忘的地方，岁月依旧，流水依然。车排子被遗弃在梧桐树旁，任凭风吹雨打，霜雪寒流，无人过问。谁也不知道，那一对勇敢私奔的哈萨克男女青年去了什么地方，最后生活得怎么样。但愿他们去到一个美丽、迷人的地方，那里水草丰美，没有巴依，没有压迫，他们生儿育女，过上幸福的生活。

又过了很久很久。一个猎人打猎，顺着小河边追逐一只狂奔的野兔，不知不觉走得太远。傍晚，他发现了这具轱辘车，木头已经朽烂了，只有散架的车排子躺在地上，破旧沧桑，蒙着一层厚厚的沙土。旁边有一股从地下冒出来的泉水，静静流淌着，形成了一个小水坑。眼看天色已晚，他从褡裢里掏出面饼，坐在车排子上，就着泉水，吃了晚饭，然后他和衣躺在车排子上睡了一晚上。第二天，他回到村庄，人们问他昨天到哪里打猎去了。他说不出来具体位置，随口说了一句，我到车排子去了，那地方真远，不过野兔子也多。于是，人们口口相传，一代接着一代，就有了车排子这个地名。

天似穹庐，笼盖四野，高高的天山在远处闪烁着亘古不变的寒光。因为地势平坦，有水有草，后来车排子渐渐有了人烟，人们拔除荆棘野草开荒种地，在灌木丛林中放牧牛羊，一些走投无路的穷人、负债累累的商人、杀人越货的逃犯混杂其中，车排子成为他们的栖息地，在这个偏僻隐蔽的地方他们中转喘息，养足精神后继续流浪或者逃窜。又因为车排子是去往伊犁的必经之路，官府在这里设置了驿站，供传递军事情报的官员途中食宿、换马。车排子人虽然不多，但成分复杂，五湖四海各个民族的人杂居在一起，盛产玉米、麦子、牛羊、烈酒和各种神秘怪异的传说。但是，没有一个人知道车排子有多大。有人问荒野牧羊人：车排子有多大？牧羊人回答：车排子大得很，没有边。问的人不依不饶：到底有多大？你比画一下？牧羊人回答得很风趣：到底有多大嘛，我告诉你，你牵上一头牛娃子，顺着车排子走，从东走到西，再从南走到北，牛娃子长大了，就到了车排子的边了。那人长叹一声，摇摇头走了。

劳动和爱情碰撞以后，产生了令人陶醉的激情和向往，最后酿成了音乐的美酒，像星星一样璀璨，谁让这块土地上的人们妩媚多情、勤劳勇敢而且能歌善舞呢？于是，在孤寂荒芜、少有人烟的车排子原野上，从此飘荡着一曲粗犷苍凉、低沉浑厚的歌谣，这古老质朴的歌声从野性强悍的胸腔肺腑中吼出，混合着蒙古长调、信天游、花儿糅杂的原始韵味，抒发着人们内心的孤独惆怅和浪漫忧伤，赤裸裸，直愣愣，挟带着泥土、河流、野草、灌木、飞鸟的气息，在空旷的天地之间缭绕盘旋，呼啦啦直上云霄，撞击着天上的乱云和飞翔的鹰鹫，一句接着一句，一句追赶着一句，最后像暴雨一样噼里啪啦落下来，马蹄子一般敲击着坚硬沉睡的大地。在铿锵激越、荡气回肠、撕扯心灵的歌声中，辽阔的车排子原野因为激动共鸣而战栗抖动。

在车排子，一代接着一代，这歌谣从诞生那天起，就像雪山泉水一样延续下来，叮叮咚咚，跌宕起伏，从蒙古人传到哈萨克人再传到汉族人，伴随着马头琴、冬不拉、板胡豪放低沉悠扬的旋律，各种语言和音调狂风一样刮过车排子，抚慰着人心、万物和大地。

这歌声一年四季春夏秋冬，一天也没有断过。

车排子哟梧桐树高

有两个散架的轱辘

车排子哟野兔子多

有一股甘甜的清泉

车排子哟路远哟

105

骑上你的枣红马

车排子哟寒冷哟

揣上你的高粱酒

车排子哟恓惶哟

带上你的心上人

车排子哟没有沿

我和你一起走天边

哎呦呦，我的心肝肝哟

我和你哟一起走天边

一起走天边哟

哟嘿嘿，哟嘿嘿

哟嘿嘿，哟嘿嘿

……

《新疆生产建设兵团史志》记载：1950 年 4 月 18 日，中国人民解放军二十五师七十四团一营 400 多名指战员在营长晁祯、教导员杨新三率领下，从小拐步行出发，经过一天一夜行军，终于来到了车排子。

一营进驻车排子荒野之后，营部设在王怀义庄子的一幢房子里，部队随即开始了春季开荒劳动。至此，开辟车排子新垦区的大生产拉开帷幕。

车排子，一个被岁月风干的遥远传说，一部被犁铧翻耕的拓荒传奇，风风雨雨几百年，还要永远延续。那架被遗弃的车排子，仿佛一具木乃伊，支离破碎，躺在车排子荒野，早已被风沙淹没，消失得无影无踪。只有那片原始的梧桐林还在，塔形的树身直刺蓝天，枝丫遒劲，形态苍古，一棵棵兀立荒野，独立寒秋。现在，发源于天山冰川滔滔不绝的奎屯河，横贯车排子东西，将辽阔的车排子荒野一分为二，一个车排子变成了两个车排子。河东的兵团农场连队，叫车排子农场，人员来自全国各地；河西的地方乡村，叫车排子乡，汉族、哈萨克族、回族、维吾尔族杂居，其中人数最多的是哈萨克族，据说是那对逃离家乡的哈萨克男女青年的后裔。

车排子是一方水土造化孕育结出的香甜果实，芬芳迷人。天地空阔辽远，天山遥遥在望，散落的连队、零星的村庄分布在奎屯河两岸，像隐藏在树枝灌木中的一个个乱蓬蓬的鸟巢，焕发着无限生机。一座用梧桐树和红柳枝条搭建的简易土桥，架在奎屯河中央，将两岸连接，贯通两个车排子。弯弯曲曲的河道里，水流缓慢，映着蓝天白云，成群的黑色泥鳅和银色鲫鱼在芦苇水草间穿梭游荡，将清澈见底的河水翻滚搅浑，阴凉潮湿的水汽与干燥炽热的空气糅合在一起，沉闷、浑浊、激扬、飘逸。河岸两边宽阔的原野上，是连绵起伏的红柳丛，枝条柔软，柔媚多姿，五月是盛花期，云霞般的细密花蕊星星点点，最令人难忘。它的种子随风飘散，漫天飞舞，遇水而生，放眼望去，两岸皆是婆娑起舞、千姿百态的红柳。一株株茂密的铃铛刺，枝柯上缀满了淡紫色的花瓣，一朵朵奋力向上，争夺阳光雨露。牵牛花和马奶子草缠绕着细刺蔷薇带尖刺的枝条上，花团锦簇，随风摇曳，散发着野蜂蜜采花粉时沁人肺腑的香气。紧挨着河岸和原野的是庄稼地，一块块条田棋盘般整齐，各种颜色的农作物镶嵌在大大小小的田野方格里，在金色阳光和微风下荡漾着、摇摆着，像一面面花枝招展、色彩斑斓的旗帜。

滔滔奎屯河，悠悠雪山水。两岸一衣带水，隔河相望，人员交往，相互通婚，兵地相杂，水乳交融。于是，这块丰饶多情的古老土地，又诞生了新的歌谣。

> 一河两岸好风光，牛羊肥壮稻谷香，
> 瓜果遍地哟似蜜甜，棉花垛垛像雪山。

> 条条水渠引琼浆，疑似银河落人间，
> 东边日出哟西边雨，锦绣大地赛江南。
> ……

那一年，我曾经徒步追溯奎屯河的源头。经过长途跋涉，翻山越岭，我终于看见在雄伟陡峭的天山山脉中部，崇山峻岭之间，一面干瘦、清冷、突兀的山崖上，寸草不生，满眼灰褐，一股细水从天而降，似一条白绸，哗啦啦响，挂在灰茫茫的半山崖上，顺着山势由高而下，跌落汇聚成一片平坦辽阔的大水。"这就是奎屯河的发源地。"旁边一个水利工程灌溉处的工程师冷冷地告诉我。他的面容像一面灰褐色的山崖。

他的身后，一条人工开凿修建的石块垒砌大河，排山倒海，气势磅礴，一路跌宕咆哮在崇山峻岭之间，犹如蛟龙出海、猛虎下山，一路高歌猛进奔腾出天山。

九曲十八弯，涛声铮铮响。大河时而狭窄逼仄，时而宽阔平坦，水色浑浊，波涛汹涌，呼啸嘶鸣着冲出峰峦叠嶂的天山大峡谷，浩浩荡荡，连绵不绝，像一条激情澎湃、汹涌奔腾的滚滚巨龙，将滔滔雪水聚拢后引入辽阔广袤的准噶尔盆地腹地，灌溉滋养着绿洲大地的千里平畴沃野，繁衍哺育着大河两岸百万各族人民和众多生灵。

让我们再次回到车排子农场，回到车排子农场六连，回到六连老房子。

烈日灼灼，骄阳似火。太阳滚下高入云霄的杨树梢，光线依然热烈明亮，原野上散发着热风、植物和泥土混合的呛人气息。这天中午吃过饭，母亲端着水盆，拿着小凳子，来到水井洗衣服。她的肚子微微隆起，和父亲结婚后的第二年，母亲怀上了我。

水井旁，有一块用矮木头桩子和树枝围起来的小菜园子，栽种的各类蔬菜参差不齐，红红绿绿，生动、杂乱、鲜艳，在阳光下色彩纷呈、绿意盎然。茄子秆发黑，宽大的叶片绿油油的，拳头般大小的茄子，闪着紫色的光亮，再过几天就可以采摘了。西红柿搭在架子上，圆圆的果实青里透红，饱满的汁液好像随时要冒出来。辣椒的叶子是椭圆形的，青翠欲滴，隐藏在翠绿叶片中的辣子，再过一段时间就会由绿变红，就像一盏盏耀眼的红灯笼，煞是好看。牵牛花细嫩的秧子爬满了四周褐色的木头栅栏，盛开的一朵朵白花红花，引来飞翔的蝴蝶蜻蜓驻足留恋，花朵和昆虫在绿叶间晃动飘舞，空气中弥漫着一股发酵的羊粪味和酸甜的羊膻气。

一缕夏日的微风，混合着原野上植物和太阳的气息，吹过树林，吹过草丛，吹进生机盎然的农家菜园，小院流溢着阳光色彩和芳香。斑驳的光线，从碧绿的黄瓜叶子上洒下来，干燥、强烈、炙热，蝉不知在何处不停地鸣叫着。一只黑灰相间的老母鸡，带着几只可爱的毛茸茸的小鸡雏，它们抬起头，看着枝藤繁茂、肥硕欲滴的黄瓜，憨态可掬，神情活泼，它们好奇声音来自何处，是飞舞忙碌的蜜蜂，还是来回盘旋的蜻蜓？

阳光照耀着老房子，金色光线洒满大地。眼前的这一切，平静而美好，还有肚子里即将出生的孩子，母亲感到满心欢喜，充满甜蜜。初来时她脸上的忧伤和愁绪已经渐渐褪去，取而代之的是平静和满足，日子平淡而美好，使母亲心绪温和宁静。虽然不是第一次做母亲，但肚子里怀的是父亲的孩子，她已经在遥远的新疆开始崭新的生活，虽不富足，但衣食无忧，现在虽然是烈日炎炎、空气灼热的盛夏，但是她的内心却仿佛春风吹拂，是非常高兴快乐的。高兴的时候，母亲就把父亲送给她的石头拿出来，一个人静静地在阳光下仔细端详，然后再挂在白皙的脖子上。马老师给她说过，玉石要经常戴，这样对身体有好处。母亲不懂到底有什么好处，也没有问马老师，反正高兴了就戴上，马老师是知识分子，有学问，知道的多，她说的话肯定有道理。

母亲脖子上戴的小石头，随着她的身体晃动着，在阳光下闪烁着耀眼的光彩。她来到水井前，放下洗衣盆，拽住黑黝黝的井绳，打了一桶水出来，清洌纯净的井水晃晃悠悠，水里倒映着她秀美俊俏的脸庞，小石头在清澈的水波里晃荡，闪着水晶一样的光芒。她笑，水里的人也跟着笑。她舌头一伸，做了一个鬼脸；水里的人舌头一伸，也跟着做了一个鬼脸。她把水倒进洗衣盆里，挽起袖子，然后把衣服泡进水盆。

马儿铃声响叮当，

令人精神多欢畅，

我们今晚滑雪真快乐，

把滑雪歌儿唱。

忽然，传来一阵欢快的歌声，声音苍老浑浊，曲不成调，有点上气不接下气，却带着一股喜悦和兴奋。母亲抬起头，看见王长福从羊圈走了过来，他边走边晃着脑袋，到了水井边。是他唱的歌。

母亲停下了搓衣服的动作，看着王长福。王长福不管不顾，脸上的晦气仿佛一扫而光，摇头晃脑，东一句，西一句，依然沉浸在美妙的歌声里。

叮叮当，叮叮当，

铃儿响叮当，

今晚滑雪多快乐，

我们坐在雪橇上。

老王你真行呀，今天太阳从西边出来了，什么时候学会唱歌了？母亲望着王长福惊奇地问。

唱得好听吗？刚学会的，没事嘛，就唱一曲。王长福说。

真不知道你还会唱歌。以前怎么没听你唱过？谁教你的？母亲好奇地问。

王长福走到母亲跟前，趴在水桶上喝了几口水，然后站起来，用手擦了一下嘴，看着母亲说，咱们六连有一个看林带的老头，每天扛着铁锹在林带转悠，给林带浇水。我天天放羊，天天见他，时间长了就搭上了话。他和我一样，也是一个单身汉。在林带里闲逛，我知道他上过大学，学的是唱歌，后来他给我说是音乐。后来慢慢熟悉了，他给我说，老王，我教你唱歌吧。我笑了，说，我一个戈壁滩上放羊的大老粗，只认识自己的名字，从来没有唱过歌。他说，不识字不要紧，这不影响唱歌。我说，唱它干啥？我的嗓子像牛叫，唱出来难听死了。他说，老王，唱歌就像晒太阳一样。你看，如果老天阴上几天不出太阳，我们心里就很郁闷；太阳出来了，我们的心情就很舒畅。唱歌也是一样，可以缓解一个人的苦闷，你一个人天天在戈壁滩，恓惶得很，唱得好坏没有人听，你放开喉咙唱就行了，你唱给你自己听，唱给你的羊群听。

我一听他说得有点道理，人家是知识分子，看问题比咱们有眼光。我就随口说了一句，好吧，我跟你学，不过丑话说在前头，我从来没有唱过歌，唱得不好，你不要笑话我。

然后他就开始教我唱歌。刚开始，我不好意思唱，他就一个劲儿地鼓励我，我唱的声音像牛叫，他说这才是什么原声，是劳动人民的声音。后来我就放开了，反正荒野里也没人。你别说，自从学唱歌后，感觉自己敞亮了很多，心情也好了很多。王长福一口气说了一堆话。

那你就好好唱吧！母亲说。

他告诉我，人是离不开音乐的，就像吃饭喝水一样。反正我一个人唱，一个人听，管它唱得好坏，权当自己给自己解闷了。要不然一天到晚在戈壁滩说不了三句话，和哑巴一样了。王长福说。

唱得好听，真没想到老王会唱歌。母亲说。

瞎唱胡叫唤，你不要笑话就行。王长福听到母亲夸赞，高兴地说。

水井边有一个用水泥石板砌筑的长长水槽，缝隙里长着绿色的一簇簇青苔，水槽是供牛羊饮水用的，每天下午，把井水一桶桶提出来，倒进水槽里，这样傍晚饮牛羊的时候，水被太阳晒了一下午，水是温的，牛羊喝了不会拉肚子。

嫂子洗衣服呢。王长福说。

母亲抬头看王长福，说，你有要洗的衣服，拿过来我给你洗。

不用啦，我自己动手，洗衣粉一泡，搓一搓就行了，哪能破烦嫂子洗。

王长福说。

母亲笑了笑，费不了多少事，一件是洗，两件也是洗。

王长福看着绿油油结满果实的菜园子说，嫂子，你种的菜长得真好！

母亲又笑了，她喜欢听别人说她菜种得好。菜长熟了，你也过来摘，别看园子小，茄子辣子下来也吃不完。母亲说。母亲去年秋天挖菜园子的时候，是王长福帮着从羊圈拉的肥料，在地里铺了厚厚的一层，施足了底肥。

再过两个月，小鸡也长成了，杀一只小公鸡，摘一盆辣椒，辣子炒鸡，再用西红柿调味，嘿，又辣又香，那味道真是没法说！王长福说。

到时候我给你们炒辣子鸡，你和老陈好好喝两杯。母亲说。

好，好，还是家里有女人好呀，洗衣做饭不用操心。王长福说着，吸了一口哈喇子，好像香喷喷的辣子鸡已经端到了他面前。

快去干你的活儿吧！辣子鸡还早着咧，你没看鸡娃子还小着呢。母亲笑着说。

唉，像我这种掏笨力气的，天天跟着牛羊屁股走的人，现在还图个啥？不就是图个嘴吗？不就是图个肚儿圆吗？王长福说。

嫂子，菜要长得好，你要把菜棵子结的第一个茄子、辣子、西红柿摘下来，剩下的才长得快、长得好。王长福说。

还有这个说法？等一会儿我就把第一个摘掉。母亲说。

王长福转过身，两脚站在水井边沿，开始从井里提水。他力气大，弓着腰，双手一拽一拉，不费劲就提起一桶水，水桶磕碰着光滑的井壁乒乒乱响，清凉的井水倒进水槽里，欢快地流下去，晃晃悠悠，泛着晶莹明亮玻璃一样的小水花。

水槽里的水满了，王长福要回羊圈给母羊准备草料。怀孕的母羊回来后要加料增加营养，每天要提前准备好。

嫂子，你忙着，我走了。王长福说。

你忙去吧！母亲说。

好嘞，我去给牛铡草去。王长福说。

我看你铡草铡得很细，草里的碎渣子捡得干干净净。母亲说。

寸草铡三刀，没料也长膘。草铡细了，牛也爱吃，它不长膘都不行。王长福说。

不说了嫂子，等着吃你做的辣子鸡。王长福说。

放心吧，到时候不会忘了你。母亲笑着说。

> 浏阳河，弯过了九道弯
> 五十里水路到湘江
> 江水滔滔流不断呐
> 比不过毛主席恩情长
> 啊依呀依子哟

王长福唱着歌，声音忽长忽短像牛叫，屁股一颠一颠地走了。

母亲坐在板凳上，开始洗衣服。太阳晒过井水后，水是温热的，滑溜溜的，清清爽爽，打上肥皂，一盆子泛着气泡的白沫子，湿漉漉的衣服在她怀里跳跃着。

一阵徐徐的南风吹过来，带着荒野微醺的野草气息，母亲眯起眼睛，抬头看了一眼远方。远方，巍峨的天山冰峰在阳光下熠熠闪光，阴面的褶皱和阳面的白光交织在一起，像一尘不染亮晶晶的水晶，悬挂在湛蓝如洗、巨大无边的天幕上。荒滩上，牛羊的身影淹没在一片片荆棘草丛中，绿草丛中滚动着点点白色，风吹草低，时隐时现，像一片苍茫辽阔的海。近处，一条窄窄的小路，晒蔫的骆驼刺、碱蒿子、苦豆子耷拉着枝叶，无精打采地覆盖在小路两侧，蒙着一层淡淡的尘埃。小路弯弯曲曲，又长又窄，蛇一样通向远方的公路，在那里交会后抵达连部。

远远的，在小路尽头，出现了一个小黑点。黑点越来越近，是一个骑车人，自行车链条吱吱呀呀干涩地响着，像水塘边癞蛤蟆求偶时吭哧吭哧的叫声。他径直来到水井旁，停了下来，民兵连长古大炮从自行车上跳了下来。

叔，你来了。母亲站起来，看了一眼古大炮，打了一声招呼，又蹲下去洗衣服。自从上次见了他，母亲心里对他很反感，但是碍于面子，她不得不打个招呼。

古大炮没吭声，大步来到水井旁。

看你细皮嫩肉的像个林黛玉，还会种菜。古大炮看着长满蔬菜的菜园子说。随后他抓起井绳，提起一桶水，弯下腰趴在水桶上，咕咚咕咚喝起来。

家里有开水，我去给你提暖瓶。母亲说。

不用了，连队人哪有那么多讲究！古大炮抬起头，用手背擦了一下嘴说。别说井水了，就是荒地里的渠道水，拨开草末子羊粪蛋子，还不是照样喝。古大炮喝足了，用手捧着井水洗了一把脸，掏出手绢擦了一下脸说。

那样会生病。母亲说。

哪有那么娇惯！不干不净，吃了没病。我不像你，生来就是小姐的命，会享受。古大炮话中带刺，揶揄着说。

母亲的脸色一下变了，呆呆地坐在凳子上，双手停止了搓衣服。

老陈放羊去了？古大炮把水桶里的水倒进水槽，井绳在半空中晃悠着。他走下井台，漫不经心地问了一句。

母亲没有抬头，"嗯"了一声。她慢慢把衣服拧干，倒掉盆子里的水，又把衣服放进盆子。

母亲起身到水井旁打水，她抓住井绳，慢慢使劲，井绳晃晃荡荡，水桶碰着井壁缓缓下沉。

我来帮你，这活儿不是你们女人干的。古大炮几步走过来，伸手抓住了摇晃的黑黝黝的井绳。

母亲不想让他帮忙，但又不好拒绝，只好让他打水。

古大炮和母亲站在水井旁，中间隔着深深的散发着湿凉水汽的井口。他的双手拽着井绳往下拉，眼睛却死死盯着母亲白净俊俏的面孔，母亲慌乱地躲闪着他锥子一样的目光。古大炮一只手拽着井绳，缓缓用劲，水桶慢慢下坠着，挨着了水面，他抓住拴井绳的木头，一只手用力往下一按，水井里传来水桶灌水撞击水面的声音，他的另一只手突然向母亲丰满的胸部摸去。母亲好像早有防备，挥手将他的手挡开，他毫无防备，吃了一惊，身体向后趔趄了一下，差点儿摔倒，母亲手上的水点子溅了他一脸。

古大炮恼羞成怒，他丢开井绳，上前伸手猛然向母亲抓去，母亲头一歪，他抓了个空，顺手抓住了母亲脖子上拴石头的细链子，他用力一拉，链子断了，小石头被古大炮拽在手里。

失去控制的井绳晃晃悠悠，拖着水桶磕磕碰碰，从井里往上慢慢旋升，发出低沉缓慢的碰击井壁的咔咔声。

看见脖子里的石头拽在古大炮手里，母亲突然由一只温柔懦弱的母鸡变成一头愤怒咆哮的公牛，她伸开双臂狂舞着，嘴里发出一声歇斯底里的嘶叫，不顾一切，一脚越过井口，挥动着双手向他扑去。母亲一头撞在他身上，伸手去抢他手里的石头。古大炮没有想到这个柔弱文静的女人会有这么大的力气，他被母亲疯狂发怒的样子吓着了，猛然后退几步，脚一滑，手一扬，石头从他手中飞了出去，他慌不择路，一脚踩进水盆子里，盆子翻了，地上的水溅了他一裤腿，他又趔趄了一下，差点儿摔倒在湿滑泥泞的地上。

小石头带着断了线的细碎银链子，在半空中飘舞着，毫无方向地旋转着，发出令人心悸的划动空气的声音。最后，石头在半空中划了一条炽热的红弧，然后徐徐下落，"嗖"的一声，掉进幽深的水井里。

不识好歹的货，看老子以后咋收拾你！古大炮像一头斗败的公牛，脸色涨得通红，悻悻地走下水井，气哼哼地推着自行车走了。

母亲双眼喷火，她狠狠瞪了古大炮一眼，没有理他。少顷，母亲失魂落魄，披头散发，疯了一样扑到水井旁，把头伸进井口，往水井里看，整个身子几乎掉进去。井壁黑洞洞的，阴森森的，散发着湿漉漉的冰雪一样的寒气，她的眼前一片黑暗，两耳嗡嗡作响，仿佛有无数只蚊子在她身边飞舞嘶叫，要喝她的血吃她的肉，她觉得自己的整个世界都跌落进这个深不可测的井里。她绝望地站起来，双腿半跪在井台旁的泥水里，两只手发疯似的抓住井绳，像抓住了她的命，她使出浑身力量，拼命往外拉井绳。她能听到自己怦怦的心跳和母牛一样粗重的喘息，她不管不顾，两眼紧紧盯着黑黝黝的水井，但是她什么也看不见。井绳晃悠、颤抖，牵引着水桶，哆哆嗦嗦沿着井壁向上慢慢延伸。她的屁股高高撅起，半个身体悬浮在水井里，她感觉浑身的血液倒灌进她的头部，她头晕目眩，整个身体都在水井里旋转晃动，她机械地一节一节拉着井绳，动作越来越迟缓、越来越沉重，她觉得水桶太沉重，仿佛像一座冰山，她觉得时间太漫长，仿佛过去了一个世纪。她稍微停顿了一下，喘了一口气，有几秒钟，她横下心，定了定神，又紧紧抓住粗糙的湿漉漉的井绳，继续拼命往外拉。她几乎精疲力尽，她实在拉不动了，她心慌意乱，头脑发昏，恶心得想呕吐，却又吐不出来，她想松开手中的井绳，一头扎进井里，但这个可怕的念头一闪而过，她用最后一点力气往外拉井绳，井绳颤抖着晃悠着缓缓向上延伸，她听到了水桶里的水溅出后落入水井的声音，像幽微的花朵绽放的声音，悠远得像是来自遥远的天国。恍恍惚惚中，一个坚硬的东西碰住了她的头，她没有感觉到疼痛，是木桶出来了，她用尽最后的力气，咬着牙，终于把水桶捞出来，水桶嗵的一声落在井沿旁的泥水里，溅出来的水洒在她的裤腿上，凉森森的，她麻木得丝毫没有感觉。不知何时，她已脸色通红，泪流满面。她长出了一口气。木桶里的井水晃晃悠悠晶莹透明，阳光的碎片纷纷扬扬飘飘忽忽，在水桶里折射着无数白色的碎银。她看见，在清澈如镜的井水里，小石头躺在水桶中央，静静地闪着红色的光晕，像一颗光芒四射的太阳。

她一下子觉得浑身无力，一屁股瘫坐在浑浊的泥水里。

第十四章

　　我的同母异父的哥哥铜栓，比我大3岁多，虽然年龄很小，但是经历的事多，聪明、憨厚、实在，很小就懂事了。刚来我家的时候，他怯生生的，整天牵着母亲的衣角寸步不离，用陌生的眼光打量着父亲和这个新家，露出女孩子一样羞怯的笑容。父亲很喜欢他，有时候还把他抱到马背上，随着羊群到戈壁滩玩，在荒野丛中捉麻雀、掏鸟蛋、捡蘑菇，他很快和父亲熟悉了。随母亲来到我家后不久，父亲给母亲说，秀芬，铜栓这个名字太土气，不好听，也不像兵团人的名字，我要给他重新起一个。母亲当然同意重新起个名字，随父亲的姓，以后上学、工作都方便，也不受人歧视和欺负。她让父亲看着起一个。父亲虽然没有文化，但经历了新旧两个社会，多少懂一点人情世故，加入解放军后，上了几天识字班，知道名字对一个人的意义。他想了想，给铜栓说，到什么山唱什么歌，到什么地方说什么话，你来到兵团，就是兵团人，要起个兵团人的名字！

　　就叫进疆吧，以后这就是你的新名字，这个名字顺溜、大气，听着也精神，你以后要一直向前走！一直向前进！父亲脸上充满少有的自豪，一道道皱纹乐开了花，他对哥哥陈进疆大声说，像将军面对一个刚入伍的士兵。

　　爸爸，我上学就用这个名字。哥哥铜栓很满意新名字，他看着父亲，笑吟吟地说。

117

1963 年 11 月的最后一天，寒风凛冽，大雪纷飞，这场准噶尔盆地平平常常的大雪，断断续续，飘飘洒洒，下了整整一天一夜，老房子的草垛、房子、牛圈、羊圈、荒野披上了一层厚厚的白雪。这一天晚上的最后一刻，肚子已经高高隆起的母亲，正在昏暗的煤油灯下缝补衣服。父亲和哥哥早已躺在床上，进入梦乡。做着针线活儿，母亲突然感到下体一阵疼痛，紧接着一股温热的羊水顺着裤腿流了下来，母亲赶紧放下手中的针线，踉跄两步，喊起了父亲说，老陈，我可能要生了，你赶快起来叫老陆的老婆。睡梦中的父亲被母亲叫醒，听了这话，惊慌失措，慌里慌张穿上衣服，连推带拉把母亲抱上床，让她躺下，就出去找陆德林的老婆。母亲躺在床上难受得翻来覆去，头上滚着豆粒大的汗珠子，疼得要晕过去，"哎哟哎哟"叫唤着。听到动静起床的哥哥铜栓不知如何是好，拿着毛巾不停地擦母亲头上的汗水，站在床边干着急。这时，陆德林的老婆披着棉衣风风火火赶来了，她走到床前，看见母亲痛苦的样子，知道要临产了，这会儿送连队卫生所肯定来不及了。她让父亲和哥哥去烧水，她指挥着母亲喘气使劲，不知过了多长时间，母亲大叫了一声，紧接着，一个婴儿的哭声嘶哑而嘹亮，声音在小房子里回荡。陆德林老婆拿起床头盛放针头线脑破脸盆里的一个剪刀，剪断了肚脐线。她抱起哇哇大哭的婴儿，扒开双腿，看了一眼，大声给父亲说，给你生了一个儿子！父亲焦急慌乱的脸上露出一丝笑容。听到动静的马老师，给母亲端来了一碗红糖。第二天早晨，陆德林老婆送来了一小盆花生，父亲剥开一粒花生米，花生米圆润饱满，红红的粉皮透着吉祥和喜气，给父亲带来了灵感，他顺口给我起了一个名字：花生。

我出生后，母亲让王长福用碎木板做了一个小推车，身子只能坐进去，因为没有轮子，只能停在地下。从我出生以后，父母攒足了劲，一年生一个，一年一个儿子。那时候，国家还没有实施计划生育政策，新疆地域辽阔，人少地多，兵团农场鼓励多生育，妈妈不泄气，接下来的日子，她一鼓作气，接连生了五个儿子，一个挨一个，密密麻麻滚了一炕！

母亲生第三个孩子是在 1964 年立秋，是一个早产儿。那天下午，母亲腆着肚子，胳膊上扠着篮子，拿着镰刀到羊圈旁边的黄豆地割兔子草，她扠了一篮子稗子草和勾勾秧往回走，快走出地头时，她感觉肚子下坠，距离预产期还有一段时间，不会这么快吧？没等她想周全，婴儿已经顺着裤子稀里哗啦生了下来，母亲跌跌撞撞，一屁股坐在渠埂子上，她喘着粗气解开裤子，把篮子里的草胡乱垫在身下，婴儿尖细的啼哭声在空旷的黄豆地里若隐若现，母亲这时候感觉浑身无力，她痛苦地呻吟着，咬紧牙齿，拿起镰刀割断了脐带。这个早产的孩子像小牛犊一样红润健壮。当母亲摇摇晃晃抱着怀里的孩子回到老房子时，碰到挑着水桶到水井挑水的陆德林老婆，她惊讶地询问了母亲生产的经过，然后轻描淡写地给母亲说，女人只要生出来第一个，后面的就像母鸡下蛋、绵羊产羔、奶牛生犊子一样，呼啦啦就下来了，生孩子不能娇气，越娇气越不好养！晚上放牧回来，父亲给这个儿子起名叫草棵子。

第四个儿子生在羊圈旁边热气腾腾的肥料堆里。那是1965年的冬至，原野上刮着已经有寒意的北风，呼呼啦啦夹带着草屑尘土漫天飞舞。中午，母亲把我和草棵子用绳子拴在一起放在炕上，挺着肚子端着脸盆到水井洗衣服。从水井洗衣服回来，走到羊圈跟前，肚子里的孩子突然蹬了母亲一脚，紧接着是一阵剧烈的疼痛，母亲感觉不好，但事情快得连走进房子的时间都没有，母亲急中生智，看见旁边从羊圈起出的粪堆冒着热气，那是积肥班农工拉肥料时挖开的一个豁口，上面冻结成一个厚厚的冰盖子，豁口冒出一股股暖烘烘的热气，是肥料发酵后产生的热气，混合着臭气熏天的牲畜屎尿味。来不及多想，母亲弯腰钻进粪洞里，刚把洗好的衣服铺在地上，孩子就降生了。母亲昏倒瘫坐在羊水、血水和肥料的尿水中。过了一会儿，母亲被哇哇哭叫的声音唤醒，她咬牙侧着身子，用掉了瓷的破旧脸盆锋利的边沿，慢慢磨断了脐带。然后抬眼看了一下婴儿，他浑身青紫，在肥料堆里瑟瑟发抖，像春季里刚出生的小羊羔一样瘦弱。父亲给这个儿子起名叫粪堆。父亲说，咱们老百姓给孩子起名字，名越贱越好养活！

第五个儿子诞生在牛圈挤奶房边软绵绵散发着浓浓油脂气味的棉壳堆

里。1966年初秋的一天下午，母亲在牛圈旁边的棉壳堆上，用铁叉子往抬筐里装棉壳，帮着父亲给怀孕的母牛加料。父亲感冒了，躺在床上盖着被子捂汗。正干着，一股液体顺着裤腿流了下来，紧接着孩子生了下来，母亲靠在棉壳堆上，解开裤带，用尖利的叉子尖割断了脐带，然后脱下身上的灰裈子，把孩子包裹起来，放在飘荡着浓烈油香的棉壳堆上。父亲给他起名字叫棉壳。

第六个儿子生在1968年的春天，生在家里的炕头上。中午，母亲正在做饭，感觉肚子不舒服，预感要临产。她弯腰爬到土炕上，让我赶快去叫王翠枝阿姨。我出门慌慌张张去找王阿姨，王阿姨也在做饭，她连炉膛里的柴火都没有灭，跟着我跑到我们家。母亲躺在炕上呻吟着，王阿姨帮忙接生了弟弟。父亲傍晚回来的时候，老房子刮着大风，吹得门窗呜呜溜溜响，一群鸭子呱呱叫着从房子门前走过，父亲随口起了个名字叫大嘴鸭子。

母亲像荒野上一株柔弱细嫩随风摇摆的野蒿子，风吹日晒，雨淋霜冻，在秋天结了满满一枝丫细密坚硬的果实，沉甸甸的压弯了她的腰身。孩子多了，屋子小了，土炕窄了，一个个活蹦乱跳像藤蔓一样缠绕了母亲的手脚。每天从天不亮开始，我们一个个叽叽哇哇醒来，眯着睡意蒙眬、沾满黄黄眼屎的眼睛，顺着炕沿爬下来撒尿拉屎、找衣服穿鞋、洗脸，放屁声、咳嗽声、哭叫声、擤鼻涕吐痰声此起彼伏，地上尿盆子里满满一盆子泛着细碎泡沫的黄色尿液，散发着浓郁难闻的尿臊气。哥哥第一个起床，穿好衣服端着晃晃悠悠的尿盆，我拉开门掀开门帘子，哥哥颤颤悠悠、小心翼翼地跨过门槛，出去到垃圾坑倒尿盆。这时，母亲开始生火做饭，冬天烧洗脸水，忙得不可开交，常常顾了这头，顾不了那头。哥哥吃过饭上学去了，她出不了门，没人挑水，鸡没人喂，兔子没有草，衣服没法洗，放在炕上怕我们掉下来摔断胳膊腿，无奈的母亲找来一个长长的麻绳，一头拴住我们的腿，连接拴住弟兄几个，另一头拴在桌子腿上，地下铺一层麦草，让我们在麦草上滚着玩耍，母亲抽出身子干活儿。母亲干完外面的活儿回来，我们身上沾满了混合着麦草碎屑和泥巴的屎尿，像一个个湿淋淋的泥猴子，臭烘烘的。看见母亲回来，弟弟们一拥而上，抱腿的，拉胳膊的，找奶吃的，要喝水的，叽里呱啦，吵吵闹闹，像一群嗷嗷叫唤的小狼崽子。

六个孩子从母亲身上掉下来，连血带肉，活蹦乱跳，几乎耗尽了母亲的心血和生命。生我的时候，母亲鲜嫩娇艳得像一棵秋天刚出土的甜菜，丰满、结实、浑圆，浑身充满了生机和活力，加上老房子每天牛奶充足，母亲像喝开水一样喝牛奶，乳房饱满得能自动溢出一股股洁白的乳汁。后来，随着兄弟们一个个降生，母亲消瘦了，隆起的丰满乳房渐渐干瘪了下去，后来像被酷霜打过的茄子，毫无生气地垂挂在母亲搓板一样微微起伏的瘦弱胸脯上，再也挤不出一滴奶水。

老房子的风，一年四季不停歇，掠过房檐，掠过草垛，掠过母亲的脸颊。岁月的磨砺和艰辛的生活彻底改变了母亲鲜嫩娇艳的模样。她那曾经杨柳轻摇、弱不禁风的身材，现在变得木头水桶一般粗，失去了轻盈灵活和柔软，臀部像一块滚圆晃动的磨盘，整天在锅台院子和炕头腾挪辗转，手脚因为终日劳作而变得粗壮结实。她的脸庞渐渐从沙枣花一般洁白细腻柔嫩，透着胭脂一样的红润，到现在变得像树皮一样粗糙皮实，泛着黑红粗粝的光，眼角爬满了细密的皱纹，脸庞像蒙上了一层黄色的沙子。以前母亲走路慢慢腾腾，不温不火，好像担心踩死地上的一只蚂蚁，现在大步流星，急三火四，仿佛去救火一般，她慢走几步，可能灶台上的玉米粥要煳锅，炕上的弟弟要拉在裤裆里，炉灶里的柴火会掉下来。从前和我们说话细声慢气，像蚊子叫，现在声音粗哑，像是在吵架，因为声音小了，我们叽叽喳喳像一群吵闹不休的野麻雀，根本听不见她说的话。她的衣服一年四季都是灰色的：灰色的上衣，灰色的裤子，灰色的手工缝制的布鞋，上面缀满了灰色的补丁，因为灰色最耐脏，沾满了我们的汗渍尿渍和擦不完的鼻涕口水。只有戴在头上的头巾是蓝色的，从后面背影，看不出她是一个女人，一个曾经风姿绰约的俏丽女人。很多年前，她曾经在六连商店偷偷买过一盒雪花膏，藏在箱子里，被我发现了，在重要的日子里，比如结婚纪念日和她的生日，母亲会拿出雪花膏，轻轻挖出黄豆粒那么一点，对着小镜子，均匀地抹在脸上，然后把小石头戴在光洁的脖子上。现在每天一睁眼，我们一窝孩子在她眼前晃，整日围着锅台劳碌繁忙，她已经没有任何闲暇和心情去打扮自己，我们六个孩子占据了她的全部时间和身心。

老房子的玉米面和盐碱水养育着我们一天天长大。这一天晚上吃过饭，父亲坐在炕头，开始重新给我们起名字，我叫志疆，小名花生；大弟叫边疆，小名草棵子；二弟叫建疆，小名叫粪堆；三弟叫新疆，小名叫棉壳；四弟叫爱疆，小名叫大嘴鸭子。加上哥哥陈进疆，名字后面都带一个疆字，我们是一群红红火火生在边疆的疆字辈。我的祖宗啊，我的埋葬在几千里之外河西走廊的列祖列宗，我的从未谋面的爷爷奶奶叔叔婶婶，从我们这一代人起，我们的籍贯要改变了！不是开疆拓土，不是背井离乡，而是为了生存，为了活下去，先祖古老的血液仍然流淌在我们跳动的血管里，但是我们已经有了新的故乡，我们生在新疆，就是地地道道的新疆人了！祈求祖宗保佑我们！大字不识几个、整日沉默寡言的父亲，有时候喝了几口高粱烧酒，喷着满嘴热辣辣的酒气，醉醺醺的，摇摇晃晃，他粗声大气地给我们几个兄弟说，你们以后长大了，不要忘记，你们是喝老房子的井水长大的！是吃戈壁滩盐碱地的苞谷馍长大的！等你们长大了，老子带你们到苏联去见斯大林！

很多年以后，面对我们一群身高参差不齐、面黄肌瘦、衣衫褴褛的兄弟，父亲沉浸在无尽的喜悦和激动中，他的一生，从来没有像现在这样高兴过、辉煌过，这一刻，他感觉到达了人生的巅峰。他老是说带我们去见斯大林，是他激动兴奋时特有的一种表达方式。二十世纪四五十年代，生孩子多的苏联女性被誉为"英雄母亲"，可以到莫斯科受到斯大林的接见。从前六连放电影前要加映新闻片，父亲可能看了苏联的新闻纪录片，耳濡目染受到影响。他不知道，那时候斯大林早已离开了人世。

现在，父亲突然觉得自己很高大，很了不起。这个老房子曾经卑微渺小的牧羊人，有了自己的女人，有了自己的家，还有了自己的儿子，不是一个儿子，而是一群儿子！以前他一无所有，他现在拥有的一切，过去他连想都不敢想。他幻想着他的六个儿子长大以后，就像一排茁壮挺拔的白杨树，齐刷刷的，高高大大，一个个可以顶天立地，屹立在准噶尔荒原。他觉得自己没有在世上白走一遭。他骑着马、赶着羊群，神气活现，在戈壁滩上像一个高傲的皇帝，他沉浸在无尽的喜悦中。

父亲不知道，更没有想到，随着时间的推移、岁月的流逝，我们一天天长大，一场灾难会降临这个家庭。

现在，戈壁滩上老房子的这个家，是一个人口众多的大家庭。两个大人，六个孩子，八张嘴，一天三顿，顿顿要吃，顿顿要喝，人是铁饭是钢，一顿不吃饿得慌，而那张开的八张嘴，是八口永远填不满的深井。父亲整日在戈壁滩放牧，家里吃吃喝喝的事情他不管，也没有时间管，吃喝拉撒的事情交给了母亲。母亲是一个会过日子的女人，一个节俭的人，常常一分钱掰成两半花，但是她再会过日子，再会算计，再省吃俭用，也无法面对天天张开的八张嘴。

母亲刚和父亲结婚的时候，家里三口人，母亲和哥哥的户口很快从四川绵阳迁移到了车排子农场六连，有了户口，就有了粮油本，每月三口人粮食宽裕。母亲做饭蒸的是两掺馍，蒸馍的面粉，一半是苞谷面，一半是麦子面，混合在一起，叫"金包银"馒头，擀的面条也是苞谷面和麦子面掺和在一起。后来孩子渐渐多了，日子越来越紧了，蒸的是苞谷馍，开始分着吃饭，按照馍馍的大小，大人小孩一人一份，再后来是黏稠的苞谷糊糊。再后来，孩子越来越多，苞谷糊糊越来越稀，并且再也没有稠过。每一天的傍晚，父亲放牧回来，一家人围在一起吃饭，一汪白晃晃的月亮，飘在清汤寡水泛着铁锈的搪瓷碗里，八口人，一人端着一碗苞谷糊糊，就着依稀暗淡的月光，一片咻溜喝粥声。

1970年过去了，1971年过去了，1972年又过去了。我们一天天长大，填饱肚子成了家里最大的问题。八张嘴等着吃饭，干活儿的只有父亲，家中也只有父亲一个人拿工资。一家只有一个粮油本，黄色油腻的一个小本子，家庭成员记录得清清楚楚，每个人的粮油标准一目了然。按照粮油供应标准，连队上，职工每月供应20公斤粮食，清油200克。家属和小孩每月18公斤粮食，清油180克。每月分配的口粮，百分之九十是粗粮，百分之十是细粮。粗粮就是玉米磨的面，我们叫苞谷面；细粮就是麦子磨的面，我们叫白面。每个月快到月底的一天，我和妈妈、哥哥坐程友亮拉饲料的牛车到连部食堂，找到司务长，领回我们家一个月的粮食和清油。

这些粮食和清油，要吃够一个月，等到下个月，才能拿着粮油本去领下个月的粮油。我们兄弟六个正是长身体的时候，肚子里没什么油水，特别能吃，一个月的口粮，还不到月底，就吃得一颗不剩。

每个月妈妈领了粮食，按粗细粮比例可以领十五公斤细粮，妈妈给我们说，咱家吃不起细粮，细粮太少也不经吃，换成苞谷面吃耐实顶饿。每次领了口粮，母亲和我站在连部食堂门口，用细粮换玉米面，一公斤细粮可以换两公斤玉米面，这样十五公斤细粮就可以换来三十公斤粗粮。连队上有些人，比如老师、卫生员、青年排的男女农工，他们的粗粮吃不完，就用粗粮换细粮。那些年，一年当中，我家只有大年初一那天可以吃一顿饺子和白面馒头。

每次站在食堂门口，等待换粮，对于年少的我和母亲，实在是一件尴尬、窘迫、难堪的事情。冬天冷、夏天热，我和母亲，躲在食堂门口，看着连队其他人家背着面粉回家，或者用自行车驮着面粉回家，而我们在可怜巴巴等待着用白面换苞谷面，我们企盼那个人早一点出现在我们面前，我们可以早一点回家。食堂炊事员崔小馍和李小勺，气色红润，进进出出，脸上带着超出常人的优越感，连看都不看我们一眼。有时候，我看见他们两个人在小炉灶上炕着白面油饼，油锅滋啦啦响，他俩一边吃，一边说话，闻着飘过来的油香气，我馋得直流口水，然后把口水狠狠咽进肚子里。一群孩子趴在食堂油乎乎的窗户上，闻着油饼香甜的气味，嘴角流着长长的哈喇子，七嘴八舌地说着马三编的顺口溜。

孩子孩子快点长，

长大当个司务长。

又喝辣，又吃香，

打个喷嚏都带香。

吃饱了还往口袋里装，

老婆孩子全沾光。

那一刻，我萌生了人生的第一个理想，长大我要当一名炊事员！想吃什么就做什么。我和母亲守着面粉袋子，那种无奈、急切和被人歧视的心情是别人无法理解的。苦难的生活，饥饿的日子，是我童年时代上的第一堂课。

人口多了，老房子羊圈旁的小趴趴房早已住不下了，妈妈生三弟陈新疆的那一年，是1965年秋天，我家和王长福换了房子，王长福搬到趴趴房，我家搬到王长福的大房子。这是第二次和王长福换房，第一次是王长福结婚，父亲搬到趴趴房，把大房子换给了王长福，现在又换回来了。换回房子的第一天，父亲在大房子盘了一个大土炕，占了房子一半的面积。炕上铺了两块厚厚的白色羊毛毡，是父亲的朋友哈萨克牧羊人送的，夏天隔潮，冬天御寒，一年四季我们全家人都睡在这个土炕上。

居住的房子狭小，老房子家家户户门前都盖了一个草棚子，草棚子在住房对面，距离住房五六米远，棚子不大，十几平方米，四角埋四根木头，架上椽子，屋顶铺上厚厚一层野苇子，用木头棒子压着，四周夹上玉米秆或者葵花秆，中间用柳树条子扎着，糊上一层厚厚的草泥，棚子单薄简陋，透风漏雨，夏天做饭，冬天用来储藏物品。棚子后面是各家各户高高低低的柴火垛，堆着苞谷秆、棉花秆、梭梭柴和红柳根。王长福住的时候，就他一个人，他一年四季都在房子里做饭，我们搬过来后，父亲就在门前盖了一个草棚子，垒了锅灶。这样，春、夏、秋就在棚子里做饭，冬天冷了再搬回房子。

日子在艰难中一天天过去，而随着我们一天天长大，每月的粮食从够吃二十五天，到最后勉勉强强只够吃二十天，也就是说，每月有十天时间我家没有粮食，要饿肚子！

棚子炉灶旁有七八个小坛子，用陶土做坯子烧成的，外面是疙疙瘩瘩褐色的釉，是父亲在场部供销社买的，用来秋天腌制咸菜。用的时间久了，有的坛子裂了缝，父亲用细铁丝从外边箍住，再到连部找点水泥，用水泥仔细抹了缝，凝固后还可以继续使用。妈妈秋天腌制的白菜、芹菜、雪里蕻、萝卜条，要供一家人吃一个冬季和一个春季。菜腌得时间长了，咸菜表面起一层薄薄的白毛，每次吃的时候，母亲从坛子里捞出咸菜，用井水淘一淘，洗干净剁碎后继续吃。一天三顿饭，早晨是苞谷糊糊、咸芹菜，中午是苞谷糊糊、咸芹菜，晚上还是苞谷糊糊、咸芹菜。每次看见母亲熬苞谷糊糊，我们饥肠辘辘，闻着糊糊散发的香甜气味，围着锅台笑着给她说，妈妈你做的饭，是"老三篇"。老三篇是我们天天学习《毛主席语录》里的文章，分别是《纪念白求恩》《为人民服务》《愚公移山》，因为天天学，天天读，我们都可以背诵下来，一个字都不会忘记。

无聊闲谝的时候，等待开饭的那一会儿，肚子叽里咕噜乱叫，我们弟兄几个敲着筷子，打着铁碗，叮叮当当，互相编问题提问题，打发那段饥饿难耐的寂寞时光。

关老师上语文课时说，白求恩是医学博士，他从加拿大来到延安，受到了贵宾级的待遇，他每天可以吃三顿小米干饭，每周都可以吃肉或炒鸡蛋。后来他知道了，非常生气，就和八路军一起喝小米粥。于是，我们一起商量着，编了一段顺口溜。

八路军的白求恩，

是高鼻子外国人。

　　　　他要是天天喝糊糊，

　　　　如何拿动手术刀！

我们拍着手。接着，建疆接了下一句。

　　　　愚公爷爷快九旬，

　　　　胸前胡子比雪白，

　　　　要是天天喝糊糊，

　　　　哪有力量移大山！

我们一起哈哈大笑，新疆在笑声中又接了下去。

　　　　九曲十八弯呀，

　　　　不离玉米糊，

　　　　我们的每一天呀，

　　　　三顿是糊糊！

　　妈妈听到嘻嘻哈哈的声音，怒气冲冲走过来，生气地举起手中的铁铲子，你们没听老人说，筷子不敲碗，敲碗穷乞丐！我让你们敲，我让你们敲！她把铲子高高地举起，然后轻轻地落在我们头上。

　　吃饭的时候，端着玉米糊糊，我们哼唱自己编的歌谣：

　　　　老三篇，老三篇，

　　　　顿顿都是老三篇；

　　　　老三篇，老三篇，

　　　　天天都是老三篇！

　　　　……

每到月底的那几天，快断粮了，日子特别难过。晚上，白天奔波劳累了一天的父亲，躺在炕上呼呼大睡，母亲看着空瘪瘪的面粉袋，像一个跑了气的气球，胡乱瘫坐在破椅子上，在煤油灯下独自叹息，她不知道第二天拿什么给我们做饭。

第二天清晨，早早起床，母亲端着盆子，来到陆德林家，从他老婆那里借了一盆子苞谷面。喝过糊糊，父亲到羊圈清圈，母亲带着我，坐上程友亮的牛车到连部食堂，找司务长借粮，借的粮食从下一个月口粮中扣除。

食堂司务长是父亲和母亲的媒人。连队人叫他韩司务长。他个子高，长得精瘦，一双眼睛眯缝着，整天笑眯眯的，见人不说话先笑，说了话还笑，一看就是个热心肠。一年到头，他的衣服上到处沾的是白花花的面粉。

来到食堂，找到韩司务长，虽然很熟，但妈妈还是吞吞吐吐，给他说了借面粉的事。韩司务长很爽快，二话没说，把下个月的面粉清油借给了母亲。

连队上，只有几家孩子特别多的家庭每月粮食不够吃，菜班的朱大头家和机务排段铁匠家，要找韩司务长借。我家是其中的一家。

粮食不够吃，在连队是一件难堪和丢人的事，每次去食堂借面粉，我们都成为六连人议论的话题。

这个老陈，一个挨一个，也不停歇，生了一群牛犊子！

牛犊子一把草就够了，这群孩子可要张口吃粮食！

半大小子，吃穷老子！

一窝老鼠仔，看着都愁人！

母亲脸皮薄，听了这些话，脸红到耳根，恨不得地上有道缝隙钻进去。她手忙脚乱地把面粉往牛车上搬，赶紧离开了食堂。

我到学校上学去了。母亲自己走回家，面粉要等到程友亮拉饲料的牛车中午回来，才能带回来。她回到家，进了棚子，喝了一碗开水，刚把碗放到桌子上，棚子门开了，刺溜进来一个人，母亲抬头一看，是浇水排的马三。

母亲有点不高兴，这人连门都不敲，像老鼠一样刺溜就进来了。碍于他是王翠枝娘家侄儿，她没有说什么，看着马三问道，老陈到羊圈积肥去了，你有事吗？

马三讪笑着说，我不找老陈，进来讨口水喝。

母亲皱了一下眉，给他拿了一只碗，倒了一碗开水，放到饭桌上说，喝吧。

马三没有急着喝水，他看着母亲慢条斯理地说，我看你急急慌慌从连部回来，又找司务长借面粉去了？

母亲没有回答他的话，看了他一眼，拿起炉子旁边柴火堆上的捻线锤，坐在板凳上捻起毛线来。

阳光从墙上缝隙里射进来，投在地上花花斑斑。马三无趣地端起水碗，喝了一口，然后从口袋里掏出一沓子饭票说，唉，你也真不容易，这么一大家子要吃要喝，这点饭票你留着，给孩子买个馍吃。说着，他把饭票放在桌子上。

母亲见状，从凳子上站起来，走到桌子跟前，拿起饭票给马三说，谢谢你了，我家有吃的，你的好意我心领了，饭票你拿回去。说着，把饭票递给马三。

马三没有接饭票，他伸出两只手紧紧抓住母亲的手，一边推搡着，一边嬉皮笑脸地说，你拿着，你拿着，反正我一个人饭票吃不完。

母亲脸红耳赤大惊失色，挣扎着要从他手里抽出手来，马三抓住不放，色眯眯地说，只要你答应和我好，我每个月都给你几张饭票，还有白面票。说着，他伸着头在母亲脸上亲了一口。

母亲气极了，她猛地抽出手，照马三脸上扇了一巴掌，他躲避不及，黄脸上立刻出现了几道红血印。

马三的脸一下子变了，他后退了两步，一只手捂着脸，一只手指着母亲说，你以为你是什么好东西，你那点破事以为我不知道，你以前就是一个"破鞋"，在老子面前装正经！

母亲端起桌子上的开水碗，劈头砸向马三，马三用手挡开水碗，碗里的开水泼在他身上，他哎哟着逃离了棚子。

母亲回到房子一头扎在炕上，委屈地大哭起来。坐在炕上玩耍的新疆、爱疆不知发生了什么事情，吓得呆呆地看着母亲。

这时，父亲进来了，在羊圈清了一上午圈粪，他回棚子喝水，看见地下散落着饭碗和几张饭票，回到房子看见母亲躺在床上抽泣，不知发生了什么事，他拉起母亲问怎么回事，母亲抽抽搭搭地把刚才的事给他说了。

这个坏尻！他人呢？父亲黑着脸问。

我把他撵出去了，不知道到哪儿去了。母亲红肿着眼睛说。

我找他去。欺负到老子头上了。父亲瞪着眼睛说。他出了房子，进了棚子，弯腰捡起了地上散落的饭票。

算了吧，老陈，我已经扇了他一巴掌了。母亲害怕父亲惹事，出来哽咽着对父亲说。

不能便宜这小子。一个小盲流，欺负到家门口了。父亲说着摔开棚子门出去了。

父亲来到羊圈，牵出马，备了鞍子，手里拿着鞭子，跃身上了马，朝马屁股甩了一鞭子，那马惊叫一声，甩开四蹄，一溜烟出了老房子。

父亲看了一圈，看见远处渠道上有一个黑点蠕动，便策马追去。到跟前一看，正是马三。父亲双腿一夹马肚子，那马咻溜一下，窜上了渠道帮子。

马三听到后面有动静，回头一看，父亲举着鞭子怒气冲冲地骑马过来，他心里明白了大半，连忙扔下自行车逃窜。

但戈壁荒野光秃秃，他下了渠道帮子无处可逃。父亲追上去，举起鞭子朝他头上身上狠狠抽去，他疼得吱哇乱叫。

狗娘养的，下次见了你，老子打断你的腿！父亲气哼哼地骂道。

老哥，不敢了！不敢了！你老人家饶了我吧。马三跪在地上求饶。

父亲打够了，从口袋里掏出饭票，扔给地上的马三说，收起你的东西，妈的，凭几张烂饭票就想欺负人。

你放心，你放心，我再也不敢了。马三脑袋像鸡啄米似的摇晃着，慌慌张张捡起了地上的饭票。

俗话说，一方水土养一方人。无论荒凉的准噶尔盆地，还是偏僻的车排子原野，大地是慷慨富足的，只要你勤劳，除了冰天雪地的冬天，你来到大地上，就会有收获，不会饿肚子。

冰雪消融，大地回春。春季青黄不接，渐渐昼长夜短，日子最难熬。咬牙熬过这段时间，过了清明，几场细雨下过，暖融融的春风拂过，灰苍苍的大地逐渐滋润鲜活，蒲公英、苦菜花、灰灰条的小幼苗从戈壁滩四面八方冒了出来，像一颗颗绿色的星星。远处传来奎屯河解冻后喧哗的涛声和水流声。我们兄弟几个争先恐后扛着篮子，到荒野地、渠道边、林带里、刺棵子丛中掐野菜的幼苗，回到家，母亲把野菜用井水仔细洗干净，放进沸水中焯一下，拌入葱、蒜、盐，倒进醋，拌匀后就是一盆香喷喷的下饭菜。吃了一冬天咸菜，嘴里寡淡得只有一个咸味，放的屁都有一股酸酸的咸菜味，这些鲜嫩可口绿油油的野菜，简直就是天下最好的美味佳肴，每次喝玉米糊糊的时候，母亲都要拌一盆野菜，放到饭桌上，呼呼啦啦被我们吃个精光。

夏天，骄阳似火的七月，整个准噶尔盆地仿佛都被炽热的阳光蒸熟了，大地热得发烫，冒着青烟。连队的麦子收割完以后，天还没亮，父亲就把我们一个个从被窝里揪出来，我们从睡梦中迷迷瞪瞪醒来，在父亲的大声呵斥中，匆匆忙忙穿上衣服，来不及洗脸，拿上尿素袋子就往麦地里跑，捡拾遗落在地里和草丛中的麦穗。清晨的柳树林里阳光明媚，轻柔湿润的雾气被光线分割得支离破碎，灰白色的斑鸠在树林里飞来飞去，呼朋唤友，柳树林充满它们清脆悦耳的啼鸣。快到中午，太阳出来了，毒辣刺目的光线把我们晒得浑身燥热，这时候一个个口干舌燥，肚子也饿得叽里咕噜乱叫，跑到树林带，趴在渠道帮子上，用手拂开水面上的草叶子、羊粪蛋，咕咚咕咚喝下一肚子清凉的渠水，我们每人扛着满满一口袋麦穗，往老房子走去。每年夏季，有半个多月的时间，我们天天如此，早起晚归，跑遍了连队的麦地，鞋底磨出了洞，身上晒得黑不溜秋，捡拾的麦穗在院子里堆成了一座金黄的小山。摊开晒干后，我们用木棒敲打麦穗，扬净后把麦子装进袋子。星期六或者星期天，妈妈借上王长福的自行车，我骑自行车带着麦子，越过奎屯河上的木头桥，来到车排子乡面粉厂，排队，过秤，交几毛钱加工费，换回一袋子碾磨好的面粉。

秋天是收获的季节，准噶尔盆地像一个巨大的聚宝盆。苞谷、黄豆、红薯、萝卜、苹果、白菜、向日葵各类作物陆陆续续成熟了，能吃的东西多了，我家的日子也好过了很多。妈妈带着我们到连队地里，捡拾萝卜缨子和芹菜秆子、白菜叶子，用架子车拉回来，在水井旁洗干净，搭在铁丝上，晾到半干，然后腌在一个个坛子里，一层菜叶子，撒一层颗粒盐，最上面压几块圆圆的石头，然后扣一个粗瓷大碗。红薯收获后，我们拿着坎土曼、铁锹，和连队的孩子一窝蜂涌到红薯地，重新把红薯地翻一遍，寻找遗落在地里的红薯。运气好的话，一下午到天黑可以收获大半袋子红薯。扛回家，母亲把有伤口的红薯挑出来，洗干净，在锅里蒸熟，然后在房顶铺上芨芨草帘子，把红薯晾在帘子上，晾干以后储存起来供冬天食用。红薯放进玉米糊糊里，煮熟后软糯香甜，非常可口。整个秋天，我们弟兄几个都忙忙碌碌，玉米地苞谷掰完了，我们几乎要把地里的玉米秆子翻个遍，寻觅没有掰净剩下的小玉米棒子。黄豆地收割完了，我们蹲在地上，在地缝里寻找爆了荚遗落的黄豆粒子，一颗一颗捡，有时候一上午，一个人可以捡一小缸子。

每次放学回来，放下书包，我们就去到地里捡能吃的东西。妈妈给我们说，鸡娃子有两个爪子，就能从土里刨食饿不死。你们现在辛苦一点、忙一点、累一点，冬天就少挨一点饿，一场大雪下来，门都出不去，到哪儿去找吃的东西？

在准噶尔盆地所有的季节里，我热爱秋天。当然，我不仅仅热爱车排子秋季荒原金黄的色彩，弥漫着成熟气息的庄稼地，水流凝重，漂浮着树叶的蔚蓝色的奎屯河流水，一群群膘情肥厚欢叫着的牛羊；我更爱那熟透了的带着蜂蜜一般甜味的沙枣，将一把淌着蜜汁的沙枣，一颗一颗塞进嘴里，香甜的气味沁人心脾。还有青灰色的奶子草，肥厚的灰色枝叶爬满了刺棵子，它成熟的果实细长细长的，藏在厚厚的枝叶里，像开过花的豌豆苗，把它轻轻摘下来，揭掉外表的一层嫩皮，里面的果实软软的，在嘴里嚼，一股奇异的香甜味道弥漫了口腔，它的汁液像牛奶一样洁白，甜甜的，又有点儿涩，神奇的酸甜的滋味让我流连忘返。还有一种结满黑豆子的植物，叫黑葡萄，长在雪一样洁白的棉花地里，黄豆粒子般大小，密密麻麻的，压弯了植物的茎秆，采摘棉花的时候，它的果实也成熟了，摘下来吃，酸甜酸甜的，既顶饿，又解渴，贪吃的我们一个个吃得嘴唇都被染黑了。秋天菜地里遗落的一颗胡萝卜头，苹果园里果枝上剩下的一个红苹果，瓜地里一个没人要的小甜瓜，倒伏在草丛里的一颗向日葵盘子，都是我们的零食，我们饥饿的肠胃，从来没有像秋天这样充盈过，秋天是多么美好啊！

吃得多，拉得就多。在老房子，父亲给我们指定了一个厕所，它远远的，在我们住的房子后面，几个圆圆的大土堆后面，父亲不允许我们随地大便。那几个圆圆的土堆，高高的，一个挨着一个，是冬天用来垫牛圈和羊圈的，偏僻背静，长满了橘黄色的苦豆子，也是我们玩耍游戏的乐园。

傍晚，太阳的余晖洒满老房子，喧闹的荒野渐渐安静下来，带着浓浓湿气的雾霭弥漫在四周。吃过饭，我们蹲在土堆后面解大便，人人撒一泡热尿。陆德林的儿子陆支边、女儿陆腊梅，程友亮的儿子程向阳和我们一起，都蹲在地上。人多了，就分成两拨，面对面，互相看着，大声吵闹着。

吃一斤，拉两斤，

回头看看还不值！

吃得多，拉得多，

屁眼子找啰唆!

拉完屎，捡起地上的土坷垃擦完屁股，我们又开始互相取笑河南人和甘肃人，我们趴在土堆后面，用自己编的歌谣嘲笑对方。

我们先喊起来，声音在荒野上回荡。

河南大裤裆，

装菜不用筐，

提着大裤裆，

茄子辣子一块装！

陆支边、陆腊梅、程向阳在土堆另一头，我们的声音刚停下来，那边又高声喊叫起来。

甘肃洋芋蛋，

能吃不能干，

挑个猪水泡，

压了一头汗！

喊着，叫着，两帮孩子吵恼了，开始打土块仗。我们抓起地上的土坷垃，使出全身力气朝对方砸去。刹那间，土块横飞，尘土飞扬，一片混战。混乱中，有的被砸着脑袋了，有的被砸着胳膊了，哭哭闹闹，乱骂乱叫，夜色很晚了还不想回家，直到大人们大声喊我们回去睡觉，我们才不情不愿地回家。

入秋之后，连里安排机务排的拖拉机，从场部加工厂拉来了一车车棉壳，卸在羊圈旁边的空地上，堆得像一座座小山，散发着浓郁、香甜、刺鼻的棉油味，这是冬天给牛羊加的饲料。我们弟兄几个和陆支边、程向阳一起爬上高高的棉壳垛，从高处往下滚，滚得一身油乎乎的棉壳味。我们还在垛上摔跤、捉迷藏。程向阳说，老房子没有地道，咱们在棉壳里挖一个地道。他的话得到我们的响应，六连到处都是地道，里面四通八达，像电影《地道战》一样。关老师上课时讲过，苏联现在在中苏边境陈兵百万，随时可能对中国发动闪电战。而我们距离中苏边境不远，六连的地道我跟着田扎根下去过一次，有一个洞口就在学校西边，隐藏在一片铃铛刺里。老房子没有地道，我们就在棉壳垛上挖地道。时间久了，棉壳被我们上上下下压瓷实了，我们就从地下开始挖洞。顺着一个方向，把棉壳一把一把掏出来，地洞越掏越大，里面像一间小房子，我们又在旁边掏了一些小洞，这样大洞套小洞，迷宫般曲里拐弯，放学回来藏在里面玩，有说不出的乐趣。

　　冬天，一场鹅毛大雪封锁了戈壁滩草场，掩埋了通往连队的小路，四野一片白茫茫。下雪的时候，荒野上有一种簌簌的声音，似有如无，轻轻扬扬，飘浮在飘飘洒洒的雪花中，像天上飘来的仙乐。雪停了，天晴了，牛羊圈在围起来的木头栏杆里，鼻孔里喷出浑浊的空气，变成白霜，沾在身上，一只只背上像披了一个毛茸茸的白毯子。父亲和王长福手里拿着长长的木叉子，踩着厚厚的积雪，来到草垛跟前，高高举着一捆捆苜蓿草、玉米秆，甩到木栏里，用干草喂牛羊。侍弄好牛羊，快到中午了，父亲带着我们兄弟几个，来到车排子荒野，沿着连队的庄稼地，顺着坑坑洼洼的渠道，在干枯的荆棘苇子丛中，寻找老鼠藏身的洞穴。戈壁滩上的老鼠毛色灰黄，体形大，也很狡猾，为了度过漫长寒冷的冬季，老鼠在夏季秋季就开始为家族准备过冬的粮食，粮仓藏匿在不易被人发觉的旮旯僻静处。但是，大雪暴露了它的踪迹，我们顺着老鼠行走的足迹，一条窄窄的雪道，在枯枝乱草中蜿蜒穿行，很容易找到它的仓库。父亲佝偻着腰，迎着冰冷刺骨的西北风，深一脚浅一脚在坑坑洼洼的雪地里走，我们几个扛着十字镐、铁锹在后面跟着，边疆一不小心掉进了雪坑里，爬出来浑身是雪。

　　雪地前面，父亲站住了，眼前洁白平滑的雪面上，老鼠的四只爪子和拖在后面的细长的小尾巴，在雪地上留下了一条清晰的雪痕足迹，像对襟衣服上绣花的盘扣一样，前面一小片扬撒的黄土在洁净的雪地上非常醒目。沿着老鼠的足迹，父亲指挥我们把表面的雪清干净，用铁锹挖开冻土，洞穴里面是黄澄澄的玉米和金灿灿的麦子，一尘不染，干干净净。我们发出惊讶的尖叫声，忘记了寒风和疼痛。挖上几个老鼠洞，可以收获大半麻袋粮食。在寒冷的风中，每当挖开老鼠洞，看见老鼠带着小鼠崽子惊慌失措，四处乱窜，在寒风中冻得瑟瑟发抖，在茫茫雪原无家可归的可怜样子，很让少年的我揪心疼痛。偶有胆大的老鼠，领着小老鼠不愿意离开，围着老鼠洞拼命吱吱哇哇乱叫，被我们用铁锹一个个轰走。我们把它们的仓库清理得干干净净，一个籽都不留。那时候，我还不知道丛林法则和弱肉强食，但是为了生存，为了活下去，我们和老鼠争夺粮食，我从中却感觉到了人类的强大和生存的残酷。

一年四季，春天的和煦、碧绿，夏天的热烈、疯狂，秋天的成熟、丰腴，冬天的沉静、苍茫，春连着夏，夏连着秋，秋连着冬，循环往复，一天连着一天，一季连着一季，一年连着一年，老房子上的一家人就这样活了下来。

第十五章

1975 年，准噶尔盆地的秋天如期而至，和其他年份的秋天一样，这是一个大地成熟、庄稼收获、牛羊肥壮的季节，但是这个秋天，和夏天夜晚的第一次遗精一样，在少年时代的我的心里，留下了刻骨铭心的辛酸记忆。

那一年，哥哥陈进疆 15 岁，我不到 12 岁，大弟陈边疆 11 岁，二弟陈建疆 9 岁，三弟陈新疆 8 岁，四弟陈爱疆 7 岁。我们正是长身体的时候，像一群嗷嗷待哺的牛犊子，吃饭一个个风卷残云，如饿狼一般。每月的口粮，不到二十天就吃完了。

面对影子一样追随无法摆脱的饥饿，父亲束手无策，他的心态发生了巨大的变化，他原本倔强、古怪、执拗的脾气，随着母亲的到来安静蛰伏下来，现在，又随着饥饿开始暴躁复发起来。当初，母亲生我时，父亲只感觉到做父亲的自豪和雄壮。然而，一个接着一个出生的这些孩子，现在却变成了无尽的负担。饥饿，像一个永远填不满的深坑，横亘在我家门口。1975 年秋天的一个夜晚，寂静而漫长，夜色冷冷清清，老鼠在角落里吱吱呀呀叫着，可能因为没有找到吃食而互相撕咬。一家人挤在一张炕上，我们已经呼呼大睡，从不管吃喝的父亲和母亲愁眉苦脸地坐在土炕上唉声叹气，他们在想明天吃什么。面粉袋子已经空了，干瘪地缩成一团，躺在墙角的破凳子上，抖擞半天也不够打一锅糊糊。

第二天清晨，父亲早早起了床，他从家里拿了一条麻袋，垫在马鞍子下面，骑着马放羊去了。

这一天特别漫长。父亲出去放牧之前，母亲用仅有的一点玉米面，给他烧了一碗苞谷糊糊，父亲就着咸菜吃了，然后父亲就骑马走了。父亲是家里的顶梁柱，要劳动，在太阳底下奔走，不能饿着肚子。父亲走了，家里空空如也，一点吃的东西都没有。连队地里的玉米，已经被农工掰了一遍，但还没有掰第二遍，所以我们还不能到地里去翻捡遗落的苞谷。红薯地还没有挖，也不能去地里刨红薯。荒野地里的野菜，已经被牛羊啃食得干干净净。树上的树叶也落了，留下光秃秃的枝丫。因为没有吃饭，我们也没有劲到学校，一天就待在家里。

早晨的锅没有洗，母亲烧了一锅开水，我们兄弟六个，就端着瓷碗喝白开水。开水里有一些面糊糊，甜丝丝的，很好喝，但是喝上几次就不想喝了，肚子叽里咕噜开始叫唤，几泡尿下去，肚子再次变得空空的。以前，天天、顿顿喝苞谷糊糊，我们都很烦它，编了歌谣讽刺、调侃、诅咒，见了糊糊都想吐。现在连苞谷糊糊也没有了，我们开始怀念有糊糊喝的日子，那是多么美好、多么充实啊！人啊，什么东西只有失去了，才知道它的珍贵。

好不容易熬到太阳落山了，浓雾弥漫了原野，弥漫了老房子。父亲骑着马，赶着羊群回来了。听到外面狗叫，母亲走出房子，来到羊圈，父亲正在水井旁给羊饮水，跑了一天的羊群渴了，一只只挤在水槽边抢水喝，喝不上的还用羊角互相抵着打架，父亲大声喊着，用鞭子抽打捣乱打架的羊只。

看见母亲过来，父亲来到拴马桩，从马鞍子上卸下半袋子鼓鼓囊囊的麻袋，扔到地上，让母亲背回家。

母亲背着麻袋，离开羊圈，从棚子后面柴火垛绕回家，匆匆忙忙顶上门，我们莫名其妙地看着母亲，不知道麻袋里装的什么东西。母亲解开扎住麻袋口的绳子，掀起麻袋往地下倒，咕咕噜噜一声响，是半袋子金黄的苞谷棒子。

苞谷黄灿灿的，棒子小小的，残留着一绺黄色的须毛，像婴儿稀疏的毛发，一个挨着一个堆在地上，苞谷粒子结实饱满，在油灯下闪着金色的光亮，发出香甜诱人的清香。

妈妈来不及多想，到外面棚子里拿来一个盆子，开始用手搓苞谷粒子，我们弟兄几个也赶忙围过来，一起帮着搓苞谷粒子。不一会儿，就搓了半盆苞谷粒子，妈妈在炉子上生火，开始煮苞谷粒子。

父亲回来了，他胡子拉碴，显得沧桑疲惫，一下子苍老了很多，脸上没有一点表情。见了我们也不说话，坐在板凳上一声不吭，看着呼呼燃烧的炉火发呆。他以前不是这个样子，在外面再忙再累，一回到家里，他就揪着我们的耳朵挨个儿看，看我们长高了没有，吃胖了没有。如果有一天他去了连部，正好他高兴，回来口袋里就装了几颗水果糖，那是他在连部商店买的，我们一窝蜂扑上去，把他口袋里的水果糖一抢而空，他笑着看着我们，比他自己吃还高兴，一天的疲劳烟消云散。现在，艰难的生活使他愁眉不展，他仿佛回到了从前一个人的状态，饥饿几乎压垮了他。

玉米秆子慢慢燃烧着，呼呼响着，锅里的苞谷粒子咕嘟咕嘟，散发出好闻的香味，弥漫了整个房子。母亲掀开锅盖，用铁铲子慢慢翻着苞谷，防止苞谷粒子煳锅。饿了一天的我们围着锅台，眼巴巴地望着铁锅，盼望苞谷粒子早一点煮熟。

炉膛里的柴火熄灭了。锅里的苞谷粥扑哧扑哧，声音越来越小，香味越来越浓，最后声音完全消失了，香气弥漫了整个屋子。母亲拿着勺子，先给父亲盛了满满一碗苞谷粥，然后再给我们盛。等到我们弟兄几个都端上了碗，母亲才给自己盛了一碗，坐在锅台跟前的板凳上吃。

一天没吃东西了，肚子里空空的，我们几个几乎是狼吞虎咽，一碗苞谷粥，一眨眼工夫，就被我们吃个精光。母亲放下碗筷，又给我们一人盛了半碗，我们蹲在地上，吸溜吸溜吃起来。

嘭！嘭！外面有敲门声，伴随着陆德林老婆王翠枝粗大的嗓门，老陈家的，在家吗？还没等到答应，她咣当一声推开了门。

真香！吃的什么好东西，还关着门？陆德林老婆咋咋呼呼，一脚迈进了门，另一只脚还在外面，她的手里拿着一个小碗。一家人面面相觑，不知说什么好，抬头呆呆地看着陆德林老婆。陆德林的老婆愣了一下，低头看见饭桌旁的麻袋，倒在地下的苞谷棒子，我们手里端的饭碗，她好像什么都明白了。她抬起头，装作什么也没看见的样子给母亲说，我做饭没盐了，你借我一把盐，回头到商店买了还你。

母亲松了一口气，从炉灶前站起来，把案板上装盐的玻璃瓶罐子拿起来，走到门口，接过她手里的小碗，倒了盐巴递给陆德林的老婆，嘴里说，都是邻居，一把盐还来还去的，你不嫌麻烦？

陆德林的老婆接过小碗，笑着说，好借好还，再借不难。她接着说了一句，你们慢慢吃，我回去还要给老陆做饭，便一扭身子出去了。

门关上了。一天到晚扭着个大屁股，这转转，那转转，叽叽喳喳的，连一包盐都不买。边疆说。

她的屁股真大，像一个磨盘。咱们给她起个外号，叫大屁股墩。新疆接了一句。

就叫屁墩吧。我说。

小孩子不要给大人起外号，吃饭还堵不住你们的嘴？母亲严厉地对我们说。

父亲看看母亲，看看我们，仍然一声不吭，吧唧吧唧吃着苞谷粥。

连着三天，父亲傍晚放牧回来都用马驮回半袋子苞谷。后来妈妈从父亲口中得知，这些苞谷是父亲放羊时在连队玉米地里掰的，玉米地被农工掰了一次，掰的玉米已经装进拖拉机车厢，拉到连队粮场垛起来了。按照场部秋收工作规定，地里的玉米掰过一次后，连里还要组织农工再检查一遍，防止有的苞谷遗落在秆子上，这叫"颗粒归仓"。这几天，农工们都忙着掰第一遍苞谷，第二遍要等第一遍全部结束以后再进行，父亲趁着第二遍还没有进行，放羊的时候到地里掰了一遍，多亏了这些苞谷，要不然我们就饿惨了！

这几天，我们的一日三餐，不是苞谷糊糊，而是煮苞谷粒子，苞谷粒子没有糊糊好吃，但苞谷粒子耐实顶饿，对于我们来说，无论玉米糊糊还是囫囵颗粒，只要能够吃饱肚子比什么都强！吃了苞谷糊糊，我们背着书包去上学。

第四天晚上，父亲放牧回到家，母亲照例煮了一锅苞谷粒子，给我们盛上，一家人正就着煤油灯围着桌子吃着，这时，外面传来一阵慌乱急促的脚步声，我们抬起头听着，突然房门"咣当"一声被踢开了，一束强烈的手电筒光线，胡乱照射在我们脸上，刺得我们睁不开眼。我把头歪向一边，看见古大炮带着两个民兵二话不说闯了进来，民兵背着56式半自动步枪，腰里扎着子弹袋，如临大敌般看着我们。他们的来临让一家人感到吃惊和不安，我目瞪口呆地看着这个电影里才有的镜头。

古大炮阴沉着脸，两只眼睛狠狠地盯着我们。今天，他戴了一顶黄军帽，脸上的胡楂子刮得干干净净，在昏暗的煤油灯下，闪着青冷幽暗的光。最后，他两眼咄咄逼人地盯着父亲，一句话也不说。

古大炮，你想干什么！父亲说话了，打破了沉默。他的两眼牛一样逼视着古大炮。

干什么？你说干什么？你自己做的事自己知道！古大炮恶声恶气地说。

还站着干什么？给我搜！古大炮给两个民兵下命令说。

两个民兵十七八岁，身上一套松松垮垮的黄军服，脸上稚气未脱，一看就是刚参加工作不久的中学生。他们开始动手搜查，一个翻炕上，一个搜房子，我们弟兄几个吓得瑟瑟发抖，一声不吭地看着他们搜家，从小到大，我们没有见过这个阵势。大黄猫轻轻叫了一声，钻到桌子下面去了。

炕上就是一些破破烂烂的铺盖和被子，纸箱子里是我们打了补丁的破衣服，其他什么也没有。那个民兵下炕，从沙枣木饭桌底下捞出一个麻袋，倒在地上，几颗苞谷棒子露了出来，滚动了几下，孤零零地躺在地上。

陈大河，这是什么？看见苞谷棒子，古大炮脸上露出了一丝得意的神色，厉声问父亲。

你不是看见了吗？不就是几个苞谷棒子！父亲放下碗，瓮声瓮气地说。

老实交代，苞谷棒子是从哪里来的！古大炮逼问。

哪里来的？从地里捡的也犯法？父亲昂着头回答。

地里捡的？从哪块地捡的？你还嘴硬？你说得轻巧，现在六连的玉米地，刚刚掰过第一遍，没有一块地掰过第二遍！场部的规定你是知道的，没有掰过第二遍，地里的东西就是公家的，你私自进去捡苞谷，就是偷窃！你偷公家地里的苞谷，就是犯法！古大炮语气坚决，一字一顿地说。

父亲端着碗，两眼瞪着古大炮，不说话了。

铁锅咕嘟了一声，冒出一股玉米的香气。古大炮来到灶台跟前，用手揭开锅盖，看见是半锅玉米粒子粥，"咣当"一声把锅盖扔在地上，一脚将锅踢翻，锅里的玉米粒子洒了一地，铁锅在地下翻了几圈，骨碌碌滚到桌子底下。

老陈，不是我今天和你过不去，你偷连队地里的苞谷，有人看见揭发了你，你现在态度很不好，我要把你带走，听候连里处理！古大炮说。他又转过头对两个民兵厉声说，把陈大河带走！

苞谷不是老陈偷的，是我偷的，要抓就抓我！母亲扑过来，拦住门，声音带着哭腔说。

你偷的？你这个女人本事大得很呀，好！你说给我听听，你是怎么偷的苞谷，又是怎么拿回家的？古大炮怪声怪气地对着母亲说。

古大炮！苞谷是老子偷的，要抓就抓老子，和她没关系！父亲双眼喷着愤怒的火焰，大声说。

好！好！好！古大炮原地转了一圈，连说了三声好，他歇斯底里地接着说，这可是你们两个人说的，都承认自己偷了苞谷，我今天成全你们，把这两个人都给我带走！古大炮声如洪钟，一句话像一发炮弹，震得煤油灯火苗乱抖，房子嗡嗡响。我们几个吓得浑身战栗，惊恐地看着古大炮和两个民兵。

老子一人做事一人担，你不要胡说八道！父亲吼了一句，吐沫星子溅在母亲脸上，然后狠狠瞪了母亲一眼。

母亲看了一眼父亲，低下头，不吭声了。

两个民兵过来，一人抓住父亲的一只胳膊，跟跟跄跄，把父亲架出了门。一阵风钻了进来，把煤油灯吹灭了。

黑暗中，母亲失魂落魄，跌跌绊绊也跟着出了门，我们弟兄几个，战战兢兢跟着出来。

听到动静，老房子的人都出来看，他们不知道发生了什么事。陆德林的老婆过来，咋咋呼呼问古大炮，多大一件事，就几个烂苞谷棒子，还非要把人带走？

不关你的事，不要瞎问！古大炮没好气地回了她一句。

古大炮三人一人骑了一辆自行车，古大炮在前面骑着车子走了，一个民兵让父亲坐在自行车后座上，带着父亲走在中间，后面跟着另一个民兵，他的车座上绑着父亲捡苞谷的麻袋，麻袋里面装着一些刚搜出来的苞谷棒子，古大炮说这是证据，要带回连部。

母亲眼睁睁看着父亲被带走，消失在夜色里，一屁股坐在地上，像一滩泥。我们弟兄几个围了过去。

陆德林的老婆挪着石磨一样厚重的臀部过来了，夜色中看不见她的表情，她没有说话，叹了一口气，弯下身子想拉母亲起来，她的手刚接触到母亲的胳膊，就被母亲一把推开了。她尴尬地站了一会儿，看着我们没有说话，然后讪讪地走了。

我们把母亲拉起来，她的身子软软的，像没有骨头，我们弟兄几个搀扶着母亲，回到了房子，母亲一头扎到炕上，撕心裂肺地哭了起来，声音压抑沉闷，在屋子里回响盘旋。我们心里空落落的，充满了惆怅、不安和恐惧，也趴在母亲跟前，一起哭了起来，呜咽的哭声在黑咕隆咚空荡荡的四壁回响。

多少年以后，我看到一句话，心猛然抖动了一下，记忆和往事是多么顽固而执着，虽然已经过去，成为历史和记忆，但它会在不经意间提醒你，往事并不遥远，往事从来没有离开过你。那句话，和这天晚上我们弟兄几个的心境不谋而合：人为什么流泪？那是因为眼睛代替了嘴巴所说不出的悲伤……

那一夜，不知道过了多久，在黑漆漆的房子里，在万籁俱寂的黑夜里，古大炮严厉刺耳的呵斥声依然在我们耳边震荡回响，经久不绝。黎明时分，我们才昏昏沉沉睡了过去。

天大亮了，母亲挣扎着从炕上爬起来，开始给我们做饭。她熬好苞谷粥，切了咸菜，把饭端到桌子上，叫醒我们。吃完饭，母亲给我说，志疆，我到连部去看你爸爸。

我说，妈妈，我和你一起去。

妈妈说，你在家里和哥哥照顾好弟弟。

我要和你一起去，家里哥哥在就行了。我说。

母亲没有说话。她从锅里盛了一碗苞谷粒子，夹了一点咸菜，放进碗里，拿了一双筷子，然后用头巾把碗筷包起来，提着头巾，和我一起出了门。

早晨的太阳照耀在初秋的老房子原野上，大地在金色阳光中展现出了一片斑斓的色彩，光线已经没有夏天的热烈，照在身上，还是热乎乎、暖融融的。原野上的铃铛刺、碱蒿子、骆驼刺染上了一层淡淡的黄色，明亮耀眼，它们的枝叶枯萎，一个个耷拉下来，失去了往昔的生机。再过一段时间，一场酷霜降临后，秋风瑟瑟，万物凋零，老房子距离漫长的冬天就不远了。脚下的土路潮润润的，不起一点尘土。我和母亲在路上摇摇晃晃地走着，走几步就站下，站一会儿再走……

天蓝得像一块宝石，没有一丝云彩，覆盖着一望无际黄色的原野。路旁有两只屎壳郎，一前一后，一拉一推，推着一个褐色的潮湿的粪球慢慢向前滚动。我和母亲心事重重，低着头，一句话不说，沿着老房子通向连部的小路，慢慢向连部走去。

前面不远处，陆德林赶着牛车晃晃悠悠，慢慢腾腾向前滚动着，牛脖子上的铜铃铛发出一串串清脆悦耳的响声，车轮卷起一股淡淡的尘土，纷纷扬扬，慢慢飘落在两边的铃铛刺、苦豆子上，枯黄干裂的叶片上蒙着一层细细的尘埃。

陆德林两只手插在袖口里，怀里抱着一个当作鞭子的红柳条，稳稳当当坐在车辕上，眯缝着眼睛打瞌睡。拉车的牛是被叫作"短角红"的一头杂交牛，卷曲的毛呈紫红色，头部短宽，脖子粗壮，四蹄强健有力，拉着木头牛车四平八稳地朝前走。

走着走着，"短角红"停了下来，铜铃铛不响了。小路旁的铃铛刺上挂了一些或绿或黄的干苜蓿草，那是拉草的拖拉机过来蹭上去的，牛走过去，伸头吃铃铛刺上的苜蓿草。

牛车不晃动了。陆德林睁开眼，看见牛在吃草，他跳下车辕，挥起手中的红柳条，朝牛身上打去。牛不紧不慢，嘴里衔了一口干草，一边嚼着干草，一边继续拉着车慢慢腾腾朝前走。陆德林绕过牛车，朝前面的车辕走去，他一回头，看见了在后面走路的母亲和我。

陆德林吆喝了一声，牛车停下来，等着母亲和我。这位上过朝鲜战场的志愿军战士，五十岁出头，个子不高，穿着一身褪色的破烂的黄军装，裤子的膝盖和臀部已经打了补丁，脚上穿着一双鞋底开了胶的低腰黄胶鞋。他平常操着一口河南口音，在老房子却很少言语，深褐色扁平的脸颊上，眼睛眯缝着，鼻子软塌塌的，嘴唇始终干裂着，左耳根下长着一个小黑瘤子，瘤子上长着一根长长的黑毛，下巴上留着一撮毛茸茸的黄色胡须，一看就是一个常年奔波在戈壁滩的放牧人。

母亲走在前面，我跟在后面，两人一前一后走到了牛车跟前。牛车横在小路中间。老牛扬起尾巴，拉了一泡屎，撒了一泡黄尿，闻到气味的苍蝇飞过来，立刻嗡嗡着叮在上面。

母亲没有理睬陆德林，她绕个弯，准备绕过牛车。以前到连队领面粉清油，母亲和我都是坐程友亮和陆德林的牛车，每次都是，来来回回很熟悉。

我看见母亲没有跟陆德林打招呼，也不坐他赶的牛车，我也不知道为什么。母亲看见陆德林，想起他那个胖老婆，想起昨天晚上的发生的事，生了一肚子气，杀了王翠枝的心都有！

父亲被古大炮和民兵抓走，古大炮说，有人揭发父亲偷了连队地里的玉米。夜里，母亲躺在炕上辗转反侧，想到底是谁揭发的。她一件一件捋，一点一点过滤，父亲从地里捡了苞谷，她绕到柴火垛后面背回家里，几天了，整个过程没有一个人看见，就是住在羊圈的王长福看见，他也不会向别人说。只有第一天晚上，一家人正在吃饭，陆德林的老婆一头闯了进去，说是借盐，只有她一个人看见了堆在地下的苞谷棒子，看见了盛在碗里的苞谷粒子。是这个快嘴多舌、多管闲事的女人揭发了父亲，让我们一家陷入了深渊。她平常笑嘻嘻的，口无遮拦，我家也没有得罪过她，她为什么要揭发父亲？真是知人知面不知心！

陆德林走过去，挡在母亲面前。老陈家的，你坐车。陆德林红着脸有点尴尬地说。

母亲没有接话，她转过身，想从旁边绕过去，陆德林又挡过去，他的身子像一面墙，挡在前面，不让母亲过去。

老陈嫂子，我知道你生我老婆的气。昨天晚上，为这事，我把她打了个半死，现在还在床上躺着呢。陆德林给母亲说，声音急促，表情显得很不自然。

母亲抬头看着陆德林，老陈在苞谷地里捡了一点棒子，回来给孩子煮着吃，碍着你们什么事了？难道让这群孩子饿死，你们才高兴？母亲盯着陆德林说。

都是这个㞞婆娘嘴长话多！一天到晚瞎球叨叨。不过，说心里话，她也不是故意揭发老陈的，你知道，她平时说话没心没肺，信口开河，毫无遮拦，但是她绝对没有坏心，话说过去就过去了，这个我敢向你保证。那天古大炮来到老房子，到我家喝茶，两个人闲谝，说起老房子的人，人家三言两语就把她嘴里的话套出来了！说者无意，可是听者有心，这个古大炮，不知道老陈在什么时候得罪了他，平时就对你们有看法，总想着找个茬整老陈，这次可是找到了打击报复的理由！陆德林捶胸顿足，两片厚嘴唇像牛耳朵一样哆嗦颤动着，这个老房子的老实人真是气极了。

母亲叹了一口气，说，我们家老陈真是命苦，快六十岁的人了，还被民兵抓到连部丢人现眼，以后叫他怎么做人？

老陈家的，你不知道，昨晚上老陈被抓走后，她吓得不敢吭气，躺在床上浑身发抖，我看她反常，问了半天，她才给我说，说她不是故意的。我气得从床上光着身子爬起来，拿起烧火棍狠狠打了她一顿。我给她说，说实在的，老陈一家人对我们都不错，又是隔壁邻居，你怎么做这样的事情？她哭成一个泪人，反复说她不是故意的，当时想就是几根苞谷棒子，顶破天能有多大的事？是古大炮利用了她，把她嘴里的话套出来了。我说不管怎么说，话都是从你这张破嘴里说出去的，你说话之前为啥不把把门？你以后怎么面对老陈一家？她听了这话，浑身发抖，说不活了，惹了这么大的事，老陈被抓走了，要去跳井，反过来我又劝她，折腾了大半夜，才被我劝住。陆德林喋喋不休地给母亲说。

说完了，陆德林让母亲上车。父亲被抓走后，母亲一晚上没睡好，脑袋昏昏沉沉的，不坐陆德林的车，是因为他老婆揭发了父亲，现在话说清楚了，母亲出了一口气，拉着我坐上了牛车。

快到连部了，陆德林要去西头猪场拉麸皮，母亲和我下了车，朝连部走去。

我和母亲还没走到连部，就看见一群孩子围着连部门前的电线杆子叽叽喳喳，好像聚在一起看热闹。我和母亲快步上前，看见电线杆子上绑着一个人，那人耷拉着脑袋，头发乱糟糟的，身上都是泥土，正是父亲。

父亲被一根手指头粗的麻绳五花大绑，捆在连部旁边的一根松木电线杆上，手脚被捆得严严实实，不能动弹。他的嘴唇干裂，渗着血丝，胡子拉碴，粘着尘土，几只绿头苍蝇围在头上嗡嗡叫，在父亲头上脸上叮着。肮脏的黄军服贴在他的身上，显出他瘦骨嶙峋的背和两块高高拱起的肩胛骨。可能一晚上没睡，父亲现在晕晕乎乎低着头睡着了。母亲拨开孩子，来到父亲跟前，用手赶走父亲头上的苍蝇，用衣角沾了唾液，抬起父亲的头，擦拭父亲干裂的嘴唇。

父亲醒了，那颗花白的头颅似乎有千斤重，他吃力地抬起头，慢慢睁开眼睛，看见母亲，他惨笑了一下说，秀芬，你怎么来了？我看见父亲一夜之间仿佛苍老了许多，脸像霜打过的茄子，黑不溜秋的，褶皱里布满了肮脏的灰尘，一瞬间眼里噙满了泪水。

我来看看你。母亲看着父亲，声音颤抖带着哭腔说。

这时，连部的高音喇叭突然响了，场部的女播音员用普通话开始播送《新闻简报》。首先是国内新闻。9月15日上午，全国第一次农业学大寨会议在山西省昔阳县大寨开幕。开幕式由华国锋主持，陈永贵在会上致开幕词。这次重要会议是经毛泽东主席提议，中央政治局作出决定召开的一次重要会议……

父亲被绑在连部的电线杆子上，一动不动。高高的电线杆上架着三个银灰色的高音喇叭，朝着连队东南北三个方向。现在，它们发出的声音，高亢、洪亮、威严，传向连队的家家户户、角角落落。

我看着父亲一脸憔悴，嘴唇干裂，涂着黑色颜料的松木电线杆发出嗡嗡的响声，在强大的电流声音刺激下，父亲眼冒金星，焦渴的嘴唇蠕动着、嘟囔着，他的声音非常微弱，五官抽搐着扭成一团，眼睛沁着红红的血丝，奄奄一息，好像快要死了。我来到连部后面，在垃圾堆捡到一个空罐头瓶，是装水蜜桃的那种透明玻璃瓶子。我跑到食堂旁边的水井，捞出一桶水，灌满罐头瓶，把瓶子洗干净，又灌了一瓶子水，我气喘吁吁地跑到父亲跟前，端着让父亲喝。父亲抬起头，眯着眼，张开焦渴哆嗦的嘴唇刚喝了一口，喘了一口气，准备喝第二口，突然，我的耳边"呼"地响起一阵风，紧随风声身后飞起一脚，将我手中的罐头瓶子踢飞，瓶子"嘭"的一声被踢碎了，水花四溅，喷在父亲头上，碎片尖啸着飞向空中，掉在地上摔得四分五裂。有一个碎片划了一个弧，落到父亲鼻梁上，划破了一个口子，一股殷红的血液流出来，仿佛一只扭动爬行的蚯蚓，顺着鼻梁慢慢滑动，滴在父亲胡子拉碴的嘴唇上，血色由鲜红渐变为黑红，像一团浓稠恶心的痰。我扭头一看，是民兵连长古大炮。

　　谁让你来的，给我滚开！偷公家的粮食，态度还不好！还敢顶撞政府了！我告诉你，什么时候态度好了，老老实实交代问题了，才给你水喝，才给你饭吃。古大炮恶狠狠、气哼哼地对着父亲说。

　　我吓得依偎在母亲身边，不敢吭气，也不敢动。水洒在父亲头发上，顺着发梢往下滴，洇湿了他胸前的衣服，像被人滋了一泡尿。父亲的头靠在电线杆上，咻咻地喘气。

　　妈的！今天轮到谁值班，拉屎掉厕所里了？这里怎么没人管？都死了？古大炮又像狼一样大声嚎叫，围观的孩子吓得一哄而散，远远地看着他。

第十六章

我和母亲从连部回到老房子，已经是中午了，母亲精神恍恍惚惚，憔悴不堪，回到家，一头扎在炕上，我把被子盖在她身上，她迷迷糊糊睡着了。

上午，古大炮把我们从连部撵走后，我和妈妈来到大姨蔡月梅家。大姨听了母亲断断续续的诉说，也陪着母亲一起掉眼泪。大姨叹了一口气说，老陈的脾气也太怪了，人在屋檐下，哪能不低头？妈妈说，他就是那个牛脾气，谁也没有办法。大姨要留我们吃中午饭，母亲说要回去，家里还有一堆孩子。临出门时，大姨给妈妈说，等老方回来了，她让他找古连长求求情，看能不能让老陈回去。妈妈听了又流泪了，什么也没说，带着我就走了。

我和母亲又来到连部，父亲已经不在那儿了，电线杆空空荡荡，可能被带到禁闭室去了。母亲和我来到指导员办公室，母亲敲门，没有人应。值班的警卫走过来说，马指导员到总场学习去了，过两天才能回来。母亲又问连长，警卫说沈连长下地去了。等了一会儿，也不见父亲的踪影，母亲叹了一口气，和我离开了连部。

中午，哥哥煮了一锅苞谷粒子，我们弟兄几个就着咸菜吃了，我们一声不吭，目光呆滞地你看着我，我看着你，不知道该怎么办。

妈妈天黑以后才醒来，她挣扎着起床，烧水煮了一锅苞谷粒子，给我们盛上，我们没有一个人吃，我在想父亲这会儿怎么样了，他吃饭了没有？

夜里睡在什么地方？可能弟兄们都在想着父亲，谁也没有心思吃饭。

　　天色慢慢黑透了，夜色笼罩着老房子，喧闹了一天的荒野渐渐安静。我点燃煤油灯，火苗忽闪忽闪的，在我们沉默的瞳子里跳跃，屋子里死一般寂静。母亲手里拿着一把羊毛，用一根红柳枝捻毛线，她心神不定，捻一会儿，停下来，两眼若有所思地想着，又续着毛线捻。

　　这时，外面传来了黑狗亮亮的叫声，声音一次比一次大，隐隐约约有一些嘈杂的声音传来，搅动了夜的宁静。夜色中的老房子是安静的，人待在房子里，牛羊关在圈里，马拴在槽里，倦鸟一个个归巢，是什么声音呢？

　　我们弟兄几个出了房门，一排房子的程友亮、陆德林听到动静，也一个个出了门，伸长脖子，向传来声音的地方张望，天上没有一颗星星，夜色黑漆漆的，什么也看不见。

　　声音隐隐约约断断续续，它们来自远方的小路，夹杂着铜锣的声音，小孩子嬉闹、大人吆喝的声音，汇集在一起，慢慢向老房子传过来。我的心莫名其妙地跳动起来，一种不祥的感觉笼罩了我的身心，我觉得这和父亲有关。

　　果然，随着声音越来越近，脚步声越来越清晰，我听到一个苍哑浑浊的声音，带着撕心裂肺的气息，伴着断断续续的锣声，传递到我的耳膜，那是父亲的声音，在寂静的荒野上游荡，蛇一般游动到老房子。我是陈大河，我偷了公家的苞谷，哐！哐！我是陈大河，我偷了公家的苞谷，哐！哐！哐！

　　夜色迷茫，在连接天地的微光中，小路上的人像一团黑云，忽聚忽散，慢慢朝老房子涌来，夜幕更黑了。父亲吭哧吭哧的声音越来越清晰，越来越粗重，铜锣的声音愈发刺耳，声声逼近，仿佛就在我的耳朵根上敲！

　　我的心里充满了耻辱和愤懑，我感觉自己太渺小了，就像荒野地里的一只蚂蚁，随便一只脚，就可以踩死我。

　　声音越来越近了，嘈杂的人群涌向黑暗中的老房子，有人打着手电筒，在模糊不清的光影下，一个个影影绰绰，晃动着向前移动。我害怕看见父亲受难的样子，我跑回家，哥哥弟弟看到我回家，他们也一个个回来了，谁也不愿意看见自己父亲痛苦不堪的难受样子。

妈妈没有出去，从我们慌慌张张的脚步声中，从我们一言不发的沉默中，妈妈似乎已经知道了一切。她走过来，伸开双臂，把我们弟兄几个紧紧抱在一起。

声音从老房子西头传了过来。在一片混乱的嘈杂声中，父亲的声音吭哧吭哧的，显得非常吃力，好像身上背了什么沉重的东西。他的身后跟了一群孩子，他们应该是从连部跟着过来的，兴奋地胡乱喊叫咋呼着，有的大声尖叫，有的吹着口哨，伴随着父亲嘶哑的声音，民兵严厉的斥责声，各种声音汇集在一起，从门缝里、窗户里挤了进来。

哐！哐！哐！铜锣刺耳的声音越来越近了，吓得栖息在屋檐下的麻雀惊叫着在黑暗中扑棱棱飞走了。声音好像就在我家门口，我们弟兄几个和妈妈吓得大气都不敢出，紧紧抱在一起，我感觉后背上妈妈的手剧烈地抖动着，她的身体微微战栗着，嗓子里隐隐发出一种压抑的浑浊的声音。

哐！哐！铜锣重重地敲了两下，停了下来。外面传来一个极不耐烦斥责的声音，说呀！谁让你停下来了？怎么教你的，这会儿哑巴了！把苞谷背好，不要拖在屁股上！是古大炮的破锣嗓子，紧接着"扑通"一声，声音闷闷的，好像有人狠狠踢了父亲一脚。

一群孩子活蹦乱跳，围着父亲看热闹，嘈杂凌乱的脚步声雨点一般传过来，他们嘴里喊着自己编的顺口溜：

> 陈大河，偷苞谷，
> 背着牛头不认赃！

> 陈大河，大坏蛋，
> 不走正道走邪道！

哈哈哈！哈哈哈！！

这群熊孩子，都给我滚开！古大炮大声斥责道，他又转向父亲，气急败坏地说，陈大河，你说不说？你敲不敲？再不说，再不敲，老子让你进到房子里敲！让你当着老婆孩子的面说！

我的心猛然抽搐了一下，我感觉兄弟们的心也抽搐了一下，像一阵猛烈的闪电撞击在我们身体上。黑暗中，传来压抑不住的粗重的喘息和啜泣。外面细碎凌乱的手电光从窗户里、门板缝隙射进房子里，胡乱照耀晃动着，像鬼影一样在我们身上闪闪烁烁。大黄猫吓得瑟瑟发抖，躲在被子后面一声不吭。

哐！哐！我是陈大河，我偷了公家的苞谷，哐！哐！哐！我是陈大河，我偷了公家的苞谷，哐！哐！哐！父亲的喊声响起来了，像阴云密布的天空滚过一道沉闷的惊雷，嘶哑，苍凉，无奈，就对着我家的房门，一声连着一声，一句连着一句，声声是泪，句句是血！

我们听着父亲疲惫嘶哑的声音，能听到他那不堪重负的喘气声，能想到他那布满汗水和尘土的充满污垢的黄色的脸。父亲就在门口，与我们近在咫尺，隔着一扇薄薄的一脚就能踹碎的破烂门板。听到门外父亲苍老骇人的声音，每一声都好像一把带刺的尖刀，戳在我们身上，戳在我们心上，让我们血流不止。

不知过了多长时间，父亲的声音渐渐远去了，嘈杂的声音也渐渐消失，他们踢踢踏踏的脚步声，消失在浓重的夜色里，黑狗亮亮跑过去吠了几声，最后也安静下来，老房子渐渐恢复了原有的平静。

这一夜，真是黑暗，真是漫长，我们和母亲瘫坐在土炕上，一动不动，一句话不说。黑暗中，我一遍遍想象着父亲佝偻着疲惫麻木的身子，背着半麻袋沉重的苞谷棒子，弯着虾米一样的腰，低着蓬乱花白的头，一只手拿着铜锣，一只手拿着棒槌，一路用力敲打着，一路扯着嗓门喊叫着，从连部到老房子，又从老房子到连部，没有人给他喝一口水，没有人让他休息一会儿，呵斥声、叫骂声、哄笑声围绕着他，一路跌跌撞撞跟跟跄跄，还有人冷不防踢他一脚，啐他一脸唾沫，他会不会坚持不住一头栽倒在地上，再也爬不起来？或者现在已经奄奄一息？可能死在回去的路上？没有人回答这个问题。我瞪大眼睛，看着黑漆漆的夜，不知道黑夜什么时间结束，不知道天什么时候会亮。夜色中，我知道我的兄弟还有我们亲爱的母亲，一个个睁着眼睛，望着伸手不见五指的夜幕，两眼无神，心思杂乱，辗转反侧，彻夜未眠。

父亲到老房子游斗的第三天下午，顶着大太阳，古大炮骑着自行车，神气活现地带着两个民兵又来到老房子。那两个民兵，还是先前到我家搜查苞谷的那两个，穿着松松垮垮后背泛着白碱的黄军装，背着56式半自动步枪，腰里扎着帆布子弹袋。

古大炮在老房子门前空地上扎好自行车，喘了口气，摘下黄军帽扇了几下，然后扯着嗓门大声咋呼着：老房子的男女老少全部集合开会！羊和牛先关到圈里，开完会再赶出去放！

他喷着唾沫星子咋呼了几声，没有人理他。这个时候，王长福和程友亮早赶着牛羊到荒野放牧去了，要去通知他们两个，可是这会儿老房子没人去通知，陆德林赶着牛车到西头猪场拉饲料去了，下午快过去了，会还没有开。古大炮只好让两个民兵去到戈壁滩找王长福和程友亮，通知他们赶快回来开会。

咋呼了半天，古大炮口干舌燥脸上冒汗，他来到陆德林家门口，重重咳嗽了一声，陆德林老婆没有像以前那样出门热情招呼他，给他端水递烟，他站了一会儿，自觉有点尴尬，推开门进了陆德林家。

王翠枝坐在床沿上，见他进来，仿佛不认识似的说，古连长，老陆不在家，你有什么事？

古大炮狠狠瞪了她一眼，这个女人以前千方百计黏糊着他，巴结讨好他，给他端吃端喝接近他，现在却像一个陌生人，对他冷冰冰的，一副公事公办的样子。

给倒杯水喝。古大炮坐在门前的一张椅子上，气哼哼地说。

想喝水？你自己没有手吗？王翠枝爱搭不理地回答，看着他撇了一下嘴，坐在床沿上一动不动。

他奶奶的，一个个都反了！古大炮站起来，嘴里低声嘟囔了一句，从案板上拿了一个碗，端起热水瓶，是空的，他又来到水缸旁，舀起一碗凉水，咕嘟咕嘟喝了下去。

你们这些当官的，心肠他妈的比石头都硬，陈大河家孩子多，粮食不够吃，掰了几个苞谷棒子，你又是抓人，又是游街，这样做值得吗？王翠枝直愣愣地责问古大炮，语气愤懑。

掰了几个苞谷棒子？你说得怎么那么简单？那是公家的东西，你掰几颗，我掰几颗，大家都这样，还有没有规矩了？古大炮瞪着眼睛回答说。

我看你是小题大做，没事找事，拿着他妈的鸡毛当令箭！王翠枝气哼哼地说。

不管你怎么说，在老房子就是老子说了算。谁不听老子的话，老子就收拾谁！古大炮咬牙切齿地说。

在你眼里，谁都是坏人。你这样做，不怕遭老天报应！王翠枝说着，朝古大炮脚底下吐了一口痰。

外面有人喊，古连长，人齐了。古大炮大声应着，拉开门"咣当"一声出去了。

临时会场设在老房子牛圈门前。牛圈围栏前面，有一排青砖基础的土块房子，长长的大通间，从中间的大门进去后，两边是两间耳房，左边存放挤好的牛奶，挤完牛奶后，奶子桶放在里面，东边有一个窗户，每天早晨，连队上的人在窗口前排队打牛奶。右边是储藏饲料的，里面有油渣、麸皮、玉米糁子，老鼠闻到香味，打了洞进去。为了防止老鼠糟蹋饲料，王长福在门的后面挖了一个坑，里面放一个铁皮水桶，凹陷进去，与地面平行，里面装满了水，每天都有贪吃的老鼠淹死在桶里。饲料房上面结满了横七竖八的蜘蛛网，乱糟糟灰蒙蒙的，沾着各种饲料的细碎粉尘。麻雀从房梁的缝隙中钻进来，在梁上筑了巢，麻袋上洒下白花花的颗粒状鸟屎。我们几个玩耍的时候，如果恰遇王长福打开库房门取饲料，我们就趁他不备挤进去，抓几把油渣装进口袋里，飞快跑出来，紧接着后面传来王长福的笑骂：这群贼尿！我们跑得远远的，才把油渣塞进嘴里，一股香甜味立刻弥漫了口腔，但油渣吃多了烧心，晚上躺在炕上翻来覆去睡不着，妈妈就问：是不是白天吃油渣了？我们不敢吭声，第二天上土堆后面拉屎的时候，非常痛苦难受，要蹲很长时间。

进去的大通间，两边是敞开的牛槽子。大通间供挤奶用，槽子用来给奶牛加料。放牧的牛群回来以后，要挤奶加料，就在大通间进行。那是牛圈最热闹的时候，挤满了等待挤奶的奶牛。挤奶的人喊，2号过来！2号奶牛就来到槽子跟前，马灯下笼罩着奶牛吐出的雾蒙蒙潮乎乎的热气，奶牛嚼草的声音、挤奶的扑哧扑哧声、老牛呼唤牛犊的声音和小牛犊吃奶的声音此起彼伏，混杂在一起，奶香料香和母牛身上散发的温热气息，充满了大通间。

半下午近黄昏的时候，除了陆德林拉饲料还在路上，加上放学的孩子，稀稀拉拉来了十几个人，站在牛圈门前。大家不知道发生了什么事，你看着我，我看着你，最后目光看着古大炮和两个民兵。古大炮点了一下人头，清了清嗓子，扯开嗓门大声说，今天召集老房子的人开会，内容嘛，非常重要！现在男男女女老老少少都来了，我宣布几件事情。他停顿了一下，锐利的目光扫了大家一眼，然后接着说，就在前几天，老房子的牧工陈大河，竟然在光天化日之下，到六连4号玉米地里偷苞谷，被我们人赃俱获，现在还关在连部，这是挖社会主义墙脚！场部政法股的意思是要让他到各个连队去游斗，背着他偷的苞谷去现身说法，目的是教育广大群众擦亮眼睛，坚决同坏人坏事做斗争！这是第一件事，发生在咱们老房子，大家都要提高警惕，引以为戒，要同陈大河划清界限，批斗他的错误行为，积极做好各项生产工作。

会场静悄悄的，可以听见圈棚里老牛叫唤小牛犊的长长的哞哞叫声。古大炮咳嗽了几声，继续扯着嗓子说：

第二件事嘛，也和陈大河有关系。他的婆娘蔡秀芬，也有问题！他的话音还没落地，我感觉站在我旁边的母亲身子抖了一下，慢慢低下了头。

根据我们掌握的情况，蔡秀芬在解放前从事很不光彩的职业，具体什么职业，今天我就不详细说了，给她留一点面子！她自来到兵团车排子农场后，不主动改造自己的世界观，不积极揭发陈大河的偷窃行为，还和他串通一气，掩盖偷窃事实。经场部党委研究，根据国务院《关于划分农村阶级成分的决定》，给予蔡秀芬戴坏分子帽子的决定，蔡秀芬，你听到了没有？古大炮声音高亢，情绪有点歇斯底里，一颗菜星子从他嘴里喷射出来，划了一个弧，飞溅到前面的人群里。

听到了。母亲夹杂在人群中，懦懦怯怯地应了一声，声音像蚊子叫。

听不见，你声音大一点！古大炮粗声大气地朝母亲吼道。

听到了。母亲声音大了一点，好像用尽了全身的力气。

我感觉母亲晃了一下，身体支撑不住了，要倒下去。我看见母亲咬了咬牙，站住了。

今天我说的这件事，过几天连里开职工大会，还要在全连大会上宣布。我们老房子的职工群众都要提高警惕，时刻绷紧阶级斗争这根弦，严防阶级敌人破坏捣乱，保卫我们的胜利果实！古大炮犀利如鹞鹰一样的眼睛，扫视了一眼会场，情绪激昂，越说越有劲，声音也越来越大。

第三件事嘛，现在上上下下都在学习，老房子也不能例外！王长福是新生员，程友亮是右派，你们沟子要夹得紧紧的，要主动接受改造。我偷偷看了旁边的王长福和程友亮一眼，两人耷拉着头，面色沉郁，噤若寒蝉。

几只绿头苍蝇嗡嗡着，翅膀在阳光下闪烁着点点绿光，在古大炮眼前晃来晃去。他极不耐烦地挥起右手，赶走苍蝇，苍蝇飞走了，过了一会儿，苍蝇又在他眼前飞来飞去。他也不赶了，继续着他的讲话。老房子虽然远，但它不是世外桃源，也要搞"文化大革命"！要做到阶级斗争年年讲、月月讲、天天讲，要早请示，晚汇报，向伟大领袖毛主席汇报我们每天干的工作，要用毛泽东思想武装我们的头脑。今天就宣布这三件事，回头啊，我要亲自抓落实。我再强调一遍，工作再忙，时间再紧，阶级斗争这根弦一刻都不能放松！

古大炮精神抖擞义正词严地说完了，会场鸦雀无声，一片阒寂。他的余音仍然盘旋在会场的上空。他脸色通红发光，眼睛炯炯有神，似乎对自己的口才非常满意。只有在这些场合，这个时候，他才充分感觉到自己的权威和气派，找到了自己在六连凌驾于他人之上的存在感和优越感。

会开完了，人散了。临走，古大炮给母亲说，蔡秀芬，你等一下。母亲和我站住，母亲低着头，古大炮走到母亲跟前说，你明天上午到连部报到。说完，不等母亲回答，和另外两个民兵骑上自行车走了。

第二天，母亲一个人早早来到六连连部，她看见电线杆子空空荡荡，禁闭室也没有人，父亲不见了。母亲心里有一种不祥的预感，想起昨天古大炮说的话，他可能被押到其他连队游斗去了，一整天背着半麻袋苞谷棒子，还要敲锣喊叫，他会不会累死在路上？母亲边走边想，来到连部门前，看见进进出出的是一些胳膊上戴着红袖章的年轻学生，只是不知他们在忙碌什么。

这时，古大炮从办公室出来，看见母亲来了，给一个手里拿着红旗的学生嘀咕了几句，然后转过脸给母亲说，蔡秀芬，你过来，现在你听红卫兵的指挥，他们让你干什么，你就干什么。说完他就和红卫兵嘀咕了几句，匆匆离开了。

母亲见到父亲时，是傍晚收工的时候。他今天游了三个连队，可能连日游斗，不停奔走，背着麻袋不堪重负，现在他的脖子上挂着一串苞谷棒子。民兵用细铁丝把一个个苞谷棒子串起来，做了一个苞谷圆圈。金黄色的苞谷因为连日被汗水浸渍，飞扬的尘土沾在苞谷粒的缝隙中，变得黑乎乎、脏兮兮的。

父亲被关在连部警卫室旁边的一个小房子里。后面没有窗户，前面有一个带着铁栅栏的玻璃窗户，里面没有灯，天一黑，房子里黑咕隆咚的，没有床，靠墙只有一个木头长条椅，一个民兵背着枪，在窗外值守，身影来来回回走动晃悠着。

敲着锣，低着头，戴着压在脖子上的苞谷圈，在太阳底下奔波游斗了一天，父亲嗓门沙哑疲惫不堪，一进房子，趔趄几步，然后一屁股瘫坐到长椅上昏睡过去。门"咣当"一声关上了，传来铁锁"咔嗒"锁住的声音。然后，房子里死一般漆黑寂静。

一只老鼠窸窸窣窣出了洞，在黑暗中不知撕啃着什么东西，嚓嚓响动。几只蚊子嗡嗡叫着，在他头顶不停盘旋着。不知过了多长时间，父亲睡意蒙眬中，又一阵嘈杂凌乱的声音向连部传来。接着，房门又打开了，一个人被趔趔趄趄推了进来，他慢慢睁开眼睛，借着手电筒的光亮，他看见是一个女人，身子摇摇晃晃，她的头发被风吹得凌乱不堪，再仔细一看，是他的婆娘蔡秀芬，她的脖子上挂着一串臭烘烘的破鞋子！

你们两个，一头坐一个，老老实实待着，不要说话！一个民兵厉声说。说完出了房子，门"咣当"一声又关上了。

母亲猛然被推进来，她的眼睛还没有适应房子里的黑暗，惊恐地低垂着头，站在房子中间没有挪步，父亲走上前，拉住她的手，低声说，秀芬，是我，不要害怕！

母亲听到父亲的声音，身子晃了一下，一头倒在父亲怀里，压抑地哭了，声音是憋着的，像猫叫，她害怕外面的民兵听见。

黑暗中，父亲把母亲扶到椅子跟前坐下，取下她脖子上的破鞋子，扔在地上。两个人紧紧偎依着靠在一起，很长时间没有说话，彼此能感觉到对方微微抖动的身子和强烈颤动的心跳。

没想到在这里遇见你。过了好一会儿，父亲说。

我也没有想到。母亲颤声说。

你怎么来了？谁让你游街的？父亲问。

母亲把古大炮到老房子开会，宣布她戴坏分子帽子的事情给父亲一五一十说了。今天早晨，古大炮把她交给一个红卫兵，他好像是一个带队的头头，红卫兵头头给古大炮说，古连长，连队上游街的都是一些偷苞谷、偷花生的，还没有一个坏分子。古大炮听红卫兵叫他连长，心里很受用，马指导员到总场开会，连长忙着抓生产，这些事他说了算。就对他说，这个人刚戴上坏分子帽子，可以一起去游街。红卫兵就让她在六连游街，中午又给她戴了一串破鞋。唉，这样活着，太难受了，以后怎么出门？还怎么见人？真还不如死掉算了。母亲说着，又哭了起来。

听了母亲的话，父亲耷拉着头，半天没有吭声。过了好一会儿才说话。

孩子他娘，我们不能有这个想法。我活了大半辈子了，旧社会也过了，新社会也过了，国民党经历了，共产党也经历了，现在土都埋到脖子了，什么世面没见过？小时候在甘肃老家，我和老娘出去要饭，地主家的狗把我咬了，小腿肚子被咬得稀巴烂，血流得到处都是，躺在炕上差一点儿就死了，就剩下一口气，是老娘天天喂我小米粥，给我找草药敷，我才活了过来。后来我长大了，到县城的饭馆洗菜刷碗，没有工钱，一天管三顿饭，老板不要扔掉的鸡肠子，我收集起来，天天早晨到河边洗鸡肠子，老娘每天到小河边，我把洗好的鸡肠子给她，她拿回家换粮食吃，我们娘儿两个相依为命。有一天，我记得刚入秋，我到小河边洗鸡肠子，一队国民党兵把我抓走，二话不说，把我拉壮丁当了兵。之后再也没有见到老娘，我后来托人打听消息，说老娘那天到河边找我，没有见到我，只看见一些鸡肠子扔在河边草丛里，也不知道我到哪里去了。以后老娘天天到河边等我，看不见我，天天哭，最后眼睛哭瞎了，饿死在炕上。我听到这个消息，当时也是不想活了，这个世界上唯一的亲人不在了，我活着还有什么意思？最后想通了，那时候还年轻，以后的路还长，死了的人死了，活着的人还要继续活下去，但我这辈子都不想回家了，一想起老娘一个人活活饿死在家里，我就难受得吃不下饭，睡不着觉，中国这么大，哪里不能活命，哪里的黄土不埋人？到了新疆，天大地大戈壁滩大，我的心一下子敞亮了，自己的心也大了，感觉新疆真是一个好地方，只要有水，撒一把种子，秋天就会有收成，它让我忘记了过去的忧愁和苦难。这个世上没有过不去的坎儿，活着总比死了强，现在如果我们死了，留下一堆孩子怎么办？谁去管他们？父亲内心感慨万千，说了一堆话。

　　黑暗中，母亲紧紧拽住父亲粗糙滚烫的手，头颤巍巍地靠在他瘦削的肩膀上，父亲浓重的汗液味钻进她的鼻腔。唉，你到老房子游街那天晚上，我和孩子们吓得浑身发抖，你在门外哑着嗓子吆喝，我们在里面大气都不敢喘。你走了，我和孩子们都没有脱衣服，眼睁睁躺在炕上睡不着。后来，一个个迷迷糊糊睡着了。我一合眼，就看见你背着一麻袋苞谷吭哧吭哧游街，后面跟着一群孩子往你身上吐口水、扔死老鼠。你走到一个水坑，一下子没有迈过去，连人带麻袋摔了下去，麻袋重重砸在你身上，你嘴里吐着血，趴在水坑里起不来。我急得没办法，跑过去搬你身上的麻袋，麻袋沉得像石头，我搬不动，眼看着你被麻袋压得往水里沉，快淹到脖子了，我一下子惊醒了，房子里黑漆漆的，老鼠在角落里吱吱追着打架，孩子们在睡梦中出着长气。那会儿，我真是不想活了，家里没吃没喝，你又受了这么大的罪，这个家看不到一点希望。我从炕上爬起来，头昏昏沉沉的，我摸索着下了炕，穿上鞋，我想怎么去死。去上吊？我又气又饿，浑身没有一点儿力量，连往树上拴绳子的劲都没有。喝药死？黑灯瞎火到哪里去找农药？最后想到了投井，走到水井跟前，头往井口一扎，啥都结束了。想到这，我就摸着黑往门口走。刚走到门口，还没开门，就听到建疆咋呼了一声，他魇住了，喊了一声妈。他的声音把其他兄弟惊醒了，他们把建疆唤醒，又都睡过去了。这时，我也清醒了，我死了，解脱了，这些孩子怎么办？他们大的大小的小，怎么生活？最起码我在，可以给他们烧一锅苞谷糊糊，补一补破衣服，你被抓走了，迟早有回来的那一天，又不是杀人放火，要掉脑袋。这样想着，我又回到炕上，守着孩子们，听着他们长长短短的出气声，迷迷糊糊一夜没有合眼。刚才听你说了这么多话，我的心宽敞了一些。我这个人没有什么想法，就想着和你好好地过日子，虽然缺吃少穿，但是有一碗苞谷糊糊，一盘子咸菜，也不会饿死人，孩子大了，日子总会慢慢好起来。可是现在，一夜之间戴上了坏分子帽子，又在连队游街批斗，还要被监督劳动，不知道以后这个日子怎么过。说着，母亲深深叹了一口气。

车到山前就有路，老天爷不会绝我们的路。父亲咬着牙说。

现在呀，咱俩都一样了，我是盗窃分子，你是坏分子，以后嘛，咱俩谁也不要嫌弃谁，谁也不要看不起谁。现在，我的一双破烂脚，穿你这双破鞋子正合适。父亲苦笑了一声说。

母亲破涕为笑。都这个样子了，你还有心思说笑话，你的心真大。不过也是的，你是烂脚丫，我是破鞋底，咱们正好是天生的一对，一窝老鼠不嫌膻，以后谁也不要嫌弃谁，谁也不要说谁。母亲轻声说。

鞋子合不合脚，有没有沙粒子硌脚，只有你的脚知道。母亲给父亲说。

鞋子合脚得很，穿着舒服得很，谁也不知道，只有我知道。父亲苦笑着说。

唉，现在什么都没有了，游了街，名声也臭了，咱们什么都没有了。母亲又忧愁地说。

怎么什么都没有？咱们还有六个儿子，一个个像杨树桩子一样。父亲说。

唉，都是和尚头，要是有一个丫头片子就好了。父亲又叹息了一声说。

丫头是父母的小棉袄，回去咱们再生一个。母亲说。

再生一个，你能保证是丫头？父亲笑着说。

说是这样说，再不能要孩子了，咱们实在是养不起了，到时候连苞谷糊糊都喝不上。母亲叹了一口气说。

孩子还小，不知道啥时候能长大。母亲又说。

他们是小树苗子，小是小了点，可是有苗不愁长，总有一天会长成大树的。父亲说。

等到他们长大了，那时候，我们都死了。母亲又叹了一口气。

我们死了，可是咱们的儿子还活着。父亲说。

儿子下面还有孙子重孙。母亲说。

一个儿子生三个孙子，嘿嘿，就是十八个孙子。父亲说。

不能再生那么多，孩子多了，粮食不够吃。母亲说。

咱俩死了，让儿子把咱们埋在一起。过了一会，父亲说。

夜深了，外面一片寂静。一点儿微弱的光亮透过窗户，洒在屋子的地上，朦朦胧胧模糊不清。在黑暗中，他们的话题又回到死亡。他们像哲学家一样，心平气和地讨论这个人类的终极归宿。这一会儿再说起死亡，父亲和母亲心平气和，语气轻松，没有了刚才的激动、惊恐和不安，仿佛他们在讨论一个很简单的家长里短。

母亲叹口气，眼泪掉下来。她说，我死了，咱俩埋不到一块儿，你虽然游街了，但是你出身好，是连队职工。我是四类分子，死了埋在奎屯河边，我和你也埋不到一起。

咱俩必须埋在一起。我死了，身边不能没有你。父亲大声说。

母亲吓得捂住父亲的嘴，你小声点儿，别让外面听见。

父亲摸了一下母亲的脖子，没有戴石头，说，你把我给你的石头保管好。

你放心，我藏起来了。母亲说。

咱俩走的时候，把石头留给儿子。父亲说。

儿子再留给孙子，一代代传下去。母亲说。

为了这群孩子，咱们说啥也要活下去。父亲说。

可能跑了一天累了，说着说着，母亲头一歪，靠在父亲肩上打着盹。不一会儿，她就响起了轻微的鼾声。

天亮了，站岗的民兵打开门，拿着两个玉米面窝头，递给父亲母亲。父亲接过窝头，递给母亲一个，窝头是凉的，两个人香甜地吃着。

两人一只手拿着金黄的窝头啃，一只手接着从嘴里掉下来的馍渣，边吃边互相打量着对方。母亲看见父亲一下子苍老了很多，头发胡须灰白，苍黄的脸上褶皱里布满了灰尘汗渍，但是两眼却透着坚毅和倔强。父亲看见母亲的头发，乱糟糟的如一团麻，沾满了尘土和细小的草屑，苍白无血的脸上隐藏着一股忧虑和惶恐不安，两眼无神显得心事重重。

不知道一群孩子怎么样了。母亲担心地说。

你放心，饿不死。进疆和志疆都大了，会照顾好他们的。父亲一副不在乎的样子说。

这时，古大炮用脚踢开门，一声不响大摇大摆走了进来，他的脸上阴云密布，双目阴沉，像一个幽灵。

嗨！一个挂玉米棒子，一个挂一串破鞋，饿了啃玉米窝头，现在脚上还有鞋穿，你们两个加起来，就是有吃有穿，你们倒是天生的一对！古大炮看着父亲母亲，咬牙切齿地说。

父亲狠狠瞪了他一眼，只顾嚼着窝头，没有搭理他。

古大炮在屋子里转了一圈，悻悻地走了。

我现在看见他，浑身就发抖，身上就起鸡皮疙瘩。母亲不安地说。

不要怕他。人在做，天在看，这个恶魔，老天爷早晚要报应他！父亲吧嗒着嘴巴说。

这一天，从上午开始，四个红卫兵押着父亲和母亲，坐上连队机务排的拖拉机，继续在附近的八连九连十二连游街。晚上回来，还要在六连游一遍。可能六连的人天天看同样的场景，失去了新鲜感，也不耐烦了，再说父亲的嗓子接连几天不间断地喊叫，也嘶哑了，发出的声音含糊不清呜呜啦啦，他们只让父亲敲锣，在连队的道路上转一圈，一天就结束了。

夕阳下，家家户户冒着炊烟飘着饭香，从棚子里、树缝里、柴火垛里飘散出来。父亲蓬头垢面，嘴唇干裂，衬衣上是白花花的汗碱印痕，脖子上挂着苞谷棒子，母亲披头散发，佝偻着腰，脖子上挂着一串破鞋。母亲搀扶着父亲，父亲一手提着锣，一手敲着棒槌，一步步挪动着步子，两个人步履蹒跚，一摇一晃顺着六连尘土飞扬的道路游街。

马三骑着破自行车摇摇晃晃从对面过来了，看见父亲和母亲，他跳下自行车，脸上挂着幸灾乐祸的讪笑，猛地朝路上吐了一口黏痰，嘴里骂骂咧咧说，你不是兴球得很吗？你也有今天。

父亲的脚踩在黏痰上，他抬起头看了一眼得意扬扬的马三，没有理他，蹒跚着步子往前走。

正是快吃完晚饭的时候，连队的孩子们没事干，听到敲锣的声音，跑出家门，围成一圈跟着转，他们一个个兴奋无比，嘴里喊叫着马三新编的歌谣：

老房子，真邪门，

妖魔鬼怪全出来！

老汉是小偷，

老婆是"破鞋"！

"破鞋"踩在牛屎上，

一窝老鼠不嫌臊！

哈哈哈，哈哈哈，

真呀么真有趣！

一个星期以后，父亲和母亲结束游街，经过连里和红卫兵请示，场部政法股同意他俩结束游街，回到了老房子。那是一个中午，父亲和母亲拖着疲惫不堪的身子，相互搀扶着走路回来，也没有人跟着。他们走一段，坐下来休息一会儿，短短的一段路程，他们晃晃悠悠走了大半天。回到老房子，太阳已经西斜。他们径直回到家，我们弟兄几个正躺在炕上睡觉，听到门响，都爬起来了，看见父亲母亲回来了，新疆和爱疆扑过去，伏在母亲的怀里大声哭了起来。

我们围着父亲母亲，问这问那。母亲看见墙角的凳子上放着半袋子面，问哥哥进疆从哪儿来的。进疆说，这是你离开老房子那天，王长福叔叔送来的一袋子玉米面，他给我们说，没有东西吃了就去找他。母亲鼻子一酸，没有说什么。

这时，外面传来敲门声，陆德林的老婆王翠枝端着一个盆子进来了，盆子里装了满满一盆子白面。她涨红着脸，有点局促不安，看着母亲，平时伶牙俐齿的她，现在说话结结巴巴，老陈家的，实在对不起，我不是故意的。这一点儿面，你一定要收下，你如果不收，我心里更不好过。母亲没有理她，她讪讪地把面盆放在吃饭桌上，伸出手突然"啪啪"朝自己脸上打了两耳光，带着哭腔说，就怨这张臭嘴！就怨这张臭嘴！我恨死自己了！她还要打，母亲上前拦住了，抓住她的两只手，两个女人抱在一起大声哭了起来。哭了一会儿，这个胖女人抬起头，看着母亲说，大妹子，你心里可不要怨我，我这个人嘴碎，可是没有一点儿坏心眼儿，你以后可不能不理我！母亲擦了一把眼泪说，过去的事就过去了，谁也不要提了。她听了破涕为笑说，这还差不多！以后咱们还是好姐妹！

晚上吃饭的时候，马老师端着一碗鸡蛋过来了，她什么话也没说，非要让母亲收下鸡蛋，说让老陈和母亲补补身子。在昏黄的灯光下，她手里的那一碗鸡蛋银光闪闪，弥漫着温暖仁慈的光晕。母亲拗不过马老师，把鸡蛋腾出来，把空碗递给马老师，眼里含着感激的泪水。马老师出门时说，进疆他妈，什么都不要想，好好活着，好人总归有好报。母亲上前抓住她的手，什么话也没有说。

父亲母亲回来的第二天，连部统计员骑自行车来到老房子，进了我家，他代表连里给父亲宣布处理决定：陈大河偷窃连队玉米，按工资五倍罚款，共计二百五十六元，罚款每月从工资中扣除，直至扣完为止。除老房子正常工作以外，罚陈大河打土块三千块，这项工作 1975 年 10 月 30 日前必须完成。蔡秀芬每星期必须有两天时间到连队，打扫连部广场、礼堂、道路、厕所卫生，并接受群众监督。统计员宣布完，问父亲母亲，你们两个有什么意见？两人都回答，没有。统计员掏出钢笔，让两人在处理决定书上签字，母亲颤颤巍巍在处理决定书上写了名字，父亲不会写字，统计员代替父亲签了名，父亲在名字上按了红手印。

于是，从这一天开始，无论春夏秋冬，母亲穿着一身灰布衣服，头上扎着一条酱色头巾，拿着芨芨草扫把到连队，和连队另外一个出身地主成分的老太婆，一个戴帽子的坏分子扫院子、清厕所、修理林带、平整道路。她们三个人分了工，各自划分了打扫区域，自己的区域自己负责打扫干净。

有时候，家里白天分不开身，傍晚做好晚饭后，母亲走路来到连部打扫卫生，我陪着妈妈一起打扫。夜色降临了，家家户户点燃马灯、煤油灯，窗户里透出温馨的光线和晃动的人影。我和母亲在空无一人的连队扫着院子、道路。哧啦啦，哧啦啦，芨芨草扫把摩擦着粗糙不平的地面，夜色中尘土飞扬，碎屑飘舞。那机械划动如出一辙的哧啦声，在空寂冷漠的夜色中弥漫飘洒着，仿佛母亲压抑悲怆的低语。哧啦啦，哧啦啦，我是坏分子！哧啦啦，哧啦啦，我是大"破鞋"！哧啦啦，哧啦啦，我没有改造好！哧啦啦哧啦啦哧啦啦哧啦啦，像嗡嗡响的无数声锣鼓，撞击敲打着母亲战栗疲惫的身心。

父亲回来的第三天，连队文教李东阳骑自行车来到老房子。他二十岁出头，中等个，眉清目秀，白白净净，梳着分头，白衬衣口袋里别着一支"英雄"牌自来水钢笔。他在牛圈挤奶房门前的墙上，设计了一个语录墙，用水彩笔画了毛主席的头像，写了毛主席语录。

　　　革命不是请客吃饭，不是做文章，不是绘画绣花，不能那样
　　雅致，那样从容不迫，文质彬彬，那样温良恭让。革命是暴动，
　　是一个阶级推翻一个阶级的暴烈的行动。

——毛泽东《湖南农民运动的考察报告》

　　画像上的毛主席穿着草绿色军装，红领章鲜艳醒目，毛主席神采奕奕地站在那里，脸上透着亲切和善的笑容，望着远方。从语录墙画好的那天起，每天早晨放牧和劳动前，父亲和王长福两人，陆德林和程友亮两人，并排站在毛主席像前，面对语录墙，右手举着红色塑料皮《毛主席语录》，整整齐齐、规规矩矩地向毛主席画像鞠躬，然后大声报告：伟大领袖毛主席，您的战士王长福、陆德林、程友亮、陈大河（各自报自己姓名）向您报告，我们一定遵照您的伟大指示，抓革命，促生产，放牧好您的牛羊！父亲语音厚重怪异的甘肃腔调、王长福和陆德林土得掉渣的河南话、程友亮语气沉闷粗重的武汉话，各种方言混杂在一起，在老房子上空飘荡回响。

　　晚上收牧回来，给牛羊饮水，关进圈里后，他们四人并排站在一起，在马灯下，向毛主席汇报当天的工作情况。照例是站在毛主席像前，右手举着《毛主席语录》，向毛主席画像立正行军礼，扯着嗓子大声汇报：敬爱的毛主席，您的战士王长福、陆德林、程友亮、陈大河（各自报自己姓名）向您报告，我们放羊回来了，今天牛羊吃饱了，水喝好了，请您老人家放心吧！我们一群孩子围在跟前，觉得很有意思，毕竟老房子的生活太平淡了，这个场景给我们带来了新奇和快乐。

　　汇报结束，还要跳《大海航行靠舵手》，四个牧羊人，一人手里拿一本《毛主席语录》，陆德林举着语录本在前面领舞，王长福、程友亮、父亲三人在后面配合做动作，动作也很简单，右手举着红语录本，左手捂着胸膛表忠心，因为没有音乐伴奏，他们嘴里还要唱着歌词，随着曲调的旋律和节奏摇摇摆摆做动作。

　　　　　　大海航行靠舵手

　　　　　　万物生长靠太阳

　　　　　　雨露滋润禾苗壮

干革命靠的是毛泽东思想

……

　　可是这几个牧羊人放牧是一把好手，唱歌跳舞就不行了，粗胳膊粗腿的，唱起来声音干涩嘶哑，跳起来动作僵硬粗放，东摇西摆地摇晃着身体，我们围在周围看着觉得非常滑稽，一个个哈哈大笑。

　　这天傍晚，古大炮一个人骑着自行车来了，他站在语录墙跟前，看了父亲他们的晚汇报和忠字舞，他咳嗽了两声走过来说，最近大家很辛苦，工作干得不错，表现得很好。我刚才看了一下晚汇报和忠字舞，汇报嘛还可以，忠字舞跳得太乱了，我看只有忠，没有舞嘛！不过也不能怪你们，你们没有受过训练，过几天我让文教李东阳过来教一教大家，动作最起码要像个样子，这样才能体现我们对领袖的忠诚和热爱。好了时间不早了，大家回去吃饭睡觉！古大炮今天心情不错，估计是一切按照他的要求去做，他现在对这个牧羊点很满意。

　　虽然内心很烦古大炮，但父亲对毛主席是发自内心的感激和崇拜，这种感情是朴素而崇高的。他是一个穷人家的孩子，一个曾经的国民党士兵，是毛主席批准他加入了中国人民解放军，现在又是一个兵团战士，没有毛主席，就没有父亲的今天。父亲早请示、晚汇报是认真的，恭恭敬敬的，再忙再累，也要按程序一样不少的进行请示汇报，一点儿都不马虎。

　　第二天傍晚，六连文教李东阳骑自行车来到老房子，手把手教了一小时，他们四个人动作虽然还是僵直生硬，但总算步调一致了，整体看起来好了很多。

　　秋分的最后几天，古大炮带着几个民兵，从连部开始栽木头桩子，柳木、榆木、杨木参差不齐，间隔 50 米，桩子高高低低，一直栽到老房子，一根长长的灰色的铁丝，沿着木头桩子，一直扯到老房子，民兵在牛圈门口立了一根木头柱子，安装了一个灰色的高音喇叭，以后老房子可以和连部一样，收听场部的《新闻简报》，收听连队的各种通知。古大炮说，老房子也要按时收听广播，听党中央的声音，听毛主席的声音，宣传"文化大革命"，老房子不能有死角！

这天傍晚，桩子栽好了，电线连接好了，广播接通了，我们一群孩子和大人围着广播看热闹，抬起头看着高高的广播喇叭。喇叭刺刺啦啦响了几声，像开闸的渠水流淌在干涸的渠道里，紧接着，一阵铿锵洪亮的声音突然传了出来，像一道惊雷掠过灰蒙蒙的天空。

> 社会主义好，
> 社会主义好！
> 社会主义国家人民地位高，
> 反动派被打倒，
> 帝国主义夹着尾巴逃跑了，
> 全国人民大团结，
> 掀起了社会主义建设高潮，
> 建设高潮！
> ……

突如其来的声音，惊得草垛上栖息的一群麻雀"轰"地一下急急慌慌地飞起来，一路惊叫着飞向远方。圈里的牛羊吃惊地抬起头，停止了吃草咀嚼，一个个茫然地望着前方，不知出了什么事。黑狗亮亮慌张地叫了两声，再也不敢叫了，夹着尾巴溜到一丛刺棵子下，很长时间不敢出来。老房子的上空，整个原野空旷的上空，遥远的远方，回响着旋律激昂、浑厚激越的曲调……

也是这天傍晚，母亲从连队扫完院子，一个人拖着疲惫困乏沾满灰尘的身子往老房子走。现在季节白天短，夜晚长，天气渐渐凉了，荒野上，白天蒸腾泛滥的热气和傍晚凉爽湿润的空气弥漫搅和在一起，形成一团团灰白飘逸的氤氲，悬浮在苍绿的铃铛刺、芨芨草、红柳丛上，蜿蜒的小路在阴沉的天空下时隐时现，两旁是骆驼刺和已经结满草籽的青蒿、苍耳、苦豆子。看天色已晚，母亲不由得加快了脚步，她回去还要给一家人做晚饭，晚上还要洗洗刷刷缝缝补补。这时，母亲突然听见有微弱的声音，她以为是自己急促的脚步声，她站住仔细谛听，路旁草丛里有婴儿断断续续的哭声。这是怎么回事？荒无人烟的戈壁滩上怎么会有这种声音？母亲心生疑团，这时轻微断续的哭声还在持续，她拐进草丛，循着哭声，看见一丛铃铛刺旁有一个毯子包裹着的婴儿，婴儿只露出一个头，红色的小脸，黑色的头发，一群蚊子围着她飞舞，旁边还有一个包袱。母亲一下子怔住了，感到万分骇然，她抬头四望，四野空空荡荡，云雾氤氲，夜色迷茫，不远处荆棘丛中似乎有一个灰色的身影，恍惚间又无影无踪，母亲睁大眼睛，依然一片沉寂空茫。这是谁的孩子？怎么被扔在了渺无人烟的荒野？婴儿在地上挣扎着，还在有气无力地哇哇哭泣着，一声比一声小，一声比一声弱，声音飘浮在空旷的荒野上，似有若无，悲凉凄惨。母亲弯下腰，轻轻抱起婴儿，婴儿立即止住了哭声，睁开沾满泪痕的小眼睛，朝母亲笑了，犹如天边最后消失的一朵晚霞。这甜甜的一抹笑，顷刻融化了母亲柔软疲惫的心，她忘记了一天的艰辛和劳累，没有多想，捡起地上的包袱，抱着婴儿往老房子走去。

回到家，母亲在炕上打开毛毯，发现是一个女婴，小胳膊小腿，浑身白白净净，已经睡着了。包袱里面是两铁罐奶粉，上海惠民公司生产的"惠民"牌奶粉，还有几件婴儿穿的小衣服，一张纸条上用钢笔写着：1975年8月21日，应该是婴儿的出生日期，从日期上看，婴儿刚过了满月。

我们弟兄几个围了过来，七嘴八舌地问妈妈这是谁家的孩子。母亲说，捡的。我问，在什么地方捡的？在戈壁滩捡的。母亲说。谁这么狠心，把孩子扔在戈壁滩，也不害怕叫狼吃了！简直不是人干的！我们乱糟糟地说，母亲叫我们住嘴，不要吵醒了妹妹睡觉。我们压低声音说，妈妈，这孩子以后怎么办？母亲说，没人要，我们就把她养起来。我们吃了上顿没下顿，怎么把她养大？三弟新疆说。咱们一人嘴里省一口糊糊，也要把她养大，总不能看着不管吧。

正说着，父亲推门进来了，听母亲说了经过，父亲抱起毛毯，这时女婴醒了，睁开小眼睛，咧开小嘴，朝父亲甜甜地笑了，父亲疲惫辛酸的脸庞舒展开来，抱着女婴爱不释手，他说，我有六个儿子，现在终于有了一个女儿，这是老天爷赐给我的！父亲问我们，你们要不要这个小妹妹？要！要！我们弟兄几个异口同声说。以后这个孩子就是你们的妹妹了！你们要像对待亲妹妹一样对待她，在外面谁也不许说是捡的！父亲一个个看着我们说。我们又异口同声说，好！好！父亲愁眉不展的脸上乐开了花，这段时间笼罩在他心头的阴霾一扫而空，他高兴地大声说，老天爷啊，我现在是儿女双全了！儿女双全了！一边自己说着话，一边抱着孩子满地转。母亲要做晚饭，说，好了好了，给孩子起个名字吧。父亲想了一会说，就叫黑丫头吧！母亲说，这孩子长得白白嫩嫩，又是个女娃，叫这个名字不好听。父亲说，在老房子的孩子，要经得住风吹雨淋太阳晒，千万不能娇生惯养，再说我们家也没有那个条件。还是那句话，娃娃越皮实越好养，就叫黑丫头！

过了几天，父亲骑着马来到连部，说老婆又生了一个丫头片子，找到统计报了户口，统计让父亲给女婴起个学名，好造表上报场部政法股。父亲在路上就想好了，给统计说就叫陈花疆吧，花朵的花，新疆的疆。

过了"十一"，树叶一片片飘落，天气越来越凉了。父亲的三千块土块还没有打好，父亲急了，晚上吃饭时说打土块的事，叫我和哥哥明天去平整场子，准备洗土块模子的沙子，引水泡泥，再耽误下去，天气凉了，土块就干不了了。第二天上学，我和哥哥给老师请假，说家里有事，请了一个星期假。

第三天，天刚亮，我和哥哥就拿着铁锹来到老房子水渠旁，找适合打土块的场地。这条水渠连接着场部的支渠，离老房子六七百米远，是六连农业生产的主要灌溉渠道。

在水渠边，我和哥哥选择了一个较为平整的空地，铲除地上的苇子、苦豆子，平了洼坑，用架子车到5号地拉了一车细沙子，在水渠边泡了一堆泥。

打土块的最好季节是七八月份，太阳毒辣，天气炎热，打好的土块两天就晒干了，一排排垛起来，用苦豆子盖在上面，就等着车来拉。过了十月，太阳蔫了，天气凉爽，土块不容易干，潮湿的土块起不了垛，如果遇到下雨天，就泡成一堆泥了。

这两天天气还可以，我和哥哥每天泡泥、翻泥，泥巴捂上一个中午，到下午翻出来，再捂一会儿，就可以装土块模子了。

我和泥、装模子，哥哥负责端模子打土块。打土块在农场是一个繁重的体力活，从挖土、和泥、翻泥，到打土块，再到垒土块垛墙，装车运输，每一个程序都要耗费体力。为了节省时间，我们中午不回去吃饭，妈妈做好饭给我们送来，炕的玉米面饼子。妈妈说，打土块太累了，喝糊糊没有劲。如果逢妈妈到连部打扫卫生，就由弟弟来给我们送饭。

父亲傍晚收牧回来后，第一件事是跑到水渠边，不顾一天的疲劳，用铁锨翻泥，摞晒干的土块，帮着一起干活。

终于还有三百块就三千块了。最后一天，我和哥哥有点兴奋，毕竟辛苦了一个星期，马上就要结束了。

这一天过得很快，土块早早打完了，我和哥哥哼着小曲，扛着铁锨和土块模子，晃晃悠悠地往家走。

吃晚饭的时候，刮风了。父亲不知为什么还没有回来。戈壁滩的天说变就变，一眨眼的工夫，黑压压的乌云堆满了天空，刮起了大风，紧接着，噼里啪啦下起雨来。我给哥哥说，要坏事，这样下去，摞好的土块可能要泡汤！

走，咱们到土块场看看去！哥哥放下饭碗，拉着我出去了。

荒野上，疯狂的雨无遮无拦，越下越大，大雨夹杂着土腥气、苦涩的蒿草气息和牛羊的气味扑面而来。我和哥哥跑到水渠边的土块场，浑身上下早已被淋成了落汤鸡。我们看见，父亲站在土块场里，一动不动，像一

173

尊石雕。码起来的土块全部倒塌了，浸泡在肮脏的泥水里，躺在地上的土块，东倒西歪，一个个淹没在浑浊的雨水中，像一堆松软零散的蛋糕，缺胳膊断腿，没有一块是完整的。

马和羊群浑身湿淋淋的，一动不动，静静地站在泥水里，抬起头，默默地看着站在雨中的父亲。

倾盆大雨浇在雾蒙蒙的荒原上，浇在父亲孤独单薄的身上，他的衣服湿透了，雨水顺着他的衣服往下流，他的一双脚深陷在泥水里，破烂的胶鞋被淤泥紧紧粘住，父亲脸色沉默阴郁，眼睛眯缝着，好像流泪了。我们一动不动地呆呆地看着父亲，我和哥哥也流泪了。我们望着这个混沌纷杂的世界，望着泡成泥汤浑水的土块，任凭雨水在我们脸上肆意流淌，噼噼啪啪地往下流，分不清哪是雨水，哪是泪水。

第十七章

父亲生性是一个倔强、固执、死心眼儿的人，他认准的事情，他下决心要干的事情，一旦主意已定，就是八匹犟驴也拉不回来，即使头破血流，也要一条路走到黑。用王长福的话说，陈大河，哎呀，这个人，生来就是一脖子犟筋，就是一头犟驴，他呀，就是见了棺材也不流泪，到了黄河也不死心！

在六连，在老房子，父亲是一个卑微沉默的人，像沙丘里的一只蚂蚁，像荒野上的一棵小草。但是，卑微的人心中也有梦想，在他极其普通毫不引人注目的外表下，他的内心深处野心勃勃，骨子里根植着争强好胜，这一点被他严严实实包裹着，谁也无法窥视他内心深处埋藏着的秘密和欲望。活在世上，他想在这个世界留一点儿东西，证明他在这个世上活过一次，他死后，后人还有一个念想，不枉在世上走一遭。

父亲曾经是一名优秀的部队骑兵，一位马术精湛的骑手。1949年前后，无论是在国民党部队驻新疆警备区，还是起义后加入解放军骑兵部队，父亲都是骑兵，常年与马为伍，父亲摸透了马的脾性，再刁钻、野性、古怪的马，到了他手里，都被调教得服服帖帖。他仿佛与马有天然的缘分，第一次接触后就与战马一见如故，后来天天与战马朝夕相处，最后形影不离，父亲与战马结下了深厚的友情。

军旅生涯最难忘的一次战斗，是在参加解放军后，在一次激烈的剿匪

175

战役中，父亲的战马曾经救了父亲一命。

那是一次敌我力量悬殊的战斗，发生在1952年冬季的一个黄昏。父亲所在的骑兵连，接到上级命令，在天山北坡的玛纳斯河岸设伏，阻击一股从阿吾斯奇牧场抢劫回来的匪徒。这股国民党残余势力和当地土匪纠结在一起，出没在玛纳斯河一带，烧杀抢劫，无恶不作，害得牧民叫苦不迭。虽然解放军已经盯上他们，但他们仗着熟悉地形，昼伏夜出，给当地百姓造成了极大伤害，也给解放军剿匪造成了困难。这次得到情报，他们抢劫后要到一处山林会合，父亲所在的连队早早赶到必经之路设伏，父亲和战友们有备而来，严阵以待，做了充分的战斗准备，参战人数也远远超过匪徒，如果不出大的意外，这场战斗应该是稳操胜券。

父亲的战马是一匹栗壳色的哈萨克马，产于天山北坡、准噶尔西部山地和阿尔泰山西段一带，四蹄和鼻子上部、眼睛下面是白色，毛色光亮，浑身闪烁着锦缎一般明亮的光泽。这是一匹沉着机警、有着四年军龄的战马。平时的训练、行军和作战、休息，父亲和它天天在一起，携带的粮食和水，父亲宁肯自己少吃少喝，也要首先满足战马的需要。有时候，行军到了宿营地，士兵们把战马交给后勤人员，由他们饲养管理，而父亲总是不顾一天的疲顿，牵着战马慢慢溜达，用梳子仔细地给它梳毛，亲自给它饮水加料。在父亲心中，作为一名军人，战马和武器是第一生命。

除了朝夕相伴生死与共的战马，父亲还有一副令他骄傲和自豪的马鞍子。作为一名骑兵，拥有一副结实漂亮的马鞍子，没有比这个更为荣耀和光彩的事情了。父亲的这副马鞍子是手工制作的，鞍架用结实的核桃木精心雕刻，包裹鞍架的皮子是上等牛皮，光滑油亮，绘着彩色的花纹，精巧的编带、精致的铁扣，泡钉是黄铜的，闪着金黄的光泽，手艺精湛，浑然一体，显示着做工的精细和考究，像一件高雅的艺术品。这是父亲1948年在迪化（乌鲁木齐的旧称）从一个哈萨克手艺人手里买的，当时花了父亲三块大洋，那是父亲一个月的军饷。

这天晚上，月亮隐藏到浓密的黑云里，天上没有一颗星星，大地一片漆黑。到了预定的时间，匪徒如期而至，"嘚嘚嘚"的马蹄声由远而近，在暗夜里像鼓一样急促响亮。战斗打响后，枪声大作，战马嘶鸣，马蹄上的铁掌撞击着石头，发出微小的火花。连长命令冲锋，父亲和战友们骑上战马，拔出骑兵刀，向匪徒方向冲去。

这股匪徒是惯匪，平时杀人不眨眼，有着丰富的山地丘陵作战经验，骑术精湛，枪法也准。仓促的激战后，他们吃了大亏，死伤大半，但他们很快镇静下来，在匪首的指挥下开始疯狂反扑，做最后的垂死挣扎。

父亲骑着战马，挥舞着马刀向前冲去，不时有子弹从耳边嗖嗖而过，拖着长长的火焰滑进漆黑的夜色中。借着明明灭灭的火光，他看见一个匪徒骑着马，趁着混乱，一拽缰绳绕进了旁边的丛林，躲进了黑乎乎的灌木丛中。

决不能让他溜掉！父亲掉转马头，一拉缰绳跟了上去。为了歼灭这股匪徒，父亲和战友们已经在天山脚下这片戈壁荒野辗转了几个月，风餐露宿，疲惫不堪，今天连长下了死命令，不允许一个匪徒溜出包围圈，必须全歼！

那匪徒独自一人溜进灌木丛林，朝前狂奔，自以为逃离了包围圈，正暗自庆幸，突然后面传来急促的马蹄声，他扭头看见父亲骑着马追了过来，马刀在夜色中闪着寒光，他知道今晚遇见硬茬了，一不做二不休，转过身回过头，朝父亲过来的方向开了一枪！

父亲只顾策马追击，没想到急于逃命的匪徒杀了回马枪，父亲大意了，火光一闪，父亲头一歪，子弹击中了父亲的右肩，父亲在马背上摇晃了一下，身子一偏，掉下战马，跌落在地上昏了过去。

不知过了多久，父亲被战马拱醒了。他艰难地睁开眼睛，看见天上几颗星星在厚厚的云层中闪烁，夜凉如水，周围死一般寂静，不知道是疼痛还是寒冷，他感到右肩膀失去了知觉，周围像无数蚂蚁在啃噬，浑身火辣辣地疼痛。战马一动不动站在他身旁，静静地看着他，呼出的腥味热气扑在他脸上。

父亲的脑袋昏昏沉沉的，他竭力回忆刚才的情景，疾驰的战马，轰然的枪声，倒在地上昏厥的一瞬间。仿佛时间过去了很久。他慢慢伸出左手，摸了摸战马的头，战马温驯地伸出热乎乎的舌头，舔了一下他的手。

他想从地上爬起来，却感觉到身子仿佛有千钧重，不听他的使唤，他怎么也爬不起来，半明半暗中，他看着战马，战马也看着他，呼出的热气扑在他脸上，让他更觉夜色寒冷。

过了一会儿，战马仿佛明白了他的心思，侧过身，向前走了一步，马鞍子靠近了他，父亲咬咬牙，用左手抓住冰凉的马镫子，慢慢站了起来，剧烈的疼痛使他摇摇晃晃，站立不稳，他的身体伏在马鞍子上，休息缓和了一会儿，又慢慢腾出左手，抓住马鞍子的鞍桥，歇了一会儿，他把右脚伸进马镫子，使出浑身的劲儿歪歪斜斜翻身上了马背。

战马驮着父亲，在黎明前赶到了部队的营地。哨兵首先发现了父亲的战马，随后看见父亲摇摇晃晃迷迷糊糊趴在马鞍子上，立即报告了连长，连长和闻讯出来的战友把父亲从马上抬下来，又抬进帐篷，卫生员给父亲处理伤口，进行包扎。

仗打完了，土匪剿灭了，1954年秋天，父亲要复员了。上级命令部队集体就地转业成立生产建设兵团，去参加生产建设。离开部队，离开军营，父亲唯一舍不得的是战马。

离开部队的最后一天，父亲拉着战马来到营地附近的小河边，给战马洗了一个澡。父亲洗得很仔细，马身上洗得干干净净，连四个蹄子，父亲都挨个提起来洗了。洗完澡，父亲牵着湿漉漉的战马在河边散步。看着苍凉衰败的秋天景色，身边依依不舍的战马，父亲心里很难受，明天就要离开部队，离开战马，到生产建设兵团所在的农场报到，他再也看不见心爱的战马了，想到这，他心里一阵酸楚难受，眼泪快要掉下来。

部队的番号取消了，武器装备上缴了，士兵们一个个离开了，营房移交给就近的兵团或者地方，那些战马呢？它们要到哪里去？他不知道这些战马的最后归宿，去拉犁耕田？去驾辕拉车？最后老了，一个个老态龙钟，被人们杀掉，成为美味佳肴？这些战马，哪一匹不是战功卓著，和主人一起出生入死、驰骋疆场？想到这里，父亲内心一阵悲哀、凄凉和无奈。

连长过来了。连长知道他的心思，每一个骑兵战士，在你死我活、血雨腥风的战场上，都和战马结下了深厚的感情，战马是他们无声的战友。但是，上级来了命令，他们必须离开部队，离开战马，到新的地方去战斗，去参加生产建设，军人必须服从命令，这是铁的纪律。

看着父亲牵着马走过来，连长问，大河，明天就要离开部队了，你还有什么要求？

父亲抬头看了一眼连长。连长是陕西人，黄埔军校毕业的，年龄比他还小，中等个，瘦瘦的身材，身上的肌肉比石头还结实，他很会打仗，有一股不怕死的愣劲和不要命的冲劲。那天夜里的战斗，他听到枪声后，立即指挥人马冲了过来，直到把那个击伤父亲的匪徒击毙。

我没有啥要求。父亲回答道。

连长沉默地看着他，没有说话。

我想要一件东西。父亲想了想，又接着说。

什么东西？连长问。

我想要那副马鞍子。父亲说。

连长知道那副马鞍子，也知道马鞍子是父亲当年在迪化买的。那是骑兵连最好的一副马鞍子，骑兵连的人都知道。他们还知道，父亲像爱护自己的眼睛一样爱护马鞍子，白天骑在马鞍子上，晚上枕着马鞍子睡觉，天天和马鞍子形影不离。但是，马鞍子现在已经不是父亲的私有物品了，马鞍子一旦用到战马身上，就是军用物资了，马鞍子和战马一样，登记在部队的军用物资登记表上，和步枪、子弹、手榴弹、马刀一样，谁也没有权力分配给个人。

你要那副马鞍子干什么？连长不解地问。

连长，我太喜欢这匹战马和这副马鞍子了。我是一个孤儿，现在一个亲人都没有，在骑兵连，我的很多战友都牺牲了，只有这匹战马和这副马鞍子一直陪伴着我，我一天不见它们，心里就跟猫抓的一样，晚上都睡不好觉。那一次战斗你也知道，如果不是这匹战马和这副马鞍子，我很有可能就回不来了，是它们救了我的命！父亲絮絮叨叨地说。

我想把这副马鞍子留下来，以后心里有一个念想。父亲说完，两眼看着连长，充满了深切的期待和渴望。

大河，我理解你的心思。我也是一个骑兵，我完全理解你对战马和马鞍子的感情，说实在的，要离开这些天天在一起的战友，我心里也很难受，觉得心里面空落落的。我们已经熟悉了每一匹战马的性格，熟悉它们的气味、它们的习性、它们的动作。这几天，转业命令宣布以后，有的战士跑到马厩，搂着战马的脖子哭，那些马呀，真是通人性，也跟着吧嗒吧嗒掉眼泪，唉，它们什么都知道，什么都清楚，就是不会说话，它们的心思和我们一样啊，它们也舍不得离开我们。连长动情地说。

大河，这样吧，我把你的情况给营部报告一下，看能不能满足你的愿望。连长说。

那先谢谢连长了。父亲说。

我给营长说一下，你的情况特殊，马鞍子毕竟是你买的，批不批要看他们了。连长说。

父亲"啪"地立正，给连长敬了一个军礼。

第二天刚起床，连部通信员抱着马鞍子来到父亲的帐篷，说营部批准了父亲的请求，连长派他把马鞍子送给父亲。

于是，父亲带着马鞍子转业到了新疆生产建设兵团，被分配到车排子农场，又被分到六连，最后到了老房子，成了一名牧工。

从此，这副马鞍子伴随着父亲，父亲走到哪里，它就跟随到哪里，再也没有离开过。

父亲在老房子生活了二十年。在他的放牧生涯中，最风光最得意的时候，是他饲养了一匹种马。那是一匹从苏联进口的顿河种马，体形健壮，高大威武，马头高昂，威风凛凛。对喜爱马的父亲来说，这辈子能见一眼顿河马就心满意足了。他知道顿河马反应机敏、对主人忠贞不贰，最重要的是它们曾经经历了俄国内战和两次世界大战，功勋卓著，被勇敢的苏联轻骑兵战士们誉为"金色禁卫"，毫无疑问，它是威名远扬的世界名马。父亲做梦也没有想到，在偏僻闭塞的老房子，他亲手饲养了一匹顿河马，并使他名声大噪。

父亲对顿河马心驰神往，他听到了太多关于它的传说和传奇。俄罗斯顿河马起源于苏联的顿河（维莱纳河支流）和伏尔加河附近地区。它们最初被用作哥萨克骑兵的骑兵马，现在被用来做驾车马和骑乘马、运输马，在俄罗斯的传统比赛中通常会见到四匹马并驾齐驱。哥萨克骁勇善战的骑兵，曾像风暴一样席卷了广袤的俄罗斯大地。1812 年至 1814 年，顿河马和它的骑手们因为残酷激烈的战争开始出名，当时有 6 万名哥萨克人骑在顿河马身上，击退了拿破仑的军队。据说拿破仑在俄国战败的原因之一，就是因为对手的骑兵一直骑在马背上追击，马不停蹄一直追到了法国。在 1812 年的战争中，从莫斯科零下 40 摄氏度的环境下开始，哥萨克人在整个欧洲都在追赶精疲力竭的法国军队，并于 1813 年春天追到了巴黎。俄罗斯顿河马也因此而闻名于世。

哥萨克士兵骑着顿河马，挥舞着闪亮的马刀，一路呼喊着乌拉！在平坦起伏的东欧大草原驰骋，马蹄声在辽阔的荒野响起，这幅激越战斗的场景，在同样是骑兵的父亲脑海里长久定格，狂风一样吹打着父亲胸腔，使他一刻也没有停止对马的向往和憧憬。

顿河马生活在草原上的牧场上，在冬天刮起雪、结了冰的草地上吃草，适应了各种难以置信的环境和气候困难。解放后，我国曾由苏联引入顿河马改良哈萨克马，培育出优良的伊犁马。

这一年，兵团畜牧局给车排子农场分配了一匹顿河种马，但这匹马性子暴烈，见到陌生人过来就用蹄子踢人，没有人能到它跟前。

这时，有人推荐了父亲，说只有六连的陈大河能降住这匹马。

农场畜牧科对这匹马实在没有办法，只好给六连打了电话，让父亲到农场来一趟。

父亲骑马去了。畜牧科在车排子场部边缘的南头，在畜牧科的红砖院子里，父亲看见了这匹拴在杨树下的顿河马。

这是一匹金黄色的顿河马，毛色油光发亮，长长的鬃毛像一面垂落的旗帜。它的体格粗壮，高大威武，高高昂起的头颅，眼睛像鹰隼一样犀利，呈现出一副桀骜不驯满不在乎的模样。

看见父亲过来了，畜牧科的科长、技术员全部出来了，他们远远围着顿河马，看着父亲怎样调教驯服它。

父亲不慌不忙，慢慢走到顿河马跟前，站在它的侧面，用手轻轻抚摸马背，马斜睨了一眼父亲，站在原地一动不动。可能父亲身上有马的气息，顿河马没有那种敌意和警惕。父亲继续慢慢往前挪，显得格外有耐心，抚摸马背的手慢慢朝前移动。马感觉到很惬意，眨巴了一下眼睛，晃动了一下耳朵。

过了一会儿，父亲慢慢走到马头前面，一只手抚摸马头，另一只手解开了拴马的缰绳，慢慢来到马的侧面。整个过程，父亲动作显得非常缓慢，漫不经心的样子，马的鼻翼扇动，眼神温驯下来，仿佛对父亲的抚摸亲近很受用。

父亲已经到了马的左侧，他的左手搭在马的脖子上，突然身子一跃，右腿张开，整个人飞跳上了高高的马背。

围观的人发出一声惊呼，他们几乎看呆了。这个动作很突然，很漂亮，也很迅速，有点迅雷不及掩耳，一眨眼，父亲已经骑在马背上，一拽缰绳，顿河马掉转了马头。

那匹马已经被拴了几天，心情郁闷，憋屈得很烦躁，这会儿有人骑到背上，马掉转头跑出院子，放开四蹄，在荒野上奔跑起来，扬起一股飘舞的浮尘。

院子里的人跟着马跑出来，站在高坡上，看陈大河怎样驯服这匹不听话的顿河马。

眨眼工夫，顿河马四蹄生风，已经像离弦之箭一样飞奔起来。父亲弓着腰，身体前倾，两眼看着前方，两腿紧紧夹住马肚子，像一个灵巧敏捷的猴子匍匐在马背上，双手拽着缰绳，任凭顿河马在荒野上疾驰。顿河马喘着浓重的粗气，响亮地打着响鼻，坚硬的四蹄踩在黑褐色的松软的荒地上，像敲打在沉闷厚重的牛皮鼓上嗡嗡作响，大地在他眼前天旋地转般摇晃起来，太阳像一个睡眼蒙眬的婴儿，懵懵懂懂看着飞奔的顿河马，一群云雀呼叫着飞舞在马的上空，吓呆了的老鼠趴在鼠洞旁惊慌失措一动不动。顿河马身影矫健，虎虎生风，越跑越快，一会儿箭步爬上高坡，一会儿纵身飞跃沟壑，一会儿突然停住，一会儿扬起前蹄，驮着父亲在荒原上横冲直撞，如入无人之境。无论顿河马怎样变换姿势和奔跑方式，父亲始终像被钉在马背上一样，纹丝不动，身子随着马的跳跃狂奔起伏着，一会儿像一面飘舞的旗，一会儿像一张绷紧的弓。风在他耳边呼呼作响，眼前的大地树林草丛飞速向后移动。

哎哟！远处观看的人群发出一声惊呼。他们看见，金黄色的顿河马像一道闪电，突然掉转马头，朝一片榆树林疾驰而去。前几天就有一个骑手，顿河马钻进林带，左转右闪，他被树枝挂了下来，幸亏他是一个骑术高超的骑手，没有受伤，但他灰头土脸一瘸一拐从树林里出来时，还是一副狼狈沮丧的样子。

说时迟，那时快，顿河马不顾父亲紧紧拽住缰绳，一低头钻进了榆树林，开始在林间胡乱奔跑，父亲在马背上左躲右闪，因为没有马鞍子，父亲的身子随着马的飞速跃动摇摇晃晃，一会儿悬空要栽下马背，一会儿颠簸着要被甩出来，这匹刁钻霸道的顿河种马，真是桀骜不驯不好对付。

过了大约两分钟，观看的人看见，种马远远地从榆树林钻出来，向着畜牧科院子奔驰而来，四蹄腾起一片白色的尘土，像一股燃起的浪烟，马背上空荡荡的，看不见人影。人们议论着，完了，完了，摔下去了！看样子，谁也制服不了这匹马了！

快到院子门口，马慢慢停了下来，人们才看见父亲匍匐在马背上，他的身子紧紧贴在马背上，几乎和马背平行，所以，在远处只能看见马在奔跑跳跃，看不见人。

父亲起身，勒住缰绳，顿河马腾起前蹄，长长嘶鸣了一声，蹄子落地，站住了。父亲一个鱼跃，敏捷利索地跳下马背，稳稳地站在马跟前。

围观的人一起鼓掌欢呼，对父亲的骑术啧啧称赞。

当天，车排子农场决定，顿河种马交由六连饲养管理。六连接收种马后，毫无疑问交给了父亲。农场专门拨了资金，在老房子给种马修建了一间一砖到顶的马厩。

在父亲的人生中，那是父亲最为自豪的一段时光。顿河种马来到老房子后，父亲成为种马专职饲养员，其他什么工作都不用干，天天牵着马溜圈，给马刷毛，喂料喂水。黄昏的时候，父亲搬出那副从部队带回来的马鞍子，架在种马身上，骑上去围着老房子跑一圈。父亲骑在高高的种马上，像一位威风凛凛的将军，神气极了。

兵团首长到车排子农场检查工作，来老房子视察种马是必经程序。每次来的前一天，连长都要亲自骑自行车来到老房子，检查父亲的准备工作，看着干干净净、神气活现的种马，连长很高兴，再三嘱咐父亲要准备好汇报词，关键时刻不能掉链子。

第二天，兵团首长坐着吉普车来了，同来的有四五辆吉普车，在小路上卷起一股股尘烟。车停在老房子，首长在陪同的总场领导、农场领导簇拥下，边走边说，谈笑风生，来到马厩观看种马。

首长身材魁梧，敦敦实实，两眼炯炯有神，虽然面相威严，说话却很和气，一副平易近人的模样。

大清早，父亲就起了床，胡子用刀片刮得干干净净，一身黄军装，风纪扣扣得严严实实。看见首长一行来了，父亲左手牵着种马，向前一步，立正，举起右手，给首长敬了一个军礼，大声报告：首长同志，我是车排子农场六连种马饲养员陈大河，一切按要求准备完毕，请您视察！报告完毕，父亲又敬了一个军礼，站在种马前，等待首长视察。

首长很高兴，说了一句，你辛苦了！接着观看种马，询问父亲种马的饲养、训练、配种、繁育情况，父亲一一作答。首长一行参观了马厩，看着一尘不染覆盖着白纱布的马槽，消毒后没有一丝异味的马圈，他们夸赞父亲种马饲养得好。

但是好景不长，父亲饲养种马不到一年，中国和苏联交恶，顿河种马被兵团收回，以后命运不为人知，父亲重新成为一名牧工，继续在老房子放羊。

离开种马，父亲失落了很长一段时间。对他来说，饲养种马的日子，那是一段多么骄傲辉煌的岁月呀！一色青砖砌成的马厩，房顶上铺着耀眼的红瓦，窗户上是明晃晃的玻璃，那时候，只有农场的场部，才是青砖红瓦，可那是场长政委办公的地方，父亲好几年也去不了一次。马厩里面，马槽子上覆盖着洁白的纱布，地面上洒着来苏水消毒液，种马吃的是畜牧科技术员配制好的饲料，苜蓿、红萝卜、甜菜、玉米粒相互搭配，那个场面，比一般人家还讲究。父亲想做的事，他一旦要做，必然要做到极致，比如扫地，他扫得非常认真，非常仔细，地面一尘不染，有一个草叶子黏附在地面上，他都要弯下腰捡起来，马厩里没有一只苍蝇，没有一只蚊子，没有一丝异味，比有的小家还干净。

每次首长来了，记者不停地照相，照人、照马、照马厩。有一次，记者拍了一张他和首长站在种马跟前说话的照片，走的时候，那个记者给父亲说，下次来的时候，把洗好的照片给父亲带过来，父亲听了很高兴。可是，首长下次来的时候，来的不是那个记者了，让父亲惆怅了很长时间。

父亲因精湛的骑术和饲养种马而声名鹊起。在车排子农场，提起陈大河，很多人都知道。

哎哟，他骑马技术太好了！

他这个人呀，就是为马而生的！

再厉害的马，到了老陈手里，都会服服帖帖！

真是卤水点豆腐，一物降一物！

　　那一天，父亲眼睁睁看着种马被装上汽车拉走了，顿河马看着他，恋恋不舍的眼光让父亲流泪，最后汽车消失在远方的尘埃里。马厩空荡荡的，后来被方兽医做了兽医室，放了几个木头柜子，架子上面塞满了瓶瓶罐罐，里面装的药水和各类药物，充满了浓烈刺鼻的药味。

　　后来，拖拉机渐渐多了起来，连队成立了机务排，犁地、拉肥料用拖拉机，马车渐渐消失了，拉车的马也不知到了什么地方，马厩也塌了，连队马车班也解散了，父亲成为连队最后一个牧马人，最后一名骑士。

第十八章

老房子虽然偏远，但和其他地方一样，生活无非是柴米油盐酱醋茶。在父亲平凡的一生中，他对柴火情有独钟，打柴火、储存柴火伴随了他整整一生，他在老房子建立了一个高高的柴火垛王国。

当我们渐渐长大的时候，每年的秋季，父亲像荒野上老鼠储存过冬的食物一样，带着我们弟兄几个，拿着斧头和绳子四处奔波，一个个累得精疲力竭，浑身冒汗，为的是储存一个冬季和春季的柴火。

准噶尔盆地的秋季总是匆匆忙忙。老房子的人们刚刚把饲草垛好，萝卜甜菜下窖，还没来得及喘口气，一场铺天盖地的鹅毛大雪，飘飘洒洒，纷纷扬扬，顷刻间将已经秋耕过的庄稼地、赤裸裸的荒野、泛着凝重秋光的奎屯河，捂盖得严严实实。老房子的干草垛、柴火垛、圈舍的屋顶，一片白雪皑皑。季节的交替短暂、仓促而略显紊乱，让人来不及反应。

漫长的冬季里，盆地、连队、老房子陷入无边的寂静。人们无所事事，唯一的事情就是打柴火。

第一场雪后的早晨。太阳从云缝中散发出冰冷的光，洒在空旷的天地间。吃过早饭，我们弟兄几个来到空旷的院子。天空阴沉沉灰蒙蒙的，凛冽的西北风立刻包围过来，围着我们旋转嘶叫。我们一个个缩着脖子，双手拢在袖口里，等着父亲。

父亲吃过饭的第一件事是上厕所，他先用茇茇草扫把扫出一条通往房后的路，一直扫到我们当作厕所的土堆后面。父亲响亮地放了一个屁，我们捂住鼻子哧哧地笑。过了一会儿，父亲提着裤子，慢腾腾地从土堆后面走过来，我们弟兄几个拉起爬犁子，拿着斧头背着绳子，走出老房子，踏着厚厚的积雪，向河西走去。

我们都穿着大裤裆棉裤，里面热乎乎的，踏着白茫茫的雪原向河西走去。荒野上，一望无际的庄稼地里，没来得及砍的玉米秆子齐刷刷地站立在瑟瑟寒风中，剥去玉米的穗子空荡荡地在风中摇曳，枯叶抖抖嗖嗖，样子执着而又让人怜悯。积雪在我们脚下嘎吱嘎吱响着，西北风不知疲倦地刮着，细碎的雪末子直往我们领子袖口里钻，我们扣好棉帽子，一个个缩着脑袋往前走。冬日的风景已经司空见惯，像天天看的一幅画。快中午了，我们不知不觉已来到奎屯河边。奎屯河躺在厚厚的冰雪之下，默默无语，寂静无声。

越过冰封的奎屯河，河西辽阔、荒凉的铅灰色原野一览无余。天苍苍，野茫茫，鹰在灰褐色的高空中盘旋，点缀着天空的单调和空寂。高高的、竖着月牙图案的哈萨克坟岗矗立在丘陵上，庄严而肃穆。在高低起伏的丘陵上，疏疏朗朗地布满了梭梭、红柳、枇杷柴等野生植物。放下爬犁子，我们哈着热气，搓着快要冻僵的双手，举起斧子开始砍柴火。

有一天下午，我和弟弟们拉着装满柴火的爬犁子，顶着风往老房子走。刺骨的风吹在脸上，也不觉得冷，因为我们已经走了一路，浑身冒着热汗。快到老房子了，可以望见高高的柴火垛和草垛了。远远地，我看见黑压压的一溜人向老房子走过来，在苍白的雪地上分外显眼，像一群排着队在天空飞翔的黑乌鸦。

过了老房子前面的土路，这队人走近了。我和弟弟停下爬犁子，回过头来看着越来越近的这群人，在羊圈拉肥的几个人也停下手中的活计，挂着手中的铁锹，歪着头看着他们。

他们上下一身黑，像传说中的魔鬼，全都穿着黑棉袄黑棉裤黑鞋子。鞋子是黑胶鞋，鞋带也是黑的，戴着黑色的带有耳罩的棉绒帽子。他们稀稀拉拉排成两列队，双手拢在棉衣袖口里走着。他们沉默着，没有人说一句话，在满眼白雪的映衬下，黑色的人流像一串爬行蠕动的黑蚂蚁。相隔不远，就有一个穿着黄军装背着56式冲锋枪的战士，离他们有二三米远，随着队列慢慢走着。

这是劳改犯！边疆悄声说。

别吭气。我回过头说。

队伍从我们眼前过去。清冽的空气中有一股异样的烂白菜气味。他们弓着腰，缩着背，脸捂得严严实实，只露出眼睛、鼻子和嘴巴，有的神情沮丧，有的满不在乎，有的则挂着木然冷淡的神情，大多数人眼神散漫而颓落。还有几个脚上戴着黑乎乎的脚镣，可能为了不妨碍走路，他们用一根布条子搓成的绳子，一头拴在脚镣上，一头挂在脖子上，把脚镣提起来，随着他们脚步的移动，脚镣上沾着雪粒子，在雪地上叮叮当当响着。

喂！小陕西，唱个曲子解解闷！一个年龄四十多岁的劳改犯扭过头，朝后面喊了一句，嘴里喷出一口热乎乎的白气。

没劲了，唱个甚！后面一个年轻一点的有气无力地说。

唱个酸曲就提劲了！回去我给你一个窝窝头！这个劳改犯又说。

好！你说话算话！年轻人一听，立刻来了精神，眼睛里透出一丝光彩。他扯开嗓子唱了起来。

哥哥我在大西北哟

小妹妹你莫流泪哟

劳改队里有口粮哟

饿不住哥哥的大肚皮哟

哎哟哟，哎哟哟

饿不住哥哥的大肚皮哟

哥哥我在大西北哟

小妹妹你莫恓惶哟

政府发的黑棉袄哟

寒冬腊月热乎乎哟

哎哟哟，哎哟哟

寒冬腊月热乎乎哟

歌声在荒野上飘荡，随风远去。人群里发出一阵嬉笑声，有的还朝我们做着滑稽的鬼脸，就连背着枪表情严肃的管教干部也笑出了声。

队伍渐渐远去了，雪地上留下一大串杂乱的脚印，空气里留下一股柴草发霉的潮湿气味，随着风吹向远方。

我数了一下，一共 102 个。建疆说。

还有 24 个背枪的解放军。边疆说。

那不是解放军，那是管他们的干部。建疆说。

冰天雪地的，这些人不知道到哪去？旁边干活的人说了一句。

到哪去？他们还能到哪去，肯定是到新建的开荒连去了。一个年龄大一点的说。

听说他们刚从口里押过来的时候，看到黑乎乎的地窝子，死活不敢下车，还以为政府要活埋他们，干部劝说了半天，才跳下车。开春闹饥荒的时候，干部吃油渣馍，他们吃苞谷馍，劳改队没有一个饿死的。另一个人又说。

你咋知道得这么清楚？好像你在劳改队待过。刚才说话的那人又问了一句。

我有个伯伯就是带他们干活的管教，我和我爸去给他拜年，他给我们说的。

走，回家去。我给弟弟们说。

　　父亲是个事事走在前面的人。他平时沉默寡言，心思细密，内心对琐碎的生活充满激情和联想，他活着的每一天都在为以后的日子做准备。连队里，被人遗弃的半截麻线绳头，一把没有把子的锈迹斑斑的斧子，一副散板的破架子车，在别人眼里一钱不值的东西，都是父亲精心收藏好为以后准备的。日积月累，我家棚子里柴火垛后面堆得满满当当，简直成了一个废品收购站。在我们不屑的目光里，父亲总是说，这些东西迟早会有用的。

　　后来老房子发生的事情，总是印证着父亲的话语。他捡拾的这些废物，总是在家里急需的时候派上用场。比如捆柴火需要一根短绳，这时长绳自然不适用，截短了又很可惜，父亲来到棚子，从盛满杂物的筐子里翻出一截麻绳头，好像专门为这捆柴火准备的，这截绳子不长不短，不粗不细，非常合适。每到这时，父亲就得意地说，我说这些东西会有用吧。

　　父亲对收集储藏的东西历历在目，如数家珍，记得很清楚。有一次，一个收废品的老头儿来到老房子，推着一辆破旧的架子车。我们弟兄几个趁父亲不在家，把他几年前捡来的两个破十字镐头卖掉换了糖吃。我们觉得这两个破东西在棚子角落里躺了很多年，已经锈迹斑斑，一次也没有用过，扔了又可惜，不如让我们哥几个解解馋。这年冬天，我们拾柴火时，父亲要挖很大一个梭梭柴树根，他自言自语说这两个破镐头可派上用场了。他到处找也没有找到，我们几个吓得大气都不敢喘，从此以后谁也不敢乱动他的东西了。

　　在父亲的生命里，他的一生都在收藏、积累、准备，一旦需要，父亲总是因为准备充分而不手忙脚乱，做起事来也总是胸有成竹。

　　1974 年的秋天，天气很好，连队上的人们起早贪黑在地里忙着收获，忙完公家的，忙自己家的，喜滋滋地盘算着一年的收成。老房子的人按部就班，放羊的放羊，放牛的放牛，赶车的赶车，一切和从前一样。而父亲一声不吭，利用早晚空隙，提前把越冬的引火草、木柴准备好，就连糊窗户的塑料布、钉棉门帘、打火墙、整修菜窖这样的细节都计划得很周密，把一个连队农家越冬的准备做得滴水不漏。果然不久，一场罕见的寒潮提前侵袭了初秋的盆地，连绵不绝的秋雨像断了线的珠子下个不停，人们惊慌失措，一下子乱了手脚，很多人家因为没有储藏干柴而无法起火，整个连队弥漫着一股湿柴火呛人的生烟味，唯独我家却因父亲准备充分而显得井井有条。

平时除了公家的活，王长福是一个油瓶子倒了都不扶的懒人，烧柴火都是父亲放牧回来给他带一点，凑凑合合过日子。连日的阴雨天，他没有柴火烧饭，只好硬着头皮向父亲借柴火，父亲狠狠地瞪了他一眼，吼道：你这个懒得生蛆的家伙，整天就知道流逛，屎憋到屁股门才日急慌慌找厕所，做不成饭去喝西北风！骂归骂，说归说，父亲还是让我们到棚子里给王长福扛了一捆树枝子柴火。

其实，那个年代除了遥远的河西，车排子农场的荒野地里到处都是柴火。地头的苞谷秆、棉花秆、高粱秆，林带里的死树和刮风落下来的枯树枝，可是父亲却偏偏舍近求远，要走很远的路去河西打柴，很让年少的我们费解。父亲整天骑着一匹骊马在戈壁、山岗、荒野四处流浪游弋，他知道哪里的柴火多，哪里的柴火无人知道，他把这些秘密严严实实藏在心里，谁也不告诉，回来带上我们就悄悄出发了。砍好柴火后，装在爬犁子上，我们在前面拉着柴火走，父亲在后面骑着马赶着羊群，纷乱的羊蹄践踏了我们留下的足迹，谁也不知道我们拾柴火的地方。

连队家家户户都在打柴火，地边、林带、荒野里的柴火打完了，人们就要到远方去打柴火，早晨出发，晚上归来，要用一整天时间，中午吃自己带的干粮。我们这个打柴火的地点很隐秘，父亲始终守口如瓶，很长时间无人知晓。我们拉着满满当当一爬犁车柴火，有时从连队家属区经过，连队上很多人看了都很惊讶，也有人围上来试图向父亲打听打柴火的地点，但都被父亲断然拒绝。多年后我才知道，在河西打的柴火，都是一些野生植物，这些植物生长多年，质地坚硬，非常耐烧，也就是说，我家的一垛柴火，顶别人家的三四垛。

回到老房子，父亲把砍来的柴火一捆一捆地堆放在院子里，像欣赏战利品一样，逐捆翻看，脸上挂着欣喜和满足的笑容。然后，父亲把柴火整整齐齐地垛在院子前面棚子里。父亲在老房子是码草垛的高手，垛起柴火来更是轻而易举。父亲垛柴火非常有耐心，蹲在地上不急不躁、不紧不慢，他根据每根柴火的粗细长短和形状，错落有致、搭配恰当，好像在摆弄一个个精致的工艺品，又像数落着一件件陈年往事，码得认认真真、仔仔细细，整个柴火垛浑然一体，扎扎实实不留一丝缝隙，想从柴火垛上抽出一根是很难的事情，所以我家的柴火从来没有丢过一根。

父亲在柴火垛垛成的那天，拿着木叉站在高高的柴火垛上，俯瞰着绿洲上模糊的人家，神情满足而又自豪。父亲的身影在柴火垛的衬托下，显得无比高大，这是父亲有生以来达到的最高高度，阳光照射在他身上，给他镀上了一层金光，轮廓分明，线条清晰，风吹动父亲的衣襟，他手拿木叉的造型像一个威风凛凛、身披铠甲的武士。他看见远处是各种颜色混合糅杂的大地，黄的是沙漠，绿的是庄稼，灰色的是灌木，那条发着亮光的白带子是奎屯河，紧挨着河边馒头般大小的一座座土堆，是连队人的坟墓。近处，房子、圈舍、牛羊和鸡鸭狗兔都在他的脚下，高高的奔驰的马也在脚下，天上飞过一群洁白的鸽子，呼啦啦地掠过他的头顶，一片羽毛晃晃悠悠掉在他的头上。站在高高的柴火垛上，他深深地陶醉了，他的心中油然而生一种自豪感，柴火垛是他人生最高最大的一座丰碑。

在连队，在老房子，柴火垛成了家的标志，如果谁家的柴火垛低矮稀松，松松垮垮，准是这家男人扛不起大梁，走起路来也灰溜溜地挺不起腰杆，过后会有人指着他的脊梁骨说，连柴火都没有，还过什么日子。那些年，我常常发现在夜深人静的子夜，父亲有时一骨碌从炕上爬起来，独自一人来到柴火垛跟前，静静地看着，有时喃喃地自言自语，是在感激上苍的赐予，还是祈祷神灵的保佑，我至今也弄不明白。那一刻，老房子万籁俱寂，只有荒野地里各种虫子鸣叫的声音此起彼伏，天地间，唯有父亲与柴火垛默默而立，无言交流，月光如水般倾泻在高高的柴火垛上，洒在父亲低矮的身上，仿佛给他披上一袭洁白飘逸的哈达，庄严而圣洁，犹如一尊木刻的雕塑。

一垛柴火消失了，另一垛柴火又高高矗立起来，岁月就这样周而复始。天长日久，柴火垛实际上已经成了家的一部分，和油盐酱醋一样，是居家过日子不可缺少的一笔财富。父亲早上起来后，首先要围着柴火垛转一圈，看着高高的柴火垛，父亲一天都很踏实，心情也很舒畅。傍晚收牧回来，困倦的父亲端着粗瓷大碗，背靠着厚实坚固的柴火垛，就着咸菜吸溜吸溜地喝粥吃馍，享受着生活的赐予。

春夏秋冬，一年四季，他手脚不停地带着我们捡柴火。戈壁滩到处是干枯的梭梭柴、枇杷柴、刺棵子、红柳枝，树林带里、庄稼地旁，遗落的枯树枝、玉米秆、葵花秆、棉花秆，近处的捡完了，我们就到远处捡。我们有的是力气和时间，在我家门前的荒滩上，在棚子后面，父亲和我们垛起了一座座高高的柴火垛。

高高的柴火垛，高高矗立在我家门前，象征我家人丁兴旺，人多力量大，它也成了父亲心中的自豪和一座丰碑，远远地看着柴火垛，父亲一天的疲劳一扫而光。

但柴火是做饭、取暖用的，再多的柴火，无论是硬柴火梭梭柴、红柳枝、木柴样子，还是软柴火苦豆子、棉花秆、芨芨草，一根根、一捆捆，无论垛得多么高大整齐，最后还是被母亲抱到炉灶前，然后伸进炉膛里，在通红燃烧的火焰中灰飞烟灭，变成一堆堆灰烬。老房子的每一家，连队上的每一户，每天的日子从早晨的第一缕炊烟飘起开始，到晚上的最后一缕炊烟散尽结束，炊烟苏醒了生活，鲜活了四季，周而复始烟火弥漫，天天如此。高高的柴火垛像一座陈旧的城堡，一天三顿，一顿不少，天天烧火做饭，它被拆解抽拉得支离破碎四面窟窿，一天天在坍缩，最后它的残骸轰然倒塌散落一地，再高的柴火垛，最后都变成一堆柴屑的碎末子，变成炉膛里的灰末倒进垃圾坑。

父亲看着这一切，看着高高的柴火垛慢慢矗立起来，后来又一天天慢慢变矮，最后彻底消失，他倾心打造的柴火王国就这样消失了，心中再次产生了一种深深的失落和惆怅，一种虚无渺茫的感觉涌上心头，淤积着经久不散。父亲心中巨大的失落只有他最清楚，却又无可奈何，没有一点儿办法。

生活还要继续。父亲是一个充满幻想的人，离开柴火垛，他的注意力很快转移到另外一件事，父亲再次鼓足勇气，并且雄心勃勃，野心十足，开始不知疲倦地实现自己的人生目标。

在兵团农场，无论连队上，还是老房子，家家户户都有一个菜窖，用来储存大白菜、萝卜和土豆，度过漫长而缺少绿色蔬菜的冬季。

在土地上奔波忙碌了一辈子的父亲，是个挖菜窖的行家，别人家的菜窖用上两三个冬天，不是窖顶漏土了，就是里面渗水、塌方，最终坍塌，需要重新换地方再挖一个。而父亲挖的菜窖最是经久耐用，让老房子的人羡慕不已。挖菜窖时，选择地址非常讲究。父亲选择在黏土地，这种土质黏性很强，黏滞板结，结构瓷实密集、浑然一体，虽然坚硬如铁，挖掘比较吃力，比沙土地要多花几倍的力气，但挖出的菜窖坚固结实，不容易坍塌，可以连续使用很多年。

父亲一丝不苟，像一个建筑师一样仔细选址。经过勘察，他把菜窖的位置选择在高坡上，这样不容易渗出地下水。精心选好窖址后，父亲先用圆头铁锹，把菜窖挖出一个轮廓，然后用方头铁锹，仔细地把四周的墙体和地面铲平，这样，一个长方形的、四周光滑平整的菜窖就挖好了。最后一道工序是给菜窖上顶、封口。一个好的菜窖，应该口小肚大，这样既节省搭菜窖的木料，里面又能装很多蔬菜，又利于保温保暖。

有一年秋天，父亲选择柴火垛旁边的一块空地，开始挖菜窖。这片空地中间高四周低，又是结实的黏土地，是挖菜窖的理想位置。这个菜窖父亲挖得很大，是我印象中我家最大，也是用的时间最长的菜窖。菜窖挖好后，父亲又在窖底四周挖了几个小洞，像小窑洞一样，那是用来储存萝卜、土豆的，这样它们既不占地方，又能在洞里的湿土中保鲜。晒了几天，父亲开始给菜窖封顶。他挑选了一棵坚硬的沙枣树做大梁，搭好榆树椽子后，铺了一层厚厚的苇子，上面又上了一层厚厚的泥土，人踩在窖顶，里面一点也不漏土，就是马、牛等牲口偶尔走过，也踩不塌窖顶，是菜窖中的精品。慢工出细活，做这些事，父亲脸上带着满足的表情，不慌不忙，极具耐心，一道工序接着一道工序，像一个经验丰富、手艺纯熟的老工匠。最后，父亲给菜窖留口，他用黏土混合麦草和了一大堆草泥，结结实实砌了一个菜窖口，远远看，高地上的菜窖口像个碉堡，线条粗犷，浑圆古朴，吸引着老房子人的目光。

但是菜窖毕竟是土做的，天长日久，水浸雪压，最终会坍塌，留下一个凹下去的深坑，岁月的风沙渐渐将它掩埋，最后夷为平地。

在荒野上，在老房子，父亲像不知疲倦勇敢冲锋的堂·吉诃德，不断创造实现着自己的梦想，一座座柴火垛矗立起来了，又一座座消失了，一个个菜窖凸出地面，最后又一个个塌陷下去，它们像一阵风，吹过来，刮过去，萦绕在父亲心头挥之不去。在一次次失败面前，父亲仍然心存幻想，他苦思冥想，沉迷于自己的计划，然后付诸实施，最终愁白了头发。谁让他是一个心存念想而又倔强的人呢？

第十九章

在连队游街示众之后，父亲身心疲惫，情绪低落，彷徨了一段时间，他很快又打起精神振作起来，他本身就是一个不被关注的人，没有人关心他的存在，只有那群羊和我们一家人需要他。我们嗷嗷待哺，为了活下去，谁也没有想到，他又操起了一个行当，业余时间到连队捡拾废品。

从哪一天开始，我们记不清了，每天捡破烂换一些零用钱补贴家用，成为父亲天天做的一件事。而这件事，直到他生命结束，他一直在做，无论刮风下雨，没有一天停歇过。

父亲捡拾废品毫无规律，无章可循，他几乎遇见什么就捡拾什么。放牧回来或者偶尔休息，他骑马来到六连，把马拴到一个有草的林带里，马在低头吃草，他就去家属区捡拾废品。于是，在六连的早晨、中午或者黄昏，在家属区的垃圾坑、废弃的旧房子、路边的林带，总有一个罗圈腿、弓着腰的老头在拼命扒拉、寻觅着什么，身上破旧肮脏的黄军装泛着白花花的汗碱，几只绿头苍蝇围着他嗡嗡转。不用细看，他就是我们的父亲。

父亲把捡拾来的东西装进打着补丁的破麻袋，用马驮回来，然后分门别类，把布鞋、塑料鞋、酒瓶子、牛骨头、牙膏皮、破衣服、纸壳子、铁丝各自装入麻袋。院子里、棚子里堆得满满当当：摇摇晃晃的饭桌下面是脱粒过的苞谷芯子，那是晚饭后父亲挠痒用的，这是他一天最惬意的时刻；几个灌满肥皂水的农药瓶子躺在土灶旁，是消毒后用来装酱油醋的，过年

197

的时候用来装零散烧酒；墙旮旯的一小堆土坷垃，是父亲上厕所的手纸；院子里搭衣服的长长铁丝上，挂满了夏天碧绿的红薯秧子、秋天散了心的白菜帮子、霜打过的红萝卜缨子；旁边几个圆圆的卵石，是父亲捡来压咸菜缸的；柴火垛的缝隙里到处塞满有用和无用的废品。

捡拾的废品攒满一麻袋后，父亲就把麻袋驮到马背上，来到场部供销社废品收购站卖掉。这一天，我们比过节还要兴奋，中午早早地依偎在院子门口，眼巴巴地等着父亲回来。远远看见父亲骑着马归来，我们就像一个月看一次露天电影一样高兴。父亲带给我们的是几米平布衣料、一卷母亲纳鞋底的棉线绳子，腌咸菜的颗粒盐和酱油、醋、火柴、煤油；还有几支铅笔、橡皮和拼音本。遇到父亲高兴，还会给我们带几粒平时很少见的薄荷糖和几块场部食品厂生产的香甜柔软的黑面包。

每到开学的时候，母亲给我们兄弟分学费。学费都是一枚枚硬币，那是父亲卖破烂积攒的，母亲用一个旧手绢包着，鼓鼓囊囊的，像裹了一个大苹果。我们按年龄大小顺序分，先是大哥，轮到我了，我站在桌子跟前，看着母亲用手捏着硬币，一分、两分、五分，硬币被母亲擦得一尘不染，闪烁着晶亮的金属光泽，母亲一个个数，给我分了一小堆硬币，我抓起来放进一个小手绢里，有一枚硬币在桌子上滚动，我急忙用手抓，没有抓住，硬币不小心滚下桌子，骨碌掉在地上，转了一个圈，顺着墙角钻进一个老鼠洞。

母亲的眼睛紧盯着硬币，看见钻进了老鼠洞，她慢慢弯下腰，蹲在地上，用手指头一点点顺着老鼠洞抠，最后一点点掘开老鼠洞，抠出一枚沾满泥土的硬币。她端详着硬币，仔细用手绢把它擦干净，然后递给我。我接过来，是一枚一分钱的圆硬币，它的正面是带有五颗星的国徽，环绕着国徽的是中华人民共和国七个繁体字。背面是两枝颗粒饱满的麦穗，簇拥着"壹分"的字样，相连的枝叶下面是"1975"，是钱币的制造日期。母亲望着我说，花生，你把钱放好，丢一分钱，你就上不了学。我把钱包装进贴身的裤子口袋里，用手捂着，生怕再掉出一分钱。

母亲的一兜子硬币分完了，但是弟弟建疆的学费还差8毛钱。明天就要开学了，到哪里去弄8毛钱呢？母亲忧愁地看着我们，我看着脚上的鞋子，轻轻踢着地面，不知如何是好。

快中午了，外面传来亮亮凶狠的"汪汪汪"的叫声，亮亮下崽了，五个黑乎乎的小狗崽围在狗窝里，在它身边吃奶。新疆，你出去看看，不要让亮亮咬了人。新疆出去了，不一会儿进来了，说来了一个拉着架子车收破烂的。母亲出去了，我们也跟着出去，门口一个拉着破架子车的老汉，轮胎上沾满了稀乎乎的泥巴，他的头发乱糟糟的，满脸皱纹，面色黄瘦，正蹲在地上用树棍刮轮子上的泥，车架子里堆着一些破鞋子、骨头、酒瓶子和旧铁丝，还有一个尿素袋子，露着黑黑的乱糟糟的头发。

见我们出来，老汉佝偻着腰站起来，操着一口河南腔说，你家的狗真厉害，差一点儿咬住我。满嘴龇出黄牙。妈妈说，下了崽的狗都凶，它害怕抢走它的崽子。老汉刮完泥，扔了棍子，给母亲说，大妹子，给碗开水喝。母亲叫我回去给他端碗水。我进屋给他倒了一碗开水，递给老汉，老汉说了声谢谢，接过碗喝了起来。他仰起脸喝水的时候，我看见他脖子上有一抹猩红，可能是胎记，像一块生锈的铁。

母亲对我们说，你们把角角落落搜刮搜刮，看能不能凑够8毛钱。听了母亲的话，我们就在棚子里和柴火垛周围寻找，建疆从柴火缝隙里找了几双破布鞋，我在狗窝旁找了几块骨头，边疆在牛圈边捡了几根锈铁丝，新疆高兴地跑了过来，手里掂着一个沾满泥巴的铁锹头，老房子太小了，很少有人来，没有什么废品，我们把捡的这些东西扔在架子车旁，可怜巴巴地看着老汉。老汉这时喝完了开水，把空碗递给我，从上衣口袋里掏出一沓皱巴巴的毛毛钱，颤巍巍地数出两张一毛的，递给建疆说，老家去年遭了水灾，一粒米都没有收成，我出来收破烂，家里可以省下一口救济粮，唉，和要饭差不多，你不要嫌少。建疆接过两毛钱，看着母亲。

母亲盯着架子车上的尿素袋子，问老汉，你袋子里收的什么？老汉说，头发。母亲又问，收头发有什么用？老汉说，可以做假发，有人专门做这个生意。母亲看着老汉说，大哥，你看我的头发怎么样？老汉低着头捡地上的破烂，听了母亲的话，抬头看了一眼母亲的头发，说，你的头发好，乌黑发亮的。母亲说，你看这头发值多少钱？老汉说，别开玩笑了，大妹子，我要走了。说着站了起来，抬起了架子车。母亲没有回答他的话，而是几步跑回房子，出来的时候，手里握着一把剪刀，那是她做针线活用的，放在炕头的破盆子里。母亲对老汉说，大哥，你看头发值多少钱？老汉张着嘴惊奇地说，你真要剪？母亲说，孩子上学报名还差8毛钱，实在没办法了。老汉说，大妹子，你的头发真好，但是我给不了你大价钱，我给你5毛钱，就是最高的了。母亲说，大哥，你再添上一毛，加上刚才的两毛，就是8毛钱，正好够孩子的学费。老汉有点痛心地说，唉，看你们一家也是穷苦人，我今天就算白跑了，好吧，给你6毛，我一分钱也没有挣。

听了他的话，母亲举起剪子，就要剪她的头发。我上前抓住母亲的手说，妈妈，头发不能剪，剪了头发太难看了！母亲扒拉开我的手，坚决地说，难看就难看，你们上学要紧。说着，她挥起剪子，一手抓住后面的头发，歪着头，一手用剪子"咔嚓"一声剪断了头发，她的身后瞬间变得空空荡荡。在我们惊诧的目光里，母亲把头发递给老汉，老汉接过母亲的头发，叹息了一声，小心地塞进尿素袋子，然后又掏出口袋里的零钱，给了母亲6毛钱。母亲接过钱说，大哥，到中午了，吃过饭再走？老汉说，我还要到前面，干我们这一行的，就是劳碌的命。说着，他推起架子车，慢悠悠地走了。

看着老汉远去的背影，母亲把手里的钱给了建疆。拿着，明天可以报到了。她给建疆说。

有一次，父亲在场部废品收购站卖完废品，又到邮局取了一个很大的包裹，驮回来一大包东西。回到家，我们打开包裹一看，里面全是衣服，大大小小有十几件，有蓝色的上衣，灰色的裤子，黄色的毛衣，虽然是旧的，穿过的，但是洗得干干净净，比我们身上穿的衣服好，样式也好，我们几个非常高兴，争着试衣服，哪件合适就是自己的了。妈妈说，这包衣服是姨妈从四川绵阳寄来的。除了哥哥，在所有兄弟中，只有我在还不到一岁的时候见过姨妈，那是妈妈带着我回四川绵阳看姥姥，姥姥当时给了我一个银制的长命锁。因为太小了，我对姨妈没有一点儿印象。

1974年的春天青黄不接，四处弥漫飞舞的各类不知名的小蠓虫几乎遮住了太阳，它们将农场所有的树叶啃噬得干干净净，戈壁滩上的野菜叶子也被咬得支离破碎，我们家天天喝稀粥的日子，眼看也快要断顿了。父亲卖光了所有的藏品，日子也维持不到月底。家里养了几年的大黄猫，在一天夜里悄无声息地不辞而别，从此再也没有回来。只有大黑狗亮亮仍然忠实地陪伴着我们，只是在我们吸溜吸溜喝粥时，不停地用身子摩擦我们的裤腿，两眼可怜巴巴地望着我们。

这一天晚上，在昏暗的煤油灯下，父亲叹着气，蹲下身子从棚子的旮旯里捞出一副马鞍子，然后失神地端详着它，这样专注的神情我们很少看见，这几年，被生活压弯了腰的父亲甚至很少用这样的眼光看我们。这副马鞍子年代已经很久远了，呆头呆脑的，像件出土文物，上面的皮件黑乎乎的，弥漫着一股陈年的膻味和战争的硝烟味，铜制的铆钉锈迹斑斑，显得很是沧桑；但从外表看，整个做工却非常精细，鞍头上镌刻的神秘花纹，显然出自能工巧匠之手；用细皮条编织的精美穗子挂在两边，依然散发着陈旧而古典的光泽。我们知道，这副马鞍子是贫穷的父亲唯一值得炫耀的历史，陪伴他度过了那段难忘的军旅生涯，他一直视为生命，平时藏在房子里，谁也不让动，只有开春的时候，父亲才拿出来在墙根下晒晒太阳，然后又很快收藏起来。遇到他难得高兴的时候，会给我们弟兄几个讲他过去与战马的故事，但每次都重复啰唆，后来我们也听腻了，听烦了。我们有时候甚至有点嫉妒，父亲对马鞍子比对我们兄弟几个都好。父亲的老朋友、牧羊人王长福得知父亲藏有一副马鞍子，多次上门央求以物换取，但都被父亲沉着脸一口回绝。这天晚上天黑透了，父亲一句话没说，铁青着脸扛起马鞍子出了家门，什么时间回来的我们不知道，因为我们睡着了。第二天起床，我们看见屋子中央堆着满满两麻袋玉米棒子。后来才知道，父亲用马鞍子换了王长福的玉米。

1974年秋天，连队的秋收结束后，父亲每天天不亮就赶羊似的把我们兄弟几个往地里赶，拼命四处搜索、捡拾地里遗落的玉米，连队所有的玉米秆子都被我们兄弟几个翻了个遍，我家院子里堆满了金黄色的玉米棒子。下霜的一个早晨，父亲装了满满两麻袋玉米，推着架子车一声不吭地走了。过了半个时辰，父亲拉着架子车回来了，两麻袋玉米不见了，上面放着他的马鞍子。父亲虽然很穷，但为人却很直爽义气，送给别人的东西犹如泼出去的水，是绝对不会去要的，为了这副马鞍子，他却失信并得罪了多年的老朋友王长福。

从这以后，这副马鞍子就再也没有离开过父亲。

父亲虽然大字不识一箩筐，但沧桑的阅历却使他老谋深算。他知道家里一无所有，我们兄弟几个是他最大的财富，把我们拉扯成人，他的后半生就有指望了，就像他整天早出晚归放牧的一群绵羊，膘肥体壮后在秋季总能卖个好价钱。为了把我们养大，他宁愿承受人间的艰辛和苦难，想尽一切办法让拮据的生活维持下去。在别人鄙视不屑的眼神里，他若有若无地生活在这个世界上，做着自己愿意做的事情。

在这个物资极为短缺的年代里，父亲拼命劳动着，颠沛流离地寻找着废品。为了攒够我们每学期不算昂贵的学费，除了购买一些必需的生活用品外，他把卖废品的每一分钱都锁在家里唯一的一个木箱子里，钥匙拴在一个尖尖的羚羊角上，那只羚羊角牢牢地用皮绳在他裤腰带上系了一个死结，随身不离，被磨得乌黑锃亮。有时候，嘴馋的我们为了买几个海棠果和几根冰棍，弟兄几个趁他深夜熟睡时，悄悄解下羚羊角，从箱子里偷出几毛钱，再把钥匙按原样拴在父亲的裤腰带上。连续几次后，很快被精明的父亲发现，他再也不把钱放在箱子里了，而是趁我们不在时，藏在我们谁也找不到的地方。后来我们弟兄几个绞尽脑汁，把家里所有的地方都找遍了，也没有找到一分钱。只是有一次下大雨，把堆放柴火的棚子淋塌了，我们在扒房子时，从塌了的房梁上发现了一个用细绳密密麻麻捆着的布包，打开一看，里面是整整齐齐的一沓子钞票！

　　无论春夏秋冬，刮风下雨，父亲不知疲倦地捡拾各类废品，但是捡拾的那些废品换来的一些零碎钱，只能补贴家用，使一家人勉强维持温饱，不至于饿肚子，与父亲内心奇异的梦想风马牛不相及。江山易改，禀性难移。他一边捡拾废品，一边念念不忘他的梦想，心比天高命比纸薄，所以一直到死父亲都很卑微，没有实现他的梦想。即使如此，他内心的憧憬和渴望一刻也没有停止过，在生活最困难、人生最绝望的时候，这个梦想像一束燃烧的火焰，像一道耀眼的闪电，温暖着父亲不为人知的内心，照亮了父亲暗淡无光的人生，支撑着父亲度过艰难的一生，并且把这个顽固倔强的基因毫不保留地遗传给了我们。

　　父亲还是在年轻单身的时候，有一天，他望着远处黛青色的阿拉山口，那个传说中的巨大风口，一动不动，久久不语。他的内心骚动喧哗，他渴望远方，神秘莫测的远方使他无法平静。一群灰褐色的云雀从阿拉山口方向飞来，呼啦啦掠过空旷的天空，掠过他的头顶，这时父亲突发奇想，产生了一个从未有过的念头，他要骑着一匹马或者骑着一头骆驼，带上他的大黑狗亮亮，穿越古尔班通古特沙漠，穿越阿拉山口，他要去远方看海。他从哈萨克牧羊人口中得知，顺着老房子一直朝西走，走到古尔班通古特沙漠的尽头，是一个叫木特塔尔的沙漠，是准噶尔盆地西部边缘的另外一个沙漠，面积比古尔班通古特沙漠小，沙丘起伏，长满一簇簇刺猬般灰黑的灌木丛，连接着广阔的甘家湖湿地，再往西走，有一个巨大的长满芦苇的湖，叫艾思略湖，湖水荡漾，清澈透底，湖面上游弋着洁白的天鹅，蓝天倒映在湖水里，一朵朵白云在湖面上飘荡。四周平展的沙滩上满是光滑的贝壳、海螺，是大西洋暖湿气流最后眷顾的地方，因此有"大西洋最后一滴眼泪"的传说。传说艾思略湖底部连接着地球对面的大西洋，深不可测，湖水通着海洋，所以它的湖水永远不会干涸。有一年，一条渔船在湖面打鱼，突然刮起狂风，下起瓢泼大雨，来不及躲避，渔船在电闪雷鸣中消失了，无影无踪。雨停了，风止了，人们在艾思略湖看不见了船只，四处寻找，也不见船只的踪影。后来，在距离艾思略湖万里之遥的大西洋，人们发现了失踪的渔船，船上的人们安然无恙，问他们缘故，他们说做了一个奇怪的梦，醒来后就随船漂流到了大西洋。父亲看着天上的鸟群飞向远方的天空，渐渐看不见了。他的思绪也随着飞翔的鸟群飞向远方，他的内心对艾思略湖和这个神奇的传说朝思暮想，他像哥伦布发现了新大陆一样兴奋得激动不已，夜不能寐。终日生活在戈壁滩上，满眼粗沙砾石，四处皆是苍黄灰褐风景，距离大海太远，看不见海，能看一眼碧蓝纯净辽阔的艾思略湖，这辈子也心满意足了。从此，远方的艾思略湖——这个未曾谋面的陌生神秘湖泊深深吸引着父亲，像蓝天吸引鸽子、草原吸引黄羊、野百合吸引蜜蜂。他一辈子在戈壁滩奔波，天天在车排子荒野放羊，只是围着沙漠的一个狭小角落，天天看着同样的天，同样的地，同样单调的风景，他厌倦了，他想着天天在一个地方待着，死了还要埋在这个地方，一辈子应该出去一趟，看看远处的风景。远方遥不可及，就是死了或者被野狼吃了，最后倒毙在沙漠途中，他也心甘情愿，反正一个人迟早都要死，最终还要埋进黄土里，哪里的黄土不埋人呢？死在梦想的路上也比天天待在家中强一百倍。最后大不了暴死在戈壁滩，尸体腐烂被秃鹫啄食，剩下一堆白花花的烂骨头。

　　他的内心被这个奇异的雄伟梦想缠绕追逐着，他的心沸腾了，再一次雄心勃勃，浑身被这个梦想鼓舞着，激励着，一刻都不得安宁。有了这个梦想，他感觉天更阔了，地更远了，天天看的风景愈发亲切，曾经骑士的勇敢和荣耀依然令他心潮澎湃。对自由和远方的向往使他恨不得像鸟儿一样飞翔，但是他没有翅膀。

　　为了这次远行，他偷偷做了大量的前期准备工作：准备了干粮、水壶、衣服鞋子，买了一个防水的绿色军用雨衣，一个长腰的羊毛毡筒，还有晚上睡觉御寒的羊毛被褥。他向哈萨克牧羊人租了两匹骆驼，说好了价钱，他骑一头骆驼，另一头骆驼驮生活用品和水，他甚至还准备了望远镜和指南针，他打过仗，知道这两样东西的重要性，特别是在沙漠戈壁远行，这是必备的工具。这两样东西是他放羊时偷偷用一只大母羊从一个维吾尔族羊贩子手中换取的。羊贩子在戈壁滩找到父亲，说着流利的汉语，拿出望远镜和指南针，说是从苏联边境用白酒和士兵换取的，苏联士兵嗜酒如命，只要有酒，除了手里的枪和子弹不给，其他什么都可以交换。望远镜和指南针外表是沙漠的黄颜色，上面镌刻着红色的五角星。指南针怎么摇晃旋转，小箭头始终指着南方，望远镜拿起来一看，透过薄薄的透明镜片，远处吃草的绵羊的胡子一根根清晰可见。回到老房子羊圈，父亲谎称放羊时大意丢了一只羊，他从不说谎，这是第一次说谎，陆德林和古大炮相信了他的谎言，考虑父亲一贯工作认真负责，没有追究他的责任，但是公家的羊是必须赔偿的，为此他被统计员扣去了半个月工资。有了望远镜和指南针这两样东西，父亲如获至宝，他把它们锁在箱子里，从来不让我们兄弟看。

父亲是车排子荒原上一个伟大的幻想家、思想家，他是准噶尔盆地最后一名骑手。他像一只狂乱飞舞野心勃勃的牛虻，忽而紧紧叮在牛屁股上，忽而围绕着草丛不停舞蹈，忽而在天空嗡嗡鸣叫。不管我活着，还是我死去，我都是一只牛虻，快乐地飞来飞去。他更像传说中的中世纪的堂·吉诃德，骑着马，带着剑，勇敢地向旋转的风车刺去。他知道自己会被撞得人仰马翻，但他仍然痴心妄想，一意孤行，一条路走到黑，头破血流不回头。

无数次，他想象着自己站在神秘的艾思略湖岸边，天高地远，风起云涌，漫漫湖水倒映着湛蓝的天空，一朵朵白云在湖面飘荡，各种颜色的水鸟飞翔在水面上，忽高忽低，翅膀荡起一片片细密的涟漪，叽叽呱呱大声鸣叫着，蓝色的湖面像起伏翻滚的沙漠，碧绿的湖水像汹涌奔腾的沙海，成群的野鱼撞击着无边的芦苇荡，芦苇瑟瑟发抖轰然作响。一股股清凉的风从远处贴着湖面吹来，带着沙漠浑浊苍凉的气息，带着大西洋海水的鱼腥气息，带着远古混沌粗犷的气息，吹在他干燥粗糙布满皱纹的青铜色脸颊上，吹在他风尘仆仆满是沙尘的身上，他感到一种从来未有的惬意和舒适，他想扑进湖水无边的怀抱，舒展每一个毛孔，晃动每一根筋骨，酣畅淋漓地洗涤他的灵魂和肉体，他因此而得到永生。梦中的艾思略湖哟，碧波荡漾光芒万丈，泛滥着庄严的神性和慈祥的母性，那是父亲的诗和远方。

那时候，父亲心中宏大的梦想，超越了卑微的生命和苦难的现实，他感觉生命的另一种崇高和博大，他念念不忘，跃跃欲试，梦想着那个时刻早一天到来。

六连的农工到老房子拉肥料，装完车到我家喝水，父亲把他的想法告诉了他们。他们放下水碗，一个个瞪大眼睛，张大嘴巴，像看见了一个奇怪的天外来客。他们将父亲的故事当作笑话讲，而父亲在他们眼里就是一个彻头彻尾的疯子，一个脑子有病吃饱了肚子撑得慌的家伙。

你为什么这样做？有人小心翼翼地问父亲。

不为什么。就想出去看看。父亲老老实实答道，他的嘴角挂着一丝不以为然的微笑。

那你就是疯了！吃饱了撑的！人们忘记了喝水，端着碗诧异地看着父亲，充满迷惑，像看着一个头上长着牛角、浑身长满荆棘的史前动物。

父亲对此不屑一顾。他当然不知道堂·吉诃德。这个瘦削的、面带愁容的西班牙小贵族，由于爱读骑士文学，最后入了迷，竟然骑上一匹瘦弱的老马"驽骍难得"，找到了一柄生了锈的长矛，戴着破了洞的头盔，要去当游侠，锄强扶弱，为老百姓打抱不平。他雇了附近的农民桑丘·潘沙做侍从，骑了驴儿跟在后面。堂·吉诃德又把邻村的一个挤奶姑娘想象为他的女主人，给她取了名字叫杜尔西娜雅。于是他以一个未受正式封号的骑士身份出去找寻冒险事业，他完全失掉对现实的感觉而沉入了漫无边际的幻想中，唯心地对待一切，处理一切，因此一路闯了许多祸，吃了许多亏，闹了许多笑话，然而一直执迷不悟。

父亲是车排子荒原现代版的堂·吉诃德，虽然他不知道这个脑子充满幻想的外国人，穿越时空和岁月，他的思想却和堂·吉诃德心心相印不谋而合。那段时间，父亲心情亢奋，跃跃欲试，终日沉浸在自己的梦想里不能自拔。这个想法当然如痴人说梦，无法实现，作为一个连队牧工，谁也不会批准他的狂妄计划，没有人帮助他完成这个无法实现的白日梦，最后不得不以流产而告终。这个想法很长时间顽固地在他脑海里盘踞着，直到和母亲结婚后，沉重的家庭，琐碎的生活羁绊住了他的脚步，梦想胎死腹中，无果而终，他才不得不放弃。

时间长了，谁也不会记得父亲的这个梦想，可能连父亲自己都遗忘了，时间可以消磨一切，时间可以冲淡一切，岁月将鲜活离奇的往事一一埋葬。美国小说家欧·亨利说，灿烂的生命中一个忙碌的时辰，抵得上一个世纪的默默无闻。骑士已死，剑已锈钝，还存活的只是一些匆匆岁月，扬起尘土。父亲虽然终其一生也未离开过车排子一步，父亲的一生也不能说是灿烂辉煌，但他不甘于平凡寂寞，拥有自己的梦想，漫长的生命中有一颗火星照亮了他平凡的岁月。虽然时间冲刷了一切，但是，我们兄弟几个知道父亲的这个梦想，父亲的异想天开、痴人说梦，大胆、勇敢、疯狂，超越了老房子平庸琐碎的世俗生活，穿越茫茫时空，带着父亲特立独行的光芒，深深埋藏在我们心里，父亲没有墨守成规，在别人眼里是疯子，却是我们眼中的天才，我们以此为荣，把它视为家族的荣耀。

很多年以后，已经定居在海南的陈建疆一家回到老房子，到奎屯河墓地给父亲上坟，他带回来一个彩色的光滑的海螺，散发着一种远方的神秘气味。他说全世界有7万多种海螺，这个海螺是渔民从南海200多米的深海中捕捞的，学名叫鹦鹉螺，是他花高价买来的。他有点显摆，也有点炫耀，好像只有他自己知道父亲的心思。他喋喋不休地给我们说，把海螺放在耳朵跟前仔细地听，有嗡嗡的响声不绝于耳，似乎是遥远的大海的潮汐声，父亲生前没有看见过大海，我现在把海螺请了回来，让老爹听听大海的声音。见我们半信半疑，建疆把海螺递给我们，我们兄弟几个接过海螺，一一放在耳朵跟前，小心翼翼，凝神细听，果然海螺带有彩色花纹的内壁里，有一种仿佛来自天籁的奇妙声音在耳边回响，嗡嗡长鸣，不绝于耳，那是大海谜一般的呼唤和浪潮撞击岩石的喧响，宛若古琴美妙的弹奏，惟妙惟肖，绵延冗长，相隔千万里依然清晰可闻。没有见过大海的我们对此深信不疑，眼前浮现出无边无垠的蔚蓝色大海。

来到奎屯河墓地，建疆跪在父亲墓前，闭着眼睛，郑重地把海螺举过头顶，喃喃私语，说的什么我们也听不清楚。最后，他把海螺轻轻放在父亲的坟前祭奠，让沉睡在地下的父亲聆听大海那不息的涛声，算是了却了父亲生前的一件心事。

父亲这种异想天开天马行空的顽强基因，几乎是白日做梦痴心妄想，遗传给了他的一个儿子。很多年以后，已成为新疆兵团知名作家的陈志疆，阅读了诺贝尔文学奖获得者——作家莫言的小说《红高粱家族》《丰乳肥臀》《生死疲劳》《檀香刑》之后，突发奇想，灵感大发，决定以父亲母亲复杂坎坷的人生经历为创作原型，以车排子的老房子为典型环境，把车排子打造成莫言笔下的高密东北乡，倾力塑造一个文学的车排子王国。有一天睡梦中，他和莫言在车排子荒野不期而遇，得到莫言老师指点。几年后，他创作完成了一部长篇小说，取名叫《遥远的老房子》，结果发表后引起轰动，后来又被改编成电视连续剧《戈壁一家人》，在电视台播放后，轰动了全国，光是读者来信就收到三麻袋。

第二十章

自从那次在棚子里与母亲发生激烈的口角后，我心存内疚和不安，特别是那句没有经过思考随口而出的刺伤母亲的恶毒语言，常常使我感到万分后悔和深深的自责。但是那次事情发生后，在家里，母亲依然像以前一样对我，仿佛什么事情也没有发生一样，这更使我内心不安，但又不能在母亲面前重新提起，害怕再次伤及她，这使我愈发不安和内疚。

这件事以后，我守口如瓶，对谁也没有说，但是我内心对母亲的身世产生了极大的忧虑和好奇，一方面我害怕得知母亲的真相，另一方面又渴望知道母亲的身世，这让少年的我内心极其矛盾。时间长了，成了我心中的一块心病，在六连和老房子无法诉说，我想到了远在四川的母亲的妹妹，我的姨妈。她给我们寄了一大包衣服，父亲让我写一封信表示感谢。后来陆陆续续，时间跨度很大，我又写了一些，于是就有了下面的信件。

亲爱的秀玲姨妈：

您好！

请代问姥姥及全家人好！

您寄给我们的衣服收到了，虽然您在随寄的信中说这些衣服

209

是你们和孩子们不穿的旧衣服，您收集后洗干净寄给了我们，只是举手之劳。但是在我们眼里，这些衣服很好，很漂亮，虽然旧了一点，有的小了一点，有的大了一点，但衣服样式很好看，从小到大，我们没有见过这么好的衣服，更没有穿过这么好的衣服，而且一块补丁都没有，比妈妈给我们做的衣服好多了。我们平时穿的衣服，特别是裤子，补丁摞补丁，有的补丁把原来的裤子颜色都盖住了，穿着您寄来的衣服，我们像过年一样高兴。

　　姨妈，在我们所有的兄弟姊妹中，只有我见过您，那是1964年11月，那时候我还不到一岁，妈妈抱着我，坐牛车坐汽车坐火车，一路从新疆车排子农场到了四川绵阳，当然，那时我太小了，根本不可能有任何印象和记忆。后来妈妈给我说，当时姥姥还给我在街上打制了一副银制的长命锁，戴在我的脖子上，保佑我一生平平安安。因为我现在是一个学生，脖子上只允许戴红领巾，所以这个长命锁我一直保存着，有时候拿出来看一看，就想到了遥远的天府之国，还有我们的亲人们，有一个可亲可敬的姥姥，有一个疼爱我们的姨妈，心里就感觉到很温暖。我在很小的时候就见到了姥姥和您，听妈妈说，你们很心疼我，虽然再没有见过面，连您的名字也是妈妈后来告诉我们的，但是您给我留下了非常好的印象。

　　我们一家人现在生活得很好，虽然日子穷一点，吃的穿的差一点，但也一天天过来了，爸爸妈妈为了让我们长大，为了让我们吃饱肚子，付出了很多很多，操了很多心，爸爸的头发白了，每天还在放羊，妈妈脸上也添了很多皱纹，天天做着家务。穷人的孩子早当家，我们一定听毛主席的话，好好学习，长大了做革命事业接班人。

　　姨妈，我们居住的老房子距离六连连部还有二公里多，有一条小路连接着老房子和连部，虽然有点远，但是现在也接通了广播喇叭，每天听国内国际和农场新闻，国家大事我们都知道，这里虽然偏僻荒凉，但也和全国一样，我们想你们那里也和我们一样吧。

姨妈，如果您有时间，一定要到新疆来看看我们，带上姥姥，看看新疆和四川有什么不一样，我们全家人都在等待着这一天。

祝全家人身体健康！

陈志疆

1975 年 10 月 16 日

亲爱的姐夫姐姐及全家人：

你们好！

最近生活好吧？姐夫工作忙吧？孩子们学习愉快吧？接到志疆的来信，我们都很高兴，我把信的内容一字一句念给妈妈听，她老人家高兴得流出了眼泪，时间过得太快了，一转眼孩子们都长大了，会写信了，也都懂事了。

志疆和孩子们，你们一家人远在新疆，爸爸妈妈为了抚养你们长大，付出了全部的心血，他们受的苦，受的累，你们现在可能还体会不到，长大了你们就会知道，你们的父母是多么不容易！

我们虽然没有去过新疆，但从你们妈妈的口中，知道新疆太大了，也太远了，戈壁滩走几天都看不到一个人影，连队的庄稼地棉花地一眼望不到边，到处都是树林带，地里生产的作物堆成山，农场人都非常能干，很少有休息时间，大年初一吃完饺子就拉着爬犁子往地里送肥料，夏天大中午的还在地里突击劳动。

志疆，一定要告诉妈妈，说姥姥非常想念她和大姨，姥姥年纪大了，腿脚不灵便，耳朵眼睛也不好使了，这辈子可能去不了新疆了，如果条件允许，请妈妈回四川一趟，看看我们，看看妈妈，姥姥 82 岁了，见面的机会不多了。

随信寄去照片5张，请查收。

另：马上要过年了，我给家里寄去10斤大米，让家里人都尝一尝。

祝全家人身体健康！

蔡秀玲

1975年11月15日

亲爱的姥姥、秀玲姨妈：

你们好！

姨妈的来信收到了。照片收到了，大米也收到了。我们全家人非常高兴！我是第一次见到大米，以前都是在新闻纪录片里看到水稻，我们这里种麦子和玉米，因为缺水种不成水稻。妈妈给大姨分了一些大米，大姨也很高兴。过年的时候，妈妈蒸了一锅大米饭，大米饭白白的，香喷喷的，和猪肉炖白菜一起吃，真是香极了！这是我有生以来吃得最好的一顿饭。

亲爱的姨妈，在父母众多的亲戚中，您是第一个不远万里给我们寄衣服寄大米的亲人！我们真是受宠若惊，俗话说：富在深山有远亲，穷在闹市无人问。您寄来的东西给我们带来莫大的欢喜，看着照片上您慈祥的面容（很像妈妈），我们仿佛听到您那爽朗的笑声，风趣的谈笑，给我们平淡无趣的生活带来无穷的快乐。您来信的那几天，我们像过年一样快乐、热闹，就连一天到晚在我们面前神气活现的父亲，也在我们面前变得毕恭毕敬，不敢再训斥我们，他害怕您，尊敬您，他知道远在四川的您关心我们爱护我们，您是我们的念想和靠山。我们从小生活在戈壁滩上，离开家最远的距离是到场部，场部离老房子不到10公里，我们来回一趟需要一天的时间，您的来信，使我们感觉到在遥远的四川盆地，一个我们做梦也梦不到的地方，在一个很气派的大城市里，有我们的亲人，她没有嫌弃我们，她在挂念着我们，帮助着我们。有几次，我们兄弟几个在睡梦中梦见了您，在我们的梦中您来到了老房子，给我们带来了好吃的糖果和饼干，还给我们一人买了一双白色运动鞋，您和我们在一起玩耍嬉闹捉迷藏，您离开我们的时候，我们依依不舍，拉着您的衣服不让走，您也流泪了，后来我们哭成一团，直到您的身影渐渐模糊消失在我们的视线中。

姨妈，您的关怀和温暖，给我们贫穷枯燥的生活带来了莫大的欢乐，我们看世界的眼光一下子远了。我们幼稚的目光，穿过老房子，穿过茫茫戈壁，看见了我们不可知的外部世界，我们的心飞呀飞，飞呀飞，飞向看不见的远方，那里有我们亲爱的姨妈！

祝全家人身体健康！

陈志疆

1975 年 12 月 6 日

亲爱的秀玲姨妈：

您好！

我经常看您寄来的照片，姨妈，您和妈妈长得很像，真不愧是姊妹。我没事的时候，就长时间盯着照片看。大姨长得也像妈妈，但您更像。您是城市人，气质优雅，有文化，有工作，而母亲是农场的一个家庭妇女，没有文化，她忍辱负重养育了我们，脸上的皱纹一天比一天多，遇到困难的事情，她只有倚靠着柴火垛，一个人唉声叹气。我看着照片想，你们都上了学，受到很好的教育，母亲为什么没有上学？如果她上了学，也受到很好的教育，学到了文化，可能就不会在车排子农场。

姨妈，在和您通信的日子里，我内心非常高兴。我很想多问您几句，悄悄地问您，关于母亲的身世，关于母亲以前的生活情况。我偶然听母亲说几句往事，说她当年供兄弟妹妹上学，说的只言片语，我也不知道怎么回事。您可能觉得我是个孩子，不想让我过早知道这些事，或者您根本就不想让我知道这些往事，让它永远埋葬在岁月的河里。毕竟这些陈年往事太遥远了，有些可能还不堪回首，可能还有辈分的原因，您不好告诉我。但是，穷人的孩子早当家，我已经不小了，生活的苦难和磨砺使我心智早已成熟，我爱我的妈妈，无论她曾经受过多大的磨难，有过什么经历，她永远是我亲爱的妈妈！我永远爱她！而您是我们平凡日子里的一束光，照亮了我们混混沌沌的生活！

我想知道母亲的身世，这个念头由来已久，在我心中埋藏了很长时间。我想问大姨，但又说不出口。我想总有一天，往事会真相大白，但无论结果如何，母亲永远是我们的母亲！我永远爱她！

姨妈，您的照片寄来后，我们每天都要拿出来看一看，我们从照片上认识了姥姥、大舅和小舅，还有已经去世的姥爷。照片都被我们摸旧了，爸爸请人做了一个木头镜框，安了一块玻璃，把照片放进镜框里挂在墙上，我们谁都不去动它，小心翼翼保护它，我们抬头看见照片，就看见了慈祥的姥姥和姨妈，还有舅舅，让我们的心灵得到安宁和慰藉。您可能无法理解一个戈壁滩上的孩子的想法，他们内心的孤独和无助，他们渴望了解外面世界的心情。

每当想起母亲，我就想起她站在高高的黑压压的柴火垛旁，孤苦伶仃，忧愁的目光，永远穿着一件灰色的土布上衣，在等着我们回家吃饭。这经典的一幕，深深印在我的脑海中，我永远不会忘记。

我望着远方茫茫的戈壁滩，近处寂静的草垛，天空中洁白的云朵，云朵后面连绵的山岗，山岗后面更远的远方，我的明天，我的未来，你在哪里？我的明天呀，你到底在哪里？

姨妈，我们六连旁边的十连，有一个小青年，叫彭建疆，是农场毛泽东思想宣传队的演员，他无论春夏秋冬，都到戈壁滩练声，刻苦钻研表演艺术，最后考上了北京电影学院，他的自传体小说《我从荒野走来》发表在《中国青年》杂志上，引起了巨大的轰动。他家和我家一样穷，兄弟姊妹和我家一样多，但是他有理想有抱负，通过个人奋斗，终于实现了自己的梦想。现在，我们六连有很多小伙子和姑娘每天早晨起来，第一件事就是到原野、林带去练嗓子，也想走他的艺术之路，想当演员和歌唱家，他点燃了多少年轻人的梦想啊！他有一个妹妹，和我们六连的罗雪莲是好朋友，我听说罗雪莲有一本《我从荒野走来》，我就求大哥，让他帮我借过来，我看一看。大哥和罗雪莲是同学，大哥问她借了这本书，是傍晚放学后带回来的，他给我说，这本书是罗雪莲借的，马上还要还给彭建疆的妹妹，只有今天晚上一晚上时间，明天早晨上学他就要把书还给罗雪莲。我如获至宝，拿上那本书，就迫不及待开始阅读。这本书写的是彭建疆怎样求学，怎样走出连队，成为一名艺术家的经历，他写的环境都是我们熟悉的连队场景，写的事情也是发生在连队身边的事，我如痴如醉，忘记了吃饭，夜幕降临了，我继续点着煤油灯看，我非常吃惊，农场的连队也可以写进书里，现在全国人民都知道我们农场的连队出了一个艺术家！我第一次感觉到了一本书的巨大魅力和影响力。第二天，天蒙蒙亮，公鸡打鸣了，我才把这本书看完，我的鼻孔黑黑的，那是燃烧的煤油灯的捻子熏黑的，我一夜没有睡觉，可是一点儿也不感到困倦。我的心中似乎有一团火焰在燃烧，我觉得那一刻热血沸腾青春激荡。书被哥哥拿走了，但我的心却被搅动了，点燃了，一个梦想可能就在那个时候萌发了。

我如果和其他孩子一样，无忧无虑，可能也生活得很愉快。但我有一点想法，懵懂中我觉得长大后，我要走出戈壁，到远方去！比故乡更远的远方，我的眼睛现在只能看见巴掌大的一片天，我渴望看见更加广阔的世界和更加辽阔的天空！一个人的心有多大，未来他的舞台就有多大！您的关心和爱护，再一次点燃了我内心的火焰，我看见了光，看见了微弱的希望！仿佛有一个人在茫茫人海中向我招手，催促我快步向前。

姨妈，如果您能告诉我一些过去的事情，我内心将感激不尽，并向您承诺，永远保守秘密。

姨妈，为了不让家里其他人知道，您的来信直接寄给我们班主任老师，我最钦佩的语文老师关世华，地址还是原来的地址，关老师收到信后会转交给我的。

祝您身体健康！

陈志疆

1978 年 10 月 18 日

亲爱的志疆：

你好！

你的来信收到。你是一个非常懂事的孩子，也是一个有理想有抱负的孩子，我为姐姐有这样的孩子而感到非常高兴！

志疆，你现在还小，要把精力用在学习上，我想你的妈妈也是这样想的。有些事情，长大了你会慢慢知道的，有些道理你也会慢慢明白的，现在你的主要任务是学习。

有一点我可以告诉你，你的妈妈在年轻的时候，她为了我们这个家付出了很多很多，吃了很多苦，你们在新疆的大姨，是我们堂叔家的姑娘，小时候我们在一起长大，就叫她大姐，在我们家，你妈妈才是老大。当你姥爷突然离开这个世界的时候，作为家中的老大，你母亲毅然承担了家庭的重担。为了让我们兄弟姊妹能够读书，她早早就下地劳动，减轻家中的困难和负担。我记得小的时候，你舅舅很顽皮贪玩，不愿意到学校读书，为了让你舅舅读书，她每天背着舅舅到学校。为了这个家她远走他乡，尝尽了人世间的酸甜苦辣。后来又不远万里背井离乡远嫁到新疆，和姐夫成了家，生养了你们，姐姐这辈子受的苦太多了，她太不容易了。

216

　　志疆，这个世界无论如何变化，妈妈的身份是无法改变的！这是血缘和割不断的亲情。我们虽然相隔很远，但是也知道你爸爸的脾气非常暴躁，经常打你们，她经常受到折磨，有时候妈妈内心也非常委屈，但她为了你们，忍受着各种不幸和艰难，自己吃不饱穿不暖，一心一意为了你们，目的是把你们一个个养大成人，你们的妈妈，是一个伟大的妈妈，一个非常了不起的妈妈，是世界上最善良最美丽的妈妈！

　　志疆，你来信问妈妈的身世，我今天就告诉你这些，随着你年龄的增长，阅历的增多，你会逐渐理解我的良苦用心的，你现在能够做的就是好好学习，长大了报效国家报效社会报答妈妈！

　　你来信说农场连队一个小伙子考上了北京电影学院，我在收音机里听过他的故事。我告诉你志疆，无论在城市还是在农场，一个人一定要胸怀远大的理想，无论现在条件多么艰苦，一直坚持下去，就会获得成功。我相信你是一个有理想的孩子，一个有梦想的孩子，努力学习努力奋斗就一定会成功！

　　志疆，看到你喜欢读书我非常高兴，一个人只有通过读书，才能开阔眼界，才能看到更广阔的世界。我到新华书店给你买了一本《钢铁是怎样炼成的》，是一个苏联作家写的，我给你寄去，希望你能够喜欢。

　　祝你学习进步、健康成长！

你的姨妈：蔡秀玲

1978 年 12 月 5 日

第二十一章

随着我们渐渐长大，生活越来越艰难，父亲的脾气也越来越古怪了。

在家里，他时而阴沉着脸，不说一句话，时而大声咳嗽着，脸憋得通红，吐出的浓痰中带着猩红的血丝，他把痰猛地吐在院子角落里，用脚将痰狠狠碾碎。他看什么都不顺，动不动莫名其妙就给我们发一顿火，或者因为一件鸡毛蒜皮的小事，对我们大打出手，我们弟兄几个身上常常青一块紫一块，见到他胆战心惊，像老鼠见了大黄猫一样，母亲也跟着我们一起受累吃苦挨打。

家里永远有背不完的柴火、拔不完的兔子草、干不完的活，老房子程友亮的儿子程向阳、陆德林家的陆支边、陆腊梅，他们比我们大几岁，放学后他们没事干，在院子里打四角、打嘎、踢沙包，到牛圈羊圈掏鸟蛋、捉迷藏，父亲却板着脸，从来不让我们玩，放学后就让我们背柴火、割兔子草、清理圈舍、打扫院子，把我们当作牛一样不停地使唤。我们只有趁他不在，偷偷跑出去玩，如果哪一天父亲心情不好，正好被他撞见，我们就要挨鞭子了。有时候，我们背的柴火少了，割的草少了，或者院子没有扫干净，父亲不问青红皂白，抓起柴火垛上的木头棒子，劈头盖脸对我们就是一顿棍棒暴打。

也许是生活太艰辛，日子太难熬，沉重的家庭负担像山一样，压得父亲喘不过气来，父亲常常无缘无故责骂我们，也许是父亲想让我们长大后有点出息，我们做得稍微有点不如意，就会招来他的一顿棍棒。傍晚收牧回来，他骂我们的时候，像一头咆哮发怒的公牛，臭烘烘的唾液星子飞溅到我们脸上：你们这群家门前的狗，不要光知道围着自家的柴火垛和院子乱叫，有本事长大出去找食去，你们摸摸自己裤裆里的家伙，是男人就要出去闯荡，别整天围着老房子瞎转！

父亲暴跳如雷，脸上是一副恨铁不成钢的样子。我们听得莫名其妙，也不敢吭声。我们这么小，不待在家里，到什么地方去？父亲的话像鞭子一样，一句句抽打在我们身上，我们浑身抽搐，脊梁骨起一层鸡皮疙瘩。

老房子的生活单调无聊，到了晚上更是没事干，我们弟兄几个都喜欢看书，从同学家借来好看的小画书连环画，有时就趴在炕上，一边看一边吃饭，晚上借着煤油灯微弱的火苗看，父亲嫌浪费煤油，不让我们看这些他认为无用的画书，我们仍然偷偷看，因此常常招来父亲的责骂。

父亲暴怒起来，像一头发疯的狮子。父亲打起人来，像用鞭子抽打他的羊群。最可恨的是，父亲打我们的时候，母亲扑过来护着我们，气急败坏的父亲又用棍子朝母亲身上打去！

你们这群霉鬼！霉鬼！老子打死你们！父亲恶狠狠地大声嚷着咆哮着，两眼喷射出可怕的气急败坏的火焰。棍子像雨点一样落在我们头上、身上。

这个时候，已经会走路的花疆跑过去，她赤脚穿着一双花布鞋，鞋子有点大，用一根灰布条拦腰绑着，营养不良的小脸黄里透着苍白。她伸出小手抱住父亲的腿，带着哭腔说，爸爸，别打了！别打了！父亲在家里就听花疆的话，他也从来不动花疆一下。听了花疆的话，暴怒的父亲才气哼哼地停下手。

我们弟兄几个恨死了父亲，每次挨打以后，我们几个躲在柴火垛后面，互相发泄心中的愤怒和不满，发誓长大后要把父亲狠狠揍一顿，甚至想把老鼠药偷偷放进父亲碗里，把父亲毒死！

有时候实在忍受不了，我们偷偷劝母亲离开父亲，然后让母亲带着我们远走高飞，彻底离开老房子，离开这个破家。听着我们的诉说，母亲流着眼泪，把我们几个紧紧抱住，哭着说，孩子啊，离开了你爸爸，谁来养活你们呀！

母亲一天到晚忙忙碌碌，围着锅台，围着炕头，围着鸡圈兔子圈，为我们的每一顿饭、每一件衣奔波、操劳、缝补。母亲常说，你们每一个都是我身上掉下的肉，再苦再累也要把你们养大，让你们成人。

有时候，一向沉默寡言、板着脸的父亲，在院子里看着我们一群半大小子，会一反常态，他慢慢走过来，脸上露出难得的笑意，摸摸我们的头，刮一下我们的鼻子，让我们一个个受宠若惊，不知他心里想着什么。

在家庭中，父亲使我们产生隐忍的力量，内心坚强；母亲使我们性格善良，充满柔肠。在老房子漫长的日子里，在父亲的责骂和棍棒中，在母亲无奈的叹息和呵护中，我们一个个慢慢长大了。

家里没有隔夜粮。无论缺粮少油，父亲每顿饭都必须吃得很饱，哪怕是一碗玉米糊糊，也要喝得肚皮鼓胀。每次吃饭时，母亲也必须让父亲吃饱喝足。我们对此愤愤不平，但又无可奈何，毕竟他要在戈壁滩上顶着太阳奔波劳碌。

父亲不但打我们，还打妈妈，他一个人吃那么多饭，却从来不顾我们的饥饱。在一次背柴火后被父亲无缘无故打后，傍晚我们兄弟几个躲在柴火垛后面，决定教训父亲一顿，让他知道我们的厉害！最先提出来的是四弟新疆，我们几个异口同声表示同意。

新疆出生在棉籽壳堆上，身体瘦弱，头发发黄，软软糯糯的像一根黄豆芽。他整天流着擦不净的鼻涕，吃馍掉馍渣，背柴火捆小，父亲觉得他身体太弱，而且干活偷奸要滑，还浪费粮食，不好好调教，长大后一定会是个好吃懒做的溜光锤，不会有出息。这天傍晚，他背了一捆松松垮垮的玉米秆，还没有堆到柴火垛上，就被父亲发现了。父亲让他背一捆树枝红柳之类的硬柴火，他却偷奸要滑，背了一捆玉米秆子滥竽充数，父亲用鞭子狠狠抽了他一顿。后来这小子明白自己不是干活的料，发愤读书，考上北京的一所大学，成为一个画家，画的兵团军垦人物系列油画《父亲母亲和我们》在中国美术馆展出，在京城引起轰动。

要不把他杀了，我们不挨打了，也可以吃饱饭了。靠在柴火垛上，三弟建疆声音有点恶狠狠地说。

你一言，我一语，我们弟兄几个最后决定杀死父亲。

我们商量怎样杀死父亲。趁他夜里睡着的时候，我们用棍子打他。爱疆说。

他太有劲了，他一个人背的柴火捆比我们几个加起来的都大，我们打不过他。边疆说。

如果直接去杀他，我们几个肯定打不过他。我说。

趁他睡着了，用斧头砍他。新疆恶狠狠地说。

不行，一斧头砍不死，他会跳起来，然后杀了我们。建疆说。

怎么办？我们手足无措，没有办法。

在他吃饭的碗里放毒药，毒死他。新疆又想了一个办法。

毒药从哪里来？怎么放？我问道。

让妈妈看到了怎么办？边疆说。

还是给妈妈说一声吧，看妈妈怎么办。一直没有吭声的进疆说。

我们一筹莫展，没有办法，只好找母亲想办法。

回到房子，父亲已经洗洗睡了，他每天都睡得很早，因为第二天他要早早起来放羊。父亲扯着粗重的呼噜，妹妹靠着被子睡着了，母亲正在煤油灯下缝补衣裳。我们围拢到炕头，把这个想法给母亲说了。听了我们的话，母亲吃惊地望着我们，仿佛不认识我们似的，她深深叹了一口气，很长时间没有说话。

孩子，你们还太小，现在不懂事，等你们长大了，慢慢就知道了。半晌，母亲忧愁地望着我们说。

可是，像他这样对待我们，我们还没长大就被他打死了。新疆说。

不是饿死，就是被打死，反正都是死，说不定杀了他我们还能活。我们七嘴八舌地说。

声音小点，别惊醒了他。他再打你们，也是你们的父亲。母亲看了一眼父亲说。

他这样打我们，对我们这么狠，我们实在活不下去了。我说。

如果你们的父亲死了，你们连一碗白菜汤都喝不上。母亲担忧地说。

怎么喝不上，你继续给我们做饭。爱疆看着母亲说。

你们这群傻孩子，你们现在吃的、喝的、穿的，都是你们父亲的工资买的。父亲如果哪一天死了，你们一分钱也没有，连一顿糊糊都喝不上，妈妈拿什么给你们吃喝穿？妹妹怎么养活？母亲脸上布满了阴云，仿佛父亲真的已经被我们打死了。

孩子啊，给你们说实话，要不是你们拖累着我，我早就寻死了，哪能活到现在。母亲说着，眼眶里盈满了泪水。

好一阵鸦雀无声，我们一个个看着母亲若有所思，安静得只有煤油灯的棉线捻子爆出一粒火星的刺啦声。母亲渐渐平息了我们心中的愤怒。其实，我们说是要杀死父亲，也是气愤的时候说的孩子话，等到火气慢慢消了，这个念头也就云消雾散，该干什么还去干什么。但是，在我们内心深处，我们希望父亲早点死掉，他死了，就没有人辱骂母亲。他死了，就没有人打我们，也没有人天不亮就赶我们起床，夏天顶着烈日在麦地里捡麦穗，冬天在刺骨的寒风里背柴火，一天到晚让我们干这干那，我们可以天天睡懒觉不干活去玩耍。

在我们的诅咒声中，父亲依然干着他的活，依然大声咳嗽着，粗声大气地骂着我们。但是，岁月不饶人，他像一根戈壁滩的梭梭柴，艰辛困难的日子煎熬着他，使他渐渐燃烧后变成一堆不起眼的灰烬。生命的最后一年里，父亲每天早晨起床就拼命咳嗽，大口吐痰，后来发展到痰中带血块，高烧不断。到场部医院检查，诊断为巴氏杆菌病，医生说这是人畜共患的一种疾病，父亲的病已到晚期，已经没办法医治了。

母亲戴上坏分子帽子后，每个星期到连队打扫卫生，父亲性情变得更加焦躁不安，却又无可奈何，他一个牧羊人势单力薄，没有能力保护他的老婆。

1975年那个阴湿多雨的秋季，土块被暴雨淋塌的那一天，雨浇风吹，气病交加，父亲终于倒下了。

父亲在暴雨中慢慢倒下了，在土块扑哧扑哧的倒塌声中，在电闪雷鸣中，父亲像一座山一样倒塌了，倒在雨水泥泞的戈壁滩上。

父亲被我们连抬带背运回家，惊慌失措的母亲给他擦干了身上的泥水，换了衣服，躺在炕上，盖上厚厚的棉被。

父亲脸色蜡黄，闭着眼睛，不吃不喝，也不说一句话，像死了一样。花疆蹲在他跟前，怎么叫他，他也不答应。几天下来，这个老房子的强人，很快瘦得像一根枯萎燃尽的干柴棒，只有两个眼睛偶尔在深陷的眼眶里转动一下，才证明他是一个活人。

最后几天里，父亲已经脑子糊涂神志不清，成天躺在炕上迷迷糊糊，昏昏欲睡，有时候说几句胡话，呜里哇啦的，也听不清他说的什么。稍微清醒的时候，他拒绝吃药，他把母亲从卫生所拿来的白色药片扔在地下，一天只喝一小碗苞谷糊糊。他嘴里咕咕哝哝，像老斑鸠低沉沙哑的叫声，说的话一句也听不清楚。

这天中午，母亲收拾完家务，坐在炕头上听了父亲含糊不清的嚷嚷，她给我说，志疆，你赶快到棚子里，把你爸的马鞍子拿过来，你爸要看。我来到棚子，从烂柳条筐子里翻出马鞍子。这副马鞍子灰头土脸沾满尘埃，流露出一种远古的苍凉情调，散发出一股陈年腐烂皮革的气息，鞍桥上的铜饰布满墨绿色的点点铜锈。我把马鞍子抱进房子，母亲让我把它放在父亲的炕头。

见了马鞍子，眼睛浑浊的父亲立刻两眼放光，像突然见到了多年未曾谋面的老朋友，又仿佛打了一针强心剂，精神一下子好了许多。在母亲的搀扶下，他慢慢爬起来，后背靠着被子，吃力地伸出颤抖的青筋裸露的双手，一遍遍抚摸着马鞍子，眼睛里闪耀着晶莹的泪花。这一天，父亲很高兴，喝了一大碗玉米糊糊，又吃了一块母亲专门为他烙的鸡蛋饼子，顺从地服下母亲给他递过来的药片，晚上也睡得很踏实。

在以后的几天里，父亲看着陈旧的马鞍子，时而情绪激动，挥舞着双手，大声叫嚷着，时而神情落寞，一声不吭，显得心事重重，内心痛苦纠结。这一天下午，屋子里空无一人，我看见他独自一人靠着被子坐在炕上，长时间地望着旁边的马鞍子发呆，窗外的光线弥漫在他身上，使沉浸在往事中的父亲显得愈加孤独、凄凉、可怜。那是黄昏阳光照耀的短暂时光，很快西斜的太阳会使房间渐渐暗淡，接下来便是漫长的黑夜。夜晚是如此的寂寞漫长，父亲内心一定充满悲凉、惆怅和忧伤。

我这样想着，一动不动，长久地凝视着父亲。从小到大，我从来没有这样专注地凝视过父亲。父亲的脸庞像秋季的荒漠一般忧郁苍黄，没有一丝血色，曾经飞沙走石的面部现在风平沙静，骨骼的棱角从焦黄的皮肤下棱岸地凸现出来，冷峻呆滞松垮的嘴角周围，密布着蜘蛛网一样纷乱无序的皱纹，两道枯黄的眉毛耷拉着，像两束秋后枝条干瘦的野芨芨草，目光漠然，憔悴，悲凉，生动，瞳仁里残存着一缕夕阳落山时的余晖，像熊熊燃烧即将熄灭的篝火的最后一粒火星。他的整个头颅和脸庞，像一幅锈迹斑斑凸凹不平的青铜浮雕。这是父亲留给我的最后印象，永远定格在我的记忆深处，以后每当想起父亲，脑海中就会出现这幅画面。而且我知道，这个情景不会再现，那是属于父亲的百年孤独。望着父亲，我悲凉地感觉到这样的日子不多了。我陷入了持久的沉思。父亲艰辛坎坷的一生像风暴一般掠过我的脑海，看着这个垂死的、奄奄一息的人，我百感交集，内心深处波涛翻涌。这一刻，我觉得脑袋开窍了，突然悟出了人世间的真谛，父亲是一部沧桑厚重的书，我觉得我慢慢读懂了父亲，至少读懂了他人生的一部分，很小很短很薄的一部分，后面还有很大很长很厚的一部分，我要用一生去阅读、琢磨才能读懂读透。

想到这里我情不自禁，慢慢走过去，上前搂住他消瘦如柴瘦骨嶙峋的肩膀，从小到大，这是我第一次也是最后一次拥抱父亲。我紧紧抱住他虚弱的身子，父亲很吃惊，他的身子猛然哆嗦了一下，仿佛触电一般，父亲身上的烟草气和汗酸味弥漫了我的鼻腔。我颤巍巍地把嘴唇贴在他的耳边，压低声音悄悄告诉他：爸爸，你走的时候，我把马鞍子放进去，让战马永远陪伴着你。父亲吃力地听完我说的话，缓缓抬起头，转过身子两眼定定地望着我，浑浊发黄的眼睛像黄昏的落日，骤然放出一束光来，灼灼地望着我。我看着父亲，鼻子猛然一酸，内心涌出一股说不出的暖流和抑制不住的悲怆。这时，他晃动身子挣脱我的拥抱，摇摇晃晃地举起右手，重重地在我的肩膀上拍了一下，仿佛使用了全身的力气。这时候我发现，一生倔强、从不流泪的父亲突然老泪纵横。

最后的时刻到了。母亲不让我们上学，在家里等着这个时刻。母亲没有明说，但我们都明白这个意思。这一天下午，父亲呼吸急促，紧紧拉着我的手不放，他生命微弱，气若游丝，张着嘴，却已经不能发出一点声音。我叫他，他也一声不吭。母亲见状，知道大限已到，慌忙把进疆、边疆、建疆、新疆、爱疆全部叫到父亲炕前，她怀里抱着花疆，围在父亲跟前。母亲好像又想起了什么，放下花疆，从箱子里拿出父亲送给她的那颗石头，郑重地戴在了脖子上。母亲已经很久没有戴这颗石头了，我们都已经忘记母亲还有一颗这么漂亮的石头。母亲抱着花疆，来到父亲跟前。

父亲脸色枯黄，身体蜷缩在薄薄的被子里，像一根干枯腐朽烧了半截的木头，两眼浑浊无光。父亲看见母亲过来，慢慢伸出发黑的粗糙的没有一丝血色枯枝般的手，放在了母亲发白的枯黄手中。母亲一手抱着花疆，一手紧紧握住了父亲的手。父亲看着母亲，母亲把脖子上的石头慢慢取下来，放在父亲的手里，那颗鲜艳明亮的石头，在父亲干瘦枯黄的手里，像一团璀璨耀眼的火苗，发出红润明亮的光芒。父亲吃力地歪着头，逐个看了我们一眼，看了花疆一眼，最后把目光定格在我的身上，仿佛用尽了全身力气，一动不动盯着我，盯得我心发慌，头皮发麻。

再后来，父亲慢慢闭上了眼睛。

后来母亲告诉我，父亲最后一眼看你，有两个意思：第一是把这个家托付给了你，兄弟妹妹全靠你了，以后你要把这个家撑起来；第二是这颗石头以后要传给你，因为你才是家中的老大。我这时候才明白，哥哥进疆虽然是家中老大，但他毕竟不是父亲亲生的，在父亲隐秘的内心深处，我才是他的亲骨肉，是他的长子。父亲临终前的心思，如果不是母亲告诉我，我真的不知道。

父亲一辈子最大的心愿，就是渴望有一个流传下去的东西，他一生做过很多尝试，结果都失败了。柴火垛消失了，菜窖坍塌了，去远方看艾思略湖也没有成行，父亲总是惶惶不可终日。直到有一天捡到戈壁滩上的这颗石头，父亲终日悬浮着的心才终于落地。他的内心终于踏实了，他有了一个可以传承下去的物件，那是他激情生命和情感的延续。再过一百年，再过一千年，这颗石头都会存在，所以父亲死的时候很安详，面部表情像睡着了一样。他的心愿实现了，所谓的生于忧患，死于安乐，应该就是父亲这个样子吧。

只有我知道父亲的这个心思，当然不是全部。后来，我给母亲说了，母亲说，你是你爸肚子里的蛔虫，什么事都瞒不过你的眼睛。

父亲死后，眼睛眯缝着，没有闭紧，留下一条缝。母亲用手合一下，眼睛合住了，手松开，眼睛又张开了，还是留一条缝，反复几次，就是合不严。母亲给我们说，你爸一辈子的世界就这么大，除了家就是戈壁滩，春夏秋冬天天围着车排子转圈圈，放了一辈子羊，想坐一次火车都没实现，他的魂都在戈壁滩上，在荒野地里。你们拉着你爸在他生前走过的地方转一圈，让他最后看看，收收他的魂，要不他不会合眼。

父亲躺在棺材里。棺材涂着朱红色的油漆，闪闪发亮，但是我们看着很恐怖。父亲的头枕得很高，父亲的那副马鞍子，放在父亲的双脚下面，这是它的最后归宿，它将永远陪伴着父亲。我把父亲的望远镜和指南针放在他的头旁，王长福在棺材里放了两瓶高粱烧酒，分别放在父亲的两侧，靠近手的位置。王长福说，老陈在地下有马骑，有酒喝，过得和活着的时候一样自在。母亲抱着花疆，看着王长福的一举一动，眼睛弥漫一片灰色的阴云。

牛车拉着棺材，王长福在前面牵着牛，我们跟在牛车后面，去到奎屯河边埋父亲。我背着花疆，黑狗亮亮跟在我们后面，它知道主人不在了，失魂落魄地慢慢走着，失去了往日的活蹦乱跳。按照妈妈的嘱咐，我们要到父亲经常放羊的地方转一圈，让父亲告别车排子，告别老房子。

牛车慢慢腾腾，拉着父亲，来到了沙枣树跟前，这是父亲每天放羊必须经过的地方，也是父亲和母亲第一次相遇的地方。父亲的后半生，还有后来诞生的我们，是从这棵沙枣树开始的。十月的沙枣树，已经结满了红艳艳的一串串沙枣，芳香扑鼻，蜜蜂飞舞，拉车的"短角红"牛仿佛心有灵犀，在沙枣树跟前停了下来。我来到沙枣树下，折了一束沙枣枝，放在父亲的棺材上。

牛车在荒野上向着奎屯河的方向慢慢走去，车轮碾轧在虚泡泡的碱土地上，发出"扑哧扑哧"的响声。这一片荒野，是父亲一生放牧的荒野，是父亲遇到金丝玉的荒野，父亲的大半生时光，都在这片荒野上度过，父亲熟悉它像熟悉自己的手掌。

荒野上的羊群，看到慢慢驶来的牛车，一个个走了过来。羊把父亲的棺材围了起来，就像当年在沙枣树下围住母亲，它们不叫，一声不吭，眼睛默默地看着红亮发光的棺材。绵羊花花嘴里衔着一把青青的稗子草，从羊群中挤到棺材跟前，它已经长成了一只体形健壮的大羊，两只弯曲的羊角，一身洁白的羊毛，一双聪颖忽闪的褐色眼睛。花花伸着头蹭着棺材，它嗅到了父亲熟悉的身体气息，它瘦弱的身子曾经在父亲温暖的怀抱里得到永生，它曾经在暴风雨中发现了属于父亲的一颗金丝玉，并使它的光芒永恒。它知道父亲再也起不来了，它把嘴里衔着的稗子草放在棺材旁，花花的眼泪从褐色的眼睛里流了出来，一大颗一大颗滴在青青的稗子草上。

　　程友亮骑着骊马来到了羊群跟前。他下了马，看着父亲的棺材，一脸沉默肃穆。马忧郁地低着头，默默地站立着，它的主人再也不会来到它身边，为它洗刷，为它添料，牵着它遛弯。马的眼泪顺着鬃毛扑簌扑簌掉落下来。

　　我们来到 8 号地边，这是父亲经常放牧的地方，来到他放羊天天走的羊肠小道，来到他拾柴火捡粮食挖老鼠洞的必经之路，我们走了大半天，有时快，有时慢，走走停停，停停歇歇，走着走着，二弟建疆说了一句，爸呀，你要是起来，能挥起鞭子，再抽我们几下，那该有多好！听了二弟的话，我哭了，弟兄几个都哭了，妹妹也哭了，我们哭着走着，走着哭着，走完了父亲一辈子走过的路，走完了父亲一辈子走过的地方。

　　奎屯河到了。泛着秋光的河水，略显枯瘦，深沉凝重，翻卷着浑浊的浪花，汹涌不停地向前流动，飘着白絮枝干细长的芦苇像一根根金色铜条，在阵阵秋风和河水的荡漾中战栗着，不知名的水鸟贴着水面和苇丛飞旋。河岸边，连里已经派了三个人，挖好了一个墓坑，他们拄着铁锹，站在岸边，抽着烟，在等待着父亲的到来。一堆堆褐黄色的新鲜泥土堆积在墓坑四周，冒着湿漉漉的水汽，在遍布白碱黑碱的河岸上醒目刺眼。在戈壁荒野，有水的地方就是好地方，可以长草长庄稼，何况是一条河，墓地紧挨着河岸，是一块难得的风水宝地。

　　下葬的时候，王长福掀开棺材板，让我们最后看一眼父亲，我们围在棺材跟前，和父亲告别。我看见父亲闭上了眼睛，闭得严严实实，没有一丝缝隙，像睡着了一样。

　　王长福仔细地把棺材板盖好，然后手拿一个生锈的斧头，高高举起，一鼓作气，砰砰砰！砰砰砰！声音四溅，宛若鼓鸣，把棺材板四个角上的铁钉砸了下去，我听见铁钉钻进木头刺耳的扑哧声，木板被挤压撕裂的嗡嗡声，一声比一声吃力，一声比一声瓷实，声音撞击着我们的内心，搅乱了我们的五脏六腑，冲撞开秋季凝重湿滑的空气，在静谧的荒野上空洞地战栗、哆嗦着，渐渐地消失在墓地周围。最后，棺材板严丝无缝地合在了一起，被我们抬着放进黑黝黝的墓坑里。我知道，今生今世我再也见不到父亲了。

就像世间万事皆有开始一样，从甘肃"金张掖"到新疆准噶尔盆地的车排子，相距几千里，隔着千山万水和绵延戈壁，父亲是埋葬在车排子荒野奎屯河畔的第一个陈氏族亲。这个陈氏家族的遥远分支，离开主枝，在大西北分枝发权，从父亲开始，在车排子的土地上延续香火，传宗接代，轰轰烈烈活过一场，最后悄无声息终结生命。奎屯河岸边的坟墓，陈氏家族有了第一个，就会有第二个、第三个，以后就会源源不断，旧坟新冢，覆盖着岁月的枯枝绿叶，荒野的白碱黑碱，一座挨着一座，一座连着一座，首尾相连，遥相呼应，沿着蜿蜒曲折的奎屯河岸依次排列，像河水一样滔滔不绝生生不息。埋葬亲人的地方才算故乡，于是，从这一天开始，车排子成为父亲的第二故乡，我们的故乡。

第二十二章

天空阴沉着，微风阴凉，一团团乌云像棉絮一样叠压着，悬挂在苍凉的大地上空，空气里饱含着潮湿凝重的一股股水汽，吸到鼻腔里痒痒酥酥的。荒野一片枯黄，憔悴干枯的秃枝败叶匍匐在地上，在清冷的风中微微摇曳。

哥哥在前面走，我和几个弟弟在后面跟着，脚踩着稀烂湿滑的泥泞小路，泥嚓嚓的，一歪一斜往奎屯河墓地走。小路四周的荒野覆盖着一层白花花的盐碱，阴森森地闪着光，像撒了一层薄薄的细碎盐粒。

春季和秋季，是准噶尔盆地盐碱泛滥肆虐的季节。盐碱从四面八方出击，魔鬼一样悄无声息地啃噬着家园和田地。散落在准噶尔盆地边缘的连队，常常因为盐碱侵蚀而不得不一次次搬迁，盐碱逼迫人们一次次离开原来熟悉的地方，选择建设新的家园。

常年生活在车排子地区的人，一年四季，春夏秋冬，除了与风霜雨雪、沙尘暴、倒春寒、干旱、冰雹、洪水、酷暑、西伯利亚寒流厮守终生外，在时间的孤寂与荒野的无涯里，一辈子还要与无处不在的盐碱为伍，生与死不能摆脱。3.5亿年前浩渺的准噶尔大洋，沧海桑田，现在没有一滴海水，却淤积沉淀留下了无处不在的盐碱。从婴儿出生呱呱落地，母亲的乳汁里面就含有盐碱的成分，因为她每天喝的是含氟高的盐碱水，这种化学物质，通过遗传，可以使孩子牙齿釉质发育不完全，颜色逐渐变为浅黄色、橘黄色，甚至棕黄色。很多出生在车排子的孩子，童年时便长出一口玉米一样的黄牙，而根据色泽的不同，一张嘴，露出一口黄色、灰色、黑色的牙齿，便可知道他的生活地区。盐碱看不见，摸不着，无色无味，无处寻找，深藏在沙漠荒野土壤碱水里，但它持久地永不停歇地穿越、渗透、弥散、进攻，却是分分秒秒一刻不停，在大地内部隐蔽、蛰伏、酝酿、翻涌，像鬼魅一样伺机而出，时时刻刻影响着车排子人的生活。居住的地窝子，一天不打扫，阴凉的墙壁、潮湿的地面就会生长出山羊胡须般细小密集的白毛，看似柔弱幽微，闪烁着阴冷诡异的白光，暗地里却兴风作浪，啃噬撕扯碾压过的地方，是一层松垮虚无的浮土。住的土坯房子，盐碱的侵蚀从地基开始，它有滴水穿石的韧性和永不疲倦的耐力，神不知鬼不觉，一点一点往上爬，所到之处无坚不摧，坚固的水泥、结实的红砖经不起长年累月的腐蚀，最后轰然倒塌，成为一堆盐碱覆盖长满杂草的废墟。四季的风里，飘荡混合着盐碱的分子；下的雨里，夹杂挟带着盐碱的碎屑，风过后，雨过后，大地一片白茫茫，像撒了一层白面粉末。车排子人，活着喝的是水井里的盐碱水，吃的是盐碱地里生长出来的粮食，死了拉到奎屯河岸边，挖的坟墓是盐碱坑，埋在上面的是盐碱土，盐碱哺育了生者，埋葬了死者，可恶可憎须臾不离的盐碱啊，陪伴着世世代代的车排子人。

荒漠、田野、庄稼地里的白碱黑碱，更是浩浩漫漫，一望无际。盐碱喜欢阴凉和潮湿，春季和秋季，大量水汽的凝聚导致空气潮湿，蛰伏了一冬一夏的盐碱，从地层深处慢慢渗透出来，白茫茫的是白碱，黑压压的是黑碱，白碱与黑碱，毛茸茸，暄腾腾，交织融合在一起，是毒药，是炸弹，是无形的杀手，它们攻城略地，得寸进尺，步步为营，沿途所向披靡。高大的树木死了，留下干枯的枝丫；平坦的公路翻浆了，留下泥泞的车辙；整齐的房屋倒塌了，留下荒芜凌乱的废墟。盐碱肆虐过的地方，像激战厮杀后的战场，乌七八糟的残垣断壁一片狼藉。为了生存，车排子人在与盐碱长期相处的过程中，吃尽了它的苦头，慢慢摸到了它的脾性，找到了治理的办法。荒野地里的盐碱，采用大水漫灌压碱的方式，将不断生长蔓延的盐碱压下去。为了整治盐碱，每个连队都在条田四周挖掘了长长的沟渠，相连贯通，将地下的盐碱排泄输送出去。这个长长的沟渠，开阔陡峭，深达数米，叫排碱渠，终年流淌着浑浊乌黑翻卷着黄色泡沫的盐碱水，稀稀拉拉，绵延几千公里，一渠碱水最终流向低洼平坦的甘家湖，形成一片硕大的长满芦苇的湖泊。挖排碱渠是一项繁重的体力劳动，需要农场进行动员，各个连队的男女老少全部参加。那是一幅火红、激情、让人热血沸腾的场面。近处，高音喇叭震天撼地的声响，哗啦啦翻卷飘扬的红色旗帜，激情汹涌的男女人流，上下舞动的铁锹、砍土镘，喷着浓浓黑烟、吼叫行进着的"斯大林"号拖拉机，所有的人流、色彩、轰响、景象，几乎全被淹没在巨龙般翻滚绵延的排碱渠里。一堆堆裸露的、黑油油的新鲜泥土，编钟般一层层排列，闪着冰冷的金属光泽，散发着陌生的、带着潮湿盐碱味的气息，混合着无穷野草根茎撕裂溢出的浓烈的生腥汁味，弥漫、笼罩了整个旷大的荒野。农工们在排碱渠的四周，种植了高大的白杨树、榆树、柳树，组成了一排排严密的防风林，护佑着大片绿色的条田。

时令已经到了初冬，西北风已经呼啸凌厉，带着阵阵寒意，但灰蒙蒙的天空还没有下雪。奎屯河两岸参差不齐的各类灌木荆棘野草，枝叶凋零，变成了黄苍苍的颜色，显得孤独萧瑟冷寂。这一天，是父亲埋葬后的第四十九天，我们到奎屯河岸边给父亲做七，给坟墓添上新土，烧纸放炮。按照民间习俗，做七后，对父亲的祭奠就过了一个时间段。我们看见，父亲的坟墓，风吹日晒雨淋，已经由褐黄色变成了夹杂着白碱的土堆，像覆盖了一层厚厚的白霜，与四周的坟墓颜色已经浑然一体，分不清是旧坟还是新坟。而奎屯河岸边也结了一层薄冰，闪着白亮的光，失去了往日的喧嚣奔腾。

祭奠完毕回到老房子，我用木棍刮干净脚上的泥巴，跺跺脚回到家。我松了一口气，我们弟兄几个都松了一口气。父亲死后，母亲也没有过分悲伤，毕竟父亲从发病到咽气，断断续续持续了一年多，母亲心里多多少少已经有了准备。

父亲不在了，家里一下子空荡安静了许多。吃饭劳动的人少了一个，我们还要继续生活。家里没有了父亲，每个月少了唯一的工资收入68元，20公斤粮食、200克清油、2米布票、0.5公斤棉花票、0.5公斤肉票。我们家的生活再次陷入困境。

在六连，父亲是中华人民共和国成立前参加工作的，他的工资比一般农工要高很多，每个月的工资扣除购买粮油款后所剩无几，靠着这个月借下个月的口粮，一家人勉勉强强可以度日。我们的衣服，老二穿老大的，老三穿老二的，新三年，旧三年，缝缝补补又三年，补丁摞补丁，到最后都不知道衣服原来的颜色了。现在父亲不在了，没有了父亲的工资，家里连买面粉清油的钱都没有。

哥哥陈进疆上初中二年级。他的身体已经抽条了，身材高挑，像根细细的黄豆芽，正是长个子的时候，如果能吃饱饭，营养跟得上，哥哥肯定还要长高。由于缺乏营养，他的面色黑瘦，脸上还没有褪去少年的稚气，他穿着一身父亲遗留下来的宽大的黄军装，身体显得松松垮垮，身上没有焕发出少年所应有的青春光彩。

父亲死后没几天，一天中午吃过饭，哥哥给母亲说，妈，我不想上学了。

母亲正在锅台上洗碗，听了哥哥的话，抬起头，吃惊地问，你不上学了？你要干什么？我们都盯着哥哥。

我要报名参加工作。哥哥平静地看着母亲说。

你这个孩子，你还有一年多就初中毕业了，拿到毕业证再去工作。母亲漫不经心地说。

妈，你看家里现在这个样子，我还哪有心思上学。哥哥说，声音有点大，平常他说话声音很小。

你爸说了，家里就是砸锅卖铁，也要供你们上学。你爸才走几天，你就忘了？母亲放下碗筷，厉声质问大哥。

父亲脾气暴躁，虽然没有文化，但年轻时为了生计也走南闯北，南征北战，也算有些见识。无论家庭多么困难，父亲、母亲都让我们兄弟上学，谁学习不好，父亲就用鞭子抽打，谁劝也没有用，我家的家教在连队和老房子是最严厉的。

妈妈，不是我不想上学，家里现在连饭都吃不上，妹妹还这么小。我是老大，参加工作就有工资了，弟弟们就可以上学了。大哥恳切地对母亲说。

再说，现在在学校也学不到什么东西，天天都是扛着铁锹下地劳动，同样是劳动，还不如到连队工作，还发工资。况且提前报名参加工作的又不是我一个人，我们班好几个人都报名了。哥哥接着说。

这些年，连队学校搞开门办学，开展学工、学农、学军活动，六连在奎屯河边开垦出一块荒地，交给学校，由学校老师带领学生进行耕种，种棉花、玉米、黄豆、向日葵等农作物，每周有一半时间学生都在地里劳动，到了收获季节，每天还要安排学生在地头轮流值守，防止有人偷窃成熟的庄稼。在课堂里上课，有一半时间，都是组织学生学习报纸上的理论文章，学习毛主席语录，布置的家庭作业也是学习理论的心得体会，其他的知识都学不到。

母亲沉默着，没有吭声。父亲走了，家里的天塌了，撂下一个烂摊子，剩下的八张嘴要吃饭，谁看了谁发愁，以后的日子怎么过呢？她真是左右为难，一点儿办法都没有。

唉，我和你爸就是因为不识字，才被人欺负。你们再不好好学习，将来会有什么出息？难道也和你爸一样到戈壁滩放一辈子羊？沉默了一会儿，母亲恓惶地望着哥哥说。

妈，我已经想好了，我报名参加工作，家里的负担就会减轻一点，生活就会好一点。哥哥看着母亲说。

可你还有一年多就初中毕业了呀！太可惜了。母亲说完，叹了一口气。

妈妈，我不上了，下面的弟弟们还可以上学，要不然大家都上不了。哥哥说。

也是的，现在太困难了。唉，为了弟弟们能上学，也只有这样了。母亲想了一会，无可奈何地说。

妈，那你是同意了！哥哥走到锅台前，兴奋地抓住母亲的胳膊说。

孩子，妈妈实在是没有办法了，只有这样了。只是委屈你了。母亲流泪了，看着哥哥哽咽着说。

妈，你不要难过。我心里一点也不委屈。我打听过了，我工作以后，每个月工资三十四块钱，加上六块五边疆补贴，一个月可以发四十块钱，除了十块钱伙食费，每个月还可以领到手三十块钱，那时候咱家的日子就好过了。沉浸在兴奋和激动中的哥哥说。

母亲用手背擦了一下眼泪笑了，笑得很灿烂，眼角的皱纹一条条舒展开，这是父亲死后母亲第一次露出笑脸。

进疆，你工作了，我也申请到连里"五七排"去参加劳动，每月也可以挣工分。母亲快乐地接着说。

1975年，车排子农场每个连队都有一个"五七排"，这是按照毛主席的指示成立的。兵团农场创建初期，很多连队都有一部分农工家属和闲散人员，他们没有工作，也没有收入，连队就把他们组织起来，成立"五七排"，把连队边缘的一些小块地、盐碱地让他们耕种改良，这些地分散，又在边缘角落，在连队旮旯里，东一块，西一块，面积小，不适合拖拉机作业，废弃了又可惜，"五七排"种植高粱、红薯、土豆等作物，或者开展养猪、养羊、养鸡、种瓜、种菜、做鞭炮等副业生产，"五七排"按劳动定额每天记工分，年底收获后计算劳动报酬。六连也有一个"五七排"，有20多人，一个叫李建国的职工当排长，他们有一块地挨着老房子，夏天干活的时候到我家休息、乘凉，母亲给他们烧开水，认识李排长。

妈妈，等我毕业了，我也报名参加工作，也给家里挣钱。我接着说了一句。

妈妈，等我们都长大了，参加工作挣钱养活你。弟弟们都围过来说。

母亲喜极而泣。你们呀，现在要好好上学，不要想着工作的事，哥哥是为了你们上学才提前工作的，你们把书读好，读书以后总归是有用处的。

妈妈用双手搂着我们弟兄几个，激动地说。

第二天，哥哥撕了作业本上的一张纸，趴在吃饭桌上，写了一份要求工作的申请书，理由是父亲去世后家庭生活困难，要求提前参加工作，请连领导批准。申请书写好后，哥哥到学校交给了班主任老师。

晚上，在煤油灯下，哥哥又给母亲写了一份要求参加"五七排"劳动的申请书。

尊敬的连领导：

我是六连牧工陈大河的家属蔡秀芬。陈大河去世后，我家的生活非常困难，六个孩子都在上学，女儿还小，没有一点儿经济来源，我要求到"五七排"参加工作，一来可以为连队生产建设服务，二来可以挣工分养活全家。我一定听毛主席的话，服从领导安排，积极参加劳动，努力改造自己的世界观，争取早日成为一个自食其力的人。

请连领导考虑我家的实际困难，批准我的请求。

此致

敬礼！

申请人：蔡秀芬

1975 年 10 月 20 日

哥哥把写好的申请书给了母亲。母亲说，她明天到连队找李排长，亲手把申请书递给他。

第三天，天刚蒙蒙亮，母亲起床，换了一身干净衣服，洗完脸，熬了玉米粥，切了咸菜，伺候我们吃过饭，各自背着书包上学，母亲抱着妹妹花疆来到陆德林家，让他老婆帮着看一下，她到连里找李排长。

太阳升起来了，大地一片暖融融。已经很长时间没有下雨了，小路上积了一层厚厚的灰色浮土，脚踩上去，扬起一蓬蓬飞舞旋转的尘埃。母亲来到六连连部，看见连部空荡荡的，没有一个人，现在正是秋收大忙季节，连领导可能都到地里检查生产去了。她看见连部西侧的医务室，一个穿白大褂的年轻姑娘在门口忙碌着，就走了过去。姑娘是卫生员，瓜子脸，大眼睛，身材苗条，走路带着弹性，此刻她正用高压锅煮针管，高压锅噗噗冒着一股股白色的热气。

姑娘，问一下，连领导到什么地方去了？母亲轻声问。

你找哪一个连领导？姑娘笑嘻嘻看着母亲说，身上散发着好闻的雪花膏香味。

我找"五七排"的李排长。母亲回答道。

李排长呀，我早晨看见他带着人朝3号地方向去了，具体到哪块地，我就不知道了。姑娘热情地说。

母亲谢了卫生员，朝3号地走去。3号地不远，也就一公里多，从连部后面的小路穿过两块条田一条林带，顺着渠道帮子走，就看见一帮子妇女说说笑笑在棉花地里拾棉花，中间那位个子高高的、说话声音洪亮的人，正是李排长。

来到地里，母亲把李排长叫到地头林带里，把申请书递给了他。

李排长是山东人，四十多岁，身材魁梧，一张国字脸，浓眉大眼，他性格豪爽，说话干脆，透着山东人直来直去的脾性。看了申请书后，他的眉头皱了起来。

李排长，你看怎么样？母亲小心翼翼地望着李排长问。

李排长看了一眼母亲，说，老陈家的，你想到"五七排"参加工作，从我个人来说，我是欢迎的。但是，老陈家的，李排长顿了顿，接着吞吞吐吐说，我今天实话实说，你其他条件都符合，你自己嘛，也知道，你现在还戴着一个帽子，我害怕连里不批准。

李排长，我确实戴了……一个帽子，可是……我家情况你也知道，现在老陈走了，留下一堆孩子，他们要吃饭，要穿衣，还要上学，家里没有一分钱，老陈辛辛苦苦一辈子，给公家放了一辈子羊，他留下的孩子，难道不是革命后代？都说兵团是共产主义，你们当领导的，难道眼睁睁看着他们吃了上顿没下顿，最后一个个饿死？母亲说到最后几句，声音明显大了许多。

哎呀，不是这样的，我嘛，理解你家的难处。这样吧，老陈家的，我现在给你说心里话，我这边没问题，我把你的情况给连长、指导员报告一下，看他们怎么研究决定。不管怎么说，连里不会看着你们一家没有饭吃不管，咱们是社会主义国家，老陈又是中华人民共和国成立前参加工作的，为农场做了一辈子贡献，也算是老革命，我给你争取争取！看着母亲难过的样子，李排长快人快语地说。

那就先谢谢你了，李排长。母亲诚恳地说。

不用这么客气，都是一个连队的，抬头不见低头见，人心都是肉长的，谁也不能见死不救，"五七排"记工分，又不是正式职工，我个人觉得嘛，连领导会考虑你家的特殊情况的。李排长一边把申请书叠好放进口袋里，一边给母亲说。

你这样说，我就放心了。母亲高兴地说。

这天晚上收工后，连长、指导员和副连长、几个排长在连部会议室开会，会议室就是副连长的办公室，比连长指导员办公室大。说是开会，就是大家聚在一起，各自汇报一下当天连队生产情况，上了多少劳力，进行了哪些农业生产，然后确定第二天的劳动内容，明天早晨在农工集合大会上安排布置。

夜幕悄悄降临了，东南角的机务排传来了隐隐约约的发电机啪啪嗒嗒的声音，接着电灯亮了，发出黄乎乎的光，过了一会儿，随着发电机声音越来越大，灯泡也越来越亮。现在连队已经拉了电线，通了电，每天晚上机务排发三小时的电。在明亮的电灯光线下，正墙上马克思、恩格斯、列宁、斯大林、毛泽东的彩色画像闪着一层暖暖的光晕，几位导师聚精会神地凝视着会议室。

大家掏出各自的烟卷，点燃后吞云吐雾。连长说了几句，研究完生产，大家就准备散去，累了一天，要回家吃饭睡觉，第二天还要早起。

这时，李排长说，我有件事要给领导汇报。

几个排长听了，就走了，会议室剩下连长、指导员和两个副连长。

李排长掏出母亲写的申请书，递给马指导员，把母亲要求参加"五七排"劳动的事说了。他说得很直接，三言两语把母亲上午说的话都说了。

马指导员是一个四十多岁的青海人，从部队复员后分配到车排子农场。矮墩墩的个子，粗壮结实，眼睛透出严厉而温和的光，他的脸膛黑里透红，闪烁着戈壁滩阳光暴晒后的苍红色。

这还真是一件麻烦事。陈大河不在了，留下一大堆孩子，大的大，小的小，现在吃饭都成问题。大家议一下，看怎么解决这个事？马指导员看完申请书，一边把申请书递给旁边的王连长，一边瓮声瓮气地说，把探寻的目光投向王连长。

王连长接过申请书看了，抬起头，看着马指导员看他的目光，他又低下头，躲开了他的目光。他把申请书放在桌子上，从口袋里掏出一根"红山"牌香烟，用火柴点燃后吸了起来。他刚从九连调来六连不到三个月，连里的情况还不是太熟悉，他想听听其他人意见后，再发表自己的看法。

我不同意。古副连长见大家不吭声，粗声粗气地说了一句。蔡秀芬现在戴着坏分子的帽子，是阶级敌人，还在接受劳动监督，这样的人到"五七排"劳动，我看不合适。

有什么不合适？你说说看。马指导员看着他，问了一句。

在"五七排"参加劳动的人，虽然不是连队的正式职工，但是，无论从上级的文件，还是平时的称呼，我们都叫他们"五七"战士，我们战斗在同一个战壕，蔡秀芬是坏分子，还在监督劳动，怎么能称为战士？古副连长振振有词地说。

古副连长说完，会议室一片沉寂，大家都在沉思着。烟卷在静静冒着烟，袅袅上升，集聚在灯泡下面。

王连长，你谈谈你的看法。看大家默不作声，马指导员点名说。

古副连长说得有道理。王连长抬起头，现在"文化大革命"开展的轰轰烈烈，我们天天讲阶级斗争，她现在这个身份，不太合适参加"五七排"劳动。但是，话又说回来，陈大河的家庭困难也是实实在在的，一大家人，现在没有一个劳动力，没有任何收入，吃饭都成了问题，我看不行把他家的情况给场里报告一下，看能不能申请一点困难补助？

困难补助一个季度申报一次，每次也就是二三十块钱，对一个家庭来说，就是杯水车薪，解决不了什么问题。李排长说。这是连领导会议，他没有发言权，只是列席会议，但王连长说到这里，他还是在旁边硬插了一句。

还有什么看法，大家接着说？停了一会，看大家再不作声，马指导员清了清嗓子，操着浓重的青海口音往下说。

当初连里成立"五七排"，目的就是解决一些富余劳动力，让他们参加生产劳动，不但给农场扩大生产，也给他们增加了收入，解决家庭生活中的困难，对农场、对个人都是一件好事。毛主席说过一句话，"世界上的一切坏人坏事都是从不劳动开始。"我们细细琢磨琢磨，伟大领袖说的真有道理。一个人只有劳动，才能产生正确的世界观和人生观。我们工作在连队，是最基层，遇到的都是一些婆婆妈妈的事，事情虽然不大，但关系到每一个家庭，每一个人。一些问题解决不好，就会拖全连的后腿，影响我们的整个工作。什么事情都要上纲上线，把生活问题提到阶级斗争和路线斗争的高度来分析，这样对待一个家庭，对待一个人，是不客观的，最起码是不公平的。拿蔡秀芬来说，不妥善解决她家的生活问题，也不利于她的劳动改造和悔过自新。是的，蔡秀芬现在戴着坏分子的帽子，但通过监督劳动，通过我们的教育，她还可以摘掉帽子，重新回到我们无产阶级队伍里来。再说，她过去的那些事，我到场部保卫科也过问了一下，那是旧社会的事，她也是被生活所迫，充其量也是一个受害人。现在是新社会，我们共产党人，把国民党反动派都改造过来了，还改造不了她？我们兵团农场就是一个社会主义大学校，人员来自五湖四海，河南的、四川的、甘肃的、北京的、上海的，哪里的人都有，右派、新生员、四类分子，什么样的人都有，我们要想方设法把他们团结起来，通过参加社会主义劳动，通过劳动洗刷他们的心灵，改造他们的思想，达到教育人挽救人的目的。老陈是中华人民共和国成立前参加革命工作的，家庭出身雇农，他的后代也是咱农场连队的后代，他们一个个生在新社会，长在红旗下，以后还要靠他们建设我们的农场，难道我们现在眼睁睁看着他们一个个饿死？我们共产党人能这样做吗？马指导员声情并茂，说到最后情绪激动，一口气说了一大堆。

他是指导员，也是连里的党支部书记，在六连具有绝对的权威。他自幼生活在宁夏西海固，家乡土地贫瘠十年九旱，经常颗粒不收，他从小就知道百姓的艰难。当兵复员后分配到兵团农场，从班长到排长，再到副连长、连长，他一步一个脚印，到了今天这个位置。他内心讨厌古副连长动不动就上纲上线，什么事都往阶级斗争上扯，唯恐连队不乱。他现在很后悔当初自己草率，把自己的外甥女介绍给了这个思想僵化粗鲁蛮横的人。

指导员说得对！有道理，我同意蔡秀芬到"五七排"参加劳动。听了指导员的话，王连长带头表态说。

看你们两个还有什么意见？马指导员问两个副连长。

刚才指导员一番话，已经说得明明白白，而且连长也表了态，另一个副连长，一个三十多岁的中年汉子，立即接上说，我也同意指导员的意见。

烟雾缭绕，空气有点沉闷。四个连领导，三个已经表态了，支持指导员的意见，现在只有古副连长还没有表态，他阴沉着脸，毫无表情地看着地下，双腿晃动着，显得心情烦躁。大家的眼睛看着古副连长。现在就是投票表决，也是三比一，在这件事上，他已经处于非常被动的局面，他的一张反对票，只能说明他的孤立无援，还有可能被认为是与党支部作对。从另一个层面说，马指导员还是他老婆的叔叔，所以无论从工作角度还是亲戚层面，他都要服从指导员的意见。想到这，他极不情愿地抬起头，闷声闷气地说，我也同意。

连里研究过的第二天，中午快收工的时候，李排长骑着自行车来到老房子，把这个消息告诉了母亲，说连领导已经同意她到"五七排"参加劳动，让她准备一下，明天就可以跟着下地劳动了。还说，连里还将她家情况书面报告给场部，申请上级作为家庭困难户给予生活补助。

母亲听了这两个好消息，激动地流下了泪水，忙不迭声地给李排长说，谢谢了！谢谢了！这个世界上，还是好人多呀！

说着，母亲拿起瓷碗，要给李排长沏一碗红糖水，这是母亲待客最高贵的礼节，李排长急着要走，说下次来喝。

母亲把李排长送出门，说明天就下地劳动。

目送李排长离开了老房子，母亲站在柴火垛旁，看着老房子，看着熟悉的草垛、羊圈和周围的荒野，突然觉得眼前的蓝天白云一草一木，是那么亲切、那么可爱，她感觉到生活好像阴云密布的天空，现在突然裂开了一道缝，从厚厚云层中透露出的一道光，照耀着这个苦难深重的家庭。

中午我们放学回来，哥哥又告诉我们一个好消息，他申请工作的申请书交给班主任老师后，学校很重视，今天班主任对他说，校长下个星期要到场部教育科开会，到时他到劳资科找一下领导，把我家的情况专门反映一下，争取哥哥的工作能批准，因为我家生活太困难了，六连的人都知道这个家的情况。

几个意想不到的好消息连在一起，一家人欢欣鼓舞，我们弟兄几个跳了起来，花疆被我们的声音惊醒了，在炕上大声啼哭起来，哥哥把她从炕上抱起来，我们望着她，给她做鬼脸，她又咯咯地笑起来。我们仿佛看到了这个家美好的未来。看着我们兴奋的样子，妈妈说，今天中午咱们不喝糊糊了，我做一锅捞面条，咱们好好高兴高兴。

妈妈拿了一个瓷碗，从面粉袋子里抖落出一碗白面，那是过年剩下的一点白面，母亲一直没有舍得吃。母亲用白面混合着玉米面，做了一锅面条，面条黄里透白，白里掺金，就着野菜和咸菜，我们放开肚皮，每人都吃了两大碗，肚皮吃得圆鼓鼓的，建疆和新疆的布腰带都被圆圆的肚皮撑开了。

妈，以后我工作了，你也挣工分了，咱家就可以经常吃面条了。哥哥说。

好，孩子们，到时候妈天天给你们擀面条。妈妈笑着说，她那终日愁容满面的脸上，露出了久违的灿烂笑容。

妈妈到"五七排"劳动去了。她用一个旧床单把花疆背在后面，怀里揣一个装有牛奶的奶瓶，走路去了连部。到了地里，花疆睡着了，她就把花疆放在地头的林带里，用衣服盖好，然后下地捋棉花桃子去了。

妈妈到"五七排"参加劳动，虽然是记工员每天记工分，每个月不见钱，年底一次性由连里会计决算，但连队每月发粮油我们家也不用交现金，韩司务长说年底结算的时候再扣除，这样就保障了一家人最基本的吃喝问题；再一个，就是哥哥陈进疆的工作申请被农场劳资科批准了，10月底分配在六连浇水排，哥哥也搬到六连大房子住去了，一日三餐在食堂吃饭，这意味着哥哥现在是国营农场的正式职工了，每个月可以发工资了！

我发现，成为"五七排"的一名劳动者后，母亲更加忙碌了，背着花疆干完地里的活，回到家还要给我们做饭洗碗，晚上还要在煤油灯下缝缝补补，她比以前更累了。但她的精神面貌和内心世界发生了巨大的变化。她那缺乏生气的呆滞的眼睛，渐渐恢复了原来明亮滋润的光泽，抑郁苦闷的黄色面孔逐渐有了细润鲜红的血色，走路的步子也轻快了很多。

我知道，母亲到"五七排"劳动这件事，虽然在连队是一件微不足道的事情，因为它不是正式职工，不发工资，不享受职工的福利待遇，只是把一群没有工作的妇女集中起来，集体参加劳动，在连队没有正式的名分。但是在母亲的内心深处，这件事却掀起了巨大的波澜，使她久久不能平静。以前，她是一个围着锅台转的牧羊人家属，在家带孩子、洗衣、做饭、刷锅、缝缝补补、料理家务，人们只知道她是陈大河的老婆，甚至不知道她的名字，见面叫她"老陈家的"，虽然一天从早忙到晚，为一家人吃吃喝喝衣服鞋袜操碎了心，但没有出去过，家里抛头露面的都是父亲，她也没有挣过一分钱。特别是在连队游街、戴上坏分子帽子后，她的精神一下子垮了，世界在她眼里是灰色的，她甚至想到了死，为了一群孩子，她才拼命挣扎，在生活的泥潭里喘息着苟活着。而现在，她的身份发生了变化，成了一名"五七排"的劳动者，她像职工一样，每天早早起床，背着妹妹花疆从老房子到连部门前集合，虽然"五七排"的人站在职工后面，她又站在"五七排"最后面，但是她心里充满了自豪和喜悦，听着连领导分配每天的生产任务，一群人有说有笑跟着李排长走路到地里劳动，她的浑身充满了力量和重新生活的信心，她感到从未有过的新奇、满足、兴奋，现在终于可以正大光明地走在人群中，她抬起头，天空明亮，大地辽阔，老房子熠熠生辉。她发现整个世界突然改变了，今后的日子有盼头了。以前觉得嫁到连队，就是一个连队人了，但是直到今天她才明白，进了"五七排"，成了一名劳动者，当李排长点名叫到蔡秀芬这个名字时，她刚开始是羞涩胆怯的，回答"到"时声音很小，后来她习以为常了，回答的声音越来越大，现在她觉得有了这个身份，她才算是一个堂堂正正的兵团连队人！

因为现在还戴着坏分子的帽子，母亲除了每天正常在"五七排"劳动外，还要和连里另外三四个戴着同样各类帽子的人打扫连部、道路、大礼堂的垃圾。当时宣布决定的时候，古副连长规定每个星期她必须有两天时间打扫卫生，一个月就有8天时间，母亲要到连部参加监督劳动。母亲到"五七排"后，为这件事，李排长专门找了马指导员，看能不能每个月让蔡秀芬少去两天，因为现在是秋收时节，地里很忙，缺人手。马指导员很痛快地答应了，说一个月去两天就行了，秋收开始后就不去了，让李排长给古副连长说，就说是他说的。既然指导员做了决定，李排长给古副连长说后，他虽然气得两眼冒火咬牙切齿，显得非常不愿意，但也没有办法，他虽然是主管，但毕竟是副连长，连里一把手还是指导员和连长，他们的话在连队就是最高指示，他作为副职必须服从执行。

接连发生的一连串事情，使母亲内心豁然开朗、一片光明，她感觉身上的担子一下子轻了许多，她挺了挺沉重的几乎弯曲的腰身，眺望远方，仿佛在漫长的黑夜里看见了黎明的一缕曙光，虽然光线很微弱，甚至距离天亮还遥遥无期，但总是出现了一道裂缝，透出了一丝光亮，让她看到了一线光明和希望，她有了一丝喘气和短暂歇息的机会。生活啊生活，你总是那么悲欣交集，阴晴不定，难以捉摸，你有时是那样残酷无情、血雨腥风，让人身心备受摧残与折磨，心生绝望，如临深渊，有时又那样充满温暖有情有义，刹那间点燃生活的熊熊烈火，峰回路转，让人充满无限憧憬和留恋。

第二十三章

　　秋收季节，是连队劳动力最紧张的时候。从上四年级开始，六连就把我们这些小学生和初中生当成主要劳动力，从 9 月份开始到 11 月初结束秋收，大约两个月的时间，我们天天都在地里劳动，拾棉花、掰玉米、砍向日葵头，或者到粮场上堆玉米垛、垛棉花垛、砸葵花头，两个多月里，我们起早贪黑，两头不见太阳，像个陀螺一样连轴转，和大人一起参加各种秋收劳动，一个个脸庞晒得黑不溜秋，身体壮实了，衣服磨破了，小手皲裂得渗着血丝。

　　四年级班主任是一个上海女知青，二十多岁，中等个子，胖乎乎的，圆圆的脸，戴着一副近视眼镜，天天笑眯眯的。她喜欢嗑葵花籽，口袋里什么时候都装着炒熟的葵花籽。她的两个上下门牙中间有一条缝，那是长时间嗑葵花籽磨的，她笑的时候，张开嘴露出一条缝的门牙，非常可爱。她姓鲁，教我们数学兼班主任，我们叫她鲁老师。

　　放暑假的时候，鲁老师回上海探亲，回来的时候，带回来一包上海"大白兔"奶糖。她给我们班的同学每人分了一颗奶糖。这是一个稀罕物，我第一次见到奶糖，轻轻剥开彩色糖纸，里面薄薄的一层米纸包裹着一个白色的糖果，放进嘴里咀嚼，一股纯正浓郁香甜的奶香，像沙枣花蜜一样，立刻弥漫了我的口腔。一边吃奶糖，鲁老师一边给我们说，同学们，你们现在吃的"大白兔"奶糖，是上海冠生园食品厂生产的，诞生于 1959 年，是向新中国成立十周年的献礼产品。我轻轻展开手中的糖纸，一只可爱的大白兔，浑身雪白，小嘴唇是红色的，它扬起小尾巴，撒开四蹄，向前跳跃着。我喜欢上了这只小兔子，因为我属兔，我和兔子有缘。"大白兔"奶糖吃完了，浓香的味道还在口腔里回味无穷。我把糖纸放到鼻子跟前，一股持久的醇香涌进了我的肺腑，我的浑身暖洋洋的。后来，我再也没有吃过比"大白兔"更好吃的奶糖了。我小心翼翼把糖纸夹进书里，永久地保存起来。

鲁老师带领我们拾棉花。整个秋季，一块棉花地要拾三遍，最后没有盛开的棉花，捋棉花桃子。从8月底开始，过了处暑，棉花盛开了，田野一片洁白，像一片片白云铺在阔大的田野上。天刚蒙蒙亮，我们兄弟就从睡梦中被广播声惊醒，自从老房子安装了高音喇叭，我们这个偏远的犄角旮旯，也随着广播声和连队一起作息了。广播里播放的歌曲是《歌唱祖国》，"五星红旗迎风飘扬，胜利歌声多么嘹亮，歌唱我们亲爱的祖国，从今走向繁荣富强"，高昂的男中音，声音雄壮有力，在晨曦初露薄雾弥漫的老房子上空飘荡，传得很远很远。接着，公鸡的啼鸣声响起来，一声接一声，仿佛就在耳朵跟前。早晨的睡眠太香了，给一个白面馒头都不换，我们赖在炕上不想起床，母亲在广播响之前已经起来了，忙碌着烧水做饭，见我们不肯起床，她挨个用手摇着我们的脑袋，把我们一个个叫醒。迷迷糊糊从炕上爬起来，穿上衣服，跑出去撒尿，东方的天际还是一抹鱼肚白，几颗星星挂在南方的天空，眨着眼睛时隐时现。空气中湿气和雾气很重，地上的草叶子沾满了晶莹的露水。对着土堆撒完热乎乎的一泡尿，被凉风一激，我们彻底清醒了，赶紧回来洗脸，母亲已经把玉米糊糊盛好，端到饭桌上了。糊糊里面有红薯块，煮得软乎乎的，红薯甜丝丝的，很香很甜，我们一人吃了一大碗，用手抹一下嘴巴，拿上花兜和装花的袋子就出了门，往棉花地里走去。

连队的四面八方都是棉花地，盛开的棉花，雪一样洁白，雪一样厚重，雪一样辽阔。我们从老房子到棉花地，近的走路需要十几分钟，远的要一小时。到了地头，天彻底亮了，太阳露出了暖洋洋的笑脸，一望无际的棉花在绿叶的衬托下，显得更加洁白灿烂辉煌无边。这时，鲁老师和同学们陆陆续续到了，班长和劳动委员按照分给班级的棉花行子数量，给每个同学分行子，大家说说笑笑开着玩笑，戴上松松垮垮的花兜开始拾花。

第一茬棉花，盛开的多，花朵开得密，全连的老老少少要拾一个多月，才能把所有的棉花地拾一遍。有时候天气好，天晴气温高，棉花就盛开得快，第一天刚拾过一遍，没过两天，拾过的地方又是一片白茫茫。拾第二遍花，已经下了酷霜，早晨来到地里，棉花桃子上裹着一层薄薄的白霜，叶子呈现出霜打后的黑褐色，失去了往昔的勃勃生机。拾第三遍花的时候，已经下了小雪，大地渐渐上冻了，棉花地覆盖了一层薄薄的雪，分不清哪是棉花，哪是积雪，我们连花朵和雪一起摘下来，抖落棉花上的雪，装进胸前的花兜里。不一会儿，两只手冻得通红，像凉水洗过的红萝卜，要把手伸到袖笼里捂一会儿暖和了才能接着拾。第三遍是最后一遍，没有盛开的棉花桃子，我们就把桃子捋下来，连里用拖车把桃子拉到棉场晾晒，冬闲的时候分给职工、"五七排"和学生，拿回家剥棉花桃子，剥出来的棉花再交到棉场。冬天上课的时候，我们每个班级都要分一些棉花桃子，摊在火墙跟前炕干后，每个同学分一小堆，放在课桌上剥棉桃。剥棉桃都在下午最后课程结束后，鲁老师在前面给我们读童话故事，我们边听边剥。

听鲁老师讲童话故事，是一段富有诗意的美好时光，在我苦难的少年时代，像彩霞一样熠熠生辉，可能就在那个时候，文学的种子悄悄埋在了我的心里。半下午，快落进地平线的太阳，把它最后的血色余晖洒进教室，给我们每个人镀上了一层红艳艳的金光，后面炉子里的火苗发出欢快的"呼呼"声，教室里暖融融的。鲁老师站在讲台上，读的是《安徒生童话》。她的上海口音好听极了，轻轻的，柔柔的，带着一股江南异乡味，像美妙的歌曲一样。那些寓言和童话是多么生动有趣！会说话的梅花鹿和勇敢的猎人是多么令人心驰神往！我们聚精会神听得如痴如醉，沉浸在美妙的幻想中，少年的心沉醉在无边无际的遐想中，静静的教室里只有火炉的燃烧声、棉花桃子的剥裂声和鲁老师悦耳动听的阅读声。后来，太阳的余晖一点点离开，教室里一片昏暗，棉花桃子剥完了，鲁老师的故事也讲完了，而我们的思绪还在童话世界里飞翔飘舞，依然沉浸在那个美妙奇幻的世界里。

中午的太阳酷热无比，无遮无拦的棉花地，暴露在赤裸裸的阳光下，蒸腾的热气，弥漫在田野像个蒸笼，热得我们一个个汗水直流。我们各自砸开从家里带来的西瓜，吃了清凉解渴的西瓜，然后伸展一下身子，抬头看看，棉花地大得无边无沿，一块连着一块，地尽头的防风林缭绕着一层灰色的雾霭，如梦似幻，被秋风染成金子般的黄色。浓郁的熟透了、干裂的棉蕾气息，热烘烘的，充满了每一块棉花地，秋风拂过，这些植物气息混合着各类作物成熟的气味像波浪一样翻卷过来，又翻卷过去，充斥弥散在整个田野的上空。

我们小小的身影，融在苍绿色的、海一般辽阔的棉田里，一个个埋着头，不停地从棉桃里捡出棉花，凑够一把后装进胸前的棉花兜里，花兜满了，就腾到棉花袋子里。有时候，遇见棉花棵子高的地方，浓绿茂密的枝叶遮住了同学的身子，远远的只见棉花不见人。看不见学生，鲁老师急了，她的声音响起来了，她大声喊着学生的名字，我们都直起腰，看谁不在了，干什么去了。听见喊声，远远地，从一个幽深的棉花行子里露出一个人头，向我们张望着，鲁老师笑了，门牙露出一条可爱的小缝。我们松了一口气，继续弯下腰拾棉花。

女同学手巧，拾棉花快，她们暗自憋了一口气，都想争第一，这样傍晚结束一天劳动后，就可以得到鲁老师的口头表扬。表扬多了，就可以评为三好学生，可以加入红小兵，戴上鲜艳的红领巾，还可以优先订阅《少年儿童报》，因为这份报纸是有名额限制的。当然，还有一个重要的原因，同学们一个个心知肚明，就是拾棉花连里要给学校付拾花费，每公斤6分钱，这笔钱付给学校后，学校留一分，给学生发5分，这就意味着拾1公斤棉花，我们可以得到5分钱的拾花费，一个秋天下来，这可不是一笔小数字，所以男女同学拾棉花都很卖劲，不用老师在后面催促，大家一个个争先恐后往前冲，比赛看谁拾得多。傍晚过秤的时候，都把自己拾的公斤数记下来，算计着能拿多少钱。连里家庭条件好的同学，家长也不问学生要这笔钱，拾花费就成了学生的零花钱，像我这样家庭条件困难的，发了钱后要交给妈妈，成为家庭一笔不小的收入。如果稍微富足一点，过年妈妈会给我们扯一身布料，每人做一身新衣服。

太阳明晃晃挂在天空，棉花地异常闷热，沤着热风。我直起腰，用手里的棉花擦了一把汗，抬头看了一眼棉花地。同学们一个个撅着屁股专心拾花，在棉花行子里慢慢蠕动前行。我看见了秦思瑶。她头也不抬，漆黑的长发陷在棉花地里，随着她的拾花动作如锦缎般左右晃悠。她的动作真好看，双手像织布的梭子，小巧玲珑，在棉花棵子上上下翻转着，灵活敏捷，姿态优美，一会儿就捡满了一把，她直起腰，把棉花塞进胸前鼓鼓囊囊的棉花袋。一阵微风徐徐吹过，拂起了她胸前漆黑的长发，她微微眯着眼睛，抬头看看天，天空湛蓝湛蓝的，远方飘着雪白的云朵。她伸张了一下手臂，又弯下腰继续拾棉花。

我和秦思瑶的棉花行子隔着两个同学，但我们两个人都冲到了前面，把其他同学远远甩到后面。我看着在我前面几米远的秦思瑶，她的手臂上戴了两个带有白点的蓝色护袖，头也不抬，只顾朝前慢慢蠕动，后面的棉花袋子直立在棉花行子里。我和她虽然都在前面，但我觉得我和她的想法是不一样的，她家条件很优越，家里不需要她拾棉花挣钱，她也不缺零花钱，她是班长，一贯争强好胜，无论学习还是劳动，她都不想落在别人后面。她是为了争第一，而我是在计算着能挣多少钱。同在一个地里拾棉花，都是同学，人和人还是不一样。我这样胡思乱想着，不由得加快了拾花动作。

哎呀！前面突然传过来一声惊叫，我抬起头，看见秦思瑶惊慌失措地站在棉花地里，手里攥着一把棉花，好像全身都在发抖，声音就是她发出的，不知发生了什么事。怎么回事？我扭过头，看见身后的同学，远远被我们甩在后面，最近的也有三十多米远，除了我，没有人听见她发出的惊叫声。

我朝她的棉花行子走去，走到跟前，看见她的棉花行子前面有一株黑葡萄，这是一株生命力顽强的野草，可能除草的人当时忽略了，一个秋天下来长得枝叶茂盛，结满了黄豆大的黑葡萄，亮晶晶的，星星一般，闪着黑色的光泽。

一棵黑葡萄草有什么可怕的，真是少见多怪！但既然过来了，我还是问了一句：咋回事？

秦思瑶看见我走过来，稍微恢复了一点平静，但还是一脸惊慌。她指着草棵子说，你看！

我凑到跟前仔细看，原来黑葡萄草枝叶上面趴着几个指头粗的绿色豆虫，它们有一拃长，绿油油的身子圆鼓鼓的，在枝叶间慢慢爬行蠕动，尖尖细细的绿胡须向前晃动着，面目可憎。怪不得，刚才她可能专心致志拾棉花，没有注意到这些颜色和葡萄草一样令她毛骨悚然花容失色的怪物。

其实我见了豆虫，头皮也发麻，心里也很膈应，我也是一个胆小的人，不过不会像她这样大惊小怪，她毕竟是一个娇生惯养的女生。但是这一刻，面对秦思瑶，我就是装模作样，横下一条心，也要表现出男生天不怕地不怕的英雄本色。我咬了咬牙，走上前，伸出手，抓起黑葡萄草叶子上面的豆虫，扔到地下，用脚狠狠碾进土里。手触摸到软乎乎、毛茸茸的豆虫，那一刹那，我像抓住了一条冰凉抖动的四脚蛇，它在我手中挣扎着扭曲着，害怕、恶心、惊悸，那种感觉真是五味杂陈，晚上不做噩梦老天都不会答应。

抓了一条，又抓第二条，几乎是咬牙切齿地，我把黑葡萄草上上下下的豆虫全部捡干净，踩死在脚下松软的泥土里。我出了一身冷汗，浑身发抖，但我强作镇静，表面上若无其事，对秦思瑶说，没事了，你接着拾吧！

我捡虫子的时候，秦思瑶表情惊讶，在一旁看得浑身发抖张着嘴，我把一条条虫子扔在地上，她的脸上慢慢露出了欣慰的笑容，她的眼睛眯缝着真是好看，惹人怜爱。虫子扔完了，我看见她的脸上雨过天晴阳光灿烂。

好长时间了，我第一次近距离这样看她。她的头上扎着一根红色的丝带，脸上汗津津的，几绺头发沾在脸颊上，在阳光下闪着少女青春的光彩，一双天真无邪的眼睛真切地看着我，鼻翼在微微地抽动，充满了感激、兴奋和风雨过后的平静，像一泓清澈平静的水塘。

陈志疆，你真勇敢！秦思瑶发自内心地说。

一瞬间，我的内心涌起一股说不清的甜蜜和欣慰，刚才捡虫子引发的恐惧和恶心一扫而光，我觉得自己今天的行为太值得了，令我自豪，足以让我铭记。

你拾花吧，我走了。我说。

陈志疆，真的谢谢你！她一脸真诚地说。

都是同学，不用客气。我脱口说道，显得毫不在意，心里却美滋滋的。

劳动的时候，个子大的男同学颇受欢迎，他们有力气，女同学拾了一天棉花，棉花袋子装得满满的，她们扛不动，鲁老师就让男同学去帮她们扛棉花袋子。今天，傍晚过秤的时候，太阳快掉进地平线，拖拉机拉来的高高的车厢停在地头，连里派来的记工员在地头过秤记账，过完秤后把棉花倒在车厢里。这个时段，田扎根和马天山最受欢迎，他俩个子高力气大，从地里背一袋子棉花，蹚着密密麻麻的棉花行子，不费多大力气就到了地头。天马上就黑了，地里吵吵嚷嚷的，大家忙碌着，收拾自己的东西，都想急着早点过秤回家，特别是那些拾得多跑在前面的女同学，她们眼巴巴盼望他们早一点过来，帮助扛棉花袋子，一袋子棉花压得结结实实，少说也有四五十公斤，累了一天的她们根本扛不动，性子急躁的同学用身体推着袋子往前一点一点挪。

鲁老师喊着田扎根和马天山，让他俩帮助女同学扛袋子。他们两个人神气活现，马不停蹄，大声吆喝着，扛着一袋袋圆滚滚的棉花袋子，往地头走。他们扛着棉花袋子走在前面，后面跟着女同学。

这两个人在学校大名鼎鼎，无人不晓。两人都不喜欢学习，坐在课堂里，看着书本脑壳疼，经常找我帮助写作业。任凭家长打骂、老师劝说，书本上的东西始终装不进他们的脑子，六连学校流传着他们上课时闹的笑话。有一天上地理课，马老师提问：哪位同学回答一下，中国四大湖泊是哪四个？教室里一片安静，田扎根趴在课桌上睡觉，发出轻微的呼噜声，马老师走到他课桌跟前，用手敲了一下课桌，田扎根醒了，睡眼惺忪地抬起头，马老师让他站起来，让他回答中国四大湖泊是哪四个？他想了一会儿，答道：有一个是甘家湖。同学们听了哄堂大笑，马老师憋不住也笑了。甘家湖是准噶尔盆地的一片沙海，地势低洼，波状起伏。奎屯河、四棵树河、古尔图河在这里汇合后流入艾比湖，是一个脸盆大的小湖。

马天山在课堂上经常搞小动作、恶作剧，欺负同学，获取快感。有时候，他会在女同学的铅笔盒里放一条死去的僵硬的四脚蛇，或者在座位上放一个活蹦乱跳的癞蛤蟆，吓得她们惊慌乱叫，他在一旁哈哈大笑。他上课感到无聊的时候，用一根细绳将前面女同学的辫子绑在课桌上，起立时女同学站起来，头皮被拽得生疼，他在后面兴奋得像中了大奖。

过完秤倒完袋子，我往老房子走。太阳西斜了，悬挂在黛青色的地平线上，像一个圆圆的切开的大西瓜，瓜瓤鲜红如血。今天我心情很好，下午给秦思瑶除掉了棉花行子里的豆虫，虽然现在回想当时的情景，我依然毛骨悚然，浑身会起鸡皮疙瘩，但是得到了她的夸奖，我内心充满了喜悦和兴奋。今天拾了30公斤棉花，这是我这么多天拾花的最高成绩，可能和今天的愉快心情有关。今天的拾花费除了交给学校的，我还可以拿到一块五角钱，我计算着这些钱可以用来买些什么东西。想着走着，不知不觉走到羊圈旁，我看见了高高的油腻的棉籽壳垛，太阳已经落进地平线，快掉进去了，火红的余晖洒在高大的棉籽壳垛上，像一座闪闪发亮的金字塔。好几天没到地洞里玩了，我想进去玩一会儿，然后躺在柔软的棉籽壳上休息一会儿，今天实在太累了。羊圈一个人也没有，放牛放羊的牧人还没有回来。麻雀在呼朋唤友地叫着，在草垛上飞起又落下。我来到棉籽壳垛跟前，扒开封堵洞口的棉籽壳，钻进了地洞，然后又用棉籽壳仔细把洞口堵住。洞里一片漆黑，里面暖融融的，四周弥漫着浓浓的好闻的油脂香味，只是空气有点沉闷凝滞，有点喘不过气来。我顺着洞口慢慢往里爬，爬到里面的小房子，我站起来，又到旁边的小洞，我钻进一个小洞，躺在松软的棉籽壳堆上，感觉舒服极了。今天真是一个高兴的日子，我想象着白天的情景，心中充满惬意。这时，我的手摸到了一个软乎乎的东西，是一个葵花盘子，前几天我路过葵花地，趁没人掰了一个葵花盘子，一个人躲在棉籽壳洞里嗑瓜子，没有嗑完，就扔在了洞里。我一只手拿着葵花盘子，另一只手摸索着葵花籽，然后放到嘴里嗑。葵花籽还没有完全成熟，带着一股生嫩的浆汁味，嗑了几粒，一阵困意袭来，眼皮困倦得睁不开，今天太累了，我把头靠在葵花盘子上，把装棉花的袋子盖在身上，想睡一会儿。不一会儿，我就在温暖的棉籽壳洞里迷迷糊糊睡着了。

不知睡了多久，我突然被一阵窸窸窣窣的声音惊醒。我听见洞口处有人说话的声音，声音低低的，好像有人往棉籽壳洞里爬。我猜想是陆支边，或者是程向阳，平常只有我们几个知道这个洞口。我一动不动，屏住呼吸。我想出其不意喊一声，吓他们一跳，他们做梦也不会想到此刻我在这里，这太刺激了，太好玩了，比藏老猫好玩。这时，来人已经爬进了小房子，听动静好像是两个人。少顷，"嚓"的一声响，一团火苗出现了，是一个打火机发出的火苗。我侧着头想，这两个小子什么时候有打火机了，也没拿出来和我一起玩一玩。打火机火苗子哧哧地燃响着，发出一小团黄黄的光，我两眼紧盯着两人，想看清他们的面孔，但是光影太暗看不清，只能看见一团黑乎乎的影子。我想着他们再走近一点，我就突然冲出来学一声狗叫，吓他们半死。这时，我听见一个女人的声音说，把打火机关掉。声音很熟悉，这是马老师的声音。我吃了一惊，马老师怎么会到棉籽壳洞里？接着是一个男人的声音，怕什么？你还害怕见到人？这里连鬼都不会有。是古大炮的声音。我吓得一动不动，侧着脸看着他们，猜想他们到这里干什么。这时，古大炮"啪"的一声合上打火机盖子，棉籽壳洞里再次陷入一片黑暗，一股淡淡的汽油味钻进我的鼻孔。随后，我听见往我方向挪动的声音，古大炮粗重的呼吸声和撕扯衣服的声音。

你得先答应老程的政治鉴定要按我说的写。马老师声音嘶哑有点慌张地说。

你放心吧，就按你说的办。古大炮声音急切地说，有点不耐烦。

你要把他的表现写得突出一点，不能三言两语就完了。马老师又喘着气说。

不是答应你了吗？我给你说过，老房子的人和事我说了算，你要好好对我，我不会让老程吃亏，下次有了摘帽子机会，我肯定先考虑老程。古大炮的声音有点大，震得棉籽壳洞嗡嗡响。

接着没有了声音，只有衣服轻微的索索声，然后"咕咚"一声，两人躺在了厚厚的棉籽壳上，好像是古大炮抱住马老师倒在了棉籽壳上，马老师"啊"了一声，黑暗中我看不见，看不见他们的面孔，看不见他们的表情，更看不见他们在做什么，但我猜到了。我惶恐地缩着身子，一动也不敢动，觉得他们离我有不到一米的距离，我可以清楚听见古大炮急切的野兽般粗重呼吸和粗暴的撕扯，就像撕扯我的衣服，我赤裸裸地躺在粗糙的棉籽壳颗粒上，心中充满了无奈、荒凉和沮丧。我能闻到马老师身上香甜的雪花膏气味，混合着浑浊油腻的棉籽壳味向我袭来，以前好闻的香气，现在闻起来却有点恶心难受。紧接着，我听到古大炮从肺腑里传出的喘气声和马老师犹如哭泣的一声声呻吟，我吓傻了，蜷缩在洞里一动不动，大气都不敢出。

过了很长时间，地洞里又恢复了死一般的寂静，周围空气依然陈旧、浑浊、沉闷，弥漫着一股挥之不去的汗味、腥味和莫名焦躁的情绪。一缕淡淡的雪花膏香气，还残存混杂其中。我呆呆地坐着，脑子一片空白，我不知道他们什么时间离开的，我胃里像吃了无数个绿头苍蝇，心中是一片与我年龄不相符的郁闷、悲伤、惊悸和苍凉。后来，我像一条游动的蛇，蠕动着身子慢慢爬出棉籽壳洞。夜色已经笼罩老房子，周围的景物模模糊糊。我慢慢站起来，也没有封住洞口，拖着不听使唤的两条腿机械地向家慢慢走去。

第二十四章

一转眼，1975 年快过去了，哥哥进疆参加工作也一个多月了。虽然还在六连，一块巴掌大的地方，但是从学校门跨入社会，从学生到农工，是两个不同的世界，区别还是非常大的。

刚参加工作，分配到浇水排，一切对他来说都是新鲜陌生的。

分配那天，是刚过霜降的第二天，高音喇叭通知他和另外几个分配工作的学生下午到连部找文教报到。吃过午饭，他换上一身干净的衣服，早早来到连部。

文教李东阳把他带到浇水排——连部对面的一座大房子里。分配工作的单身男女青年和外地知青要住集体宿舍，便于连队集中管理。六连在连部对面的广场上盖了两幢房子，一幢是男宿舍，一幢是女宿舍，一幢房子又分四间，每间有独立的门窗，因为房子面积比较大，连队人叫"大房子"，其实就是集体宿舍。广场西侧是食堂、水井，东侧是幼儿园、卫生室、商店。四周是整齐划一的农工住房，成排的榆树、柳树，大路、小路把它们既相互隔离又互相连接在一起。

李东阳把陈进疆领进一间男宿舍。一个长方形大通间，两扇玻璃大窗户，屋顶用报纸糊的顶棚，锅底一样耷拉着，挂着灰颜色七零八碎的蜘蛛网。室内靠墙横七竖八放了七八张没有床头的简易木板床，床上堆着五颜六色的花被子、枕头，有的被子没有叠，和衣服胡乱摊在床上，窗台上堆满了

256

刷牙缸子和吃饭的大缸子、筷子，屋子中央从南贯北拉着一根粗粗的铁丝，搭着毛巾和洗过的短裤、袜子，自行车、桌子并在一起，靠墙摆放着几双黑色的长腰胶筒，显得乱糟糟，散发着一股难闻的脚气味、烟卷味。几个小伙子围在桌子跟前用扑克牌打"争上游"，有的站着，有的屁股坐在桌子上，每个人脸上贴了报纸撕成的小条条，有的多，有的少，露着一双大眼睛，其他人站在跟前围着看。

李东阳凑过去，看他们打牌。一局结束，李东阳把进疆拉到一个打牌的中年人跟前，说，罗排长，这是新分来的陈进疆。

进疆叫了一声，罗排长。

罗排长扭头看了一眼进疆，没有吭声。李东阳看了一眼进疆，给罗排长说，人交给你了。然后转身走了。

罗排长是一个三十多岁的中年人，身体铁塔一样敦敦实实，黝黑色的阔脸上长满刺猬一样坚硬的胡茬儿，两只眼睛细小犀利，举手投足干脆利落，一看就是一个利索人。

不打牌了，一房子人目光盯着进疆，看他身体孱弱、面黄肌瘦，开始评头论足。

分了一个学生娃子，能不能拿动铁锹？

小伙子身体太单薄了，咱们浇水排可不养闲人！

你应该到炊事班烧火去，吃上两年包伙再来浇水排！

你一句，我一句，大家嘻嘻哈哈，看着眼前新来的哥哥。进疆局促地站在地上，手脚不自然地晃动着，不知怎样回答他们的问话。

浇水排工作很辛苦，经常上夜班，你这身体能扛下来吗？罗排长两眼盯着进疆，问了一句。

进疆的眼睛里闪出一种执拗和倔强的神色，从今天开始，就是正式走向社会了，他已经不是那个背着书包上学的学生，这是迈向社会的第一步，决不能认怂，这份工作对他和家庭太重要了。

罗排长，你放心，什么苦我都能吃，我一定会干好。进疆看着罗排长，真诚地说。

这和学校是两码事，以后好好跟着他们学吧。罗排长说。

国强，你负责把宿舍床铺重新安排一下，给小陈腾出一个位置，以后大家都是一个排了，要互相关照一点。罗排长对一个叫李国强的小伙子吩咐道。

罗排长带着进疆到木工房，领了一个新床，几块木板，用架子车拉到连部门口，让李东阳在床帮子上写了名字，然后来到大房子，那个叫李国强的小伙子已经重新把室内的床位调整了一下，在靠门边腾出来一个放床的位置，大家把床抬到屋里放好，铺上木板，这样被褥一铺就可以睡觉了。

明天早晨听到广播响，到连部广场集合，听连长分配工作。罗排长给哥哥说。

好的！进疆答应了一声。

天刚擦黑，哥哥回到家里，明天就要上班了，一家人都很高兴。吃过晚饭，母亲赶忙给哥哥准备东西，洗脸盆、毛巾、肥皂这些物品明天到连里商店购买，棉被、褥子、枕头家里要准备好。

进疆，你住大房子，要带一个箱子，自己放东西方便。母亲说。

家里只有一个箱子，是母亲存放粮本、布票这些重要东西的，平时母亲拿着钥匙。我知道，父亲送给母亲的石头也锁在箱子里。

妈妈，我不用带箱子了，也没有什么东西要锁起来。哥哥说。

妈，我现在需要一辆自行车，到浇水排工作，一天换几块地，从东头到西头，走路来不及，没有自行车不行。哥哥望着母亲说。

以前上学、到场部都是走路，现在参加工作了，没有一辆自行车真是不行了。可是买一辆自行车要二百多块钱，家里哪有这笔钱，而且自行车还要凭票到场部商店购买。

母亲听了，顿时愁容满面，坐在炕沿上，不知道怎么办。

一辆自行车，在连队人家是稀罕物，农场流行的"四大件"，也叫"三转一响"。三转是指手表、自行车、缝纫机，一响是指收音机，家里一件都没有，唯一的电器是一把"虎头"牌铁皮手电筒，装两节干电池，父亲在的时候，轮到他值夜班，出门察看羊圈时买的，早已陈旧得不能使用了。

没有自行车，哥哥就没法工作，可是一时半会儿，到哪去找一辆自行车？连队上很多人家也只有一辆自行车，有的连一辆都没有。妈妈和我们都不作声，刚才因为哥哥参加工作带来的喜悦一扫而光。

母亲盘算着，算来算去，只有借一辆自行车，可问谁借呢？连队上很多人不熟悉，就是熟悉也张不开口，老房子程友亮家有一辆，但自从父亲游街后，妈妈很少搭理他；马老师家也有一辆，但马老师天天到学校上课，要骑自行车；王长福也有一辆，还是"飞鸽"牌的，他是一个人，对，可以找他借自行车！

妈妈给我和哥哥说，咱们到你王叔家一趟，借他的自行车。

我不愿意去。我内心很讨厌王长福。他胡子拉碴，身上脏兮兮的，衣服几个月都不洗一次，身上总有一股难闻的尿臊气，混合着牛羊身上的膻腥气味，臭烘烘的难闻死了。但是，他却处处表现出对我的喜爱和友好。一见到我，无论是野外还是水井旁，他就龇牙咧嘴笑嘻嘻的，露出一口玉米粒子一样的大黄牙，过来用黑乎乎的脏手摸我的头，身上的气味就传过来，我现在见了他，就远远躲开，他老远看见了，不论是放羊，还是在垛草，就叫我的名字，花生！花生！我也不理他，但每次都叫我。自从他老婆跟人跑了以后，他更没有人管了，整天穿得邋邋遢遢窝窝囊囊，头发胡子长了也不理，一天到晚无精打采的，身上的气味更浓重了。他不知跟谁学会了唱歌，唱的声音像鬼叫，可能一个人太寂寞了吧。有时候，妈妈好不容易做了一顿好吃的，总要让我或哥哥给他送过去一碗，有时妈妈还给他缝补衣裳、拆洗被褥。他每天早晨都端一茶缸牛奶送到我家让妹妹喝，每天老房子挤的牛奶，首先满足连队的人，卖剩下的牛奶王长福可以自己处理。如果不是他天天给妹妹送牛奶，我真是一点儿都不想理他。

呸！他身上的气味太难闻了，他的气味就是牛羊的气味，就是屎尿的臭气。他就是一个臭烘烘的尿泡。我们很烦他，背地里，我和弟弟们给王长福起了一个外号：尿泡。臭烘烘臊乎乎的一个尿泡！

　　现在没有办法，没有自行车哥哥就无法到浇水排工作。母亲让我和她一块去，我只有硬着头皮去，去就去吧，反正不是我向他开口。

　　出了门，母亲在前面走，我和哥哥在后面跟着，向王长福的房子走去。天已经黑透了，微风吹拂，草垛上的玉米枝叶轻轻摇摆，飒飒作响。

　　王长福现在住的是我家以前住的趴趴房，穿过老房子，路过高高的草垛，来到羊圈，来到趴趴房，母亲敲门。没有声音，接着敲，趴趴房里传来一声闷闷的声音，谁呀？

　　是我，老陈家的。母亲回答。

　　过了一会儿，门开了。王长福探出头，看见我们三个站在门前，有点吃惊，赶快打开门让我们进去。

　　屋子里漆黑一片，一股劣质烟草、羊皮袄、臭袜子的混合气味扑面而来。王长福摸摸索索从桌子上找到火柴，点亮了马灯，马灯罩子黑乎乎的，屋子里晃荡着模糊的人影。王长福又找凳子让我们坐。只有两个凳子，母亲和哥哥坐下，我在旁边站着。

　　小屋子黑乎乎的，已经失去了母亲在时的干净温馨，破旧的衣服，吃饭的碗筷，叉子、铁锹、十字镐这些干活的工具，东一个，西一个，乱七八糟摆得到处都是，一辆自行车上搭满了换洗的破烂衣服，充斥着一种难闻的腐臭气味。一把破椅子的靠背上搭了一件揉成一团的雨衣。火墙边立着一双沾了干泥巴的雨靴，长长的靴筒弯到地上。

　　王长福有点不安地看着我们，不知道这么晚我们来干什么。

　　老王，今天进疆参加工作了，分到连里浇水排。母亲给王长福说。

　　哎，是好事！是好事！王长福说。工作了，就有工资了。他又接着说了一句。

　　老王，我们来，想给你商量一件事。妈妈小心翼翼地说。

　　商量事？有什么事尽管说，不用客气！王长福看着母亲说。

　　进疆工作了，下地浇水，东奔西跑的，需要一辆自行车。母亲说。

就是，浇水排天天在地里，来回跑，没有自行车不行。王长福喃喃说着，他好像突然明白过来，老陈家的，你是来借自行车的？他看着母亲问了一句。

母亲不好意思地说，老王，你也知道，我家没有自行车，孩子刚工作，没有自行车就没法下地浇水！

哎，你不要说了，我知道了。王长福说着，转过身，动手拿放在自行车上的衣服。

老王，真的谢谢你了！母亲说。

咱们就不用这么客气了。这辆自行车，是买来给她骑的，现在她也不在了。唉，不说了。放着也是放着，正好进疆骑。王长福说着话，已经把车子上的衣服放到了凌乱的床上。

王长福提着马灯，在一个箱子里找了半天，才找到自行车钥匙，他打开车锁，要把自行车推出来，母亲赶忙让哥哥推自行车，我们出了门，王长福又拿出一个打气筒和一个布包，说，气管子也拿上，这包里有胶水锉刀胶皮，轮胎扎烂了可以补。母亲又让我拿上气筒和布包，对王长福连着说了几声谢谢。

在六连，王长福是新生员，就是劳改释放后参加工作的人员，劳改员都穿黑色的衣服，黑上衣黑裤子黑帽子黑鞋子，被人称为"黑棉袄"，区别于其他人穿的黄棉袄。我听妈妈说，妈妈是听连队的人说的，王长福的原籍在河南省上蔡县一个农村，家里世代务农。他因为伤害罪被判处有期徒刑三年，遣送到车排子农场劳改队，刑满后留在了新生队，后来又从新生队调到六连。在老房子，他一个人懒散惯了，在家里油瓶子倒了都不扶，但是干公家的活却很卖力，从来不惜力，挖羊粪，拉架子车，堆草垛，他一人能顶三个人。可能在劳改队待过，他干活仔细，练就了一手功夫活。他打的小土块平平整整，砌的火墙抽风利，从不倒烟，还不占地方。他给我家砌火墙，用瓦刀削土块，他眯缝着眼睛，嘴里叼的烟卷纹丝不动，看准了，猛挥一刀，土块被削去，削去的部分箭一样落地，摔成碎块，留在手中的土块棱角分明，线条笔直。他打的火墙简直是一件浑厚精美的艺术品，一顿饭做好，火墙和土炕烧得热乎乎的。每次给我家打完火墙，妈妈都做好饭给他吃。炒几个小菜，温一壶酒，塞给他一盒"红山"烟。他眯着眼，只留一条缝，吸得哧溜哧溜，慢慢吐着烟雾，一副很享受很惬意的样子。

父亲在的时候，我们头发长了，都是父亲给我们理发。父亲不在了，母亲让王长福给我们理发。每次理发的时候，他身上的尿臊气让我受不了，他围着我转，尿臊气无处不在，熏得我直想呕吐，在连队理发室理一次发，农工每个月发一张理发票，其他人在理发店需要一毛钱，为了省理发的一毛钱，每次我都要闻他身上的尿臊气。

我问弟弟，你们闻到他身上的臊气了吗？

闻到了，臊乎乎的。不过时间长了，已经习惯了。建疆说。

第二十五章

白露刚过，棉花开了，但秋老虎的余威还在，除了上午和傍晚有点凉爽外，中午的阳光依然强烈灼热，空气干燥，云淡风轻。

这一天，9月9日，六连学校的学生在荒3号地拾棉花，参加连里组织的秋收会战。这块地挨着奎屯河边，面积很大，从头到尾排满了学生，从地头一字排开拾过去，后面是褐红色的棉花秆子，前面是白茫茫盛开的棉花，像河流一样界限分明。劳动的学生中午不回去，午饭是自己带的馒头，会战期间，连里给每个学生发一个小西瓜，吃过饭躺在棉花袋子上休息一会儿，又开始接着拾棉花。

下午，太阳依然炽热，棉花地里热烘烘的，同学们擦着脸上的汗水，不停地拾着棉花，收工后要按照拾花斤数排队，大家谁也不敢懈怠偷懒。突然，从连部高音喇叭传来声音很沉闷的哀乐声，声音穿过空荡荡的棉花地，一直传到我们耳朵，播音员沉重的声音在原野上回荡，毛主席逝世了！

我们从棉花地直起身，一个个像泥塑一般，呆呆地看着声音传过来的方向，惊慌、悲痛和不安笼罩着我们，我们实在不敢相信，毛主席怎么会离开我们？

高音喇叭一遍遍播放着哀乐，深沉凝重，震撼人心，在辽阔的荒野上回荡着，我们不得不相信，毛主席确实离开了我们！

六连追悼会会场设在大礼堂，礼堂门前的两侧，一边站立着一个荷枪实弹、神色肃穆穿着黄军装的基干民兵，全连的男男女女、老老少少胸前佩戴小白花，排着整齐的队伍，一边低声抽泣着，一边按顺序缓缓走进礼堂，向毛主席像鞠躬致哀。

黑压压的人群中，我看见哥哥站在浇水排的队伍里，哥哥的脸上已经摆脱了学生的稚气，棱角分明，显得坚毅干练。他穿了一身干净的黄军装，随着排队的人慢慢向前走着。

我看见了妈妈，她站在"五七排"的队伍里，妈妈穿着一件灰色的褂子，看不见她的脸色，她低着头在擦着眼泪。

秦思瑶穿着一件白衬衣，神色严肃，走在我们班最前面。她的头上扎着一束黑色的丝带，脖子上系着红领巾。她把我们引进大礼堂，我们肃立在毛主席巨幅画像前，低沉的哀乐环绕着礼堂，我们低头静立，向毛主席像默哀。有的同学哭出了声音。我们从上学那天起，老师就教育我们现在的幸福生活是毛主席带给我们的，世界上还有很多穷苦人生活在水深火热之中，像我家这个样子，在旧社会我们肯定要饿死。现在，毛主席离开了我们，以后谁还管我们？会不会吃二遍苦，受二茬罪？想到这里，我的眼泪不知不觉流了出来。我们家吃的补助、妈妈和哥哥的工作，都是他老人家给的，现在，老人家去世了，我们以后的日子怎么过呀？我难受地哭了。

这时，秦思瑶喊：向伟大领袖毛主席鞠躬。我们弯下腰向画像鞠躬，接连三个鞠躬，然后排队鱼贯出了大礼堂。

一个月以后，金秋十月，秋高气爽。10月21日，从连部高音喇叭里，又传来一个令人震惊的爆炸新闻，中央把"四人帮"抓起来了！

我们和大人一起欢欣鼓舞，兴奋得像过年一样。学校决定搞一个大游行，庆祝粉碎"四人帮"的伟大胜利。老师制作了横幅，画了"四人帮"丑恶的画像，又用毛笔在每张脸上打了大大的×，我们举着红旗，排着队，打着鼓，抬着"四人帮"的画像，从学校走到连部，在连队绕了一圈，高呼"打倒'四人帮'！"的口号，又到西头猪圈，再围着奎屯河岸边转了一圈，最后来到老房子，我们一个个走得筋疲力尽气喘吁吁，把嗓子都喊哑了，终于把六连转完了。这天，连里在西头猪圈杀了两头猪，一家分了一公斤猪肉，连队像过年一样高兴。

第二十六章

　　哥哥上班了，他买了饭票，在食堂吃饭，晚上住在大房子，不用回老房子。可能因为他身体太单薄瘦弱，罗排长没有安排他下地浇水，而是安排他送饭。地里一旦进了水，人是不能离开地的，需要一个专门送饭的，这个工作是最轻省的。到了第二年，罗排长才安排哥哥下地浇水。但是，到浇水排第一次浇水，哥哥就出事了。

　　浇水排清一色小伙子，这个工作体力消耗大，地点在戈壁野外，还要上夜班，连里选的都是体型高大身强力壮的年轻人，一般人干不了，身体也吃不消。到了浇水排的小伙子，要先跟着师傅学，出师了才能独立下地浇水。

　　哥哥的师傅就是同宿舍的李国强，一个身材挺拔浓眉大眼的小伙子，比哥哥大五岁，已经在浇水排工作两年了。这天中午，李国强给哥哥说，今天晚上到 5 号地浇水，上午准备一下，到保管员那里领一双胶筒，下午吃过饭咱们下地。

　　找到保管员，哥哥在库房领了一双黑色的高腰胶筒，这双胶筒从腰子到膝盖，像皮靴子一样闪闪发亮。连队只有浇水排的人才有这种胶筒。

　　吃过午饭，哥哥在床上休息了一会儿，第一次上夜班，不知道几点钟下班，要有充足的睡眠和体力。

　　连队的广播喇叭响了，哥哥起床，捞起床下的脸盆，洗了一把脸，带上铁锹，和李国强骑着自行车往5号地走。

刚过了立秋，天空阴沉，吹着凉凉的小风。在林带里骑车，凉阴阴的很惬意。大约半小时，他俩来到了5号地。

5号地种的是玉米，绿油油的玉米林一人多高，齐刷刷地站立着，一排排密密匝匝密不透风。天上，风把一层层厚厚的堆积云吹走了，留下一缕缕铅灰色破布似的天空。在灰蒙蒙的背景映衬下，田野里的玉米林显得郁郁葱葱，宽厚的叶片上沾着薄薄的一层水雾，晶莹发亮，显得叶片愈加柔和碧绿。这个季节，正是玉米拔青、灌浆的疯长时节。短短的玉米缨子像婴儿稀疏发黄的卷发，肥硕碧绿的枝叶闪烁着炫目的青色光芒，微风中夹杂着植物散发的浓郁醇香，徐徐吹向荒野的每一个角落，玉米林哗哗响着，微微晃动着，像波涛起伏的大海。

玉米地边的水渠里，翻滚流淌着清澈的渠水，水渠两边栽种的高大粗壮的柳树，枝叶茂盛，浓荫如伞。水渠里的水来自水库蓄积的天山雪水。农场的水渠分为干渠、支渠、斗渠和农渠。干渠是从水源地——水库引水的渠道；支渠是由干渠分流出去的灌溉沟渠，是干渠下一级的渠道，是分支的输水渠道；再下一级是斗渠，由支渠引水到毛渠或灌区的渠道；农渠是从斗渠中将水引流到各个田块的渠道。哥哥和国强面前的这条水渠，就是一条斗渠，通过通向地里的农渠，用来灌溉附近的庄稼地。

引水员马三把水闸打开，就骑着自行车走了。国强和哥哥取下绑在自行车大梁上的方锹，开始从斗渠上挖开一个豁口，将清澈的渠水引到玉米地里的农渠。他们使用的方锹，钢板明亮，锹口锋利，干起活来非常利索，几锹下去，就挖开了一个豁口，渠水翻涌着，哗哗流向农渠，翻滚着浑浊的水花哗哗向前流去。

水流到农渠后，隔一段距离，要用泥巴扎住，堵住水流，挖开两边的农渠，让水流向带有沟槽的玉米行子。浇灌结束后，把前面农渠的口子打开，堵住两边已浇灌好的渠口，再到前面挖开两边水口，循环往复，一直到地头，一块地就浇完了。

浇一块地，面积小的，需要一天一夜，面积大的，要好几天。水进了地，浇水人是不能离开的，白天夜晚都要守在地里，时刻观察水流的去向，跑水是浇水排的大忌，水漫金山淹死了庄稼，更是不能饶恕。累了，互相替换着，裹着雨衣在林带里换着睡觉休息，晚上浇水的人，还有夜班饭。

白天很快就过去了，哥哥跟着国强，前前后后，转了几圈，就知道了浇水的程序，无非是开口子、堵口子、放水、引水，关键是要观察水的流向，而流向和地势联系在一起，毛渠要修建在地势高的地方，从高处往低处浇，这样才能把地浇透浇好。

浇水排最难熬的是晚上。夜幕降临，大地一片沉寂，隐藏在杂草、枝叶间、水沟里的蚊子和各类小蠓虫儿飞出来了，围绕着人和马灯嗡嗡作响，赶走一群，又飞来一群，把裸露在外的脸、胳膊、小腿叮咬的都是红点子，痒痒的，手一挠，都是黄豆大的红疙瘩。

哥哥提着马灯，走在前面，国强拿着铁锹，跟在后面，两个人在玉米林里巡渠，检查毛渠有没有跑水的地方。

第二天夜里，哥哥让国强到林带里休息，经过两天一夜，玉米地还有西头没有浇完，最后一晚上了，不需要两个人点灯熬油，他觉得自己就可以了。国强看没有多大工作量，就说，有事赶快过来叫我，就到林带里裹着雨衣睡觉去了。

夜里，哥哥一手提着马灯，一手拿着铁锹，在地里巡渠，秋虫在地里唧唧鸣叫，狗的叫声从看不见的很远的地方传来，玉米的叶片上闪烁着星光碎银般模糊的光。黑乎乎的影子投放在玉米林里，脚下的胶筒呱唧呱唧响着。夜色朦胧，夜凉如水，玉米拔节的声音和各类虫子的叫声此起彼伏，更显原野的寂静安宁。

送夜班饭的人来了，他四十多岁，骑着一辆吱吱乱响的破自行车，在黑夜里声音很大。他把挂在后座上的饭桶拿下来，然后一声不吭掏出烟袋和烟纸，卷了一只长长的莫合烟，坐在林带埂子上吸起来，呛人的烟味在湿重的空气中向进疆弥漫过来。夜班饭是白面馒头，茄子、西红柿炒猪肉片，肉片肥厚油腻，香极了，哥哥吃了两个馒头，一份菜，又给国强打了一份，把肉菜装进搪瓷缸子，两个馒头放上面，盖好盖子，等国强醒来以后吃。他问了送饭的人，现在是夜里四点一刻。

送饭的人骑着自行车顺着林带的小路走了，吱呀吱呀的响声消失在浓浓夜色里。哥哥坐在地上休息了一会儿，拿上铁锹和马灯朝玉米地走去。

快走到玉米地西头，前面传来"哗哗"的急促的流水声，声音很大，哥哥叫声不好，这是毛渠垮渠跑水的声音，他踩着泥水快步来到前面，在灯光下看见毛渠垮了好几个口子，渠身豁豁丫丫的，水漫无目的地流淌着，可能是毛渠的水最后集中到西头，渠道帮子承受不了压力冲垮了。他来不及多想，把马灯挂在一株玉米粗大的穗子上，开始用铁锹挖泥堵冲开的渠口，第一个口子堵住了，他又往前走，堵第二个口子，接连堵了四个口子，他累得气喘吁吁，溅了一身泥水，回过头看，他又气又急，刚才堵住的口子又被冲开了，渠水肆无忌惮地流着，仿佛根本没有把他放在眼里！

哥哥不敢耽误，又返回来，继续挖泥堵缺口。冲开的口子比刚才堵住的宽，近处的泥巴挖完了，他又到远处挖，好不容易堵住了，前面的口子又冲垮了，他又跑到前面堵，这样来回了几次，口子还是没有堵住，还比刚才更大了，稀疏灯光下，渠水银蛇般四处窜动，发出咕嘟咕嘟的响声。他却累得精疲力竭，呼哧呼哧喘气，脚上穿的长腰胶筒，被深软黏糊的泥巴吸住，他使劲猛往外抽，结果脚脱离了胶筒，由于用力过猛，哥哥一个趔趄，一屁股坐到泥水里。哥哥快要急哭了，挣扎着从泥水里站起来，没办法了，哥哥只有回去叫国强。

国强裹着雨衣，头枕着铁锹，躺在林带里睡得迷迷糊糊，哥哥把他叫醒，他揉了揉眼睛，看着哥哥问，咋了？

哥哥沮丧地道，跑水了。

多大点事，不就是跑水了嘛！国强从地上起来，拿起铁锹，和哥哥一起朝玉米地走去。

来到玉米地西头，哥哥举着马灯，国强用铁锹堵缺口。国强在浇过水的行子里，满满挖了一铁锹泥巴，泥巴不干不稀，粘连成一个整体，远远地连锹带泥甩过去，泥巴不偏不倚，堵在缺口的一侧，溅起的泥水飘洒在玉米秆上。接连十几锹泥巴甩过来，将缺口堵得严丝合缝。国强过来，用铁锹背面里里外外抿了几下，让泥巴之间形成一个整体，一个缺口堵住了。

国强一鼓作气，接连堵住几个缺口，渠水又翻滚着灰色的波流，平稳地往两侧的行子里流淌。哥哥松了一口气，说，国强哥，你累坏了，出去休息一下。

两个人出了闷热漆黑的玉米地，把沾满泥巴的脚放在地头水渠里冲洗干净。哥哥抬头往西头一看，白花花的一片。不好，水跑到路上去了，国强咕哝了一声，向公路跑去。

公路其实是一条机耕路，平时少有人走，农忙时节才有拖拉机行驶。刚才渠口跑的水冲垮了地头的埂子，流到公路上了。

白花花的水，在公路上像一条游动的蛇，在夜色中闪着灰茫茫的诡异光亮。第一次单独浇水，就出了这么大的纰漏，哥哥不敢吭气，不知道怎么办。但他心里知道，在农业连队，水贵如油，他又在农时用水的关键时段跑了水，淹了公路，这在浇水排是大事。

进疆，明天无论是排长还是连长问起这件事，你就说夜班是我浇的水。国强说。

那怎么行，明明是我犯的错，怎么说是你？哥哥急了。

你就按我说的做，我是你师傅，出了事我担着。国强语气坚决地说。

国强哥，我不能把屎盆子往你头上扣。哥哥说。

你才工作没多久，知道什么！不要啰唆了，按我说的办。国强说，朦胧的灯光下他的眼睛熠熠闪光。

两个人坐在林带的埂子上。国强掏出一根烟，用打火机点上，吸了一口，缓缓吐出烟圈，给哥哥说，进疆，以后碰到渠口子垮了，你不要慌，馍要一口一口吃，口子要一个一个堵。堵口子的时候，你要挑不硬不软的泥巴，泥巴硬了，中间有缝隙，水可以渗出去，慢慢又冲开了；泥巴稀了，站立不住，容易被水冲走，不硬不软的泥巴，密封性强，站立性好，是一个整体，它们连接在一起，强度高，不容易断裂，口子就好堵住。还有一点，就是看见垮了几道口子，不要慌张，要一个一个堵，堵住一个是一个，不能日急慌慌，一个口子还没有堵好，就去堵另一个口子，这样就犯了刚才的错误，这个没堵好，另一个又冲垮了，累得像掰苞谷的狗熊，掰一个，又扔一个，结果一个也没留住。

哥哥听得张开了嘴巴，没想到平常的给庄稼浇水，里面还有这么多学问，这可是书本上没有的呀。

你别看这农业活，学问大着呢！同样在浇水排，技术好的人，渠道整好了，晚上可以睡大半夜；技术不好的，从夜黑忙到天亮，一身泥水，还没浇好地，你要有悟性，平时多观察那些老师傅，看他们怎么干，有时候闲谝，不经意露两句，都是他们平时不示人的经验，你听了要记住，用到你的劳动中。这个社会呀，也是一个大课堂，里面的学问一辈子你也学不完。国强说。

走，咱们到地里看看，天快亮了。国强说。进疆抬头看天，东方的榆树林里露出一片鱼肚白，像一张放电影的白色银幕。

在浇水排工作，虽然苦又累，但都是年轻人，大家在一块说说笑笑很热闹。下班了，到水井打一桶水提回来，再到食堂端一盆热水，脱个精光，打上洗头皂和香皂，把自己洗得干干净净，然后换上干净衣服，拿上搪瓷缸子，到食堂窗口排队打饭。一份素菜五分钱，连队菜班种的各类蔬菜，茄子、西红柿、辣子，一天三顿不重样，白面馒头一个一角钱，玉米馍是五分钱，一顿最少要两个。而且在浇水排工作还有一个好处，大家和连里都知道，一个个心照不宣，就是吃东西方便。哥哥上了几天夜班，很快就知晓了其中的秘密。浇水的小伙子到了地里，碰见什么吃什么，春季的苜蓿，夏季的西瓜、菜瓜、秋里蒙苹果，秋季的玉米棒子、红薯、花生，都是他们先尝鲜。秋夜里，毛渠的水打进地里，玉米还没成熟，掰一抱嫩玉米，放进水桶里，用铁锹铲几根树枝，搭个三脚架，把水桶吊起来，在下面生火，煮的玉米棒子又香又嫩。有些成家的人，趁夜晚将东西带回家，让家里人也跟着解馋尝鲜。

有时候，地块面积大，浇水排要上五六个劳力，不分昼夜，才能浇完整块地。遇到水紧张的时候，更是争分夺秒，庄稼不能没有水呀！

哥哥注意到，浇水排浇水最好的人是老常。老常是浇水排资格最老的，快五十岁了，一脸风雨沧桑，像一张枯缩的榆树皮，看起来像个六十岁的人，但是他的身体很硬朗，腿肚子都是一块一块的肌肉，他的自行车座椅后面挂着一个帆布挎包，里面有一个小铁盆，他吃饭比小伙子还厉害，一顿一小盆，玉米窝头一顿可以吃四个。他在浇水排待了二十多年，六连每块地都像他手掌上纵横的掌纹，沙土地还是黏土地，地势高还是地势低，吃水多还是吃水少，浇一块地需要多长时间，大约用多少水方，他都清清楚楚。他特别能侃，和他在一块地浇水，抽上几口烟，话匣子一打开，他有说不完的话，漫长枯燥的劳动有了一点滋味。他给哥哥说，他刚到浇水排的时候，也是二十啷当岁，那时浇水腰里要横着绑一个胳膊粗的木棒子，跟着水流到地里，如果遇到老鼠洞，人不小心掉进去，木棒子就可以把人拦腰担住。那时候老鼠洞大得很，一个老鼠洞有半间房子大，里面灌满了水，不小心掉下去要淹死人。

浇水的间隙，老常眯缝着眼睛给哥哥说，夏日里，你看太阳像一个滚烫的火球，庄稼晒得一个个耷拉着脑袋半死不活，你可以判断今年又是一个丰收年，因为阳光将天山冰雪融化，水流源源不断，浇灌滋润绿洲上的田地，那田地暄腾腾的，只要有了水，各种植物和野草便张开嘴猛喝，然后抬起头不分昼夜疯长。到了8月底9月初，田野像个到了预产期的妇女，挺着一个大肚子，呈现出一片丰满和富足。

老常敞开衬衣，露出长满黑毛的胸脯，坐在林带渠埂子上，一手拿着烟抽，一手拿着一顶草帽扇风。他眯着眼睛，看着棉花地。刺眼的阳光照耀着绿油油的棉花地。他指着棉花地给哥哥说，他看着阳光下棉花的叶片颜色，可以准确分辨水流向哪里。没有浇水的棉花，叶片在阳光的炙烤下耷拉着，颜色发黄，浇过水的棉花，叶片吸足了水分是舒展的，颜色发黑，颜色是一条线，说明水渠正常，颜色偏离主线，说明渠道垮了跑水了。

太阳，雪水，雨水，是老天爷赏赐给我们的，不要一分钱呀！他大声说。

有时候，说着谝着，他突然放开喉咙，大声唱了起来，歌声掠过玉米地棉花地，越过高高的树梢和白云，飞向苍茫的原野和看不见的远方。

> 奎屯河的水哟，日夜不停流
> 你那金色的波涛，是麦子的颜色
> 你那银色的浪花，是洁白的棉花
>
> 你那浑浊的激流哟，是我们滚烫的汗水
> 你奔腾不息，你生生不息
> 你流向荒原、戈壁、绿洲
> 你流向哪里，哪里就是绿色的生命
> 你流向哪里，哪里就是欢乐的海洋
>
> 奎屯河的水哟，日夜不停流
> 你那红色的浪花，是鲜嫩的苹果
> 你那绿色的波涛，是流蜜的西瓜
> 你那浑浊的激流哟，是我们滚烫的汗水
> 你奔腾不息，你生生不息
> 你流向荒原、戈壁、绿洲
> 你流向哪里，哪里就是绿色的生命
> 你流向哪里，哪里就是欢乐的海洋

他的歌声苍凉、悠长、高亢，好像是从胸腔里酝酿淤积了许久，长时

273

间发酵后憋不住，猛然迸发出来一样，带着一股原始亢奋的生命激情。这首带有野性的曲调，粗犷、奔放、豪迈，是和这片辽阔而富有活力的绿洲大地融合在一起的，它是从这片土地，这片被雪水浇灌过的土地上生长出来的歌。

进疆呆呆地看着他，被他的歌声震惊了，他没有想到，一个毫不起眼的浇水排农工，会唱出这么震撼人心的歌。随着他的歌声，他的眼前浮现出高耸入云的雪山、一望无际的田野、田野上劳动的无数人流。

老常唱完了，他的眼神迷离，饱含泪水，仿佛还沉浸在歌曲营造的氛围里。

常叔，这歌是谁写的词谱的曲？哥哥好奇地问。

给你说，你也不知道。老常说。

谁嘛？别卖关子了！旁边的国强说。

唉，说起来话就长了。一个老教授，教音乐的，是他作的词、谱的曲子。老常说。

教授？你天天在浇水排，还认识教授？国强问。

这个人以前在咱们六连，姓林，是管林带的，没事就在林带里唱，有时候还用外国话唱，谁也听不懂。有人告到连里，说他不好好劳动，唱资产阶级歌曲，他就不唱了，整天闷闷不乐。那个时候都吃不饱，有时候浇水排夜里煮了玉米棒子、摘了西瓜，我就给他留两个，没人的时候给他，让他拿回去吃。时间长了，我就和他熟悉了，他看我实在，心眼儿又好，两个人也能说得来，慢慢就和我成了朋友。他是天津人，解放前毕业于上海国立音乐专科学校，解放后被打成右派，下放到车排子农场。那几年，咱们车排子农场真是人才济济，你到连队上，那些赶牛车的、挖厕所的、看棉花场的，别看他们穿得破破烂烂，走路磨磨唧唧，整天闷着头一声不吭，猛一看和连队职工没啥两样，但你一听他说话，口音就是北京、上海、武汉的，不要问，他们都是知识分子，不是教授，就是这个家、那个家的，一个个本事大着呢！八连有一个赶牛车的，会画画，听说是中央美术学院毕业的，画的毛主席像，跟真人一样，兵团首长来了，看了都说好。咱们连积肥班的马老头，是学建筑设计的，咱们连的大礼堂就是他设计的图纸，什么也不拿，一张纸，一支笔，一把尺子，一晚上就把图纸搞出来了，那水平真是高！老常打开了话匣子，喋喋不休说了一堆。

那个会音乐的林教授现在在哪？进疆问了一句。

这样的人嘛，肯定不会一辈子待在连队。他们都是高人，都是能人，表面上默不作声，心里面都在想着哪一天能够重新出人头地。这个懂音乐的林教授，连里不让他唱歌，他就晚上偷偷搞创作写曲子，一个人在家里哼哼。我也不知道他写的什么唱的什么。有一天夜里，我给他送去两个西瓜，三点多了，他还在煤油灯下写，我问他，你写的什么？他说，给你说，你也不懂。那天夜里，他给我讲他的身世，他的经历，他怎样被打成右派，他的妻子和他如何离婚。他给我说，老常，人民大众是需要艺术的，艺术的生命是多种多样的，不能就是八个样板戏，就像你吃饭，不能顿顿都是玉米馍馍，要变着花样，炕饼子炸油饼包饺子，想法子改着花样吃。江青这一帮子人，迟早要完蛋，中国不会让他们一直折腾下去。我听了，心里非常害怕，说，林教授，你可别胡说，让人听到了，可是要坐监狱掉脑袋的。他说，我相信你不会乱说。这些有文化的人，看问题深，想问题远，你看，现在"四人帮"不是被打倒了吗？他在几年前就预料到了，真是高人呀！老常感叹说。

进疆静静地听着，感觉如痴如醉。

老常停了下来，端起一茶缸水，咕嘟咕嘟喝了半缸子。

常叔，最后林教授呢？哥哥问。

"四人帮"没被打倒之前，他就调走了，到乌鲁木齐市一个学校教音乐去了，后来听说他落实了政策，回天津去了。老常说。

他再没和你联系过？国强问。

没有。走的时候，他到我家去了一趟，告诉我他调到乌鲁木齐教书去了，没什么东西送我，送了我一首歌，写在一张纸上，名字叫《奎屯河水长又长》，他教了我几遍，就是我刚才唱的那首。老常看着远方，眼睛里一片迷离，像是若有所思，又像是沉湎于往事，看不出此时他是一种什么心绪。

第二十七章

到了 11 月初的一天，哥哥骑自行车回老房子，他高兴地给妈妈说他发工资了。第一次在浇水排领工资，他心情既高兴又激动，这天下午没事，他找罗排长请了半天假，骑自行车跑到场部买了两公斤猪肉，又给母亲和弟弟买了一些布料，回来的路上，在沙枣林里折了几枝流出蜜浆的黑沙枣，兴冲冲回到老房子。

回到家，我们看见哥哥回来，还买了这么多东西，高兴地一窝蜂围了上来。哥哥的自行车大梁上，拴着一个长方形的铁锹，铁锹用久了，锹面银光闪亮，像一面镜子，能照得见人影子。哥哥拿出布料，妈妈的一块青色的确良衬衣料子，一块黄色军用布料，我们弟兄六个一人可以做一条裤子。还有花疆的玩具，一个彩色羊皮拨浪鼓，手握住木柄摇晃，两个小球击打鼓面，发出悦耳的咚咚的鼓声。花疆一手拿着拨浪鼓，一手拿着沙枣枝，高兴地咧开嘴笑了。花疆奶声奶气地给哥哥说，哥哥，你要是天天回家就好了！进疆明知故问说，为什么呀？花疆稚气地回答，你一回来，家里就有好吃的，妈妈和哥哥们就高兴！那你高不高兴？进疆问。我最高兴！花疆说。大家哄地一声笑了。

妈妈手捧布料，高兴得合不拢嘴。她问，进疆，第一次发工资，你都花了，自己也不留一点？

哥哥从口袋里掏出一叠钱，递给妈妈说，妈，这是我发的工资，还有

277

三十块，你拿着。

孩子，你一个月工资才四十块钱，又买了这么多东西，怎么还剩下这么多？妈妈问。

妈，我上班是 10 月 14 号，只要没过 15 号，就发一个月的工资。今天是 11 月 20 号，正好领了两个月的工资，八十多块钱呢！除了买肉和布料，我留了十几块钱伙食费，剩下的就给你了。哥哥兴奋地看着母亲说。

孩子，这钱你要留着，你工作了，什么东西都没有，别人家的孩子工作，自行车、手表样样有，你连一辆自行车都没有，现在骑的自行车还是借你老王叔的，你把钱攒着，攒够了钱，就买一辆自行车，以后有钱了，再买一块手表，工作了就要像个工作的样子，你把钱都给妈，你怎么办？妈妈急切地说。

妈，这钱你一定要拿着。我工作，就是为了这个家，这钱留着给家里用，弟弟们到时候还要交学费。至于自行车嘛，我也不准备买新的了，我就骑老王叔的这辆，咱们到时候把钱给他就行了。哥哥说。

唉，那我就先拿上，妈给你先攒着。妈妈激动的眼泪在眼眶里转。

妈妈接过哥哥的钱，掏出钥匙，打开木头箱子，把钱小心翼翼放进箱子里。然后，妈妈问我们，今天吃什么饭？

吃饺子！我们看着哥哥手里提的猪肉，异口同声地说。

好！今天包饺子。我去菜窖拿白菜，准备剁饺子馅。妈妈高兴地说。

以前，只有过年的时候，我们家才包一顿饺子，今天哥哥第一次发工资，一家人真是比过年还高兴！

妈妈到菜窖拿白菜去了，我们把布料拿过来，在腿上比量着，想象着穿上新裤子的样子。

好了，别弄脏了，闲了我带你们到连里，找一个会做衣服的阿姨，给你们每人做一条。哥哥过来说。

大哥，以后每个月都发工资吗？小弟爱疆问。

是的，每个月都发。哥哥笑着回答。

太好了！以后我们家就有钱了！爱疆高兴地说。小弟们围着哥哥，一个个欢欣鼓舞。

你们要好好学习，钱的事情你们不要管。哥哥给我们说。

妈妈推门进来，手里抱着两棵大白菜，还有一把绿油油的芫荽。

妈妈开始洗白菜切肉，准备饺子馅。哥哥帮着妈妈和面。妈妈问哥哥，现在场部的肉多少钱一公斤？

哥哥说，两块钱一公斤。

这么贵！连里才一块五一公斤。

不是马上过年了吗，就这还差一点买不上呢。再说不用肉票，贵就贵一点吧，咱家好长时间没有吃肉了！哥哥说。

我们围在案板跟前，一边说着话，一边动手包饺子。饺子包好了，妈妈开始下饺子。水我们早就烧开了，咕嘟咕嘟翻滚着，冒着白色的热气，等着包好饺子，就可以下锅。

我们围着锅台，看着锅里翻滚飘香的饺子，一个个口水都快流出来了。

母亲点了三次凉水，饺子终于煮好了，白晃晃的，一个个拥挤着漂浮在铁锅里。

母亲盛了满满一铁碗热气腾腾的饺子，给我们说，你们谁去给老王叔送一碗饺子。

我去送。哥哥抢先说。

志疆，你去送吧，你哥今天跑了一天，累坏了。妈妈端着碗给我说。

那——，好吧，我有点不情愿地说。我真不想见他，但妈妈说了，我又不好拒绝。

妈妈把饺子碗递给我说，先给王叔送去，你回来再吃。

我接过大碗，出了门，向王长福住的趴趴房走去。

阳光照射在趴趴房黄褐色斑驳的泥巴墙上，像一块布满窟窿的破布。墙泥经过狂风吹打和雨水冲刷，裸露出参差不齐的麦秸碎屑，反射着粗糙的淡淡的灰色光芒。一群麻雀聚集在房顶叽叽喳喳晒太阳，像一团团烟灰。

王长福今天没出去放羊，他刚从羊圈回来，他看我端着碗过来，笑嘻嘻说，花生，你妈今天又做好吃的了？

我没有接他的话，把碗递给他。他接住碗，他的手又脏又黑，青筋暴露，指甲长长的，沾满了黑乎乎的污垢，像是从来没洗过。

一股令人作呕的尿骚气传了过来，我想吐，但我忍住了，等一会儿要吃饺子，我不想破坏自己美好喜悦的心情。

王长福接过碗，放在趴趴房的窗台上，他转过身来，面带笑容要和我说话，或者摸一下我的头。

没等他走近我，我就拔腿跑了，我要回去吃饺子。

嘻，这孩子！王长福在我身后叹了一口气。

哥哥工作后，从家里搬了出去，我把他的小床搬到棚子里，以后夏天秋天我就住在棚子里，我们都一天天长大了，睡在一个炕上太挤了，冬天冷了再搬回去，冬天挤就挤吧，挤在一起暖和。

哥哥吃过饺子，就骑自行车回连队去了，他晚上还要上夜班给冬灌的人送饭。

我蘸着醋，吃了一大碗饺子，又喝了一碗热饺子汤，肚皮吃得圆鼓鼓的，出去在外面转了一圈。夜幕降临了，田野上环绕着一片片淡淡的氤氲，各种树木隐藏在浅浅的夜色里，天气渐渐冷了，很多动物躲藏起来了，偶尔有一只刺猬、一只老鼠或者一只野兔子听到脚步声，从草丛中惊慌跑开。月色朦胧，隐约可见几颗星星散缀在深黑色的天幕上，老房子零星的灯光遮掩在树丛草垛中。转了一会儿，空气越来越凉了，我就回到棚子，洗洗脚躺到床上去了。

棚子里有点冷，寒风从葵花秆的缝隙里钻进来，顽强地往被窝里钻，我裹紧被子蜷缩在被窝里。天刚有点凉，母亲就让我搬回炕上睡，我图清静，不想在炕上挤，看来明天要搬回去。我翻来覆去睡不着，肚子圆滚滚的，可能吃饺子吃得太饱了。好不容易迷迷糊糊睡着了。过了不知多长时间，肚子有点难受，叽里咕噜的，我又醒了，想拉屎。我在黑暗中爬起来，摸索着穿上衣服，趿拉上鞋子，拉开棚子门出去，又把门关上。

半个月亮挂在南方的天空，洒下的月色水一样泼在老房子，远处的草垛、圈舍、树丛影影绰绰，近处的柴火垛、棚子、草丛朦朦胧胧，空气凉爽、清新、湿润，失去了白日的刺目、温暖和喧嚣。这么晚了，我不想到土堆后面大便，就在柴火垛旁边的草丛里蹲下身子，解开裤子，呼啦啦一声，肚子立即好受了很多，看着月光下摇曳的枝叶，听着周围虫子断断续续的鸣叫声，我的心中一片舒服惬意。

蚊子没有了，可能睡觉去了，也可能夜里天太凉，它们怕冷躲起来了。几只觅食的蝙蝠差一点撞到我头上，忽地一声飞走了，瞬间消失在半明半暗的夜色中。我蹲在地上，独自一个人，领略着老房子静谧安详的夜色，这样的意境，这样的心情，是从来没有过的。白天的一切，隐藏在如梦如幻的夜色里，朦朦胧胧，像一团灰色的雾。星星散布在深邃的墨绿色夜空，比傍黑时更清晰，一阵风无声地吹来，凉爽无比，舒服极了。一颗流星，在南方的夜空迅速划过，拖曳着长长的流云般光影，然后迅速消失。我转动着头颅，看着周围雨水洗过一般清新湿凉的夜景，陶醉在苍茫迷离的夜色中。这时，我突然模模糊糊看见从家里出来一个黑影，我以为眼睛花了，揉揉眼睛再看，就是一个黑影，站在我家门口，与房子投下的阴影连在一起，似有若无，看不真切。我目不转睛地看着黑影。黑影站了一会儿，好像适应了忽明忽暗的朦胧夜色，转身向房子南边走去。月光下，从走路姿势和身影看，这个人很像母亲！但看不清楚。这么晚了，她一个人到哪里去？去做什么？我心中疑惑不解充满疑问，我怀疑刚才看到的是幻觉，我是不是独自一人在梦游？我用手狠狠抠了一下大腿，一阵疼痛真真切切，我睁大眼睛，看着那个黑影一步步向南边走去。

月光下，一条白狗跑过来，轻轻吠了一声，围着那个人转了一圈，悄无声息地走了。狗见了熟人，是不叫的，我更加肯定那个人就是母亲。这时，母亲走过了家属房，继续向南边走，前面就是羊圈旁边的趴趴房。我的脑袋"嗡"地一声大了，呼吸也急促起来，感觉心脏要跳出胸口，母亲难到要到趴趴房，是去找王长福？

母亲的身影在月光下一晃，消失在趴趴房方向，我看不见了。湿凉的空气抚摸着我的后背，我浑身凉飕飕的。看着眼前的一幕，我突然万念俱灰，心情沮丧，刚才美好的心情一扫而光。我像一个泄了气的皮球，浑身无力，软绵绵的，如果屁股下面没有那堆臭烘烘的排泄物，我就想一屁股瘫坐在草丛上。

半夜三更的，母亲到王长福家中干什么？有什么事非要夜里去？白天不能办吗？一个人鬼鬼祟祟的？我想起了那个令我耻辱的"破鞋"绰号，连队人指手画脚的议论，母亲戴的坏分子帽子，我觉得浑身的血液往上涌，脑袋就要炸了！我实在是不愿意这样联想，她是我亲爱的妈妈！但今天晚上我是亲眼所见，我的天呀，这到底是怎么回事？它超出了我的想象，我的脑壳发晕，想不出答案。

来不及多想，我提起裤子，我要去亲眼看个究竟。我绕过柴火垛，贴着一排棚子，向南边走去。这时，遥远的西方地平线出现了一个大盘子一样的圆圈，而且扩散得越来越大，闪着强烈耀眼的白光，可能是苏联人在实验原子弹爆炸。

黑狗亮亮不知从什么地方跑了过来，围着我转，我踢了它一脚，它嗷了一声，夹着尾巴跑了。我轻轻绕过家属房，穿越布满骆驼刺的小路，躲在草垛跟前观察，草垛黑黢黢地蹲着，发出霉烂的带点甜味的腐烂气息。一只麻雀或沙枣鸟扑棱棱飞出草垛，向黑暗中飞去，吓了我一跳，细碎的草末子扬在我脸上。很远的水渠边一个四周长着稗子草的臭水塘里，一只青蛙扯着喉咙一声声鼓噪着，声嘶力竭浑浊难听。附近没有动静，我来到羊圈旁边的趴趴房，慢慢踱到后面，躲到窗户下面。这个房子曾经是我家居住的地方，我就诞生在这间房子里，并且在这里度过了童年，这里的一切我太熟悉了。

周围万籁俱寂，月光勾勒出灌木丛暗与光的模糊剪影。远处传来母牛反刍的轻微咀嚼声，一只老鼠哧溜一声从我的脚上慌张窜过，吓了我一跳。

我屏住呼吸，按捺住强烈跳动的心脏，静静观察着周围的一切。从后窗户看，房子里没有点灯，黑乎乎一片，有点神秘莫测，仿佛隐藏着无数白天看不见的秘密。过了一会儿，窸窸窣窣响了几声，房门"吱呀"一声响了，接着有人出去的缓慢脚步声，声音渐渐朝房后传来，我赶紧躲在阴影处，身体靠在墙上，眼睛看着小路，一动不动。

月光下，晃动出两个人影。母亲走在前面，王长福跟在后面，后面拖着一条长长的黑色阴影。经过我的一瞬间，我看见母亲手里拿着一个碗，一只胳膊夹着一包东西，鼓鼓囊囊的，像是一包衣服之类的东西，他们没有说话，一前一后往北边走，朝着刚才母亲来的方向。

走过趴趴房，母亲回过头说，你回去吧，不用送了。王长福说，每次都麻烦你！

看你说的。补几件衣裳，能费多少功夫。母亲说，然后头也不回地走了。

老陈家的，我明天晚上拿过去，放到柴火垛里。王长福咕哝了一句，不知母亲听见了没有，她没有答话。我在黑暗中却听得清清楚楚。

王长福站了一会，直到看不见母亲，他才转过身，到门口的鸡窝前站住，撒了一泡尿，淅淅沥沥很长时间，然后慢腾腾回趴趴房去了。

又过了一会，我听见王长福躺到床上，床吱吱呀呀响，一会就响起了沉重的鼾声，我才轻手轻脚离开趴趴房，又从柴火垛后面绕过家属房，回到棚子里。

这一晚，我躺在床上，翻来覆去睡不着，各种想法接踵而至，理不出头绪。第二天晕晕乎乎起来，我看见昨晚我给王长福送饺子的大碗，放在案板上，我什么也没问，装作什么也没有发生的样子，洗脸吃饭，背着书包上学。

我一天无精打采，神思恍惚，像一棵被秋霜打过的高粱。下午放学回到家，母亲发现我精神不好，关切地问我是不是晚上睡棚子着凉了？我没有吭声。母亲又说，不行搬回房子住。我赶忙说，过两天再搬，现在还不太冷。母亲再没有说话。好不容易挨到晚上，我吃过晚饭，一个人早早躲在棚子里，怀着复杂的心情等待着，我要看王长福今晚过来干什么。

风从棚子缝隙吹进来，带着微微的凉意。夜幕在我忐忑不安的焦急等待中悄悄降临了。我走出棚子，把门关好，轻手轻脚来到棚子后面的柴火垛。

夜色中，月光朦胧，空气湿凉，高高的柴火垛黑乎乎的，像一座山矗立在我面前，我用手抓住柴火枝，一步一步爬上了柴火垛，柴火枝吱吱响，几只麻雀从柴垛中飞出，在空中发出惊慌的鸣叫，对我攀登的动作惊扰了它们表达着愤怒。一摊温热的麻雀屎落在了我的脖子里，我猛地缩了一下身子。夜色迷茫，周围景色模糊，像洒了一层薄雾般清凉。我爬到垛顶，摸索着找了一个位置蹲了下来，这里居高临下，可以看见周围的各个角落而不为人知，谁也不会想到此刻柴火垛上藏着一个人。我脊背靠着柴火，闭上眼睛慢慢进入了遐思。这时，我的心很乱，理不出一个头绪，像一垛垛横七竖八胡乱挤压在一块的柴火棒子。我太小了，却经历了这么多事，往事像一团乱麻，胡乱缠绕在我脑海。我突然不想上学了，像哥哥一样参加工作，离开这个家，可以挣工资，可以养活我和家人，但是我年龄不够，差好几岁，连里根本不会批准，别说场部了。一股湿凉的雾气袭来，我叹了一口气，抬头看着深黑如墨的天空，几颗星星在云层里眨着惺忪的眼睛，高不可测，虚空迷茫，黑夜使我的情绪繁杂混乱，我一个人望着天空发呆沉思。

突然，下面传来"扑哧扑哧"的走路声，声音由远而近，由小而大，那是裤腿和野草的摩擦声和沉重的脚步声。我循着声音的方向，低头往下看，从王长福趴趴房方向，走过来一个黑乎乎的人影，向着我坐的柴火垛方向走来。夜色中，这个人影低着头，佝偻着腰，背负着一件沉重的东西，像一个摇摇晃晃飘飘忽忽的幽灵。他没有沿着家属房过来，而是绕到棚子后面转了一个弯过来，这样，就是突然有人从房子里出来，也不会和他面对面照面，他还有躲避的机会。黑影慢慢走近了，我看见他背上驮了一个重物，应该是麻袋，气喘吁吁来到我家柴火垛跟前，"扑通"一声放下麻袋，身子靠在柴火垛上休息了一会儿，然后把麻袋拖过来，藏进柴火垛的一个窟窿里，那是母亲抽拿柴火形成的一个柴火洞，他吃力地吭哧着把麻袋推搡进去，然后用外边的柴火枝盖好洞口，又坐在地上休息。我就趴在他头顶，隐藏在柴火纷乱的枝丫中，上下距离不到四米。我一动不动憋住呼吸，大气都不敢出，两眼紧紧盯着眼下的这个人。

黑暗中，空气中飘过来一股淡淡的尿臊味，似有若无，钻进我的鼻孔，我闭上了眼睛。一只小虫子趴在我的脸上，叮得皮肤痒痒的，我也不敢动。坐了大约五分钟，月光露出了云层，淡淡的清辉洒在荒野上，洒在柴火垛上，几只麻雀飞了过来，在王长福头顶盘旋叽叫，可能是刚才飞走的那几只，现在回来返巢。王长福站起身，拍了拍屁股上的灰尘，蹒跚着脚步走了，他还是沿着刚才来的老路，往他的趴趴房走去。

等他走远了，一直消失到看不见，尿臊味也消失了，我才慢慢下了柴火垛，来到王长福刚才放东西的地方。我轻轻扒开盖在上面的柴火棍子，探进身子用手一摸，是一个圆咕隆咚软塌塌的麻袋，里面装的是粉碎后的玉米糁子，那是老房子库房喂种羊种牛的精饲料，散发着一股浓烈的玉米味和老鼠屎混杂的腐烂气味。很多年以后，我回忆起这天晚上的情景时，鼻腔里依然是一股陈年的玉米味和老鼠屎的腐烂味，并且经久不散挥之不去。

第二十八章

一转眼，三年多过去了，20 世纪 80 年代的第一个春天来了。

春风拂面，燕子翩然归来。在连队，一年和一年的变化是不大的，时间老人仿佛静止了，风景还是那个灰苍苍的风景，草木过了一秋，作物收获了一季，小路还是那条尘土飞扬的土路，依旧春天翻浆，秋天泛碱，冬天结冰；房子还是那个土坯房，只不过墙皮脱落、门窗油漆斑驳、盐碱侵蚀更加严重了。

但还是有些变化，毕竟一千多个日日夜夜过去了。我们长大了三岁。1978 年 5 月 11 日，《光明日报》发表特约评论员文章《实践是检验真理的唯一标准》，由此引发了一场关于真理标准问题的大讨论，席卷全国。三年的时间里，"文化大革命"结束了，高考恢复了，中国开始改革开放了，中美两国正式建交了，农村实行联产承包责任制，中共中央决定，地、富、反、坏分子（除极少数坚持反动立场的以外）一律摘掉帽子。总设计师邓小平在南海边画了一个圈，深圳经济特区，一座昔日的小渔村迅速神话般崛起。春天来了，万物复苏；春天来了，百废待兴。

过了清明，广袤的准噶尔盆地，天空高远深沉，堆积着一团团铅灰色静止的云，一动不动。举目四望，盆地还是一片荒凉沉寂的世界。厚厚的积雪早已融化，大地一览无余，裸露出黑褐色的湿漉漉的飘着雾气的辽阔胸膛。凉丝丝的风，夹带着春水泛滥的水汽、盐碱腥酸的气息、植物腐烂的气味，掠过空旷无边的荒野，吹向枝丫萧条的树林，泛着黑黄颜色的草垛，寂静无人空荡荡的场院，一个个冬眠似的连队，睁开了惺忪欲醒的眼睛。

春天是美好的，但春天的道路是肮脏、泥泞、湿滑的。白天温暖的阳光融化了道路上冰冻的泥水，去年秋天落下的树叶、遗落的烂白菜叶子、丢弃的垃圾腐烂在冰雪融化的雪水里，无论是大路还是小路，都是一片稀烂的泥巴糊糊，上面漂浮着一层白色的污浊水汽，一脚踩下去，鞋子都要淹没。到了夜晚，气温骤降，泥水又重新结冰上冻，光溜溜的，就这样反反复复拉拉扯扯，要持续一个多月。

开春开学的时候，我已经上初中三年级第二学期了，今年上半年是最后一个学期，6月就要初中毕业了。这天上课的时候，鲁老师说，从1980年开始，也就是从今年我们这一届初中生开始，场部决定营部不办高中了，全部集中到场部中学去上。也就是说，我们要到场部去考高中！

这个消息还是惊人的，犹如一把碎盐撒进了沸腾的油锅，校园一下炸开了锅。特别是我们这届初中应届生，同学们聚在一起议论纷纷，脸上露出焦虑不安的神色。

以前六连学校的初中毕业生，由学校向营部中学推荐上高中的学生，一个连队有10名到15名应届初中生可以上高中。那时候，连队的学生上高中的积极性不高，每个家庭多则七八个孩子，少则三四个，那个年龄段，毕业的都是家里的老大、老二，反正高中毕业后还要回连队参加劳动，不如早点参加工作拿工资，减轻家庭生活负担，上高中的学生都是家里条件比较好的，或者是干部家庭的子女。当时，大学招生采取的方法是各级组织推荐"又红又专的无产阶级青年"，不进行文化考试。1977年10月，恢复高考以后，一下子点燃了很多青年的理想之火，大家踊跃报名上高中，毕业了可以参加高考，以此摆脱命运的束缚。

我们六连所在的营部在四连，叫二营，由附近的六个连队组成。二营学校有三个高中班，其他是初中班、小学班。现在，营部不办高中了，我们要到场部参加考试，鲁老师说录取的比例很低，意味着上高中的门槛提高了，而以前在营部上高中，是学校推荐的，不用参加考试。很多同学初中毕业后，就彻底告别了校门，去连队参加工作了。

1977年恢复高考以后，在六连大房子住宿的小青年当中，犹如平地一声惊雷，搅动着大家平静的心绪，特别是有两个一直坚持看书学习的青年，他们考上乌鲁木齐师范学院和塔城地区技术学校后，其他人再也坐不住了，一个个心急火燎，回到家把丢掉的初中高中课本再找回来，利用休息和晚上时间复习功课，有时候连队放电影，有的小青年在电影开始前的一段时间里，坐在板凳上背公式验算数学题。以前死气沉沉的连队和前途渺茫的青春，现在突然出现了一条通往理想之国的道路，怎能不使每个渴望改变命运的年轻人怦然心动而跃跃欲试呢？

现在，在六连学校初三班，想上高中的同学愁眉不展忧心忡忡，第一次参加高中考试，心里没底，又没有可比性，而且各连队学校之间教学水平差距很大，担心自己考不上，上不了高中，就彻底失去考大学的机会，回到连队和父辈一样，面朝黄土背朝天，在土地上辛苦劳作一辈子。

很快，初三班分了两派。一派是初中毕业后想参加场部高中考试的，这些同学学习比较好，想通过高考改变命运，有的现在就开始准备了，对三年初中阶段的课程进行复习、巩固，提前做好考高中的准备工作。另一派是初中毕业后，根本不参加场部高中招录考试，等着分配工作的。这些学生平时就不好好学习，知道自己不是学习的料，考试也是给别人垫背，索性彻底放弃了高中考试。

班长秦思瑶毫无疑问是要考高中的，她学习一直在班里名列前茅，考试肯定没有什么问题。还有几个同学学习也可以，如徐志伟、王国强，他们现在已经进入紧张的复习备考阶段，把初中阶段的书全部找到，开始做练习题，备战高中考试。班里大多数同学学习成绩很一般，有少部分根本就不学，这一帮同学马天山是头儿，眼看就要毕业了，他们索性就不学了，无论成绩好坏，反正学校要给他们发一张初中毕业证，有了它就可以分配工作了。

马天山在班里说，家里已经给他买好了"永久"牌自行车，铺盖卷也准备好了，初中毕业以后他就去工作。田扎根喜欢音乐，没事就乱吼几声，他从文教李东阳那里拿回来一个破旧的没有琴弦的二胡，到老房子拽了一些马尾，自己制作了琴弦，没事就自己拉自己唱，自娱自乐，声音怪腔怪调，惹得同学们一起哄笑。

马天山和田扎根个子高，他俩的座位在教室最后面，一个在北边，一个在南边，马天山书包里放了半瓶连队酿的高粱酒，用一个洗过的农药瓶子装着。两个人不听课，闲得无聊，就拿起火炉跟前的柴火棒子，敲打着课桌行酒令。两人你一口，我一口，教室里弥漫着淡淡的酒气。

老虎！

杠子！

杠子打老虎，你喝！

鸡！

虫！

鸡吃虫，该你喝了！

他俩在后面吵吵闹闹的，引得全班学生回头看，老师也管不住，气得夹着书本走了，我们只好自习。

看着老师被气走，两人更高兴了。田扎根拉起二胡，马尾巴摩擦丝弦，发出干涩嘶哑的声音，他唱歌跑调，哼着香港电影《三笑》里的《梨膏糖调》，声音像乌鸦咿呀咿呀地欢叫，在教室的墙壁上来回碰撞滚动。

一笑再笑连三笑啊，

唐伯虎的灵魂上九霄！

不管侯门深似海啊，

横冲直撞相府跑啊。

289

王春玲，我唱得好听吗？田扎根大声问旁边的王春玲。

好！好！你把我的心都唱乱了。王春玲翻着书本，头也不抬，气哼哼地说。

哦，你的心儿碎了，这怎么办呢？这怎么办呢？田扎根装作哭丧着脸说，接着又唱了一句。我和阿诗玛陪你回家乡，从此你呀不忧伤，咿呀咿子哟……

咿呀咿呀哟……，马天山学着田扎根的腔调，和他的一帮子好友哈哈大笑。

教室实在待不下去了，很多同学拿着书本，到外面看书去了，教室一下子空荡荡，没有几个人。

我打算初中毕业后就去工作。从内心来说我当然很想上高中，但是家里太困难了，我想早点工作，可以减轻家里的生活负担。再说，我的学习很一般，除了语文、历史、地理好一点，数学、物理、化学学得不好，基础很差，成绩不理想，到场部参加考试，我心里没有一点底。

这几年，家里虽然哥哥参加了工作，妈妈也到"五七排"挣工分，但家庭经济没有太大的起色，我们弟兄五个都在上学，妹妹花疆也慢慢长大了，随着年龄一年年增大，正是能吃能喝的阶段，一碗玉米糊糊只能勉强应付肚皮，上学读书是需要体力的，常常是还没放学我已经饥肠辘辘，饿得头晕眼花，还要走路回家，哪有精力去复习备战考试？

老房子的家，依然是家徒四壁，空空荡荡。哥哥虽然工作四年了，但也没有存下一分钱。每次发了工资，除了自己留下饭票钱和买牙膏、香皂的钱，他把剩余的钱一分不少地给了母亲。多亏了哥哥，要不是他的工资，我们上学的学费、穿的衣服、家里的油盐酱醋日常开销，都不知从什么地方来。哥哥挑起了家庭的重担，用自己的全部力量维持着这个贫穷的家庭。当然还有那个只有妈妈和我知道的秘密，王长福一直在暗中接济着我们一家人，他隔一段时间就会在夜里给我们送来半袋子玉米糁子，虽然玉米糁子混杂着老鼠屎和霉烂腐臭的气味，难以下咽，但它毕竟是可以填饱肚子的粮食，每次妈妈趁无人之际或者深更半夜，把大半麻袋玉米糁子拖回棚子，然后关了棚子门，用筛子仔细筛过，把老鼠屎、麻雀屎和变霉发黑的颗粒拣出来，然后和玉米面混合搅拌在一起，给我们打糊糊蒸窝窝头炕饼子。自从那一年父亲捡拾玉米被王翠枝无意发现后，母亲做事胆小谨慎小心翼翼，她知道这个风雨飘摇的穷家再也经不起任何折腾和打击了，再出一点哪怕是芝麻大一点的小事，它就会地动山摇房倒屋塌而瞬间倾覆消失。

但是，任凭母亲拣拾得多么仔细，烧饭多么用心，玉米糊糊和窝窝头饼子总有一股淡淡的腐味，我知道这些食物的来历，却装作什么都不知道的样子，闷着头喝糊糊。有一次中午，弟弟建疆喝了一口玉米糊糊说，我怎么老是觉得糊糊里有一股老鼠屎味。说着，他用筷子挑起一个黑粒子，让我们看。母亲听了，放下筷子沉着脸说，什么老鼠屎味？我怎么没吃出来？饭还堵不住你的嘴！母亲夺过他的筷子，看了一眼说，这不是一粒芝麻吗？她把筷子伸进嘴里抿了一下，然后继续端着碗喝糊糊。平时母亲极少发火，看着她突然发火的样子，弟弟们很吃惊，一个个闷着头喝粥，谁也没有再说一句话。

我今年就要十七岁了，哥哥初中没毕业，不到十六岁就参加工作开始养家，我最起码初中毕业了。就是勉勉强强考上高中，到场部中学再上两年，以我的学习成绩，我也考不上大学，既然考不上大学，我为何白白耽误两年的宝贵时间呢？

鲁老师说我们要到场部考高中的这天，放学回来，我把自己不想考高中的想法给妈妈说了。妈妈听了，愣了一下，半天没有吭声。家里的情况她清清楚楚，日子已经接近崩溃，能让我上到初中毕业，已经非常不容易了。

等你哥回来，咱们再说吧。沉思了一会，妈妈给我说。

过了几天，哥哥回老房子了。自从他工作后住在大房子，除了过年过节和发工资的日子，他很少回来，尽量减少在家吃饭的次数，每次回来都给家里带一些蔬菜、食堂蒸的馒头和盐巴、酱油、醋和洗衣服的肥皂。

哥哥身体长壮实了，个子也长高了，浓黑的眉毛，一双透着笑意的眼睛，嘴唇上生出一层黑黑的胡茬，上身穿一件黄军褂，下身是一条蓝裤子，脚上是母亲做的黑条绒松紧布鞋，像个男子汉了。在浇水排，他已经当师傅，开始带徒弟了。

哥哥回来是傍晚，用书包带回来一包玉米馍。浇水排的小伙子因为体力消耗大，供应的口粮比农工多 3 公斤，有些小伙子饭票吃不完，哥哥就掏钱买了，每次回家到食堂买几个玉米馍带回来给我们吃。喝腻了玉米糊糊的我们，吃着香甜的玉米馍，就像过年一样高兴，我们都盼望着哥哥多回来几次。

哥哥每次回来，我们和妈妈都很高兴，妈妈张罗着给哥哥做饭，哥哥说在食堂吃过了。

哥，我马上就要初中毕业了，我想报名参加工作。我害怕妈妈先给哥哥说这件事，迫不及待地给哥哥说。

你不参加场部高中考试了？哥哥问。

不参加了。家里这么困难，我想早一点工作。我说。

志疆，我当初没有毕业就参加了工作，目的就是要让你们上学，你现在有条件考高中，你如果不考，就可惜了。哥哥给我说。

哥，你看咱家这个日子，吃了上顿愁下顿，家中没有隔夜粮，我真的没有心思上学了。我回答哥哥道。说没有心思上学是假的，其实我内心还是想上高中，关键是家里太难了，实在是不允许我再上下去了。

家里再穷，也不能不让你们考学，你要带好这个头，你看现在的形势，和我那时候不一样了，有文化的人非常吃香，上学总归是有用的。哥哥劝我说。

我就是考上高中，也考不上大学，我的学习我知道。我坚持说。

志疆，你上了高中，将来就是考不上大学，也比初中生机会多。高中毕业了，你还有机会去当个老师，或者考个工厂当工人，总比你窝在连队一辈子当农工强，这可关系到你的前途，这一点你要考虑清楚。哥哥望着我，诚恳地说。

这些我真的还没有考虑到，哥哥工作了几年，见识多了，眼界宽了，考虑问题就是不一样了。哥哥这样一说，我上高中的心思又活了，觉得应该考高中，可是家里这边……真是左右为难！

志疆，你还是考高中吧。以前没有机会，现在可以考，大家在一起公平竞争。距离考试还有一段时间，你要好好学，争取考上高中，给下面的弟弟妹妹们做个榜样。咱爸在的时候，经常说砸锅卖铁也要让咱们几个上学，咱家里条件确实不好，但是困难只是暂时的，家里再困难，也要让你们上学，你们将来一个个有出息了，我这个当哥的也感到脸上有光。哥哥恳切地给我说。

我听说十连有一个小伙子考上了北京的一个大学，他家也是老百姓，照样出人头地。一直听我们说话的妈妈，这时站在旁边说了一句。

志疆，妈妈也说了，你就鼓把劲，好好准备考试吧，家里再困难，也要供你们上学，车到山前必有路，这个世上没有过不去的坎儿。哥哥语气坚定地说。

一瞬间，我的心中涌起一股巨大的暖流，浑身感觉热腾腾的，眼泪差一点儿掉下来。我们这个家，虽然食不果腹，缺衣少穿，但亲人们紧紧拥抱在一起，千难万苦，谁也不抛弃谁，这不是无比珍贵的感情吗？

好！我现在什么都不想了，就好好复习功课，一心一意准备考高中！我给妈妈和哥哥说，也给看着我们说话的弟弟妹妹们说。

哎呀！太好了，我家要出一个高中生了！弟弟建疆跳着说。

我们家也要出大学生了！弟弟新疆拍着手说。

还没有考试，你们一个个先不要乱说！不要馒头还没有蒸熟，就慌着掀锅盖！哥哥笑着说。

以后放学了，你们早一点写作业，晚上把桌子和灯留给哥哥，好让你哥好好复习，你们听清楚了没有？妈妈大声说。

听清楚了！弟弟妹妹们异口同声说。

于是，从这一天起，我开始备战高中考试。第二天早晨，我在棚子门的木头柱子上用钢笔写了一句：一定要考上！笔画描得粗粗的，闪着蓝幽幽的光。几个弟弟见了，大声喊着，一定要考上！一定要考上！

我把初中一年级到初三的所有课本都找到，数理化、语文、政治、历史、地理装在一个破柳条筐子里，装了有大半筐子，从初中一年级的课本开始复习。这是我摸索总结出的一套学习方法，会的地方一带而过，等于复习了一遍，如果这道题我不会做或者看不懂，不从不会的地方看，而是从这门课程的第一本书开始看，循序渐进，一点一滴，找到不懂处的症结，这样把学过的知识全部连贯起来，虽然这个方法很笨很慢，但是对我很有效。

春天的阳光安宁、祥和、温暖，小草吐露着嫩绿的幼芽，星星一般洒满了荒野。觅食的奶牛，身上褪去了冬季污浊杂乱的陈旧颜色，新生的皮毛油亮光滑，小羊羔跟着老羊妈妈跑出低矮沉闷的圈舍，撒开四个小蹄子在松软的草地上撒着欢，学着老羊的样子啃食着地上露出的青草，咩咩欢叫着。高大的长着弯曲羊角的公羊，昂着高傲的头颅，俯视着羊群，像一个威风凛凛的国王。铃铛刺、紫穗槐、红柳、梭梭还是一副灰苍苍的样子，它们还在等待更加炽热强烈的阳光，才能吹开它们身上坚硬如铁的铠甲，从枝丫的间隙里吐出一朵朵嫩绿娇小的绿芽子。

这一天下午，哥哥又回来了，带了一书包玉米面窝窝头。母亲给他说，进疆，你有时间到西头猪圈去一趟，买两头猪崽，养到秋天，卖一头，宰一头，冬天咱家就不用买肉了。哥哥答应了，又问母亲，猪崽逮回来在哪里养？母亲说，柴火垛后面有一个废菜窖，你等会儿吃过饭拾掇一下，搭一个顶子就可以了。

一个星期后，哥哥骑自行车用驮篓带回来两头小猪崽，一头黑的，一头白的，肥嘟嘟的，两只小眼睛滴溜溜转。花疆看到小猪崽很高兴，要用手摸，猪崽吓得蜷缩成一团哼哼唧唧叫。哥哥把两头小猪抓起来，轻轻放到猪圈里，小猪一前一后，伸着鼻子东嗅嗅，西闻闻，然后在圈里活蹦乱跳，对这个新环境很好奇。

妈妈用刷锅水拌了玉米面，掺进去剁碎的野草，闷在铁桶里。哥哥早已准备好猪槽，那是一个废弃的喂羊的料槽，哥哥拆开用锯子和斧头铁钉修修补补，一个结实的猪槽子就做好了，他用木头桩子把猪槽子固定在猪圈里，站在猪圈边就可以把猪料倒进槽里。

孩子们，以后放学回来多拔点草，小猪会慢慢长大的。母亲喜悦地给我们说。

这一天中午，我们班教室的黑板坏了。黑板就是用水泥砂浆在讲台正面的墙壁上抹一个长方形的水泥平面，再刷上乌黑油亮的黑板漆，老师上课时在上面写字板书。可能用的时间长了，水泥和墙壁渐渐脱离了，以前陆陆续续掉了几个小点，这天黑板中间掉了几块水泥块，用不成了。班里以马天山为首的不考高中的同学乐坏了。马天山大声讽刺说，你们还想上高中？黑板都不想让你们学习，上个屁的高中！

鲁老师着急了，找了校长，校长又找了连里，王连长安排了一个农工前来察看。下午上课后，一个四十多岁的农工拿着瓦刀和泥抹子来到教室，他看了一下残缺不全的黑板，用瓦刀敲了敲剩下的几块水泥块，那几块晃晃悠悠也要掉下来。他给鲁老师说，这个黑板修修补补已经不行了，要全部铲掉，重新抹一块水泥板。

距离高中考试越来越近了，现在时光金贵如油，但是没有黑板就没办法上课。鲁老师想了一下，给这个农工说，师傅，你看这样行不行？为了不耽误学生上课，你星期六重新抹一块黑板，这样星期一上课就可以用了。农工回答说，我没事，什么时间都可以。不过，你要安排几个学生，黑板抹好以后，要洒水保养一天一夜，这可是个细致活，要不然水泥凝固不好，写字的时候就会掉水泥渣。说完，他就走了，说他回去准备沙子和水泥。

鲁老师把班长秦思瑶叫到跟前说，思瑶，保养黑板的任务就交给你了，你再找两个同学做伴。记住，一定要认真仔细，要不保养不好，黑板就用不成。思瑶说，你放心吧，鲁老师。鲁老师笑着拍了拍她的肩膀，走了。

秦思瑶找了王春玲和她一起晚上保养黑板。王春玲家住西头猪圈，平时两个人很要好，在一块写作业，在一起玩耍。听了思瑶的话，王春玲想了想给她说，思瑶，光咱们两个不行，校园晚上没人，教室里黑咕隆咚的，我害怕。你最好再找一个男同学，咱们三个人在一起做个伴，就不害怕了。

秦思瑶说，就是的，再找一个男同学做伴，你看找谁合适？

王春玲想了半天也没想出来谁合适。马天山和田扎根两个人胆子大，但他们流里流气，胡开玩笑，她们不放心。

春玲，我看陈志疆可以。秦思瑶想了一会儿说。

可以。你去问问他，看他愿不愿意。王春玲说。

秦思瑶找到我，把我拉到教室后面的墙角说，志疆，给你商量个事。

思瑶穿着一件豆绿色的确良衬衫，一条蓝裤子，衬衫束在裤腰里，马尾巴头发上扎着一条彩色的丝巾，脚上是一双蓝色的回力鞋，显得干脆利落青春激扬。

我不知道什么事。秦思瑶过来找我办事，我内心当然很高兴。听她说是晚上保养黑板的事，我一口答应下来。

见我答应了，秦思瑶很高兴。志疆，星期六放学后，师傅就过来抹黑板，等他抹好了，我们就可以保养了。

星期六下午是自习课，鲁老师没有来，同学们三三两两离开了教室，有的拿着书在外面林带里复习，有的背上书包回家了。快放学的时候，连里派来的抹黑板的农工过来了，他的脸被太阳晒得苍红，皮肤像荒野一样粗糙，鼻子上有一个黄豆大的黑痣。他拉了一辆架子车，上面装了一车细沙子和一袋子水泥，秦思瑶和王春玲帮着把沙子和水泥卸到教室门口，我拿起教室里打扫卫生用的水桶，来到水井跟前，打了一桶水，提到教室，那名农工用瓦刀已经将残缺的黑板全部铲干净，他干活很利索，不一会儿，就把墙面整理得平平整整，然后开始和水泥砂浆。水不够，我又到水井提水，回来的时候，碰到马天山和田扎根往家走，田扎根身上背的二胡晃晃悠悠。

见我满头大汗气喘吁吁，马天山阴阳怪气地说，志疆，你要好好表现自己，你现在可是鲁老师的红人！

我没有搭腔，田扎根接了一句，志疆，晚上需不需要我们过来陪你？

你不要干扰别人的好事！我们去了，纯粹就是一个多余的电灯泡。马天山又接了一句。两个人哈哈大笑，走了。

我笑了笑没有理他们，我知道，我的解释是多余的，谁也挡不住他们两个人的嘴。

我提着晃悠悠的水桶继续往学校走。身后，田扎根拉开二胡，扯开嗓子，唱起了印度电影《流浪者》主题曲《拉兹之歌》，音调流里流气，怪腔怪调，透着一丝诙谐滑稽和苍凉无奈。

到处流浪，

到处流浪，

命运伴我奔向远方，

到处流浪，

到处流浪，

我没约会也没有人等我前往，

到处流浪，

……

砂浆和好了，农工把砂浆团起来闷在一起。然后他抽了一支烟，开始抹黑板。他往墙面上泼了水，洇湿了墙面，晾了一会儿，用泥抹子往墙面抹水泥，他的动作很娴熟，墙面很快被抹上了水泥，他用一个木头尺子，把水泥浆刮平，反复了几次，然后慢慢用抹子收光，将近一个时辰，一面平展展的黑板面做好了。

太阳落进了地平线，余晖将树梢子染得血红。农工收拾好他的工具，拉着架子车走了。临走他叮嘱我们，要等到夜里12点钟以后，水泥砂浆慢慢凝固以后，再往水泥黑板上喷水保养，少洒水，勤保养，水多了，就把泥浆中的水泥冲掉了，黑板就不结实了。

这是一段空闲时间。秦思瑶回家拿晚饭去了，她让我和王春玲在教室里等着，等她把晚饭拿过来一起吃。

教室里空无一人，桌子上空空荡荡。王春玲拿着一个小本子，坐在课桌上轻声背诵英语单词。她个子不高，胖胖的，脸部五官分明，两个眼睛圆圆的，长得很耐看。她的父母都在西头猪圈养猪，是双职工家庭，比我家的条件好多了。她的父母养了三个孩子，她是老大，她平时很刻苦，学习成绩在班里排名中上游，她想上高中，总是抓紧时间拼命复习。

我的英语很差，一些简单的词语都记不住，看别的同学背单词，我就很羡慕，可是我一看见英语单词，头就痛，怎么下功夫都学不好。

春玲，休息一会儿，不要累坏了。我走过去给她说。

春玲抬起头，望着我说，志疆，我不能和你比，你学习那么好，可以考上高中。如果我考不上，初中毕业只有回家和父母一块儿喂猪。

我知道她现在的父亲是继父。她十岁的时候，亲生父亲在戈壁滩打柴火，马车上坡时翻车了，一车梭梭柴砸在她父亲身上，当场被砸昏过去，等拉到连里，人早已断气了。后来，她妈妈带着她嫁给了现在这个继父，又生了一男一女。我隐隐约约听说继父对她不好，她一回家就帮助父母在猪场干活，她想考上高中，可能也是想早一点离开这个家。

我说，我也没有把握，再说今年是第一次到场部考试，大家都摸不准。如果我考不上，也只有回老房子放羊。

你学习好，一定可以考上。王春玲定定望着我说。

你也不要灰心，你英语好，也可以考上。我也望着她说。

咱们班英语最好的是秦思瑶，男生是王国强，他俩大清早第一件事就是背英语单词。哎，我真的希望咱们都考上，到场部咱们还是同学，那有多好！王春玲听了我的话很高兴，兴奋地说。

正说着话，秦思瑶来了。只见她身上背了一个打农药的塑料壶，一手提着饭盒，一手提着一个马灯，见了我们说，快接一下，累死我了，早知道拿这么多东西，就要春玲和我一块儿回去。

我俩赶忙过来，我从她背上取下打药壶，春玲接过她手中的马灯。

你背药壶干什么？我问思瑶。

不知道了吧？告诉你，晚上往黑板上洒水，用药壶才能喷洒得均匀。秦思瑶有点得意地说。

思瑶，你知道的真多。王春玲在旁边说。

我呀，和你们一样，我也不知道。是我爸爸刚才告诉我的。秦思瑶说。她一边说着，一边打开圆形的双层塑料饭盒，取出一盒辣椒炒鸡蛋，一盒素炒茄子，放在课桌上，又从包裹着白布的网兜里拿出四个白面馒头。

我和春玲一人一个馒头。志疆两个馒头，你是男子汉，今天晚上全靠你了。秦思瑶给我说。

我到教室外面的柳树林里，折了一根柳树枝，截断做成三双筷子，分给秦思瑶和王春玲，开始吃饭。

真香！你们家谁炒的菜？王春玲吃了一口菜，问秦思瑶。

我爸炒的。我们家都是我爸做饭，只有过年和来了客人，我妈才下厨房炒菜。我爸听说咱们要上夜班，特地多炒了一个菜。秦思瑶高兴地说。

思瑶，你真幸福。不像我，每天走路上学，回到家还要喂猪清圈，每天吃过晚饭都 11 点了，天都黑透了。王春玲红着眼圈说。

我低着头吃饭，没有吭声。我知道，在我们班，谁家的条件都比我家好，想起家，我的心里不由得一阵酸楚难受。

一切都会好起来的，同学们！因为我们年轻，这个世界是属于我们的。秦思瑶看着我们两个情绪低沉，挥舞着拿筷子的手，热烈又急切地说，像电影《列宁在一九一八》中慷慨激昂演说的列宁。

我真不敢想，假如我考不上高中，我以后的命运会是什么？王春玲又挑起一个话题，脸色忧郁地说。

咱们三个人，能上高中的，只有秦思瑶最有把握。我望着秦思瑶说。

大家都有希望！现在离考试还有三个月的时间，我们要抓紧时间复习，争取考出好成绩。秦思瑶充满信心地说。

你们看过彭建疆的《我从荒野走来》这本书吗？听听这书名，就是新疆人写的，我、从、荒、野、走、来，多有气势呀！听说这本书非常畅销，受到很多年轻人的欢迎。少顷，秦思瑶说。

我看过，写的都是咱们连队上的事，感觉特别亲切。我说。我曾经托哥哥向他同学借过这本书，用了一晚上时间读完。

王春玲摇了摇头。我没有读过，但我听别人说过这本书，彭建疆写了自己在连队的奋斗经历。她接了一句。

但是，我在八连大礼堂看过彭建疆演的话剧《于无声处》，那一年是1978年冬天，放寒假我去我姨姨家，晚上正好场部毛泽东思想宣传队来八连演出。他饰演欧阳平，他的声音洪亮极了，一字一句，非常有力量，我坐在最后一排，都听得清清楚楚。王春玲眼里闪着激动的光芒，兴奋地说。

彭建疆和我们是同时代的人，也是连队人，他家条件也不好，父母都是普通职工，但他凭借非凡的毅力，考上了北京电影学院，那可是中国电影人才的摇篮！相信不久的将来，一个艺术家会从这块土地上诞生。秦思瑶充满羡慕地说。

是的，彭建疆考上电影学院后，在咱们农场引起了巨大的轰动，你看很多六连的小青年，每天早晨起床后的第一件事，就是跑到没人的荒滩、林带、地头，练习朗诵、唱歌，他们也梦想有一天像彭建疆一样走进艺术的殿堂。彭建疆对我们这样的连队年轻人影响太大了！我说。

可是话又说回来，连队能有几个彭建疆？他们看着彭建疆考上大学了，才慌着去练习表演唱歌，一个个叽叽歪歪，有的声音像鬼叫！听着都瘆人！练完以后还不是乖乖扛着铁锹锄头下地劳动？冰冻三尺非一日之寒，彭建疆为追求艺术吃了多少苦？我听说他在很小的时候，就到戈壁滩练声，后来又到场部毛泽东思想宣传队演节目，他从来不休息，天天在大礼堂舞台上练习表演，揣摩动作，背诵台词，老天有眼，他这样的人，不考上大学才怪呢！王春玲感慨地说。

是的，机会都是为有准备的人而准备的，彭建疆可能也没有想到有一天自己会考上北京电影学院，但他一直努力着、准备着，遇到合适的机会，他就脱颖而出，一飞冲天。听说报考电影学院的人很多，最后录取的比例是千里挑一，他真是不简单，为我们连队人争了一口气！秦思瑶说。

唉，看看人家，比比我们，现在连考高中都没有信心，别说以后考大学了。王春玲叹了一口气说。

我们生在连队，就是巴掌大一片天，没有别的出路，要想有点出息，目前考高中、以后考大学是唯一的选择，好在我们的基础比彭建疆他们那几届要好，他们那几届受"文化大革命"的影响，天天不是大批判搞串联，就是学工学农参加劳动，没有好好上过几天学，如果要论学习，我们一定比他们强。秦思瑶激动地说。

我们说着、吃着，不知不觉两个饭盒见底了。我感觉意犹未尽，依然沉浸在刚才的对话中，沉浸在对未来的遐想期待中。

今天我们三个人说的话，讨论的问题，我觉得特别有意义，肯定会对我们将来的人生产生深远的影响。秦思瑶神情激荡，声音充满激情地说。

是的，不管以后如何，考上或者考不上高中，我们都要胸怀理想积极向上，前面的路是看不见的，但是只要我们努力奋斗，前途一定是光明的。王春玲充满信心地说。

我相信天道酬勤，只要我们努力，没有做不成的事情，彭建疆就是我们身边的例子。我也充满激情地说。

哎哟，正说着话，王春玲突然叫了一声，捂住肚子蹲到地上。

怎么了春玲？秦思瑶扶着她的肩膀，关切地问。

我有寒胃，不能吃辣椒，刚才只顾着说话，吃了几口辣椒，可能刺激到胃了。王春玲痛苦地说，脸上渗出了豆大的汗珠子。

这怎么办呀？到卫生室拿点药吃？秦思瑶说。

卫生室没有我吃的药，我家里有，是我妈在场部医院给我开的。王春玲捂住肚子哎哟哎哟说。

那怎么办？不行我送你回去？秦思瑶说。

只有回去了，吃了药会好一点。王春玲皱着眉头说。

你就走吧，你回去休息，等一会儿我和志疆保养就行了。秦思瑶说。

外面天已经渐渐黑了，只有一丝夕阳最后的影子，像即将熄灭的炉火。秦思瑶给我说，志疆，咱们一块送春玲回去，我一个人去，回来害怕。

好！咱们走吧，快去快回，回来时间也到了，要开始保养了。我说。

真不好意思，让你们两个受累了，忙没有帮成，还要送我回去。王春玲内疚地说。

没事的，春玲。秦思瑶说。

都是这个辣椒惹的祸。王春玲说。

我们三个人走出教室。夜色已经笼罩了大地，月亮在天空中时隐时现，星星隐藏在云层里不知去向。连队人家的窗户里泻出星星点点的亮光，发出一团团温暖的光焰，不知何处的小狗在叫着。王春玲佝偻着腰身，秦思瑶在她身边扶着她，走了几步，王春玲慢慢直起身。

春玲，感觉好一点了？秦思瑶关切地问道。

这一会儿比刚才好多了。王春玲回答。

春玲，你一说回家，身体就好了。我在一旁开玩笑说。

你胡说。这一会儿确实比刚才好多了，我的肠胃太娇气了，不能吃辣不能吃凉，有时候犯了，我疼得在地上打滚。你不知道，我也想和你们在一起，说说笑笑一晚上就过去了。我的这个家，说实话我真的一点儿也不想回。王春玲有点忧伤地说。

她为什么不想回家，仅仅是因为继父对她不好，还是回家后要干繁重的活计？我没有细问。生活真是不易，家家都有一本难念的经，人人都有难唱的曲儿啊。

天上有微亮的光，黑灰色的天空笼罩着苍茫的原野。我们顺着树林带向西走，稀疏的光线从树木枝叶的缝隙里落下来，光与影一片迷茫，模模糊糊像一幅水墨画，像我们懵懂未知的青春。

出了校园，过了家属区，从连部到西头猪圈，是一条两旁长满沙枣树、榆树、柳树的机耕路，弯弯曲曲深深浅浅的车辙，散布在坑坑洼洼的路上，我们没有走大路，在林带的小路中间穿行，循着忽明忽暗的光线，深一脚浅一脚往西头走。

我走在前面，秦思瑶和王春玲拉着手，并排在后面走，她们两个人窃窃私语，我听不清她们说的什么，有时候还传来一阵咯咯的欢快笑声。夜色凝重，蚊虫飞舞，空气里含着潮乎乎的水汽，清新而湿润。一路上，不时有被我们脚步声惊醒的鸟儿，扑棱棱扇动着翅膀，从黑暗的树丛间跌跌撞撞飞出，发出几声呓语般的惊慌鸣叫。

可以看见西头隐约的灯光了，隐藏在黑乎乎的乱树丛中，可以嗅到空气中浓郁的猪圈甜中带酸的气味。一条狗狂叫着远远跑了过来，声势骇人。王春玲跑步走到前面，叫了一声，那狗立刻温驯地不叫了，在黑暗中围着王春玲跳跃撒欢。

我到家了，你们回去吧。王春玲给我和秦思瑶说。

你回去多喝点开水，早点休息。秦思瑶叮嘱道。

放心吧。路上小心点，晚上辛苦你们两个了。说完，王春玲向我们挥挥手，带着狗向黑暗中的西头走去。

秦思瑶在黑暗中目送王春玲渐渐远去，她的脚步声越来越远了。咱们走吧！我对秦思瑶说。

我和秦思瑶并排走在林带里的小路上，可能是夜色黑暗，天上的一点儿亮光，只能照见小路的大致轮廓，树木黑乎乎的影子覆盖在小路上，她离我很近，夜色中我的手不时碰到她的手。

我闻到她身上香甜醉人令我沉迷的气息，混合着"百雀羚"雪花膏的香味，还有来自头发身体发出的气味，甜丝丝的，那是少女特有的气息。这是一个多么美好的夜晚，月亮露出云层，随即又钻入厚厚的云朵，月光忽明忽暗，空气中充满潮乎乎的植物气息，四周荒野上是虫子高一声低一声的欢叫。

志疆，你知道王春玲为什么不想回家吗？秦思瑶打断了沉默，歪着头问我。

我听说她继父对她不好，放学后老是让她干活，其他我就不知道了。我回答说。

她的那个继父，哼，简直不是人！秦思瑶气愤地说。

我侧脸望着秦思瑶，她那张表情生动的脸，在模糊的光影中显得庄重严肃。

他不但不关心春玲的学习，一回家就让她扛饲料、喂猪，把她当作一个劳动力来使唤，有一天在夜里还对她动手动脚，要不是春玲强烈反抗，不知道会有什么样的后果，天下哪有这样的父亲！秦思瑶愤愤不平地说。

那她妈妈不管吗？我小心翼翼地问。

嗐，她妈妈生性懦弱，胆小怕事，害怕她父亲。女儿遇到这样的事，她应该理直气壮站在女儿这一边，她却让春玲不要声张，说这些家务事传出去不好！我真的无法想象，当一双臭烘烘肮脏的手伸向睡梦中的春玲，她会是一种什么感觉！秦思瑶激愤地说。

这哪是家务事，这简直就是犯罪！我也气愤地说。

可是话又说回来，这个男人毕竟是她的继父，春玲还要靠他养活，这种事传出去对春玲名声也不好，毕竟是一个女孩子，她要顾及自己的脸面，现在又正是复习考试的关键时刻。这事发生后，春玲委屈得没有人可诉说，那天放学后，她把我约到教室后面的7号地，在玉米地里哭得像一个泪人。秦思瑶说。

所以，我内心特别希望春玲能考上高中，将来能够考上大学，远远离开这个家，离开西头猪圈。秦思瑶说。

可是，今年场部中学第一次招考高中生，每个连队的初中生都到场部考试，参加考试的人多，录取的人数又少了很多，竞争肯定很激烈，你学习好，肯定没问题，我和春玲就悬乎了。我有点沮丧地说。

志疆，你的学习也可以，再加把油努努力，考高中应该没问题。我就担心春玲，她回到家不停地干活，晚上还要提防继父的骚扰，整天提心吊胆休息不好，时间长了，肯定影响到她的学习。秦思瑶说。

不说这些不愉快的事了，咱们说点高兴的事。过了一会儿，思瑶说。

好的。唉，自己的路只有自己走。我说。

哎志疆，我听说你妈妈有一颗好看的石头，哪一天带我到老房子去看看！思瑶转过头，她又说了一个话题，兴奋地问我。

那不是石头。听马老师说，那是一块玉。我说。

那一定很珍贵了！玉是什么样子？你答应我一定要让我看看。思瑶两手晃动着我的右臂，调皮地说。

好的，一定让你看。等考完高中，我带你到我们家，让我妈妈拿出来给你看。我心里激动地想，你将来如果能成为我的媳妇，这块石头就属于你了。我知道自己是痴人说梦，但此情此景又不得不这样幻想。无论大人还是孩子，总是喜欢幻想。因为现实得不到的，幻想可以抵达。

那太好了，我要挂在我脖子上，看好不好看。思瑶高兴地说。

你戴上肯定好看。我微笑着说。

为什么呀？思瑶偏过头看着我。

因为你是一个美人。你的名字里，不就是带一个玉字吗？我一字一句地说。我第一次夸女同学，心情一下子紧张起来。

陈志疆，平时看你不吭声，没想到你真坏！秦思瑶很高兴，但她假装恼怒，扬起手，在我头上轻轻叩了一下。

你真的很漂亮。我轻轻说，觉得心都要跳出喉咙。

这时，可能是一只野兔子，突然从路旁的草丛里钻了出来，"嗖"的一声往前跑了，秦思瑶猛然受到惊吓，身体本能地靠近我，左手抓住了我的右手。

什么东西，吓死我了。她声音颤巍巍地说。

不要怕，有我在，可能是一只兔子。我说，我感觉她的小手温暖柔滑潮湿，微微颤抖着。

志疆，我属兔，为什么还害怕兔子？秦思瑶问。

我也属兔，我不怕兔子。我说。

咱俩一个属相。志疆，你是几月份的兔子？秦思瑶歪着头问我。

我是 11 月份的兔子，我呀，是你哥。我说。我知道她是 12 月出生的。

哈哈，你比我大 10 天，我是 12 月 10 号出生的，你是兔子哥，我是兔子妹，咱俩都是可爱的小兔子，小白兔白又白，爱吃萝卜和白菜。秦思瑶兴奋地说着，发出一阵银铃般的清脆笑声，声音在寂静的树林里轻轻回荡。我想象着她神采飞扬眉飞色舞的样子一定很生动妩媚，可惜天黑我看不清。

我妈给我说，我是冬天的兔子，大雪封门，没有草吃，所以我要好好学习，将来找一份好工作，我就有吃的了。思瑶晃着我的手说。

我们都是冬天的兔子，天寒地冻，我们都没有草吃。要想生活得好，就要刻苦学习，否则真的就没有草吃了。我说。

不知什么时候，秦思瑶轻轻地松开了我的手。

这是我一生中一个令我难忘的夜晚。这个夜晚没有月亮，稀疏的星星在厚厚的云层里时隐时现，我和秦思瑶的手握在了一起。我没有想到，从这次晚上我俩不经意的握手后，我第二次握住秦思瑶的手，已经是二十年以后了。

第二十九章

星期一，教室的水泥墙面刷了黑板漆，崭新平整光洁明亮，可以用了。这几天，班里还是那个样子，除了鲁老师上的数学课课堂秩序好一点儿，其他课都乱糟糟的，上课的老师们也不想管，反正马上就要毕业了，学习好和学习差的都一样，都要发一张初中毕业证。只是苦了那些想考高中的同学，离考试的时间越来越近了，他们渴望有一个好的课堂秩序，做考试前最后的冲刺。有时候老师上课的时候，就布置一些重点，讲一下解题的关键，好就好在课程上学期就上完了，现在就是复习巩固，不是看书，就是做练习题。教室里太嘈杂，想考高中的同学就出了教室，拿着书本到学校附近的林带里看书，既清静又凉快。

还有一个星期就要到场部考试了，这天鲁老师骑自行车到场部中学去拿准考证，班里的气氛明显紧张起来，想考高中的同学进入了最后冲刺阶段。鲁老师说了，临阵磨枪，不快也光，大家要抓紧最后的时间，做好最后冲刺的准备。下午，我拿了一本数学书，来到教室后面林带旁的排碱渠。渠里的冰雪积水和渗透出来的盐碱水混合在一起，颜色黄黄的，浑浊不堪，缓缓流动着，散发出一股浓郁腥臭的气味。渠底和渠帮子上，新生芦苇青翠的叶子和枯黄芦苇细脆的枝干，黄绿相杂，交织缠绕，摇曳着截然不同的颜色。有几只癞蛤蟆潜伏在草丛里，瞪着圆溜溜的眼睛寻觅虫子。我找了一个小土堆，拽了几根干苇子，窝成一个苇子团，垫在土堆上坐了下来，翻开书看了起来。

太阳明晃晃的，发出强烈明亮刺眼的光芒，大地蒸腾着腥臭的热气。看了一会儿书，我来到教室，教室里只剩下想考高中的同学，三三两两挤在一起，有的看书，有的在讨论数学练习题。过了一会儿，大家聚拢过来，我们都在等鲁老师从场部回来，看有没有什么新的消息，大家也没有心思看书了，一个个走出教室，在门前的树林带跟前转悠、闲逛，或者抬起头，向连部通往场部的公路上焦急地张望着。

可能晒了一天的太阳，看书时间太长用脑过度，加上心情焦虑不安，我感觉头昏昏沉沉的，想回家休息。我收拾好书包，一个人走路回老房子。

回到家，我一头栽到棚子里的床上，躺着睡觉了。晕晕乎乎的我，不知睡了多长时间，母亲把我叫醒，让我吃晚饭，我起来喝了几口玉米糊糊，又倒在床上睡起来，母亲问我哪里不舒服，我说头疼，母亲把被子拉开盖在我身上，关上棚子门，让我一个人睡觉。

夜里，不知什么时间下雨了，刚开始是小雨，滴滴答答落下来，过了一会儿，磅礴密集急骤的纷乱雨点，如无数翻涌滚动的铁豆，倾砸在荒野、地上、柴火垛、草垛上，噼噼啪啪落在棚子上，把我惊醒了。我睁开眼，棚子忽明忽暗，天上响着雷，轰隆隆的一个接一个，炸响在棚子顶上，好像落在我的头顶上。我躺在床上，出了一身汗，被窝里湿漉漉的一片，感觉脑袋有千斤重，怎么抬也抬不起来。外面的雨下得越来越大，我听见远处荒野上、池塘里到处都是哗哗的雨声，棚子在暴雨中像一艘摇摇晃晃在激流中颠簸行驶的小船，狂风夹带着雨点子把四周的葵花秆子打得啪啪响，雨丝从棚子围墙的缝隙中钻进来，飘洒在我盖的被子上，落在我的脸上。我想从床上爬起来，可是浑身软绵绵的一点劲儿都没有。这时，一种突如其来的恐惧笼罩了我的全身，我觉得浑身冰冷，仿佛外面的暴雨全部落在了我的身上。我生病了吗？现在怎么办？再过几天就要考试了，我这个样子能去考试吗？

飘忽的雨点落在我的脸上，我的头脑又清醒了一点，不能这样坐以待毙，我要起来，如果有病，要赶快想办法看，不能耽误一个星期后的考试，这个考试，倾注了我多少心血，承载着我的多少理想呀！想到这儿，我咬着牙从床上爬起来，跌跌撞撞打开棚子门，也不管外面的狂风暴雨，一头冲了出去。

天空打着明晃晃的闪电，轰隆隆发出巨响，照亮了老房子黑漆漆的夜空，雨点落在地上，激起一个个拳头大的浑浊雨花，汇成一片片明亮刺眼的水洼。我朝房子里跑去，雨水立刻灌满我的鞋子，凉飕飕的，大风卷着雨水，猛烈敲打着我的脸，我跑到房门跟前，掀起湿漉漉的芨芨草门帘，用手猛敲房门。

黑暗中，我听到妈妈吃惊的声音，谁呀？我头晕目眩，使出浑身的力量喊，妈妈，是我！少顷，房门打开了，妈妈披着衣服，在黑暗中吃惊地看着我，我夹带着风雨一头栽倒在母亲怀里，差点儿把母亲扑倒在地下。母亲拖着我往炕跟前挪。弟弟们听到声音，从炕上爬起来，摸索着点亮了煤油灯，他们一起扶住我，把我抬到炕上躺下，妈妈用手摸了一下我的前额，热得发烫，她的手像被电了一下，立刻缩了回来。

烫得像锅底，志疆发高烧了。妈妈不安地说。

妈妈从暖壶里倒了一碗开水，用勺子往我嘴里喂，我喝了一口，闭住嘴再不想喝了。

这怎么办呀？弟弟们看着母亲，一个个睁大眼睛不知所措。

要到连里卫生所，找卫生员看。可是这天……唉，这可怎么办？妈妈叹了一口气，拉着我的手说。

我们背着哥哥去！弟弟新疆说。

别说傻话了，外面下那么大的雨，你们累死也背不到连部。妈妈说。

妈，羊圈不是有马吗？让哥哥骑马去卫生所。弟弟爱疆说。

你哥这个样子，东倒西歪的怎么能骑到马背上？妈妈不同意。

哎，对了，只有让王长福骑马送你哥哥。妈妈自言自语。

现在深更半夜的，你哥又病成这个样子，不管那么多了，走，边疆，咱俩出去，只有找你老王叔了。妈妈果断地说。

妈妈和边疆披了一块破塑料布，打开房门出去了。外面的雨下得小一点了，雷声也渐渐小了，但雨仍然淅淅沥沥下个不停，母亲踩着泥泞湿滑的小路，和边疆一摇一晃来到趴趴房，用手敲房门，里面没有动静，母亲用力猛敲，过了一会儿，里面传来王长福带着睡意的嘶哑的声音，谁呀？

是我，老王。妈妈隔着门大声说。

哦。王长福好像在睡梦中呓语了一句。

老王，花生发烧了，病得很重，要送卫生所，麻烦你骑马送一下。妈妈又接着说。

花生发烧了？我知道了，你先回去，我起来给马备鞍子。王长福隔着房门在里面回答说。

那就先谢谢你了！母亲激动地说。雨点子打在她的脸上。

啥时候了，还说这话，你赶紧回去准备一下，我马上就过去。王长福说着，打开了手电筒，黑乎乎的窗户里透出一点微弱的亮光。

妈妈和边疆淋了一身雨回来，又扶起我，给我喂开水，我抬起头，喝了两口，头像针扎一般疼痛，难受得很，不想喝。妈妈说，志疆，你要多喝点开水，等会儿老王叔骑马送你到卫生所。

外面传来了踢踏踢踏的马蹄声，几个弟弟把我扶下炕，搀扶着我出了房子。这一会儿，雨又大了，在电闪雷鸣中，我看见王长福和马湿漉漉的，马身上不停地往下滴水，王长福披着雨衣坐在马鞍子上，弟弟们连推带拉推着屁股把我扶上马，坐在王长福后面，我身子软坐不住，王长福让我抱住他的后腰，我伸开胳膊紧紧抱住王长福。王长福一抖缰绳，我的身体猛然晃了一下，黑马驮着我和王长福，在夜色和雷雨中顺着小路向连队走去。

风雨交加的夜色里，我坐在王长福后面的马背上，雨点子落在我身上，很快打湿了我的衣服，湿漉漉地裹在身上，身体随着马的起伏剧烈地晃动摇摆着，感到一阵恶心。王长福穿了一件帆布雨衣，他用一只手揭开雨衣，把我也罩了进去，立刻雨衣里浓浓的尿臊味和体味钻进我的鼻孔，这一会儿，我没有感觉到厌烦恶心，身体和内心却很温暖。我用双手紧紧抱住他，脸贴在他的后背上，体会到他的身体此刻像一座结实温暖的大山。

远方黑暗的地平线上，闪电还在不时闪现，一瞬间掀开黑沉沉的无边夜幕，无数急遽坠落的雨点在电光中闪烁着明亮的光，照亮了苍茫泥泞的大地，发出骇人的不间断的阵阵轰鸣。远处的奎屯河河道里传来像怪兽一般咆哮的河水声，夹杂着黄鼠狼鸭子一样的叫声，令人毛骨悚然。马儿驮着我们两个人，在黑暗泥泞的雨水路上前行，显得有点吃力，马的蹄子在微微打战，身子一摇一晃，路面积满了雨水，分不清高低坑洼，只能慢慢地走。

一路摇摇晃晃跌跌撞撞，穿过羊圈，走过井台，突然马蹄子踏进了一个水坑里，马的身子一斜，前蹄子打滑，一下子重重摔倒了，我和王长福猝不及防，摔倒在水坑里，浑身立刻凉飕飕的。一个响雷好像就在我的耳边炸响，在明亮的闪电中，王长福挣扎着从泥水里爬起来，把我扶起来，马也伸开四蹄，晃动着身子，竭力从泥水中站起来，一阵风吹来，一丛丛落了叶的刺槐发疯似的摇来晃去，向地面俯下身去。王长福先把我扶上马，然后他又踩着脚镫子，上了湿漉漉的马背，在大雨中继续往前走。

奎屯河河水的咆哮声震耳欲聋，大雨仍然瓢泼似的倾泻着，天地浑然一体。平常二十多分钟就到的卫生所，这天晚上，摔了三次跤，走走停停晃晃悠悠，走了一个多小时才到。

王长福下了马，从马上把我抱下来，敲开卫生所的门。晚上值班的是一个年轻的女卫生员，她手里拿着一个手电筒，睁着迷蒙的睡眼，把我们让进卫生室，然后点亮了马灯。我一屁股坐在椅子上，卫生员问我病情，听了我断断续续的叙述，她拿出一个体温计，夹在我的胳肢窝，给我量体温。过了一会儿，她拿出体温计，眯缝着眼睛放在马灯前仔细观看。哎呀！40℃。她叫了一声，甩了一下体温计，再来晚一会儿，就麻烦了！女卫生员不安地看着我说。

我和王长福裤子鞋子几乎湿透了，往下滴着水滴，浸湿了地面铺的红砖。卫生所是两间房子，外面是接诊看病的，靠西墙立着一个木制药柜，透过玻璃可以看见一些贴着商标装着各类药片的瓶瓶罐罐，靠南横着一条刷着淡蓝色油漆的长条椅，北墙边靠着一个黄色的长条桌，铺了白布，上面放着听诊器、暖水瓶和空罐头瓶。里面是一间供值班卫生员晚上休息的房间，门上挂着一个白布帘子，卫生室弥漫着好闻的来苏水气味和雪花膏香味。年轻的女卫生员长得很好看，乌黑的头发，高高的鼻梁，温柔的眼睛，动作轻柔利索。她从药架上一个深黄色瓶子里取出两片淡黄色药粒，说是阿司匹林，然后倒了一罐头瓶开水，我吃了药，躺在木头椅子上。过了一会儿，卫生员又给我量了体温，我听到她嘴里舒了一口气，可能是我退烧了。

卫生员，他还严重吗？一直站在椅子旁的王长福问了一句。

刚才确实很严重。发烧超过40℃是非常危险的。如果退不了烧，可能会造成休克，还有可能死亡。女卫生员说。

不过现在好一点了，吃了药以后，他在慢慢退烧。刚才可把我吓坏了。你们怎么不早一点来？女卫生员看着王长福说。

老房子远，天还下着大雨，路不好走。王长福说。他不会留下什么后遗症吧？王长福又问道。

应该不会。你送得还算及时，如果再晚一点，烧到41℃，那就麻烦了。卫生员说。

卫生员嘱咐王长福多给我喝水。她一转身，到里间休息去了，门在她身后轻轻关上了。

王长福端着罐头瓶子水杯让我喝水。我脑袋还是昏昏沉沉的，但比刚才好多了，我撑着身子坐起来喝了两口，又躺倒在木椅子上，很快迷迷糊糊睡着了。

不知何时天亮了，雨也不知道什么时候停的。我听到连部广场上广播喇叭响了，是文教李东阳的声音，说今天雨休，全连取消集合。又过了一会儿，我听到推门的声音，一个人推开门带着风进来了，接着是女卫生员在说我的病情，他们好像在交接班。我又迷迷糊糊睡着了。

哎呀，这不是志疆吗？这孩子怎么了？我被一阵说话声惊醒，还没有睁开眼，就闻到了一股浓烈的"百雀羚"牌雪花膏气味。

我睁开眼，看见一个面色粉嫩的妇女低头望着我，她笑吟吟的，脸庞白白净净，香甜的气味直往我鼻孔里钻。

我认出来了，她是我的同学崔新疆的妈妈王雪莲。此刻，她目不转睛地盯着我，好像她是一个看病的医生。

我的脑袋还是有点昏沉，浑身乏力，不过比昨天晚上好多了，可这会儿我不想多说话。

志疆昨天发烧了，来的时候40℃。王长福在一旁说。

不知道怎么搞的，新疆也感冒了，早晨起来咳嗽个不停，马上要考试了，你们这一个两个都病了，到时候可怎么考试。王雪莲絮絮叨叨地说。

值白班的是一个男卫生员，一个沉默寡言的中年人，脸又黑又瘦，手指细长，他拿了几片感冒药，用一张白纸包住，给了王雪莲。临出门她给我说，志疆，你先在这儿休息，阿姨回去给你煮一碗姜汤，喝了以后发发汗。你学习比新疆好，可不能耽误了考高中。说着她出了卫生室。

大约过了半小时，王雪莲又来了，她提着一个白瓷饭盒和一个布袋，里面装的是热乎乎的姜汤，她把我从长椅上扶起来，然后用勺子给我喂姜汤。姜汤里放了红糖，红艳艳的，味道甜丝丝的很好喝，我一口气喝完了。我感激地给她说，谢谢你，阿姨。

王雪莲笑了，你不要客气，你和新疆是同学，中午阿姨给你做鸡蛋面，你现在一定要养好身体，可不能误了考高中。

我的鼻子酸了，看着面前这个慈祥的阿姨，眼泪差点儿流出来。

王雪莲从布袋子里拿出一个白面馒头递给王长福，说这个馒头你吃了，你也辛苦了一晚上。王长福感激地接了过来。王雪莲又提起桌子上的暖水瓶，用我喝药的罐头瓶子倒了一瓶子开水，端给王长福。

这时，男卫生员过来，又给我量了一次体温，他看了体温计说，烧已经退了，我给你开点药，你可以回家了。回去要按时吃药，多喝水，注意休息，过两天就好了。

我给王雪莲说，阿姨，我要回老房子了，谢谢你！王雪莲声音甜甜地说，这孩子，别跟阿姨客气了。你呀，中午吃过饭再回，今天雨休不下地，阿姨给你做鸡蛋面条，老王一块过去。

我真诚地说，阿姨，我回去吃完药还要躺床上休息，昨天晚上一晚上没睡觉，就不麻烦你了。

王长福在一旁说，我赶快回去还要去放羊，现在都响午了，羊还在圈里圈着呢，肯定急得咩咩乱叫唤。

夏季一场透雨落过以后，大地湿透了，田野很快凉爽下来，空气凉丝丝的，带着一股甜酸味。雨后的天空晴朗无云，大地一片明亮，但是坑坑洼洼的道路却积着浑浊肮脏的雨水，一片稀巴烂。王长福骑着马，我还是坐在后面抱住他的腰，我的脸紧紧贴在他的后背上，在马蹄子的滑动颠簸中，我闻不到他身上的怪味了，他给我的是亲切温暖和舒适。我的病好一点了，王长福很高兴，他一路吹着口哨，引得小鸟在他头上扑棱着翅膀盘旋鸣叫，马儿知道回家也很兴奋，踩着碎步，选择着道路，一颠一晃顺着小路往老房子跑。

马儿颠簸着，马蹄子溅起的泥水甩在我的鞋上和裤腿上，我的脚踝骨感到凉飕飕的。这时候我心想，我一定要考上高中，要不然真的没脸回老房子。

王长福唱起了电影《青松岭》的插曲，声音嘶哑。歌曲节奏欢快，伴着马蹄声跌宕起伏，一路飘洒下来。

> 长鞭哎那个一呀甩哟，
> 叭叭地响哎，哎咳依呀。
> 赶起那个大车出了庄哎哎咳哟，
> 劈开那个重重雾哇，
> 闯过那个道道梁哎，

哎哎咳咳依呀哎哎咳咳依呀,

……

高中录取考试开始了。这一天,我早早起床洗漱,母亲给我炒了一盘韭菜鸡蛋,炕了一张白面油饼,烧了玉米粥,又煮了两个鸡蛋。她害怕煮熟的鸡蛋太热,就放在凉水碗里浸着,然后给我剥了皮,看着我吃完。已经放暑假的兄弟们看着我吃油饼鸡蛋,一个个馋得直流口水。妈妈说,看把你们一个个馋的,掉进眼睛拔不出来了!你们好好学习,将来考高中也给你们炕油饼煮鸡蛋!

前一天我已经给哥哥说好,我要骑自行车去场部参加高中考试。下午,哥哥把自行车骑回家,他用布把自行车辐条、轮圈、大梁擦得干干净净,又给车胎打了气,一切准备就绪。

六连距离场部八九公里,有两条路通场部,一条是公路,另一条是过了老房子的小路。吃过早饭,我骑上自行车,在母亲和兄弟妹妹的目送中朝连部走去。我要骑到连队公路,和同学们会合后,再顺着公路往场部去。

来到连队公路,我远远地看见同学们骑着自行车沿着公路走来。秦思瑶、王春玲、徐志伟、王国强、崔新疆他们来了,在林带路口我加入他们的自行车行列,一起向场部骑去。

考场在场部中学。中学在场部西南角,一个树木葱郁绿荫如盖四周围着红砖院墙的大院子里。进了院子,一排排粉刷得雪白的教室门前已经停了很多自行车,来自各个连队的同学们神色拘谨地找好位置,锁好自己的车子,手里拿着准考证,寻找自己的考场。走路到学校的都是场部的学生,他们的神色和穿戴举止明显和连队学生不一样,他们面色从容不慌不忙朝教室走去,不像连队学生那样着急忙慌,可能是他们对校园非常熟悉或者对考试胸有成竹的缘故吧。

第一门课考的是语文。上课的电铃响了,考卷发下来了,从第一排往后传,教室里一片翻考卷的哗啦哗啦声。可能因为是场部第一次招考高中生，学校监考得特别严，考生只允许带钢笔进考场，其他什么东西都不能带。两个监考的男女老师表情严肃，一个在前面，一个在后面，他们在教室里不停走动着，巡视着考场，不时还有流动监考老师进来巡察，气氛显得沉闷紧张。语文是我的强项，我没有急着做题，而是先仔细看了一下试卷内容，作文题目是《农场的春天》，要求 800 字，描写生动，感情真挚，写出农场春天的景物和农场人劳动生活情况。这个题目和我暗自准备的作文《连队的四季》非常相似，稍加改动就是一篇文辞绚丽、意境优美的作文。我暗自庆幸自己做了准备，很轻松写完了作文。其他试题也在我的复习范围，看来只要认真看书，熟记要点，考试也没有想象中那么难。答完了试题，然后又从前往后全部检查了一遍，觉得没有什么问题。我抬起头，看见离我三排坐在右侧的秦思瑶可能也答完了，在翻着试卷进行检查。看见我轻松的样子，监考老师走到我跟前，低下头小声跟我说，做完了把试卷翻过来，可以离开考场了。我把卷子翻过来放在课桌上，起身离开了教室。

中午，连队离家远的考生都不回去，在场部有亲戚的同学到亲戚家吃饭；没有亲戚的就在校园林带里吃一点从家里带的鸡蛋、饼子，喝几口装在水瓶子里的开水，坐在林带的土埂子上休息一会儿，等着下午考试。

崔新疆有点垂头丧气地坐在埂子上，也不吃书包里带的馒头，呆呆地看着脚下的泥土，显得萎靡不振神情呆滞。我过去问，新疆，怎么不吃东西？

唉，上午考砸了！作文都没有写完就到时间了，还有几道题没有做。我对了一下答案，连及格都危险。崔新疆带着哭腔说。

新疆，上午的考试过去了，就不要提了，你抓紧时间吃点东西，下午还要接着考试呢！我安慰他说。

只能这样了。下午考数学，我平时见到数学题头就大，我押了几道题，要是瞎猫遇到死老鼠就好了！崔新疆说着，掏出了书包里的白面馒头。

下午好好考，咱把上午的损失补回来。我给他打气说。

下午三点半，考试开始了。我看着数学试卷，试题还可以，不是太刁钻。

我就先拣会的试题做，做了两道题，我的头有点疼，我举起手，监考老师来到我跟前，我给老师说，我想喝点开水。老师没有吭声，到讲台上给我倒了一缸子开水端了过来，我感激地向老师点点头，接过老师手中的缸子，一边看着试题，一边慢慢喝杯中的水。这时，我突然听到后面传来一声纸张撕裂的声音，教室里一阵骚乱，大家都扭过头，看向身后。我也扭过头，不觉大吃一惊，原来崔新疆的考试卷被老师收走了，他不想让老师收走试卷，结果拉扯中试卷被撕烂了，我看见崔新疆"哇"的一声哭了，监考老师在一旁严厉地说，还有脸哭！你偷看纸条，这门课你的成绩是零蛋！

这时，外面巡考的老师听到动静来到教室，他们围在崔新疆课桌旁，低声交谈着。有的同学就趁机偷看同桌的试卷，或者压低声音悄悄说话。考场有点乱，巡考的老师让两位监考老师继续监考，他们把崔新疆带出了考场。

崔新疆低着头，脸色苍白，像一个小偷一样，被巡考老师一前一后夹在中间，经过我身边，带出了考场。我感到一阵难受和心酸，仿佛我偷看被老师当场抓住了。可惜，这个兄弟就这样完了。我的眼泪掉下来，落在试卷上，洇湿了试卷。

数学我考得很不理想，一是有两道题公式忘了，怎么都想不起来；二是崔新疆的可怜样子老是在我眼前晃来晃去，头昏脑胀，分散了我的精力。他被带出考场，再也没有回来，肯定是不让他考试了，这门功课就是零分，这会影响到他的总成绩，不知道现在他身在何处心情如何。

数学考试结束后，我没有直接骑自行车回老房子，而是直接来到六连，来到崔新疆家。我敲门进去，他母亲王雪莲在家，崔新疆躺在床上，盖了一床棉被，一声不吭像是睡着了。我给王雪莲说，阿姨，新疆怎么样了？

王雪莲说，他不想考了，老师说数学作弊是零分，其他科考得再好，平均成绩还是不行。

我说，只有考完才知道。数学不算成绩，还有其他课程，明天还是要参加考试，要不然不是前功尽弃了？

你不知道，他被老师拉出考场，觉得太丢人，没脸去学校了。这孩子本身脸皮就薄，不考就不考了，大不了回连队参加劳动，劳动又不丢人。王雪莲说。

这样太可惜了。我说。

唉，这孩子回到家一声不吭，什么也不说，躺在床上不吃不喝，我问了半天，他才给我说了几句。王雪莲叹口气说。

志疆，谢谢你过来看他。你赶紧回去吧，还要准备明天的考试。新疆这个样子，肯定是考不成了。王雪莲说。

我怀着沮丧复杂的心情，推着自行车走出了崔新疆家院子。这时，太阳已经西下，火红的云彩笼罩着西方的天空。我心情沉重，骑上自行车，慢慢往老房子骑去。

考试终于结束了。总的来说，我考得还不错，除了数学、英语差一点，物理、化学还凑合，语文、历史、地理都考得不错，我的心情放松了一些。参加考试的同学们有的高兴，有的不高兴，大多数都很沮丧，觉得录取无望，就等于自己的学生时代结束了，前途一片渺茫。考试结束的第二天，鲁老师召集全班同学开了最后一次会，给每个同学发了初中毕业证，一个小小的、封面皱皱巴巴的红塑料皮证书，比火柴盒大一点，贴着我们幼稚青涩的黑白照片，盖着六连学校的红色印章。鲁老师最后说，明天上午大家在学校门口集合，统一骑自行车到场部青年照相馆照毕业合影，大家把最好的衣服穿上，准时集合出发。

第二天早晨，太阳还没有出来，天空晴朗，空气清新，同学们三三两两骑着自行车来到学校门口。女同学穿得干干净净，有的脸上还涂了一点雪花膏，穿了花裙子；男同学上身是白衬衣，下身是蓝裤子。田扎根穿了一条劳动布做的裤子，下面的裤口有一尺宽，在地上拖来拖去，我们叫它扫地裤，他嫌我们土，说这是最流行的喇叭裤。后来鲁老师拿剪刀给他剪了，说这是奇装异服。秦思瑶穿了一条粉红色连衣裙，上身是一件白衬衣，头上扎着一条绿丝巾，脚上是一双白色运动鞋。这样的裙子，我们只在《大众电影》杂志的封面上看到过，那是电影演员（后来叫明星）刘晓庆、陈冲和张瑜她们穿的。连队只有两本《大众电影》画报，徐志伟家订了一份，每次传到我们手里都已经很旧了，因为看的人太多，封面窝折得皱皱巴巴卷了皮。

同学们聚在一起，高一声低一声说着话，虽然是一个连队的，但是照完毕业相，大家要各奔东西寻找自己的前程，有的还要离开六连，一个个显得有点依依惜别恋恋不舍，高中考试带来的不愉快和阴霾也一扫而光。鲁老师来了，她点完名，全班只有崔新疆没有来。等了一会儿，校长和其他老师都来了，崔新疆还没有来。鲁老师说，同学们，时间到了，我们不等了，大家出发！同学们骑上自行车，呼啦啦散开了，说说笑笑顺着公路往场部走去。

来到场部青年照相馆，照相师傅已经在等着我们。照相馆是一间小红砖房子，橱窗上挂着几张黑白照片，里面的摄像室有布挂彩色风景背景图，有天安门城楼、上海外滩、西双版纳凤尾竹等图案，前段时间我来照毕业证的相片，进去过一次。摄影师是一位慈眉善目的老师傅，50多岁，笑眯眯的，梳着整齐的大背头，穿一件灰色的中山装，戴着一副眼镜。他说我们人多，照相馆坐不下，他带我们到一个外景地去照相。他扛着一个三脚架，背着照相机，带着我们来到场部西侧的一个水渠边，水渠里满满一渠水，颜色浑浊，翻着波浪欢快地向西流去。在渠道帮子旁边一棵大柳树下，有一片空地，地形前低后高，照相师傅让我们按照高低个子排好队，校长和老师在前面一排，我们聚拢着围在一起，他笑眯眯地让我们一起看着照相机，"咔嚓"一声，给我们拍下了一张黑白毕业照片。

拍完照片，大家作鸟兽散，马天山喊了一句，男同学不要走，都过来！男同学就推着自行车围拢在他身边。马天山说，弟兄们同学一场，今天要散伙了，等会儿我买两瓶酒，还在这个地方，大家庆祝一下怎么样？大家齐声说好！我们一起来到场部供销社门市部，马天山买了两瓶加工厂烧的高粱酒，同学们有的买了一包花生米，有的买了辣疙瘩咸菜，吵吵嚷嚷着。我看见秦思瑶和王春玲也在买东西，秦思瑶买了两斤点心，我过去和她俩打了一个招呼，秦思瑶说她和王春玲到她场部的姨姨家去，我就走了。

　　大家随着马天山又来到刚才照相的地方。在大柳树下，马天山卸下自行车铃铛盖子，把酒倒在铃铛盖子里，自己先喝了一盖子，然后倒上酒，逐个让每个同学喝，喝了酒的同学说，这酒太辣太呛人，打开花生米和辣疙瘩，用手拿着吃。轮到我喝了，马天山说，志疆，你是咱们班的秀才，听说你这次作文写得好，将来考上高中考上大学，可不要忘了光屁股一起长大的弟兄们！田扎根在一旁说，你作文写得好，多亏了我们两个，不是我们让你写作文，你能写这么好吗？我给他俩写作文是迫于无奈，他俩身高马大拳头硬，我和他们玩可以不受别人欺负。每次写作文我都头皮发麻，胡编乱造写完后，他俩看了哈哈大笑，说你这小子真会编瞎话。后来我从事文学创作，知道这叫虚构，是一种艺术创作手法。往事历历在目，我心里一热，接过铃铛盖说，多谢两位弟兄照顾，以后无论走到什么地方，我都不会忘记自己是从六连出去的人！说完，我端起铃铛盖，一口把酒喝了，喉咙里像一团火，热辣辣呛得我直流眼泪。大家闹哄哄地轮流喝着酒，吃着花生米辣疙瘩，最后酒瓶子喝空了，咸菜也吃完了，太阳明晃晃挂在天空，发出温暖的光芒，同学们躺在大渠帮子草地上，一个个歪着头睡着了。

第三十章

接下来是等待考试结果的日子，这段时间最难熬，天天焦虑揪心不安。待在家里烦闷无聊，我趁这段空闲时光，不停地在家干活，打草背柴火清理猪圈整修菜窖，有时候还帮着妈妈挑水做饭洗衣服，我觉得我欠这个家太多太多，这段时间可以补偿一点。每天忙忙碌碌累得一身汗，也就顾不得去想烦心事，虽然我自己觉得考得还可以，但还是心里没底，这么多学生考试，比我学习好的人太多了，今年录取的又少，如果考不上，我就从此走向社会，命运真是无法预测。累了一天，回家倒头就睡，日子还过得快一点。

这一天下午，我从地里拔兔子草回家，天色已经很晚了，刚把装满野草的筐子放下，妈妈过来给我说，志疆，你到戈壁滩上看看去，你老王叔放羊还没回来，要是以前早就回来了，你去帮着接一下。

我抓起衣襟擦了一把脸，什么也没说，就去老房子牧人经常放羊放牛的地方去找。

太阳已经嵌入苍茫的地平线，一半在上面，一半已经掉了下去，像半个熟透的苹果，血红色的余晖笼罩着整个荒野。天上，一群群麻雀一会儿贴着草尖，一会儿又呼啸着飞向高空，不断变换着姿势和方向。我来到荒野沙枣树跟前，沙枣树枝叶浓密，一粒粒沙枣还是青色的，沉甸甸的压弯了树枝。我转了一圈，荒野上空空荡荡，什么也没有看见。我又往南走，爬上一个圆圆的土坡，四野皆空，野草离离，镀了一层散漫的金色霞光。

荒野西边有一道长长的排碱渠，我又到西边，排碱渠像一条蜿蜒曲折的巨蟒，横亘在辽阔的荒野上。我用手拨开稀稀拉拉的野草，走上排碱渠渠帮子，远远看见一些牛羊站在排碱渠土埂子上，还有一些牛羊依稀淹没在荒草中。父亲去世后，没有人愿意到老房子畜牧点，陆德林就让牧工把牛羊混在一起放，这样就可以节省一个劳动力，弥补了父亲不在带来的缺失。看见牛羊，我就朝那里走去。

远远地，我看见牧羊人骑的黑马也在，马背上的马鞍子是空的，马低着头吃草，褐色的牛皮缰绳拴在前鞍桥上。这正是前一段时间王长福夜里带我去卫生所骑的那匹马。走近了，黑狗亮亮站在排碱渠上，见了我也不叫，跑过来用头摩擦着我的裤腿，显得很温驯听话，但我觉得周围有些说不清的异常和诡异。我感觉发生了什么事情，快步向前走去。又往前走了十几米，我看见排碱渠底的苇子丛里令人惊异的一幕：一头体型肥大的黑白花奶牛半截身子陷在芦苇丛中，牛头伸向渠底，前面的两只蹄子陷在泥泞中，后面半个牛身子也陷在淤泥中，已经奄奄一息，只能从它轻微的喘气中感觉到它的肚子还一起一伏，还有一口气。王长福浑身上下沾满了黑乎乎的泥巴，上半身趴在牛屁股上，屁股高高撅着，双手紧紧拽住牛尾巴，一副吃力用劲的架势，雕塑般一动不动。我站在埂子上，喊了一声，老王叔！他没有答应，身子还是纹丝不动。我心里咯噔一下，顺着斜坡慢慢走下排碱渠，渠帮子软软的，前几天下了一场雨，芦苇长得很旺盛，闪着油亮的绿光。我小心翼翼一步步慢慢接近王长福，看见他的下半截身子陷在淤泥里，浑身都湿漉漉的，我又叫了一声，老王叔！他还是没有吭声，像趴在牛屁股上睡着了一样。从这个场景看，这头黑白花奶牛可能贪嘴，下到排碱渠吃渠底鲜嫩的野草，那里因为陡峭没有牛羊去，又有渠水滋养，稗子草、苇子、冰草长得鲜嫩茂盛，但也很危险，渠帮子常年被淤水浸泡，像一片松软泥泞的沼泽地，蹄子陷进去就拔不出来，而且随着身体晃动前倾会越陷越深。王长福可能看到奶牛掉进排碱渠，着急了，顾不得其他，下去拽牛尾巴，想把奶牛拽出来，结果牛没有拽出来，自己也陷进深深的淤泥里去了。他是不是太累了，想趴在牛背上休息一会儿？我踩着软软的泥巴，逐渐接近他，抓住他的衣服拉了一下，他还是一动不动，我慌了神，趴在他身上，用手摸了一下他的头，他仍然没有一点反应，手伸进脖子，里面身体凉凉的，我吓坏了，赶紧手忙脚乱爬了上来。我心里想，难道他死了？

天慢慢暗下来，黑暗渐渐笼罩了荒野，成群的蚊子和小蠓虫围着我嗡嗡叫着，轮番向我扑来，挥之不去。牛羊还站在排碱渠上一动不动，也不叫唤，静静地等待着它们的主人。此时我六神无主，不知道接下来该怎么办。现在仅凭我的一己之力，根本挪不动王长福，只有回连队叫人过来。想到这里，我走到马跟前，试着抓住缰绳，平常马是不让陌生人靠近的，这会儿它可能预见了死亡，很驯从地让我抓住缰绳。我牵着马来到排碱渠下，上了土坡，踩着马镫子上了马背，一拽缰绳，马向着连队方向跑去。

风在耳边呼呼作响，蚊子和蠓虫轮番碰撞着我的脸颊。我心急如焚全然不顾，两腿夹着马鞍子，弓着背，低着头，身子随着马的跃跳起伏着，像驾驶着一艘激流中的小船，向连部方向奔去。

来到连部，我翻身下马，将马拴在那根曾经捆绑过父亲的电线杆子上。我气喘吁吁，快步来到连部，连部黑乎乎的，没有人，只有一个值班的警卫，我给他大概说了一下事情经过，他一听情况紧急，来到文教室，打开高音喇叭，对着话筒喊起来：连领导请赶快到连部来！有重要事情！连领导请赶快到连部来！有重要事情！接连喊了两次，电流的声音刺啦刺啦响。不一会儿，马指导员和连长过来了，问警卫什么事情。警卫让我说，我上前把情况简单给他们说了一下，马指导员和连长碰头，嘀嘀咕咕商量了几句，连长又跑到文教室，喊拖拉机驾驶员开拖拉机立刻到连部，浇水排的小伙子过来几个，又叫来卫生员一起去。

过了一会儿，被叫到的人陆陆续续来了，拖拉机也拉着一个拖挂喷着浓烟吼叫着来了。他们不知道发生了什么事，围在一起议论纷纷。马指导员让我在前面带路，然后他上了驾驶室，连长带着其他人拿着手电、马灯、铁锹和绳索，上了后面的拖挂车，我在前面骑着马走，后面的拖拉机开着大灯，吼叫着吐着浓烟哐当哐当跟在后面。

连部距离出事的地方有四五公里，有的地方没有路，是长满野草的荒原，喧腾腾的，沟沟坎坎、高高低低很不好走，折腾了一个多小时，车子才赶到出事的排碱渠。

夜色下，牛和羊仍然定定地站立在排碱渠，齐刷刷地看着拖拉机射过来的雪白光柱，瞳仁里闪着亮光，一个个沉默不语。黑狗亮亮也站在地上，眼睛在灯光下闪着湿漉漉的光亮。大家呼啦啦下了车，打开手电筒，点燃马灯，聚在排碱渠埂子上。在手电筒的光束下，同来的男卫生员先下去，他慢慢下去接近王长福，过了一会儿，声音从下面传上来，人已经没气了！

我的心里咯噔一下，一种说不出的疼痛迅疾涌上心头。虽然刚才已有预料，但真正确认了这个事实，我的心中仍然充满了惊慌恐惧和不安，我呆呆地站在渠埂子上，任凭蚊子在我脸上胳膊上肆意叮咬而全然不觉。一个活生生的人，转眼就没有了，真是生命无常啊！

卫生员从渠底下爬上来，马指导员问，他是怎么死的？卫生员停顿了一会儿说，我判断是急性心肌梗死，可能他看见奶牛掉进排碱渠，心情紧张慌乱，导致血压升高，加上他用了很大的力量往上拉牛，造成血管内不稳定斑块破裂。有人解大便用力，也发生过心肌梗死，就是这个原因。

马指导员安排大家从渠底拉人拉牛。渠埂子上的人开始商量怎样把人拉上来。渠帮子是个大斜坡，泥巴软乎乎的，人站不住，即便勉强站住了，也使不上劲，王长福身子被淤泥吸得结结实实，根本拽不上来。

点点灯火在荒野上幽灵般晃荡，人的身影模糊不清。拖拉机拖挂上带了一根细钢丝绳，指导员指挥几个浇水排的小伙子，拿着钢丝绳下到排碱渠，把钢丝绳系在王长福腰里，再把另一头拴在拖挂上，拖拉机开着，慢慢朝前走，钢丝绳绷紧了，晃晃悠悠，慢慢拉着王长福的尸体出来了。他的身子佝偻着，浑身都是黑色的泥巴。他的头昂着，看不清看着什么方向，现在什么也看不见了，他的两只手保持着向前伸展用力的姿势，好像要抓住什么，结果什么也没有抓住，摆出一副两手空空向前倾斜的滑稽造型。他的两只脚裸露着，沾满了黑色腐臭的淤泥，鞋子可能陷在排碱渠泥潭里拔不出来了。

忽明忽暗的荒野上，马灯和手电筒的亮光星星点点，像萤火虫发出的微弱的光，蚊子围着光圈飞舞。野甘草新鲜刺鼻的气味随着夜色沁入鼻腔，大家都默不作声。一个年龄大一点的农工，上前解下拴在王长福身上的钢丝绳，把他拉到排碱渠下面，放在荒草地上。

下一步，就是要把死了的黑白花奶牛拉上来，继续采用刚才的方法，几个小伙子下到排碱渠，往牛身上拴钢丝绳。奶牛很大很肥，钢丝绳不好拴，他们往牛身子下面穿钢丝绳。这一会儿，他们很兴奋，黑白花奶牛体型肥硕，拉回连队，剥了皮，剔了骨肉，每家每户都可以分到一些牛肉，食堂也可以改善伙食了，想到香喷喷的红烧牛肉，他们来了精神，也不怕脏了，几个人合力掀起牛腿，把钢丝绳拦腰穿了过去，拖拉机又慢慢开着，缓缓把奶牛从淤泥里拽了出来。

奶牛被拽到排碱渠埂子上，四条僵硬的牛腿冲着天，像一张倒立八仙桌的四条腿。马指导员叫停拖拉机，解下钢丝绳，指挥拖拉机拉着拖挂往后倒，慢慢倒在渠埂子上，大家又一起用力，吭哧吭哧喊着号子，一起把奶牛翻到拖挂上，这才作罢。

蹲在地上歇了一会儿，大家又把王长福的尸体抬到拖挂车上，王长福身体蜷缩着，靠在奶牛糊满牛屎和泥巴的屁股后面，大家坐在拖挂前面，手扶着栏杆，准备回去。

马指导员让我把牛羊赶回老房子。我骑着马，赶着牛羊，在夜色中向老房子走去。

星星爬上了碧蓝的天空，原野上雾霭浓重一片湿气。我的心中仿佛压了一块巨大的石头，充满了悲哀和忧伤。我以前很讨厌王长福，特别是他身上那股难闻的尿臊气，更使我反感至极。每次见了我，他总是露出一排黄乎乎的牙齿冲我笑，过来摸一下我的头，说，该理发了！可能是天天在戈壁滩上，一天到晚也遇不到一个说话的人，他的内心是多么寂寞和荒凉啊！他今天放牛看见了这头掉进排碱渠的奶牛，一头奶牛的价值是很高的，一个人在连队辛辛苦苦工作一年，他的工资也不够一头奶牛的价值，他是为了抢救公家的奶牛才死的。他现在死了，身边连一个亲人都没有，没有人为他伤心流泪，他和臭烘烘的死牛躺在一起，一个人就这样孤独地离开了这个世界。

夜色中，我赶着牛羊回到老房子，牛羊往水井跟前跑去，水槽子是空的，牛羊站在水井前，我下了马，来到水井跟前，抓住井绳，从井里打水，倒进水槽子。

把牛羊赶进圈舍，卸下马鞍子，给马添了草料，我往家中走去。我看见草垛前面有一个黑影，到跟前一看，是母亲。母亲见了我，问我，你老王叔没回来？房子里怎么黑着灯？

我的鼻子有点酸，内心五味杂陈。我不忍心把王长福已经死了的消息告诉妈妈，但又不能不说，这件事迟早她要知道。

今天下午，老王叔到排碱渠底下救一头牛，腰蹾住了，现在在连部卫生所。我大概讲了一下过程，没有说他已经死了。

腰蹾住了？蹾得严重不严重？母亲关切地问我。

我看挺严重的，话都说不成了。我敷衍着说。

唉，真是的。走吧，赶快回家吃饭，你也累坏了。母亲说。

我和母亲回到家，我正在煤油灯下吃饭，远处传来拖拉机突突的声音。可能是连里把奶牛卸下来，到老房子送王长福的尸体。现在，我该怎么给母亲说呢？

正在灯下缝补衣服的母亲，也听到了拖拉机的声音，她怔了一下。母亲放下衣服，出了房门，我也放下饭碗跟着她出来。来到通往连部的小路跟前，母亲看着越来越近在黑暗中跳跃的灯光，自言自语，这么晚了，拖拉机到老房子干什么？

可能老王叔不行了。我接了一句。

不行了？不行了是什么意思？明明灭灭的灯光中妈妈看着我。

可能，可能……死了。我望着母亲，结结巴巴地说。

死了？怎么会呢？一个大活人说死就死了？母亲不相信，自言自语。

妈，人活着就是一口气，没有这口气，人就死了。我说。我要慢慢往这边引。

说着话，拖拉机已经吼叫着到了老房子，灯光朝羊圈方向拐，照亮了高大的草垛。接着是巨大的黑乎乎轰隆隆响的车厢。我给妈妈说，妈，我过去看一下，天黑了，你不要过去了。

我脚步跟跄，磕磕绊绊朝羊圈走去。边走边想，这么晚了，他们把王长福拉回来，怎么处理呢？

走到趴趴房，我看见在影影绰绰的灯光下，几个人忙碌着，他们打开笨重的车厢板，把拖挂车上的东西往下搬，一个黑咕隆咚的物件抬下来，越过车厢板，"咚"的一声，扔在地上。我走过去，果然是王长福蜷缩着的尸体。

连长看见我，走了过来，给我说，你过去把程友亮叫过来。

我转过身回老房子，看见母亲迎面走了过来，我什么也没说，拉着母亲的手往回走，母亲也没有说话，跟着我走，但我明显感觉到母亲的手在不停地微微颤抖。

我来到程友亮家门口，让母亲回家去，我马上回去，母亲松开我的手，没有说话，走了。我对着窗户叫了一声，老程叔。里面答应了一声，谁呀？我说，老程叔，你出来一下，连长找你。老程穿着裤衩打开门，探出头疑惑地问我，连长找我有事？在哪儿？我说，连长在羊圈，你过去就知道了。没等他回答，我就转身回家了。

过了十几分钟，程友亮和陆德林来了，敲开我家的门，程友亮给母亲说，王长福死了。他看着母亲和我们凝重的表情，知道我们已经知道这件事了。

刚才连长找我，给我说，王长福死了，他也没有一个亲戚，让我们老房子的人把他的后事处理一下。陆德林接着说。

母亲抬起头，看着他们两个人的脸，好像不明白他们说的是什么意思。我问了一句，连长走了吗？

扔下王长福就走了。他们还要赶回去剥牛皮，天气热，不剥皮，牛肉就捂臭了。程友亮说。

连长嘛，刚才说的意思我明白。王长福是一个新生员，谁也不愿意管这些事。我刚才和老程商量了一下，人已经死了，死者为大，入土为安，咱们老房子现在就这三家人，大家一起出点力，把他的后事处理一下。咱们一家出一个人，给他洗一洗，换换衣服，明天连里派一辆拖拉机，把棺材拉来，把他装进棺材，拉到奎屯河边一埋，这事也就完了。陆德林接着说。

好吧，我们家出一个人。半晌，妈妈说了一句。

那现在咱们就过去，王长福还在外边躺着，得先把他抬进房子里，要不然夜里老鼠会咬他的尸首，别的事明天再说。程友亮说。

母亲沉默着，没有说话。

妈，我去吧。我给母亲说。

母亲看了我一眼，还是没有说话，朝我点了点头。

我出了门，和他们两个往羊圈趴趴房走去。

夜色低沉，羊圈黑咕隆咚的。来到趴趴房，程友亮推了一下门，门锁着的。陆德林说，钥匙可能还在王长福身上，推开算了。两个人使劲一推，把门推开了。进了黑漆漆的房子，摸到火柴，点燃马灯，两人又出来，我提着马灯，他们两个人一个在前面抬着死者的两只手，一个在后面抬着死者的两条腿，抬进房子放到床上，我吹熄马灯，一起出了房子，把门带上。

回到棚子，我点了灯，洗了脚准备睡觉。我的心里乱糟糟的，好像有什么东西堵着，又不想睡，坐在床上发呆。母亲推门进来了，一脸肃穆，坐在灶台跟前的板凳上，好像有话要给我讲。

我倒了洗脚水，拿出床底下的煤油瓶，给煤油灯瓶子里加了一点煤油，然后坐在床上，看着母亲，没有说话。

我的直觉告诉我，今天晚上有重要的事情发生。这么长时间了，隐藏在我心中的谜底，今天也该有结果了。我坐着，没有说话，觉得今天发生的事情，比我的一生还要漫长。

母亲脸色沉静，默默地打量着我。我知道，今天王长福的突然死亡，对她内心触动很大，她心中的波澜，一定是剧烈地起伏震荡着。

志疆，我今晚有话要给你说。煤油灯火苗忽闪着，母亲打破了沉默。

你说吧，妈妈，我听着呢。我看着母亲忧郁的脸说。

今天你老王叔死，太突然了，上午见他还好好的，晚上就不在了，唉，人呀，活着还不如一棵草，说没就没了。母亲声音哽咽着说。

棚子里静悄悄的，一缕风从缝隙里吹过来，煤油灯火苗摇摇摆摆，捻子刺啦爆了一下，猛然闪现出一个火苗，随即恢复平静。我没有接母亲的话，任由她说下去，我静静地听着。

你老王叔是一个好人。你爸活着的时候，在连队也没有什么朋友，他一个戈壁滩放羊的，一天到晚，天天跟着牛羊屁股跑，会有什么朋友？他们两个人天天在一起放羊、干活，一个是国民党起义的兵，一个是劳改出来的新生员，谁也不嫌弃谁，谁也不用看不起谁，渐渐就成了好朋友。我和你爸结婚的时候，你爸就请了一个人，就是你老王叔，我炒了几个菜，两个人聚在一起喝了一场酒，就把婚事办了。那一阵子，你老王叔的老婆跟人跑了，他结婚没多长时间，那个女人就把家里的钱全部卷走，和一个跑江湖的男人跑了，他的老婆我也没有见过。这是我来老房子以后听说的，说他老婆跑了以后，再也没有一点消息。老王后来啰里啰唆给我说过，说他的女人喜欢喝茶，每次喝水都要放茶叶，她喜欢端着茶缸，靠在门框上有一口没一口地喝，我虽然没有见过这个女人，但是她喝茶的姿势我是记住了。

后来时间长了，就慢慢知道了一些关于他的事情。老王也是一个苦命人，家里穷，从小吃不饱，喝一碗胡辣汤就是过年。他在老家被国民党抓了壮丁，后来在淮海战役中被解放军俘虏，又参加了解放军。他打仗很勇敢，在一次战斗中负了重伤，险些丢了命，治疗了很长时间，才保住一条命。中华人民共和国成立后，他回到老家，找了一个姑娘成了家，本来可以安安稳稳过一辈子，可是他的这个媳妇嫌他没本事，不是个男人，和村里的民兵连长勾搭在了一起，时间长了，他就知道了。有一天夜里，他在地里浇水，半夜回去看见媳妇和这个民兵连长鬼混在一起，他急了，拿起菜刀把民兵连长砍伤了。后来他被判了三年刑，媳妇也和他离婚了。他被押送到新疆改造，刑期满了以后就留在农场连队，他在老家也没有什么人。他身体在战争年代受过伤，具体什么伤他也没讲，我也没有问。我这个人从来不问别人过去的事，别人愿意给你讲，他就给你讲了；不愿意讲，说明人家心里有伤，或者另有隐情。后来，他和你爸换了房子，在老房子又成了亲，他说，他这个老婆年轻，对他挺好的，把家收拾得干干净净，衣服叠得整整齐齐，一天三顿饭做着，结婚那几个月，是他最幸福的几个月。后来他老婆跟人跑了，他说也不怨人家，是他对不起她，他就怪她走的时候没有给他打招呼，其实给他说了，他也会放她走，人家要走，你是拦不住的，就算留住了人，也留不住心。话虽然是这样说，但他老婆跑了，对他打击还是很大的，像他这个样子，到哪里再去成个家？一辈子只能一个人过了。我看他可怜，一个人冷锅冷灶，房子里凄凉，在戈壁滩跑了一天，胡子拉碴一身土的，回来黑灯瞎火，还要烧水做饭，就经常让你爸请他到家里吃饭，多一个人，多添一瓢水就行了，也没有什么好吃的，但是热汤热水，比他一个人强。他的衣服脏了，我帮他洗一洗，裤子破了，我给他补一补，过年过节给他拆洗被褥。后来，你们一个个出生了，家里人口多了，生活也困难了，他就不来了，害怕给咱们家增加负担。他一个人，粮油本上的粮油吃不完，攒够一袋子面，攒够一壶油，就领了给咱家送过来，给他钱，他也不要，给得急了，他就说，我以前吃你们家的，喝你们家的，都给钱了吗？说的话听了叫人掉眼泪。说实在的，咱家困难的时候，他接济咱们家最多。要不然咱家的日子真不知该怎么过。

后来，你爸不在了，咱家的生活困难到了极点，有时候真是吃了上顿没下顿。老王看在眼里，他想帮我们，但也没有什么办法，他一个放羊的，自己能顾住自己就不错了，还能有什么办法？有几次，我给他送洗好补好的衣服，他要给我一点钱，说拿回家补贴家里，我说什么也不要，咱家已经欠他太多，这么多年，他省下来的面粉和清油，都送给了我们，我给他缝缝补补做点活，怎么还能拿他的钱？他坚持要给钱，说他一个人也花不了什么钱，这点钱可以给孩子们扯一块布，做件新衣服，你看孩子们穿得破破烂烂像要饭的。我生气了，说你再说钱的事，我就不和你来往了。他看见我真的生气了，才把钱收起来，以后再也不提给钱的事了。其实他也没什么钱，他刚刑满到新生队的时候，没有工资，后来成为基本职工，每个月发一点生活费，刚够他吃饭，又过了几年，他劳动表现好，才被批为正式职工。他省吃俭用攒的钱，娶了一个媳妇，后来媳妇把他的钱全部带走了。

看着咱家日子过不下去，他就想办法，他是老房子畜牧点的饲料保管员，一个单身汉，在连队也没有什么亲戚，连里很信任他，不像有的保管员，公家有啥，他家有啥，家里东西吃不完。他保管的东西就是一些牛羊吃的饲料，锁在库房里，就是牛圈挤奶房旁边的那间房子，每次程友亮或者陆德林从连队粮场拉回来饲料，过完秤就放进饲料库房，饲料也就是油渣、麸皮、玉米糁子，给配种的种羊和种牛添加的饲料，库房的钥匙只有他有，别人领饲料要经过他的手，每次都要过秤，记录在本子上。他就想着给咱家搞一点玉米糁子，不管怎么说，这是粮食，筛掉老鼠屎还可以吃，总比没有吃的饿肚子强。他给我说了，我当时害怕，不敢要，你爸在地里掰了一点苞谷，就在连队背着苞谷游街，还罚钱，我太害怕了，公家的东西我一点都不敢沾。他说，你不要，难道看着孩子们一个个饿死？就是饿不死，天天黄皮寡瘦，哪有精力走路去上课学习？你不要管，我趁天黑绕个弯，给你藏在柴火垛里，你再拿回家，老房子就这几个人，不会被发现的。万一出了问题，也是我给你的，和你没有关系。就这样，他每个月都给咱家扛半袋子玉米糁子，我们的日子才勉勉强强过下去，要不然，你哪能上高中？指望哥哥和你妈，家里早就揭不开锅了。

母亲声音颤抖哽咽着，停顿了一下，眼里噙满了泪花。

库房里的料少了，为了不让怀羔的牛羊掉膘，他起早贪黑在牛圈里铡草，晚上很晚了，还点着马灯干活，身边围着一大群苍蝇蚊子。他铡的草又细又干净，洒上井水发酵后拌上饲料，牛羊很喜欢吃，他这样偷偷帮助我们，我们一点也没法报答他。你爸不在了，我也不好再到他房子里去，害怕别人看见了说闲话。有时候，他的衣服破了需要缝缝补补，我都是趁夜里老房子的人都睡了，出门到他房子门口，他把衣服拿出来，我拿回家，第二天缝补好以后，再趁夜里送给他。就这样，这么多年过去了，谁也不知道他晚上偷偷给我们送玉米糁子，也没有人知道我给他缝缝补补。说实话，没有他的帮衬，咱家的日子真的不知道怎么过。母亲啜泣着，低下头，两个肩膀剧烈晃动着。

孩子啊，今天晚上我给你说了这么多，你也知道妈妈这么几年是怎么熬过来的。以前你们小，我闷在心里，没有给你们说，担心给你们说了增加负担。志疆，你是一个懂事的孩子，这么多年，我们家欠你老王叔的太多，但老王做的这一切，他并没有让我们回报他，他每次接济我们的粮油，他都说不要给孩子说，害怕伤了你们的自尊心，他给我们背的玉米糁子，也从来不让你们知道。你哥工作了，没有自行车，他把自行车借给你哥，说是借，其实跟送给你哥一样。后来，我和你哥商量，自行车就不还了，骑了这么长时间，车子都骑旧了，没法还了，咱们把钱给他，一个月积攒一点，半年给他还一次，他说什么也不要，我生气了，他才把钱接上。就这样，还有五十块钱没有还完，现在他人也不在了，钱也没法还了，想起来这些事，心里真是不是滋味。说到这里，母亲大声抽泣起来。

停了一会儿，母亲接着说，老王今天走了，他无儿无女，身边一个亲人都没有，他又是一个新生员，连里也不想管，只想着把他早一点埋掉了事。但是，我们陈家人不能这样做，不管他活着是一个什么样子的人，他对我们陈家是有恩的，他是我们的恩人！我们一家人要体体面面给他送行，放炮烧纸扎花圈，你们要披麻戴孝，人活着是一次，死了也是一次，不能让他冷冷清清离开这个世界，如果明天草草把他埋掉，我们陈家人良心何在？你们以后怎么出去做人？

刚才听说他死了，我想了很多，脑子乱乱的。明天让边疆到浇水排给进疆说，让他请假回来，过来一块办理丧事。建疆明天到场部买一些鞭炮和花纸，你在家守着，和新疆、爱疆，把灵台搭起来，在你哥没有回来之前，你就是家里的老大，咱家要出面把这个丧事办圆满，送他最后一程。妈妈说完，抬头看着我。

妈，你放心吧，我们按你说的做。我望着母亲说。

妈妈再没有说什么，又坐了一会儿，说，你早点睡吧，明天还要早起。说完便起身出去了。

这一夜，我躺在床上昏昏沉沉，辗转反侧，天快亮了，我才迷迷糊糊睡着。

睡梦中，我看见王长福骑着黑马，赶着一群羊向戈壁滩缓缓走去。阴沉沉的天空，突然响了一个炸雷，像一颗原子弹爆炸，白色的云和灰色的云急遽翻涌着，惊得羊群四散而逃，王长福骑着马追赶羊群，追上这一群，丢了那一群，他东奔西跑无济于事。这时，天上下起了暴雨，雨点砸在地上，泛起碗口大的水花，水天一色，大地一片白茫茫。这时，有一只羊陷在水坑里，只露出一个头，咩咩地叫着，声音凄惨，眼看就要被雨水淹没。王长福赶了过来，他翻身跳下马背，蹚着雨水来到羊跟前，抱住羊的脖子，使劲往外拉。天空电闪雷鸣，雨水像断了线的珠子，呼呼啦啦往下面倾泻，王长福的半截身子陷在泥水里，像是被什么东西吸住了，动也动不了，雨水慢慢往上升，眼看就要淹没他了。这时，我不知从什么地方赶到了，"扑通"一声跳进水里，来到王长福跟前，我抱住他的后背，拼命往外拉，他的身上臊烘烘的，臭气直往我鼻孔里钻，我也顾不了那么多。可是不管怎么使劲都抱不动他。这时雨水越来越大，渐渐淹没了我和王长福，我被雨水呛住了，猛然打了一个喷嚏，身体一激灵，从雨水中站了起来。我心惊肉跳，累得气喘吁吁，睁开眼睛，天已经亮了，明亮的光线从棚子缝隙中透射进来，我坐在床上，还沉浸在刚才的紧张气氛中，心脏扑通扑通跳着，光溜溜的脊背上出了一身冷汗。

一阵凉风从棚子缝隙里钻进来，吹在我的身上。坐在床上，愣怔了一会儿，我的思绪才慢慢回到眼前的现实中。这时，妈妈过来敲棚子门，叫我快点起床，她要做饭。我赶忙穿上衣服，洗了一把脸，把棚子门打开。

吃过饭，母亲给了建疆十块钱，让他骑自行车到场部商店，买一些鞭炮，长的短的都买几挂，再买一些黄纸和几张彩色纸，两公斤猪肉，快去快回。边疆到连部浇水排，让进疆请假回老房子。正说着，哥哥骑自行车回来了，妈妈问，你怎么回来了？哥哥说，他昨天晚上听说老王叔不在了，今天就找罗排长请假，回来帮助处理后事。妈妈又问，吃过饭了吗？哥哥说，没吃。

妈妈说，我给你做饭去。哥哥说，不吃了，也不饿，等中午一块吃。

花疆哭了，可能是饿了，母亲掀开上衣，把干瘪的乳头塞进她的嘴里，她紧紧咬住乳头，拼命地吸吮着。母亲的上衣没扣扣子，也没有扣子，敞开着，露着一件灰色的汗衫。干瘪的乳房垂吊着，赤裸裸耷拉在干瘦的胸脯上，垂头丧气，像两个剩余半袋子玉米面的灰色布口袋。花疆没有吸到奶水，又张开嘴哭了起来。

程友亮和陆德林过来了，他们过来和妈妈商量王长福的事怎么办。妈妈说，老王就一个人，他在老房子辛辛苦苦工作了大半辈子，也没有一个亲人，他活着的时候，和我们家老陈是好朋友，我家孩子多，他经常给我们家拿面拿油，我们也没有报答他。现在他死了，我和孩子们商量了，要把他的丧事办得尽量体面一点，不能让他一个人孤孤单单走。

程友亮和陆德林听了母亲的话，脸上露出了不解和疑惑的神色。程友亮说，昨天连长给我说了，今天连里的拖拉机把棺材拉来，装上人就拉到奎屯河埋了。

今天不能埋人。昨天老王是第一天，今天才是第二天，按照老规矩，人死了三天以后才能埋，我们要等到明天才能埋人。母亲一字一句地说。

连里的拖拉机拉来棺材，今天不埋人，拖拉机就要开走，明天到奎屯河，怎么拉老王的棺材？程友亮问母亲。

等会拖拉机来了，我们一起给开车的师傅说一下，看明天能不能再来一趟？如果实在不行，就用牛车拉棺材。母亲说。

用牛车拉？就我们这几个人，棺材都抬不动。程友亮说。

到时候我们再想办法。母亲说。

进疆，你到浇水排叫几个小伙子，明天上午过来帮忙抬一下棺材。母亲给哥哥说。

这个没问题，这几天刚浇完水，正好没啥事。哥哥说。

那就先这样吧。咱们现在到老王房子里，把他的脏衣服脱了，给他洗洗身子，穿上洗过的衣服。程友亮说。

志疆，你和哥哥一块去。你们去了，一定要把老王叔洗得干干净净，让他轻轻松松上路。你们过去把他的衣服找来一套，我给他补一补。唉，活了一辈子，临死也没有一套囫囵衣服，真是可怜。母亲叹口气说。

这时，高音喇叭响了，文教李东阳通知一家来一个人，到连队粮场分牛肉，一家一公斤，来的晚了就没有了。

老房子的人听了，没有一个人吭声。大家一动不动，呆呆地听着广播，脸上毫无表情，像是没有听到一样。

趴趴房房门半开着，我和哥哥跟着程友亮、陆德林进了房子，房子里空气闷闷的，有一股难闻的腥臭气味，王长福的尸体躺在床上，浑身泥泞，还是昨天晚上那个样子，只不过很多地方干了，显出灰白的颜色。陆德林过去，把蒙在后窗户上的塑料布撕开，外面的空气吹进来，空气稍微好闻了一点。程友亮和陆德林开始脱王长福的衣服，衣服被泥水浸泡后粘连在身上，很不好脱，程友亮从窗户上拿了一把剪刀，用剪刀剪身上的衣裤。

他穿了一套黄土布军褂，泥水浸渍已经看不出原来的颜色，里面是一套灰色的腈纶秋衣秋裤，一条卷了边的黄帆布腰带。他的衣服领口和袖子上是一层黑黑的油渍。程友亮把他的衣服剪得七零八碎，陆德林一条条扯下来，扔在地上，王长福黄蜡蜡的僵硬裸体呈现在我们面前。

我看见程友亮和陆德林突然一动不动，站在床前，睁大了眼睛，嘴巴半张着，表情古怪诡异。

　　长这么大，我还是第一次见一丝不挂的死人身体。几年前父亲死时，我们还小，给父亲洗身子的时候，母亲不让我们到跟前，害怕吓着我们。现在，我心里既害怕，又好奇，夹杂着几分莫名的惊惧与不安。我拉着哥哥，往前走了几步，来到床跟前。昏暗的光线下，我看见王长福赤裸裸的身体瘦骨嶙峋，像一具干枯的木乃伊。他全身的皮肤蜡黄蜡黄的，没有水分，没有一丝光泽，身体微微蜷缩着。他的眼睛紧闭着，像睡着了一样。他脸上的神情很古怪，像一个黑不溜秋枯萎的紫茄子，鼻子和嘴巴歪着，胡子黄不拉几的，一夜之间好像又长出来一截，沾着干硬的泥巴。他的鼻孔和嘴角，流淌着鼻涕一样肮脏的灰色液体，右下巴处那颗酱色的肉瘤，像一颗干枯的苍耳，毫无生气地挂在那里。我把目光移向他的下身，他的两条腿细细的，皮肤松垮垮的，像青蛙腿一样弯曲蜷缩着。两腿间黄乎乎的乱草丛，像一个乱糟糟的麻雀窝，平平的、光秃秃，因与众不同而丑陋无比。一个小小的黑红色肉芽子，像一截没有长好的红萝卜，怪物一样耸立在乱糟糟的杂草中，像一片废弃的长满野荆棘的荒原，一颗直直的特立独行的蒜头。众人的脸色怪异、愕然、惊诧、有点不知所措，房间里一时鸦雀无声，弥漫着可怕的寂静。我也惊呆了，看着他丑陋的身体，我突然间明白了，他活着的时候为什么身上总有一股浓烈的尿臊味，多少年都是如此。他活着的时候如果尿尿，尿水会顺着大腿往下流，怪不得他一年四季衣服上都有一股挥之不去的浓烈尿臊味。

　　一群绿头苍蝇从敞开的门和窗户里飞进来，嗡嗡叫着，叮在尸体上。我过去用手呼啦着驱赶，苍蝇嗡一声飞起来，又忽地落下去，赶也赶不走。

　　我的心如秤砣般沉重，往事犹如片片雪花，呈现在我眼前，冰凉的感觉在脊背上缓缓升起，一阵彻头彻尾的寒冷几乎使我的血液凝固遍体凉透。愣怔了一会，谁也没说话。陆德林提起地上的一个水桶，和程友亮给王长福擦洗身子，我强忍着眩晕和恶心，和哥哥在一旁当帮手，给他俩搓洗毛巾，污浊难闻的臭气熏得我俩眼泪汪汪。擦洗完尸体，陆德林把棉被拉过来，盖在王长福身上，苍蝇忽地落下来，叮在棉被上。

我在墙角一个纸箱子里翻出一套平布灰色中山服，上衣的袖口和裤子的膝盖都破了，我拿上衣服，和哥哥出了门，往家走去。

妈妈呆呆地坐在炕沿上，想着心事。见了我们，接过我手中的衣服，从炕头拿过针线筐，打开一卷子碎布，纫上线头，给王长福补衣服。她边缝补，边问我们老王叔身上穿的什么内衣。

我说，纸箱子里都是一些破烂，没有几件能穿的衣服，就身上一套内衣，被老陆叔剪得成烂布条子了。

唉！真是可怜。进疆，等一会建疆回来了，你再到场部去一趟，给老王叔买一套秋衣秋裤，再买一个短裤。妈妈说。

妈，人已经死了，穿不穿都一样，花这个钱没什么意思。还有，这件衣服，等会给他穿上就行了，还给他补啥？他又看不见。新疆在一旁说。

新疆，我昨天晚上给你们说了那么多，都是白说了！你老王叔是最后一次，咱们家穷，不能给他里里外外都穿新衣服，最起码要让他穿得囫囵完整，不能穿一身破衣服上路，那样的话，到了阎王爷那里，也会被鬼笑话！母亲提高了声音，激动地说。

新疆再也不敢吭声了，我心里觉得母亲说得有道理，这样做是对的。

外面有拖拉机的声音，我和哥哥出门，看见一辆拖拉机朝老房子驶来。我们就朝趴趴房走去。

拖拉机停在羊圈，车厢里拉了一口棺材，涂的朱红色油漆，上面还站了三四个人，应该是来抬棺材的。

程友亮和陆德林过来，我们也上前，和车上的人一起把棺材抬下来，放到趴趴房门口。

程友亮和驾驶员商量，能不能明天过来拉棺材到奎屯河。驾驶员说，排长让他今天过来，把棺材拉到奎屯河，推迟到明天，他做不了主。程友亮说，那就算了吧，你可以回去了。

驾驶员二话没说，开着拖拉机，拉着车厢上的人走了。

下午，哥哥从场部回来，买了一套蓝色的秋衣秋裤，一条灰色短裤。妈妈已经将衣服缝补好，针脚细细密密，裤腰上穿了一根用新布头缝的腰带，那是妈妈一针一线缝制的，这些事做完，妈妈的脸色平静了许多，她给我和哥哥说，给老王叔穿衣服的时候，一定要仔细，不要窝着了，他脸上的胡楂子，志疆你用刮胡子刀片给他刮一刮，一定要让他干干净净上路。

还有一件重要的事，今天晚上是最后一晚上，你们老王叔无儿无女，你们弟兄几个晚上要去守灵，明天他就要入土了，也算是陪伴他最后一夜。妈妈说。

新疆和爱疆看着我和哥哥，他俩不愿意去，但又不好拒绝母亲。妈妈看了我一眼，她知道我的心思。

我们这样做，连里可能会有人说，一个新生员死了，无亲无故的，值得你们这样做吗？我们不管他过去是劳改员，还是新生员，那都是公家的事。我只知道，他是一个好人，天底下难得的好人。人活着要有良心，要知道好歹，不能做白眼狼，人在做，天在看，否则我们一家人会良心不安，出门要遭雷劈的！母亲语气坚决地说。

好了妈妈，你别说了，你说的意思我们都知道，别人不知道，我们家的人都清楚。我今天在去场部的路上还在想，我们应该为老王叔守灵，今天是最后一晚上了，我们弟兄几个晚上都去守灵，你放心吧，妈。哥哥看着母亲说。

进疆工作了几年，做事就是不一样。志疆，你们几个，都要像哥哥这样，做人做事要讲良心，要厚道，决不能做忘恩负义的小人。母亲看着我们几个说。

平生第一次，母亲用这样不容反驳的语气和我们说话，母亲唠唠叨叨，态度坚决，她的一席话语，深深感染了我们，当然，还有一点出于无奈，父亲死后，母亲是家里独一无二的家长，在五七排劳动锻炼了她的胆量，今天说话也是她从来没有的坚决，无论从情感上，还是辈分上，我们必须听从她的安排。

妈妈说要扎几个花圈，要不然冷冷清清的。我们从柴火垛上找了一些葵花秆，做花圈的支架，又到荒野地砍了一些红柳条子，用来做花圈的骨架，妈妈用弟弟建疆买来的花纸扎花朵，花疆一颠一颠地跑着把纸花带给进疆，用细铁丝绑在花圈上。

第三天出殡，是一个阴天。浇水排的四个小伙子早早来了。我们弟兄几个头上缠着白布条，腰里系一个白带子。哥哥进疆跪在棺材前，烧纸，我们一个个在他后面跪着。起棺时，哥哥抱起香火罐子，朝一个石头摔去，程友亮事先给哥哥说，要看准石头，一下子摔碎。哥哥双手举起盛满香灰的陶瓷盆，颤巍巍高高举过头顶，屏住呼吸，朝石头砸去。"砰"的一声，褐色的陶瓷盆子摔得四分五裂，溅起一股浓黑呛人的烟尘，雾一般飘向天空。这时，鞭炮噼里啪啦响了，红色的纸屑乱飞乱舞，空气中飘浮着浓烈的火药味和呛人的烟味。程友亮大喊：大家一齐用力！往上抬！棺材上的粗麻绳拉直了，棺材摇晃着离开地面，慢慢被抬上牛车。我们兄弟几个把8个花圈放到牛车上，这8个花圈代表妈妈和我们姊妹7个，一边放了4个，用绳子绑了。母亲昨晚说，你们六个就是老王叔的儿子，花疆是老王叔的女儿，一个人送一个花圈。上了车，我们前后左右扶着棺材，牛车拉着棺材，一摇一晃向奎屯河墓地走去。

这时，阴沉的天上飘起了小雨，小雨点打在我们身上脸上，湿湿的，凉凉的。

墓地在奎屯河岸边的乱沙丘，不远处就是连队农工的墓地，中间隔着一小块长满野草的荒地。这是专门埋葬出身不好的人和新生员的地方，一些被枪毙的死刑犯也埋在这里。挖一个坑，把棺材放进去，垒一个小土堆，就完事了。天长日久，这个墓地少有人前来祭拜，渐渐和沙丘连为一体，分不清哪是沙包，哪是坟墓。不像埋连队职工的坟地，要立一个木头牌位或者石头墓碑。

埋了王长福，烧了纸，我们从墓地回来，赶着牛车慢慢往老房子走。老房子羊圈旁的粪堆旁边，几个积肥的男女农工挂着铁锹，看着我们兄弟几个，开始议论王长福。空气里夹杂着粪便腐臭发酵后的酸甜味。一群乌鸦在粪堆上扑棱着翅膀寻觅虫子。

前几天放羊的那个新生员死了？怎么死的？

说是掉进排碱渠淹死了。

排碱渠能淹死人？

一头牛掉进排碱渠，他去救牛，结果牛也没有救出来，他也淹死了。

对了，咱们前天分的牛肉，就是那头淹死的牛。

唉，这个人这辈子亏死了，也没有女人。

可怜的人，一辈子没碰过女人。

碰也没用，听说他的那个家伙不管用。

哎呀，他是一个骡子。

回家吃过中午饭，母亲让我和哥哥把王长福房子的东西收拾一下，然后把门锁起来。

我和哥哥来到王长福的趴趴房。房子里乱七八糟，破衣服、破被褥、破鞋子扔得到处都是。我们把不要的东西清理出来，最后整理了这些东西：一个布包里包着一个半新的红塑料皮毛主席语录，里面夹着一个农业银行存折，200 元存款。一个粮油本，8 公斤新疆粮票，几张棉花票、布票。还有几张零零碎碎的人民币，加起来不到 10 元。一张王长福年轻时的黑白照片，穿解放军军装，脸色黝黑，露着朴实憨厚的笑容，后面写了一行歪歪扭扭的钢笔字：1948 年 7 月 26 日。可能那天是加入解放军的日期。

我和哥哥把这些东西交给母亲。母亲说，这些东西要好好保管，说不定哪一天他的女人来了，要交给她。

剩下的破烂东西，我抱到门外面，用火柴点着烧了。看着燃烧的呼啦啦火苗，发出刺鼻难闻的尿臊气和火辣辣的热气，我想，这个人彻底从这个世界上消失了。这时，哥哥过来了，他找来一把铁锁，把王长福的趴趴房锁了，钥匙交给母亲保管。

第三十一章

一转眼到了六月，刚过夏至，天气一天比一天炎热，干燥灼烫的风吹拂着热烘烘的荒野，地温一天天升高，野草和作物在灼热的阳光下疯长，正是棉花开花麦子灌浆玉米拔节的时节，隐藏在枝叶间五颜六色的花朵吸引蜜蜂虫蝶飞舞，浓稠的空气中弥漫着麦穗即将成熟的悠悠浓香，麻雀、燕子和布谷鸟成群地在原野飞翔。这个时候，我们的考试成绩下来了，我的分数在六连考生中排名第四。

紧接着，场部高中录取发榜了，鲁老师把录取的同学姓名用毛笔写在大红纸上，刷上糨糊贴在六连学校办公室的墙上，听到广播后，我大清早跑到学校看榜，六连考生有4个人考上场部高中，秦思瑶、徐志伟、王国强和我榜上有名，我排在最后，比录取分数线高了8分。

虽然同学们早已有了心理准备，但是看到学校的通知布告上没有自己的名字，有的同学还是心情沮丧，极为难受。王春玲和几个女同学当时就哭了，眼圈儿红红的，蹲在地上抽抽搭搭抹着眼泪。只有前来看热闹的马天山和田扎根几个男同学，他们连考试都不去参加，自然就不会难受。马天山大大咧咧地说，有什么好哭的？大不了参加劳动修理地球，一个月三十八元九毛贰（农工一个月的工资），每月按时发，有吃有喝逍遥自在！

看着大红榜，我心潮翻滚喜忧参半：喜的是终于考上了高中，以后的前途多了一份光明，毕业以后就是考不上大学，在农场也有机会当一名教师或者文教，或者通过考试当一名工人，可以摆脱连队繁重的体力劳动；忧的是王长福死了，没有人再给我们家送粮食，虽然那些粮食是牛羊的饲料，粗糙不堪，还夹杂着一粒粒黑色的老鼠屎，但是挑挑拣拣后煮熟，它足以填饱我们缺乏食物的干瘪肚子。而现在，随着老王叔的离世，连这些食物都没有了，家里很快会再一次陷入生存的困境。

埋葬王长福后的第三天下午，大约五点多钟，老房子的广播响了，传来了马指导员粗重的青海口音：现在广播一个通知，今天晚上八点，在连部大礼堂开大会，全连职工和五七排的同志参加，还有学校初中一年级以上的学生也要参会，老房子参会的人员请提前到达会场。再通知一遍……

听了广播，母亲早早做了饭，吃过饭，母亲换了一身洗干净的衣裳，和我一起走路到连部。太阳快坠入地平线了，火红的光线洒在身上，感觉身上暖烘烘的。我边走边寻思，今晚不知开的什么会议？还要我们初中生参加？妈妈也不知道开什么会，既然通知了就去，她很愿意参加这样的会议，其他人可能不以为然，但她认为这是一种身份的体现，坐在大礼堂里开会，是一件很荣耀很体面的事，所以每次开会，她都很积极，总是提前来到会场。

淡绿和焦黄色夹杂的麦田上空，穿梭翻飞着一群群黑色的燕子，时而贴着麦田，时而飞向半空，欢快喜悦地鸣叫着，麦地正在浇水灌浆，空气中混合着麦子的香甜和土地被水浸过的潮湿。地里的麦子整齐地站立着，在微风中轻轻晃动摇摆，集体发出刺目的金色光芒。我和母亲到了连部，来到礼堂，大礼堂空荡荡的，只有两三个人坐在舞台下面的水泥石条上。母亲走过去，看见是和她一起打扫卫生的几个人，一个出身地主成分的老太婆、一个是戴帽子的妇女，还有一个年纪很大的老头儿，不停地咳嗽着，他身体不好，很少出来劳动。见了他们，母亲不觉吃了一惊，一种不祥的感觉涌上心头，他们来干什么？通知开会的是职工、五七排和学生，他们不在开会范围，为什么也来了？她立刻忐忑不安，心头笼罩着一层阴云，这个年头世事难料，人心难测，她突然预感到一种新的灾难和祸事可能就要降临，却也不好意思过去询问，刚才的喜悦兴奋一扫而光，她悄然离开他们，选择了靠北墙的一个角落坐下，低着头想着满腹心事。

开会的人三三两两陆陆续续来了，电灯打开了，礼堂内一片光明亮堂，有的妇女怀里抱着不会走路的孩子，手里拿着奶瓶，有的手里拿着没有纳完的鞋底子和正在钩织的毛衣，说笑着来到大礼堂，找个位置坐下，凑在一起边纳鞋底织毛衣边说说笑笑。男人们聚在一起有的吸着纸烟，有的用报纸片慢慢卷着莫合烟，用亮晶晶的打火机点燃，一股淡淡的汽油味飘散开，一个个吞云吐雾，不一会儿就烟雾缭绕。有的人嗑着香喷喷的炒葵花籽，嘴里像鱼儿吐水泡一样吐着葵花壳。人越来越多了，无数蚊子和小蠓虫嗡嗡叫着，围着大灯泡不知疲倦地飞舞，发出噼噼啪啪的细微响声，汗酸味脚气味烟卷味屁味混合在一起，大礼堂乌烟瘴气，一片吐痰声和咳嗽声，有的小孩儿被浓烟呛了，哇哇哭闹着。一个哺乳婴儿敞露着半截胸脯的中年妇女，一把抢过旁边马三嘴上的烟卷，扔在地下踩灭了，嘴里斥责说，一天到晚就知道吸吸吸，一根接一根，一个月的工资不够你吸烟，当心哪一天把你的心肝肺吸成马蜂窝！她的话立刻引来一阵哄笑声，马三不仅不恼，反而嬉皮笑脸地说，不让抽烟，我闲着干啥？吃你的奶呀！他的话音刚落，又引来一阵更大的嬉笑哄闹声，旁边有人趁机起哄说，马三，你别吹牛，有本事你过去吃呀！马三觍着脸说，吃就吃！当姑娘是金奶子，结了婚是银奶子，生了孩子就是猪奶子，有啥不能吃。他口角流涎，表情放荡，伸头往女人怀里凑。中年妇女见状，从婴儿嘴里拔出乳头，给马三说，来，来，和你弟弟争奶吃，你就这点出息，老娘今天让你吃个够！说着，她右手握住肥硕饱满的乳房，对准马三的头用力一挤，一股洁白的乳汁喷射出来，像一条明亮晃动的抛物线，不偏不斜滋进马三的眼睛，马三"啊"了一声，赶忙用手揉眼睛，大伙哈哈大笑，笑得眼泪都流出来了。几个流着鼻涕的小孩子嘻嘻哈哈，围着马三，一边咋呼，马三吃奶喽！马三吃奶喽！

时间到了，大会开始了。马指导员站在舞台中央，双眼扫视了一下会场，嘈杂热闹的大礼堂立即安静了下来，马指导员咳嗽了一声，清了清嗓子，开始讲话。他先讲了国内国际形势。他说，现在国家形势一片大好，我们的主要任务是抓经济建设。八十年代嘛，大家都要知道，我们国家主要做好三件大事：第一件，我们要在国际事务中继续反对霸权主义，继续维护世界和平；第二件事是台湾归还祖国，要实现祖国统一；第三件事是要加紧经济建设，就是加紧四个现代化建设。这三件事的核心是现代化建设。具体到我们农场连队，就是要积极做好各项生产，确保粮食颗粒归仓，棉花收净上垛，争取今年农业丰收。他又啰里啰唆讲了一些生产上的事。他咳嗽了一声，说这是今天开会的第一件事。第二件事嘛，中共中央作出了《关于地主、富农分子摘帽问题和地、富子女成分问题的决定》，这个决定指出，除了极少数坚持反动立场、至今还没有改造好的，凡是多年来遵守政府法令、老实劳动、不做坏事的地主、富家分子以及反、坏分子，经过群众评审，场部革命委员会批准，一律摘掉帽子，给予农场农工和家属的待遇。

母亲低着头胆战心惊，听到这里，心中的一块石头落了地，她长长出了一口气。将近五年了，自从古大炮到老房子宣布她是坏分子，她每时每刻都被这顶帽子压得喘不过来气，白天忙忙碌碌，为了一家人吃喝拉撒，晚上躺在床上辗转反侧，巨大的精神压力和心灵的折磨，使她身心俱损，为了这个家和孩子，她强撑硬扛着过了一天又一天，今天终于熬到头了。她抬起头，看了一眼会场，发现会场上的人都扭着头看着她，马指导员在主席台上叫道，老房子的蔡秀芬来了没有？请上主席台。她慌忙站起来，看见刚才来的那三个人已经站在了主席台上，旁边的人捅了她一下说，叫你呢，赶快上去。她急忙站起来，跨过石条凳子，向主席台走去，她几乎是颤抖着走上了主席台，在明亮刺目的灯光下，和那三个人面朝会场站着。他们的表情木讷，显得有点手足无措，惶然地看着会场里射来的目光。我和同学们坐在会场中间，我目不转睛地看着母亲，母亲在众目睽睽之下显得非常拘谨，她的手不知怎么放才合适，一会儿抬起来，一会儿放下去，浑身瑟瑟发抖，看起来内心很紧张。马指导员拿着一张纸，走过来分别递给他们四个人，然后转过身举手鼓掌，会场上响起了稀稀拉拉的掌声，摘帽的四个人从两侧走道下了主席台。

散会后，我和母亲走路回家。天还没有黑透，在满天晶亮的星光下，荒野上正在生长的各类植物地微响着，无数虫子的鸣叫悦耳动听，麦地里持续不断的成熟香气随风潜入夜色，浸润着我们的鼻孔。母亲心情很好，走路的步子轻快，脸上浮动着两团激动兴奋的红晕。我上前拉住母亲的手，她的手粗糙僵硬如锯齿，但是温暖而湿润，微微颤动着，手指骨节处厚厚的茧子摩擦着我的手心，我们没有说一句话，就这样默默行走在星光朦胧的小路上。

回到家，母亲把那张纸拿出来，就着煤油灯昏暗的光亮，我们看见是一张盖有红色印章的摘帽通知书。

地富反坏分子摘帽通知书

车排子农场六连坏分子蔡秀芬，现年 46 岁，经群众评议，能遵守政府法令，老实劳动，接受改造，现批准摘掉坏分子帽子。

希立即通知本人，并向群众公布此通知。

（此联由个人存）

车排子农场革命委员会（印章）

一九八〇年六月二十五日

我们转过头看着母亲，没有说一句话，母亲一脸轻松，一条条皱纹舒展开来，油灯的亮光给她脸上镀上了一层充满生气的色彩，她也没有说一句话，但我们从她发亮的眼神里可以看出她内心抑制不住的兴奋和激动。

第二天中午，母亲下地回来给我们说，李排长今天给我说，你现在已经摘帽了，属于农场普通群众了，老陈是中华人民共和国成立前参加工作的，享受离休待遇，我听说像你这种情况，可以申请一些生活补助，具体怎么办他也不知道，要到场部民政部门问一问。

我们听了很高兴，现在家里日子这么难，如果有一点儿补助，无论多少，也是雪中送炭。母亲说，这几天在棉花地除草，太忙了，我刚摘了帽，不好意思请假。我说，妈妈，我去到场部机关问问，看有没有这个政策，反正现在还没有开学。妈妈高兴地说，好，家里情况你都知道，去了场部见了领导要有礼貌，嘴甜一点，说话客气一点，毕竟是求人办事，伸手不打笑脸人，你记住了吗？我回答，记住了。

正说着话，外面亮亮在叫，接着传来了一个甜甜的略带惊慌的女孩子的声音，志疆，你在家吗？快出来看着你家的狗！我掀开门帘出去，看见秦思瑶和王春玲推着自行车站在柴火垛跟前，黑狗在不停吠叫，见我出来，叫声更大了。我赶忙过去呵斥住亮亮，亮亮摇着尾巴不叫了。我高兴地说，今天刮什么风，把你俩刮到老房子了！秦思瑶笑着说，你不欢迎呀？还派出大黑狗咬我们。我说，它没有咬你们，它欢迎还来不及呢！这时亮亮跑过去，围着她俩摇尾欢跳，往思瑶身上扑，思瑶吓得尖叫一声，王春玲咯咯笑着说，思瑶，你不用害怕，这是狗表示亲近友好的意思。这时思瑶才不紧张了。

思瑶穿着一件白的确良长袖衬衣，一条海军蓝裤子，脚上是一双白色短腰回力鞋，头上随意扎了一个马尾辫，一条金黄色的丝巾打了一个花结，明眸皓齿，显得神采奕奕。王春玲穿一件花格衬衫，一条黄军裤，脚上是母亲做的一双黑条绒松紧布鞋，她消瘦的脸色有点蜡黄，蹙着眉头，眼睛里有一股淡淡的忧愁，可能没有考上高中的阴郁心情还没有完全消失。

志疆同学，就让我俩傻站着，你不欢迎我们来你家做客吗？见我出神地打量着她俩，秦思瑶歪着头笑着说。

欢迎欢迎！请都请不来，怎么不欢迎呢？我赶忙说，然后转身把她俩往家里领，黑狗兴奋地摇着尾巴跑在前面。母亲走了过来，她听到了刚才说的话，笑着嗔怪我说，志疆，还不快把同学领到家里，这大热天在外面多热呀。秦思瑶和王春玲过来叫了一声阿姨，妈妈看见两个如花似玉的女同学，高兴地说，快到屋里坐，阿姨给你们倒水喝。

进了屋子，我让她俩坐在吃饭桌旁，母亲取出箱子里的红糖，沏了两碗红糖水，端过来放在桌子上，笑着让她俩喝。思瑶从拎着的一个尼龙网兜里拿出一包五颜六色的水果糖，抓出一把放在饭桌上，让弟弟妹妹吃，他们不好意思拿，思瑶给他们往手里递，母亲说，你们来了就好，还拿东西？思瑶说，阿姨，你不用客气。她上前抱起花疆，在她脸上亲了一口说，你真幸福，有这么多哥哥保护你！花疆看着她咯咯笑，妈妈从她怀里接过花疆，给思瑶说，你们在屋里说话。说着便抱着花疆和弟弟们出去了。

秦思瑶打量着我家，看到什么都很好奇兴奋。她走过来摸着炕说，这就是冬暖夏凉的土炕？哎呀，我还是第一次见呢。这炕是烧柴火吗？怎么没有洞口？我说，是烧柴火沫子，洞口在外面。她又抬头看镜框里的照片，好奇地问这个问那个，对我家的亲戚很感兴趣。

我问春玲，你们从什么地方过来的？春玲说，我这几天胃病又犯了，药也吃完了，我就和思瑶去场部医院看病去了。我说，你没事吧？她轻描淡写地说，没事，老毛病了，吃点药就好了。

母亲掀开门帘让我出去，小声给我说要杀一只鸡，招待两位同学。我说让边疆去抓鸡。思瑶耳朵尖听到了，出来坚决不让母亲杀鸡，如果母亲坚持要杀，她和春玲现在就走。母亲只好作罢，下到柴火垛后面菜窖里拿出一碗烧好的猪肉，那是我考上高中后哥哥到场部买的，妈妈没舍得吃完，放在炼好的猪油里放进菜窖，菜窖阴凉可以放很长时间。妈妈端出来，开始准备做饭。我悄悄到棚子里给母亲说，妈妈，你要做最好吃的。妈妈笑着看着我说，花生，你还不放心你妈？快去和同学说话去，不要冷落了人家，做饭你不用管。

外面，边疆和建疆在棚子旁边用树枝在地下画了四方格线，玩踢沙包，新疆手里拿着一颗水果糖，花疆流着口水羡慕地说，新疆哥，你把水果糖给我吧。新疆逗她说，我没舍得吃，给你我就没有了。建疆说，你就给她吧，你是当哥哥的。新疆给花疆说，我给你说个谜语，你猜出来，我就给你。花疆天真地说，好，你说。新疆说，一个锣，掉地下，摸不着。你猜猜是什么？花疆摸着头想了半天，说，还是锣。新疆说，错了，这块糖你吃不上了。说着，他剥开糖纸，装作往嘴里塞的样子，花疆急得眼泪快流出来了，新疆把糖塞进她的小嘴，她又咧开嘴笑了。新疆说，快闭住嘴，糖掉了不要怨我。花疆嘴里嚼着糖问，哥哥，谜语说的是啥？新疆说，你天天放，你再猜猜看。花疆歪着头想了一会儿说，是屁！

我们在一旁哈哈大笑。我进了房子，和思瑶春玲说着话。我问思瑶到场部上高中，是住校还是跑校。她说她妈妈已经给她在场部加工厂工作的姨姨说好了，开学后就住她们家，她连铺盖卷都不用带。我问春玲有什么打算，春玲说，她本来想重读一年初三，明年再考一次高中，但家里母亲和父亲隔三岔五吵架，鸡飞狗跳的，她在家里一天都待不下去了，现在就想早点分配工作，住到连队大房子去，早一点儿离开这个家。我和思瑶听了都默不作声。大家陷入沉思。

春玲，现在改革开放了，人们的思想和以前也不一样了，机会也比以前多了很多，不一定非要当一名职工，每个月拿那一点儿死工资，不行你学一门技术，照样可以生活得很好。过了一会儿，我首先打破了沉寂。

现在是改革开放了，农村土地都承包给个人了，隔着一条河的河西老乡，家家户户想种啥就种啥，可是咱们这里还是死水一潭，兵团撤销好几年了，连队还是敲钟下地，到月底发工资，大家还是挤在一起吃大锅饭，我看不到有什么大的动静。春玲有点沮丧地说。

学一门手艺？学什么好呢？对了春玲，我看你手挺灵巧的，我刚才看见场部有办裁缝学习班的，不行你也报名去学习，将来学个裁缝做衣服。思瑶看着春玲说。

那不就是个体户了？我才不愿意去呢，你看场部街上的个体户，不是缺胳膊断腿，就是从口里来的盲流，修自行车补胎、钉鞋掌补鞋、卖冰棍卖汽水，还有骑辆自行车下连队走村串户弹网套卖豆腐的、磨剪子戗菜刀的，天天风吹日晒，干的都是别人不愿意干的活，关键是还被人看不起。我嘛，也想过这事，但我真的拉不下这张脸，到时候见了同学和你们，可能恨不得钻进地缝里。春玲眼里一片茫然，愤愤不平地说。

我倒觉得当一个个体户没有什么不好，凭自己的本事挣钱吃饭，我要是你，就开一家裁缝店，到时候呀，我和咱们班的同学都到你店里做衣服，那该有多好！思瑶看着春玲兴奋地说。

你呀，站着说话不腰疼。当然，你考上高中了，有资格这样说，你如果站在我这个角度，可能就不会这样想了。春玲垂头丧气地说。

春玲，不管怎么说，都要振作起来，咱们年轻，无论以后干什么，只要努力，只要奋斗，都会有前途。四个现代化需要各种各样的人才，而人才不一定非要从院校出来，苏联作家高尔基也没有上过几年学，他 10 岁就开始当学徒、码头工、面包师，他通过自学照样成为一个伟大的作家。咱们国家的陈景润在逆境中刻苦钻研，研究哥德巴赫猜想，国际数学界称为"陈氏定理"，现在还保持世界领先水平。这样的例子举不胜举，我觉得只要自强不息，就能够出人头地。毕竟，现在我们赶上了一个好时代。思瑶诚恳地说。

是的，话可以这样说，大道理我也懂，但轮到我，为什么这样难？除了在连队当农工，天天面朝黄土背朝天，一个没有上过高中的初中生到底能有什么前途？除了嫁人生孩子，我的路在何方呢？春玲脸色迷茫，仿佛自言自语一般。

正说着话，母亲端着菜进来了，一盘韭菜炒鸡蛋，一盘干豆角炒猪肉。我出去从棚子里端出一盘凉拌粉条菠菜、一盘干辣椒炒土豆丝，看见母亲准备这么多菜，我高兴地贴着母亲耳朵说，妈妈，你真棒！妈妈笑得合不拢嘴，她给我说，等一会儿你们几个在房子里吃，我们在棚子里吃。我看见母亲在炉子后锅上蒸了一锅窝窝头，心里有点内疚，妈妈看出了我的心思，对我说，你快过去招呼同学吃饭，这边你就不用管了，人家好不容易来一次。

四个菜端上桌，妈妈又下了捞面条，用蒜泥和芫荽、醋调了汁，我招呼她们两人吃饭，思瑶说，等你妈妈和弟弟妹妹来了一起吃。我说，桌子小坐不下，他们在棚子里吃。我们开始吃饭，春玲吃了一口菜说，志疆，你妈妈做饭真香！思瑶说，志疆，你妈妈长得真漂亮，做饭又好，真是心灵手巧。听到她俩夸赞妈妈，我心里很高兴，接了一句说，我妈妈非常不容易，把我们兄妹一个个拉扯大，吃了很多苦。思瑶说，你妈妈很伟大！春玲也说，就是的！我又把父亲不在，我准备到场部问母亲待遇的事说了。春玲说，你应该过去问一问，有了总比没有好。思瑶说，等一会儿我把自行车留下，我和春玲骑一辆车子就行了，你明天骑我的自行车到场部。我高兴地答应了。

　　吃完饭，母亲过来收碗筷，思瑶和春玲要收，我没有让她们动手，我害怕她们看见棚子里妈妈他们吃的不一样的饭感到难堪。收拾好桌子，母亲又把糖水端上桌。思瑶看着母亲说，阿姨，听说你有一个好东西，我们想看看。妈妈笑着说，孩子你看，我们这个穷家，全部东西也不值几块钱，哪有什么好东西。思瑶说，阿姨，您有一块特别好看的石头。妈妈"噢"了一声说，你说的是这块石头，我拿给你看。说着，母亲从裤腰上解下钥匙链，打开箱子，取出一个蓝布包袱，解开层层缠绕的棉线绳子后拿出那颗石头给了思瑶。

　　思瑶小心翼翼接过石头，放在手心里，那颗石头在她娇小洁白的手掌里，显得晶莹璀璨，闪烁着红艳艳的光彩。真好看，还有一个银链子。思瑶目不转睛地看着金丝玉，赞叹地说。

　　春玲也把金丝玉拿到手里，爱不释手地观看着。

　　阿姨，我想戴上试试。思瑶动情地给母亲说。

　　你戴上嘛，孩子。母亲疼惜地说。

　　思瑶低下头，把金丝玉轻轻戴在脖子上。她的脖子光滑细腻，被太阳晒后显出像麦粒一样黄亮发光的颜色，戴上穿着银链的红色金丝玉，显得愈发高贵圣洁。

　　思瑶拿起窗台上的一个圆镜子，镜子裂了几条缝，被四周的铁条包裹着缠着胶布才没有掉下来。思瑶看着镜子，兴奋地连声说，太好看了！太好看了！

阿姨，您这是在什么地方买的？春玲问母亲。

我家哪有闲钱买这种东西。这是志疆爸爸以前放羊时在戈壁滩捡的，我回老家，给它裹了一个银丝。妈妈笑着说。

阿姨，这是一个吉祥物，以后呀，你们家一定会有好运的。思瑶说着，把金丝玉从脖子上轻轻取下来，放在妈妈手里。

谢谢你。你们和志疆是同学，要好好在一起。母亲说。

思瑶和春玲要走了，花疆过来抱住思瑶的腿说，姐姐，你什么时间再来呀？思瑶抱起她，在她脸上亲了一口说，我有时间就来，下次还给你带好吃的水果糖。花疆高兴地咧开嘴笑了。

我和母亲、花疆送她俩出门。到了柴火垛跟前，思瑶说什么也不让送了，春玲骑上车，思瑶跳上车后座，向我们招了招手，自行车驶上了小路。

看着她俩远去的背影，我和母亲准备回家。这时，王翠枝过来说，秀芬，这两个女娃子长得一个比一个漂亮，哪一个是志疆的女朋友？妈妈笑着说，你看你又胡说，这是志疆的同学，到场部顺路过来喝口水。王翠枝说，喝口水？我看你忙来忙去，炒了好几个菜，又是鸡蛋又是肉的，像过年一样，志疆也大了，初中也毕业了，是该谈女朋友了。妈妈说，孩子还要上高中呢，我家这个样子，他哪有条件谈恋爱？

第二天上午，我骑着思瑶的自行车到了场部机关，机关院子里海棠果树挂满了一串串青青的果子，压弯了枝条，闪着青幽幽的光，飘着芬芳浓郁的清香，紫穗槐的枝头开着一粒粒紫色的花朵，散发着好闻的香气，果园像一个芬芳四溢的花园。我把自行车停放在机关门口，踏上水泥台阶往办公室走。

场部是一排砖木结构的苏式建筑，门前的廊柱和门窗都刷着白色和深红色的油漆，显得威严庄重。我进了大门，看见东西两侧是办公室，中间是铺了青砖的走道，两边是挂了木制牌子的办公室。我不知道要到哪个办公室去问这件事，就来到右侧办公室，上面写着传达室，门半开着，里面却没有人。我往前走，第二间办公室写着打字室，里面出来嗒嗒的打字声，我小心翼翼敲了一下门，里面传来一个女子的声音：请进。我推开门，办公室靠西墙有一张办公桌，一个女孩儿正在打字，她侧过脸问我，你找谁？我也不知道找谁，就说，我找申请困难补助的部门。她歪着头想了一会儿给我说，你顺着走道往前走，最里间靠左手办公室，你问问他们。我说了一声"谢谢"，那女孩子没有说话，继续低头打字。我顺着走道往前走，来到尽头，看见办公室门前挂着劳资科的字样，我敲门，里面传来一声，进来。我推门进去了。屋子里，办公室两张桌子并在一起，面对面坐着两个人，都在低头写着什么。一个头发花白的老者抬起头，向我递过来问询的眼神，我说，我要给我妈妈申请困难补助。他没有说话，用头往右前方示意了一下，我一扭头，原来右边还有一个套间，我过去推门进去，一个不满四十岁的中年人正坐在办公桌前打电话，看见我进来了，用手指了一下门跟前的一张椅子，示意我坐下，我过去坐了。他继续打电话。我打量着办公室，也是两张办公桌面对面靠着，桌子上摆着文件、报纸和日历牌，东墙立着两个木制文件柜，其中一个柜门开着，里面装满了牛皮纸文件袋。这时，打电话的中年人放下电话，转过脸笑着问我，小伙子，你有什么事？中年人一张国字脸棱角分明，浓密的黑发梳着分头，一双大眼睛透着睿智和友善，说话带着河南口音。我赶忙说，叔叔，我来申请困难补助。他没有回答我，而是仍然笑着看着我说，你是哪个连的？你父亲叫什么名字？我回答，我是六连的，我父亲叫陈大河。哦，陈大河？我认识你父亲，他可是一个好骑手哟，再厉害的马到了你父亲手里，都会服服帖帖。我说，我爸爸前几年去世了。中年人"嗯"了一声，说太可惜了，你爸年龄也不大。然后真诚地对我说，小陈，你说说家里的情况，我听听。看着他亲切和善的面孔，我把家里的生活窘境一五一十说了。中年人眉头紧蹙沉思着，过了一会儿，他站起来提起桌子上的暖壶，给我倒了一杯开水，我赶忙过去接住。中年人脸色舒缓了一些，他望着我说，小陈，咱们国家经过十年动乱，经济发展几乎到了崩溃的边缘，现在国家以经济建设为中心，实施改革开放的政策，相信我们党，相信我们国家，通过我们不断努力，一定会实现四个现代化，人民群众的生活水平一定会有很大的提高。但是，现在百废待兴，兵团各个行业都很困难，经济发展遇到了困难和瓶颈。但我觉得困难是暂时的，一切都会很快好起来的。我听说中央要恢复新疆生产建设兵团，你作为兵团第二代人，现在已经是一名场部中学的高中生了，你赶上了好时候，你要好好学习，将来成为对国家有用之人。至于你家的具体困难，刚才听了你说的话，我非常同情。你父母真的非常不容易，把你们几个拉扯大，还要供你们上学，但是根据总场和场部的困难补助政策，你妈妈现在在五七排工作，你哥哥也参加了工作，场部已经落实了困难补助政策，就不能再享受离休工人遗孀待遇，这一点请你理解。你家的情况比较特殊，如果以后生活上遇到什么困难，我会安排连领导给予关注。你看小陈，你还有什么要说的？说完，中年人慈祥地看着我。

这是我第一次和机关领导说话，他亲切温暖体贴的话语，像一股清泉滋润着我的心灵，我心中充满感激地看着他。虽然没有解决问题，但他的一番话语，却犹如一股夏季里清凉的风，吹拂着我焦虑饥渴的心，我感觉浑身充满了力量。我动情地说，叔叔，谢谢你，我没有什么要说的了。说着放下杯子要走，中年人过来拍着我的肩膀说，不要急，把水喝完再走。我又端起杯子喝了几口水，中年人给我说，小陈，我姓施，施琅的施，就是那个收复台湾的福建人施琅，我是劳资科科长，以后有什么事情可以过来找我。我说，谢谢叔叔！他又给我说，回去向你母亲问好。我感激地点点头，出了办公室。

回去的路上，望着绿油油的庄稼和一排排高大挺拔的白杨树林，回想着刚才施科长的话语，我心潮澎湃，激动难抑，内心产生了一股强大的力量。我知道，这股力量，犹如燃烧的火焰，在我以后的人生路上，一直会熊熊燃烧，给我源源不断的温暖和力量。

第三十二章

太阳灼热，空气干燥。麦子收割了，麦地里一片黄苍苍齐刷刷的麦茬子，一道道康拜因收割机留下的深深车辙印。空荡荡的地里到处是吃草的牛羊，捡拾昆虫和麦粒的鸟群忽而飞起一团，忽而聚集一片，清脆婉转悦耳的鸟鸣充斥田野，来自四面八方捡拾麦穗的人群潮水一样涌到麦地，说话声嬉笑声此起彼伏。

学校也放假了，弟弟们都在家里，我们又开始下地捡麦穗。和高中一样，这一年连队学校不办初中了，只办小学，升上初中的学生暑假开学后到营部上初中，但不住校，中午回来吃饭。边疆、建疆和新疆都要到营部上初中。

这天上午，我和弟弟们正在七号地捡麦穗，来的时候，天空晴朗，只有几片洁白的云团在飘荡。拾了大半袋子麦穗，突然天空乌云翻滚，我看见从西边滚过来大块大块的乌云，伴随着隐隐的雷声和闪电，我知道这是雷阵雨的前兆，就对弟弟们说，马上要下雨了，咱们快到树林带躲一躲。我们背着尿素袋子往北边林带里跑。这时，起风了，袋子被风吹起来呼呼响，刚跑进林带，瓢泼大雨就落了下来，荒野一片雾气茫茫，我们把袋子扔在地上，身体靠在柳树上看着倾盆大雨。

狂风暴雨像一排排密集的炮弹，倾泻在炽热干燥的大地上，压住了滚滚蒸腾的热流，空气立刻变得凉爽和湿润。大约二十分钟，雨停了，树枝往下滴着雨滴。边疆说，咱们到地里捡蘑菇去吧？雨后野地里蘑菇很多。

建疆、新疆几个人说，好！我说，你们捡一会儿就回来，赶快到地里捡麦穗。他们答应一声就到荒野地去了。我看着他们走向泥泞的野地，也跟着过去。

荒野经过雨水漂洗，清凉葱绿，叶片晶亮，一丛丛碱蒿子、骆驼刺生机勃勃，五颜六色的小石子闪着亮晶晶的光泽，散落在荒草丛中。我转了一圈，只看见几棵狗尿苔蘑菇，这种蘑菇有毒不能吃，我就往回走。走到一丛铃铛刺跟前，我对着刺丛撒了一泡尿，撒完刚准备走，突然看见尿水冲过的泥土里有一个东西闪闪发亮，我蹲下去，捡起来一看，是一块红艳艳的石头，我心里一惊，难道这就是马老师说的玉？我心怦怦直跳，赶忙来到林带里，在水渠里洗干净石头，拿到阳光下仔细看，这块石头呈椭圆形，外形和父亲当年捡的那一块非常相似，但光泽没有那块耀眼，父亲捡的那块发红，这块颜色红中发黄，我有点失望，但无论怎样，这是一块非常好看的石头，我把它装进裤子口袋，拿着袋子下地捡麦穗去了。

中午，太阳发出强烈的光焰，蒸晒得大地直冒热气。我扛着满满一尿素袋子麦穗往家走，弟弟们跟在后面。我口干舌燥，脖子被尖锐的麦芒刺挠后又被汗水浸湿，像针尖一样扎着皮肤火辣辣地疼，我急急慌慌往家走，回去扔下袋子，先喝一大碗凉水解解渴。走进院子里，我看见院子中央立了一辆自行车，一个年轻的女人在和母亲说话，母亲抱着花疆，脸上流露出一种讨厌和不安的焦急神色。我把袋子扔在地上，用手擦了一把汗，然后仔细打量眼前这个女子。女子有二十多岁，长得很洋气，肤色白白嫩嫩，两只大眼睛，淡淡的眉毛，像从画里走出来的人一样，一看就不是本地人，但她的穿着打扮又像连队人，一条黄色军裤，上身是一件的确良碎花衬衣，脚上是一双平口布鞋，青色丝光袜子，身上散发着雪花膏的淡淡香味。此刻，她的眼中含着泪水，显得局促不安，定定地看着母亲和她怀里抱着的花疆。

我用探寻和不解的目光看着女子和母亲。女子和母亲的眼睛对峙着，女子的眼睛有点游移慌张，像做错了什么事，母亲的眼睛透露着坚定执着，两人都不说话，各自沉默着，又仿佛各自有千言万语憋在心头。

弟弟们扛着袋子陆陆续续进了院子，他们也不解地看着母亲和女子。

新疆忍不住，问了母亲一句，妈妈，她是干什么的？

她是干什么的？她说花疆是她的女儿。母亲愤愤不平地大声说。花疆像一个受了惊的小猫，头扎在母亲怀里一动不动。

仿佛晴天一声霹雳，震得我们弟兄几个都愣住了。少顷，我问眼前这个眼泪汪汪的女人，你怎么证明这个孩子是你的？

怎么证明？她就是我生的啊！女人带着哭腔用一双泪眼看着我说。

你生的？你有依据吗？我继续问她。

女子表情无奈，欲言又止，睁大泪眼看着母亲怀中的花疆，不说话了。

我记得她左耳垂下方有一颗小黑痣。过了一会儿，女人说了一句，两眼仍然死死盯着花疆。

听了她的话，我看见母亲身子微微抖了一下。我知道，陈花疆左耳朵下方耳垂上，确实有一颗芝麻大一点的黑痣。

有黑痣的孩子多了，难道都是你的孩子？过会儿，母亲反问道。

女子没有答话，她一脸愁云，双手扶着自行车车把，身子趴在车把上低声抽泣起来。

看着女人伤心欲绝的样子，母亲有点心软了，通过刚才的简单对话，她基本上确定，眼前这个人就是陈花疆的亲生母亲。她叹了一口气，又问：你说是你的孩子，当时孩子还带了什么东西？

没什么东西，只有两罐上海产的奶粉，几件小衣服。女子抬起头，看着母亲说。

孩子的生日是哪一天？母亲盯着她问。

我写在一张纸上，是 1975 年 8 月 21 号。她喃喃地说。

母亲心里再次咯噔了一下，毫无疑问，眼前这个女人就是花疆的亲生母亲。

你叫什么名字？母亲问道。

我叫陈月娣，是六连青年排的上海知青。陈月娣诺诺地回答。

你说是你的孩子，怎么现在在我们家？边疆看着她问。

女子看着母亲，似乎有难言之隐，又失声大哭，吓得花疆把头藏在母亲怀里。

你先回去吧，这么大的事情，我们要好好考虑一下。母亲说。母亲要等她走后，和我们商量孩子怎么办。

哦，那我什么时间能把孩子领走？陈月娣小心翼翼地问。

领走？你说领走就领走了？天下哪有这么容易的事！你把刚满月的孩子扔在戈壁滩就走了，也不害怕孩子被狼叼走？几年来不管不问，我们一把屎一把尿把孩子拉扯大，现在长成小姑娘了，她早已是我们家的一员了，户口也在我家户口本上，姓也是我们陈家姓，今天你来了，一句话就要领走，世上有你这样的母亲吗？听了她的话，母亲又火了，大声斥责说。

陈月娣满面泪花，颤巍巍走到母亲跟前，"扑通"一声给母亲跪下了。阿姨，我求求你了！当时实在没有办法，我活不下去了！要是有一点儿办法也不会把孩子扔在戈壁滩，当妈的哪有不心疼自己孩子的。我现在只有这么一个女儿，你提什么条件，我都答应！只要你能把女儿还给我！陈月娣声泪俱下地说。

母亲的心也碎了，她弯下腰，用一只手扶起陈月娣，说，我理解你的心情，真是可怜天下父母心！我告诉你，这孩子虽然不是我们亲生的，但她是我们用苞谷糊糊和咸菜一勺一勺喂大的，几年来我们看着她一天天长大，比亲生的都亲！

陈月娣听了这话，擦了一把眼泪，说，阿姨，大恩不言谢！我知道你们养她不容易，你们提什么要求我都答应，要多少钱我都给，只要把孩子还给我！

我们什么都不要！一分钱都不要！只要孩子愿意跟你走，我们没有问题。但是，她要是不愿意，你也别想带走她！母亲说完这话，心里好像有一千只猫在抓咬撕扯。

事到如今，也只能如此，母亲总算吐口了，以后再慢慢说。陈月娣这样想着，千恩万谢地推着自行车走了。母亲看着她失魂落魄孤独的背影，心里像戈壁滩的风暴卷起了万丈风沙。

陈月娣消失在远方的小路上。院子里一下子沉寂下来。我们弟兄几个看着母亲和花疆，不知道接下来该怎么办。花疆看着我们，睁着圆溜溜的大眼睛，不知道究竟发生了什么事。我上前从母亲怀里接过花疆，端详着她被太阳晒得黑乎乎的脸庞，像不认识似的。花疆疑惑地问，哥哥，你今天怎么了？我没有回答，眼泪在眼眶里打花花。

妈，花疆不能给这个女人。我给母亲说。

对，不能给她！弟弟们异口同声说。

这是我们的妹妹！凭什么给她？爱疆说。

这个女人我见过，她来过老房子，拿着玉米面和一个胖胖的女青年来换鸡蛋。母亲沉思着，仿佛在回忆遥远的往事。

孩子们，我刚开始也不同意把花疆给她。刚才她来的时候，说她要回上海了，孩子跟着她到上海，会受到好的教育，以后对花疆的前途有好处。母亲神色黯然地说。

花疆在六连也可以上学，她从小和我们一起长大，我们是亲兄妹，妈，不能把花疆给她。边疆语气坚决地说。

给她？门儿都没有，她想得美。新疆瞪着眼睛说。

孩子们，我想的和你们一样。我当时很激动，但孩子毕竟是她亲生的，咱们的心眼不能太小了！光想着自己，没有站在花疆和她的角度考虑问题，她妈妈当时也是万般无奈，孩子是母亲的心头肉，世上哪个母亲不爱自己的孩子？刚才她说，当时她把花疆放在草丛里，她远远躲在一堆铃铛刺后面，也是看见我抱走花疆后她才离开的，一个没有结婚的大姑娘，生下孩子，无论在上海，还是在连队，都没法活下去，唾沫星子都能淹死人！再说，如果花疆现在回到上海，受的教育比新疆好，以后的发展前途也比在新疆好，为了花疆的前途和未来，我同意让花疆回上海。当然到最后，要看花疆的选择，她已经快满5岁了，也懂事了，我们要听听她怎么说，母亲擦了一把眼泪说。

花疆是家里的宝贝疙瘩。每年的六一儿童节，学校给每个学生发一把炒熟的花生、一个煮熟的鸡蛋，我们都舍不得吃，拿回来给她吃。家里有一点儿好吃的东西，妈妈也是给她留着，可能是父母和众多哥哥的宠爱，她的小脸始终是笑嘻嘻的，像一朵盛开的小向日葵。

这时，在我怀里的花疆似乎听明白了，她睁大眼睛张开小嘴，望着母亲说，妈妈，你们不要我了吗？

妈妈再也控制不住，一把把花疆接过来搂在怀里，哭着说，花疆，你是妈妈的心肝宝贝，我只有你这么一个女儿，妈妈也舍不得你离开！将来不管你走到哪里，都要记挂着我们，记挂着老房子，你永远都是妈妈的孩子！

花疆听了，大声哭了起来，边哭边说，我不去上海，我不要那个妈妈，我就跟着你！

好孩子，妈妈没有白养你，没有白心疼你。妈妈不会离开你，我永远是你的妈妈，哥哥们永远是你的哥哥！你现在呀，只不过是多了一个妈妈，她会爱你的，她会给你买大白兔奶糖吃，还有很多很多好吃的，你从来没有见过的好东西。花疆呀，你现在有两个妈妈，还有这么多哥哥，花疆是不是很幸福呀！妈妈强打精神，装作高兴的样子给花疆说。

我有两个妈妈，一个新疆妈妈，一个上海妈妈，还有好多好吃的东西，我要分给妈妈和哥哥吃。花疆破涕为笑，咧开了肉嘟嘟的小嘴。

这就对了，你有两个妈妈，两个妈妈都爱你，你说好不好？妈妈脸上露出了笑容。

可是妈妈，我到了上海，我要想吃沙枣了怎么办？上海有沙枣树吗？过了一会儿，花疆好像想起了什么，看着母亲问。

孩子，上海没有沙枣树，上海是大城市，有高楼、有马路，还有长长的黄浦江。你呀，要想吃沙枣了，就给哥哥说，让他们给你摘了寄过去。妈妈心疼地说。

给我寄去？我能收到吗？花疆歪着头不解地问。

可以收到，你回去以后，到了上海，就给妈妈写封信，哥哥按照你写的地址给你寄去，你就可以收到。妈妈说。

可是我不会写字，我也不知道地址，这可怎么办？花疆问。

花疆，等你7岁了，就去学校上学，学校里有很多像你这样的小朋友，你学会了写字，就可以写信了。妈妈笑眯眯地说。

花疆，明天我给你一个本子，一支铅笔，哥哥先教你写一二三四，写你的名字。我说。

太好了！太好了！我要学很多字，像哥哥一样多，我还要上高中！花疆高兴了，用力摇晃着手中的羊皮拨浪鼓，拨浪鼓"咚、咚、咚"响起来，我们都笑了。

第二天下午，陈月娣又骑着自行车来了，后座椅上带了一袋子白面。她扎好自行车，脸上充满期待地看着母亲，母亲平静地给她说，我们同意让孩子跟你走，花疆也同意了，但在走之前，花疆还在我们家，她的几个哥哥听说她要离开，一个个都很难受，心里舍不得，毕竟他们从小一起长大，让她多待几天，临走的前一天我们给你送过去，你放心好了！

听了这话，陈月娣激动得流出了热泪，她的一块心病终于解决了，女儿马上要回到自己身边，她弯腰朝母亲深深鞠了一躬，您老人家积德，祝您老人家长寿！她含着热泪说。

妈妈把花疆叫到跟前，轻轻告诉花疆，花疆，这是你的亲生母亲。花疆不解地看着母亲，又看看陈月娣，怯生生地紧靠着母亲的腿。孩子，你还小，等你长大了就知道了。妈妈说。陈月娣走上前，想抱花疆，花疆躲在母亲身后不让她抱，陈月娣又眼泪汪汪，母亲给她说，你不要慌，要有耐心，慢慢熟悉了，她就让你抱了。陈花疆听了默不作声。

母亲手牵着花疆，和陈月娣一起，在老房子的草垛、羊圈、牛圈、水井、菜地转了一圈，两个人悄悄说着话，陈月娣不时抹着眼泪，肩膀一耸一耸地抽搭着。回来的时候，花疆的一只手牵着母亲，一只手牵着陈月娣，显得非常高兴。

太阳落进地平线，陈月娣恋恋不舍地要走，抱住花疆亲了一口，花疆有点拘束，但没有像刚才那样躲开她。母亲留她吃饭，她说晚上还要到粮场装拉运到场部的麦子，她卸下自行车上的白面，给母亲说，这是我平时饭票积攒的一点儿白面，你留着给孩子们蒸顿白面馒头吃。母亲坚决不要，两个人推来推去，陈月娣又要哭，母亲这才收下来。陈月娣推着自行车，母亲送她，她骑着自行车，身影很快消失在荒野火红的晚霞中。

看着陈月娣渐渐消失的背影，母亲两眼无神，在柴火垛旁怅然若失。我们围拢过去，母亲给我们说，我们聊了一下午。她也是一个苦命的孩子，还没长大，父亲就离开她们娘仨，自己一个人跑到了香港。她自己一个人从上海到新疆兵团上山下乡，又生了花疆，年纪轻轻就尝遍了酸甜苦辣。妈没有看走眼，这孩子吃过苦，心眼好，以后花疆跟了她，不会受罪的。

第三天傍晚，陈月娣骑着自行车又来到了老房子，带来了一包大白兔奶糖和一些上海糕点，放在桌子上，给母亲说，这是我妹妹从上海寄来的，带来给你们尝尝。母亲给我们每人一颗奶糖、一小块糕点，从箱子里拿出装奶粉的空铁罐子，把奶糖放进铁罐子，然后和糕点一起锁进箱子里。母亲说，你们尝一下就行了，剩下的给花疆留着。陈月娣看着熟悉的铁皮罐子上的图案，心情激动，往事又浮现在眼前。她取出网兜里的一套衣服，在花疆身上比画着，让花疆叫她妈妈，花疆看着她不开口。她上前抱住花疆说，花疆，我马上就回上海了，现在终于了却了我多年的一桩心事，妈妈对不起你！妈妈过几天先回上海，安顿好以后，再回来接你回上海。

这一天傍晚，陈月娣在我家待到很晚才走，她一个人领着花疆到外面转了一圈，给花疆逮了一只翅膀是绿色肚子是红色眼睛又大又鼓的蜻蜓，用采摘的野花编织了一个花环，戴在花疆的头上，花疆在她怀里咯咯笑。她晚饭吃了母亲做的鸡蛋面条，然后才依依不舍地和花疆告别，花疆手里牵着用线绳子绑住腿的蜻蜓，蜻蜓摇摇晃晃挣扎着飞，她仰着小脸问她，你啥时候再来？陈月娣说，妈妈这几天忙，闲了就过来。她骑上车子，一步三回头地离开了老房子，身影渐渐消失在氤氲四起的荒野小路上。

谁也没有想到，这是陈月娣和花疆最后一次见面，这一别竟是永诀。

第三十三章

　　陈月娣家在上海闸北区，地处上海最繁华的中心区北部。中华人民共和国成立前，她的父亲陈岩霖是罗浮路一家小制造厂的厂长，专门生产一种煤矿使用的特种灯泡。她的母亲黄咸虹原先是一个当铺老板的独生女，天生丽质，家境优渥。嫁给她的父亲后，生了两个女儿，陈月娣是老大，妹妹叫陈美娣。母亲没有奶水，雇了一个江苏乡下的奶娘，给姊妹俩喂奶。两人从小长得花枝招展，乖巧懂事，深得父母喜爱。中华人民共和国成立前夕，眼看国民党大势已去，上海岌岌可危，陈月娣的父亲一个人跑到了香港，把一部分资产也转移到了香港。母亲没有跟着去，她的父母年事已高，只有她一个独生女，住了一辈子的房子以及财产都在上海，她哪里都不想去，她想共产党来了，也不能把她孤儿寡母怎么样。后来，上海解放了，她家的厂子被政府公私合营了，她靠拿定息生活，日子虽然没有以前宽裕，但总算还过得去。上山下乡运动开始后，街道动员每个家庭响应号召，像她家这种情况，必须有一个下乡。她的母亲心事重重，想来想去，这天晚上她给陈月娣说，月娣，我们家只有你和妹妹，你是大姐，你妹妹还小，政府号召下乡，只有你去了。那是 1965 年 8 月，陈月娣 18 岁，妹妹陈美娣 16 岁。她听了妈妈的话，给妈妈说，妈，我们班很多同学都报名去新疆，听说去了以后表现好，还可以参军入党呢！我也报名去新疆好了。妈妈脸色忧郁地说，月娣，咱家出身不好，我害怕你到了新疆，不但要吃苦，政

363

治上还被人看不起。她笑着说，妈呀，你想到哪里去了？我们老师说了，就在上个月，周总理和陈毅副总理到新疆石河子农场视察的时候，周总理给上海知青说，出身不由己，道路可选择。我这是响应党的号召，去建设边疆，你不用为我担心！

妈妈眼圈红红地说，月娣，新疆太远了！妈妈真舍不得你，但是你不去，你妹妹就要去，她还小，身子骨这么弱，妈妈担心她吃不了乡下那种苦。说着，母亲掉泪了。陈月娣却高兴地说，妈，你不用操心，我明天就去学校报名。我和同学一起去新疆，听说新疆的瓜果可甜了，我去了给你寄葡萄干过来。妈妈擦着眼泪说，你去了，妈妈的心就分成了两半，一半在新疆，一半在上海，美娣高中毕业就去报考卫校，现在学校乱糟糟的，也学不了什么东西，不如学门专业，将来毕业以后到医院当个护士。

过了一个月，陈月娣和她的同学们满怀信心和对明天新奇生活的向往，离开上海火车站，坐火车坐汽车再坐马车，一路向西，风尘仆仆，来到了新疆兵团车排子农场六连，分配在青年排劳动。

很快，繁重的体力劳动和极端气候使娇生惯养细皮嫩肉的陈月娣痛苦不堪，单调的文化生活和寡淡的一日三餐使她倍感失落寂寞。在缺乏机械化的农场，青年排是一个连队的主要劳动力，承担着条田播种、除草、打药、拾棉花、挖大渠、修水库等劳动任务。陈月娣他们第一天来的时候，正是秋收大忙时节，知青们在六连休息了一天，整理好自己的床铺，到食堂领了饭票。第二天，他们就排着队来到棉花地，一人发了一个花兜，分了棉花行子，开始拾棉花。陈月娣好奇地看着一望无际的棉花地，她是第一次见棉花，原来自己身上穿的衣服就是棉花纺线织成的。怀着惊喜和好奇，陈月娣开始一朵一朵拾棉花。可是不到三天，陈月娣就累得腰酸背痛，浑身像被无数只虫子撕咬啃噬，到处都不舒服，早晨听到广播她想从床上爬起来，却头昏脑胀起不来。点名的时候，排长见她没有来，就让同宿舍的过来叫她，她只好请了一天病假，躺在床上休息了一天。

第二天早晨，陈月娣昏昏沉沉，听到起床的钟声后，她挣扎着从床上爬起来，简单洗漱了一下，拿着缸子到食堂打饭，吃过饭她感觉精神好了一些，坐在床上休息了一会儿，她拿起拾花袋子出了门。她再也不好意思找排长请假了。

从小在上海，她没有见过雪。她渴望看到下雪的样子，然后在雪地里玩耍，堆雪人、打雪仗，毕竟她还是一个没有长大的孩子，连队的一切都让她觉得新奇。初冬的一天，天色已晚，平完棉花地的渠道埂子，她和一个房子的杨浦区知青裴虹琴扛着铁锹，并排往连队走。裴虹琴个子不高，不胖不瘦，瓜子脸，小眼睛，比她小两岁，显得小巧玲珑。她父母解放前在上海杨浦区波阳路开了一家裁缝店，公私合营后到服装厂当了工人，家庭出身是高级职员。她和陈月娣坐一个车皮到新疆，在大房子又是床挨床，时间长了，两人成了好朋友。裴虹琴看了一眼阴沉的天空，说今天晚上可能要下雪。陈月娣一听说下雪，忘记了一天的疲乏，高兴地给裴虹琴说，我还没有见过下雪，晚上你陪我看雪吧？裴虹琴说，下个雪有什么大惊小怪的，再说下雪有什么好看的，我累得精疲力尽，只想吃过饭早一点儿躺在床上。陈月娣说，你真是没趣，天天就知道干活睡觉。裴虹琴撑了一句，那你这个上海来的大小姐，不也是天天和我一样干活吗？陈月娣生气了，不理她。

吃过饭，天黑了。陈月娣一个人走出大房子，来到连部后面的林带里。四野黑黢黢的，只有零星的微弱灯光从柴火垛、房子里透出来，偶尔有几声狗吠，更衬托出了连队的寂静。陈月娣不敢走远，就在连部后面公路边的林带里转悠。空旷的荒野，细微的初冬的风，轻轻吹来，带来丝丝清凉和寒意。她静静地站在沙枣树下，闭上眼睛，心无旁骛，独自品味着难得的清静和惬意。这时，一种虚无缥缈若有似无的声音，宛如淡淡的琴声，从黑暗高远的天空传来，她抬起头，看着伸手不见五指的茫茫夜空，一朵带有凉意的缥缈花朵飘落在她的脸上，湿漉漉的，她用手摸了一下，是一滴水珠。啊，这是雪，下雪了！她虽然看不见雪，但是她的身体感觉到了雪，体验到了它的存在。她激动地张开双臂，向前奔跑着，纷纷扬扬的雪花飘洒在她脸上，又化成一滴滴水珠，滴落在衣服前襟上，她全然不顾，依然忘情地奔跑着，直到前面一个土包，她的脚步才戛然而止。

冬天的雪花是美丽飘逸的，荒野的风景是宏大壮阔的，她领略体验到了"北国风光、千里冰封、万里雪飘"的雄浑壮美意境。但是冬天是寒冷的，西伯利亚寒流像刀子一样，呼啸着掠过盆地，吹打着这位弱不禁风的上海姑娘。滴水成冰的日子里，她提着水桶到水井提水，水井里的湿气和外面的寒气凝结成冰，加上洒落出来的井水，形成了一个高出井沿的冰溜子，她胆战心惊地踩着冰上的脚印，爬上滑溜溜的冰塔，颤巍巍地站好，拽住冻得硬邦邦的井绳，慢慢往下拉，每拉一下换一次手，她的手套都要被井绳粘住，她艰难地摘下手套，继续往下拉，晃晃悠悠打出一桶水，然后倒进自己的桶里，再小心翼翼走下冰塔，提着水桶回到宿舍。

一天傍晚，她提着水桶走下冰塔的时候，一不小心滑倒了，她一屁股摔在光滑的冰溜子上，水桶倒了，冰凉的井水顺着裤腿灌进她的大头鞋里，一瞬间她感觉屁股生疼手脚冰凉，她想翻身爬起来，但是滑溜溜的冰上站不住人，泼出去的井水立刻结了冰，粘住她的衣服。水井旁空无一人，那一刻她真的很绝望，躺在冰上不知如何是好。这时，水井旁的一排房子正好出来一个人倒水，看见她躺在冰上，马上跑过来拉起她。她站起来一看，拉她的人是学校老师王冰茹，她的丈夫朱鸿彬是连队的技术员。王老师带她回到家里，给她换了一双鞋子，把她身上的衣服在火墙上烤干，她才回到宿舍。

后来，她闲暇时间就到王老师家去，有时候王老师做了好吃的，也到大房子把她叫到家里，她渐渐和这家人熟悉了。这是一家连队上少有的书香门第，王老师和朱鸿彬都是北京农业大学的高才生，她学的是数学，丈夫学的是农业。1960年，两人大学毕业后，朱鸿彬毅然选择到新疆去，到边疆支援生产建设，王冰茹跟随男友，一起来到石河子，朱鸿彬被分配到兵团农科所，负责棉花育种。王冰茹在一所中学当数学老师，教初中数学。1961–1962年，中央实施"调整、巩固、充实、提高"的八字方针，兵团压缩基本建设投资，纠正高指标，把农业放在第一位，并且精简机关，下放干部，撤销合并了一些学校，对一些质次价高的企业实行关、停、并、转，坚决执行中央"农业第一、粮食第一"的方针，加强农田水利建设。王冰茹所在的学校恰好在撤销合并之列。此时，已在农科所工作了一年多的朱鸿彬，感觉自己在科研单位每天按部就班上下班，远离田野，时间长了自己所学专业就会荒废，他想到生产一线去发挥作用。他联系了种植棉花面积大的准噶尔总场，总场农业局领导一听他是北京农业大学毕业的，专业又是棉花育种，立刻表示欢迎。于是，他和新婚不久的妻子又来到准噶尔总场，婉言谢绝了总场领导把他安排在农科所的工作，来到了车排子农场，一头扎到六连，成为一名农业技术员，妻子就在六连学校教书。后来，妻子生了一儿一女，朱鸿彬又把远在江苏的妈妈接来照顾孩子，现在两个孩子都在六连学校读书。

到了六连，朱鸿彬很快发现，准噶尔总场虽然是植棉大场，几乎所有的农业连队都种植棉花，但是受种子、土壤、气候、水源和田间管理等一系列因素影响，棉花亩产量并不高，产量最高的一亩地一百多公斤，有的地块只有几十公斤，生产效率和经济效益低下。分析原因，他认为棉花种子发芽出苗率低，是影响棉花产量的重要因素。至于普遍存在的盐碱地，可以通过挖排碱渠、大水漫灌的形式缓解，最难把握的是天气因素，每到四月底五月初播种期间，总有一个极端天气过程，不是倒春寒就是阴雨连绵，有的棉花地播种二三遍甚至五六遍才能出苗，出苗后如果遇到霜冻或者干旱，娇嫩的棉苗还会死去。棉花生长期间，水源和田间管理跟不上，棉花也要减产。七八月遇到冰雹，棉花苗子被打成了光杆子，造成绝收也时常发生。作为一名农业技术员，朱鸿彬心急如焚，科班出身的他当然知道，棉花生产过程中，从播种到吐絮以及成熟，要经过多个阶段，分别是出苗、现蕾、开花、结铃，而棉花单体的结铃率则决定了棉花的产量，所以提高棉花的结铃率，对总体棉花产量的增加是非常有帮助的。然而要从根本上实现增产，就需要棉花种植者把握好棉花生产的第一关，这一关就是选种。作为一名农业科技人员，他只有培育出质量优良的棉花种子，才能保证棉花产量。根据农场种植棉花的实际和现状，他决心研制出一种适合北疆农场土壤气候条件的优质棉种。

经过认真的研究分析，朱鸿彬选择了细绒棉作为研究培育对象。细绒棉适应性非常强，品质好，而且高产，非常适合大面积种植。他知道一个好的棉花品种必须具有多种优良的性状。基因是控制棉花各种性状的物质基础，由基因控制的性状才是可遗传的性状。育种工作的实质，就是通过多种技术途径和方法，将尽可能多的优良基因集中在一起，而杂交育种是目前国内外最主要的棉花育种途径与方法。杂交育种选择变异的来源是基因重组，也就是通过杂交，使双亲或多亲的优良性状得以重组、累加，或打破不利基因间的连锁，创造优良变异，增加选择机会，从而育成新品种。

朱鸿彬身在连队，科研条件极其有限，但是也有有利的一面，可以随时观察棉花不同地块、不同阶段的生长情况，积累田间第一手资料。因为无论任何科研成果，最终都要在生产一线得到检验和证明。他信心百倍，开始了育种实验工作。总场领导对他的想法非常支持，指示生产科和六连要尽可能地提供条件，争取早日培育出棉花新品种。生产科给他购置了一套科研仪器，六连在仓库旁边给他腾出一间平房，专门供他做实验用。

培育新棉种枯燥而烦琐，朱鸿彬除了到田间指导连里阶段性生产工作、进行病虫害防治，大部分时间都在实验室里或者棉花地里进行实验或观察棉花的生长过程，记录比对各类实验数据。1975 年兵团撤销后，新疆军区生产建设兵团及各师建制，所属农场全部移交地方管理。没人抓生产了，朱鸿彬几乎把全部精力投入育种实验中去。

陈月娣去王老师家次数多了，看见朱鸿彬整天忙忙碌碌，有时候大中午还戴着草帽在棉花地里观察，就好奇地问，别人都闲着，就看见你天天忙来忙去。朱鸿彬笑着说，哎，像我忙惯了，一下子闲下来还觉得不舒服。陈月娣问，你的新品种什么时候能培育出来？朱鸿彬说，说不准。陈月娣随口说了一句，棉花太娇气了，要是像苇子一样耐碱耐旱就好了。朱鸿彬眼睛一亮说，月娣，你这样一说，还启发了我的思路。为什么同样一块地，苇子就长得很粗壮，不怕旱不怕碱，而棉花就瘦弱不堪呢？这里面应该有逻辑关系，要解决陆地棉遗传的秘密，培育出适合咱们这里气候土壤条件的棉种。陈月娣说，朱老师，你要是能培育出不怕碱不怕旱的棉种，那可就厉害了！

有一次，朱鸿彬需要一架特殊的显微镜，他托北京的同学买，结果北京没有，听说上海有。他就给陈月娣说了，让她打听一下，上海是否有这种精密仪器。陈月娣写信给妹妹说了，妹妹在上海四处打听，终于在上海精密仪器厂买到了显微镜，通过邮局寄了过来。朱鸿彬看到梦寐以求的仪器非常高兴。他给陈月娣说，月娣，你平时没事给我当个助手，也可以学一点农业知识。陈月娣睁大眼睛说，我才是一个初中生，给你当助手能行吗？朱鸿彬说，你年轻，可以看书学习，平时我给你指点，有了知识和实践，将来可以当个技术员。陈月娣高兴地说，那我就跟着你学，当不当技术员无所谓，能学到知识东西就行。

从此以后，陈月娣有空就跟着朱鸿彬到田间地头，到他的实验室，帮助观察棉花的长势，记录原始数据。冬闲的时候，她就拿着朱老师的农业书籍看，把重要的内容记录在本子上，很快她掌握了棉花生产田间管理的知识，有时候朱鸿彬在实验室走不开，就让她到大田地里诊断棉花病虫害，红蜘蛛还是枯萎病、棉蚜虫，她判断得八九不离十。朱鸿彬向连长建议，提拔她当连队农业技术员，连长答应了，可是报告递到生产科，又因家庭出身被搁置了，气得朱鸿彬骂了一句，当个技术员也要看出身！王老师听了给他说，现在这个时代就是这样，什么都要看出身，这下可苦了月娣，学了那么多农业知识，不能发挥作用。而陈月娣知道了，仍然像以往那样看书学习，帮着朱老师做实验。

一转眼，7年过去了。陈月娣25岁了。7年当中，她的生活没有发生大的变化，只是身体变强壮了，学会了干各种农活，适应了新疆的气候，从一个上海来的知青变成了一个兵团农场的农工。7年里，她回过6次上海。每次回去，她到连里请假，带上行李箱从六连坐拉面粉的牛车到场部，再从场部坐客车到准噶尔总场，一路坐汽车来到乌鲁木齐，再坐火车。从乌鲁木齐开往上海的特快54次列车，她已经非常熟悉。回到朝思暮想的上海，看着奔腾的黄浦江，江面上响着汽笛的一艘艘货轮，看着大街上车水马龙的人流，她恍如隔世。上海在她眼里，已经很陌生了。母亲年龄大了，独自住着一套老式的宅院。妹妹陈美娣在一家街道小医院当护士，已经结婚生子，妹夫在一家仪器厂当技术员。他们有了一个女儿，已经一岁多了。他们一家人对陈月娣客客气气，仿佛她只是一个客人，而非亲人。7年当中，她有两年没有回去，是因为冬季连队紧急备战，上级传达指示，苏联在中苏边疆陈兵百万虎视眈眈，战争随时可能发生，还有可能打核战争，空气骤然紧张。六连根据场部的命令，开展备战备荒，给每个基干民兵准备了烙饼和咸菜，装在军用挎包里，56式步枪和手榴弹配备给了每个民兵，白天野营拉练瞄准射击投掷手榴弹，晚上睡觉步枪立在床头，时不时半夜三更还要紧急集合武装拉动。她没有告诉母亲这些，写信只说是今年不回了，母亲照例寄来了挂面糕点糖果和一小袋大米。在六连，和她一块来的知青，有的当了老师，有的到场部机关当了干部，有的到银行、邮局、医院工作，连出身高级职员的裴虹琴，也到场部供销社当了一名出纳员。整个连队，只有她一个知青了。她苗条的身上，穿着一套黄军装，手上是一层厚厚的老茧，脸颊上裸露着太阳暴晒后的一抹苍红，一头黑发扎着两个黑油油的粗辫子，如果不是说话口音带着一股娇柔的上海腔，谁也看不出来她是一个上海知青。

1975年秋天，地里的第一遍棉花拾完了，天气渐渐凉了，太阳失去了夏日的热烈和火一般的气焰，棉花盛开得慢了。在等待棉花再一次盛开的短暂空档里，六连根据场部的生产命令，开始在条田四周挖排碱渠，排泄地下浑浊发黄的盐碱水，改良饱受盐碱侵蚀的耕地。计划中的排碱渠在六连东侧3号地，从东到西有三公里长，上面长满了骆驼刺、铃铛刺和碱蒿子，一脚踩上去，虚泡泡的碱土腾起一股烟尘，瞬间淹没了脚脖子。因为路途比较远，连里派拖拉机每天早晚送人接人，中午送一顿午饭。青年排每天每人分了两米，这次劳动和拾棉花不一样，青年排和一排、二排的职工混合在一起挖。排长和记工员用木头尺子量好距离后，大家开始用铁锹挖，挖出的土撂到渠帮子上，挖深了一次撂不上去，还要把土扔在半中腰，然后再撂一次。陈月娣的两旁是一排两个结过婚的中年妇女，身材五大三粗，体格健壮，她们干惯了体力活，下午不到下班时间就干完了，两个人把铁锹横过来放在渠埂子上，屁股坐在锹把上休息闲谝。

陈月娣低着头，一锹一锹从渠道底部往上撂土，干这种体力活，力气大的人，胳膊猛一用力，泥土一锹就撂到了渠顶，陈月娣没有这么大的劲，她只能把泥土撂到渠面半中腰，撂上一小堆，再爬到半中腰，用铁锹铲出一个站脚活动的小平台，再一锹一锹撂到渠顶，这样就比别人多了一道工序，她就慢慢落在后面了。

陈月娣咬着牙，吃力地用手中的圆头锹铲土，她用右脚狠狠踩着铁锹，铲了满满一锹湿土，身子微微旋转，使出浑身力气猛一下扔出去，一团泥土脱离铁锹，在她身后带着一丝响声飞向渠帮子，"叭"的一声落地，一些细碎的土渣子飘落在她身上。干着干着，陈月娣发现越到渠底，自己分配的渠面越来越宽了，到了排碱渠底部，差不多有三米宽了。原来，她两边的人越往下挖，渠面越窄，最后留给她的土方就宽了，这意味着她的劳动量加大了。

这不是欺负人吗？陈月娣一下子来气了！她冲着她们两人说，喂！你看你们干的活，为什么给我留下这么多？

两个年轻妇女家长里短正谝在兴头上，被陈月娣拦腰打断，很不高兴，其中一个没好气地说，自己干得慢，还说给你留得多，有本事把活干完，瞎嚷嚷什么！

明明是你们欺负我，两边都往多里留，还说我瞎嚷嚷！太不讲理了！陈月娣冲她们说。

这个时候，已经是半下午了，有很多人已经完成了自己的任务，坐在渠埂子上，等待排长和记工员验收质量，然后等着拖拉机拉人回去休息。

听到陈月娣的声音，他们都站起来，一个个探着头，好奇地看着渠底孤零零的陈月娣。

你看看周围，还有谁没有干完？你自己没本事，干不完活还怨我们？有能耐回上海当你的资本家小姐去！刚才的那位妇女嘴像刀子，呼啦啦几句，射向渠底的陈月娣。

另一个妇女，看着可怜巴巴的陈月娣，阴阳怪气地说了几句流行的大实话。

上海鸭子呱呱叫
坐火车不买票
到了新疆没人要
掉到河里没人捞
……

陈月娣一个人站在渠底，听着这些肮脏不堪的话语，她头伏在铁锹把上委屈地哭了。

范连长听到动静走了过来，这是一个四十多岁结实粗壮的汉子，胡子拉碴，满脸凶光。他下到渠底察看了一下，用脚丈量了一下，仰头对着两个妇女厉声吼道，你们两个臭娘们儿！这就是你们干的活！像羊拉的屎，你们欺负一个女孩子算什么本事！赶快下来给老子返工，今天干不完，谁也别想收工！

听了范连长的训斥，两个刚才得意扬扬欺负人的妇女，像斗败的公鸡一样低下头，黑着脸一声不吭，拿着铁锹极不情愿地走下了渠底。

范连长看着她们干了一会儿，又大声喊道，李东阳，你过来，拿上尺子，到前面量一量距离，把明天的任务划分出来！他的声音瓮声瓮气，像一头吼叫嘶鸣的骆驼，声音在长长的渠底回荡。

陈月娣感激地看了一眼范连长，掏出手绢擦了擦眼泪，拿起铁锹又干了起来。

拖拉机吼叫着从远方开过来了，浓浓的黑烟在黛青色地平线上，飘飘荡荡像一串游动摆尾的小蝌蚪。干完活的人纷纷站起来，用草枝刮干净铁锹上的泥土，看着远远驶来的拖拉机，做好了收工的准备。

范连长到前面验收土方质量去了。那两个妇女嘴里不干不净骂骂咧咧，故意把土扬得很高，纷纷扬扬的土末子飘在陈月娣身上，最后总算把属于她们的土方活干完了，她们两个撅着屁股爬上排碱渠，偌大的空空荡荡的黝黑色渠底，现在只有陈月娣一个人在不停地撂土，她气喘吁吁，一锹一锹撂着湿重的泥土，油光的铁锹在暮色中闪闪发亮。一阵旋风旋转呼啸着，从渠帮子上旋进了渠底，掠过她的身子一扫而过，"呜"的一声去了远方，灰茫茫的尘土迷住了她的眼睛。她听见拖拉机来了，呼哧呼哧喘着气停在荒野上，她听见有人吆喝着"上车了、上车了"，还有铁锹撞击车厢发出的尖锐的金属声和吵嚷说笑声，但是她没有走，她的活还没有干完，她不能因为自己影响了整个青年排的生产进度，她自己出身不好，事事都要干在前面，不能拖全排的后腿。她揉了揉眼睛，继续一锹一锹吃力地向上撂着土。

过了一会儿，拖拉机的声音渐渐远去，偶尔能听到一声"突突"声，很快就消失在光线灰暗的茫茫荒原。暮色慢慢降临了，黑灰色的氤氲渐渐笼罩了整个荒野，一群群晚归的沙枣鸟、布谷鸟鸣叫着掠过排碱渠，寻找夜晚栖息的丛林。放眼望去，排碱渠像一条蜿蜒翻滚的黑色巨龙，龇牙咧嘴的泥块横七竖八斜躺着，在渐渐加深的暮色中显得狰狞可怕。

撂完最后一锹土，陈月娣直起身子，掏出手绢擦了一把汗，望了一眼灰蒙蒙愈加阴沉的天空，然后她扛起铁锹，顺着排碱渠帮子，踩着湿滑的泥土，吃力地一步步爬了上来。一阵凉风吹过来，她感觉非常惬意。刚才还喇叭鸣叫、人山人海、尘土飞扬的热闹劳动场面，现在空寂无人，变得一片静悄悄，挖出来的深褐色泥土和一截截斩断的草根，排列在排碱渠上，散发着湿漉漉的泥土气息和草根断裂溢出的浓郁草腥味。

陈月娣捡起一根红柳枝，蹲下来仔细擦干净铁锹上的泥土，然后坐在锹把上休息了一会儿。她身后巨龙般蜿蜒的排碱渠，慢慢升腾起一股股灰白色的雾气，与四周潮湿的氤氲混合交织在一起，弥漫了整个荒野。一只黄褐色满身是刺的长耳朵刺猬，像一只旋转的陀螺，在渠帮子上毫无目的地游走着，可能在寻找失去了的家园。空气湿润而清新，夹带着荒野的土腥气和草木味，沁入她的鼻孔和肺腑，她独自享受着劳动过后的惬意和舒适，思绪随着茫茫荒野飞向远方。这个时辰，在上海已经是万家灯火，家家户户早已吃过晚饭在弄堂里院子里坐着乘凉歇息，不知母亲和妹妹怎么样，现在在干什么，她们想念远方的她吗？今天的活太重太累，她的身体仿佛虚脱一般，刚才她咬着牙，忍着酸疼肿胀的胳膊，一锹一锹撂着，一锹一锹数着，虽然是全连最后一个完成任务的，但她又一次战胜了自己，内心感觉到一种自豪和欣慰。这时，她的对面斜坡上，悄无声息爬过来一只金黄色的狐狸，看见暮色中的她，不慌不忙蹲在斜坡上，两只晶亮的小眼睛好奇地看着陈月娣。她和它对视了一会儿，朝它挥了一下手，狐狸一跃身子跳起来，顷刻消失在远方雾蒙蒙的暮色中。陈月娣站起来，环顾了一下四周，然后扛起铁锹，拖着沉重如铅的双腿和疲惫的被汗水湿透现在已经快被暖干的身子，走下陡峭泥泞的排碱渠，沿着湿气笼罩的荒野，向着连队的方向一步步走去。

远远地，连队模糊的身影隐藏在苍茫迷离的暮色中，几缕灰色的炊烟袅袅升起，与灰褐色的云团交织在一起，显得空旷而渺茫，广播喇叭里传来隐隐约约的歌声。陈月娣累了一天，现在被风一吹，身上汗湿的衣服凉飕飕的，紧紧贴在皮肤上黏痒难受。野地里的蚊子成群结队，在她头顶追逐着嗡嗡嘶叫，轮番向她叮咬。她机械地迈着步子，深一脚浅一脚往前走，裤腿划擦着野草发出刺啦刺啦的响声，偶尔有一只听觉灵敏的黄鼠狼或者野兔，从她前面的灌木丛中"哗"一声窜出来，惊慌失措箭一般逃向远方。

夜色越来越浓，湿气越来越重，墨绿色的高远天空，悬挂着一轮粉红色的月亮，洒下淡淡的若有若无的光辉。这时的荒野像一幅清雅别致的黑白画，随着月亮钻进云层穿出云团而变幻莫测，高大的树木和低矮的灌木忽明忽暗，在光与影间梦幻般跳跃浮动。一颗明亮的流星，拖曳着长长的火光，划过天空，急遽地坠入黑暗的西方天幕。陈月娣别致独自走着，隐隐约约可以看见连队的灯火了。这时，她的身后突然传来一阵"嗒嗒"的声音，由远而近，而且越来越急促，越来越近，她平静的心立刻提到嗓子眼，浑身不由自主地颤抖起来。她强装镇静，警觉地回头，看见一团黑乎乎的东西朝她奔来。她这才感到空旷的荒原上现在只有她一个人，刚来连队时听职工讲晚上荒野上有狼和狐狸游荡，莫非是一只狼？一阵恐惧和不安涌上来，她不知道怎么办，索性站住，把铁锹牢牢抓在手里举起来，面向飞驰而来的黑影，做出了一副搏斗拼命的架势。

一瞬间，那团黑乎乎的东西夹带着呼呼的风声，来到了跟前。陈月娣仔细一看，原来是一匹嘴里喷着热气呼呼奔跑的马，马上驮着一个人，那人见了她，勒住缰绳，马扬起前蹄，嘶鸣了一声，停了下来。马上的人问了一句，那是谁呀？

陈月娣听口音是连队人，她紧张的心一下子松弛了，两手放下铁锹，口气轻松地回了一句，是我，青年排的陈月娣。

哎呀，是小陈呀，你怎么没有坐拖拉机，自己走着回去。马背上的男人说。

陈月娣听出这个人是连部文教李东阳，刚才由于心理紧张不安，他说话她没有听出来。噢，我想自己走一走，看看荒野上的风景。她没有说干活的事情。

看风景？你说得可真轻巧，干了一天活，你这个上海人还这么有闲情逸致，天黑了，你单独一个人，不害怕被狼吃了？李东阳笑着说。

哪有那么多狼？就是狼来了，不是还有你吗？陈月娣刚才沮丧恐惧的心情一扫而光，一下子愉悦起来，兴奋地说了一句。

幸亏你遇见了我，要不然真碰到狼，麻烦可就大了。李东阳翻身下了马说。

碰到狼，我手里还有铁锹呢！陈月娣说。

你一个弱小女子，拿一把铁锹有什么用？荒野上的狼，都是成双成对的，你一个人能对付得了两只狼？李东阳说。

你说我，你不也是一个人吗？陈月娣反问道。

我是男人啊！要不是快收工时范连长让我丈量一下明天的工作量，害怕你们明天窝工，我早就回去报战报了。李东阳牵着马说。

好了，不说了。天也黑了，这样吧，你上来，骑在我后面，这样快一点。李东阳说。马儿晃着脑袋打着粗重的响鼻，来回甩着尾巴驱赶蚊子。

我不敢骑！我从来没有骑过马。你先走吧，我一个人慢慢走。陈月娣感激地说。

慢慢走，等你走到连部，食堂早就关门了，这样吧，我陪你走，要不然真碰到狼，青年排又少了一个漂亮能干的女知青。李东阳说。

陈月娣没有再推辞。刚才只顾着干活，没有想到回去的路上天黑怎么办，现在想起来真的有点后怕。

李东阳从马鞍子上拿下来一个挂着的军用水壶，给陈月娣说，干了一天活，你喝点水。陈月娣也不推辞，接过水壶，一仰脖儿，咕咚咕咚喝了大半壶，然后扛着铁锹，和李东阳并排在荒野上走着。陈月娣来到六连后，繁重的体力劳动使她很快看淡了很多事情，每天回到大房子，洗一洗，吃过饭，倒在床上就睡了，感觉还没睡够，广播喇叭又响了，新的一天又开始了。今天傍晚在荒无人烟的原野上和李东阳说着话，是她来到六连后最开心的一件事。

李东阳和她并排走在荒野上，两人有一句没一句地说着话。在凝重湿凉的暮色里，李东阳充满男子汉的汗液气息和嘴里的烟草味，不时飘荡过来，使陈月娣深深陶醉。她贪婪地呼吸着，心中荡起一股异样的感觉，刚才感觉漫长的路程，现在竟近在咫尺，没过多长时间就走到了连队。

这次荒野邂逅，李东阳这个西北青年给上海知青陈月娣留下了美好印象。以后劳动的时候，她都有意无意多看几眼李东阳。但是，李东阳是连部的文教，不可能天天出现在她眼前，他总是很忙，挖掘排碱渠现场，他站在高高的土堆上，对着密集的劳动人群，用一个铁喇叭大声通报着各个排的工作进度，表扬涌现出的好人好事，还要协助连长勘查线路，打木头桩子，拉线，撒石灰，晚上还要汇总土方量报生产战报，每天忙得脚不沾地。看不见他，能听见他那洪亮有力的声音，陈月娣心里都是美滋滋的。

从第二天开始，下了班，陈月娣洗刷干净，换了衣裳，擦了雪花膏，每天总要找个借口到连部转一圈，别人还以为她在看有没有报纸和信，只有她心里清楚，她想看一眼李东阳。

别人都下班回家了，李东阳还在办公室忙碌着，不是通过连里唯一的电话向场部生产科报告一天的生产战报，就是埋头写新闻稿件，或者在马灯下出黑板报写宣传标语。他看见陈月娣来了，嘿嘿一笑，露出一排雪白整齐的牙齿，算是打了招呼，又埋头干他的活去了。陈月娣没话找话，问他，喂！你们车排子人牙齿都黄黄的，你的牙齿为什么这么白？李东阳头也不抬说，我从小在十连，别看连队又小又破，但是井水好，还很甜，我们连的人牙齿都很白，我出门人家一看我的牙齿，就知道我是十连人。说完，陈月娣坐在他的办公桌对面，拿起一张报纸看了起来，看完了，也不打招呼，离开座位就回大房子了。

有时候，陈月娣有事没去，第二天去了，李东阳见了她会问，你昨天怎么没来？陈月娣也不回答，朝他莞尔一笑，继续拿起桌子上的报纸看，看完了，也不打招呼，就走了。

渐渐地，陈月娣晚上下班后到连部文教办公室看报纸，成了一个习惯，并且雷打不动。有人说她和文教李东阳谈恋爱了，她既不否认，也不承认，笑一笑掩饰过去了。

这天晚上，陈月娣在食堂打了饭，回到宿舍吃过饭，像往常一样来到文教办公室，看见桌子上堆了一堆花花绿绿的信，李东阳正在分拣，他看见陈月娣来了，对她说，月娣，我要到西头猪圈送报纸和信，你自己坐在这儿看。

到西头猪圈？我和你一起去吧？反正我也没事。陈月娣兴奋地说。

好哇！不过我告诉你，去西头猪圈的路坑坑洼洼，把你这个上海来的娇小姐蹾坏了，我可不负责。李东阳笑嘻嘻地开玩笑说。

什么上海来的大小姐，告诉你，我现在是知识青年，一名光荣的军垦战士！以后不许你这样说！陈月娣装作生气地说。

好！好！军垦战士陈月娣同志，咱们现在就出发。李东阳把报纸和信装进一个黄挎包里，两个人出了文教办公室。

李东阳推着自行车，陈月娣跟在后面，两人一前一后，来到连部后面的公路上。到了公路，李东阳骑上自行车，陈月娣快走两步，右手扶住座椅，身子一跃，坐上了自行车后座。她的两只手紧紧抓住李东阳的衣服，脸颊几乎贴在他的后背上。

微风吹来，夹带着秋夜的凉爽和李东阳身上好闻的汗味，吹进了陈月娣的鼻孔。她贪婪地闻着这个男人粗犷迷人的气息，心情格外陶醉愉悦。她自小出生的上海家庭，父亲常年在外做生意，很少回家，平时家里只有她母亲和妹妹，来到兵团连队后，这么多年了，是这个年轻人第一次给了她温暖关怀和男人的力量，她喜欢上了这个长相英俊朴实厚道而且富有才华的男人。

不知不觉，一路颠簸晃荡着，说着话，两人来到了西头猪圈。一条狗吠叫着跑了过来，李东阳下了自行车，陈月娣躲在他身后，狗狂叫着扑了过来，李东阳弯下腰，做了一个捡东西砸狗的动作，狗叫了一声掉头跑了，然后转过头继续朝他们吠叫，李东阳和狗对峙着。

远远地过来一个人，朝他们喊道，谁呀？干什么的？

老王，我是文教李东阳，给你送报纸和信来了！李东阳大声说着。

哎呀！是李文教。这个尿狗，赶快回去！老王说着，声音里带着感激。狗听到主人的声音，立刻掉转头跑回去了。

老王来到跟前，接过李东阳手中的报纸和信，非要请李东阳到家里喝杯水，李东阳说太晚了，不去了。他和老王打了招呼，和陈月娣掉头往回走。

回去很轻松了，两人没有骑自行车，李东阳推着自行车，和陈月娣并排走在公路旁的林荫道上。

你真是可以，走到哪儿都受欢迎！陈月娣羡慕地说。

我这个工作嘛，都是服务性的，给职工送信送报纸送电报，有时候还帮助他们写信寄信，所以到谁家都是笑脸相迎。有的职工卷莫合烟，非要用报纸卷，就找我要，说用报纸卷的莫合烟抽用过瘾，我问为什么，他们也回答不上来，所以嘛，我的人缘特别好！李东阳笑着说。

是的，你天天接触连队各种各样的人，不像我，天亮下地劳动，天黑回去睡觉，刮风下雨就是学习，这么多年了，就认识青年排的那几个人，这个世界太小了！陈月娣叹了一口气说。

你说得不对。你从大上海来到我们这个戈壁滩上的小连队，你的见识比我多，像我这样，一辈子就只有待在连队了。李东阳说。

待在连队有什么不好？像你有文化，会写文章，以后前途无量呢。陈月娣说。

那叫什么文章，都是些小豆腐块，谁都会写。你说我前途无量？我怎么看不见？李东阳说。

你呀，真是身在福中不知福！现在场部推荐工农兵大学生、加工厂招工，还有选拔干部，不都是从连队优秀青年中挑选吗？你在连部工作，和连队、场部领导都熟悉，说不定哪一天机会来了，你说走就走了。陈月娣说。

哎哟，陈月娣！我真小看你了，你这个上海知青，对连队的情况这么熟悉，你们上海人聪明真是名不虚传！李东阳由衷地说。

不是我聪明，是我关心你的前途。陈月娣发自内心地说。

关心我的前途？我现在不过是一个以工代干的编外干部，如果转不了干，我和你一样也是农工。你还有机会回上海，我呢，只有在连队生活一辈子。李东阳站住了，自言自语。

回上海，这个愿望太渺茫了，我现在看不见希望，想也没用，想多了头疼。你嘛，机会总是偏爱有准备的人，你准备好，总会有机会的。陈月娣看着他说，像一朵蓝色的牵牛花环绕着金色的向日葵。静静的无边无沿的夜空，无数星星如同璀璨的珍珠一般撒满了暗蓝色的天空。远处荒野林带起伏不平的曲线，像用碳笔勾勒出来似的柔美飘逸；旁边水渠里的渠水潺潺地流淌，伴随着虫子的一声声低吟，像二胡拉出来的旋律一般好听。一阵微风吹过来，四周的野草发出哗哗哗的响声。风停了，身边一切便又寂静下来。头顶上，婆娑的、墨绿色的叶丛中，还没有完全成熟的沙枣在朦胧的月下泛着点点青光。

这一会儿，两个人并排走着，谁也没有说话。月亮躲进云层里了，小路上一片黑暗。微风送来沙枣树的芳香，沁人心脾。月娣，我给你摘沙枣吃。李东阳说。

算了吧，天黑看不见，沙枣刺扎到你的手怎么办？陈月娣说。

我带了手电。说着，李东阳从挎包里拿出一个手电筒，打开开关，手电筒射出一道亮白的光。

哎哟，没想到你的心这么细。我拿电筒给你照着。陈月娣高兴地说。

李东阳停好自行车，陈月娣拿着手电筒，给李东阳照着，李东阳在一棵沙枣树上摘下来一枝沙枣，递给陈月娣。

来，我拿电筒照着，你摘下来吃。李东阳给陈月娣说。

陈月娣摘下沙枣塞到嘴里，嚼了几下，哎呀真甜！你也尝一尝。她把沙枣枝伸给李东阳。

你吃吧，我吃得太多了。现在还不是很甜，等再过一段时间，下一场酷霜，霜打过的沙枣会更甜。李东阳给陈月娣说。

那到时候，你再带我到这里摘沙枣吃。陈月娣说。

好的。那时候呀，让你吃个够，沙枣蜜会把你的小嘴粘住。李东阳笑着说。这时，一丝月光透过云缝洒落在他俩身上。

东阳哥，你真好。陈月娣轻声说。

月娣，我看见你劳动的样子真心疼，干农活太累了。你好好表现，有机会我给指导员说说，让你到托儿所工作，那里会轻松一点儿。李东阳看着陈月娣说。

陈月娣的脸色像月光一样皎洁。她也望着李东阳，她看见他的眼睛在朦胧迷离的夜色中像星星一样闪亮，脸庞英俊动人。她的呼吸急促，胸脯剧烈起伏着，她情不自禁地用一种异乎寻常的、闪烁着灼热的光的眼神凝视着这个年轻的文教。然后，她轻轻走上前，在他脸颊上吻了一下。

第三十四章

9月1日，是场部中学开学的日子。妈妈和哥哥早已把学费给我准备好，哥哥把自行车给我了，他先借别人的自行车凑合着，妈妈准备年底五七排分红后给他买一辆自行车。这天上午，我骑着自行车早早来到场部中学，找到班主任老师报了名。班主任老师就是高中录取考试时的监考老师，姓肖，是他发现崔新疆偷看纸条，并把他拉出考场的。

六连距离场部中学有八九公里，我从贴在学校办公室外面的通知中看到，场部高中阶段学习分住校和走读两种形式，场部的学生和距离场部近的连队学生可以走读，等于不在学校食宿，过来上课就行了；而距离场部远的连队学生，学校安排了学生宿舍，学生住在宿舍，吃饭在学校食堂。六连的学生可以住校。

我们六连考上高中的4个同学，秦思瑶住在场部她的姨姨家。她姨姨在加工厂当会计，我见过她姨姨，她到六连秦思瑶家，有一次秦思瑶带着她到老房子，用玉米面换王翠枝家的鸡蛋，她不到40岁，面脸部保养得很好，戴着一副近视眼镜，身上一股"百雀羚"雪花膏的香味，是一个和蔼文静的女人。徐志伟在场部没有亲戚，他选择了住校。王国强有一个叔叔在学校食堂当司务长，他的婶婶在食堂做饭，但他不愿意住到叔叔家，嫌不自由，每天还要看亲戚的脸色，他也选择了住校。他们两个人的父母在六连都是职工，徐志伟姊妹两个，他有一个姐姐也工作了。王国强姊妹三个，他是

382

老大，家里还有两个妹妹，经济条件都比我家强。

看着通知，我犹豫了一下，在连队上学，家里虽然穷，一日三餐是玉米糊糊就咸菜萝卜，勉勉强强可以填饱肚子，不需要花钱，而到了场部就不行了，喝一碗咸汤都要付二分钱，没有钱真是一天都待不下去。因为住校要在学校食堂吃饭，除了住宿费，一日三餐又是一笔不小的开销，不住校吧，每天从老房子往场部跑，天气好了还可以，如果遇到刮风下雨，冬天下雪，到场部的公路都是泥土路，骑不成自行车，走路就要耽误上课。特别是到了冬天，大雪封路，一片白茫茫，走路到学校要花将近两个小时。看着我愁眉不展忧心忡忡的样子，旁边的徐志伟、王国强过来问我怎么了。我把他俩拉到旁边的林带里，把我家的情况说了，他俩听了，蹙着眉头面露愁容，也是一筹莫展。过了一会儿，徐志伟说，志疆，你看这样行不行？你买一点饭票，中午时间紧，你就不要回老房子了，下午放学你再回去。王国强接着说，我看这样行。中午你买了饭，到我俩宿舍吃。遇到下雨下雪天气，你就和我们在宿舍挤一挤，两年没有多长时间，凑合一下就过去了。

我听了很感动，觉得这个办法好，但是通知上说没有住校的同学，不能在食堂就餐，这可怎么办？

王国强看出了我的心思，他说，志疆，你别担心，我和志伟多买一些饭票，就把你的饭票匀出来了。天气好的时候，你就吃中午一顿饭，花不了几个钱。

吃饭的问题解决了，我一下子轻松了许多。我高兴地对他俩说，走，我看看你们的宿舍去！

我们三人来到位于校园东北角的宿舍区。宿舍是几排高大的土木结构房屋，泥巴墙上的白石灰年久未刷，露出了黄色的泥土和麦草，从房檐上流下来的雨水浇在墙壁上，冲出一道道深浅不一的沟，高高的木制窗户，刷的天蓝色油漆已经脱落了，有的窗户玻璃烂了，用纸壳子和报纸胡乱堵着。从大门进去，两边都是宿舍，走道里有一股食物霉烂和球鞋的臭味。

墙上有尿水滋过的新鲜痕迹，还有一股浓浓的尿臊味。进了他俩的宿舍，东西靠墙各有2张高低铁床，可以住8个人。徐志伟、王国强两人一张铁床，床头贴着写有他们两人姓名的纸条，中间的空地上，立着两张摇摇晃晃刷着褐色油漆的旧课桌，油漆已经斑驳陈旧，桌面上乱七八糟放着书包碗筷和洗漱用具。徐志伟、王国强把带来的被褥床单铺好，又到食堂买了饭票，时间还早。王国强说，咱们到场部逛逛吧！我俩都表示同意，骑上自行车就朝场部机关走。

车排子农场有二十多个农业连队，分布在场部四面八方，场部是车排子农场政治、经济、文化、医疗中心。当年建设场部，是按照苏联的建筑式样进行的，沿用了苏联专家提供的建筑图纸，其间设计师又混合了中式建筑的特色和风格。场部机关、大礼堂、商店、新华书店、供销社、医院门诊房，根据建筑物的屋顶式样和房檐来区别这些建筑的等级，显得主次分明，富有节奏。场部最宏伟的建筑当然是场部机关，坐北朝南，中间是一个高大的门楼，高高的门楼上用水泥砌了一个五角星造型，刷了鲜红的油漆，下面是一组阿拉伯数字，1953年6月，这是车排子农场建场时间。门楼的两侧是整齐的办公室，地基是七层青砖，窗户是松木制作，玻璃明亮耀眼。屋面铺的是排列成一条线的红瓦。从门楼的台阶进入，里面东西方向是一条长长的走廊，两边都是挂了油漆木板的办公室，上面写着办公室名称。我去过机关一次，那是我去询问家庭困难生活补助的事情。

办公室门前是一个占地二十多亩的果园，里面小路纵横，铺着碎石子，曲径通幽，栽满了海棠果树、苹果树和榆叶梅、白蜡树、爬山虎、紫穗槐、紫荆等灌木品种，我们三个把自行车放在机关门前的存车处，来到果园里闲转。

节气还没有到白露，但是气候已经非常凉爽。走进浓浓绿荫的果园里，果香四溢，鸟语花香，红艳艳的海棠果压弯了枝丫，各种颜色的蝴蝶、蜜蜂以及一些叫不上名字的昆虫围着树木嗡嗡嘤嘤，显得芬芳幽静，使人顿覚神清气爽。

王国强说，这里环境太好了，怪不得人们都想往场部跑。

我们在一个石板条凳上坐下，明亮的太阳光从果树枝叶的缝隙间洒下一团团亮光，阵阵花香在小路上飘散，沁人肺腑。

徐志伟说，我刚才报名的时候，有两个场部的同学，说话声音和咱们都不一样，人家说的是普通话，真的很好听，我们说的是河南话，在连队不知道，一到场部就显得咱们土了。

是的，别看相隔了七八公里，场部的学生穿戴打扮和咱们连队学生不一样，见识也不一样，他们有的还是城市户口，吃的是商品粮，考不上高中，他们可以考技校或者进工厂医院，不像我们连队的学生，考不上高中，只有回连队修理地球。王国强有点羡慕地说。

我们不和他们比吃穿，就是比也比不过，我们要和他们比学习。我说。

志疆说得对！其他的我们跟他们比不了，只有和他们比学习，我们的成绩要超过他们。王国强说。

唉，可是不得不承认，我们的基础太差了。虽然考上了高中，但是连队的教学水平和场部中学还是不能比的。我听他们议论中考成绩，有的比我多了 30 多分，他们太厉害了。徐志伟说。

不管是场部还是连队，大家进了高中的门，现在都在一条起跑线上，我们连队人也不比别人笨，只要我们努力刻苦，还有两年时间，不信考不过他们。我说。

走吧，学校快开饭了，我们过去吃一顿，看看伙食怎么样。王国强说。我们三人走出果园，来到自行车存放处。

开始上课了。我和秦思瑶被分配在高一（三）班，徐志伟和王国强在高一（四）班。三班不到五十个人，有一大半学生来自连队，其余的是场部的学生。由于大家都不认识，班主任肖庆阳老师就指定一个叫陈国斌的同学当班长。他坐在第五排，肖老师请他站起来，和大家认识一下。陈国

385

斌站起来，他个头中等，温文尔雅，穿戴很讲究，皮肤白净，分头梳得整整齐齐，手腕上戴着一块明晃晃的手表，显得文质彬彬，很有涵养，一看就是场部学生。后来我听同学说他父亲是场部中学教务处主任。他向大家微微鞠了一躬，谦虚地说，我叫陈国斌，请大家多多关照。一口标准的普通话。明明他是班长，还请大家关照他，我心想场部学生就是厉害，会说话，不像连队学生说话直来直去，不会拐弯，像打机关枪。

坐在教室里，我打量着陌生的环境和同样陌生的一张张面孔，以我的眼光和判断，仅从同学们穿衣打扮上就能分出哪个是连队学生，哪个是场部学生。场部学生穿的衣服都是流行的的确良涤卡布，差一点的是阴丹士林布料，男同学穿白色或者浅色的长袖衬衣，蓝色或者灰色的裤子，他们把衬衣束进裤腰里，裤子上面扎一条黑皮带，上衣是一件中山装军便服夹克衫，显得干净利落潇洒。女同学就更讲究了，她们落落大方，一个个穿得花枝招展，有的穿着质地考究的花裙子，有的穿着花色鲜艳的涤纶港衫，裤子的裤缝熨烫得笔直，脸上擦的是我们不知道牌子的化妆品，从她们旁边走过去，闻到的是一股清淡馥郁的香味，而且很多男女同学都戴着不锈钢手表或者液晶闪亮的电子表，男生脚上穿的一律是锃亮的黑皮鞋，女生是后跟纤细的高跟鞋。连队来的学生穿戴五花八门，衣服布料有平布、粗布、劳动布，男生有的穿一件黄军褂，有的穿一件母亲做的灰外套，裤子有的肥大，有的瘦小，有的还补着补丁，皱皱巴巴的，洗得发白。女生清一色，不是灰颜色，就是蓝颜色，头上扎的羊角辫，穿的鞋子就更杂了，有的穿胶鞋，有的穿母亲缝制的布鞋，很少有穿皮鞋的。

在这个场部的最高学府里，有史以来第一次统一招考高中生，来自车排子农场各个连队和单位的初中生们，通过严格的考试筛选，踏进了他们梦寐以求的高中学府，他们的心情是兴奋、激动和不安的，对未来的高中学习生活充满了憧憬和期待，他们幻想着两年后从这里出发，走向更加广阔的天地或者某个高等学府，实现人生的理想。

大家虽然坐在一个教室，是一个班的同学，但大多数人由于彼此不熟悉，刚开始相互之间的关系是陌生的，因此班里的气氛有点安静沉闷。

过了一段时间，通过观察和了解，我发现我们班同学分为三个层次：第一层次是住在场部的油脂加工厂和养路队、种子试验站的学生，他们隶属于准噶尔总场，虽然在车排子农场，但他们是城市户口，吃的是商品粮，父母在工厂、养路队、试验站上班，工资福利待遇都比较好，他们鹤立鸡群，穿着打扮都很新潮，有的故意把袖子挽起来，露出手上戴的手表，言谈间故意说着咬文嚼字的普通话，显示他们的与众不同和优越感。他们确实有资格骄傲自豪，一个令人垂涎的城市户口，就和我们连队来的学生拉开了距离。因为两年以后，他们当中的一部分就会离开农场，成为令人羡慕的大学生，次一点也可以到工厂企业去上班，而这些单位只招收具有城市户口的中学生。

第二个层次是场部的学生，他们虽然和我们一样是农村户口，父母有的是机关干部，有的是学校老师，有的是加工厂工人，但是由于生活在场部，他们的衣着谈吐和连队学生截然不同，当然，他们也千方百计想把这种不同表现出来，以此和连队学生区别开来，显示他们的高傲和优越。

第三个层次是连队学生，这个层次又可以一分为三：第一，父母是连里干部或者家境较好的，孩子到场部上学，这是一件大事，家长为他们置办了新衣服，有的还买了自行车和手表，他们的穿戴几乎和场部的学生一样，如果不开口说话，一口土掉牙的河南话让他们露了馅儿，仅从外表很难分清他是场部人还是连队人，比如秦思瑶。第二，家庭是普通的职工，条件比上不足比下有余，供应一个高中生在学校食宿绰绰有余，家长也为他们置办了一两件新衣服，使他们能够比较体面地出现在同学们面前。这类同学在班里是大多数，如徐志伟和王国强。第三，就是像我这类，家里兄弟姐妹多，经济拮据入不敷出，能交得起学费已经非常不错了，根本没有能力再去购置衣服皮鞋手表之类的奢侈品，穿的衣服陈旧破烂，有的还打着颜色不一样的补丁，脚上穿的是母亲做的黑色条绒布鞋，书包是用各种颜色布料凑起来缝制的。这个层次人数最少，他们在班里几乎默不作声，仿佛以自己的沉默显示存在，放学后背着书包匆匆离开教室，回家或者回宿舍，很少和同学说话交往。

这种差距和层次在食堂表现得尤为明显和突出。在学校，我最不愿意去的地方就是食堂，但是又不得不去。

放学了，老师夹着书本走出教室。接着，同学们呼啦啦从座位上站起来，伸展一下疲惫的腰肢，整理好课本，然后三三两两走出教室，两排教室中间空旷的平地上霎时挤满了放学后的男男女女，场部的学生骑自行车或走路，带着轻松的表情，说笑着穿过长长的白杨树林荫道，走出学校大门，然后各自回家。住校的学生匆匆忙忙往宿舍走，回去拿上碗筷到食堂排队买饭，吃完饭躺在床上休息一会儿，下午还要接着上课。

我的碗筷放在徐志伟和王国强宿舍里，放学后，我往宿舍走。走到半路，徐志伟和王国强迎面向我走来，王国强给我说，志疆，碗筷我给你拿上了，咱们直接到食堂。

进了食堂，饭菜热乎乎的香味扑面而来。食堂宽敞的大厅里已经排起了两列长长的队伍，一个是打菜窗口，另一个是打饭窗口，人挤得乱糟糟的，大家嚷嚷着说笑着，碗筷敲得叮当乱响。从穿戴和讲话的口音看，都是从连队上来的学生。王国强跑到打菜窗口，看了一眼，过来说，志疆，你去买馒头，我和志伟排队打菜。

我排队到打饭窗口，买了 5 个白面馒头、1 个玉米面窝头，把馒头和窝头放进碗里。我端着碗出来，国强和志伟已经打好了菜，在门口旁边等我。我们三个出了食堂，来到食堂后面的杨树林，蹲在树荫下吃饭。

学校食堂没有专门供学生吃饭的餐厅，学生打了饭菜，要么端回宿舍吃，要么到教室吃，现在天还不太凉，有的同学干脆就端着饭碗来到食堂旁边的树林带里，三三两两坐在渠埂子上吃饭，吃完饭再到食堂水龙头下面洗刷碗筷，提上一壶开水，这样既方便又节省时间。

国强和志伟打了三份肉菜，茄子辣椒炒肉片，茄子多肉片少，但是放的油多，加上肥瘦相间的肉片，油乎乎的香气诱人。刚才我看了食堂墙上的菜谱和价格，默默计算一下，像这样的一份肉菜要三毛钱，加上一个白面馒头1毛钱，一个玉米面窝头5分钱，我的这顿午饭就接近四毛五分钱。除掉星期天，一个月仅仅是中午饭，我就要花费近10块钱，这样的花费，对我来说是绝对不允许的。如果吃1角5分钱一份的素炒包包菜和土豆片，加上主食馒头，一顿午饭3角钱就够了。可是这样算下来，一个月也要6块钱，家里还是负担不起。

我们三个人蹲成一圈，准备吃各自的饭菜。见我沉思不语，徐志伟说，志疆，快吃饭，等会菜凉了就不好吃了。

我环顾左右，发现我们的三份肉菜明显比其他同学分量足，而且肥肉片也多。刚才我买馒头，有的同学嘟嘟囔囔说菜的分量少。我说，你们两个打的菜好像比其他人分量多一点。

王国强笑了一下，他看了周围一眼，压低声音有点神秘地说，志疆，我说了你不要吭气。食堂打菜的那个人是我婶子，她的手抖一抖，菜的分量就不一样，她还给我们三个一人多打了半勺。这叫亲不亲，碗里看。我刚才打饭的时候，到窗口看了一下，今天中午是我婶子打菜，我才让你去买馒头。回头有机会了，我带你到我叔叔家，认认我婶子，到时候咱们都不吃亏。

原来是这样。我突然觉得嘴里的肉菜索然无味，徐志伟和王国强看着我手里的一个玉米面窝头，也没有问我原因，他们知道我家条件差，害怕问了伤了我的自尊心，三个人闷着头吃饭，只有嘴巴吧唧吧唧的咀嚼声。

饭菜被我吃得干干净净，我起身来到食堂，在开水房水龙头前接了一碗开水，端着碗来到树林带。在学校能吃上窝窝头和炒菜已经非常不错了，比起家里的玉米粥和咸菜，不知好了多少倍。他们两个刚吃完，我说，志伟、国强，以后中午开饭，你们不要管我了，我自己去打饭。他们两个似乎明白了我的意思，没有说话，朝我点了点头。

国强和志伟拿着空碗回宿舍了，他俩中午还要休息一会儿。我一个人没事，转到教务处门前的读报栏看报纸。这是一刻美好时光，阳光懒洋洋的，透过白杨树的缝隙，照在我身上有一种说不出的惬意和愉快。读报栏前后镶着明亮的大玻璃，里面贴着《人民日报》《中国青年报》《参考消息》《新疆日报》《准噶尔晨报》，浏览过国际国内新闻，我专心致志地看着《人民日报》大地副刊，那个版面经常登载一些国内名家创作的一篇篇优美抒情的散文，我非常喜欢，每次都让我流连忘返沉思着迷。

第三十五章

上了几天课，我发现高中阶段的学习和初中时代的学习是不一样的。比如上语文课，初中老师逐字阅读课文，将生字写在黑板上解释字的发声和含义，然后是课文的段落大意和中心思想；而高中语文老师则侧重文章的时代背景和写作方法，至于生僻的字和词语，学生自己学习，老师从来不在黑板上板书，老师说初中的教育已经为每个学生打下了学习基础，高中阶段是为了培养学生的独立思考和独立学习能力，每个学生都要适应这种变化，为将来大学阶段的学习做准备。

初中语文学的是记叙文，到了高中很多是议论文。每堂课下课，老师都要布置课外读物，要求学生大量阅读，否则对课文的理解和认识不利，最终影响到学习效果。

这时我才知道，今年高中年级有两个尖子班，分别是高一（一）班和高一（二）班，这两个班集中了场部和连队学习最好的同学，老师布置的课外读物和参考书，人手一册是不够的，学校首先满足尖子班学生的需要，剩下的才能分到普通班，而且一个班只有四五本或六七本，这对近五十人的一个普通班来说，确实是杯水车薪。学校对尖子班和普通班教学方法明显不同，有的上课老师也不一样，除了一天正常的课程外，还要给他们另开"小灶"，一切为了提高考试成绩，为两年以后考大学做准备。普通班参考书不够分，老师就按科目考试成绩排名，无论是月考还是期中考试，谁考在前几名，谁就有资格分到书。每次分书，交了钱拿到书的学生喜气洋洋，一脸的自豪感；没有书的同学都一脸沮丧，沉默着不说话。

语文是我的强项，第一次月考的时候，我的成绩排在全班第二名，第一名是秦思瑶。肖老师宣布秦思瑶是我们班语文课代表，我和她各得到了一本厚厚的语文参考书。我很高兴，不但语文成绩让班里特别是场部的同学刮目相看，而且分到了一本只有尖子班学生才拥有的参考书，要知道一个普通班才四本参考书，没有得到参考书的同学要想着法子和有书的同学搞好关系，才能借到参考书。

下午下课后，我去推自行车，准备回老房子。秦思瑶叫住我，她的口音已经改变了很多，我知道她在学说普通话，我对普通话毫无兴趣，天天填饱肚子才是我考虑的重点。思瑶把我叫到林带里说，志疆，你这次可出名了。我莫名其妙地问，怎么出名了？她说，我下午到肖老师办公室，听老师说你的考高中作文《农场的春天》被学校推荐到总场教育局，参加优秀作文比赛，结果被评为第一名，还要代表总场去兵团比赛，如果评上奖，作文还要在报纸副刊上发表呢！思瑶兴奋地给我说。才过了一个月，她的普通话已经有了很大长进，除了个别语句还稍带点河南口音外，大多数已经和场部同学毫无二致了。

我听了却没有感到太高兴，给思瑶说，那是瞎猫撞到死老鼠，我蒙题蒙对了，没有什么大惊小怪的。思瑶听了不高兴地说，你呀，干什么都不自信，明明靠实力评上奖了，还这么谦虚，我告诉你，过分谦虚就是骄傲！这时，刮起了小风，卷着灰尘和草屑吹了过来，校园里已经没有几个人。我说，秦大小姐，天气可能要变了，我还要赶路，否则可能要淋雨。秦思瑶瞪了我一眼，没有答话，扭头走了。

但是，我的语文虽然在班里名列前茅，数学、化学、物理、英语是我的弱项，特别是英语，老师是一个身材瘦高戴着近视眼镜的老头，满头银发，风度翩翩，是"文革"前上海外国语学院的高才生，因"右派"身份到新疆兵团车排子农场接受劳动改造，平反后被安排到场部中学教书。他上课几乎不讲汉语，一堂课都用英语讲，我听得云里雾里，别说得到参考书了，连及格都没有达到，期中考试只考了 36 分。

秦思瑶英语排名第三名，得到了一本英语参考书。下午放学后，我到学校门口叫住秦思瑶，把她拉到路旁的林带里，想问问她怎么学习英语，我很后悔初中阶段没有学好英语，现在给我带来了很大麻烦。

秦思瑶上身是一件粉红色的确良衬衣，下身是一条海军蓝裤子，一双黑皮鞋，青色丝光袜子，头上扎了一个马尾辫，系了一条草绿色的丝巾，从外表看一点儿不像连队来的学生，而是场部一个青春洋溢的中学生。她听了我的问话，沉思了一会儿说，志疆，我们在连队的英语老师，无论是音标还是语法，本身就没有场部学校老师教得标准，学习英语关键是要背单词，这是基础。如果背不好单词，你连老师讲的什么都不知道。所以我劝你每天都要背单词，只有掌握了大量的词汇，才能学好英语。

可是我最不喜欢背单词，有的背了也记不住。我沮丧地说。

我教你一个方法，虽然有点笨，但是很有用。你把不会的单词标上汉语字词，每天背诵新单词的时候，把前一天背诵过的内容再巩固一遍，这样效果很好，我开始就是这样背单词的。秦思瑶说。

好吧，真的谢谢你！我由衷地说。一阵微风吹来，秦思瑶身上温馨香甜的气味飘进我的鼻孔。

不用客气，咱们都是一个连的。秦思瑶说。

思瑶，我听说明年还要重新分班，凭你的学习成绩，一定可以分到尖子班。我说。

分到哪个班都无所谓，关键我们自己要努力，现在不是普通班有的学生考得比尖子班的还好吗？秦思瑶说。

你说得对。你以后要多帮帮我，我的英语基础太差了！我诚恳地说。

你现在不骄傲了？秦思瑶调皮地看着我说。

过去多长时间了，你还记仇？我歪着头看着她说。

咱们互相帮助，谁让咱们是一个连的。秦思瑶笑着说。

　　坐在我后边的男同学叫吴卫国，他的父亲是场部供销社主任。他的家庭条件优渥，穿戴自然光鲜，脚上是黑亮的皮鞋，手腕上戴着闪亮的上海牌手表。上课他经常不好好听课，而是在后面做小动作，不是用钢笔拨弄我的头发，就是做一个怪相，惹得一阵哄笑喧哗声。他的作业也是拖拖拉拉，有时候不会做题，就翻我的书包，抄我的作业。

　　但是，他油嘴滑舌口齿伶俐，特别擅长模仿别人说话，学得惟妙惟肖。班里有两个身体残疾的同学，男的叫庞建伟，是四连的，女的叫谭红菊，家在八连。他俩可能小时候得过小儿麻痹症，没有治好留下了后遗症，走路斜着身子一瘸一拐的。连队河南人多，无论原籍是甘肃还是四川，我们说话声音都带着一股河南腔，在连队不觉得，大家都是这个口音和腔调，觉得亲切自然。但是到了场部，特别是学校，老师是一口标准的普通话，场部的学生也是普通话，我们连队来的学生说的河南话就显得太土了，有的同学想学普通话，但这不是一日之功，反而说得不伦不类，吴卫国就模仿连队学生说话，以此逗笑取乐。他模仿庞建伟的走路姿势，故意撅着屁股一扭一扭的，两只手夸张地耷拉在下面，像猴子一样斜着身子往前走。他还特别喜欢用河南话挑逗女同学，妮儿，你弄啥嘞？你的作业写得可带劲？拿过来让俺瞧瞧。他的一席话，常常引得同学哄堂大笑，连队的学生一个个面红耳赤，像偷人东西被当场抓住的窃贼。

　　有一次，下课后，吴卫国又在模仿女同学谭红菊回答老师提问时的声音，老师，这道题俺不会，不知道咋解。他怪里怪气的声音、夸张的肢体动作，模仿得确实很到位，但我听了却非常刺耳，我实在忍不住了，走到他跟前，上去用手抓住他的衣领，眼睛瞪着他说，吴卫国，不许你这样糟蹋人！吴卫国吓得浑身筛糠，他害怕我揍他，脸色苍白地给我说，我开个玩笑，你至于吗？我说，你天天开这样的玩笑，太过分了！有两个同学过来劝我，我松开手，掉转头出了教室。

　　下午，放学的时候，我发现我的自行车轮胎没气了，早晨才打的气，是扎上沙枣刺了吗？我弯腰蹲下检查轮胎，原来是气门芯被人拧下来，不知扔在什么地方。我在周围找了一圈，也没有发现。怎么办？现在走路到修车铺去买，等走到师傅也下班了。这是谁干的呢？我想到了吴卫国，上午我当众训斥了他，他可能为了报复我，偷偷把我自行车上的气门芯拔了。我想去找他算账，但又没有证据。我想到了徐志伟和王国强，推着自行车来到学校宿舍，徐志伟和王国强不在宿舍，可能老师在补课。这时，庞建伟瘸着腿过来了，和我打招呼说话，他得知我自行车没气了，把他的自行车推出来，让我骑着回老房子了。

但是，场部带给我更多的是开阔了我的视野、增长了我的见识。从小出生在老房子，我天天见的是井口大的一片天，场部对我来说是一个新奇陌生的世界。有时候上自习课或放学后太阳还高，我就一个人到场部转转。场部是繁华热闹的，商品丰富，人来人往，充满了生机和活力。大商店、银行、邮局、医院、新华书店、供销社、裁缝店、废品收购站，这些都是连队没有的。

有一天我转到场部北面的面粉厂，一个人站在林带里，听院墙内厂房里震耳欲聋的机器声，看杨树枝叶上沾满的一层灰色的粉尘，闻着烟囱里冒出的带有浓浓柴油味的烟气，对一切充满了好奇。还有一次，我来到了场部西北角，一条蜿蜒小路的尽头，一个被柳树榆树环绕的小院子，里面空无一人，我径直走了进去，我看见了风速风向仪、百叶箱、温湿度记录仪，当然我不认识这些奇怪的东西，我第一次见这些仪器，我到跟前看见了贴在上面的商标。原来这里是场部气象站，每天场部广播播送的天气预报，就是从这里测试出来的。转了一圈，我往外走。这时，从一间红砖平房里走出一位年轻的阿姨，她穿了一件白大褂，戴着一副眼镜，长得很漂亮。她手里拿着一个本子，可能要去抄数据，见了我朝我笑笑，我也向她笑了一下，走出了气象站。

当然，我最喜欢去的地方是新华书店。书店在场部机关后面的大街上，挨着供销社和商店。书店门前的水泥台阶高高的，两扇安装着大玻璃的黄色弹簧门，推开门进去，手松开，大门会自动合上。进了书店，木头玻璃柜台和四周靠墙的书架上，都是花花绿绿的画报和各类书籍，墙壁上挂着的是各种彩色地图和油画。我对这个书店并不陌生，上小学四年级的时候，语文老师关世华要求每人准备一本《新华字典》，那天大清早，我问父亲要了5角钱，从老房子走路到场部新华书店买了一本《新华字典》，我走得气喘吁吁浑身燥热，到了新华书店，冒了一头汗。我记得那本字典3毛5分钱，我现在还在用。

我到新华书店，主要是看书。书店里书太多了，我根本买不起。我问营业员要一本书，然后站在柜台跟前看，一页一页翻着看，有时候看得入迷了，书店要关门了，我才依依不舍离开，然后赶快骑自行车往老房子赶。

去的次数多了，我知道书店有两个营业员，一男一女。他们有时候是上午下午轮流倒班，有时候是一人一天，星期六星期天人多，他们两个都上班。他们两个人都很和蔼，从来不大声说话。那个女营业员眉清目秀，气质端庄，有三十多岁，脸圆圆的红扑扑的，什么时候都是一副笑脸，对顾客非常客气，我见到她心里特别高兴。每次我来，如果正好是她上班，她就朝我笑着迎上来，问我看什么书，然后从书架上拿过来，轻轻递给我。我无论看多长时间，她从来不催我走。我从不买书，她可能从我的衣着穿戴看出我是一个穷学生，没有多余的钱买书，但她从来不问。我走的时候，把书还给她，她朝我轻轻一笑，说下次再来啊。我只知道她姓谢，虽然至今不知道她叫什么名字，但我永远记着她的笑容和姿态，始终对她心存感激和敬重。

有一次，我绕过加工厂厂区，向场部西南角走去。经过一个高高的烧砖窑的废弃大烟囱，一个破败不堪的沟壑豁然出现在我眼前，里面长满了青青的芦苇，沟壑周围是一丛一丛的红柳和芨芨草、牵牛花，中间是一坑静止的水。各种不知名的鸟儿在芦苇间嬉戏，黑色的野蜜蜂和绿色的蜻蜓嗡嗡叫着在水面穿梭飞舞。

顺着水沟边的小路往前走，绕过一丛矮小凌乱的沙枣树丛，前面豁然开朗，是一片开阔的平地，几个浑身被晒得黝黑的年轻汉子，赤着上身在打土块。我把自行车停下来，来到土块场看他们打土块。我在老房子和父亲一块儿打过土块，我知道这是一项非常繁重的体力活。这几个小伙子小的有十几岁，大的有三十多岁，年轻的往土块模子里装泥，年龄大的端起模子往空地上倒，晾干垛起来的土块有大的，也有小的，大土块是盖房子用的，小土块是打火墙用的，像长龙一样排列着。靠近树丛，有几个用木头和树枝搭建起来的简易窝棚，门上吊着一块肮脏的灰布帘子，外面覆盖了一层厚厚的芦苇，芦苇已经发黄发白，显示他们已经在这里住了很长时间。紧靠窝棚是一个简易棚子，四周四根木头撑着一个摇摇欲坠的棚顶，上面胡乱盖了一些芦苇，中央是一个烟熏火燎黑乎乎的炉灶。我蹲在跟前，饶有兴趣看着他们打土块，装泥的小伙子双手将泥在怀里盘着，然后高高举起，准确地砸向模子，"扑哧"一声，泥巴装进了模子，然后用手一捋，泥巴大小合适，端模子的轻轻提起模子，一路小跑着来到土块场，从上到下轻轻一放，然后提起模子，两块四角整整齐齐的土块就立在空地上。

一个小个子黝黑男人，手里端着一玻璃瓶子茶水走到我跟前，用探寻的目光打量着我，我对着他笑了笑说，我是场部的学生，没事出来转转。他用一口浓重的四川话问我，你家是场部的？我说，我家是六连的。我和他闲谝，他们一天一个人可以打五六百块土块，一块土块一分钱，卖给场部的人，他们用土块盖棚子打火墙。我计算了一下，一天打五六百块土块，就是五六块钱，一个月就是一百多块钱，当然遇到阴雨天是打不成土块的。

"十一"国庆节，学校放假一天，秦思瑶、徐志伟、王国强都回到了六连。崔新疆听说我休息了，骑自行车到老房子看我来了。他的脸晒黑了，里面穿着一件海军衫，外面是一件敞开的军便装，下身是一条黄军裤，脚上是一双黑条绒布鞋，看样子已经从考高中的失败中走了出来，他告诉我很多消息。

过去的一个多月，我们六连的这一届初中毕业生变化还是很大的。我们班没有考上高中的同学都由场部劳资科分配了工作，有的就在六连，有的被分配到了邻近的四连，一个个走向了社会。

　　崔新疆说，马天山、田扎根分到了四连，本来他们也可以留在六连，但他们说，从小到大都在六连，屁股大的一片天，天天看，看烦了，工作了要出去混一混。他本来也想分到其他连队，但是他妈妈不同意，说她就这一个儿子，说什么也不让他离开六连。他现在在六连青年排，天天听到广播到连部集合，然后到农田劳动，遇到农活紧张，中午和星期天都不休息。

　　王春玲分在六连西头猪圈，当了一名饲养员。崔新疆说，王春玲想分到四连，她想离开这个家庭。但她妈妈找了连领导，要求把王春玲分到六连猪场，当时西头猪场正好缺一名饲养员，年轻人嫌喂猪脏累不想去，成了家的人又因为家在连部，到猪场工作吃饭不方便，没有人愿意去，连领导正发愁。听了王春玲母亲的要求，连长立刻到场部找了分管畜牧工作的副场长，场领导指示劳资科，按照六连的要求把王春玲分配到六连，最后把王春玲分配到猪场，解决了西头猪圈缺劳力的问题。王春玲一开始不知道，后来知道自己被分到六连，哭着和她母亲大闹了一场，但是场部的红头文件已经公布了，她也没有办法，最后只好到猪场上班了。

　　国庆节这天，马天山和田扎根也从四连回来了。他俩"十一"前发了一个月的工资，买了一瓶加工厂酿制的烧酒和两包花生米，一瓶"梅林"牌午餐肉，骑自行车来到老房子找我。

　　马天山和田扎根一人穿了一双系带的新皮鞋，闪着黑亮的光泽。马天山戴了一副黑黑的太阳镜，梳着分头；田扎根穿了一件大红色的涤纶港衫，手上戴了一块黑色的电子表，他们的形象一下子从学生变成了社会青年。两个人的自行车大梁上缠绕着花花绿绿的塑料带，看着很俗气，却很扎眼。他们两个见了我和崔新疆，上来给我和崔新疆一个热情的拥抱。

　　我说，你们两个才工作，就把外国人的礼节学会了？

　　马天山感慨地说，志疆，你不知道，这走向社会呀，才感觉到还是咱们同学情深，我工作了，却很怀念咱们在学校的时光。早知道我也好好学习，到场部和你一起上高中。

　　田扎根说，到了外面，见的人多了，隔人隔面又隔心，还是觉得咱们一块儿光屁股长大的在一块儿亲，这不才休息一天，我们就过来看你们来了！

崔新疆在一旁说，志疆，同学们分配了工作，大家有的高兴，有的不高兴。高兴的是终于参加工作了，有工资了；不高兴的是可能一辈子要待在连队修理地球，不知道何时能出头。

我最烦这个说法。一辈子待在连队有什么不好？咱爹咱娘不都是一辈子在连队？反正我哪儿也不去，再说我哪儿也去不了，一辈子就在连队混。马天山说。

就是的，连队有什么不好？天天有活干，一日三餐有吃有喝，一到月底，四张"大团结"就到手了，想买啥就买啥。田扎根说。

好是好，可是在连队干活太累了，我最怕拾棉花，今天休息一天，明天又要天不亮就下地。崔新疆说。

不说了，不说了。走，咱们找个地方喝酒去！马天山拉着我们说。

走吧，弟兄们！到沙枣树下坐下来，又凉快又没人打扰，咱们好好说话，好好喝酒，我可是买了午餐肉罐头。田扎根举着手里的网兜说。

我回屋子抱了一个绿皮大西瓜，我们四个人向沙枣树走去。

过了国庆节，学校根据场部机关的命令，停止上课，组织全校学生下连队拾棉花。高中年级的学生因为课程多，学习任务重，学校要求高中班拾花劳动20天，初中班30天。当天，接到场部命令的各个连队就派人和学校联系，第二天早晨每个连队都派拖拉机来学校，拉参加劳动的学生和老师。

高一（三）班和（四）班分配在二连拾花。下午下课的时候，肖老师让同学们准备好行李和洗漱工具，明天到操场集合，一起坐拖拉机出发。

第二天大清早，我用自行车带着行李来到学校操场，准备去二连拾花。

操场在校园东边，迎着太阳，有几棵沧桑的老榆树，撑起巨大的绿色树冠，洒下一地绿荫。太阳刚露头，各个连队的拖拉机已经早早来到操场，喷着浓浓的油烟，在操场上转弯掉头，四轮拖挂拖曳的笨重车厢嘎吱嘎吱响，以往空旷寂静的操场立刻热闹起来，红色油漆的驾驶室门上，用黄油漆写着连队的名称，驾驶员坐在驾驶室里，等着学生上车。来得早的学生已经扛着行李来到了操场。我把自行车推到教室前面的长廊里，扛着行李往操场走去。

校园的清晨，空气清新。太阳出来了，温暖的阳光明亮耀眼。操场上，这时已经来了很多学生，大家低着头扛着行李卷，磕磕碰碰，找自己要去连队的拖拉机。我扛着行李，抬头看着车厢门，寻找二连的拖拉机。正找着，我听见有人用普通话叫我的名字，陈志疆！我一回头，看见陈国斌在一辆车厢上向我招手，我就走了过去，他给我说，咱们班是这辆车。我看驾驶室上没有黄字，就把行李递给他，我抓住车厢板上了车，已经有几位同学上了车厢。

陈国斌今天穿了一身蓝色劳动布衣服，可能是加工厂发的劳保服，脚上是一双白色运动鞋，显得干净利落。他家里应该有人是加工厂的，穿的是哥哥姐姐发的工作服，场部的孩子讲究，劳动和上课穿不一样的衣服。不像我，无论上课还是劳动，都是那一套衣服。

肖老师背着一架手风琴来了，同学们也陆陆续续来了，加上每个人的行李，挤了满满一车厢，如此密密麻麻挤在一起，拉近了同学之间的距离，男女同学都很兴奋，平时在教室里不说的话，此刻也说了，叽叽喳喳说说笑笑好不热闹。

有一个女同学问肖老师，肖老师，你背一架手风琴，是要给我们表演节目吗？肖老师说，到了二连，我给同学们拉几首歌曲，要不然天天劳动，大家太寂寞了。

陈国斌点了一下名。拖拉机驾驶员过来，给陈国斌说了两句话。陈国斌大声说，同学们，车马上要开了，大家都坐好。

这时，拖拉机吼叫一声，冒出一股浓烟，拉着我们摇晃颠簸着驶出了校园。

上了公路，来往的车辆有的拉着满载的棉花，向场部轧花厂驶去；有的拉着拥挤的人群，向连队驶去。公路两旁的棉花地开满了洁白的棉花，到处都是弯着腰拾花的人。一路尘土飞扬，同学们身上都落了一层灰尘，但大家都很兴奋，特别是家住场部的学生，他们很少到连队，离开家到连队居住劳动对他们来说很新奇，大家一路欢歌笑语来到了二连。拖拉机把我们拉到二连学校，这是一个破破烂烂的校园，三面是教室和办公室，有的窗户玻璃烂了，钉着陈旧的塑料布，有的门板掉了用铁丝绑着。我们住在学校的教室里，男女同学各住一间教室，教室里的桌椅板凳已经被摞起来，整整齐齐堆在墙角，地上铺了一层厚厚的金黄色麦草秸秆，散发着浓郁的麦草香。

大家说说笑笑，争先恐后把自己的行李搬到教室，铺好自己的床铺，放好东西。这时已经到了中午，肖老师带着我们到连队食堂吃饭。

二连的食堂门口聚集了一群打饭的男女青年，他们东张西望好奇地看着我们。连队食堂都是为没有成家的男女青年做饭，来了我们一群学生，一下子加大了食堂的工作量，连里加派了四个职工到食堂帮忙。此时，他们把学生的饭菜装进铁桶里，提到外面，等着我们的到来。

肖老师让我们排好队，一队打菜，一队拿馒头。来连队拾棉花的学生，连队免费负责学生的餐饮，这对我来说，是一个天大的好消息，起码这20天不用为伙食费发愁了。

今天中午，菜是包包菜，白花花的，掺着绿色的辣椒，一看就是大锅里煮出来的，菜汤上面漂浮着一层油花；主食是白面馒头，不限量随便吃。我打了菜，拿了两个馒头，和同学们在食堂墙根找了一个阴凉地方，蹲下吃起来。

这份伙食，对连队学生来说已经很不错了，现在连队是大忙季节，就是在自己家里，大人也是简简单单一顿饭，有的中午还不回来，在棉花地里吃一个馒头，喝点自己带的开水，或者吃几口西瓜，就是一顿饭。场部的学生可不一样了，他们看着碗里的包包菜，嘴里嘟嘟囔囔，嫌没有肉片，清汤寡水的，但这是连队，他们也没有办法，有的拿出从家里带的煮鸡蛋、辣椒酱，就着馒头吃了起来。

哎呀！这是什么？一个场部的女学生尖叫了一声，大家的眼睛一起转向她。她旁边的一个男同学看了一眼她手里端着的碗，笑着说，你叫什么？你碗里这是肉。女同学"唰"地一下把菜倒在地下，哭着说了一句，这饭怎么吃呀！

肖老师过去一看，原来她碗里有一个绿色的豆虫，颜色和包包菜一样，可能菜太多，洗菜的炊事员没有发现。

这时，有同学不愿意了，发着牢骚说，以后谁吃到肉，一个人悄悄吃，你这一咋呼，还让不让别人吃了？

吃过午饭，也没有休息，肖老师带领学生走路到棉花地。连队四周的地里都是棉花，被一排排绿油油的防风林隔开，放眼望去，四周绿边，满眼皆白。在秋阳的照耀下，耀眼的一朵朵棉花，翠绿的一片片枝叶，一群群在碧空飞翔的麻雀、沙枣鸟，欢快地追逐旋转鸣叫着，构成了一幅巨大的原野画面，收获的喜悦和美的气息扑面而来。

到了地边，肖老师和班长陈国斌给大家分从连部领的花兜和袋子，然后分棉花行子，从东到西一人两行。肖老师说，大家的拾花费，除了班里留一点儿作为班费，其余的连队年终结算后给同学们发完，大家要记好每天拾的斤数，不要记错了。同学们一阵欢腾，特别是像我这样家庭困难的学生，听了这个消息，简直是欣喜若狂，我甚至觉得这次下连队劳动时间太短，要是一个月就好了。

晚上回到教室，大家从门口的水缸里舀出洗脸水，匆匆洗把脸，拿上碗筷到食堂吃饭。晚饭是西红柿菜汤，主食是炸油饼，食堂四周是黑压压的人群，地下湿漉漉的，学生们蹲在地下，借着食堂门口微弱的灯光吃饭，吸溜溜的喝汤声和咀嚼油饼的声音，夹杂着说笑声响成一片。

吃完饭，洗完碗筷，回到教室，突然停电了。带手电筒的同学打开手电，借着光亮大家把碗筷放好，又出了教室，外面黑乎乎的，天空只有几颗星星在厚厚的云层缝隙中眨着眼睛，连队传来了狗吠的声音。大家都觉得没事干，现在躺进被窝睡觉又太早了，想到连队转转，又害怕黑灯瞎火遭狗咬。

不行咱们到女生教室说说话、唱个歌，要不这晚上太难打发了。一个男同学说。

可以呀，就是不知道咱们去，女同学欢不欢迎。陈班长，你过去问一问？大家七嘴八舌表示赞同，在黑暗中看着陈国斌。

那好吧。我去问问肖老师吧，如果他同意，请他也参加我们的活动。陈国斌说。

可以可以，班长想得就是比我们周到。吴卫国说。

肖老师和其他带队老师住在一间教室，就在我们教室对面。过了大约5分钟，陈国斌过来说肖老师同意了。肖老师说，这黑灯瞎火的，大家累了一天，组织一个文娱活动，让大家放松一下，也正好互相之间增进了解。

嗷！乌拉！大家高兴地怪叫了几声，跟着陈班长欢快地向女生宿舍走去。

来到女生宿舍，陈班长敲门，有人开门，打开了手电筒，陈班长说，同学们，等一会儿咱们班举行一个文艺晚会，大家准备一下，肖老师也要来。

男同学借着手电筒的光亮，就往女生宿舍进。女同学的宿舍比男生宿舍收拾得干净整齐，还有一股好闻的化妆品气味和女孩子特有的香味。她们看见男同学来了，纷纷从床上站起来，给男生腾位置，大家坐在麦草铺上，一个挨一个，挤了满满一教室。

肖老师来了。陈国斌请他讲话，他摆摆手说，今晚我就不讲了。我当一个观众，你就主持吧。他找了一个地方坐下，有女同学给他端了一茶缸开水。

陈国斌站在教室中间，一束手电光打在他身上，刺得他睁不开眼，他环顾了一下四周给大家说，今天我们到二连参加秋收劳动，是我们高中生活的一个重要内容，艰苦的劳动，能使我们进一步了解连队，锻炼我们每个人的体魄和意志。今天晚上的这个活动，目的是展示才艺，加深师生之间同学之间的相互了解，希望同学们踊跃参加。我就不客气了，我先唱一首《骏马奔驰保边疆》，算是抛砖引玉。他的开场白引来了一阵热烈的掌声。

肖老师拉起了手风琴，优美激昂的旋律立即在教室里回荡，陈国斌清了清嗓子，放开嗓门，开始唱了。

> 骏马奔驰在辽阔的草原，
> 钢枪紧握战刀亮闪闪，
> 祖国的山山水水连着我的心，
> 绝不容豺狼来侵犯！
>
> 阿爸帮我饮战马，
> 阿妈给我缝补衣衫，
> 挤奶的姑娘向我招手笑，
> 喝一杯奶茶情意深
> ……

他的嗓音既嘹亮又低沉，雄浑大气，铿锵有力，有一种磁性的穿透力和粗犷的蒙古族风格，加上他潇洒有力的手势，在手电筒的光亮下，真有点儿蒋大为的气势，一曲唱完，余音绕梁，大家报以热烈的掌声。

欢快的青春气氛被点燃了，好几个同学举手争着要求唱歌。陈班长让一个叫张荆梅的女同学上台，她身体瘦瘦的，扎着羊角辫，一双眼睛眯缝着，长得很秀气。她来到教室中间，大大方方唱了一首电影《甜蜜的事业》的插曲《我们的明天比蜜甜》。

> 甜蜜的工作甜蜜的工作，无限好啰喂，
> 甜蜜的歌儿甜蜜的歌儿，飞满天啰喂，

工业农业手挽手齐向前啰喂，

我们的明天我们的明天，比呀比蜜甜啰。

……

甜蜜的工作甜蜜的工作无限好啰喂，

甜蜜的歌儿甜蜜的歌儿飞满天啰喂，

努力奋斗实现四个现代化啰喂，

我们的明天我们的明天比呀比蜜甜，

明天明天比蜜呀比蜜甜。

她的嗓音细细的、甜甜的，轻松活泼，声音纯真优美、激情饱满，唱完后，赢得了同学们热烈的掌声。

唱了四五首歌，大家的情绪被调动起来，男女同学争着举手要求唱歌。陈班长说大家可以换一种方式，讲故事、表演三句半，或者说一个笑话，不拘形式，只要让大家高兴有所启发就行。

教室一下子沉默了，大家思索着怎样表演节目，才能让同学们记忆深刻，留下美好印象。

陈志疆，你平时看的书多，你给同学们讲一个故事吧。秦思瑶这时站起来说。她的话音刚落，同学们就一起嚷着让我说。

好！欢迎欢迎！现在欢迎陈志疆给大家讲故事。班长陈国斌说。

接着是一阵噼里啪啦的零碎掌声。我从床位上站了起来。我没有料到秦思瑶这个提议，有点措手不及，但事已至此，无论如何我都要应对，否则就太丢面子了。

陈志疆，你站到中间来。肖老师对我说。

我走到中间，在一团手电光下，我看见同学们的目光都集中在我身上，我有点担心，还有点害怕，我从来没有在这么多人面前过讲话，一时间手脚都不知该如何摆放。我镇静了一下，清了清嗓子，调整好情绪，开始讲了。

尊敬的老师和同学们，你们都知道车排子农场十连有一个叫彭建疆的青年人，他前几年考上了万众瞩目的北京电影学院，不远的将来他可能成为一名电影艺术家。但是，作为一个普普通通的农场子弟，他是怎么样走进神圣的艺术殿堂的？他身上有哪些动人的故事？一个人的成功，他的背后肯定有很多艰辛的付出和超人的努力，我今天就把彭建疆的故事讲给大家，这个故事，对于我们正在学习成长的每一名高中学生，应该有所启发，对我们今后的人生道路会有帮助。

我的略带河南口音的声音在教室里回荡着。模糊的光影中，静静的教室里，同学们睁大眼睛，热切地看着我，一个个聚精会神地听我讲故事。

开了头，我的思绪进入了彭建疆的《我从荒野走来》，他的故事已经深深印在我的心里，所以不用刻意去回忆，几乎是信手拈来，我把彭建疆家庭的不幸、艰苦的生活和对艺术的热爱，孕育了他不懈的追求和坚韧不拔的毅力讲得清清楚楚，他在农场顽强拼搏、四处碰壁也坚决不向命运低头，终于走出了一条属于自己的人生之路。

彭建疆在外出求学期间，最困难的时候，他没有住处，没有吃饭的地方，当时他身上的钱不够买半袋子米。后来，他掏出身上所有的钱，买了小半袋米，住到一座庙里，白天到老师家求学，吃饭的时候和和尚一起，一天三顿吃米粥，吃了半个月的米粥，他的妈妈才给他寄来了生活费。我认为每个人的成功，背后都有艰辛的历程和坚强的意志，他是我们身边的人，他将激励我们不断去追寻知识和人生的真谛，不辜负美好的青春。

我的故事讲完了。最后，我给大家朗诵著名诗人雷抒雁《艺术》里的诗句，作为我的故事的结尾。

在生活里收割精神，
又在精神中酿造生活。
在心和心之间交流，
在脑和脑之间思索。

为了吃饭，可以有千种万种工作，

为了艺术，也许会使你终身挨饿。

对有志者，它铺下千级万级台阶，

对无志者，它布下走向失败的诱惑！

我讲完了，教室里鸦雀无声，过了好一会儿，一阵雷鸣般的掌声响了起来，讲得太棒了！有同学高喊。

第二天，肖老师分棉花行子的时候，张荆梅走到我跟前，和我挨在一起。拾花的时候，她给我说，陈志疆，你昨天晚上讲得真好，你们走了以后，我们女同学躺在床上讨论了好长时间，别看连队偏远，其实真正的人才都在连队。

我知道她家是场部商店的，她的话里不自觉地带有一种场部人的优越感，我没好气地说，无论是场部还是连队，只要刻苦努力，都会出人头地。到了外面，特别是大地方，别人才不管你是场部人还是连队人，人家看的是你的知识和本事。就拿彭建疆来说，他家在连队，父母都是种地的职工，不是照样考上了北京电影学院。

张荆梅的脸一下子红了，不好意思地说，我不是这个意思，你千万不要这样理解。哎，对了，陈志疆，你能找到《我从荒野走来》那本书吗？我也想看一看。

我给她说，我没有这本书。这是当年我哥哥找他的同学借的，我用了一个晚上的时间，看完了这本书，第二天早晨就把书还给我哥了。

张荆梅压低声音，看着我说，陈志疆，我从小就喜欢音乐，喜欢唱歌。上初中的时候，我到场部毛泽东思想宣传队帮过工，表演大合唱《八月桂花遍地开》，我见过彭建疆，他个子很高，长得浓眉大眼，动作有板有眼，太羡慕他了，我要是能考到艺术学院就好了！

我说，高中毕业你可以报考艺术学院，不过要考两门课，一门是艺术课，一门是文化课。文化课你应该没问题，艺术学校录取分数线比其他学校要低。关键是艺术课，你要考声乐或者表演，要请专业老师给你上课辅导，艺术课过关了才能考文化课。我知道彭建疆考电影学院的过程，所以讲起来头头是道。

张荆梅说，我喜欢唱歌，想考音乐学院，但我妈不让我考艺术类院校，她说女孩子蹦蹦跳跳学唱歌，是吃青春饭，过了这个年龄就不吃香了，让我趁早断了这个念头，好好学习考一所大学，将来分配一个好工作。

我说，你妈妈说得也对，考艺术院校特别难，要付出比别人多很多的努力和汗水，有时候还不一定成功。

张荆梅失望地说，可惜咱们这里只是个小地方，如果有一个老师给我辅导一下，那该有多好！

我突然想到了徐志伟，他是我们初中班的文体代表，平时班里的大合唱都是他领头唱，他的嗓子好，平时也喜欢唱歌。我脑子一热，给张荆梅说，我有个初中同学，叫徐志伟，也喜欢唱歌，他在高一（四）班，不行你们两个切磋交流一下？

那太好了。高一（四）班不就在咱们班前面吗？你帮我介绍一下？张荆梅高兴地说。

没问题。我和他是好朋友，今天晚上吃过饭，我就去找他。我说。

张荆梅很高兴，轻轻哼唱起了《我们的明天比蜜甜》。旁边有同学喊，张荆梅，你昨天晚上还没有唱够？大声点，我们听不见！

张荆梅抬起头，对着辽阔的棉花地，放开喉咙唱了起来。

　　　　工业农业手挽手齐向前啰喂，
　　　我们的明天我们的明天，比呀比蜜甜啰。

当天晚上吃过饭，我就去找徐志伟。高一（四）班住在学校操场对面，找到徐志伟，我把他叫到操场林带里，把张荆梅想认识他学习唱歌的事给他说了，他一听急了，给我说，志疆，我唱歌也是一瓶子不满，半瓶子晃荡，我哪有本事去教别人？

我看他着急的样子说，你俩都是半瓶子，加起来不就是一瓶子了？不是让你教她，你俩都喜欢音乐，在一起切磋一下，又不是什么坏事！

那好吧，认识一下也无所谓，不要让人家觉得我们连队人小气。徐志伟无奈地说。

我又来到女生宿舍，把张荆梅叫出来，和她一起来到操场边的林带。见了徐志伟，我还没有介绍，张荆梅就向徐志伟伸出手，落落大方地说，认识你很高兴，我叫张荆梅，和志疆一个班的。

徐志伟有点拘束地握着张荆梅的手说，认识你也很高兴。

我在一旁说，你们两个谈吧，我走了。徐志伟急了，志疆，你不能走。

我说，我又不懂音乐，你们两个好好交流一下吧。说着给徐志伟做了一个鬼脸，离开了林带。

拾花劳动结束后，我们又回到了学校，开始了紧张的学习生活。回到教室，大家感觉亲切了许多，同学们脸晒黑了，身体壮实了，互相也熟悉了。肖老师给我们说，同学们，我们要抓紧时间刻苦学习，争取把拾花劳动耽误的时间补回来。毕竟两年以后，我们面临的是竞争激烈的高考。

时令已经过了白露，天气渐渐转凉。树上的叶子和荒原的野草、庄稼，颜色已经由满眼苍绿转为一片苍黄，过不了多久，柳树、榆树、白杨树只有稀疏的枝丫伸向天空，寒冷的秋风会扫尽野草的枯叶，准噶尔盆地逐渐萧条荒凉，进入一年当中最为漫长酷寒的冬季。

场部依然是忙碌的，街上的商店、供销社、新华书店、废品收购站都关了门，一把"将军不下马"的铁锁，锁住了平日人来人往络绎不绝的大门，街道冷冷清清，没有几个人影。每天天刚蒙蒙亮，机关的高音喇叭就响了，无论是场部还是驻场单位，比如养路队、油脂化工厂、试验站，他们一律骑上自行车，远的单位会派来拖拉机，匆匆忙忙出发，到指定的连队去拾棉花。这个时期，秋收是场部最大的政治任务和生产任务。

　　和同学们一样，我又恢复了高中阶段的学习生活，依然是早早起床，吃过母亲做的饭菜，匆匆骑自行车来到场部学校上课，中午和徐志伟、王国强一起吃午饭。不过，我们三个人各打各的饭菜，天气凉了，已经不能坐在树林里吃饭，我们把打好的饭菜端到宿舍，坐在床头上吃。

　　通过在二连的拾花劳动，我不但认识了班里所有连队上来的同学，也认识了场部的同学。可能是那天晚上讲故事的缘故，大家对我非常友好，下课后有同学主动和我攀谈，和我交流读书体会和学习心得，对此我非常高兴。特别是班长陈国斌，知道我爱看书，他有加工厂图书室的借书证，主动给我借了两本书，长篇小说《苦菜花》和一本苏联小说《青年近卫军》，说看完了还可以借，这让我非常感动，我渐渐和同学们融合在一起，觉得高中生活是那么美好和令人向往。

　　但是，没过几天，我这种愉悦的心情就消失了。我现在在班里也是一个令人瞩目的学生，但是我穿的衣服却是班里最差的一个，上身是一件哥哥给我的棉布黄军褂，虽然没有打补丁，但是我天天穿，已经掉了色，不像有的同学特别是场部的同学，有时候一个星期换几次衣服，每次样式和布料都不一样，不是的确良就是涤卡，除了军便装，还有胸前是明晃晃拉锁的夹克衫。我的裤子是母亲扯的最便宜的一种布料做的，还是请马老师用缝纫机缝制的，天蓝色的很好看，但是便宜没好货，它的外表像丝绸一样柔软，可是布料太松软太薄，天天骑自行车，磨得屁股和裤裆处薄薄的有点透明，感觉稍微用点力就会撕开，露出里面的内裤。我脚上是一双黑条绒带松紧口的布鞋，劳动上课晴天雨天都穿，颜色灰不溜秋的，大足母趾快要顶出来了，与大多数脚穿皮鞋的同学站在一起，我感觉很不舒服，有时候低头一看，立刻面红耳赤，好像偷了别人的东西被人发现了。一双蓝色的丝光袜子早已磨烂露出了脚后跟，幸亏露在脚脖子外面的是好的。我毕竟17岁了，有很强的自尊心，还有这个年龄不可避免的一点虚荣心，我渴望穿一身比较体面的衣服，无拘无束地和同学们站在一起交流，可是我那个苦难贫穷的家庭，能让我上高中已经非常不容易了，我还有什么脸面要求母亲给我更好的穿戴呢？

我最烦恼和让我心惊肉跳的是上体育课和课间操。每天上午两节课以后，学校要组织全体学生到操场做广播操。下课铃响后，初中班、高中班学生由体育课代表组织排好队，跑步来到空旷的操场，操场上密密麻麻的，各班学生拉开距离，听着高音喇叭的指令开始做第六套广播体操。

播音员的声音简短有力，洪亮高亢，在操场上空回荡盘旋，强烈震撼着我们的心灵。"伟大领袖毛主席教导我们，发展体育运动，增强人民体质。提高警惕，保卫祖国。现在开始做广播体操，原地踏步走，'一二一，一二一'，四次'一二一'之后是'立定'，然后是上肢运动，预备齐！"

我最害怕扩胸运动和踢腿运动，扩胸运动整个身体前倾，站起来又蹲下；踢腿运动两手伸展，分别踢起左右两腿，我害怕剧烈的运动会使我的裤子突然撕开，在众目睽睽之下会是一个什么样子，我真的不敢想，所以这两个程序，我做得很慢，动作幅度也很小。到了最后的跳跃运动，两腿要叉开，手臂向上跳跃，我干脆就不做了，这样我在整齐的队伍里就很显眼，做完体操小结的时候，肖老师说有的同学做课间操，身体好好的却心不在焉，影响了整个班级的形象。我知道他说的是我，庞建伟和谭红菊身体有残疾，动作不规范情有可原，而我有什么理由不做好动作呢？肖老师碍于面子没有在全班面前点我的名，但我知道他说的是我，我羞愧地低下了头，肖老师怎么知道我有难言之隐呢？

有的同学说，到了冬天天冷了，学校就不做课间操了。我听了，心里盼着冬季赶快到来，那样就不用做操了，我也不用担心自己的裤子破了！

我喜欢打篮球，在六连上学的时候，经常和马天山、田扎根一起打篮球。到了场部，我却不敢上场，同学们都穿着白色、蓝色的回力鞋，场部的同学有的还穿着色彩艳丽的运动裤。我没有运动鞋，更没有运动裤，只有一双母亲做的手工鞋、一条一用力就可能撕开的裤子，我只能站在球场外看着他们打篮球。篮球场外男同学和女同学的尖叫声加油声欢呼声像一阵阵波浪，在球场上翻滚着激荡着。在一片笑语喧哗中，男同学更加卖劲地跑着争着跳跃着，夸张地喊叫咋呼着，做着各种手势和动作，展示着青春健美的身材和龙腾虎跃的风姿，这是一个集聚着力与美的舞台，正值青春年少的同学，哪一个不跃跃欲试呢？

吴卫国穿着一身红色的运动裤，背心的腋窝和裤缝镶着两道醒目的白边，露出白白嫩嫩的长腿和胳膊，脚上是一双蓝色的回力鞋，显得英姿勃发。他是中锋，在篮球场上分外醒目。他的动作夸张而优美，他跑过去跳起来，抢了一个篮板球，一个跃身回转，潇洒地运着篮球，他斜了一眼，看到了人群中的我，突然把篮球扔向我，大声喊着，志疆，上场！全场的目光随着篮球转向我，有同学喊着，陈志疆，快上去露一手。我尴尬地伸手接住球，这时我多么想过去一展身手，但是我的这身穿戴，怎么能进篮球场，在众目睽睽之下打篮球呢？想到这里，我又把篮球传给了吴卫国，在同学们遗憾的唏嘘声中，我的心情一下子低落到冰点，再也无心看球，从拥挤的充满着汗味的人群中挤了出来。

但是，冬季还没有到来，我就遭遇了更大的困难，我没有钱了，我的裤兜里空空如也，只有不到三毛钱，以后连中午在食堂吃一顿饭的钱都没有了。

在二连拾花的时候，我起早贪黑拼命拾花，拾花斤数排在全班第三名，除了排在前面两名的女同学，我在男同学中排名第一，肖老师在劳动总结的时候还表扬了我。高一（三）班一直缺一个劳动委员，肖老师就让我当劳动委员，有劳动任务了，就帮助肖老师和班长分配一下劳动任务，平时安排监督一下每天值日情况，把班级卫生打扫干净。我当然不太关心劳动委员这个职务，我关心的是能拿到多少拾花费。我私下里计算了一下拾花费，扣掉要上交的班费，我还可以分28块钱，这对我来说毫无疑问是一笔巨款，我甚至把它的花销都计划好了，除了买够一个月吃午饭的饭票，我要买一块布料做一条新裤子，这样我就不担心做广播体操裤子撕裂了，再买一双运动鞋上体育课穿，天气渐渐冷了，还要买一顶棉帽子，家里的那顶帽子太旧了，后面已经露出了破烂的棉絮。没有一顶棉帽子，冬天骑自行车来回跑校根本受不了，凛冽刺骨的西北风会把我的耳朵冻掉。这样钱花得就差不多了，我想给母亲和妹妹花疆买点吃的东西，但没有钱了。不是不想买，我实在是没有钱了。而且这些钱现在还没有到手，要等到连队拾完棉花结算以后才能拿到手，远水解不了近渴！

今天食堂的中午饭是白菜和馒头，我买了一份白菜，两个玉米面窝窝头，花去了我口袋里最后的 2 角 5 分钱，我没有回宿舍，而是端着碗来到食堂后面的林带里。秋风凉爽，榆树和白杨树光秃秃的，金黄的叶子掉在地上，像铺了一层厚厚的地毯。捧着热乎乎的菜碗，我狼吞虎咽般吃完了饭菜。中午时间短，我根本没有时间回老房子，想着明天中午不知在什么地方吃饭，我的眼泪在眼眶里打转转，忍也忍不住，最后终于顺着脸颊无声地滑落下来，滴进手里端着的空空的铁碗里。

放学了，西边的太阳正在下沉，落日的红晕在柳树榆树树梢上抹下一片鲜红。我顺着公路往老房子走，周围是一处幽静的榆树林。落在低垂的榆树枝杈上的乌鸦，振落了树上干枯的叶子。它们低沉嘶哑不间断地嘎嘎聒噪，仿佛干树枝断裂时的脆响，传送到空荡荡的四面八方。

我心里想着明天中午的午饭，有气无力地蹬着自行车往前走。坚硬的沙石路咯噔咯噔响，好像硌到轮胎上，我下来一看，后轮胎没气了，我扎好车子，蹲下来一检查，发现轮胎上扎了一根沙枣刺，我拔出沙枣刺，气恼地把它扔到林带里。现在只好推着自行车走了。

走到前面的杨树林，后面车铃叮铃铃响，我赶忙推着车子往旁边让。骑车人没有超过去，下了车子。我扭头一看，原来是同学谭红菊，她脸色红扑扑地看着我，脸上汗津津的。我说，你也回家去？谭红菊说，是啊，我回八连。她又问我，你怎么不骑着走？我有点沮丧地说，车胎被扎破了。谭红菊说，那你要走很长时间才能回家。我说，没事，习惯了。我又问了她一句，今天不是星期六，你干吗要回去？我知道她是住校生。谭红菊说，我爸的尘肺病犯了，老是咳嗽，我今天请了一节课的假，到场部医院买了药，给他送回去。说着，她的脸上出现一团愁云。

我和她并排走着。她的身材很瘦，五官端正，头发漆黑，脸色白皙，如果不是小儿麻痹症留下的后遗症，导致她走路一瘸一拐的，她会是一个很漂亮的姑娘。唉，造物主真是不公平，让这样一个女孩子落下了残疾。她见我打量她，转过头莞尔一笑，有点儿羞涩地说，陈志疆，你上次在二连讲的故事真好，我们宿舍有一个十连的学生，我们在一块说起彭建疆的事情，有的事她都不知道。我说，是啊，彭建疆家庭那么困难，还考上了大学，不知道以后我们的命运会是什么样。谭红菊说，咱们连队人，条件都一样。就说我家吧，爸爸以前在煤矿挖煤，得了尘肺病，现在干不成重活，只有在连队看林带。我妈妈是家属，身体也不好，我下面还有一个弟弟、一个妹妹，一家人全指望我爸那一点工资。我在心里感叹了一声，都不容易，可是我家最不容易，你最起码可以住校，不用风里雨里来回跑。

谭红菊见我不吭声，又说，现在我家好多了，弟弟妹妹都长大了，可以帮家里干一点活了。记得小时候，我下菜窖拿白菜，一脚没站稳，从梯子上摔下去，趴在黑咕隆咚的菜窖里，半天爬不起来，心里真不是滋味。像我这种情况，只有好好学习，将来找个坐办公室的工作，才能对得起父母……

我看着她，对她说，你学习好，将来一定会考上一个好学校。

谭红菊笑了，借你吉言，现在我更有信心了。不过，我们和场部学生比起来，差距还是很大的。

正说着，前面到了岔路口，我要拐弯了。我说，谭红菊，你赶快骑着自行车走吧，我要拐弯了。

谭红菊向我招招手说，再见志疆，路上小心点。说完，她摇晃着骑上自行车走了。

太阳已经沉没在地平线，光影黯淡下来，飘浮起一层薄薄的氤氲，四周的荒野蒙上一层淡淡的青蓝。我推着自行车，一步步往老房子走。

傍晚回到老房子，一股清新好闻的羊粪味冲进我的鼻孔。我看见羊圈跟前围了一圈人，走到跟前一看，原来是两个收购羊皮的维吾尔贩子到老房子收购皮子。我看见陆德林过来，和棚子边抱着一捆柴火的母亲说话。

老陈家的，你不是有一块玉吗？陆德林给母亲说。

怎么了？母亲诧异地问他。

这些维吾尔商人，他们走南闯北见识广，都识玉，拿出来让他们看一看，说不定可以换点钱。陆德林说。

那个维吾尔商人听说母亲手里有玉，转过身来，用半生不熟的汉语给母亲说，拿出来看一下嘛！

母亲狠狠瞪了陆德林一眼，没有说话，抱着柴火进了棚子。

晚饭吃了母亲熬的苞谷糊糊。我给母亲说，妈，我的饭票没有了，拾花费过几天才发，你明天早晨给我炕一个饼子，我带到学校中午吃。

母亲望了我一眼说，明天我找进疆去，看他有没有钱。

我说，妈，哥哥每月的工资不都给你了吗？你不要找他了，我坚持几天，等拾花费发下来就好了。

那你这几天怎么办？母亲忧虑地望着我说。

你明天早晨给我炕一张饼子，我中午在学校吃，凑合几天。我说。

第二天早晨，妈妈熬好糊糊，又给我在锅里烙了两块玉米面饼子，母亲在锅底蘸了一层猪油，饼子油乎乎香喷喷的，她用一块白纱布给我包好，放在书包里。我把书包绑在自行车后座椅上，骑上车子走了。

来到教室，我把书包塞进课桌的抽屉里，坐在板凳上考虑中午在什么地方吃饭。学校肯定不行了，让别人看见我吃自己家带来的饼子，还是黄黄的玉米面，我的自尊心肯定受不了。到外面去吃？到什么地方去？到时候再说吧。

带了饼子，解决了午饭问题，我又多了一份担心。我坐在教室第三排，万一下课后有同学翻我的书包，看见我带的玉米面饼子怎么办？因为在这之前，确实曾经有同学打开我的书包看我的语文复习资料书，那时候还没有装饼子，翻了就翻了，可是现在怎么办呢？没有好的办法，我只有不出去，坐在课桌跟前，这样有同学来，我在跟前他不会翻我的书包。但是遇到上厕所，我还是要出去，当然要快去快回，不能让同学们知道我买不起午饭。

但是怎么给徐志伟和王国强说呢？我每次吃中午饭都和他俩在一起，现在不和他们在一起，自己离开了，怎么给他们一个说法呢？我皱着眉头苦思无解。

中午放学，我背着书包走出教室，来到四班门口，过了一会儿，徐志伟出来了，我给他说，志伟，中午我有点事，不和你们一起吃饭。没等他说话，我就走了。我骑上自行车，出了校门，向西顺着公路漫无目的地走。出了场部，公路两旁是林带和庄稼地，现在秋收基本结束了，庄稼地空空荡荡一览无余，只有一些牛羊在地里游荡。我又往前走了一会儿，确认不会遇见同学，就停下车，把自行车扎在林带里锁住，背上书包往地里走。

过了林带，跨过一道水渠，前面是一块啤酒花地，收获后的地里干干净净，只有一些粗壮的水泥桩子孤零零地立在地里，上面缠绕着电线一样的粗铁丝，那是春天啤酒花发芽后藤叶伸展的架子。夏天的时候，啤酒花碧绿的叶子遮天蔽日，远看像葡萄架，现在啤酒花早已摘完了，它的根部像葡萄树一样被埋在厚厚的土堆里。我找了一个小土堆坐下来，然后打开书包，拿出母亲炕的饼子吃了起来。饼子已经凉了，发出香甜的玉米气息，早晨的玉米糊糊早已消化殆尽，我大口大口吃着饼子，内心无比惬意，几天来的担心一扫而空。

一阵秋风吹了过来，凉飕飕的，我缩了一下脖子，继续吞咽着干渣渣的饼子，明天要带点咸菜，这样好咽下去。这时，身后传来轻微的脚步声。这个时刻，正是吃午饭的时候，谁会来到这荒无人烟的啤酒花地？我扭头一看，见一个中年人正朝我的方向走来，手里还拿着一根木棍。我没有理他，自顾吃着手中的饼子。那人来到我跟前，站住了，双眼充满狐疑地看着我，我也用询问的眼光看着他。来人三十多岁，穿一身蓝色的工作服，戴一顶脏兮兮的蓝帽子，他拄着木棍看着我，脸上渐渐出现了一种疑惑不解的神情。

这样望了大约有三秒钟，他开口了，你在这里干什么？

干什么？我在这里吃饭呀。我回答，觉得有点莫名其妙。

你书包里装的什么？他又问。

原来他是看啤酒花地的。啤酒花收完了，藤枝被埋在土堆里，等到明年春天再挖出来，地里值钱的东西就是水泥柱子上的铁丝，有些连队上的人把铁丝偷偷卸下来，回去做晾衣服的架子或捆东西。

我明白了他的意思。我把书包打开，拿出书和作业本，把空空的书包递给他，你自己看吧。

那人没有接我的书包，也没有看，说了一句，在外面吃饭，你不怕冷吗？明天不要到这里来了。

我把书和作业本往书包里装，没有接他的话。

那人又一声不吭地走了，看着他渐渐远去的背影，我的内心有一种说不出的滋味。

第二天，第三节数学课下课的时候，我出去上厕所，上完急急往回赶，回来看见几个同学围在我的课桌旁，我的脑袋"嗡"的一声大了，我最不愿意看见的场面出现了。我快步走上前去，只见吴卫国翻着我的书包，妈妈用纱布包着的玉米面饼子放在课桌上，皱巴巴的一块块饼子，可怜巴巴地裸露出来，蜷缩着泛着黄蜡蜡的颜色。我的血往上涌，上前推开吴卫国说，你在干什么？吴卫国不以为然地说，我看看你的作业，又没有偷你的东西，你书包里也没有啥好东西，不就是几块烂饼子吗？你那么凶干什么？我真想冲上去给他两拳。这时，上课铃声响了，物理老师已经走进了教室。我在全班同学的注视下，手脚忙乱地把玉米饼子放进书包里，坐下来垂着头。这一堂课，我根本没有听清老师讲的什么内容，脑子里全是黄黄的玉米饼和同学投向我的诧异的目光。

中午，我没有到啤酒花地，而是骑着车子往前骑。离啤酒花地大约不到一公里，我发现了一块苹果园，周围是低矮的灌木丛和沙枣树枝。这个季节苹果已经收摘完了，苹果园应该是一个不错的地方，我把自行车推到林带，找了一个豁口钻了进去。一股浓香的苹果味冲进我的鼻孔。苹果园虽然罢园了，但是树上的叶片依然绿油油的，闪着太阳的光泽。我顺着苹果沟往前走，仔细观察苹果树，希望能得到一个遗留下来的苹果蛋子。功夫不负有心人，转了一圈，我找到了三个小小的苹果蛋子，它们太小了，只比海棠果大一点，隐藏在密密的树叶里，闪着青色的光芒。我小心翼翼地把苹果摘下来，然后坐在一棵苹果树的树根上，拿出玉米饼，一口饼子，一口苹果，干硬的饼子和香甜带一点酸味的苹果混合在一起，味道真是好极了。我要是昨天发现这个果园就好了，就不会碰到那个看啤酒花的人了。

这顿午饭，我吃得非常惬意，我忘记了上午的烦恼，饥饿确实让一个人可以暂时忘记一切，可能因为他全部的注意力集中在手里的吃食上，而无暇顾及其他。闻着清新香甜的空气，看着满园浓浓的秋色，有饭吃、有学上我已经很满足，以后每天中午我可以来苹果园。今天中午的阳光很温暖，我靠在苹果树上，迷迷糊糊打了一个盹儿。

第三天中午，我又来到苹果园，今天运气不好，找了半天，只找到一个青苹果蛋子，当然这已经很不错了，让我意外的是，我竟然在两行苹果树中间的草丛里，发现了一丛已经发黄的红薯秧子，它的颜色和野草一样，显然躲过了主人的眼睛。我大喜过望，立即找了一个树棍，蹲在地上连抠带挖，掘出了几个小红薯，我刮干净上面的湿土，坐在苹果树上，准备享受饼子、红薯和苹果。

我打开书包，取出饼子。这时，我意外地发现，在妈妈给我包裹饼子的白纱布跟前，有一个透明塑料袋。我拿出来一看，里面是一团飘着油香的韭菜花！我大吃一惊，这是母亲为我准备的吗？不是，我家没有韭菜花，就是有，母亲也不会舍得放这么多油。那是谁放的呢？我在脑子里一遍遍排查着上午的情景，今天上午，我没有迈出教室一步。对了，第三节课是体育课，是1000米长跑，坐在我旁边课位上的谭红菊因为腿不好，没有上体育课，是不是她放的呢？可是她为什么这样做呢？是昨天看了我的书包里仅有一块饼子动了恻隐之心，而趁上体育课我不在教室悄悄放进我书包？我竭力回忆着，昨天吴卫国无意将我的玉米面饼子翻出来后，我看见旁边的谭红菊用热辣辣的眼睛若有所思地看着我，眼神里充满了同情和怜悯。管他呢，先吃了再说。今天的午餐很丰盛，除了妈妈炕的饼子，还有红薯、苹果和香喷喷的韭菜花，如果再有一杯热水，那就再好不过了。这样想着，我开始享用午餐。

秋天的阳光透过斑驳的树影，花花点点照射在我身上，我的浑身暖洋洋的。一只彩色的花鸟，站在苹果枝上，一动不动看着我咀嚼。一条灰褐色的指头粗的胖胖的虫子，在果树枝上慢慢爬着，前面的细细触角晃动着，身子微微鼓起来，显得小心翼翼。一只七星瓢虫在叶片上捕捉了一个蚜虫，黑色的小嘴迅速蠕动着，旁边的蚜虫纷纷逃命。我正吃着，忽然听到有轻微的脚步声向我坐的苹果树方向走来。今天又是谁呢？我扭过头，一动不动地透过浓密的树叶，朝脚步声来的方向窥视凝望。

脚步声越来越近了。有说话的声音，好像是两个人，快走到跟前了，我猛地从树上站了起来。

我的突然出现，将来人吓了一跳，我一看，嘴里叫出了声，志伟，你们两个怎么来了？

吓我一跳！想着你就在这里。徐志伟和王国强两个人从树丛后面走了过来。

前天你给我说中午不吃饭了，我还以为你有事，也没在意。你连着两天没在食堂吃饭，我俩就嘀咕开了，志疆可能遇到困难了。中午下课，我俩跟着你，看你中午会到哪里去。跟近了怕你发现，跟远了又害怕找不到你。这不，刚才看见你的自行车在林带里，我俩想着你可能在果园里。徐志伟一口气说了一堆。

志疆，你中午就吃这个？王国强看着我手里的玉米面饼子说。

这个有什么不好！只要能填饱肚子就行。我笑着回答说。

志疆，咱们是同学，更是兄弟！你有什么事，要给我们说，你这样叫我们心里怎么想？王国强说。

你们是我的好兄弟，但是我不能事事都去麻烦你们，再说，这也不是一天两天的事。我轻描淡写地说。

志疆，你这样做不对。也怪我粗心大意，当时没有想到会是这样，你这样天天在外面啃干饼子，也没有水喝，时间长了会得胃病的。徐志伟一脸恳切地看着我说。

这样吧志疆，你中午还是和我们一起吃饭，饭票算我们借给你的，等你的拾花费发下来了，你再还给我们。现在天气还不冷，等冷了怎么办？下雪了怎么办？你还在外面啃干饼子？到时候你带的饼子都冻硬了，外面这么冷，你怎么吃啊？王国强关切地说。

这确实是一个问题，当然我还没有想那么多。我望着他们两个，激动的眼泪在眼眶里打转转，人在困难的时候，是多么渴望有人帮一把啊！哪怕这一行为在别人眼里多么微不足道！

好吧！就按你们说的办。我的眼泪忍不住掉下来。

徐志伟和王国强听了我的话，两人不约而同上前，一人抱住我的一只胳膊，高兴地说，走，咱们回去。

第三十六章

这段时间，陈月娣沉浸在初恋的喜悦和兴奋中。

从小到大，她喜欢的人除了妈妈和妹妹，再也没有第三个人。父亲陈岩霖给她的印象是模糊而陌生的，父亲为了生意长年累月在外奔波，偶尔回到家中，也是一副沉默寡言的样子，坐在客厅椅子上和母亲边说话，边端着茶碗喝茶。她一进去，父亲就不说话了，表情冰冷神情漠然地看着她，仿佛她不是他的女儿。有时候她悄悄问母亲，我是你们亲生的吗？母亲笑着瞪她一眼说，不是亲生的，你难道是从天上掉下来、石头缝里蹦出来的？不管怎么说，她和父亲亲近不起来，更多的时候像是面对一个客人，而客人总归是要离开的。后来，父亲离开上海，把厂子开到了香港，更是几年也回不了一次家。再后来，上海解放前夕，父亲发来加急电报，让她们母女三人去香港，而母亲在上海生活习惯了，还要陪伴年迈的父母，不愿意去香港，便准备把她和妹妹送到香港，但习惯了上海的姐妹俩谁也不愿意去香港，都愿意留在上海陪伴母亲。

到了新疆兵团车排子农场，陈月娣举目无亲，虽然母亲和妹妹挂念她，这么多年了，每个月都大包小包给她邮寄包裹，从挂面、奶粉、大白兔奶糖，到各种罐头、饼干、糕点，吃的东西几乎应有尽有。她在六连上海知青当中，是家庭条件最好的一个，家里寄来的东西，她分给同宿舍的知青尝一点，其余的锁在箱子里，一个人慢慢享用。虽然她的物质生活很充裕，但她的

421

感情世界却一片空白，一天劳累之余，她洗漱后躺在床上，睁大两只眼睛望着宿舍的屋顶，想着自己的心事，渴望有一个人闯进她的内心，给她情感上的安抚和慰藉。

回上海探亲的时候，母亲也提到了成家的事。可是自己在六连，工种又不好，和她一块来的知青，调走的、结婚的、换工作的，几年间纷纷离开了大房子，唯独剩她自己。连队就这么大，她看上的别人看不上她，别人看上她的她又不愿意，时间长了就干脆死了心，暂时封闭了感情的闸门。她始终在生产一线，农场每年都有推荐上大学、工厂招工、部队入伍的名额，有两次连里也推荐了她，可是一到政审环节，一封来自上海的政审回函，薄薄的一张盖有街道印章的信纸，便阻断了她的人生之路——她的资本家父亲就像一座不可逾越的大山挡在面前。想当年在上海，老师给同学们说，一个人的出生是不能选择的，但是前途可以选择。可是到了这里却是另外一回事，学校和社会是多么不同的两个世界。日子枯燥、单调、乏味，除了季节的变化和农活的不一样，一年和一年几乎没有什么变化。她的内心一片苍凉惆怅，几乎彻底打消了回上海的念头，招工入伍上大学都与她失之交臂，她做了在农场待一辈子的打算。自己将来要在农场生活一辈子，找一个什么样的伴侣呢？白天干农活，大家在一起说说笑笑，一天很快就过去了，晚上躺在床上，她辗转反侧，思绪飞扬，她未来的丈夫要富有理想胸怀大志，她看不上那些胸无大志、天天围着自己小家过日子的男人，他的身体要健康强壮，小家庭过日子，劈柴挑水上房泥挖菜窖，身子骨弱了不行，关键他要对自己好，不能大男子主义欺负她，在新疆就她一个人，成了家受了欺负，她可是连一个去的地方都没有。还有，他最好有个爱好，比如，喜欢文学和艺术，在连队单调乏味的日子里，两个人有一个共同的精神境界，生活才不至于无趣和苍白，以后的日子还长着呢。可是，这样一个人，到哪里去寻找呢？

那天傍晚，她一个人从挖排碱渠劳动地点返回连队，在荒野邂逅文教李东阳后，他的体贴和关怀，他充满男子汉的阳刚之气和浑身散发的异性气息，使她内心犹如注入了一股温暖的清泉，他唤醒了隐藏在她心灵深处的情愫。下乡这么长时间，眼看回城无望，连队生活单调乏味，下了班吃过饭没事干，知青们早已谈起了恋爱，有的还在连队组建了小家庭。六连偏远，看一场电影要到八九公里外的场部大礼堂，农活又太累，下班吃了饭，大把时间又没有事干，特别准噶尔盆地漫长而寒冷的冬天，她们除了往地里用爬犁子拉肥、搬运碱包、参加民兵军事训练和组织政治学习外，大部分时间缩在大房子里围着火炉蹉跎岁月，或者早早上床躺着想自己的心事。在她眼里，文教是连队的文化人，能写会画，李东阳长得精干清秀，处事大方，在连队青年人眼中是佼佼者，很多姑娘心里暗恋着他，从她们言谈中泄露出来的只言片语，她早已感觉到了这一点，可是李东阳对她们不远不近、客气礼貌，他心里是怎么想的呢？这次荒野邂逅，她完全是在一种无意识的状态中爱上了李东阳。但是，作为一个姑娘，特别是一个上海姑娘，她骨子里的优越、矜持和自尊，使她羞于主动向他表白，但又按捺不住内心的渴望和激情，于是她每天假装到连部文教室看报纸拿信，想方设法与李东阳接近。那次两人到西头猪圈送信，在回来的路上，在朦胧夜色的掩护下，她吃了李东阳钩的沙枣后情不自禁吻了他，使两人的关系向前迈了实质性的一大步。

自此，两人确定了恋爱关系。陈月娣突然觉得，小小的六连，在她眼里骤然变得宽敞亮堂了，破旧灰暗的房子和高高的大礼堂在她眼里熠熠生辉，平常的一草一木也变得亲切起来，绿油油的玉米林和泛着阳光的棉花地是多么宽广和可爱！她那深潭似的眸子里充满了希冀和憧憬，青春的力量和火热的激情又回到了她的身体，她现在感觉每一天都是美好新鲜而充满期待，未来是一片姹紫嫣红硕果累累。以前在青年排，她没事不和别人多说一句话，干自己的活，吃自己的饭，洗自己的衣服。在六连人眼里，她是一个矜持高傲的上海姑娘，冷冰冰的，高不可攀，可望而不可即。大家心里也明白，人家是上海人，父亲是香港的大资本家，当然他们谁也没有去过上海和香港，但在他们有限的想象里，那里到处是摩天高楼，车水马龙，人多得像地里一棵挨一棵的玉米棵子，说着他们谁也听不懂的上海话、香港话。而和李东阳确立恋爱关系后，陈月娣的性情变了，在大房子主动打扫卫生提井水灌开水，见了老职工也主动打招呼，脸上带着甜蜜轻松的笑意。从猪圈回来的第二天，他们两个人开始在一起打饭吃饭。李东阳在文教办公室有一个12个捻子的煤油炉子，陈月娣把家里寄来的挂面、罐头拿到文教室，两个人用煤油炉煮挂面，拌着从食堂打来的茄子菜、白菜，吃得津津有味。文教虽然不是连领导，但是有时连队改善伙食，比如杀了一头猪、宰了几只羊，连领导是可以多分一些的，当然少不了李东阳的一份。陈月娣饭量小，家里又经常寄来各种食物，她的饭票就剩余了很多，她拿着这些饭票，到西头猪圈或老房子，找饲养员和放牧人换鸡蛋，有一次她还用两块钱的白面馒头票换了一只母鸡，晚上他俩躲在文教室，打开煤油炉煮鸡，煮到夜里12点才煮熟。很快，他们的恋情被大家知道了，议论了一段时间，大家就偃旗息鼓了。两个男女青年恋爱再正常不过了。

这一天在3号地拾完棉花，陈月娣背着袋子过完秤，天色已经麻麻黑了，浓湿的雾气氤氲了无边的荒野，空气因为夜幕的降临而变得湿润。没有过秤的职工还排着队，围着李东阳过秤，挨挨挤挤在称自己的棉花。李东阳一边过秤，一边记账，还要看着过完秤的人把袋子里的棉花倒在棉花垛上，防止有的人过完秤，再过第二遍。这一会儿他最忙，大家都在忙碌拾花的时候，他反而最轻松。陈月娣坐在地头的棉花堆上，等李东阳过完秤一起回连队。

暮色四合，秋虫低吟，浓浓的雾气飘落在她身上，有凉凉的湿意。一轮弯月挂在天空，洒下清凉的月光，原野在月光里蒙着一层薄薄的轻纱，远方模糊而迷茫。旁边地里，一辆犁地的拖拉机，亮着大灯在地里蠕动，散发出稀薄的红光，拖曳着犁铧传来吃力喷突的机器吼叫声。一只孤独盘旋着的小鸟，莽撞惊慌地在空中飞翔着，它可能在寻找失散的妈妈，然后消失在远方一排排树林里。最后一个农工过完了秤，骑上自行车咔嚓咔嚓走了。远远地，自行车卷起的尘土扬起来，又缓缓落下去，在暮色中形成一条雾茫茫的曲线，飘浮在苍茫的田野上。白日里喧嚣的棉花地一下陷入寂静，远处的柳树林里传来布谷鸟或乌鸦的叫声，四周弥漫着白天蒸腾的植物气息和湿漉漉的水汽，荒野显得安静而温馨。

李东阳走了过来，上来就抱住陈月娣，开始亲吻她的嘴唇。他的嘴里有一股淡淡的烟味，身上散发着汗味，那是她最喜欢和令她着迷的味道和气味，他的吻热烈粗野，带着一股男人的生猛和霸道，使她几乎喘不过气来。她热烈急切地回应着，温软的舌头在他嘴里搅拌着，充分享受着一天劳动后的激情和愉悦。

他停下来，两手缠绕着她的脖颈，在朦胧的夜色中看着她的脸。她羞涩地看着他，说天天看，还没有看够。没有，我想白天黑夜都看着你，李东阳说。

他给她说，月娣，下午马指导员给我说了一件事，上午接到场部政治处通知，要我明天上午去场部，政治处徐副主任要找我谈话，我可能要借调到场部工作。你到托儿所工作的事，我也给指导员说了，他说等明年春天春播结束后，你就到托儿所去上班。

真的吗？陈月娣高兴地在李东阳的脸上吻了一下。我还能骗你？明天早晨我就去场部，现在还不知道具体在场部机关哪个科室工作，我想不是宣传科就是团委、组织科之类的部门，到哪个部门都一样，只要离开连队就行，李东阳高兴地说。

你明天到场部就知道了，陈月娣说。一群大雁嘎嘎叫着掠过棉花地上空，黑乎乎的影子投放在棉花垛上，然后一晃而过，可以听到翅膀扇动气流的哗哗声，最后声音渐渐消失在高远空旷的南方。

你到场部工作，可不能忘了我。陈月娣噘起小嘴说。

我怎么会忘记你。李东阳说着，用手解陈月娣衬衣的纽扣。

你干什么，东阳？陈月娣诧异地说，拨开了他的手。

你给我吧，月娣。我想你想得晚上睡不着觉。李东阳内心升腾起一股燃烧的火苗，眼睛像炭火一样闪烁着，望着陈月娣急切地恳求说。

咱们还没有结婚，万一……万一怀孕了怎么办？陈月娣感觉自己脸红心跳，像喝了一杯辛辣的白酒。但是在朦胧夜色中，李东阳看不见，他只感觉到她那波涛般颤动的胸脯。

求求你，月娣，就一次，我太难受了。说着，李东阳扑上去，把陈月娣抱起来放在松软的棉花堆上，他的手强硬地塞进了她的胸脯，她的身体像蛇一样在棉花垛上扭动着，突然松开了手，紧紧搂抱着李东阳滚烫的身子，陷进了散发着温热气息的棉花垛。

陈月娣身子扭动挣扎了几下，李东阳一只手紧紧抱住她，一只手在她胸前肆意抚摸着，他急促呼吸的带着烟味的热气混合着汗味扑在她脸上，一种从未体验过的感觉翻涌着笼罩了她的全身，劳累了一天的身子立刻散了架似的软绵绵的。棉花垛软软的，散发着棉花温热呛人的气息，像炒熟的干辣椒皮发出的香辣味，令她迷醉和不能自拔。她听见墨绿色的天空传来若有若无的大雁的声音，她柔软疲惫的身子火炭一样灼热烫人，她的身心和肉体彻底沉醉了，一阵从头到脚的眩晕使她懒洋洋地躺在松软的棉花上任由李东阳摆布。

第二天早晨，李东阳吃过早饭，骑上自行车，往场部机关赶去。他换了一身干净的洗过的军便服，穿上那双平时不舍得穿、出门才穿的黑亮的三接头皮鞋，一边蹬着脚踏板，一边回忆着昨天晚上在棉花垛上和陈月娣亲热的每一个细节，他耳热心跳，浑身血液激荡，内心春雷滚动，清晨凉爽的秋风吹拂在他身上，他心情舒畅，嘴里哼着电影插曲《映山红》：夜半三更哟盼天明，寒冬腊月哟盼春风，若要盼得哟红军来，岭上开遍哟映山红……年轻的文教李东阳心旷神怡，春风得意，感觉到无比惬意和兴奋。

到了场部机关，李东阳一头热汗，兴冲冲来到政治处。他抑制住强烈的心跳，轻轻敲了一下徐副主任办公室的门。里面传来厚重威严的声音，进来！他推开门进去，徐副主任端着一杯茶坐在办公室椅子上，白色的瓷杯子上有一株红艳艳的梅花，在满天飞雪中绽放，他若有所思地看着杯子，好像正在等他。徐副主任四十多岁，长着一副细长的马脸，两道粗眉，眼睛细小锐利，聚着两道光，仿佛对一切事物都明察秋毫。看见李东阳来了，他没有说话，抬起眼睛威严地看了他一眼，然后指了指办公桌边的一把椅子，让李东阳坐下。

李东阳认识徐副主任，工作上打过几次交道，但不是很熟悉，徐副主任给他的感觉是很严厉，对工作很认真。此刻，他有点拘谨地坐在椅子上，等着徐副主任说话。

小李子，咱们都认识，今天请你来政治处，马指导员可能也给你说了，场部准备调你到机关工作。徐副主任开门见山，说完轻轻呷了一口茶。

谢谢徐副主任。平时能说会道的李东阳，此时不知说什么好，只好说了一句感谢的话。

你不要感谢我，这是组织的决定。调你过来，是准备让你到政治处当组织干事，协助我工作。徐副主任又停顿下来，眼睛定定地看着面前的李东阳。

我一定好好工作，不辜负领导对我的期望。李东阳诚惶诚恐地说。

在调你之前，有一件事必须给你讲清楚。徐副主任停顿了一下，好像在仔细揣摩组织语言。接着，他又说下去。现在嘛，虽然不论个人出身了，但是政治条件还是要讲的。你的这个岗位，虽然不是领导职位，但是是关键要害岗位，我们选调干部，不仅仅看业务能力，更要看政治条件，你各方面都不错，政治处也详细考察了。我听马指导员说，你有一个女朋友？徐副主任有点漫不经心地说。

是的，她是六连青年排职工，叫陈月娣，是上海知青。李东阳小心翼翼地回答。

年轻人正常谈恋爱我们不反对。但是，我听说小陈的父亲解放前是上海的资本家，现在还在香港。这在政治上嘛，是有问题的，毕竟她的出身不好，你和这样的人谈恋爱，你从事的又是机要核心部门的工作，我们不得不对你严格审查，否则将来出了问题，我们谁都承担不起责任。徐副主任声音严肃起来，脸色变得更加严峻，盯着李东阳一字一句地说。

她的父亲现在确实在香港，可是他们父女这么多年从来没有来往过，也没有通过信，他只是她名义上的父亲。李东阳小心地解释说。

徐副主任没有接他的话。而是话题一转，盯着他说，小李子，我给你明说了吧。这个组织干事岗位，政治处在考察人选的时候，有两个候选人，另外一个也是文教，最后研究确定了你，是因为你在连队工作了很多年，积极上进，文笔也好，工作表现很不错，在正式发调令之前，今天我代表党组织找你谈话，我刚才已经给你讲得很清楚，你现在有两个选择，要么和那个上海知青结束恋爱关系，以后不要再来往，我们马上给你发借调函；要么你继续和她保持恋爱关系，但是不适合在政治处工作，你继续在六连当你的文教。我们就给另外那个文教发调令。今天我就和你谈到这里，你回去吧，给你两天时间，想好了，给我办公室打个电话说一下就行，不用来回跑，现在秋收大家都很忙。徐副主任说完，端起杯子喝了一口水，拿起一张报纸看了起来，一副逐客的样子。

李东阳木呆呆地看着面色严峻的徐副主任，一股冰凉的感觉从后背缓缓升起，继而电流一般传递到他的四肢和全身，一股彻头彻尾的寒冷几乎将他的血液冻僵，他不知如何是好。不知过了多长时间，李东阳脑袋晕晕乎乎，像被霜打了一样，不知道是如何离开场部机关的，门口碰到宣传科一个熟悉的干事，给他打招呼，他也只是点点头敷衍了一下，然后匆匆走下台阶，骑车离开了场部机关。

太阳已经升起来了，阳光明晃晃地照在大地上，一路上都是繁忙热闹的劳动场景，田野上飘舞翻动的红旗，高音喇叭里传来激动人心的歌声，公路上满载着棉花的拖拉机，冒着黑烟往场部轧花厂驶去，拉着玉米、葵花、黄豆的车往连队粮场行驶，待到晾干脱粒后装入麻袋入库。但是此刻，李东阳的心里乱糟糟的，早晨来时的美好心情一扫而光。他垂头丧气地低着头，有一脚没一脚地蹬着自行车，有两次差一点撞到对面的自行车，他猛一拐车把，又差一点挨着对面行驶过来的拖拉机车厢。

李东阳的父母是河南遂平县嵖岈山脚下土山乡的农民，他就出生在那个小山村。1958年4月，生活在嵖岈山脚下的一万多翻身农民，掀起了中华人民共和国成立后第一个全面治山治水的群众运动高潮。当时，农业社规模小，劳动力分散，有一个描述"大社"美好前景的顺口溜在嵖岈山区流传开来。

> 住的是楼上楼下，用的是电灯电话，
>
> 使的是洋犁洋耙，洗脸盆子（高音喇叭）会说话，
>
> 苏联有啥咱有啥。

入了大社有这么多好处，让社员们欢欣鼓舞。住的用的都挺不错，吃的如何呢？有干部就直截了当地给社员说，到时候过的是共产主义生活。天天喝羊肉汤、吃白面馍，顿顿包扁食（饺子）。这对当时还住着破草房、吃着窝窝头、连收音机都没见过的老百姓来说，绝对是非常美妙的日子。于是，在鞭炮声中，嵖岈山大社成立了，成为新中国第一个人民公社。不久，中共八大二次会议召开。会议明确提出了"鼓足干劲，力争上游，多快好省地建设社会主义"的总路线。

1958年6月8日，《人民日报》在头版头条刊发了由新华社记者采写的通稿：《河南省嵖岈山卫星农业社韩楼大队2.9亩小麦试验田小麦总产10238斤，亩产3530斤7两5钱》。

"卫星农业社"（卫星集体农庄）真真切切放了一颗令国内外都感到惊奇的"卫星"。

"大社"成立不久，各个大队建起了公共食堂，妇女不用做饭，家家户户都把锅碗瓢盆交到公共食堂，全社老少同吃一锅饭，大家喜气洋洋，在不久的将来，共产主义就要实现了！

> 杏花村，桃花庄，八个老婆夸食堂。

桂花菜，丰收汤，八宝米饭喷喷香。

娃娃吃了食堂饭，一夜变成托天王；

铁匠吃了食堂饭，三间草棚能炼钢；

工匠吃了食堂饭，能叫石蛙长翅膀；

干部吃了食堂饭，心中升起红太阳；

工人吃了食堂饭，发明创造赛诸葛亮；

军人吃了食堂饭，狠狠打击美国狼；

社员吃了食堂饭，山坡也能产米粮。

　　没高兴几天，公共食堂就出现了粮食危机。接着又是三年困难时期，又加上当初的"老大哥"苏联也和中国关系破裂，嵯峨山卫星人民公社的干部群众陷入了一场饥荒中。面对空前的灾难，李东阳的父母带着他们兄妹三人，背着破烂的行李卷，投奔他在新疆兵团车排子农场的一个远房叔叔，最后在十连落了脚。靠着踏实能干和精明，一家人在这个远离老家的戈壁滩站稳了脚跟。

　　李东阳在十连初中毕业后，想参加工作，他的父亲坚决不同意，让他在营部上了高中。高中毕业后，他在十连参加了工作。那时候，高中生在连队凤毛麟角，李东阳工作能吃苦，无论浇水挖碱包，还是修大渠拾棉花，繁重的农活样样拿得起。冬闲的时候，他又和连队的小青年编排文艺节目，除了在连队大礼堂演出，还代表十连到场部会演。场部遴选文教的时候，连里推荐了他，经过文化考试和政审，他顺利成为一名以工代干的干部，分配到了六连。当了文教以后，他更加积极肯干，无论分内分外，只要领导布置了，他都完成得很好。他的目标是转为正式国家干部，在没有转正之前，他不打算恋爱结婚，他觉得男人应该以事业为重，至于成家，早一点晚一点都无所谓。父母看他年龄一天天大了，和他一块的连队后生早已当了父亲，也催促过，但他总是给他们说等一等，等他转了干，好姑娘多得是。父母见他有自己的打算，渐渐就不提这个事了，但暗地里却为他的婚事着急，盼着他有一天能把女朋友带回家，让他们老两口瞧瞧。

自从那天晚上在荒野遇见陈月娣，看着这个长相俊美有点楚楚可怜无依无靠的女孩子，他的内心突然起了波澜。这个上海知青他虽然认识，但是没有打过交道，平常见了面打个招呼点个头，就过去了。这一次，在夜幕笼罩下的荒野，两个人单独走在一起，他发现这个上海女子不但外表漂亮，还是一个自立自强热爱劳动内心美好的青年。他也知道因为家庭出身的缘故，她几次招工上大学都被政审刷了下来，现在六连只有她一个上海知青，要是别的女孩子，精神早就垮了，但她仍然像没事儿人一样出工干活，对命运强加在头上的苦难不屑一顾，一有时间还帮助技术员朱鸿彬搞棉花育种实验，李东阳敬佩自强不息不向命运低头的年轻人，他对陈月娣产生了强烈的好感和深深的同情。当然这种好感和同情，是建立在一个连队同样是年轻人的基础上，而不是男女之间的爱情，李东阳知道自己虽然是一个连队干部，但自己是以工代干，说白了就是一个不在大田劳动的农工。而陈月娣是上海人，长相又好，骨子里肯定有一股清高和自命不凡，她这么长时间在六连，都没有谈过男朋友，说明她根本不想在连队扎根落户，一旦有机会，她就会离开连队远走高飞。

而自从那次荒野邂逅后，陈月娣几乎每天晚上都会来到他办公室小坐，看报纸或者闲聊。一开始，他没有在意，年轻人到文教办公室翻翻报纸、聊几句闲话，是再正常不过的事情。但是，随着陈月娣来文教室次数的增多，两人交往的加深，年轻的文教李东阳心中再次泛起了情感的波澜，年轻人的内心是敏感的，特别是两个异性青年的交往，而这两个男女青年，一个长相漂亮内心美好，一个英俊潇洒富有才华，李东阳从陈月娣每天下班后精心打扮和修饰中体验到了她的心意，从那富含深情的眸子里隐约感觉到了她传递的情感的涟漪，他的心为之深深一动，他感受到了她那强烈的爱情信号和一颗滚烫跳动的心脏。那天夜里，他和陈月娣从西头猪圈送报纸回来，在温馨迷人的沙枣树下，陈月娣上前轻轻吻了他。他被突然到来的爱情激动得血脉偾张，张开有力的双臂，紧紧搂住陈月娣娇小的身子狂吻不止。就在那天夜里，他和陈月娣确立了恋爱关系。

前面一片柳树林是十字路口，往西是六连，往东是三营。李东阳没有回六连，而是回到了十连。

十连在场部东北角，比六连距离场部还远，是一个偏僻荒凉的连队，距离场部有十几公里。临近中午，李东阳神思恍惚满头大汗地回到了家中。家里只有母亲在，父亲是连队的保管员，这会儿可能在场院库房里忙碌着，还没有下班。他的母亲正拿着玉米面窝头往锅里蒸，抬头看见儿子回来了，立刻高兴得合不拢嘴，脸上的皱纹乐开了花。现在正是秋收大忙季节，儿子已经快有两个月没有回家了，她赶快把手里的窝头放在案板上，洗了手，从暖壶里给李东阳倒了一碗开水，又放了几块冰糖，端到儿子跟前，说，渴了吧？快坐下喝口水。

李东阳没有接母亲手中的水碗，他懒洋洋地给母亲打了一个招呼，便径直进了里屋，鞋子也没有脱，一头扎在父母的大床上，长长地出了一口气。

母亲端着水碗，看着躺在床上的儿子，站在屋子中央不知所措。她不知儿子发生了什么事情，看着刚才他愁眉苦脸的样子，肯定在外面遇到了不顺心的事。她和李东阳的父亲生了三个孩子，老大到乌鲁木齐当兵，在部队提了干，现在是部队的一个副连长。李东阳是老二，他的下面还有一个妹妹，前年嫁给了场部轧花厂的一个工人，今年开春生了一个外孙。三个孩子都工作了，而且一个比一个有出息，他们家被左邻右舍甚至整个连队人羡慕和夸赞。她以前也是连队职工，为了带他们兄妹三个，就退出了职工队伍，在家当家属操持家务。三个孩子中，她和老伴最器重的是李东阳，家里有什么事也是他出面，儿子今天这个样子，肯定是工作出了问题，要不然平常回家总是高高兴兴的，为什么今天唉声叹气，连话都不想说？

李东阳的母亲是个家庭妇女，工作上的事情她不懂。正在发愁的时候，李东阳的父亲下班回来了。他看见停在院子里的自行车，知道儿子回来了，进门看见儿子一声不吭躺在床上，他不解地看着老伴，正要开口问，老伴打了个手势，把他拉了出去。

躺了一会，李东阳从床上爬起来，颓唐地坐在床边，两眼无神，一绺乱蓬蓬的头发耷拉在他苍白的额头上。看见父亲痴呆呆地望着自己，他用凉水洗了一把脸，给自己和父亲各点了一支烟，然后给默不作声看着他的父母说，爸、妈，没啥事，就是有点累了。他不想把自己烦恼的事情告诉老人，告诉他们也没有什么用，反而会引起他们的焦虑不安和担心，自己早已是成年人了，这些问题应该由自己思考解决。

没事就好。母亲舒了一口气，她来到床前，颤巍巍地蹲下身子，弯腰拿出床底下存放鸡蛋的柳条篓子，给李东阳说，你休息一会儿，妈给你做你最喜欢吃的西红柿炒鸡蛋，下捞面条。她端着鸡蛋篓子，乐颠颠儿地到外面厨房忙活去了。

厨房里响起了手摇鼓风机的吱呀吱呀声。抽完一支烟，李东阳掏出烟盒，给父亲又递了一支烟，父亲摆摆手说不抽了，他划着火柴，给自己点了，父子两人面对面坐着，也不说话，在烟雾笼罩中各自想着各自的心事。

厨房里传来锅铲炒菜响亮的声音，炒鸡蛋的香味也飘了过来。父亲端起桌子上的玻璃瓶子，喝了一口水，清了清嗓子，给对面的儿子说，没有过不去的坎儿，你把事情把握好，不管啥事情，尽人事听天命吧。

爸，真的没啥事。我还是六连的文教，现在秋收大忙季节，连里事情多，你放心，我会处理好的。李东阳给父亲说。

没事就好，但是有事也不要怕，只要咱行得端、走得正，就没有什么大不了的。父亲说。

唉！李东阳在心里叹息了一下。想起刚才徐副主任的一番话，他的心仍然像刀扎一样难受，但是表面上依然是一副若无其事的样子。事情的复杂和缠绕纠结、即将面临的痛苦抉择，已经远远超出了自己当初的想象，父母每天待在远离场部的旮旯里，老实巴交的，只知道闷着头干活，怎么知道机关那些弯弯曲曲不为人知的道道呢？

这时，母亲已经做好了饭，她端着菜碗给李东阳的父亲说，饭好了，把桌子搬过来，准备吃饭。父亲把小饭桌搬到屋子中央，两个老人忙碌着拿板凳端饭。

　　冒着热气的三碗捞面条，一大盘子西红柿炒鸡蛋，一碗调着蒜泥芫荽和醋的料汁端上了桌子。三个人坐到饭桌前，李东阳心里想，此刻陈月娣在干什么呢？她是不是眼巴巴地望着公路，在盼着他的身影早一点出现？我见了面该怎么跟她说？母亲拿起筷子给他碗里夹了一筷子菜，说，孩子，赶快吃饭，尝尝妈擀的手工面，你好长时间没吃了。他才若有所思地拿起筷子吃饭，平时香喷喷的饭菜，此刻在他嘴里犹如嚼着一块只有咸味的辣疙瘩。

　　勉强吃了一碗，母亲接过碗，要给他再盛一碗。李东阳说，妈我吃饱了，下午连队还有很多事，晚上还要给棉花过秤报战报，我先走了，你们慢慢吃吧。

　　儿子要走，父亲母亲互相交换了一下眼色，放下饭碗，跟着儿子默默出了屋子，李东阳推着自行车，给出门看着他的父母说，你们赶快回去吃饭吧，要不就凉了，我走了。说着，他出了院子，骑上自行车，头也不回地走了。

　　父亲母亲望着远去儿子的背影，你看看我，我看看你，有点无可奈何地回了屋子。

第三十七章

从苹果园遇见徐志伟和王国强后，我又恢复了刚开始高中开学时的学习和生活，中午在学校食堂吃一顿午饭。当然，这顿午饭是徐志伟和王国强给我买的，我接受了他们的友情和建议，他俩很高兴。天越来越冷了，阴沉的天空飘舞着雪花，中午放学后，买了饭我们就在宿舍里吃。宿舍不大，有二十多平方米，两边放了四张高低床，中间是桌子，显得很拥挤逼仄。大家都坐在自己的床上，上铺的同学坐在下铺同学床上吃饭，说着话吃着饭，显得很热闹。可能是为了不让我难堪，也是替我省钱，徐志伟和王国强买的中午饭，都是素菜，不是包包菜，就是土豆丝，主食也是一个白面馒头、一个窝窝头，每次打菜都是徐志伟和王国强，我去买馒头和窝头，我们三个人的菜自然比其他同学多，我们心知肚明，表面上什么也不说，只闷着头自顾吃饭。

这天是星期四，晚上回去，母亲给了我五块钱，说猪没有饲料了，让我明天放学后到加工厂买一袋子麸皮。我知道平时喂猪都是弟弟们割草，回来后把草放在木墩上用刀剁碎，然后混进温热的刷锅水，掺上一勺子麸皮，闷在铁桶里发酵后喂猪。猪越来越大，吃食也越来越多，每隔一个月，我或者哥哥都要到加工厂或者河西面粉厂去买麸皮。

第二天下午放学后，我骑自行车来到面粉厂供销科，先去交钱开票，然后到后面库房过秤发货。开票的是一个胖胖的中年妇女，慈眉善目，对人很和蔼。我常买麸皮认识她，见我推开门进去，她笑呵呵地说，小伙子，又来买麸皮啊。我答应了一声。她说，你来晚了，今天库房麸皮发完了，你明天再来吧。我有点惋惜地说，那好吧。

出了面粉厂，天还早，我就骑自行车来到新华书店。今天上班的是谢大姐，见我来了，她笑着迎上来说，你很长时间没来了。我也朝她笑了笑，走到柜台上看书。谢大姐来到柜台里面，用征询的眼光看着我。我让她拿了一本托尔斯泰的长篇小说《复活》，我看过《复活》连环画，主人公玛丝洛娃的悲惨命运和善良天性深深吸引了我，但连环画看得不过瘾，我渴望哪一天能读到原著。还有一本简装的厚厚的《新华词典》，商务印书馆出版的，它是我梦寐以求的工具书，我的语文好，可用的是已经破烂卷边的《新华字典》，那还是上小学时买的，已经满足不了高中阶段的需求，我早就想买一本词典。看着眼前的两本书，我的心像被羽毛撩拨一样直痒痒。我的手插在裤兜里，那里有妈妈让我买猪饲料的五块钱。五块钱捏在我手心里，薄薄的纸张已经被我的汗液捂得潮湿了。这时，一股强烈的购买欲占据了我的脑海，迫使我咬咬牙下了决心，不管三七二十一，今天先把书买了再说。想到这里，我掏出五块钱，仔细把它捋平整，抚平每一道细小的褶皱，端详着它那精美的图案。它的正面是一个回族男子和一个藏族女子，他俩并肩站立着，目光坚毅地看着远方，背面是两山对峙着的浩渺壮阔的长江巫峡。我最后看了一眼，有些不舍地把五块钱递给谢大姐，给她说，大姐，我买这两本书。谢大姐笑吟吟接过我手中的钱，转过身给我找了零钱，我看也没看就装进裤兜里。谢大姐要帮我把两本书用牛皮纸捆起来，我说，不用。我的心怦怦直跳，飞快地把书装进书包里，连招呼都没有打，就走出了新华书店。以后，我到新华书店再也没有见过谢大姐，听说她丈夫在西安，把她调走了。

出了门，我骑上自行车，飞快地蹬着脚踏板。出了场部，来到西干大渠，我停了下来，扎好自行车，蹲在大渠帮子上，掏出《复活》看了起来。我很快被书中的曲折情节吸引，沉浸在作者笔下广阔的生活画面：从法院到教堂，从监狱到流放所，从莫斯科到彼得堡，从城市到乡村，从俄罗斯到西伯利亚。天色不知不觉黑了，直到书上字迹模糊，我才抬起头，看见暮色已经笼罩了大地，周围的景色模模糊糊，只有汹涌的渠水仍然闪着灰色的波浪，卷着浪花滚滚向前。我把书装进书包里，骑着自行车往老房子走。

走到老房子，天完全黑透了，潮湿的空气中夹杂着牛羊的膻味和草料的腐烂味，苍茫辽阔的秋日大地，在傍晚显得格外宁静而庄严。柴火垛旁传来猪崽有气无力的哼哼声，这时我才想起麸皮没买上，钱也被我花去了一大半，回家怎么给妈妈说呢？刚才喜悦的心情瞬间降到了冰点，我有点垂头丧气，下了车子，慢慢向家里走去。

有饭票的日子过得很快，天气也越来越冷了，但还没有下雪。这天早晨，妈妈早早起来给我做饭，我要再睡一会儿，等妈妈饭做好以后再起床，早晨的瞌睡太香了。妈妈推开门，出去倒尿盆，晚上出去解手太冷了，我们晚上就解在尿盆里。妈妈进门的时候，带进来一股寒气，她慌忙叫醒我说，志疆，你赶快起床，外面下大雪了。我一听，一骨碌从炕上爬起来，几下穿好衣服鞋子，推门一看，满院子都是雪，而且还在下着。这样大的雪，覆盖了田野道路，自行车肯定是没法骑了，我对妈妈说，我要走了，要不然就迟到了。妈妈说，你不吃饭了？我说，妈，来不及了。说着我背着书包就往外面走，母亲拿起案板上的两个蒸红薯，塞到我手里说，拿着在路上吃。我接过红薯，装进上衣口袋里，出了门，迎着漫天飞雪向场部方向走去。

天还没有完全亮，大地在灰蒙蒙的天空下，是一片夹杂着灰雾的白茫茫，刺骨的西北风呼啸着，卷起的雪花劈头盖脸迎面砸来，往我的脖子、袖口、扣子缝隙里灌，我竖起棉衣领子，依然无济于事。我跌跌撞撞，深一脚、浅一脚向公路走去。走着走着，我改变了主意，不能沿着公路走，那离场部太远了，我应该抄近路，顺着西干大渠的渠帮子走，然后沿着地边的林带，绕着往场部走，这样最少可以少走两公里路。

　　我顶着漫天风雪，越过一条条沟坎，艰难地走上西干大渠渠道帮子，原先宽阔的渠道帮子，可以容下一辆架子车，现在全被积雪覆盖了，我在模糊的风雪中辨认着道路，一步一步往前走。渠帮子蜿蜒着像一条白色的巨龙，一边是深深的陡峭的渠底，一边是生长着榆树的荒野，伸向白茫茫的远方。突然，我的脚下一滑，我摔倒了，跌倒在渠面斜坡上，接连翻滚了几下，差一点滚到渠底，我的脸上沾满了冰凉的雪，趴在渠面上。我咬紧牙，从雪窝里慢慢往上爬，手抓住渠帮子上的一颗枯树苗，爬到了渠道帮子上。我站起来，拍拍身上的雪，又继续往前走去。

　　走了一会儿，肚子咕咕叫了起来。我想起了母亲给我的红薯，一摸口袋，里面什么也没有，可能刚才跌倒在渠面上漏掉了，我想回去找，又想雪这么大，从口袋里漏出来不知道滚到什么地方去了，算了，走吧，不能耽误上课。

　　前面是高高的水闸，横亘在白茫茫的大渠上。过了水闸，穿过苹果园和几块棉花地，就可以到学校了。来到水闸跟前，我小心翼翼踏上台阶。这时，树林里传来水管员家的公鸡"喔喔喔"打鸣的声音，我扶着冰凉的铁闸门和水泥石磴，沿着仅能容下一只脚落满雪花的逼仄闸台，望着深深的大渠，胆战心惊地过了闸门，向着卷着雪花和寒风的林带里走去。

　　当我跌跌撞撞走进校园的时候，浑身上下已经成了一个雪人，我心急火燎害怕耽误上课，几乎是一路小跑着来到教室，衣服里的热气蹿出来，和外面的冷空气融汇，在衣服外面结成了一层薄薄的冰，风还在飕飕地刮着，雪还在不停地下着，我不知道是上午第几节课，后来听同学说是第三节课。我对着教室门喊了一声，报告！里面的老师说了一声，进来。我浑身雪白、头脑发昏，像一个移动的冰人，推门进去，一股暖热的气流迎面扑来，我跌跌撞撞，还没有走到座位跟前，又饥饿又劳累的我，脑袋一阵眩晕，教室和同学们在我眼前飞速旋转起来，然后"扑通"一声倒在地上。

　　我醒来的时候，已经是中午了。我感觉脸上发烫浑身燥热，睁开眼睛，映入眼帘的是秦思瑶、徐志伟和王国强，他们看见我睁开眼睛，高兴地说，醒了！醒了！我才发现自己躺在一张床上，一个输液架上吊着两个玻璃瓶子，在给我输液。

这是什么地方？我轻声问。

这是学校卫生所。秦思瑶说。

我怎么到了这里。上午的情景，我怎么也记不起来了。

没事，志疆，刚才医生给我们说了，你走路太急，外面冷，你猛一下进教室，被热气一吹，出现了短暂的眩晕。徐志伟望着我说。

医生说了，你没事，输点液就好了。王国强说。

肖老师和陈班长刚走，大家都很关心你。秦思瑶说。

我挣扎着想坐起来，坐在桌子旁的一个穿着白大褂的中年女医生说，你现在不能动，你要躺着，你的身体太虚弱了，这是长期营养不良造成的。

我只好又躺下。现在几点了？我问。

2点多了，学校已经开过饭了。徐志伟说。

你们吃饭了吗？我问。

我们都吃了，思瑶也没有回去，和我们一起吃的食堂。你的饭，在宿舍炉子上热着呢，等一会打完吊针，就给你端过来。

直到下午上课，我的点滴还没有打完。我躺在床上，依然迷迷糊糊，头像炸裂似的疼痛。我回忆着早晨的情景，感到万分沮丧。上课的铃声响了，秦思瑶和徐志伟、王国强都站在卫生所里看着我，我艰难地张开口说，你们去上课吧。徐志伟说，你好好休息，不用管我们。望着他们模糊的身影，我的泪水悄无声息地流了下来。

下午放学后，徐志伟和王国强来了。过了一会儿，秦思瑶也来了。我的液体终于输完了。那个女医生让我好好休息两天，不要上课了，平时要加强营养，我的体质太弱了。我慢慢从床上起来，徐志伟和王国强一左一右扶着我，秦思瑶跟在后面，我们来到宿舍，我躺在徐志伟的下床上，秦思瑶围着宿舍转了一圈，出去了。过了好一会儿，她手里拿着一个暖水壶来了，脸被冻得通红，她给我倒了一碗开水，说，志疆，你要多喝开水。王国强问她，从哪儿拿的水壶？思瑶说，从我姨姨家拿的。这时，肖老师和陈班长、张荆梅进来了，陈班长手里提着一个尼龙网兜，装了一袋子水果罐头、饼干之类的东西，我挣扎着要坐起来，肖老师示意我不要动，陈班长把东西放在上铺上，说，大家都想过来看你，又害怕打扰你休息，肖老师和我、张荆梅代表全班同学过来看你，你要好好休息。肖老师说，志疆，这两天你就不要上课了，等身体恢复了，大家给你补补课，你不要担心。此时我的心情很复杂，内心好像有千言万语要说，但到了嘴边却是一句话，谢谢老师和同学们。

肖老师三人坐了一会儿，就走了。我让秦思瑶也回去，下雪了路滑，太晚了看不见路。秦思瑶说，那好吧，我走了。志疆，你好好休息，我明天再来看你。又转过头对徐志伟和王国强说，那就辛苦你们二位了，晚上照顾好志疆。徐志伟说，放心吧，秦思瑶同学，咱们都是一个连的，用不着这么客气。秦思瑶笑了，向我挥挥手，出了宿舍。

晚上，我感觉恶心，想呕吐，却又吐不出来，还是不想吃饭。徐志伟打开一瓶橘子罐头，王国强拿着勺子喂我，我勉强吃了半瓶子橘子，喝了几口橘子水，感觉舒服多了。睡觉的时候，他们两人挤在王国强的上铺。

大家都睡了，不时有同学的呓语和在床上翻身的轻微声音，铁炉子里的煤呼呼燃烧着，泻出的火光将宿舍映照得半明半暗，可能是白天睡多了，也可能是心事太重，我躺在床上，久久不能入睡。白天的情景一幕幕在我眼前浮现，我拿着母亲给我的红薯走在风雪中，我掉进深深的雪窝子里，脖子、袖子、鞋子里灌满了雪，我跌跌撞撞走进教室，全班同学的目光积聚在我身上，我"扑通"一声倒在众目睽睽之下。母亲的身影出现在我眼前，她此刻睡了吗？她肯定在傍晚的时候，站在柴火垛旁，望着远方，盼望着我早一点回来，可是没有人给母亲传话，她不知道我此刻睡在学校宿舍里，她在替我担心。肖老师、陈班长和同学们的面孔一起浮现，徐志伟和王国强挤在窄窄的上铺，连翻个身都无法翻，我连累了太多人，我的眼泪无声地流了出来，打湿了枕巾和枕头。这个时候，一个念头冒了出来，这个高中实在是没办法读了，我要退学，像哥哥一样参加工作，靠自己的劳动改变命运。以前也多次有过这个想法，但从来没有像今天晚上这样执拗坚定，这个想法决定后，我轻松了很多，很快进入了梦乡。

一直睡到第二天天亮，大家起床的声音把我惊醒了。我感觉好多了，从床上爬起来，穿好衣服，出去上了一趟厕所。徐志伟和王国强买来早饭，他们给我端来洗脸水，我洗了脸，吃了一根油条，喝了一碗豆浆，他们去上课，嘱咐我躺在床上好好休息。

同学们都走了，宿舍一下子空空荡荡，炉子也不知道什么时候灭了，房子慢慢凉了。我从书包里掏出作业本，撕下空白的一张纸，趴在书桌上，写了一份退学申请书。昨天晚上我已经想好了，今天如果能起床，我就到学校找教务处，把申请书递给他们。

我走出宿舍。校园里空无一人，树上地上，一片洁白，教室里传来老师讲课的声音。我心情沉重，步履艰难，来到在学校东门的老师办公室。每间办公室门前的墙壁上，有一块刷着白漆写着红字的木牌，上面写着办公室的名称。我挨个找过去，看见教务处三个字，我上了台阶，敲了敲门，里面传来一个浑厚的男人声音，请进。我推开门进去，一位老师坐在办公桌旁，正在写东西。他抬头看了我一眼，没有说话，示意我坐在靠墙的一把椅子上。我过去坐下，看着老师，他的面相很熟悉，国字脸，高挺的鼻梁，向上扬起的眉毛，好像在哪里见过。对了，他是班长陈国斌的父亲，刚开学时，班里有同学说过，陈班长的父亲是学校教务处主任，他们父子长得真像。我正想着，老师问我，这位同学，有什么事吗？他可能写完了。我说，老师，我要退学，我想参加工作。陈主任听了，吃了一惊，看着我说，你叫什么名字？哪个班的？我回答，我叫陈志疆，高一（三）班的。说着，我把口袋里的申请书掏出来，双手恭恭敬敬递给他。陈主任接过申请书，看完以后，脸色凝重，眉头皱了起来，他盯着我说，你高中没有毕业，怎么能工作，再说，学校也没有这个先例。

我简单地把家里情况说了一下。我也想上学，但是家里条件不允许。我诚恳地给陈主任说。

陈同学，你的这个事我做不了主。这样吧，你先回去，我给校长汇报一下。陈主任说。

只有这样了。我心情沮丧，拖着不听使唤的双腿，走出了教务处办公室，向宿舍走去。退学也这么难，还要校长批准，刚才来时的期待已经一扫而光。我进了宿舍，呆呆坐在床上，想着自己的心事。宿舍冰凉。我想到了妈妈，想到了哥哥和弟弟，想到了花疆。我突然想起来，场部机关有个劳资科，专门管分配工作的事，哥哥当年分配工作，六连学校领导不是找过劳资科吗？我不是和施科长有过一面之缘吗？他那和蔼可亲的慈祥面容浮现在我眼前。想到这里，我心里又泛起一阵希望和喜悦，我为何不去劳资科试试呢？说不定施科长听了我的叙述，会答应我参加工作呢？学校毕竟是教育部门，不管具体的工作分配。想到这里，我又撕下一张作业纸，写了一份要求参加工作的申请书，快步出了校门，向场部机关走去。

昨天下了一天一夜的雪，场部的房子、道路和大礼堂、林带两旁的树木，全部被大雪覆盖，一群小孩子，脸被冻得通红，在林带里追逐嬉闹着打雪仗，雪团子砸在他们身上，像爆米花一样炸开了，他们高兴得手舞足蹈，一个男孩晃了晃一棵小榆树，榆树上的雪纷纷扬扬落下来，飘落在他们身上。

我从东门进了机关，院子里有人在扫雪。我看见秋日里果实累累的海棠果树枝叶萧条，三五成堆的麻雀在上面跳跃，啄食着没有落尽的果实，偌大的果园空空荡荡，积雪上没有行走的痕迹。几个月前，我和徐志伟、王国强还在果园中漫步，欣赏着绚丽多姿的秋景，呼吸着浓香怡人的空气，坐在石凳上畅谈憧憬着美好的前景，现在我孤零零一个人，来这里请求劳资科给我在连队分配一份工作，人生无常真的难以预料，怀着惆怅复杂的心情，我上了机关的台阶。

机关静悄悄的。我轻车熟路来到了劳资科，敲门没有人，再敲还是无人应答。这时，隔壁办公室探出一个头，说了一句，扫雪去了。我就在门口等。过道没有灯，有点昏暗，有点冷。等了大约半小时，我听见大门口有陆陆续续的脚步声，接着是放铁锹扫把的声音，一些人往各自的办公室走，看不清脸面，只有钥匙开门转动铁锁的声音。一个不到五十岁的中年人来到劳资科，打开门，我随他进去，中年人进去脱了棉帽子，先给铁炉子加了煤块，一转身看见我站在门口，和蔼地说，进来坐，小伙子。我进去，随他进了里间办公室，站在办公桌前，没有坐。

这个中年人中等个头，眼睛大大的，梳着分头，和气的面孔透着一股威严，穿一套灰色的中山装，上衣胸腔左口袋里别着一支钢笔，标准的机关干部打扮。他坐在施科长的对面，端起办公桌上的水杯，喝了一口水，然后用严肃的探寻的目光看着我。

我不知道他姓什么，就说，叔叔，施科长不在吗？

哦，你找施科长，他到兵团学习去了，要到过春节才回来。你有什么事，可以给我说。中年人给我说。

我是来要求参加工作的。我掏出申请书，放在他面前的桌子上，嘴里嗫嚅着说。

中年人开口了，问我家是几连的，父母是谁，今年多大年龄，现在干什么。我一一回答。听到我父亲是六连的陈大河，他的脸舒展开来，说，哦，你父亲是陈大河，我认识，他可是一个少见的好骑手。

这让我有点兴奋，父亲还是一个名人，不仅施科长认识，这位叔叔也认识。当他听说我正在上高中一年级，就打断我的话说，小陈，你现在还是学生，考上高中不容易，你中途退学，这样不可惜吗？

我把家里的困难给他说了一遍，他听得没有刚才认真，一边整理着桌子上的文件，一边给我说，小陈，你现在再困难，也要坚持把高中读完。然后，他转过脸，眼睛直直盯着我，给我说，你知道吗？我们国家现在正在发生深刻的变化，一个新的时代已经来临。你高中毕业后，就是考不上大学，一个高中生和一个初中生，人生道路选择也是不一样的。刚才听了你说的话，你现在确实很困难，但是我认为困难是暂时的，你要想尽一切办法，把高中读完。小陈，我还有一个会议，就不多留你了。中年人拿起桌子上的一个本子给我说。

听了他的话，我的心情降低到了冰点，甚至比外面的冰雪还凉还冷。我一个连队的穷学生，该想的办法都想了，家里穷得又是那个样子，几乎走投无路，我真的不知道接下来怎么办。

我不知道我是怎么离开的场部机关。我恍恍惚惚走回学校宿舍，炉火被重新点燃，徐志伟和王国强已经把午饭打回来了，他俩问我到哪里去了，我没有说到教务处和场部机关要求退学工作的事，说待在房子太闷了，到外面去转了一圈，然后我们一起吃饭。吃完饭，国强说，志疆，你中午再休息一会儿。我就躺在下床，很快睡着了。

不知什么时候，我醒了，宿舍空无一人，他们已经上课去了，炉子里的火已经非常微弱，我起床给炉子加了煤，感觉身体好多了。我想着母亲还不知道我怎么样，我要回老房子去。我给徐志伟和王国强两人写了一张纸条。

志伟、国强：

  我回老房子去了。我决定退学，今天上午我到学校教务处和场部劳资科，把我要退学参加工作的申请书递给了学校和场部领导。非常感谢你们两个对我的无私帮助，请告诉思瑶，让她替我感谢肖老师、陈班长和同学们对我的关心关怀。

志疆即日

我怀着复杂的心情，看着条子。许久，字迹在我眼前模糊了，变成一团看不清的雾，就像我此时的人生。我把条子放在国强下床的枕巾下面，露出了一个角，他放学回来应该可以看到。我把我的碗筷放进书包里，然后背上书包，走出宿舍，走出校门，往六连老房子的方向走去。

出了校门往前走左拐，就是回六连的路。拐弯的时候，我扭过头，站在雪地里，看了一眼学校。校园隐藏在白茫茫的雪雾中，隐约能看见教室高高的屋顶和飘扬的五星红旗，不到四个月的高中生活就这样结束了，虽然时间很短，匆匆忙忙，但是开阔了我的视野，增长了我的见识，带给我的生活体验今后将长久地影响我的人生。别了肖老师、陈班长和同学们，别了志伟、国强和思瑶，你们的同学情谊我将永远铭记在心。这时，我的泪水不知不觉又流了出来，顺着我的脸颊滑落，凉凉的，最后滴在坚硬洁白的雪地上。

我用手擦了一把眼泪，扭过头，顺着白茫茫的公路，向老房子方向走去。我想着今后的打算，我想不管到什么地方，干什么工作，我都要看书学习，绝不能庸庸碌碌过完此生，我吃的苦太多了，我要自强不息，努力成才，否则就对不起我吃过的苦。

雪后的田野，空气清新清冽，大地干净明朗，太阳明亮的光线，照射在大地、树林、灌木的积雪上，发出耀眼的白色光芒。铃铛刺的果实呈苍褐色，像一颗颗鼓胀的蚕豆，挂在干枯的枝丫上。红柳纤细柔弱的枝头上，没有落尽的叶子上顶着一团雪。一只灰鹰铁铸一般，伸着头，立在电线杆子上一动不动。我踩着厚厚的积雪，脚下发出吱呀吱呀的响声，昂起头，一步一步走向老房子。

前面是一排挺立的白杨树。我看见白杨树颀长的树身在寒风中闪着淡青色的光泽，在白皑皑的雪原中闪烁着顽强的生命之光。它像茁壮成长的一个个后生，一枝枝遒劲向上的青色枝丫，蓬蓬勃勃，脚踏大地，仰望苍天，屹立于苍茫空旷的天地间。这种冬日里罕见的青色之光，闪闪发亮，在白得耀眼的雪色中令人振奋和耳目一新，它是那样与众不同、卓尔不凡，旁边的沙枣树、榆树、柳树蔫蔫巴巴，耷拉着干枯的树身进入了冬眠期，唯有挺拔的白杨树不畏严寒、傲立荒野，散发着青春的生命之光。寒风越吹，树身越泛青，越显生命之色，清清爽爽，亮亮堂堂，成为准噶尔盆地冬季唯一夺目闪耀的青绿色。青色透露着隐隐的春意，传递着微弱的倔强的春的信息，让我感到喜悦和振奋，我内心腾然而生一股暖流和力量。

回到老房子，怎么给妈妈说呢？我就直接给她说吧，这样的大事也不能瞒她，再说瞒也瞒不住，迟早她会知道，面对这样的困境，柔弱贫困的妈妈能有什么办法呢？她就是每个月剪一次头发，又能维持几天呢？

我回到家，天也擦黑了。妈妈见了我，忧郁愁苦的脸上带着惊喜，她接过我的书包，里面碗筷的响动，引起了她的注意，她打开书包，拿出铁碗问我，志疆，你把饭碗拿回来干啥？你中午怎么吃饭？我给妈妈说，妈妈，我不上学了，我要去工作。听了我的话，妈妈一愣，手里的铁碗"当"的一声掉在地上，弟弟妹妹们惊讶地看着妈妈。

志疆，你怎么能这样？你考上高中容易吗？你不在学校好好学习要去参加工作，你怎么给弟弟妹妹们带的头？妈妈生气了，全然失去了往日的温柔和蔼，对着我气愤地说。

妈妈，不是我不想上学，咱们家实在太困难了，我昨天早晨一路顶风冒雪走到学校，已经上第三节课了，要是咱家有钱，我住在学校宿舍，暖暖和和的，就不会出现这样的情况。我大声给妈妈说，当然不能说我在教室晕倒的事情。

妈妈沉默了，迷惘的神情中流露出无奈和苦恼。弟弟妹妹不说一句话，也沉默地看着我，看着妈妈。

这么大的事情，你应该回来给妈妈说一声，你自己就做主了。少顷，妈妈责备我说。

我怕你们不同意。妈妈，凭我现在的学习成绩，就是两年后高中毕业，也考不上大学，我回来参加工作，弟弟妹妹们可以放心上学。我说。我想起了当年哥哥说的话。

吃饭吧。过了好一会儿，妈妈有点无奈地说。

妈妈做的红薯稀饭，我吃了一大碗，想早点休息，下午走了一下午的路，天寒地冻的，我太累了。

这时，外面传来了亮亮的叫声，声音很大，好像有人来了。这么晚了，黑灯瞎火的，谁会到偏远的老房子来？狗的叫声越来越大了，母亲说，边疆，你到外面看看谁来了。

边疆出了门，不一会儿，房门被推开了，一下子涌进来五六个人，带来一股冰凉的白色寒气，煤油灯急剧地摇晃了几下，差一点被吹灭，我抬头仔细一看，走在前面的人摘下了棉帽子，原来是陈国斌班长！后面紧跟着的是秦思瑶、张荆梅、徐志伟、王国强。他们每个人手里都提着一个尼龙网兜，里面装满了花花绿绿的罐头瓶子和鸡蛋挂面等食品。

我又喜又惊，你们怎么来了？

我们怎么不能来？我们不能看看老同学吗？陈国斌微笑着给我说。

我呆住了，这么晚了，我做梦也没有想到他们会来。

你还愣着干什么？赶快给我们倒点热水喝。走了一路，身体都快冻僵了。陈国斌说。

我反应过来，赶忙招呼同学们把东西放在饭桌上，坐在炕上，秦思瑶和张荆梅脸冻僵了，脚冻麻木了，话都说不出来。我干脆让她俩脱了鞋，把脚捂在炕上的被窝里。张荆梅没见过土炕，高兴地脱了鞋，上了炕。

妈妈看着这么多同学来家里，脸上挂满了笑容，她急忙打开炉子上的炉圈，加了两块梭梭柴，开始用铁壶烧水。

志疆，你太不够朋友了，走的时候也不打个招呼，就偷偷跑了。陈班长看着我笑着说。

我羞愧地低下了头，不知道此时该怎么给同学们说。

今天中午，我爸回去给我说了。陈国斌没有具体说什么事。我当然知道是退学的事。

我把你的情况给爸爸说了，我说你是一个热爱学习热爱劳动、有理想有抱负的好学生，对同学也非常热情。我爸爸给我说，你是班长，同学有了困难，你要想办法帮助，不能让一个同学掉队。我呀，平时只关注学习，对同学的生活关心太少，今天我们来，我要当着同学们的面，向陈志疆同学表示歉意！陈国斌诚恳地给我说，眼睛在油灯的光里闪闪发亮。

潮湿的梭梭柴在炉子里燃烧着，猛然从炉子前面闪出一股火苗，冒出一股黑烟，然后轰隆隆燃烧起来，泻出的火光照亮了房子。我看着同学们被火光映红的脸，心里涌出一股暖暖的热流，我们萍水相逢，没有什么深交，我给同学们添了这么多麻烦，现在表示歉意的应该是我！

但是，陈志疆同学，我今天也要批评你。咱们班是一个整体，大家有缘聚在一起，在一块学习，要互相帮助、克服困难，共同完成高中阶段的学习。你确实遇到了一些困难，但是你要相信我们，我们一起帮助你克服困难，有些困难在你面前很大，但是在大家面前，它就很小，困难嘛，也是欺软怕硬，你软它就硬，你硬它就软！陈国斌充满深情地给我说。

听了陈班长的话，我真的不知说什么好，脸红红的，低下了头。

志疆，我们都希望你坚强起来，和我们一起克服眼前的困难。本身这些话是肖老师过来要给你说的，他知道你不想上学了，很着急，非要和我们一起骑自行车来，他年龄大了，天寒路远，我们没有让他来，他反复说，一定要把他的话带给志疆，让你鼓足勇气，我们期待着你重新返回高一（三）班。陈国斌说。

说完，陈国斌从上衣口袋里掏出一沓子钱，递给我说，志疆，这是你的拾花费，肖老师先给你垫上，你拿着。

我怎么能要肖老师的钱呢，我连忙推开陈班长的手说，这钱我坚决不能要。

志疆，我知道你的自尊心很强。这钱不是白送给你的，你一定要拿着，等二连的拾花费结算下来，你再把钱还给肖老师。陈国斌恳切地说。

说到这，我只好把钱收下，慢慢装进上衣口袋里。

志疆，看到你的纸条，我们急坏了。我们都不想失去你这个同学。王国强说。

志疆，听说你要退学，我心里可难受了。他们不让我来，说路上冷，我说我非要去，我非要把陈志疆拉到学校来。张荆梅在炕上缓过来了，脸红扑扑的，望着我说。

这时，火炉子上的水开了，妈妈给每位同学冲了一碗红糖水，糖水红艳艳的，飘着热气。她刚才听了同学们说的话，激动得流下了眼泪，多好的同学啊！

志疆，我们喝点水，暖和一会儿，就准备回去。你在家休息两天，养养身子，就去学校上学。陈国斌说。

志疆，我们在班里等着你。一直没说话的秦思瑶说。

见我没有回答，陈国斌给妈妈说，阿姨，志疆考上高中不容易，我们同学都支持他到学校读书，都舍不得离开他。

妈妈眼里涌出了泪花，在灯光下闪着晶莹的光泽。她亲切地看着同学们说，我们一家人都不想让他工作，还有一年多就高中毕业了，再难坚持一下就过去了。这么冷的天，你们来我们就很高兴了，还带这么多东西。

阿姨，这些东西是同学们凑钱买的，他们不能来，让我们代表他们向志疆问好。秦思瑶说。

说着话，大家喝了糖水，戴好围巾帽子要走，我也没法挽留，这么多人，家里根本没法住，他们明天还要上课。他们过来，一一和我握了手，出了门，我出去送他们。

天黑路滑，你们要小心。我说。

你回去吧，志疆，我们一路说说笑笑，一会儿就到了。徐志伟说。

墨黑色的天空一览无余，星星怕冷似的眨着眼睛，雪地上反射映照着寒冷的白光。他们骑上自行车走了，黑色的背影在白晃晃的积雪里分外醒目。茫茫夜色中，传来徐志伟和张荆梅富有激情和万分欣喜的歌声，像一股泉水哗啦啦地漫过土坡，流淌在依然寒冷的大地上。那是歌曲《边疆的泉水清又纯》。

边疆的泉水清又纯

边疆的歌儿暖人心

暖人心

清清泉水流不尽

449

> 声声赞歌唱亲人
>
> 唱亲人边防军
>
> 军民鱼水情谊深
>
> 情谊深
>
> 哎哎哎
>
> ……

歌声远去了，袅袅余音飘荡在洁白晶莹的雪地上，缭绕在高大的草垛上，在老房子上空回旋着，最后沉淀集聚在我暖烘烘的心窝里。望着他们渐渐消失的灰蒙蒙的背影，我再次下了决心，一定要把高中读完，否则就对不起我经历的苦难，对不起关心我的老师和同学。想到这里，我潸然泪下，眼泪无声地滴在滚烫的脸颊上，最后掉落在厚厚的雪地上。

我在家休息了两天。陈国斌带来的 40 块钱，我一分也没有动，我早已计划好了它的用处。同学们给我买的物品，有午餐肉罐头、黄花鱼罐头和橘子、黄桃水果罐头等，妈妈想着法子给我改善伙食，做鸡蛋面条、炸油饼，让我恢复身体早一点到学校。我给花疆打开一瓶黄桃水果罐头，她高兴地用勺子挖着吃，她第一次吃这么好吃的东西。

哥哥，你要是天天生病，我就天天有罐头吃了。花疆天真地给我说。

我的鼻子一酸，眼泪差点掉下来。我给花疆说，以后哥哥工作了，你想吃什么，我就给你买什么。

花疆高兴地在我脸上亲了一下，她的小嘴沾满了果汁，弄得我的脸黏糊糊的。

星期天的傍晚，我出去到柴火垛抱柴火，看见秦思瑶、王国强、徐志伟三个人骑着自行车从老房子小路穿过到场部去，从这里过去上大路要比从六连到大路近。秦思瑶围着一条红色的围巾，飘飘忽忽，像一面红色的旗子，她夹在王国强和徐志伟中间，三个人有说有笑地去场部。而我要等到明天早晨才能赶到学校，看着他们远去的身影，我的心中升起一股惆怅，与傍晚的氤氲纠结在一起，犹如一团乱麻。

星期一早晨吃过饭，我骑上自行车向场部驶去。天还没有完全亮，大地灰蒙蒙的，笼罩着一层薄薄的白雾。我来到学校，天已大亮，进了教室，同学们看我来了，一下子围了过来问长问短，我一一回答，然后我说，谢谢大家惦记，你们像亲人一样，给了我很多温暖，志疆无法报答，只有好好学习，将来报效社会。

这一天，下午下课后，班长陈国斌说连队把拾花费结算下来了，学校已经把每位同学的拾花费用表册制作好，等一会儿就按照表册发放拾花费。我听了自然比过年还高兴，我领到了38块钱，比我计算的还多了4块钱。我兴高采烈地签了名，把钱小心装进上衣口袋里，来到肖老师办公室，肖老师正在批改作业，我把40块钱还给肖老师，肖老师没有客气，他收了钱，问了一下我的身体，我说没事了。肖老师深沉地看着我说，陈志疆，我希望高一（三）班这个集体，大家在一起好好学习，谁也不能抛弃谁，谁也别离开谁。我明白肖老师的一片苦心，给肖老师说，肖老师，你放心吧，你和大家很关心我，我会和大家在一起。肖老师露出了笑容说，这就好，我相信你不会遇到一点困难就自暴自弃，以后你离开了学校，回忆这段经历的时候，就会觉得老师同学们在一起互相帮助，产生的友谊是非常美好的。我激动地给肖老师说，肖老师，我知道。我知道什么？我一时说不出来。我辞别了肖老师，骑上自行车，飞一样来到场部商店，按照原先的计划在布料柜台扯了2米蓝平布，在鞋帽柜台买了一双白色的回力鞋，一顶黄色的带护耳的棉军帽，又给母亲买了一公斤黄灿灿的蛋糕，给妹妹买了半公斤水果糖，剩下的钱除了还给徐志伟和王国强借给我的饭票，我要留着用来买饭票。我心满意足地提着这些东西，营业员要下班了，我全然不顾他们的嘟囔声和不满的不耐烦表情，因为我的到来他们要晚下班几分钟，我像中了大奖一样走出商店。

我骑着自行车，吹拂着傍晚寒冷的西北风，前往老房子的方向。

　　穿过树叶凋零的林带，翻过一道土坡，我远远看见了老房子，我的心情从来没有像今天这样激动。远远地，我望见花疆一个人在柴火垛边玩耍，我骑到她跟前，放下自行车，一把把她抱起来，转了一个圈，花疆脸冰凉冰凉的，高兴得咯咯笑，小脸贴着我的脸说，妈妈做好饭了，等着你呢。你今天怎么这么晚？我没有回答她，从书包里掏出一把水果糖，塞进她的小手里，花疆看着这么多糖，一下子高兴得嘴都合不拢，她抬起天真可爱的脸，问我，志疆哥哥，今天过年了吗？

　　我的眼泪差点掉下来，我又把她抱起来，贴着她的小脸说，这是哥哥拾棉花挣的钱，等以后呀，哥哥有钱了，天天给你买糖吃！买各种各样的糖！

　　那我就天天过年了。志疆哥哥，长大了我也给你买好吃的。花疆说。

　　好的，花疆，你赶快长大，长大就可以上学、工作了，一工作就有钱了。我给花疆说。

　　哥哥，这么长时间了，我的上海妈妈怎么不来了，我昨天晚上梦到她了。花疆说。

　　噢，她给你说了什么？我的心中立即涌出一种异样的情绪，我紧紧抱住了花疆。

　　她抱着我哭，说要把我带到上海去。花疆说。

　　那你怎么说的？我问花疆。

　　我不想去上海，我要和妈妈哥哥在一起。花疆说。

　　花疆，上海可好了，天天有奶糖吃。我说。

　　天天有糖吃我也不去。花疆噘着小嘴巴说。

　　你不去，我去了。我逗她。

　　我不去，我不去。花疆说着哭了。

　　好，好，咱们都不去。我哄着她说。

　　发了拾花费的第二天中午，我把饭票钱给了徐志伟和王国强，我看出他俩极不情愿接受这一点钱，但又知道我的犟脾气，没说什么就接了过去。

我又到食堂司务长办公室买了半个月的饭票，钱就花完了。

　　下午下课后，秦思瑶站在教室西面的榆树下，我过去推自行车，她朝我摆了摆手，我走到她跟前，秦思瑶说，志疆，你明天中午放学后，和我一块到我姨姨家吃饭，我姨姨找你有事。我心里咯噔一下，她姨姨找我有什么事？我问秦思瑶，有什么事吗？秦思瑶说，你去了我姨姨给你说吧，我也不知道什么事。她见我还在犹豫，就给我说，我走了，记住哦，明天中午放学后，你跟着我走。她没有等我回答，就一蹦一跳地走了。

　　望着她远去的背影，我琢磨明天中午去还是不去，到一个对我来说完全陌生的场部人家去吃饭，我是非常难为情的。不去吧，秦思瑶这么恳切地邀请我，看样子确实有事情，但是她姨姨找我一个高中生能有什么事情？我百思不得其解。管它呢，去一趟吧，过去就知道了。

　　第二天中午放学后，我给徐志伟说中午有点事，不和他们一起吃饭了，徐志伟也没问我什么事，说知道了。我和秦思瑶随着潮水般的放学人流走出校门，朝加工厂家属区走去。

　　我一个人在场部闲转的时候，到过加工厂家属区，它在场部西侧，加工厂厂房的后面，一排排兵营式的土坯房，密密麻麻拥挤在一起，可能是场部地皮没有连队宽裕，房子之间的距离间隔得很近，加上家家户户盖了做饭盛物的土坯棚子，后面又堆着柴火和杂物，就显得更加拥挤逼仄。我跟着秦思瑶，转过曲里拐弯的小胡同一样的小路，来到她姨姨家。此刻，家家户户都在做午饭，切菜、炒菜和大人孩子们说话的声音交织在一起，混合着菜香饭香和烟火气，一排房子显得富有生气，热闹而嘈杂。

　　我和秦思瑶进了门，她那个戴着眼镜的姨姨正在炒菜，秦思瑶说，小姨，我把你要见的人给你请来了。她姨姨抬起头，笑着对我说，志疆啊，你们先坐一会儿，饭马上就好。说完自顾炒菜。秦思瑶带着我进了里间。

　　秦思瑶姨姨的家是一居室半，前面是取暖带做饭的炉子和火墙，右侧是一面假火墙，和左侧的真火墙连接在一起，中间有个门，所谓的门，其实没有门，挂着一个鸳鸯戏水的粉红色丝绣门帘，进去后的大半间，是客厅和卧室，靠左是一张木质双人床，靠右是一个钢丝单人床，中间是一张写字桌，正对着桌子是一个玻璃大窗户，一个带穿衣镜的大衣柜靠大床立着，一个五斗橱靠下床立着，房子收拾得干净利索，飘浮着一股好闻的香烛气。

靠着五斗橱的墙上挂着两个镜框，里面贴满了黑白照片。我过去看照片。一张全家福，中间是秦思瑶的姨姨，那个面相敦厚的男人应该是她姨夫，后面站立着一男一女两个孩子。我问思瑶，你姨夫不在家？思瑶说，我姨夫是轧花厂的技术员，现在正是轧花的大忙季节，他吃住都在厂里，中午不回来是常有的事。

这时，秦思瑶的表妹和表弟放学了，饭菜也做好了，秦思瑶搬出五斗橱跟前的吃饭桌，她的姨姨招呼我吃饭。桌子上两盘菜，一盘猪肉白菜炖粉条，一盘辣椒西红柿炒鸡蛋，主食是白面馒头，还有热气腾腾的大米汤。

志疆，你不要客气，饭要吃好。思瑶的姨姨热情地说。

真不好意思，阿姨，让你这么麻烦。我红着脸说。

有什么不好意思的？你和思瑶是一个连的，又是同学，我等会还有事情麻烦你呢！思瑶的姨姨笑吟吟地说。

她找我会有什么事呢？我又能帮她办什么事？我沉思着。思瑶说，志疆，拿筷子吃饭。我从若有所思中摆脱出来，拿起了筷子。这一顿饭，我吃了三个白面馒头，喝了一碗米汤，秦思瑶还要递给我一个馒头，我还可以吃下去，但是实在不好意思吃了。

吃完饭，秦思瑶的表妹、表弟到厨房旁边的一个小套间写作业去了，秦思瑶和她姨姨收拾完碗筷，她姨姨给我说，志疆，情况是这样的，我们面粉厂有一个榨油车间，用轧花厂脱过绒的棉籽榨油，咱们平时吃的油都是榨油车间榨的。今年农场收获的棉花超过了往年，榨油车间一天24小时开机，榨过油的棉籽壳要拉到连队畜牧点，现在厂里需要一名装车的工人。说着，姨姨喝了一口水。

我听到这里，心想难道是缺人干活？那找我干什么？我更加疑惑了。

志疆，这个装车的活，又脏又累，还是晚上，场部的人不愿意干，我今天找你，就是看你能不能找一个这样干活的人。说完，姨姨两眼看着我。

阿姨，现在是秋收大忙季节，连队的男女老少都在棉花地里，天黑透了才从地里回家，连队可能不好找人。我实话实说。

是的，这个时间段正是劳力紧张的时候。我们找了好几天，也没有找到一个合适的人。不过，在面粉厂装车，虽然累一点、脏一点，一晚上也就不到4小时，工钱按小时算，一小时五毛钱。姨姨说。

姨姨，现在连队都在忙，确实没有闲人。秦思瑶在一旁说。

那怎么办呢？没有人装车，连队来的拖拉机就要排队，车子多了，加工厂的路就要被堵住。姨姨脸上布满愁云说。

志疆，不行这样，这个装车的活你来干吧？思瑶看着我说。

我来干？我不解地看着她说。

你看，咱们每天下午7点半放学，吃完饭也就刚8点，你干4小时的活，刚好12点，不耽误你第二天上课。思瑶说。

这真是个好主意。可是，干完活，都12点了，我住在哪？我想了一会儿说。

志疆，你如果能定下来，住的地方我想办法给你解决。加工厂有一个集体宿舍，我看有没有空的房间。不过，都是几个人住一间房子，你晚上看书学习就要受到影响。姨姨说。

只要有住的地方就行。我说。我现在考虑的首要问题是生存，至于其他，要放在后面。

我计算了一下，一天干4小时，1小时五毛钱，一晚上就是2块钱，一个月就是60块钱，这一笔钱，比哥哥在浇水排一个月的工资都多，不仅能解决我的吃饭问题，我还可以买一些衣服和鞋子，体体面面出现在同学们面前。对于几乎要失学的我来说，这个工作简直就是雪中送炭。想到这里，我高兴地说，阿姨，我愿意干！

那就好，这样，志疆，我下午就去找管后勤的问一下，给你安排一间

455

宿舍，如果有，你明天晚上就可以上班了。姨姨高兴地说。

真的谢谢你呀。我激动地给姨姨说。

下午放学回到老房子，吃完饭，我把明天要到面粉厂上夜班的事给母亲说了，当然我说得轻描淡写，说就是帮助看几台机器，而且有老师傅在旁边，班里有很多同学都在外面打短工，不是我一个人。妈妈听了自然很高兴，听我说要带行李铺盖，她说明天早晨起床后给我整理。

然后妈妈给我说，陈月娣托一个人来了，她和陈月娣住在一个房子，给花疆带了一套新衣服，又带了一袋子白面。

她为什么不来？我问。

她最后一次来，我给她说了，让她以后没有重要的事就不要来了，这事传出去对她影响不好。她也想清楚了花疆她迟早要带走，不在乎这一会儿。妈妈说。

这个人说什么没有？我又问。

她不知道情况，什么也没有问，放下东西就走了。妈妈说。

刚开始她有点心急了，她和花疆的感情，要慢慢培养，不是一两天的事。我说。

唉，天下母亲都一样，没有不疼自己孩子的。母亲说。

第二天早晨，我带着行李卷和洗漱用具，早早来到学校。下课的间隙，秦思瑶告诉我，她姨姨已经给我联系好了宿舍，下午放学后她和我一起到加工厂宿舍，然后在场部食堂买饭票，晚上就可以到面粉厂上班了。

中午吃饭的时候，我把在加工厂打短工的事给徐志伟和王国强说了，他们听了既喜又忧，喜的是我业余时间打一份短工，有了收入就可以保证学业；忧的是耽误学习时间，影响我的学习成绩。但是我这种情况，怎么可能做到鱼与熊掌兼得呢？

第三十八章

下午放学后，我推着自行车，秦思瑶在前面走，我在后面跟着，向加工厂走去。

加工厂是场部几个工厂的总称。厂区在场部西面，一条能容纳一辆汽车通行的黑色煤渣路，贯穿厂区南北，路两旁是沾满了灰白粉尘的白杨树、柳树，公路两侧是轧花厂、面粉厂、发电厂、造纸厂、拉丝厂等工厂，每一个厂都有一个红砖砌的长方形围墙，把厂子包围起来，围墙水泥上扎有尖尖的碎玻璃碴子。厂区除了工厂车间，还有食堂、宿舍、卫生所、图书室、公共浴室。场部的很多子弟在加工厂上班，对于他们来说，在偏远的以农业种植为主的车排子农场当一名工人是很荣耀的，因此在上大学、参军、当干部这些令人眼热的工作之后，工人这个职业无疑是最受农场年轻人欢迎的，每天严格的工作时间，24 小时三班倒、工资比连队一起参加工作的同龄人高，而且每个月免费发手套、肥皂、洗澡票。每个季度发劳保服、黄胶鞋，过年过节还有大米、猪肉、清油、粉条之类的额外福利，他们对自己的地位和福利待遇很自豪、很骄傲，找对象一般不找连队的，除非长得特别漂亮、家境好的女青年，而一些连队女青年，也把能找一个在场部工厂工作的男青年列为自己的首选。

面粉厂在厂区公路西侧第一家，粗钢管焊接后刷了蓝油漆的长方形大门对着公路。靠近公路是一排红砖办公室。奶油色油漆办公室门上写着红油漆字，厂长办公室、财务办公室、文教办公室依次排列。秦思瑶进了财务办公室，不一会，她和她姨姨出来了，我给她姨姨打了招呼，她姨姨给我说，走，志疆，咱们先到宿舍去。我推着自行车和思瑶跟着她姨姨，顺着厂区公路往前走。走到前面看见右侧一个院子，依然是粗钢管焊成的铁门，从门缝里看，院子里面堆满了白色的棉花包，这个厂应该是轧花厂。轧花厂前面，又是一个院子，院墙中间的门洞两旁是两个红砖柱子，进了院子，北、西、南三个方向各有一排红砖根基的土坯房，房子门前雪堆上倒了污水，光溜溜的，闪着寒光。几根木头桩子歪歪斜斜，连接着弯曲的粗铁丝，搭着几件洗过的衣服。思瑶的姨姨来到南侧一间房门跟前，敲门没有应答，一推门开了，姨姨回过头示意我们进去。我把自行车扎住，从后座椅上卸下行李，思瑶取下挂在车把前面装着洗脸盆、刷牙缸子的尼龙网兜，进了宿舍。宿舍不大，和学校宿舍差不多，四张上下层的高低铁床，两张靠在左墙，另外两张靠在右墙，中间是一张脏兮兮的没有抽屉的桌子，摆满了吃饭的缸子和饭碗，床铺凌乱不堪，被子也不叠，换下来的袜子胡乱搭在床架上，床底下堆满了鞋子和洗脸盆等杂物，房子里散发着一股脚臭和衣服鞋袜的气味，靠门的一个铁炉子里，一个铁桶里装着半桶煤，炉子里的煤火已经奄奄一息。

我看了一下，这间宿舍住了五个人，因为有三张床上铺是空的，我把行李放在靠左墙的一个上铺上。

思瑶的姨姨给我说，这是工人宿舍，条件就是这样。我说，可以了，能住就行了。思瑶的姨姨又带着我来到场部食堂，找到司务长，买了5块钱的饭票，交了钱和粮票。我们三人又掉回头，来到面粉厂，从铁门进到厂里。后面是一个大院子，堆满了一排排摞得很高的鼓鼓囊囊的麻袋，有的麻袋开缝裂了口，流出金灿灿的一堆麦粒。思瑶的姨姨给我说，面粉厂有两个车间，一个面粉车间，一个榨油车间。我们要去榨油车间。进了屋顶是弧形的高大厂房，里面机器上下晃动，声音震耳欲聋，散发着好闻的油香味，穿着深蓝色劳动服、戴着白帽子的工人来回走动看着机器，身上沾满了白色的粉末。姨姨带着我们穿过车间，来到后院。后院安静了很多，空气中飞舞着细小的棉絮和粉尘，一个斜伸着高高扬起的圆筒里，往外吐着纷纷扬扬的棉籽壳，圆筒的下方，堆积着一座锥子形状小山般的棉籽壳堆，两个工人挥舞着四个齿的铁叉，往一辆车厢里装棉籽壳，浑身上下沾着灰蒙蒙的棉籽壳渣子。几只颜色灰暗的麻雀在围墙上走来走去寻觅食物，翅膀上满是毛茸茸的粉尘。姨姨走过去，叫过来其中的一个人，给他说，胡师傅，这就是晚上来干活的陈志疆。胡师傅有四十多岁，戴着一顶棉帽子，脸上蒙着一层灰土土的棉籽壳粉，露着模糊的眼睛和嘴唇。我过去说了一声，胡师傅好！他也没说话，给思瑶的姨姨说，快开饭了，先去吃饭吧，吃完饭过来就行了。说完，他又过去干活了。

出了厂门，我给思瑶和姨姨说，阿姨，你们回去吧，我去打饭，等一会我自己过来就行了。思瑶和姨姨就走了。思瑶临走给我说，志疆，干活的时候注意一点，一定要安全第一。我说，你们放心吧，我会注意的。

回到宿舍，房子里已经有两个人。我给他们打了招呼，说我是新来的，以后要住在这里，请多多关照。其中一个说，没事，没事。我把饭碗从网兜里拿出来，到食堂打饭。到了食堂，打饭的人不多，晚饭是素炒葫芦瓜和馒头，我打了一份菜两毛钱，两个白面馒头一毛钱，菜比学校食堂贵，我回到宿舍，那两个人已经不在了，不知道到什么地方去了。我吃了饭，提起炉子旁边的一个水桶，来到食堂自来水龙头跟前，接了一桶自来水，回来洗了碗筷，然后把水桶放在炉子上面，这样晚上回来洗脸洗脚就有热水了。

我来到榨油车间后院，空无一人，高高的圆筒里依然纷纷扬扬往外吐着雪花一样的棉籽壳，棉籽壳带着浓浓的棉油味和雾蒙蒙的热气，一团团胡乱而急遽地翻涌扩散着，弥漫在浑浊不堪几乎令人窒息的湿热空气里，落在高高的棉籽壳垛上。可能刚才的两个师傅吃饭去了。我来到棉籽壳堆前，抓起一把四齿铁叉，扎上一铁叉棉籽壳，往停靠在棉籽壳堆旁昏暗的车厢里撂去。干了一会，身上热了，我脱掉棉衣，把外面的黄军褂脱下来穿上，又继续干。我边干边想，秋季是这样，不知炎热的夏季这里是什么样子。

　　昏黄的电灯光下，棉籽壳从圆筒里源源不断扬出，撒落在大堆上。干了大约半小时，胡师傅来了，他看我穿得单薄，说，小伙子，注意不要感冒了。我说，没事，胡师傅。他说了一句，还是年轻好，身上有火气。我俩又装了一会儿，车厢装满了，顶子高高的，像一片起伏的灰色丘陵。胡师傅到门口的值班室，把驾驶员叫来。驾驶员看了一眼，就出去开车。过了一会儿，一辆拖拉机从前门进了后院，慢慢倒到车厢跟前，我和胡师傅抱起冰凉沉重的牵引挂上拖拉机，拖拉机吼叫了一声，冒了一股浓烟，拉着装满棉籽壳的车厢驶出了面粉厂。

　　过了一会，一辆拖拉机突突突拉着一个空车厢进来了。驾驶员在门口登记后，把车开到后院，车厢停放在刚才那个车厢停放的位置，然后开着拖拉机走了。我和胡师傅就开始装车，干了一会儿我口渴了，就想明天到商店买一个水杯子，干活的时候带上。

　　天色完全黑透了，吊在水泥杆子上的灯泡在风中摇摇晃晃，像瞌睡人的眼，天气更冷了，雾气也更重了，一层层压在院子上空。胡师傅说，走，小陈，到值班室休息暖和一会儿。我跟着他来到值班室。值班室在大门口，小小的一间房子紧靠着院墙，里面有一张床，一个五十多岁的老头在火炉前低着头打瞌睡，床上一个袖珍收音机在播放单田芳的评书《瓦岗英雄》。胡师傅推门惊醒了看门人，老头睁着迷瞪的眼睛，和胡师傅打了招呼，看见我进来，问胡师傅，又给你添了一个帮手？胡师傅点点头。炉子旁边还有一条窄窄的条凳，我和胡师傅坐下来烤火。

　　老头胡子拉碴，头发花白，他看着我问，看那样子还是个学生娃娃。我说，是的，我是场部中学的学生。他又诧异地问我，你是学生？学生咋还出来打零工？我简单几句把家里情况说了。老头听了看着我说，你这孩子不简单，将来有出息。

　　我和胡师傅不到夜里 12 点就把这辆车装满了，拖拉机进来拉走车厢，今晚的工作就结束了。我拖着疲惫的身子，往宿舍走去。刚走到门口，门突然开了，开门的人穿着一身秋衣秋裤，可能要出去解手，他见了我吓了一跳，哆哆嗦嗦问我，嗨，你是干什么的？我说，我就住宿舍。他明白了，说，你这浑身上下一身白，吓死我了。我低头一看，原来身上到处沾的棉籽壳扬起来的粉末，像披了一层灰白的雪末。对不起，对不起。我连忙说。

宿舍里人都睡了，发出粗重的呼噜声和含糊不清的呓语。水桶里的水还有小半桶，这会儿食堂早关门了。我用盆子到外面院子装了一盆子雪，回来掺上热水，简单洗了一下，就上床睡了。

虽然累了一晚上，但是到了一个新地方我睡不着。躺在床上，听着此起彼伏的呼噜声，看着被炉火照得影影绰绰的墙壁，我回想着这几天的事，突然感觉这个工作有点蹊跷。秦思瑶的姨姨是一个业务干部，她又不管厂里的生产，她为什么去找临时工？是不是思瑶把我的家庭情况给她姨姨说了，她专门安排我去找一个工人，然后将计就计，把我安排在厂里劳动，从而解决了我的上学问题？我想明天问一问思瑶，又觉得这样不好，即使是这样，思瑶也不会告诉我真相。转过来一想，可能是秦思瑶考虑到我的面子和自尊，和她姨姨精心安排了这个过程。不过，就是她们故意这样做，我也是凭劳动挣这一份钱，这笔钱我挣得心安理得，我现在这个状况，特别需要这份工作，否则我就要退学。当然，我要把这份感激深深埋藏在心里，她们雪中送炭帮助了我，我要记住这份情，等以后有机会再报答。这样想着，我慢慢进入了梦乡。

从这一天以后，我每天的生活都是这样的，早晨天没亮我就起床，本来可以多睡一会儿，住在场部距离学校近了，但在老房子长期养成的习惯，让我到时间就醒。起床后，我把地扫得干干净净，把炉灰撮出去倒在院子的垃圾堆，顺便提一桶煤块，然后到食堂提来自来水，放在炉子上烧热，这样，宿舍里其他人起来就可以用热水洗漱。然后，到食堂打饭，这时，宿舍里的人从被窝里爬出来，我已经开始吃饭了，吃过饭，我背着书包到学校上课。中午，我和徐志伟、王国强一起在学校食堂吃午饭，下午再回到加工厂宿舍，吃完饭再去榨油车间装棉籽壳，深夜结束后再回宿舍休息。有时候回来得早，我还帮助同宿舍的人洗他们脱下来的脏衣服。

几天下来，我和宿舍的工人们熟悉了，他们喜欢我这个言语不多特别勤快的中学生，我的到来使宿舍的卫生状况发生了很大变化，原来的异味消失了很多，宿舍干净整齐了。

第三十九章

陈月娣内心痛苦伤心到了极点。

李东阳第二天到场部政治处报到，她估算着中午就可以回来，现在是大忙季节，他的事情很多，回来还要交接工作，不可能在场部待很长时间。但是到了下午，还没有见到他的影子。她在地里拾着棉花，不时抬头张望一下远方的小路，凝神谛听，能听到熟悉的广播喇叭声，可是直到下午收工，也没有见到他。他早该回来了，为什么到现在不见他的身影？难道出了什么事？会出什么事呢？她眼巴巴望着远方，一遍遍问自己，却没有一个让她满意信服的答案。

傍晚收工了，陈月娣拖着疲惫不堪的身体，怅惘地往连队走。她步履沉重，一边走，一边想着心事。走回连队，到了大房子，她连洗都没有洗，就一头栽倒在铺上躺下了。同宿舍的人在洗脸换衣服，说话声叽叽喳喳，脸盆叮叮当当，她全然不顾，独自躺在床上想着自己的心事。

直到天黑透了，食堂快关门了，陈月娣才从床上爬起来，用凉水匆匆洗了把脸，然后拿起缸子到食堂打饭。

院子里已经空无一人，这个时段大家都在屋子里吃饭。她看了看对面的连部，文教办公室漆黑一片，如果是往常，应该是一团明亮的灯火，她坐在文教办公室对面，手里拿着报纸，李东阳在对面忙碌着，统计一天的战报或写一篇新闻稿，不时抬起头来看她一眼，他俩的目光交织在一起，充满柔情和甜蜜，那是多么幸福和令人心颤的瞬间啊！可是现在他到底怎么了，为什么到现在还没有露面？到底出了什么事？她来不及多想，小跑着来到食堂，再晚一点食堂就关门了，劳动了一天，此刻她已饥肠辘辘。

吃完饭，宿舍有的人已经洗洗睡了，明天还要继续拾花。她的盆子里泡着一盆换下来的脏衣服。她提起水桶，出门到水井提水。她怀着忐忑不安的心情，抬头望了一眼连部文教室，依然漆黑一片。她叹了一口气，来到水井边。井沿旁是稀软的泥巴，她踩着泥水过去，拽住湿漉漉的井绳往下拉，灌了一桶水，她拉着井绳往上提，平时轻飘飘的水桶，此刻仿佛有千斤重，她咬着牙，使出全身力量拉出水桶，然后往自己桶里倒，结果一下子倒偏了，倒在外面，灌了自己一鞋子，一股冰凉的感觉瞬间从脚传到头，她把剩余的半桶水倒进桶里，提回宿舍，随便搓了两把衣服，搭在铁丝上。收拾停当，她也准备休息，这时，宿舍门响了，有人在外面轻轻敲门。这么晚了，是谁敲门？会不会是李东阳？这样想着，她过去开了门，门开了，李东阳熟悉的身影站在门口的黑暗里，她又惊又喜，让他在外面等一会儿，她进去换件衣裳。

一天的怨气和疲劳、焦虑一扫而光，陈月娣心情舒畅，换了一件干净的衬衣，来不及换裤子，匆匆出了门，她拉住黑暗中李东阳的手，两人向连部后面的沙枣林走去。

月亮钻出厚厚的云层，银子一样的光亮洒在静静的沙枣林。连队的房子和远处的荒野黑黝黝的，空气清新湿润，带着一股凉意。两个人走着，陈月娣感觉李东阳的手是冰凉的，有点无精打采、懒洋洋的，以前拉住他的手，那是多么有力厚实温暖而富有激情，五指像钢丝一样紧紧拽住她，好像她随时要挣脱他跑掉。此时，两个人都不作声，默默地向前走着。

来到沙枣林，一股浓郁的沙枣蜜香弥漫过来，沁人心脾。陈月娣站住，望着沉思不语的李东阳说，东阳，到底怎么了？你怎么现在才回来，还无精打采的？

李东阳看着陈月娣，欲言又止，一句话也没有说。

464

你怎么不说话？到底发生了什么事？你说呀？陈月娣摇着李东阳的手说。

李东阳把到场部机关见徐副主任的事简单说了一下，他没有说陈月娣出身的事。

这不是好事吗？你怎么垂头丧气的？陈月娣关心地问。

月娣，现在关键是你。李东阳忧郁地说。

关键是我？我怎么了？陈月娣好奇地问。

李东阳又默不作声。他内心五味杂陈，不知道怎么回答她的提问。

你说呀？到底怎么回事？怎么吞吞吐吐的？陈月娣摇了摇他的手臂，急切地说。

月娣，场部领导知道我现在和你谈恋爱。李东阳喃喃地说。

谈恋爱怎么了？难道不让我们谈吗？陈月娣奇怪地问。

领导说，我调到场部机关，从事的是保密工作，找的对象政治身份要清楚，不能有污点。李东阳吞吞吐吐地说。

政治身份要清楚？难道我的身份不清楚？陈月娣问。

你很清楚，关键是你……，李东阳说话有点迟疑结巴。

到底怎么回事，你说呀？陈月娣着急地问。

唉，领导说你父亲是资本家，现在还在香港，你的出身是资本家。李东阳说。

这些人真是！我早就和父亲没有任何关系了！我现在是一个来兵团参加生产建设的上海知青，这么多年，我没有和他有任何来往，凭什么说我政治背景不清楚！陈月娣气愤地说。

月娣，政治上的有些事情是说不清楚的，你父亲毕竟是资本家，现在还在香港，香港实行的是资本主义制度，所以这个事很复杂。李东阳解释说。

有什么复杂的？我父亲和我有什么关系？他是他，我是我。我看呀，现在明摆着是因为我耽误了你到场部机关工作，你要想和我结束这场恋爱关系，你就直接说，不用这样吞吞吐吐！也不用这样躲躲闪闪！陈月娣有

465

点生气，冲动地说。

月娣，我不是这个意思，你误会我了。大不了我不去场部，继续在六连当文教。李东阳见月娣生气了，着急地说。

那你就错过了一个机会，毕竟去机关发展大有前途。陈月娣声音缓和了一下，她心里为刚才那句脱口而出的话感到自责。

主要是错过了转干的机会，有点遗憾。我现在是以工代干，还不是干部身份，到机关以后转干机会多，在连队不知道猴年马月才能有这个机会。李东阳有点惋惜地说。

东阳，不行你就到机关吧！你不去，失去这次机会，我觉得对你不公平。陈月娣握住他的手说。

我去机关？你怎么办？李东阳看着她说。

这次调机关工作，对你来说太重要了！你如果不去，继续在连队当文教，有可能一辈子都是农工身份，以后转干的机会很渺茫。陈月娣恳切地说。

关键是你怎么办？李东阳问陈月娣。

我不能影响你的前程！你一个初中生，辛辛苦苦熬了这么多年，好不容易有了这次机会，如果错过，你以后可能永远也没有这么好的机会了！你要抓住这个机会，否则就太可惜了。陈月娣说。

至于我，大不了和你断绝关系，以后不来往。陈月娣痛苦地说。

我不同意！我宁可不去机关工作，也不会同意和你解除恋爱关系。李东阳坚决地说。

陈月娣再也抑制不住自己的感情，她一头扑进李东阳的怀里，痛哭失声。

咱俩不能分开，而且我们已经有了……那个关系。李东阳搂着她说，滚烫的泪水流在她的脖子上。

陈月娣抬起头，一把推开李东阳，坚决地说，东阳，你一定要去机关！你是一个男人，男人要以事业为重，不能儿女情长黏黏糊糊。至于我俩的关系，咱们以后再说。

月娣，领导给我说得很清楚，如果我和你解除恋爱关系，就立即发调令调我，如果我和你维持关系，他们就调其他人，我明天上午就给徐副主任打电话，告诉他我不去机关了。李东阳看着月娣说。

亲爱的东阳，你这样做我真的很感动，我当初没有选错人！但是，你如果这次不去，很有可能会一辈子待在连队，你的才华无处施展，你将庸庸碌碌过完此生。这对你太不公平！陈月娣充满伤感地说。

可是失去你，我同样会痛苦终身。李东阳伤心地说。

你先调到机关。至于咱们俩的关系，以后看缘分吧。不是有句老话说，命里有时终须有，命里无时莫强求，现在这个机会太难得了，它甚至可以改变你今后的命运，你一定要抓住它。陈月娣说。

那……唉！命运太不公平了。李东阳挥起拳头，朝身边的一棵沙枣树猛地砸去。

命运对你已经很垂青了！你是一个农家孩子，又是初中毕业，能有这样的机会，你应该感谢命运女神对你的眷顾！陈月娣说。

你才是我心中的女神！李东阳又上前紧紧搂住陈月娣说。

东阳，别说傻话了。明天你就给领导打电话说清楚，你和我断绝了恋爱关系，让他们给你发调令。陈月娣说。

那以后咱们怎么办？李东阳伤感地说。

以后？以后再说以后吧，先过了这道坎儿再说。陈月娣声音悲凉地说。

自从到加工厂打工以后，每天忙忙碌碌，从学校到工厂，我已经有半个月没有回老房子了。这个星期六晚上，装完最后一辆车，胡师傅给我说，明天榨油车间要检修，机器停了，出不了棉籽壳，你休息两天，星期二晚上再来。我很高兴，终于可以休息两天了。胡师傅给了我 14 块钱，说这是一个星期的工钱。我说，谢谢胡师傅。胡师傅说，谢什么，这是你应该得的。

我浑身轻松，吹着口哨，怀着愉快的心情往宿舍走。洗过脸换过衣服，我想着明天回家的事。现在，我口袋里装着一个星期的工钱，要给家里和妹妹买点东西带回去。明天早晨买耽误时间，现在场部只有早晚门市部还开着门，想到这我拔腿出门，朝门市部走去。

夜色已经很晚了，冷风飕飕，稀疏的路灯发出昏黄的光，在路灯杆子下形成一个伞形的光圈，匆匆忙忙的几个路人，缩着脖子快步往家赶。我呼吸着清冽的空气，轻声哼着小曲，穿过加工厂厂区，前面机关后面大路左侧就是商店早晚门市部。

我拐上大路。寂静的大路空无一人，一阵冷风吹过来，立刻灌了我一身，我嗨了一声，向前跑去。门市部门口的灯泡像瞌睡人的眼，随风晃荡着，迷迷糊糊闪着亮光。我上了台阶，推开门进去，里面一个老者正在给炉子加煤，看样子马上要锁门。我买了一包食品厂生产的饼干，给弟弟们买了四个黑色的毛线脖套，天冷了，他们上学戴在脖子里就暖和了，我又给妈妈买了一只"虎头"牌手电筒，两节1号电池，方便妈妈晚上起夜，点煤油灯太麻烦了。可能我来得太晚了，老者脸上露出不悦的神色，极不耐烦地给我拿东西、找零钱，我把买的东西装进网兜里，匆匆出了门市部。

走到加工厂厂区公路，我想解小便。劳累忙碌了一晚上，连解手的时间都没有，现在事都办完了，我轻松了，这个事要解决。我环顾了一下周围，公路后面远远地有一个模糊的人影，在昏黄的路灯下看不清是向前还是向后。我顺着一个小路口走下路基，穿过林带，在围墙一个拐弯黑洞洞的旮旯里，我挤进去解决了小便。空空的身子使我立刻感到非常惬意舒服，我长出了一口气，正准备出去上路，扭头看见远远过来两个人，可能是刚才看见的人影，我站着没有动，打算等这两个人过去后我再出来，要不然猛然从黑暗的地方钻出一个人，他们害怕，我也尴尬。想到这，我一动不动，从黑暗中看着越来越近的两个黑影。

这两个人穿着厚厚的棉衣，脚上的皮鞋在寂静的路上显得很沉重，声音嗒嗒响，肩并肩几乎依偎在一起，他们亲密地说着话，仿佛在交谈着什么，因为隔得远我听不见。我从直觉判断，这是两个年轻人，而且是一男一女，因为靠近左侧的这个人脖子里围了一条红围巾。就在他们从我眼前过去的一刹那，他们可能说了一句笑话，那个靠近我方向左侧的女的，嘴里发出了一串银铃般的笑声，抽出右手在男的肩膀上亲昵地拍了一下。我一下子蒙了，有点目瞪口呆，这个笑声和动作我太熟悉了，不用看她的脸，我就知道是秦思瑶。那串熟悉亲切的银铃般笑声，曾经如此令我痴迷和喜爱，现在却让我嫉妒和厌恶，我的心跳突然加快了，浑身的血液直往上涌，我想从黑暗的角落里冲过去，抓住那个男的看看他是谁。一股冷风吹过来，嘶鸣着进入旮旯死角，撞在墙上碰了壁，倒回来披头盖脸往我身上灌，我发热的头脑清醒了一些，残存的理智最后战胜了冲动和幼稚。我和秦思瑶只是一个连队的同学，我凭什么管她的事？她现在已经是一个高中生了，有权利和别人在一起，碍你陈志疆什么事？我冲过去尴尬难堪的只会是我，而且传出去是一个天大的笑话。我眼睁睁看着他们的身影渐渐远去，最后消失在家属区，我的心里是一种说不出的酸楚和难受。

我垂头丧气地回到宿舍，躺在暖烘烘的被窝里，翻来覆去睡不着。铁炉子上铝壶里的水开了，轻轻嘶叫着冒着热气，我却没有心思下去拿开它。我的思绪还在刚才看到的一幕中徘徊游荡。和秦思瑶在一起的那个男生到底是谁呢？刚才因为隔得远看不清，加上他们穿的厚棉衣，我从侧影和背影分辨不出来。依秦思瑶的眼光和心气，她不会找一个连队来的男生，从他们的亲昵程度看，他们关系已经很深了，夜深了还在一起有说有笑压马路。他们会到什么地方呢？应该是男生送思瑶回她姨姨家。今天是星期六，住校的连队生都各自回家了，这个男生应该是场部的学生，而且各方面都很优秀，否则不会进入秦思瑶的视线。他家条件很好，有经济能力，会享受生活，学习也好，长得高大英俊，他们可能在一个餐馆一起吃了一顿丰美的晚餐，又到大礼堂看了一场电影，因为大礼堂每逢星期六都放映电影。

昨天下午我路过大礼堂，看见墙上张贴的电影海报是《庐山恋》，张瑜和郭凯敏主演的风景抒情故事片。郭凯敏饰演共产党将军的后代耿桦，和张瑜饰演的侨居美国的国民党将领的女儿周筠，依偎着坐在庐山的山岗上，看着远处山河秀美的风景。这个男同学还应该是我们班的，秦思瑶几乎和外班同学不来往，这样排查的范围越来越小。黑暗中我数着指头，挨个分析着同班的场部男同学，一、二、三、四……一个名字跃入我的脑海，这个人是班长陈国斌！我的头嗡地响了一下，联想到刚才那个高大模糊的身影，对，就是陈国斌。想到这里，我全身痉挛，呼吸急促，像失去一件心爱的珍宝一样难受心痛。我说不清为什么，我也说不清为什么会如此难受，太多的说不清，像一堆乱糟糟的石头，一股脑儿压在一个十七岁情窦初开的少年身上，几乎使我窒息。

从场部机关回来的第三天，李东阳带着行李和一个刷着红漆的木头箱子，来到机关政治处报到上班。徐副主任见了他，露出难得的笑脸，小眼睛眯缝着，主动走上前和他握手，并亲自带他看了办公室。李东阳的办公室就在他斜对面，两张一头沉颜色深红的办公桌，和他一间办公室的还有一个三十多岁的女同志，叫黎虹霞。他的工作是协助徐副主任负责组织党务工作，政治处还有一个机要科，他又兼机要秘书，黎虹霞负责老干部、工资档案和职称等工作。

从这一天起，李东阳成为一名机关干部。他住在机关宿舍里，早晨起来洗漱后拿着缸子到机关食堂就餐，然后到办公室上班。他喜欢干净，上班第一件事就是打扫卫生，办公室桌椅板凳柜子玻璃被他擦得一尘不染，黎虹霞从家里来到办公室，一杯飘着雾气的茶水已经泡好了。李东阳既勤快机敏，又踏实能干，没有架子，热情主动，很快受到机关上上下下的好评。

他虽然是一名普通的组织干事，没有实权，但负责的业务却是炙手可热，考察干部、评先评优、表彰奖励、文件起草都是他一手经办，虽然没有决策权，但是是领导身边的助手和参谋，可以和领导说上话。对于基层单位来说，特别是对连队指导员和文教，李东阳就是他们的上级，他安排布置的工作，就是政治处安排布置的，而政治处又是场部党委的办事机构，在他们眼里，李东阳俨然就是代表场部党委在发号施令。李东阳自出生到

470

工作，一直待在连队，他深谙官场上上下下的复杂和微妙，对自己在机关的地位心知肚明，他知道自己能吃几个馍，他没有任何靠山，只有努力工作少说话才能获得领导和同志们的认可。为此他事事小心翼翼夹着尾巴做人，给下面连队打电话安排工作，他必称官职，无论职位高低一律礼貌有加恭恭敬敬，有些不好办需要协调其他部门一起办的事务，他亲自过去沟通协调，做事诚恳周到有始有终。他的文笔本来就很好，到了机关，各种信息汇集过来，他一下子拥有了众多新闻题材和写作素材。晚上没事，他就到办公室，打开电灯，伏在办公桌上写新闻稿件和通讯报道，然后用复写纸誊写，一次复写五六份，装进公用牛皮纸信封里，用胶水封好口后，剪去信封右上角，趁中午下班到邮局投进邮筒。他给自己定了一个目标，无论白天工作多么繁忙，一天要写一篇稿件，做到广播里有声音，报纸上有文章。一个月以后，场部广播站天天都有他的新闻稿件，他的称呼也从连队的本站通讯员李东阳变为本站记者李东阳，报纸上也隔三岔五刊登他的稿件，有一次，《准噶尔晨报》文学副刊还在头条用大半个版面刊登了他的一篇抒情散文《车排子之恋》，配了一幅黑白钢笔连队风景画。他在这篇散文中充满激情地写道：车排子是生我养我的故乡，那里的一草一木陪伴见证了我的成长。只要我看见那块黑油油的辽阔大地，看见大地上生长的棉花玉米和高粱，看见田野里顶着烈日劳作的父老乡亲兄弟姐妹，他们飘动的衣襟和被风吹起的长发，我的内心就会立刻升腾起一股暖暖的热流，油然而生一种深深的敬意。啊！亲爱的故乡大地，土地上的树木小草和庄稼，这些亲切熟悉的风景，强烈地撞击着我的心扉，我的内心温暖豁然开朗，对大地上的一切人和事物产生了美好的感情。

通过辛勤的努力和付出，李东阳这个年轻的组织干事，慢慢在机关站稳了脚跟，开始在这个崭新的天地里施展才华崭露头角。

而在六连，陈月娣却生活在感情的痛苦和生活的折磨里。李东阳走的那一天，她没有按时出工，也没有向排长请假，而是一个人早早来到六连公路往场部去的岔路口，怀着复杂焦急的心情等待着李东阳。她像做了贼似的，躲在林带边的渠道草丛里，两眼紧紧盯着发白的公路，内心五味杂陈，像一个发酵膨胀即将开裂的菜坛子。她多么想正大光明地送一送她亲爱的东阳哥，给他说说话，但是，她把这个强烈又固执的愿望压了下去，为了他的锦绣前途，她已经和他暂时分手，现在出去送他，沸沸扬扬的议论很快会传遍全连，不久就会传到场部机关，因为她的东阳哥从今天开始，已经不是一个不起眼的连队小文教了，而是受到很多人瞩目仰望的政治处组织干事，虽然不是一人之下万人之上，但也是机关核心领导身边的人，既然表面上分手了，就不要藕断丝连、黏黏糊糊，古语说小不忍则乱大谋，是有道理的。虽然不能正大光明送别，但是她按捺不住内心的煎熬和渴望，忍不住一个人偷偷跑到这里，悄悄看他一眼心里也许会好受一点。

渠道里没有水，渠底湿乎乎的，两排粗壮的柳树分列在渠道两旁，投下浓浓的带有凉意的绿荫。渠道帮子上茂密的苦豆子已经结了荚果，像一串串淡黄色的珠子。甘草的枝叶像镰刀一样弯曲着，发出苦涩的带有一点甜味的气息。小虫子在鸣叫，草丛间的两只绿头蚂蚱一唱一和，细细的触角相互试探着。柳树上的斑鸠叫声单调低沉，有点催眠的感觉。陈月娣内心迷乱、焦躁、不安，浑身上下如同着了火，火辣辣的感觉弥漫了全身和各个器官，她有点窒息和喘不过气来。

太阳升起来了，柳树密密的枝叶挡住了热烘烘的光线，斑驳的光影洒在陈月娣身上，她的身影笼罩在虚幻的阴影里。远远地，陈月娣看见李东阳骑着自行车顺着林荫小道过来了，后座椅上捆着木头箱子和行李卷。她真想冲过去抱住她亲爱的东阳哥，给他诉说相思衷肠。理智最终克制住了她，她扒开浓密苦涩的苦豆子，自行车链条摩擦齿轮的声音沉重刺耳，由远而近，仿佛在撕拉扯揪着她脆弱的心脏和神经，她眼睁睁看着李东阳从她身边一晃而过，她看见了他愁眉不展沉思不语的脸庞，知道他心里也和她一样饱受着情感的煎熬和折磨，她如鲠在喉，双手紧紧抓住苦豆子，竟然连根拔出了几棵，她忍不住大哭起来，透过泪眼她看见李东阳回过头朝自己藏匿的地方张望，她赶忙低下头，松开苦豆子用手捂住自己的嘴，憋屈的泪水像开闸的渠水，顺着睫毛流淌在她的脸颊和手上，滴在潮湿松软长满野草的渠道帮子上。

像一只南飞的大雁，李东阳从她生活里飞走了。但是大雁无论飞到天涯海角，明年春暖花开的时候，还会飞回故乡，李东阳还会回来吗？他离开了连队，到了更广阔远大的天地，肯定是不回来了。想到这里，陈月娣像被酷霜打了一样，两眼茫然，神思恍惚，干活无精打采没有精神，常常把捋好的桃子花扔到地里，把捡出的枯叶子装进花兜里，把雪白的棉花污染得一团糟。每天傍晚下了班，她洗刷后吃过晚饭，一个人在连部后面的沙枣林里孤独漫步。连部文教办公室亮着灯，一个身影忙碌着，但那不是李东阳，是八连的一个小伙子接替了李东阳的文教。她想到连部给李东阳打个电话，就是什么也不说，只要听听他充满磁性的声音她就心满意足了，但是她不能去，自己一个小小的举动都会影响到东阳哥。现在六连人都知道她和李东阳分手了，大家议论纷纷，说什么的都有，在这个节骨眼上，她一个轻微的举动，都可能引起人们的猜测和议论。她还想借一辆自行车，到场部机关找李东阳，哪怕不见面，远远看上一眼也行。最终这些想法都被她断然否定了，她独自煎熬着度过了艰难的一个星期。

后来，她无意间从连队广播里听到了李东阳的名字，那是场部女播音员充满激情和甜美的普通话，伴着微微的颤音，一字一句，分外清晰，"现在播送本站记者李东阳撰写的通讯，标题是《战天斗地，车排子农场棉花喜获丰收》"，女播音员的声音时而泉水般温柔悦耳，时而钢铁般铿锵有力，把李东阳笔下农场人奋战秋收的豪情和火热的劳动场景表达得淋漓尽致，听后使人犹如身临其境。陈月娣站在屋檐下，心咚咚地跳着，从头到尾听完了通讯，她全神贯注地听着，犹如一声春雷滚过，一颗激动的心怦怦直跳，全身沉浸在东阳哥带给她的激动和战栗中，女播音员以后播送的什么新闻，她一个字也没有听清，关键是听到了东阳哥的消息，她抬头仰望着高高的银灰色的广播喇叭，仿佛看见了李东阳亲切和善的大眼睛，她的内心翻江倒海，胸脯剧烈起伏喘息着，像喝了一口浓香甜蜜的新鲜蜂蜜。于是，每天早中晚三次收听广播，成为她枯燥平静生活中的一部分，偶然有一天没有听到或者收工晚错过了新闻时间，她就茫然若失吃饭不香，第二天听到李东阳的名字，她始终悬着的心一下子落地了，整个人又焕发了精神和朝气。

到了月底，陈月娣发现自己这个月月经没来，她想着可能是拾花劳动太劳累了，天天用凉水洗脸洗脚身子受了刺激，过几天就来了，以前自己也出现过这种现象。可是过了一个星期，又过了十天，月经还是没有来。陈月娣这下慌了，她想起一个多月前那个傍晚她和李东阳在棉花地亲热，难道这一次就怀孕了？她怀着忐忑不安的心情又过了一个月，月经还是没有来，她害怕了，她知道未婚先孕在连队是一件非常丢人的事情，几乎不能容忍，她一个女孩子现在怎么办？她想找李东阳，可是他刚到机关立足未稳，撇开名誉不说，他一个毛头小伙子有什么好办法？还不是和她一样束手无策？她不能凭空再给东阳哥制造压力，让他受到别人的指责和嘲笑，一个人的痛苦为什么要两个人承担呢？可是内心的焦躁不安像即将到来的寒流一样侵袭了她，她不能声张还要装作若无其事，在夜深人静时一个人独自流泪。

李东阳离他而去，自己又怀了身孕，两件事交织缠绕在一起，使这个年轻的上海姑娘痛苦万分又束手无策，心急火燎，如坐针毡，却又无法诉说无处倾诉。她的内心是一片荒凉破败的废墟，坍塌的废砖烂土中长满了野草，她在痛苦和焦急的等待中度过每一天，每一天都是度日如年，她不知道以后怎么办。

星期一上午第一节课是语文课，肖老师站在讲台上，笑眯眯宣布了一件事，咱们班劳动委员陈志疆同学，考高中的命题作文《农场的秋天》被兵团教育局评为中学生优秀作文二等奖，奖励荣誉证书一个，奖金20元人民币，还要入选《中学生优秀作文选》，现在我们欢迎陈志疆同学到前面领奖。突如其来的好消息，让我有点受宠若惊，也有点蒙了，在同学们的掌声中，我红着脸走上讲台，从肖老师手里接过红色的塑料证书和一个大红包，我有点紧张地看着台下熟悉的笑脸，秦思瑶看着我，脸上是抑制不住的兴奋和愉快；吴卫国满不在乎，脸上挂着一副玩世不恭的笑容；陈国斌看着我，脸色有点沉默严肃，他在心里是嫉妒还是不屑一顾？我走下讲台回到座位。肖老师这时说，陈志疆同学这次获得大奖，为我们车排子场部中学争了光，为咱们班争了光，大家要向他学习，课余时间多读书、多思考，提高我们的写作水平。同学们，你们正当青春年华，人生宝贵，时间短促，要把时间精力放在学习上，我听说最近高中年级有的男女同学来往比较密切，如果是相互学习交流心得，我当然不反对，但是如果超出了同学之间的界限，影响了学习，我就要提醒同学们，青涩的果子是苦涩的，你现在蹉跎岁月，不久的将来你会后悔的。我相信我们高一（三）班的同学是胸怀远大理想的，不会被过早的儿女情长耽误自己的学习。好了，现在我们开始上课。接着教室里响起了哗哗的翻书声。

我觉得肖老师说得太好了，那天晚上的一幕又浮现在我眼前，不知道此时此刻陈国斌和秦思瑶心里怎么想。我翻开书，旁边加工厂的女同学乔淑琴拿起我的获奖证书，翻开看了看羡慕地给我说，志疆，你以后要教教我写作文，我老是思路放不开，语句用词也不准确。我压低声音说，好的，现在听老师讲课。

中午放学后，我到宿舍拿碗筷打饭，只有王国强一人，我问国强，徐志伟呢？王国强向我挤了挤眼睛，可能是宿舍人多，他不想说。我和他去打饭，在路上，我告诉他我作文获奖了，奖金是 20 块钱。他高兴地说，祝贺你志疆，这次你可给我们连队学生争了脸。

回到宿舍吃完饭，王国强向我使了一个眼色，我和他一块出去，来到操场边的树林带。榆树、柳树的叶子已经脱落，在地上铺了厚厚一层，踩上去喧腾腾的哗哗响。我问国强，到底是怎么回事？神神秘秘的。王国强看着我说，志伟谈恋爱了！我吃了一惊，忙问，谈恋爱？和谁谈的？王国强笑着说，嗨，你牵线做的媒，还来问我？我莫名其妙，追着问，我什么时候给他牵线了？你说话吞吞吐吐的。王国强说，志伟和你们班一个叫张荆梅的女生谈上了，现在两个人如胶似漆，一天不见面就心急火燎的。我啊哦一声，他俩当初认识确实是我牵的线，那是张荆梅喜欢声乐想找一个老师，我拗不过就带她认识了徐志伟，没想到两人谈到一块儿去了。想到这里我说，他们两个挺般配的，都喜欢音乐，在一起有共同语言。王国强说，今天是张荆梅的生日，徐志伟早早就把生日礼物准备好了，是一枚枫叶水晶胸针，花去了他半个月生活费，中午又请她下馆子去了。这小子为了爱情昏了头，我看他下半月怎么过。王国强有点鄙夷地说。我说，国强，不能这么说，我觉得他们两个人的感情是真挚的。不过，我们正在紧张的学习阶段，只要不影响学习，这种感情是美好的。国强嗤了一声说，怎么不影响，我看徐志伟现在魂不守舍的，天天想的都是她，也没有心思看书学习，这样下去不知道将来怎么办。我说，你和他天天在一起，应该劝劝他。王国强说，他现在正在兴头上，我说的话，他也听不进去，说重了还得罪他。我说，国强，这样吧，面粉厂机器检修，今天晚上我不干活，晚上我请客，咱们三个人到饭馆吃一顿饭，好好说说话，咱们很长时间没在一起了。国强说，我看算了吧，你辛辛苦苦黑灯瞎火地挣一点钱也不容易，我买几瓶汽水，咱们到外面林带里边喝边说，你看行吗？我说，不行，现在天太冷了，咱们都是从六连出来的，要相互照应，我困难的时候，你们不是出手相助两肋插刀吗？咱们好不容易考上高中，不能眼看着他掉队不管，你说呢国强。我恳切地看着国强说。国强说，志疆，你说得对，咱们几个一块好好谈谈心，看志伟有什么想法。要不把思瑶也叫上？提到思瑶，我立即想起了前天晚上看到的一幕。咱们男人的事情不要让女人掺和。我说了一句，国强听了有点莫名其妙，他看着我说，那好吧。

　　下午第一节课下课后，我找到王国强和徐志伟，给他俩说，今天晚上我请客，咱们六连的在一起坐一坐，晚上就不回去了，和你们挤一挤。他俩很高兴，志伟说你有奖金，应该让大家和你一块高兴一下。中午国强问我叫不叫秦思瑶，我没有同意，下午想自己不能这样狭隘，太小气了，这段时间忙着上课和打工，也没有好好和她说话，正好借这个机会好好聊一聊。下午第二节课下课后，我给秦思瑶说，晚上我请客，咱们六连的四个人到场部益民小吃一起吃顿饭？思瑶看着我，两眼亮晶晶的，高兴地说，好哇，你有奖金了，放学后咱们就过去。我说好。益民小吃我去过一次，有一天下午我到街上给自行车补胎，到加工厂食堂已经关门了，我只好到街上吃饭，要是平常就算了，一顿不吃也没事，但是晚上还要干4小时的体力活，饥肠辘辘是坚持不下来的。我在街上转着，来到了挂着一个油腻布帘子的小吃店，要了一碗一块钱的肉丝面，正好是我一晚上工钱的一半。不一会儿，面端上来了，满满一瓷碗飘着油花的汤面，我香甜地吃着，汤面味道很好，肉片肥里夹廋，吃得我出了一身热汗。吃完，我又要了一碗面汤慢慢喝着，漫不经心地看着墙上的菜谱，这里菜很便宜，我琢磨着找个时间请国强他们一顿，表示一下心意。我知道没有这些珍贵的情谊，我现在还不知干什么呢，可能早就回老房子了。

下午放学后，我和国强、志伟兴冲冲往街上走。天要下雪，灰蒙蒙的云层积聚翻滚酝酿着，清冷的风吹在脸上，有一股冰凉的感觉。街上人少多了，显得有点冷清。我们来到益民小吃店，我让他们两人点菜，他们不点，在我坚持下一人点了一个素菜：一盘素炒豆芽、一盘红烧豆腐，我点了一份猪肉白菜、一份爆炒猪肝，他俩说够了，点多了吃不完，我知道他俩是怕我多花钱。

刚点完菜，秦思瑶进来了，她的脸色红润，像早晨东方的一抹朝霞，手里提着一个网兜，里面装着四瓶饮料。我责怪说，我请客怎么你还带饮料？思瑶笑着说，哎呀，咱们还分什么你我。露出的牙齿像碎玉一样晶莹。这话我听了当然很高兴，忙把她让到座位上，再让她点菜，她看了一眼老板手上的菜单，说够了，等会吃完了再点。好长时间没在一起了，大家都很高兴，聊着同学和学习的事。我问思瑶，今天你知道肖老师说的是谁吗？她住在场部，不像我来去匆匆，学校的事什么都不知道。秦思瑶说，不知道，反正不是咱们班的。我听说宿管老师晚上到宿舍查房，发现已经晚上12点了，男女宿舍还有人没有回来，到教室也没人，走到食堂旁边的树林带，听见有说话的声音，打开手电筒，有好几对搂抱在一起的男女同学，老师给校领导反映了，肖老师可能就是针对这件事说的。徐志伟说，这有什么说的，谈恋爱是个人私事，只要不违反校规，谁也管不了。我接着话茬说，志伟，听说你现在很忙？徐志伟不好意思地笑了笑，有什么忙的，不就是吃饭上课嘛。我接着问，我们班的同学学得怎么样？徐志伟看了一眼王国强，有点羞涩地说，还可以，我们准备毕业以后一起考音乐学院。我心里咯噔了一下，他说我们，显然两人关系已经很深了。我说，志伟，可不要耽误你的学习，再过一年我们就要考大学了，我是没有什么希望了，你们三个可不能松劲。王国强说，刚得了大奖，你也太谦虚了！

说着话，菜上来了，秦思瑶打开饮料瓶子，我看见她的手腕上戴着一块精巧的手表，就问，思瑶戴上手表了。她晃了晃手臂说，我妈给我买的生日礼物，上海"宝石花"牌的，好让我学习时掌握时间。她买的饮料是北京生产的"北冰洋"汽水，黄色的浓浓的橘子汁，闪烁着诱人的光泽。我拿起饮料，看着他们三个说，今天没有别的意思，咱们很长时间没有在一起了，感谢大家平时对我的帮助，为了友谊，为了我们远大的理想，干杯！四个玻璃瓶子高高举起，在空中轻轻碰了一下，泡沫翻涌出金色的暖洋洋的气流，瓶子发出悦耳清脆的声音，像我们热情蓬勃而又敏感脆弱的青春。我仰起脖子喝了一大口，一股酸凉怡人的气息瞬间弥漫了口腔和喉咙，真好喝，这是我第一次喝汽水，它的芳香和味道令我一生难忘。后来，每次走过益民小吃店，我都忍不住放慢脚步，一股酸甜的液体感觉和怅然若失的惆怅就会涌上心头，那是青春的味道、青春的情绪和青春的记忆。

我们边吃边聊，王国强问徐志伟，你明年准备考哪一所音乐学院？志伟说，我准备考西安音乐学院，都在大西北，离家也近。我问思瑶，你想好了吗？思瑶说，我还没有想好，我妈妈让我考新疆师范学院，但是我不想当老师，明年再说吧。王国强说，我想好了，考大学对我来说非常渺茫，到时候我就去当兵，到部队锻炼锻炼。我说，好哇，看来只有我待在车排子了，到时候干什么呢，我现在说不清楚。思瑶说，没到最后，谁也不知道将来是什么样，我们只有抓住眼前，好好学习明年拼一下。

饮料喝完了，菜也吃完了，我要了8个白面馒头。吃完饭，我去结账，总共12块钱，花去了奖金的一大半，我有点心疼，但还是很开心。我们走出益民小吃店，冬天黑得早，夜幕下行人缩着脖子步履匆匆。身后的录音机里传出香港歌星叶丽仪唱的电视剧《上海滩》的主题曲，歌声激情澎湃，浑厚大气，像滔滔不绝的黄浦江水一泻千里……

……

> 成功，失败
> 浪里看不出有未有
> 爱你恨你，问君知否
> 似大江一发不收

……

万般无奈之下，陈月娣怀着痛苦焦灼的心情，硬着头皮给妹妹陈美娣写了一封信，事到如今，她不敢到场部医院，更不敢到连队卫生所，作为一个知青未婚先孕，这种事传出去，唾沫星子都能淹死人。她听说九连的一个天津女知青，谈恋爱怀孕了，后来肚子越来越大，最后被连里发现引起轩然大波，一时想不通投了大渠，最后在10公里以外的闸门才捞到尸体，浑身早已溃烂面目全非。

想到这里，她头皮发麻不寒而栗。现在，她身边只有妹妹这一个亲人可以倾诉。她也不想告诉母亲，母亲年龄大了，思想正统，受不了这个刺激，妹妹在医院当护士，应该懂一些医疗知识，让她想想办法看怎么解决。她不敢趴在宿舍桌子上写，只好夜里打着手电筒在被窝里，一边流泪，一边写信，信纸被泪水浸染得斑斑点点。写好信，装进信封里，用胶水糊了信口。以往寄信，都是放在连部文教办公室，等邮递员来了一起拿走。但是这封信至关重要，她要亲自去场部邮电局邮寄。陈月娣给排长请了半天假，说要到场部办点事。秋收早已结束，大房子的青年除每天学习半天外，基本上没事干，排长很痛快地答应了她的请假。陈月娣借了冯春菊的自行车。冯春菊个子不高，身材敦敦实实，圆脸小眼，她家在十六连，初中毕业后分到六连，裴虹琴调走后，她和陈月娣床挨床，平时两人关系很好。冯春菊把自行车从大房子里推出来，摸了一下轮胎，又回房子拿了气筒打了气，陈月娣带着信心急火燎地往场部赶。

公路像一条灰色的蛇皮蜿蜒蜷缩在灰苍苍的林带里，一个人也没有。初冬的荒野光秃秃的，阴沉灰暗的穹隆覆盖着一望无际翻耕过的庄稼地，排碱渠枯黄的苇子在风中摇曳，路上飘着雪花似的纷纷扬扬的苇絮。偶尔，一个穿着破烂棉大衣的孤独的牧羊人，赶着一群羊在收割过的庄稼地游荡，干燥凛冽的西北风像刺棵子一样抽打在她娇嫩的脸颊上，她顶着风，身子前倾，缩着脖子，艰难地蹬着自行车，路旁电线杆子上的电话线呜呜响着，自行车链条和齿轮吱吱呀呀像小鸭子叫，可能没有上油在干磨。出门的时候，她穿了一件厚棉衣，又用毛线围巾把自己包裹得严严实实，可还是顶不住无孔不入的西北风，她的手脚很快被冻得冰凉麻木。

她骑一会儿，下来推着自行车走一会儿，跺跺脚、搓搓手，赶到场部已经快中午了，她匆匆把自行车放进邮局前面的林带里，进了邮局大门。邮局里有六七个人，一看就是连队来的农工，还有一个男青年，从穿戴看像知青，他们在给内地的亲人寄棉花网套，鼓鼓囊囊的棉花袋子放在木头柜台上，在等着穿绿色工作服的营业员过秤打包贴邮递单。陈月娣挤进去买了一个航空信封，称了信的重量，贴了一张 10 分的邮票，她看着邮递员把信封塞进绿色的帆布邮包，心才稍微平静下来。她长出一口气，离开拥挤的柜台，坐在门口的一个长条椅上休息一会儿。邮局中央有一个褐色的铁皮火墙，烟筒拐着弯从窗户伸出去，生着一个大铁炉子，煤块在炉膛里燃烧，炉子烧得通红，散发着腾腾热气。陈月娣解开了围巾休息了一会儿，想着等一会儿到商店转转，买一点生活用品，中午就找个餐馆随便吃一点，吃完饭再回去，她现在回去已经赶不上食堂饭点了。

她正想着，门被推开了，一前一后进来两个年轻人。男的在前，女的在后，哎哟，这么多人。女的说了一句，标准的普通话，声音娇滴滴的，像夜莺一样好听。陈月娣听着声音很熟悉，却想不起来在什么地方听过，她抬起头看着两个人的背影，男的穿一件草绿色的军用褂子，右肩上挎着一个军用挎包，女的身材高挑，穿一件粉红色的棉衣，脖子里围着一条淡雅的绿色围巾，围巾的一头搭在后面，显得干净利索。看见两人进来，一直绷着脸的女营业员露出了笑容，主动打招呼说，又来寄稿件？男的笑了一声说，还有几张稿费单要取。营业员伸过手说，给我吧！男的说，谢谢了。

陈月娣在后面听得目瞪口呆，一下子愣住了。这个富有磁性的声音不就是她朝思暮想的东阳哥吗？就是在千言万语的茫茫人海中，她也能分辨出他的声音。他到邮局寄稿件取稿费，可能经常来，和这里的营业员都很熟悉，从刚才的笑脸相迎可以看出来。她全身的血液一下子涌上来，神经紧绷着，呆坐在长条椅上，眼睁睁看着李东阳从挎包里掏出取款单，隔着前面的人头递给了营业员，他和她相距有五六米的样子，这时却像隔着一条宽阔汹涌的奎屯河。她看着他亲切熟悉的背影，却不能上前和他见面搭话。她耳热脸红，心跳加速，惊悸、不安、渴盼、希冀和突然来临的相遇使她猝不及防，使她情不自禁地浑身颤抖，牙齿在口腔里不住地打战，她的双手不停地绞着手中的围巾，按捺住怦怦直跳的心脏，傻呆呆地看着他的背影。那这个女的是谁？说话娇滴滴的，一副弱不禁风的俏模样，她怎么和东阳哥在一起？她的头蒙了，内心五味杂陈，她害怕这时李东阳突然回过头看见她，她也不知道为什么不想让他看见。难道他们两人一刀两断了吗？她真真切切记得两人约定以后再联系，真是抽水断流水更流啊！一种无可名状的自卑洪水一样淹没了她，陈月娣来不及多想，赶忙围上围巾，站起来掀开门帘走出了营业厅。

外面一阵大风吹了过来，她猛地激灵了她一下，踉踉跄跄走下水泥台阶，来到林带的自行车跟前，一头趴在车座上，内心犹如一团乱麻。这时，她想起来了，刚才那个女孩子的声音，就是场部女广播员的声音，这一段时间，她天天收听广播，听东阳哥报道的新闻，对她的声音刻骨铭心。从背影看，她身材苗条，穿戴搭配很讲究，声音甜甜的，透着一股女孩子的娇嗔和娇情。看来他们关系很熟，大白天成双成对走在一起。陈月娣抬起头，转过身子看着邮局大门，刚才寄外套的那几个人，陆陆续续出来了。

过了一会儿，李东阳和女广播员也出来了，还是李东阳在前，女播音员在后，他们两个下了台阶，李东阳紧挨着女播音员，让她小心台阶。女播音员长着一张五官精巧的瓜子脸，闪烁着油润好看的釉彩，一笑一颦，有一种女性特有的灵气和娇媚。她小心翼翼，一步一个台阶，微风吹起她胸前垂挂的淡绿色围巾，贴在了李东阳的脸上。才一个多月，他的脸白净多了，毫无疑问是在办公室捂的。他脚上穿着一双黑亮的三接头皮鞋，海军蓝裤子也是精心熨过的，没有皱褶，裤缝笔直。下了台阶，他俩有说有笑，看都没有看在一旁林带里的陈月娣，亲昵地并排往机关方向走去。

看着他们远去的背影，陈月娣心灰意冷，仿佛掉进一个漆黑巨大的冰窖里，浑身上下是刺骨的冷、扎心的疼。有一秒钟，她想不顾一切冲过去，站在李东阳面前，看他怎么说。但这个念头一出现，就被她立即扼杀在脑海里。她是一个受过教育的上海知青，她见过世面，不是没有文化性格刁蛮的连队泼妇。东阳哥在机关工作初来乍到，认识一些人是理所当然的，可能他出来到邮局拿稿费，恰好碰上也正好到邮局办事的女播音员，两个人一起过来不是很正常吗？他和她有工作上的来往，女播音员不是天天播送东阳哥的新闻稿件吗？大白天正大光明会有什么事？她刚才看见女播音员出来时手里拿着一沓厚厚的牛皮纸信封，可能是机关的信件。

想到这里她释然了，长长出了一口气。今天在邮局意外见到了东阳哥，虽然只是一个背影和侧面，也没有打招呼说话，但她心里也非常激动高兴，一段时间来笼罩缠绕在心中的沮丧和烦恼一扫而光。这时，风撕裂了铅灰色的云团，太阳从云层里钻了出来，洒下的阳光有一丝微微的暖意，西北风也没有早晨那样寒冷和刺骨。陈月娣抬起头，看着阳光明朗、人来人往生机勃勃的场部街道，推着自行车上了路基，向商店的方向走去。

一个星期后，妹妹来信了。这天中午吃过饭，她听到广播让她到文教办公室取信，她怀着急切渴盼和焦躁不安的心情，三步化作两步，几乎是小跑着进了文教室。拿了信，她不敢到宿舍看，而是过了连部，穿过公路，走进满是玉米茬子的庄稼地，玉米根子茬口整整齐齐，锋利得像刀子，拖挂着她的裤腿，她全然不顾。来到水渠边的柳树林，看四周无人，才撕开信封，取出信坐在渠道帮子上看起来。

亲爱的姐姐：

你好！

接到你的信，我很是吃惊。我为你和东阳哥纯洁的爱情感到高兴，姐姐终于寻觅到了一个爱你的人。但我又为你现在的处境担忧。你现在在新疆孤身一人，无法处理好这件事，你要回上海，咱们一起想办法解决这个问题。这件事我要慢慢告诉妈妈，否则你来了之后再告诉她，她突然之间可能接受不了。至于什么时间回上海，要看你个人的情况，不知道你好不好请假，这件事需要很长一段时间才能解决，你还要慢慢恢复身体。我现在有点乱，还没有想好怎么处理，但你相信妹妹我一定会想出好办法。

妈妈和我一切都好，你不要惦记。你要坚强起来。

妹妹美娣

12月5日

信写得纷乱潦草，说明美娣当时心里很乱。是的，她是一个二十几岁涉世未深的女孩子，这么大的事让她想办法处理，确实很为难。看着信，陈月娣的内心又卷起了层层波澜和无尽忧愁，现在到底该怎么办？她呆呆地看着眼前苍凉萧瑟的景色，前面等待拖拉机拖曳着五铧犁翻耕的黄色茬子地，旁边翻耕过的土地一排排整齐并列显出深棕色。恍惚中，尖尖的玉米根茬子闪着苍黄的光，齐刷刷腾空而起，仿佛乱箭一般向她射来。她慌忙揉了揉酸痛的眼睛，一群黑色的乌鸦呱呱叫着，在玉米地里跳跃着寻觅食物，飞起又落下，在天空纷纷扬扬，翅膀在灰蒙蒙的背景里熠熠生辉，落进茬子地像一堆黑色飘动的雪。渠道边沿是枯败发黄的稗子草，枝头结满了芝麻一样圆润细小的颗粒，一大群红色的蚂蚁，在她脚下一个小土堆上奔波忙碌着，几只雪白的鸽子在她不远处安详地站立着，用粉红色的眼睛打量着她。

她无动于衷地看着周围的一切，内心充满了焦灼、惊悸、慌张、羞怯，以及无可奈何和孤苦无助，此刻她想跪在母亲面前，失声痛哭倾诉衷肠，然后在母亲温暖的怀抱里昏睡过去。而戈壁滩和上海滩何止隔着千山万水，还有无数人言和雨点子一样的唾沫，她仿佛看见人们围着她，像观看一只奇怪的动物一样，眼睛里满是鄙视、不屑、轻蔑和厌恶，"无耻、下流、丢死人、不要脸"，恶毒的言语和唾沫星子像乱箭一样射来，她站在中央四面楚歌无处可逃。一阵大风刮来，她手中的信纸扑哧一声被风掠去，她想站起来追赶，可是大风卷着信纸枯叶碎屑尘土蹿上树梢，一转眼已经无影无踪，她立在狂风中，头发和围巾随着干枯的树枝呼呼啦啦响，脸颊像被无数枚坚硬的铁针反复地扎，她早已麻木得不知疼痛，她不知道自己接下来应该怎么办，她的心在滴血，觉得自己可能要死了。

黄昏的时候，星月当空，四野朦胧，渠水在星光下欢畅地流着，渠道边缘已经结了闪亮的冰碴子。牛羊回圈，鸟雀归巢，潮湿的水汽愈发浓重，灰色的一缕缕氤氲弥漫了荒野，连队上空升起了乳白色的纷乱炊烟。陈月娣拖着麻胀僵硬的双腿，失魂落魄、头晕脑胀地往回走。她走在光秃秃的茬子地里，一只脚被一根玉米茬子磕绊了一下，脚趾头撕裂般疼痛，踉踉跄跄差一点摔倒在地。野苇梢子从旁边伸过来，拦腰而过，发出潮湿柔滑的簌簌声，她一路磕磕绊绊，走回宿舍，一头扎在床上昏睡了过去。

这一觉睡到掌灯时分，她睁开眼，宿舍里一片轻微的鼾声和梦呓。她动了一下身子，想起刚才躺在床上，现在盖着被子，可能是旁边的冯春菊盖的。她现在感觉又饿又渴，食堂早已关了门，她爬起来想找口水喝。她掏出枕头下面的手电，推开开关后寻找床下的水壶。冯春菊听到动静起来了，走到她床跟前说，月娣，你醒了，傍晚你浑身烫得像火炭，嘴里还哇啦哇啦说着胡话，现在怎么样了？月娣感激地说，现在没事了，可能感冒了。随即，她又警觉地问春菊，我说胡话了？我说了什么吗？冯春菊笑着说，你说的上海话，咕哝咕哝的，像鸽子叫，我一句也听不清。陈月娣悬着的一颗心才落下来。冯春菊说，饭我给你打回来了，我看你睡得香，就没有叫你。说着，她把饭缸子从桌子上端过来，月娣打开盖子，是一个馒头和素炒土豆丝，已经凉了。冯春菊说，要不用煤油炉子热一下？月娣说，不用了，我将就着吃点行了，不要影响大家休息。你接着睡吧，谢谢你了。

三天以后，陈月娣面色憔悴，形容枯槁，浑身酸疼，和知青们从大田地搬运碱包回来，一个个精疲力竭地往回走。天已经黑透了，连部的办公室和食堂已经亮起了灯，食堂的窗户里冒出一股股白色的气雾，像翻卷蒸腾的浓烟，雾气中传来了白面馒头蒸熟后香甜的味道。

这股热气使他们想象到炊事员挥舞着粗壮有力的手臂，用一个大铁铲在黑黝黝的铁锅旁挥汗如雨，而旁边另一个冒着热气水汽的大锅里，漂浮着白菜叶子的菜汤咕嘟咕嘟翻滚着黄色的油花，盛菜装汤的大铝盆叮叮咣咣发出响亮的金属磕碰声，头顶上沾满了苍蝇屎的昏黄灯泡发出微弱的光，在蒸腾翻滚的浓浓雾气中，可以清晰地看到里面红红的钨丝。铁锅里滋啦啦响、热气腾腾，飘散着令人垂涎的一股股菜香。他们一个个灰头土脸饥肠辘辘，但是飘来的阵阵香气，使他们咽了一口唾液，不由得加快了脚步，披着一身尘土和风霜，拖着几乎散架的身子回到宿舍。炉子已经熄灭了，火墙还有一点温和的热气，宿舍充盈着一股冰凉的潮气。他们放下铁锹，有的提煤生炉子，有的掂水桶到食堂打热水，洗洗刷刷然后到食堂打饭。

这时，广播响了，文教喊着让人到连部取信。旁边的冯春菊说，月娣，有你的信。陈月娣愣了一下，前几天妹妹才来过信，今天是谁寄来的？她来不及多想，匆匆来到文教室，那里有几个农工正在桌子上扒拉着找信，陈月娣挤到跟前，找到了自己的信。信是妹妹写的，她才来信没几天，又写信干什么？文教室和宿舍人多眼杂，自己只有等到晚上躺在被窝里看了。她把信装进棉衣口袋里，到宿舍拿上饭缸子到食堂打饭去了。

晚饭是白菜炖粉条，有几块油腻肥厚的肥肉片子，主食是白面馒头。搬运碱包和挖排碱渠一样，活重体力消耗大，范连长在晨会上要求食堂尽可能改善伙食，昨天食堂杀了一头猪，可能没有吃完。劳累了一天，陈月娣坐在自己床上，香甜地吃着饭菜。这时，炉子的火已经起来了，燃烧的煤块嘶嘶作响，红红的火苗舔着炉子和炉盖，欢快地跳跃闪烁着，房子里很快有了温和的暖意。大家都在吃饭，宿舍里一片轻微的咀嚼声和吸溜声。吃完饭洗刷好，陈月娣走出宿舍，一个人来到连部后面的大路上。

天空已经繁星满天，一钩镰刀般的新月，悬挂在高高的杨树梢上，闪烁着比星星还要微弱暗淡的银光，冷冷地洒向苍茫的大地。喧闹嘈杂的连队已经沉浸在夜色中，家家户户窗户里透出淡黄色的光亮，时而飘出欢快的说笑声，露出朦胧虚幻的模糊身影。陈月娣一个人慢慢走着，前面是洒着星光的苍白的土路，一直通向西头猪圈。

她走进黑黢黢的沙枣林，虫子在旁边的荒野地有气无力地鸣叫。她扶着一棵碗口粗的沙枣树，抬头看着密匝匝的飘着沙枣香的树枝，一串串沙枣在星光的缝隙里闪着光。她的耳边响起了李东阳亲切的话语：到了秋天打了霜，沙枣挂了蜜，我让你吃个够！沙枣熟了，而现在你在哪里？她不知道自己该想什么，脑海里空荡荡的一片。她吸了一口凉气，屏住呼吸，双手摩擦着粗糙干裂的树皮，慢慢贴着树身蹲了下来，冰凉的泪水又无声地流了下来。

四周的荒野在稀薄如水的星光下一望无际，无穷无尽的夜色像浓雾一样笼罩了她，覆盖了沙枣林、覆盖了娇小的她。大地上一切都影影绰绰，充满了一种神秘诡异的气氛。老鼠在她身边沙沙作响，一只黄鼬拖着黄棕色的长尾巴，闪电般捕捉了一只老鼠，老鼠吱了一声，黄鼬闪电般一跃离去。

她不敢睁开眼睛，忧伤和愁绪水一样淹没了她，她只想一个人沉思冥想，沉浸在梦幻般的意境里，所有庞杂的事务和喧嚣的场景像潮水一样纷纷退去，世界浓缩成一片手掌大的小小天地，只有温存的沙枣林，只有淡淡的沙枣香，像夜色一样弥漫占据了她的身体和感觉器官……

一阵轻微的沙沙啦啦声，从旁边的野草堆里传过来，向陈月娣方向传递过来。她慢慢睁开眼睛，一只火红色的狐狸小心翼翼穿出草丛，竖起颈毛，半蹲着后腿，在淡淡的月光下眯缝着黑亮狡黠的小眼睛，目不转睛地看着她。这是她第二次看见狐狸。她第一次遇见狐狸，是在挖排碱渠后一个人披着夜色蹲在渠帮子上休息，那只同样是火红色的狐狸与她对视片刻后飞快地跑走了。那一个夜晚，她与李东阳邂逅在荒野，拉开了相识相悦相爱的序幕。事后她想起那只美丽的狐狸，是冥冥之中老天爷安排他们相遇而发生了以后对她来说刻骨铭心的一段恋情？小时候听妈妈讲故事，妈妈说狐狸天生娇媚、美丽、聪明、机敏，能够帮助人们实现美满的婚姻。她莫名地在心里感激这只狐狸。

眼前的这只狐狸，竖着两只尖尖的耳朵，嘴唇下面是白色的毛，四只小蹄子是黑色的，蹲在她前面3米远的地上，长长的尾巴拖在后面。她和狐狸对视着，大约过了一分钟，从草丛里又钻出一只狐狸，这只狐狸才掉转身，两只狐狸一前一后跑进了沙枣林，消失在模糊迷茫的光影里。

陈月娣站起来，她的心情沉稳舒缓了很多，她拍了拍身上，看见西方的天空多了一群金灿灿亮晶晶的星辰，如同镶嵌在天幕上耀眼夺目的宝石。发出金色的一圈圈白色光亮。迷人的荒野吸引着她，她向那片光明灿烂的荒野走去，裤腿划拉着一丛丛野草，沾满了浑身是刺的苍耳，一大滴一大滴晶莹冰凉的露珠沉重地落下去，打在那些躺在地上的枯黄落叶上，发出扑簌扑簌的轻微声响。虫子的鸣叫更加响亮急促，随着她的脚步声此起彼伏，好像合奏着一曲悲怆苍凉的命运交响曲。有几只鸟儿在半空中尽情夜游着，翅膀滑动拍打着潮湿的夜幕发出霍霍的清晰响声，风筝般忽起忽落、忽上忽下，像日耳曼神话中黑夜里美丽的精灵。

　　陈月娣站在洒满银光的荒野中央，放眼周围，荒野像一颗铺满水晶的巨大宝石，仿佛白雪一样反射出刺目的白光，一道道金黄的迷雾从荒野冉冉升起，墨绿色的天空缀满一块块闪亮的铜片，与一颗颗明亮的星辰交相辉映，眼前五彩缤纷、云雾缭绕，宛若仙境。人世间如此辉煌壮阔，让她感觉到生命无比壮丽和珍贵，她的思绪像翻滚的云雾，在辽阔的荒野上弥漫飘洒。在她的脑海和身体里，升腾起一股炽热的暖流，像太阳一样温暖炙烤着她。她知道，巨大鲜红的太阳，明天会在东方的地平线缓缓升起，放射出万道霞光，那又是崭新灿烂的一天。而此时，淡青色月光洒在她身上，洒在叶片凋零干枯的骆驼刺上，像一瓣瓣明媚娇艳的花朵，在她脚下轻盈绽放。陈月娣被眼前的迷人景色感染着，心胸开阔起来，感觉天高地迥、人生美好，一颗激烈跳动的心脏在荒野漫游。她轻轻哼唱着江苏民歌《茉莉花》，"好一朵茉莉花，好一朵茉莉花，茉莉花开，雪也白不过它"，歌声飘荡在无垠荒野，与低吟的虫声和万物发出的响声混合在一起，发出虚无缥缈若有若无的回声，犹如迷人动听的仙乐，她神色迷离，边走边唱，沉浸在美好的月色中忘记了自己。

　　一颗闪亮的流星划过夜空，坠入深邃明亮的星辰大海，拖曳着长长的一束亮光，一下子无影无踪。陈月娣如梦初醒。大地一片朦胧，月亮时隐时现，四周一片寂静，夜已经很深了。她走进连队，家属区一片静悄悄，偶尔有一声狗吠，显得夜色更加幽深寂静。

　　到了连部门口，天黑得像锅底一般，只有警卫室窗口闪着一丝微弱灯光。她轻轻推开门回到宿舍，同房子的人都睡了，她用门后的一根木棍顶好门，借着炉子微弱的火光，拿起铲子加了煤块，然后用湿毛巾擦了一把脸，就脱衣服上床了。躺在床上，她打开手电筒，在被窝里撕开信封，看了妹妹写给她的信。信很短，妹妹告诉她，她已经把这件事告诉了母亲，母亲和她的意见是让她回上海，上海有熟人，医疗条件也好，处理起来比农场方便。至于什么时间回，由她来把握确定，到时候给她发一封电报，她到车站接她。她还告诉月娣，她上护校时的一个要好女同学，妈妈是上海市第一劳动改造管教总队所属医院的护士长，对外叫上海市农场医院，让她妈妈帮帮忙，应该没有太大问题，让月娣思想包袱不要太重。读了信，陈月娣犹如卸下千斤重担，感觉一下子轻松起来，她像一个溺水的人抓住救命稻草一样，紧紧抓住薄薄的信纸，捂在自己强烈跳动的胸口。过了好大一会儿，她才慢慢平静下来，把信封和信纸窝成一团，下床来到炉子跟前，用炉钩打开炉圈，把信塞进炉子里。炉子猛然闪出一团明亮耀眼的火焰，红红的光焰照亮了房子和她的脸庞，她看着信被烧成一卷透明蜷缩的黑色灰烬，才如释重负地出了一口气，然后回到床上沉沉睡去，这一觉一直睡到广播喇叭响她才醒来。

这天，天空阴沉，飘着细细碎碎的小雪花，四野是茫茫迷雾，景物模糊不清。吃过早饭，青年排还是到 8 号地拉运地里的碱包。陈月娣和另外一个男青年拉一辆架子车，到条田中间高处，用铁锹装上夏天浇不上水的盐碱土包，然后男青年肩膀上套上一根麻绳，拉起架子车往前走，脊梁弯曲成一张弓。陈月娣在后面用手推着车架子，吃力地向前走。道路是疙疙瘩瘩坎坷不平翻耕过的条田，架子车在上面压了两道深深的车辙。他们一个在前面吃力拉，一个在后面使劲推，架子车颠簸晃荡着，土渣扑簌簌往下掉落，车轴发出干涩难听的吱呀吱呀声，像夜里老鼠打架发出的叫声，轮胎在稀泥里扭曲着慢慢蠕动着。把车拉到地头卸掉，再回来装车，记工员在地头数车记账。

刚开始还可以，拉上几车后就精疲力竭了，小青年们一个个坐在车帮子上呼哧呼哧喘粗气。快到中午，飘飘忽忽的雪花下大了，原野一片迷茫混沌。雪花落到地上，道路本来就泥泞湿滑，雪花融化后，更显泥泞吃力。陈月娣在后面使出全身的力量，吭哧吭哧推着沉重缓慢的架子车，脚下一滑，她脸朝下跌倒在泥地上，她从地上爬起来，衣服和白线手套上沾满了泥巴。这时她的胃突然痉挛起来，一股酸水从胸腔泛上来，她弯下腰吐在雪地上，一摊黄黄的酸水，她用脚把黄水踩了几下踩得稀烂，才追赶了几步，跑上去推着缓缓前行的架子车。

傍晚收工了，农工们拉着空架子车，三三两两往连队走，身影在雪雾中模模糊糊。陈月娣扛着铁锹，拖着几乎散架的身子往回走。这时，雪更大了，下得也更急了，一片片鹅毛似的雪花铺天盖地飘落下来，原野影影绰绰，一片白茫茫。空旷的雪地上，稀稀拉拉的人流像大地上几只爬行的黑蚂蚁，一点点往前蠕动。

这是今年准噶尔盆地的第一场雪，它落在陈月娣的头上、身上、脸上，有几片还飞进了她微微张开的嘴里，瞬间有一点凉丝丝的感觉。一阵风吹过来，浓稠的雪雾呼啸着从荒野涌过来，几乎将她扑倒。她把铁锹立在地上站稳，两眼看着纷纷扬扬漫天飘舞的雪花。就在这个时刻，陈月娣产生了一个奇怪的想法，她决定要生下这个孩子，而且无论是男是女，将来孩子的名字里要有一个雪字。

过了元旦，就是 1981 年了，20 世纪 80 年代的第二个年头开始了。

北风凛冽，犹如刀割。我放寒假了，这几天机器检修，我就回老房子，一路顶风冒雪，感觉浑身燥热轻松。这两个月，我的经济条件有了很大改变，不再为一日三餐发愁，还买了几件新衣服。但是我的学习明显受到影响，虽然很努力，但是期末考试排名也在中下游，英语和数理化都不及格，如果不是语文、政治、历史、地理这些成绩撑着，我可能就是班里的最后几名。看着考试成绩单，我心情很沮丧，虽然早已料到成绩会下降，但是没有预料到下降幅度这么大。我知道，当我汗流浃背往车厢里装棉籽壳时，当我深更半夜冒着寒冷往宿舍走时，同学们都在灯光下刻苦读书。实在没有办法，鱼和熊掌不可兼得，我能上高中已经非常不错了，天天上课，晚上还要打工，一个人的精力是有限的，打工占据了我很多业余时间，用在学习上的时间自然就少，我应该知足。

远方连绵逶迤的天山，高高的冰峰直刺云天，在时隐时现的云雾中沉默庄严。回来的路上，走到分水闸，我在林带里看见一只黑色的野鸡，我下了车子过去追，野鸡慌忙张开翅膀跑了，钻进了远处的刺棵子，抖落下一片雪花。我踏着雪来到路边林带里，折了几枝挂着雪霜的沙枣，挂在车把上，带回去给花疆吃。

老房子被大雪封在下面，高高的草垛和柴火垛，羊圈牛圈和房子的屋顶，都覆盖着一层厚厚的刺眼的积雪，房檐上挂着长短不一透明的冰凌，闪着晶莹剔透的白光。草垛和柴火垛像一个个巨大的白色蘑菇，高高矗立着。乌鸦和麻雀飞来飞去，在车轮碾轧过的地方落下来，寻觅捡拾着拉草时落下来的草籽和零碎玉米粒。白雪覆盖了荒野，淹没了野草，牧人们也不出去放牧了，陆德林赶着一辆慢腾腾嘎吱作响的牛车，装了满满一车玉米秆往圈舍拉，紫红色的短角红老牛喘着粗气，一步三晃，圆睁着鸡蛋大的黄眼，看见地上遗落的玉米叶低下头要吃，陆德林举起鞭子抽在它屁股上，它不管不顾，摇晃着长长的尾巴，叼起草叶才迈开步子，嘴里嚼着干草，摇摇晃晃往羊圈牛圈拉。裹着干枯枝叶和空空穗子的玉米秆，稀稀拉拉倒在圈舍外边的雪地上，干净的白雪被反复碾压踩踏得布满乱七八糟的车辙。他的棉裤屁股上露出的破棉絮奋拉着，像雪花一样飘舞着。

他的老婆王翠枝围着一条黄色的毛线围巾，戴着一双脏兮兮的破羊皮手套，在草垛旁往车上装草，干燥的草叶子碎片四处飞扬，她的围巾上沾满了草屑和尘埃。牛车摇摆晃荡着走了，她扔下木叉，脱掉手套，搓着通红冻裂的双手，跺着脚在原地转圈，像一个圆咕隆咚的陀螺。父亲和王长福死后，老房子一下子缺了两个劳动力，连里就动员批准王翠枝加入了"五七排"，但不跟"五七排"下地劳动，而在老房子干一些杂活，挤牛奶、拉肥料、给种羊种牛添料，每天记一个人的工分。刚开始她很高兴，就在家门口挣工分，不用跑到连部集合开会。干了一段时间，她就觉得不对劲，"五七排"逢节假日和刮风下雨，都不出工在家休息，而她在老房子一年三百六十五天，天天都要出去干活，大年初一吃了饺子，嘴巴一抹油就来到牛圈，牛羊和人一样，吃草饮水一顿都不能少，冬天母羊产羔忙不过来，她还要点着马灯，在羊圈里值夜班给母羊接生，身上沾染了浓浓的牛羊气味。从天亮到天黑，忙了累了，她就骂陆德林，嫌他没本事，让婆娘没白没黑跟着受累受苦。陆德林早已被她嘟囔唠叨惯了，任她怎么骂怎么呵斥，唾沫星子溅到脸上，他也一声不吭，抹一把脸继续干他手中的活。

被踩成一片污雪的圈舍旁，程友亮头上戴着一顶露出灰旧棉絮的破棉帽，两只护耳耷拉在脸上，随着他身子的转动左右晃动着，平时一脸稀疏肮脏挂着鼻涕的黄胡须今天却刮得干干净净，闪着青黄色的一层油光。他那鸡爪子一般干瘦有力的手里，举着一把手柄光滑的长长木头叉子，隔着木头栏杆往圈里撂玉米秆，扬起的碎屑和尘土落了他一头一身。可能木头把子过于光滑，他每叉上几叉子玉米秆，就朝手掌心吐一口唾沫，以增加木头把子的摩擦力。他插叉、举叉、扔叉的动作熟练而干脆利索，每一个动作绝不拖泥带水，都是一气呵成，显示他是一个干活的好手。

他的表情严肃冷漠，像一块生锈的铁，举叉的时候，由于高高举起玉米秆，全部重量集聚在木柄上，他几乎使出了全身的力气，咬着牙瞪着眼，两腿弯曲着分开，双手紧紧抓住木柄，龇牙咧嘴貌似很残忍。牛羊欢叫着蜂拥过来，伸着头，撅着屁股往栏杆跟前挤，嘴里叼着嚼着玉米秆，不断喷出一团团浑浊的白气，脚下是啃得光溜溜的空秆子，被它们的蹄子践踏到黄乎乎的尿水里，粪便冒着一股股白色的热气。休息的时候，程友亮布满褶皱的消瘦红脸上，露出一副若有所思的沉默表情，拄着木叉卷了一支长长的莫合烟，用火柴点燃后深深吸上一口，许久才从鼻腔里吐出烟雾。他贪婪地吸了几口，看着迷茫混沌的远方，在烟雾中他的脸渐渐松弛舒展开，露出一丝不易察觉的惬意，嘴里哼唱着一支小曲，头上和嘴里呼出的热气，在灰色的毛绒帽檐上结了一层薄薄的白霜。看起来这个老房子的右派心情不错，上次回家听母亲说场部有人找他谈话，可能要摘帽。他可能快离开老房子了。

我回到家，房子里暖洋洋的，弥漫着一股淡淡的柴草味和烟味。妈妈入冬后就用柴火末子填了炕，点燃后在里面焐着，一整天炕都温乎乎的，这样屋子既暖和，又节约柴火。弟弟妹妹们都在家，花疆看见我，说了一声哥哥回来了，向我扑了过来，我把手中的沙枣递给她，她接过去，摘下沙枣塞进嘴里，啊呀，真甜！她吸溜了一下鼻涕说。

妈妈也没有出去干活，地光场净，棉花入垛，"五七排"没有什么活干，每个人分配了积肥任务，她冬天基本上待在家里，我们几个在寒假里帮妈妈积肥，而老房子羊粪牛粪随处可见，积一堆肥料很容易，然后等到开春把肥料拉到地里就行了。

中午做饭的时候，我坐在炉子前烧火，悄悄问妈妈，花疆的上海妈妈最近来过没有？妈妈说，好长时间没有来了，可能冬天活不多回上海了。我前一阵听"五七排"的人说，知青们都在闹着回城。我就没有再问。

吃过饭，我和妈妈拿着铁锹十字镐到牛圈积肥。牛圈外面用粗壮的木头扎了栏圈，既是奶牛平常活动的运动场，又是冬天啃食干草的料场，一摊摊牛粪冻得硬邦邦，散乱在栏圈的地下，结着一层黄黄的薄冰。吃完草，奶牛有的站立，有的卧在地上，嘴巴一张一合流着口水咀嚼反刍，享受着冬季的舒适和安逸。几头身上黑白或金黄颜色的小牛犊，摇着小尾巴伸着头在母牛肚子下面吃奶，有的还用头猛顶一下干瘪下垂的乳房，母牛爱怜地歪过头，用冒着热气的舌头舔着小牛的屁股。我和妈妈从栏杆缝隙钻进去，我用十字镐刨开冻在地上的牛粪，妈妈用铁锹把牛粪集中成一堆。

天山在远方闪着冷峻的白光，巍峨的峰顶忽闪着积雪的反光，雪线清晰得像透明的一条条丝线。刮着小风，不刺骨但是冰凉，卷着飘忽忽的雪花，轻轻地在牛圈里盘旋回转，散发着牛身上和胃里熏人的气味。从水井方向传来铁桶磕碰井壁的乒乓声。风掀起妈妈头上的深灰色围巾，遮住了她的半边脸。她看着我刨牛粪，给我说，志疆，你的棉鞋也该换了，年终结算下来，妈给你买一双大头鞋。

不用给我买，我有钱。还能凑合着穿。我说。

妈妈，哥哥最近回来了吗？过了一会儿，我问妈妈。

噢，见了你只顾高兴，忘了告诉你。你哥被连里选派到场部机务科，学习拖拉机驾驶，要到春节才能回来。妈妈笑眯眯的，眼角绽开几条饱经风霜的鱼尾纹说。

太好了，学习回来，哥哥以后就不用下地浇水了。我兴奋地说。我知道拖拉机驾驶员在连队是一个很吃香的工作，是很多年轻人梦寐以求的，机务排的驾驶员像场部加工厂的工人一样，发工作服、劳保鞋和手套、肥皂，工资是机务级，比农工级一个月高出十几块钱。

是啊。六连就选了他一个。等他回来到机务排，工作稳定了，也该成个家了。妈妈说。她的眼睛里有一股淡淡的郁悒，若有所思地看着灰蒙蒙的远方。

过了春节，哥哥就二十二岁了，到了结婚年龄，该成个家了。我知道妈妈担心哥哥的成家问题。可是家里四壁空空一贫如洗，哥哥没有什么积蓄，这个条件成个家可不是一句话的事情。有哪个姑娘会看上哥哥，看上我们这个穷家，愿意和他在一起生活呢？我挖空心思想着，机械地晃动着手里的十字镐，有点心事重重、漫不经心。

妈妈看出了我的心思，她给我说，志疆，和我一块干活的有一个陕西姑娘，叫魏琼花，父母都不在了，今年夏天从陕西投奔在六连的舅舅，这个姑娘人老实，长得也好，干活不偷懒，还会针线活，是个过日子的人，我准备请李排长做个媒，给你哥说合说合，你看行不行？妈妈脸上露出一丝笑容，看着我说。

好是好，可是她户口不在六连，也没有工作，不知道哥哥愿意不愿意？我说。

我给你哥说了，他见过这个女孩。他说，只要她愿意，他们可以在一起谈一谈。妈妈说。至于户口和工作，以后慢慢来，户口可以迁过来，工作也可以向连里申请。

可是咱家太穷了，什么也没有，拿什么给哥哥成家呢？我忧愁地说。

人家女孩子如果愿意，先谈着再说。是啊，咱家就这个样子，条件好的姑娘根本看不上，再说咱家也娶不起。我听你哥说，他在连里毛泽东思想业余宣传队排演节目《洗衣歌》，你哥扮演解放军的一个班长，卫生所那个叫林素霞的卫生员，扮演给解放军洗衣服的藏族姑娘，一来二去，那个姑娘对你哥有点意思，每个月都给你哥几张白面票，还往你哥兜里塞饼干和糖果，让他晚上浇水饿了吃。你哥开始没意识到，后来慢慢明白了，就不理人家了。那姑娘我到卫生所见过，长得细皮嫩肉水灵灵的，说话柔柔的，像电影里的秋香，我去拿药，她可能知道我是进疆的妈妈，一口一个阿姨，小嘴可甜了。可是现在两人走路见了面，姑娘绷着脸瞪着眼，谁也不说话，她在生你哥的气呢。唉，她以后就明白了，到了我们这个穷家她要受罪呀。你哥现在不理她，是对她好哇。母亲把棉衣袖子上的草屑扒拉下来，深深地叹了一口气说。

这个女卫生员我见过。考高中的前几天，我半夜发烧，王长福骑着马带着我到卫生所，给我看病的就是她。她长得很漂亮，身材和外貌酷似电影《三笑》里的主人公秋香。要是她当我的嫂子该有多好！我心里美滋滋地想着。

志疆，我准备过两天请李排长到咱家吃顿饭，把这件事定下来。冬天没啥事，如果人家愿意，就把婚事办了，一到开春，你哥上了车子，天天在地里跑，就没有空闲时间了。妈妈给我说。

好吧，先请李排长，看他怎么说。我有点心灰意冷地说。

过了两天，吃过午饭，妈妈亲自去了连部一趟，下午回来的时候，妈妈说，我给李排长说好了，明天中午他和彩虹过来。彩虹是"五七排"记工员。母亲到西头打了两瓶酒坊的高粱酒，用的是洗衣粉浸泡过的农药瓶子。

第二天吃过早饭，妈妈让我杀了一只公鸡，我烧了一锅热水，把鸡毛拔下来给花疆，可以做一个踢的鸡毛毽子。妈妈说，她到五七排工作，李排长帮着说了话，她心里一直很感激。刚好借这个机会好好招待一下，也算是表达谢意。

12点多，李排长和一个中年妇女骑自行车过来了。中年妇女一身军绿色衣裳，脚上穿着一双大头鞋。妈妈在柴火垛旁观望着等待，把两人迎进屋子里，倒了两碗热腾腾的红糖水，让他们坐在炕沿上喝。

鸡肉已经炖在棚子的铁锅里，咕嘟嘟发出诱人的香味。我们弟兄几个在棚子里使劲呼吸着，让香喷喷的肉味填满我们的鼻子和肺腑。妈妈用铁铲翻着鸡肉说，志疆，你等一会进去陪李排长，其他人都在棚子里吃饭，冷就冷一点。弟弟们流着口水羡慕地看着我，我得意地说，你们不要眼气我，这可是为了哥哥的婚姻大事。

鸡肉熟了，母亲装进铁盘子里，其他几个菜已经炒好，放在后锅里温着。我和妈妈端着菜进了房子。

母亲给李排长、记工员彩虹和我各倒了一杯酒。我们吃着聊着。李排长喝了一口酒说，说起来这孩子命苦，她有一个弟弟，她的父母生病，欠了一屁股债，死了是她叔叔帮着处理的后事，她叔叔收了一笔彩礼，把她许给一个四十多岁的瘸子，她不同意，新婚之夜跑了出来，辗转来到新疆，投奔她舅舅。可是在别人家寄人篱下，日子也不好过，舅舅还可以，舅妈天天甩脸子给她看。

妈妈给李排长和彩虹说，李排长、彩虹，就麻烦你们两个了，志疆，代妈向李叔叔、彩虹姐敬杯酒。

我端起酒杯说，李叔叔，彩虹姐，我哥的婚姻大事就拜托你们两个了！说完，我举起杯子一饮而尽，白酒辣得嗓子冒火。

彩虹喝了几杯酒，脸颊红扑扑像个苹果，她给妈妈说，秀芬，我觉得应该没啥事，进疆从场部培训班回来，开上拖拉机，嘟嘟嘟在地里跑，那是多少姑娘眼红的工作，说句不中听的话，要不是咱家困难一点，进疆还看不上她呢。

妈妈笑了，她用筷子给彩虹碗里夹了一块鸡肉，接着说，都是穷人家的孩子，只要以后他们能好好过日子，没有看上看不上的。

进疆回来后，两个人先见个面，认识一下。趁着过春节，进疆到他舅舅家走动一下，不管咋说，琼花是吃住在他家，他俩如果成了，这个亲戚还是要认的。李排长说。

　　这个没问题。如果两个孩子见面没意见，我就让进疆提着东西，春节去给她舅舅、舅妈拜年。妈妈喜滋滋地说。

　　李排长和彩虹走了。弟弟和妹妹涌进屋子，吃着桌子上的菜，问妈妈哥哥的事情怎么样了？妈妈笑着说，你们呀，就等着吃喜糖吧。

　　猪在外面大声叫着，妈妈忙得中午忘记了喂猪。新疆问妈妈，妈妈，两头猪长大了，一身肥膘，都走不动了，什么时候宰呀？

　　妈妈给我们说，这两头猪，要赶在春节之前杀掉，卖一头，就够买猪崽和一年的饲料钱，另外一头一斤也不卖，宰了给你哥办几桌酒席，剩下的留着冬天吃，辛苦了一年，大家好好享受一下。

　　妈妈，你是不是早就计划好了？弟弟爱疆伸着头问。

　　孩子，老话说吃不穷，穿不穷，算计不到就受穷。咱家是个大家，盘算不好，一家人日子就不好过。妈妈笑着说。

　　天色昏暗，景色模糊。火车车轮摩擦着钢轨机械重复地着"咣当咣当"响着，车厢内空气浑浊不堪，脚气、狐臭、口臭混合在狭小逼仄的空间，令人昏昏欲睡。陈月娣坐在乌鲁木齐到上海的54次特快列车一节硬卧车厢窗前，两只眼睛无神地望着窗外，看着一扫而过匆匆后退的稀疏树木、村庄、寸草不生的戈壁荒野，思绪随着哐当哐当滚动的车轮飞回了上海。

　　此刻，她的心情复杂矛盾，理不出一点头绪。自从发现意外怀孕后，她心惊肉跳惶恐不安，一天都没有安生过。焦虑、惊悸、无奈、烦躁、绝望像影子一样追随着她，使她片刻不得安宁。劳动的时候，她强忍住由于剧烈活动和身体变化带来的恶心和呕吐，担心稍微不注意带来的可怕后果，她为自己的一时冲动和轻率感到羞耻和后悔，她陷在情感和肉体的双重折磨中不能自拔，加上从早到晚繁重的体力劳动，不是修毛渠就是平碱包，清汤寡水缺乏营养千篇一律的食堂饭菜，她的身体很快消瘦下来，双眼枯槁无神，像两口渐渐干涸的水井，失去了以前的光泽，往日红润亮泽的面颊变得黄皮寡瘦，被旷野的冷风吹拂后起了一层蜡黄粗糙的皮，双手裂开了榆树皮一样的口子，渗出一星星红艳艳的血丝。

冯春菊最早发现了这种变化，还以为是劳累过度冬天风大引起的，叫她晚上早一点休息。她不置可否地点了点头。晚上躺在床上，铁炉子里的火苗忽明忽暗，墙角的老鼠簌簌跑动吱吱乱叫，劳累了一天的知青们香甜地打着轻微的鼾声，而她翻来覆去睡不着，她的手抚摸着渐渐隆起的肚子，要不是冬天穿的棉衣棉裤臃肿厚实，她可能早已被人发现了身体出现的异常。她一个人躲在被窝里悄悄流泪，汹涌的泪水打湿了枕巾，她不知道以后该怎么办，痛苦和无助像无边的夜色折磨着她，她眼睁睁看着泛着微弱亮光废旧报纸糊的顶棚，直到天快亮了才昏昏沉沉进入梦乡。

梦境奇怪而荒诞，而梦中的她总是小心翼翼提心吊胆，满腹心事。有一次，她梦见了李东阳。李东阳在场部的大街上走着，他穿了一件崭新的军便服，风纪扣扣得严严实实，留着三七开的分头，飘着洗发水淡雅的香味。他的脸上春风得意，露出少年得志后的自豪和骄傲。走在他身边的是场部女播音员，她穿着一件墨绿色的长风衣，没有系扣子，露出里面淡紫色的毛衣，一条火红色的丝质纱巾围在她白皙的脖子里，显得优雅而时尚。她紧紧挨着他，脸上是妩媚多情的笑脸，他们两个一边说着话，一边向邮局走去。她站在一旁，傻呆呆地看着李东阳，他俩自顾自说着话，看都没有看她一眼。她怒从心起，不顾一切冲上前去，站在他俩面前，眼睛狠狠盯着李东阳。李东阳的眼睛慌张游移，捉摸不定地看着她。女播音员脸上霎时充满了诧异和疑惑，看看她，又看看李东阳，不知发生了什么事。李东阳上前推开她，她的脚下一滑，跌倒在冰凉泥泞的路面上，李东阳拉着播音员扬长而去。她怀着悲凉的心情从地上爬起来，想追上去问个究竟。这时，肚子里的胎儿狠狠蹬了她一脚，可能刚才跌倒惊动了她，她不愿意了。她双手捂着剧烈疼痛晃动的肚子，在周围人嘲笑、讽刺、挖苦的目光里，跌跌撞撞跑进树林里，抱着一棵茶杯粗的榆树，大声哭了起来。榆树急遽晃动摇摆着，像被狂风刮了一样，上面的雪花像暴雨一样洒落在她身上，她感到万分冰凉，像掉进了冰窖。她被晃醒了，睁开眼，在模糊的炉子火光映照下，冯春菊站在她床前，看她醒了，春菊给她说，你刚才做梦魇住了。

李东阳到场部机关4个月后，给陈月娣写了一封信。从文教办公室拿回信，她的心情既紧张激动，又欣喜若狂。信封上没有写信人地址，地址一栏写着"内详"两个字，她一眼就看出是李东阳的钢笔笔迹。看见熟悉亲切的字迹，一瞬间，她所有的焦虑烦恼和疲劳烟消云散，身体也感觉一下子轻了。吃过晚饭，天还有点微亮，她连饭缸子都没有顾上洗，就拿着信匆匆来到连部后面公路旁的沙枣林。靠着沙枣树，她撕开了信封，展开折叠的淡蓝色信纸，李东阳熟悉的笔迹映入她的眼帘。看着第一句"亲爱的月娣"，她的眼睛潮湿了，她努力控制着自己的情绪，但是泪水还是如雨点般打湿了微微颤抖的信纸。

这封信写得很长，写了满满四张纸。李东阳详细向她述说了他到场部机关的工作生活和学习情况。白天他忙忙碌碌，每天都有写不完的各种材料、领导讲话和起草文件，在连队他感觉自己得心应手，到了机关就感觉到知识储备不足，理论和实践都欠缺，他每天除了日常性工作，还要抽出时间学习，学习各类公文的写作方法，揣摩领导的讲话意图，理解上级的文件精神，虽然一天到晚紧紧张张，有时候上一趟厕所都要小跑，但自己感觉还是很有收获，现在基本上已经适应了机关快节奏的工作变化。

然后，李东阳笔锋一转，说每到深夜躺在床上，他的心就飞到了她的身边，回忆和她在一起的点点滴滴，心中充满了无限幸福和甜蜜。有时候，他看着办公桌上黑色的手摇电话，真想给她打一个电话，有时候想骑上自行车，马上就出发到六连，去看一眼朝思暮想的心上人。但是，想到自己的前途和两个人的美好未来，他强压下心头的思念和渴望，他现在还是一名以工代干的借调干部，组织关系和工资发放还在六连，档案身份还是一名农工，他要珍惜这个难得的机会，好好工作、好好表现，争取成为一名正式国家干部，那时候他就可以正大光明地和她恋爱结婚了。就是离开政治条件苛刻的政治处，到其他部门去工作他也愿意。为了这个时刻，他现在的忍耐和克制都是值得的，这一点她非常理解，他感谢月娣给了他无私的爱和柔情，让他享受到爱情的甜蜜和苦恼，他想她的心情一定会和他一样，在焦急等待中期盼着那一天的到来。

夜色悄悄弥漫，信上的字迹模糊了，看不清了。陈月娣长久地沉浸在幸福和激动的战栗中，眼前的蓝色信封幻化成了李东阳亲切和善的笑脸，两只黑黑的大眼睛深情地凝视着她，她靠着树身蹲下来，把头埋在信纸上，感觉像亲吻着李东阳滚烫火热的嘴唇，一股淡淡的烟草味飘进她的鼻孔，她沉醉了……

盒饭，盒饭，卖盒饭了！列车员推着餐车的叫卖声惊醒了靠在座椅上沉思的陈月娣，抬头看窗外，外面已经是一片黑暗，偶尔有点点火光的村庄一掠而过，她这才感觉到肚子饿了。从昨天晚上乘车到现在，她只吃了几块饼干，喝了一杯开水。她掏出口袋里的钱，买了一铝盒三毛钱的盒饭，米饭和炒菜，白菜里面有几块肉片，她趴在小桌子上吃了起来。

李东阳的来信让她兴奋了好几天。但是，在回不回信这件事情上，陈月娣又开始焦虑纠结。面对东阳哥一颗火热滚烫的心，陈月娣恨不得马上拿出纸笔，给他写回信，倾诉她的爱情和思念，把两人离别后的情况告诉他，她甚至想把两人有了爱情的结晶——她怀孕这件事告诉他。她想告诉他，她对他的爱海枯石烂、矢志不渝，永远都不会变。可是，冷静下来以后，她决定不给他回信了，机关水深人多嘴杂，他才到一个新地方，立足未稳，又没有根基，万一走漏了消息和风声，对她的东阳哥来说，都是致命的打击。她倒无所谓，反正就是一个连队农工，可是他现在还没有转为正式国家干部，工作手续还在六连，两个人一个稍微不慎的举动，就可能使前面的所有努力前功尽弃化为乌有。她被这矛盾的感情纠缠着夜不能寐。她感觉东阳哥给她写这封信，也是下了很大的决心和勇气，自己越是关键时刻，越是要沉住气，不能因为儿女情长断送了东阳哥的美好前程。想到这，她心里流着血，咬牙决定不给李东阳写信了，她把东阳哥的信最后看了一遍，然后一点一点撕碎，跑到远远的空地上用火柴点燃烧了。看着在明亮的火焰中烧成一团灰烬的淡蓝色信纸，随着微风飘向旷野，她再一次泪流满面。

　　随后，她又陆续收到李东阳的三封来信，地址一栏依然写着"内详"两个钢笔字，她连拆都没有拆开就烧掉了。后面的三封信，她抚摸着信封，感觉一封比一封薄、一封比一封轻，可能东阳哥没有收到她的回信，有点心灰意冷。往事只能回味咀嚼，和李东阳交往亲热的一幕幕情景再一次浮现在眼前，那是多么美好令她终身难忘的甜蜜时光啊！可是她意志如铁，横下一条心，没有给李东阳回复只言片语，她不知道自己现在为什么变得如此刚强和决绝。除了遥遥无期的刻骨思念，除了每天听到广播里他的新闻和通讯报道，她再也没有见过李东阳。

　　第三天中午，上海站终于到了。火车疲惫地如老牛喘气似的停了下来。她下了火车，亲切熟悉的气息迎面扑来，她深深呼吸了一口空气，提着皮箱随着拥挤嘈杂的人流走出站台。通道里人挤人，大人的喊声和婴儿的哭声，工作人员声嘶力竭的呵斥，充满了人声嘈杂光线昏暗的宽敞过道。陈月娣被人流推搡着，像玻璃罐头瓶里一条焦黄干瘪的沙丁鱼，慢慢向前挪动着。在出站口，在人头攒动的拥挤人海中，她看到了妹妹陈美娣焦急张望的脸，她放下皮箱，伸出手向她挥舞着，她看见美娣奋力从人群中挤过来，她张开双臂，紧紧抱住了扑在她怀里的美娣。

　　黄咸虹坐在一把菲律宾进口的棕色藤椅上，光滑圆润微挺的鼻梁上，架着一副精致考究的棕色玳瑁眼镜，穿着一套灰色的对襟丝绸布料衣衫。她的身体前倾，双手放在小腹，白皙的脸上挂着一层冰霜，透过薄薄的透明镜片，眼睛冷冷地打量着坐在面前神色黯淡的陈月娣，她的鼻尖上沁着几颗细密的汗珠，双腿微微颤动着。她已年过五十五岁，头发依然乌黑，间杂着少许白发，在脑后拧成一个发髻，插着一支银质的闪闪发亮的发簪。

　　虽已年过半百，但她的脸部保养得很好，白里透着红润，显着健康和富态。她的眼睛流淌着一丝岁月的沧桑，却依然明亮有神，这一切都能看出她年轻的时候一定是个美人。此刻，她看着眼前沮丧的有点失魂落魄的陈月娣，心里又气又疼。自从从美娣口中得知月娣怀孕的消息，她犹遭雷击，一下子呆住了。她知道新疆农场艰苦，自从月娣上山下乡来到新疆生产建设兵团，她的心就一直揪着，后来月娣渐渐适应了农场的环境，工作稳定下来，她的心才慢慢放松。但是，月娣一天天大了，早已到了结婚成家的年龄，她的妹妹美娣已经在上海结婚生子，而作为姐姐的月娣还是孤身一人在遥远的新疆。由于自己的丈夫陈岩霖是解放前的资本家，现在还在香港，陈月娣受到出身影响，很多工作机会也失之交臂，至今还在连队劳动。作为母亲，她对月娣感到深深的愧疚，却又无可奈何，时间长了，这种愧疚转化为内心的不安，又时刻揪着她的心。但是，她万万没有想到，月娣会未婚先孕，如此败坏门风之举，让这个曾经的娇小姐阔夫人感到耻辱和愤怒。月娣现在回来了，摆在眼前的是如何处理掉月娣肚子里的孩子，她还是一个姑娘，这种事传出去还怎么做人？

这孩子不能要，必须打掉。黄咸虹冷冷地抬眼说。

不！不能打！我要把她生下来。月娣抬起头，看着母亲倔强地说。

生下来？你还有脸说！你陈月娣一个姑娘家，带一个孩子，像什么话？你怎么工作？你怎么见人？你考虑了没有？母亲看着她，声音颤抖着连问了几句。

陈月娣低下头，啜泣着不吭声了。

孩子的爸爸是谁？他现在在哪里？这么大的事，他为什么不出面？母亲气愤地问月娣。

月娣没有回答母亲的问话，头趴在双腿上，嘤嘤哭了起来。

你还有脸哭！这个孩子必须打掉，你没有结婚证，孩子生下来连户口都落不上，就是一个黑户，将来怎么办？你考虑这个问题了吗？母亲浑身发抖，她勉强按捺住内心的愤怒和火气。

陈月娣大声哭起来，肩膀剧烈耸动着，双手痛苦地拧绞着。

站在旁边一直没有说话的美娣，过来劝母亲。母亲看着月娣，叹了一口气，再也不说话了。

傍晚，陈月娣精神恍惚、眼神呆滞，一个人在黄浦江边转悠着。夏日的黄浦江岸边，游人如织，熙熙攘攘。江里的轮船满载货物响着汽笛，掀起浑浊的浪花向前顺流驶去。一对对情侣依偎着靠在岸边的栏杆上，观赏着两岸如画的风景。女孩子打扮得花枝招展，穿着艳丽多彩的半截袖港衫，飘逸的各种她说不出来的质地考究的面料，皮鞋的鞋跟像高脚酒杯一样耸立着。

如果她不到新疆农场，现在也是一个无忧无虑的上海女孩，早已成家立业有了孩子，一家三口其乐融融。如今回到上海，她就是一个多余的陌生人，而且肚子里还怀着一个孩子！她不知道如何是好。想到这里，她的眼泪不知不觉流了出来，茫然地向前走着，时不时碰到甜蜜亲热的一对对伴侣。她的反常举动，引得周围的青年男女面面相觑，他们打量着这个面色憔悴一言不发的女子，眼里流露出莫名的困惑和嘲讽鄙夷，直到迎面撞到一个穿着花格子衬衣的男子，她才猛然感到自己的恍惚和失态，她说了一句对不起，便撒腿向前跑去，刚跑了几步，她就被一个人从后面拦腰抱住了，耳边响起一声姐姐！她回头一看，原来是妹妹陈美娣。下午妈妈发现她眼神不对，暗中让妹妹在后面尾随着她，害怕她一时想不开发生意外。刚才她看见姐姐恍恍惚惚，顺着江岸奔跑，还以为她欲投黄浦江，于是跑上前死死抱住她。

姐妹两个哭着抱在一起。妹妹哽咽着给她说，放心吧，姐姐，我已经给你联系好了医院，一切都会好起来。

阳光温热，空气里带着一股薄荷般的甜味。在上海农场医院，陈月娣住进了妇产科。这个医院较为偏僻，月娣知道美娣费了很大劲，托了好多人，还送了礼，才住进来。

窗外，鸟在树枝上叫声婉转动听，室内墙壁雪白，飘散着来苏水好闻的香味。陈月娣旁边的床位上是一个海丰农场的孕妇，和她年龄相仿，她的丈夫，是一个气质粗犷眼睛细小的回城知青，每天中午和下午准时骑自行车给她送饭，看着小两口亲亲热热的样子，陈月娣不禁感到一阵悲伤。

陈美娣过来了，轻轻告诉她，医生说了，胎儿已经成形，不能打胎，只有生下来。陈月娣听了很高兴，她抓住妹妹的手说，那就生下来。妹妹愁眉苦脸地说，妈妈那边怎么说？月娣说，就给她说，医生说要生下来。妹妹说，那以后怎么办？月娣说，先生下来再说，活人不能让尿憋死。她心里想着怎么会说出这样一句话，这是连队那些老娘们说的话。想到这，她扑哧一声笑了，给美娣说，美娣，现在是孩子生下来以后，我到什么地方坐月子？妈妈那肯定不能去，叫别人知道了，妈妈脸都没地方放。你再想个办法，看怎么办？美娣说，我想想看。你现在不要担心，总会有办法的，先生下来再说。

过了一段时间，美娣找了一辆吉普车，拉着姐姐和她出生的孩子，来到江苏太仓县，又坐船，在长江口南岸的一个小渔村，安置了月娣母女两人。这家主人的妻子曾经在月娣家当过奶娘，月娣和美娣都是她从小奶大的……

长途班车撇下孤零零的陈月娣，吼叫着扬尘而去，很快消失在浓浓烟雾里。秋风吹拂在她脸上，她感觉到冰凉的寒意。她右手抱着刚满月的婴儿，左手提着一个行李袋，拖着仿佛有千斤重的身体，步履缓慢地下了撒满石子的路基，朝六连方向走去。她害怕有熟人看见，不敢走大路，而是顺着公路林带旁的一条机耕路走。机耕路旁的玉米地已经掰了玉米棒子，留下一棵棵扬着空荡荡穗子的枯黄秆子，随风摇曳晃荡着，发出哗哗的枯燥无聊响声。机耕路高高低低疙疙瘩瘩，弯曲着深深浅浅的链轨车辙，她踉跄着一步一步向前走。她的身体虚弱、脸色苍白，没走多远就气喘吁吁浑身冒汗。

孩子这时也醒了，小手乱舞着哭了。陈月娣放下行李袋，一屁股坐在上面，解开衣服扣子给孩子喂奶。孩子立刻不哭了，小嘴一边呃着乳头，使劲吸吮乳汁，一边发出舒畅的哼唧声。陈月娣看着怀中的婴儿，不禁悲从心来。这是最后一次吃奶，等一会你就不知会到谁家，以后的命运就更不知道了。想到这，陈月娣泪如雨下，滴在孩子娇嫩粉红的圆脸上。她低下头，心疼地用嘴吸吮着孩子脸上的泪水。孩子吃饱了，歪着头看着她，咧开小嘴笑了。

她东张西望，满腹心事，在踟蹰中行走，走走停停，停停走走，秋季的太阳没有夏日的灼热烘烤，散发着清新凉爽的气味，温热而明澈。走了一会儿，她累了，把手提包放在地上，腾出手抬起手臂，将被风吹乱散落在面颊上的头发捋了捋，汗水湿湿了衣服，黏糊糊紧贴在皮肤上。她看了一眼怀里的孩子，一天的旅途颠簸，刚才又吃了奶，现在她睡着了，小脸红扑扑的，像一个熟透的红苹果。

天色接近黄昏，乌鸦蹲在高高的榆树杈上，一声接一声聒噪着，黑压压的一片阴森。田野上阒无人迹，淡紫色的暮霭向四周合围过来。一群麻雀飞过，像一片灰色的乌云，落到了红柳丛里，红柳纤细的枝丫微微晃动着。越过老房子，六连越来越近了。陈月娣抱着女儿，犹如抱着一块沉重的石头，神情恍惚，步履维艰，一步一步往前走，脚步越来越慢，最后几乎是一步一挪。可以看见连队苍茫的轮廓了，高高的树木和灰白的房屋，一缕缕稀疏的炊烟飘散在灰蒙蒙的天空，再不能往前走了。

她站着歇息了一会儿，远远看见一个人顺着小路走过来，孤独的身影在荒野灌木中时隐时现。这时孩子已经熟睡，发出甜蜜的轻微鼾声，小小的鼻孔一张一翕。她咬咬牙，在女儿白嫩的屁股上狠狠掐了一把，女儿立刻睁开眼，大声啼哭起来，声音在寂静的荒野弥漫开来。她把孩子及装着两罐奶粉和衣服的包袱放在离小路不远的一株铃铛刺旁，自己则躲进不远处一个沙包后面的红柳丛中，提心吊胆，在越来越昏暗的光线下，注视着越来越近的来人。

孩子的哭声断断续续，越来越微弱，陈月娣浑身战栗，万千滋味涌上心头，几乎瘫倒在地上。她担心来人听不到孩子的啼哭。在刺棵子模糊的视线里，她看见来人站住了，谛听了片刻，朝放孩子的铃铛刺丛走去。不一会儿，来人抱着孩子又来到小路，往老房子方向走去。

　　躲藏在灌木丛中的陈月娣，看着远去的模糊身影，刚才还在自己怀中的孩子，现在已经母女分离，甚至是永诀！想到这里，她一下子肝肠寸断，犹如万箭穿心。她陷入深深的绝望之中，虽然内心早已做了这个艰难残酷的决定，但是亲眼看着自己的骨肉被人抱走，连名字都不知道，她还是痛苦万分，精神几乎崩溃。这一刻，她叫天天不应，叫地地不灵，哭天喊地，万分懊悔，但生米已煮成熟饭，这是万般无奈中的一个办法，她不能抱着孩子回到六连大房子，只有让别人抱走哺育。她一个弱女子实在没有一点办法，天下哪个母亲不疼爱自己的孩子呢？一开始，她想着把这个孩子放在别的连队附近，但很快她就否定了这个想法，放到别的连队，她人生地不熟，以后找起来也非常麻烦，甚至就是永诀，她再也见不到自己的女儿了。思来想去，她决定冒着被人发现的风险回到六连，她藏在暗中观察，看着孩子的去向，以后有机会找起来，也知道一个大概的方向。

　　天色快黑透了，湿气和氤氲笼罩荒野。她顺着小路，悄悄跟在后面，一直看着刚才那个人走进老房子，消失在家属房，她才怀着恋恋不舍和万分复杂的心情离开了。

　　过了清明，播种之前，进疆请了三天假，把浇水排的国强等人请到老房子，给趴趴房上了一层厚厚的房泥，里外墙壁重新用草泥抹了一遍，刷了白石灰，从连部木工房买了一对新柳木门窗，辟灰后刷了蓝油漆，窗户安上了明亮的玻璃，屋顶拉了密集的细铁丝，糊了新报纸顶棚，饱经风雨的墙面被剥蚀得斑斑驳驳，几乎摇摇欲坠的趴趴房又一次焕然一新。哥哥从国强等几个朋友那里借了300块钱，加上妈妈去年在"五七排"的分红，给哥哥和魏琼花每人从头到脚做了一身新衣裳，买了两双新皮鞋，哥哥的是黑色的，嫂子的是棕红色的。哥哥在六连木工房定做了一张带床头的大床、一个带穿衣镜的木头柜子、一张写字台。

　　五一劳动节，妈妈在老房子摆了五桌酒席，做酒席的鸡、猪、兔都是自己家养的，鸡和兔子是现宰的，猪头和蹄子杂碎，妈妈早已用井水仔细洗干净，煮了一锅调料卤了出来，妈妈年轻时跟着姥姥在四川学会了卤肉熏腊肉技术，可惜到了老房子没有用武之地，差一点荒废，这次也算是露了一手。去年冬天杀了猪，卤肉的时候，弟弟妹妹围在棚子炉子跟前，闻着铁锅里不断飘散出来的浓郁肉香，往喉咙里咽着口水。土块垒的炉子烟熏火燎后黑乎乎的，周边的葵花秆子吊着细细的灰色尘埃，锅台上架着一大一小两个又深又圆的铁锅，红柳疙瘩在炉膛里呼啦啦燃烧着，蹿起的火苗子从炉洞口倒出来，映红了弟妹们红扑扑的笑脸。母亲用铁铲把热气腾腾的肉块捞出来，油光闪烁、鲜红发亮的一块块卤肉盛在盆子里，看了直让我们流口水。母亲看着我们眼馋的样子说，这是给你们娶嫂子的，谁也不能动一口，剩下的要留着过年吃。她只切了一小块猪头肉，塞进妹妹小嘴里。花疆香甜地嚼着，嘴巴一鼓一鼓的，高兴得眯缝住了眼睛。爱疆不服气地说，她为啥能吃，我们就不能吃？妈妈拍了一下他的脑袋说，你要是一个女娃，我也给你一块。说得他们你望望我，我望望你，都不吭声了。

　　过了清明，天气渐渐变暖，猪肉在棚子放不住了，妈妈在棚子里架起梭梭柴，把猪肉割成一条条，点燃梭梭柴，烟熏火燎把猪肉变成了黑黝黝流着肥油的腊肉。酒席上的白酒，是从西头猪圈买的，妈妈早已准备好10个黄色的空农药瓶子，那是她在地头捡的，反复用肥皂水浸泡过，又用洗衣粉洗刷得干干净净，瓶子发出橘黄色的光泽，妈妈整整齐齐放在筐子里备用，这次派上了大用场。蔬菜是土豆、白菜和萝卜，去年夏天妈妈就晾了干豆角、茄子、辣椒、小白菜苗，做了西红柿酱，收起来放在筐子里，蒙个严严实实的塑料布。办酒席的时候，我到场部土产门市部买了一些粉条、海带和豆腐，母亲和王翠枝、马老师三个人做了6个凉菜、8个热菜，在我家屋子里摆了两桌，在陆德林家摆了两桌，在程友亮家摆了一桌，请的人除老房子的人外，进疆还请了浇水排和机务排的高排长和罗排长，平常和他玩得好的国强等一些朋友，妈妈请了李排长和记工员常彩虹，几个关系好的"五七排"妇女，魏琼花的舅舅陪送了两床红色的缎面被子。

　　大清早，哥哥和国强、我骑着自行车到了六连魏琼花舅舅家，哥哥带了两条"红山"牌香烟，两瓶"洋河大曲"，我们的自行车车把上挽着鲜艳的红绸花。回来的路上，风里吹送着沙枣花的清香。哥哥自行车后座上带着嫂子魏琼花，国强带着陪嫁的棉被，我在后面跟着，一路说说笑笑。魏琼花穿戴一新，一路默默无言，我看见她的眉宇间隐藏着说不出的一股忧郁，显得心事重重。我以为她是离开舅舅家心里难受，舅妈平时虽然对她不好，但舅舅是她在新疆唯一的亲人。

这是一个晴天，太阳爬上柳树梢的时候，我们算是把嫂子接到老房子了。典礼就在趴趴房门口，来的客人稀稀拉拉围成一圈，门前已经被我们弟兄打扫得干干净净，连一根小草屑都没有，昨天就洒了一遍井水。地面不起一丝灰尘。典礼其实很简单，机务排高排长宣读了结婚证书，李排长代表新娘家讲了话，无非是白头到老、早生贵子的陈词滥调，然后就在一片哄笑声中，彩虹抓了一把花花绿绿的喜糖撒到空中，一群孩子嗷嗷叫着抢喜糖，然后剥开糖纸塞进嘴里，地上撒满了彩色艳丽的纷乱糖纸。大家走过来，进了摆酒席的房子，这时凉菜已经上桌，筷子也已经摆好，大家开始吃酒席。

喜事办完了，客人陆陆续续走了，家里收了一堆红红绿绿的绸子被面和床单，一摞子铁瓷洗脸盆，4个铁皮暖水壶，2个带木框的长方形玻璃镜，20个花花绿绿的玻璃水杯，满满摆了一炕。妈妈说，等下午你哥和你嫂子过来挑，剩下的都原封不动放起来，到时候给别人家还礼。

陈月娣是过了五一回的六连。妈妈和妹妹正在给她在上海联系单位，已经有两个街道厂子答应接收她。而让她忧心的是花疆的户口无法跟着她落回上海，毕竟是未婚先孕，妈妈厚着脸皮跑街道、派出所，街道干部和户籍警一听这个情况都摇头，说不符合政策，表示无能为力。没有上海户口，花疆跟着她就没法上学，和她同龄的人，孩子早已上了学前班，眼看探亲假到期了，事情还没有一点眉目，陈月娣心急如焚，却又束手无策。她暗自垂泪，命运为何如此折磨捉弄我？无奈之中，陈月娣只好先回来，一年之计在于春，现在连里已经开始春播会战，劳动力紧张，回去晚了影响不好，可能要连累她办调动手续，这是大事，不能再有一丝闪失和差错。

从场部公路下了长途汽车，陈月娣提着皮箱往回走。大地开始回暖返青，蒸腾着绵绵不绝的丝丝热气，荒野渐渐露出癞子头似的绿色，柳树飘动的枝丫已经鹅黄嫩绿，鸟儿在枝丫间跳跃着叼食刚露出头的嫩芽，蜜蜂和蝴蝶飞舞在初夏暖烘烘的空气中。地里到处都是干活的人，有的在地里捡拾玉米根、棉花秆和杂草根，为机车播种做准备。有的用铁锹撒粪，捂冻了一冬天的农家肥料被抛向空中，然后雨点一般落在潮湿松软的地里。林带、沟壑、原野和水渠边，一些还没有脱去冬装的妇女和孩子，扛着柳条筐子，手里拿着铲子，寻找铲挖苦菜花和蒲公英、灰灰条青绿的幼苗，这是这个青黄不接季节里农家最好的下饭菜。

那次从老房子回来，陈月娣决定以后没有特殊情况，再也不去老房子见花疆。后来的日子，她咬着牙忍住强烈想见女儿花疆的渴望和念头，常常深夜一个人蒙着被子泪流满面。这种忍耐是痛苦的，也是残忍的，虽然近在咫尺，她骑上自行车不到二十分钟就能到老房子，但一想到人言可畏，自己还没有办理调动手续，未婚先孕，现在又出现了一个五岁多的女儿，她就是浑身是嘴也说不清楚。那天下午，她在老房子和花疆的养母带着花疆在荒野上散步，路边的野花姹紫嫣红惹人喜爱，她弯腰折了几枝野花，编了一个小花环，戴在花疆头上，花疆高兴得手舞足蹈，满地嚷嚷着疯跑。真是可怜了这个孩子，戈壁滩冬冷夏热，从小没有零食、没有玩具，连一身像样的衣服都没有，野地里的几朵野花，就让她高兴得像过年一样。看着花疆天真烂漫的笑容，她的心一阵抽搐难过，眼泪又差一点掉下来。

花疆养母看着花疆兴奋的样子，低声给她说，要是她爸爸看到她这个样子，该有多高兴！一瞬间，陈月娣看着眼前这个曾经素不相识、朴实善良的母亲，过去的日子里，她一把屎一把尿用一碗玉米糊糊养大了花疆，费了多少心血是无法计算的，她是陈月娣的恩人啊！陈月娣真想竹筒倒豆子，痛痛快快把事情的前后经过告诉她，了却心中隐藏的一份难言的苦衷和秘密。但在最后张嘴的那一刻，她按捺住强烈翻涌的倾诉欲望，把到嘴的话语狠狠压了下去。现在还不是时候，到临走的那一天，我一定要把真相告诉这个慈祥温暖的母亲。陈月娣在心里这样默默想。

日头正午，阳光热烈。陈月娣一路上东张西望，看有没有六连的拖拉机或牛车捎她回去。走累了，出了一身热汗，她站在路边等着，快到中午，终于等到了六连拉面粉的一辆牛车。赶车的老汉陈月娣认识，她把皮箱放在面粉袋子上，自己坐在磨得光滑的榆木车辕上，随着慢悠悠的牛车一颠一晃向六连走。

到了连队，正赶上食堂开午饭，陈月娣收拾床铺，冯春菊给她打了饭菜。吃过饭，冯春菊骑自行车下地了，正是播种棉花的时候，劳力非常紧张，排长让她下午到棉场去拌棉种。

棉场和粮场在六连西侧，夏天麦子收割了，摊在场院平地上脱粒晾晒，然后装进麻袋拉到场部加工厂磨面，秋天玉米收获后金灿灿的棒子垛在场院，葵花头晒干后用棍子敲打脱粒，然后分给各家各户。现在是播种季节，粮棉场地光场净，宽阔的平地上堆着一堆堆黑黝黝的土堆似的棉种，脱酸、拌种、晾干以后，装入麻袋运到地头，加到拖拉机播种机里播种。

拌种的是一个五十多岁的农工，脸色黝黑，爬满了蜘蛛网一样稠密的皱纹。他干活很利索，悠着劲，一锹一锹教月娣拌种。棉种里面搅拌掺匀钾拌磷、敌克松、磷酸二氢钾，防止地下的虫子吃棉种。一下午，她学会了按照比例拌种，回到房子她精疲力竭，鼻子闻了刺鼻的硫酸和农药，她一点食欲也没有，不想吃饭。她躺在床上休息了一会，把皮箱打开，把给花疆带的大白兔奶糖、一盒高桥松饼、一盒薄荷糕和一个装电池的小汽车模型、妹妹给她买的一套衣服拿出来，装进一个网兜里，她抑制住强烈的思念之情，打算过两天再去老房子看花疆，自己刚回来，天天拌棉种忙到天黑，实在不好意思再请假去老房子，再说跑得勤了让别人知道了，麻烦就大了。

第二天下午，天阴了，起风了，大块铅灰色的乌云从西边天空压了过来，一群燕子叽叽叫着贴着地面飞翔，这是下雨的前兆。老农工找到库房保管员，让他打开库房，往库房搬运拌好的棉种，否则下雨了，棉种受到雨淋会生霉腐烂。

陈月娣和几个农工连忙把棉种装进麻袋里，用架子车拉到库房门口，然后再一袋袋抬进库房。库房在场院北侧，里面堆满了各种劳动工具和生产物资，农药箱子、日本尿素、装了油渣的麻袋、芨芨草扫把、翻晒粮食的木锨、叉子等杂物和一桶浇水排晚上点马灯用的煤油，西墙角堆了一堆花兜和装棉花的袋子，屋顶上挂满了横七竖八的蜘蛛网，燕子在房梁上筑了巢，几只雏燕张开鹅黄的小嘴，啾啾地叫着，等待母燕飞回来喂食。陈月娣在西墙角腾出一块地方，把抬进来的棉种放在地上。

这时，冯春菊和几个嘴里叼着烟卷的男青年骑着自行车来到粮棉场。陈月娣问她做什么，冯春菊说，地里没棉种了，排长让他们过来驮棉种，要不然播种机就要停了。陈月娣开始帮他们往麻袋里装棉种。正装着，雨点子下来了。陈月娣抬头看了一眼西头猪圈，只见天空的乌云像一支支离开弓弩的箭羽，拖着长长的云团向下垂挂着，西头一片灰蒙蒙。陈月娣说，不好了，大雨马上就要来了，咱们赶快把棉种搬到库房里。他们开始手忙脚乱地把棉种袋子往架子车装，然后抬到库房摞起来。刚清完场院的棉种，保管员锁了库房门，雨点子噼里啪啦急遽落下来，他们紧跑慢跑，还没有跑到看场人住的小房子，倾盆大雨就从天上泼了下来。

陈月娣的头发淋湿了，往下滴着水滴，她掏出手绢擦了一把脸，透过窗户看见雨点子密集地砸在地上，翻起一片片浑浊的雾气和水花，天地浑然一体，猛烈的风在雨中像母牛发情一样肆意嚎叫着，夹着急骤的雨点子像马蹄一样敲击着屋顶，屋顶发出一阵沉闷急骤的轰鸣。一只黑色的燕子被迅疾的雨点打落在地上，在泥水里翻滚挣扎哀号着。窗台外面落下来几只湿淋淋的麻雀，缩着脖子看着灰蒙蒙的天地。

这场雨下得太及时了，天晴了，棉花苗子三四天就钻出来了。冯春菊望着窗外的雨幕在一旁说。

是啊，春雨贵如油，可咱这里的春天来得迟，5月了才下了一场透雨，这是老天爷的赏赐啊！拌棉种的老农工接着说。他掏出口袋里的莫合烟，用报纸卷了一根细长的卷烟，眯着眼睛坐在看场人的木头床上说。

大雨足足下了有半小时，才渐渐沥沥慢慢停下来，屋檐上还滴滴答答往下滴着浑浊的雨水，在屋檐下地基前砸出一窝窝排列整齐的小雨坑，形成了闪亮的水洼。一群灰色花色白色的鸽子，飞进场院落在玉米垛上，用尖尖的小嘴啄食着金黄的玉米粒子。陈月娣推开房门走了出来。西方的天空，这时云淡风轻，露出一抹金色的霞光，一道彩虹若隐若现挂在天上。大块黑色云团已经开始向东迁徙，头顶上只有一层稀薄的云雾随风飘摇，虚无缥缈，像一幅淡墨绘就的水墨画。地上雨水横流泥泞不堪，一脚踩下去鞋子陷进去，再拔出来已经沾满黑乎乎的泥巴，地势低洼的地方，淤积了漂浮着草叶子的浑浊雨水，青蛙不知在何处鸣叫着。刚才被雨水击落的那只黑燕子，直挺挺头朝下躺在泥水里，翅膀已经僵硬了。空气却异常清新凉爽，像从清冽的井水里过滤出来的一样，带着从荒野里飘来的植物发出的薄荷一样微醺香甜的气息。

走吧，也下不成地了，找个地方喝酒去。一个头上戴着黄军帽的小青年说。

嗨，下雨天就是喝酒天，走喽。另一个小伙子兴奋地接了一句。说着，他们几个踩着泥水走了，鞋子在泥地上发出呱唧呱唧的踩踏声。

冯春菊的自行车歪倒在泥水里，她过去把自行车扶起来，举起来放到肩上，扛到看场人房前，只好先放在这里，等到雨过天晴路干了再过来骑。

走吧月娣，反正待在这也干不成活。冯春菊给陈月娣说。

陈月娣答应了一声。两人一前一后，踩着泥水往场院门口走。

还没走到门口，走在前面的冯春菊惊慌地回过头给陈月娣说，月娣，你快看，是不是库房失火了！

自顾看着脚下的陈月娣抬起头，往库房方向看了一眼，只见一股浓烟从库房敞开的窗户里飘出来，还卷着一股股暗红色的火苗，火苗急遽闪动摇摆着，像一条扭动挣扎的蟒蛇，随着浓烟爬上了高高的屋檐。

不好，库房着火了！陈月娣大声喊了一句，失火了！失火了！音调慌张而急切，走在前面的几个小青年听到喊声，回过头看见了浓烟，立即掉转头跑过来，纷乱的泥水在他们脚下像雨点一样飞溅着。

他们几个人跌跌撞撞跑到库房门口。这时，火势越来越大，浓烟也比刚才猛烈，黑色的烟雾卷着一道道明亮的火舌，从几个窗户里翻涌出来，发出滋滋啦啦可怕的响声，门缝里钻出刺鼻呛人的气味，可能是农药箱子烧着了。两个小年轻跳起来，用脚把门踹开，闯进库房里，不一会就扛着棉种袋子出来了，陈月娣和冯春菊也冲进去，库房里烟雾弥漫，火光从西墙角方向熊熊燃烧着，火苗已经蔓延到了屋顶，铺在屋顶干燥厚实的苇把子麦草呼呼向上，吐着蛇信子一样的火焰，西侧的屋顶已经烧穿了，往下噼里啪啦掉落着潮湿的泥土，陈月娣和冯春菊摸索着跑到放置棉种的麻袋跟前，一个人背了半袋子棉种往外跑，浓烟和辛辣的农药味呛得她们眼睛直流泪，她俩憋住呼吸，低着头从库房里磕磕绊绊走了出来。

这时，拌棉种的老农工和另外几个人从看场人房子里跑过来，加入了从库房往外抢棉种的行列。扛了一麻袋出来，老农工呛得流着眼泪鼻涕，不停地咳嗽着。他脱下身上穿的灰色褂子，刺啦一声撕下衣服袖子，蹲在地下蘸了雨水，然后罩住鼻子和嘴巴，从后面系住，弯着腰跑进库房。陈月娣和冯春菊学着他的样子，掏出手绢用雨水打湿，用手蒙在鼻子嘴巴上，她俩跑进去，呼吸确实比刚才顺畅多了。这时，堆在墙角的棉花袋子和农药箱子、麻袋、扫把、木锨已经快烧完了，火苗已经蹿到整个库房屋顶，没有燃烧干净的苇把子和泥土扑簌簌往下掉，陈月娣和冯春菊抬了半麻袋棉种，一手拽着麻袋，一手捂着手绢，摇摇晃晃跑了出来，刚一出门，她俩几乎同时松开手，麻袋无声地跌落在泥水里。

这时，连队的挂钟突然当当当响了，高音喇叭里传来高连长急促的甘肃口音：全连职工请注意！粮棉场库房失火了，大家快去救火！通知内容广播了三次才停下来。

此刻，在几公里外的老房子，男男女女听到广播都出来了，朝连队方向张望，因为距离太远，他们只看见一股淡淡的烟团，在连队上空轻轻飘动，像做饭烧火的炊烟，其他什么也看不见。

此刻，库房西墙角屋顶已经钻出了火苗，因为火势太猛，烟熏火燎，再加上体力消耗大，从库房抬出来一次，要休息一会儿，呼吸一下新鲜空气才能进去，从库房抢救棉种的速度明显慢下来，大家的脸上黑一块黄一块，身上冒着烟气热气，喘着粗气拍着胸脯，大口喘着气，看着越来越大的火势。

高连长心急火燎地跑过来，裤子上溅满了黑乎乎的泥点子，他落脚未稳，看了一眼堆在外面的棉种，急切地问老农工，库房里还有几袋子棉种？老农工回答说，不多了，可能还有不到 10 袋子。高连长苦着脸说了一句，种子烧毁了，今年就没法搞生产了。说完，他不顾一切，一头闯进了往外冒着黑烟的库房门。

大家跟着高连长，冒着浓烟，又陆陆续续钻进库房，陈月娣和冯春菊最后跟进去，库房已经看不见东西了，火苗在他们头顶燃烧着，发出令人心悸的哐哐怪叫，向下掉落着没有烧尽的草屑和泥块。扛着袋子往外走的人，不断碰撞着她俩，潮湿的麻袋碰在脸上，莽撞而生硬，她俩凭着感觉摸索到了麻袋跟前，一人抬起一头往外走，她们已经没有力气单独扛着一袋子往外走。抬着袋子，冯春菊在前，陈月娣在后，走了几步就走不动了，一摇一晃往门口挪。浓烟和农药味混合着其他呛人的气味，毫无遮拦地刺激她们的眼睛和鼻腔。陈月娣憋住气，不是很沉重的麻袋使她身体摇摇晃晃，她艰难地挪着脚步，可以看到门口的亮光了，快要出去了。这时，一根燃烧着火苗的房梁呼啦啦掉下来，一头斜着砸在她的前面，她两眼一黑，随即感到麻袋扑通一声落地了，声音很轻微，在乱糟糟的库房里几乎听不见，陈月娣是凭手中的感觉意识到麻袋落地了，借着微弱的火光，她看见前面的冯春菊倒在地上，距离门口只有一米之遥。那根掉落下来的木头房梁，砸在她的头上，落在她的肩膀上，火苗还在啪嗒啪嗒燃烧着，只不过没有刚才猛烈。

陈月娣松开双手，手绢滑落下来，麻袋沉重地堆积在她脚上。她不顾一切走了两步，抱起冯春菊肩上的房梁，吃力地把它挪到一旁，她的手触及滚烫的木头，一股钻心的疼痛撕裂着她的手指和心脏，她全然不顾，拉着冯春菊的肩膀往外拖。冯春菊太沉了，身体仿佛一块巨大的磨盘，她拽住冯春菊，一点点往外拖。到门槛了，她精疲力竭，实在拖不动了，把冯春菊的头放在高高的木头门槛上，她在心里喊叫，春菊呀，你动一动吧。冯春菊像睡着了一样，身体一动不动。陈月娣爬到她身后，咬着牙，使出全身的力量，推着她的屁股往前挪，冯春菊的身子终于越过门槛，像一堆草泥一样瘫在门外边。陈月娣松了一口气，疼痛、疲劳和刺鼻的烟雾一起向她袭来，她一屁股坐在地上，这时，一声轰响，房梁的另一头掉落下来，带着燃烧和没有燃烧尽的草木灰烬，重重地砸在陈月娣的头上身上，陈月娣脑袋轰的一声，倒在地上什么也不知道了。

陈月娣是在送往场部医院的半路上死的。在剧烈颠簸晃荡的拖拉机车厢里，她昏昏沉沉一言不发，眼睑微翕，像睡着了一样。她白皙秀丽的脸上，被燃烧后的烟灰罩上了一层灰色，眉毛烧焦了，乌黑的头发凌乱散开着，遮住了半边脸颊，衣服上被火燎的窟窿露出她粉红色的内衣，黄胶鞋沾满了泥巴和污水，她的身下铺着一堆湿乎乎的麦草。拖拉机在泥泞的土路上吼叫着，喷着呛人的黑色浓烟，车厢扭动着嘎吱嘎吱响着，车轮在泥水里艰难转动着。上了通往场部的沙石公路，拖拉机速度加快了，车轮子甩着稀烂肮脏的泥巴。这时，昏迷中的陈月娣长长出了一口气，嘴里咕哝了一声，然后慢慢闭上了半睁的双眼。随车的女卫生员林素霞听了一下她的脉搏，已经没有心跳了。但是，拖拉机还是一路吼叫颠簸着来到了场部医院，因为车厢里还躺着另外一个人，那是昏迷不醒的冯春菊。

我是从学校的读报栏看到陈月娣牺牲的消息。这天中午，我吃过午饭，照例来到读报栏前，我先浏览了《人民日报》《新疆日报》，《人民日报》通栏黑色标题是《伟大的马克思主义者、杰出的无产阶级革命家铁托同志永垂不朽》，这个消息广播电台已经播了，我把目光投向准噶尔总场的《准噶尔晨报》，头版是新闻，黑色的大标题《上海知青陈月娣为抢救国家财产英勇牺牲》映入我的眼帘，我大吃一惊，陈月娣？这不是花疆的妈妈吗？我不相信是她，是不是重名字的人？我瞪大眼睛，又仔细看了报纸配发的黑白照片，一双美丽秀气的眼睛，小巧而挺直的鼻子，微微张开的嘴唇带着一点笑意，穿着一件圆领毛衣，真真切切看着我。没错，就是花疆的妈妈，她为了救六连库房里的棉种和昏倒在地的同伴，献出了宝贵的生命。我的心里翻涌起一种说不出的难受和悲哀，这个可怜的上海女人，刚刚和自己的女儿相认就撒手人寰，命运啊，你为什么总是折磨这些朴实善良的人！

这个消息令我心情沉重万分。虽不是亲人，但她是花疆的母亲，我一下子接受不了这个残酷的现实。下午我没有心思上课，给肖老师请了假，说家里有点急事。肖老师看着我，没有问我具体什么事，你去吧，快去快回。肖老师给我说。我骑上自行车往老房子赶。刚进入立夏，农场进入春耕大忙季节，原野上到处是忙碌的人流车流，拖拉机牵引着红色的播种机，吐着浓烟在笔直的条田上播种，绿油油的一块块冬麦早已返青，随风飘拂着一道道绿色的光芒，一群群燕子和麻雀在麦田上空飞翔着，一群接着一群。林带里是啃食野草的牛羊和撒欢的小羊羔。和煦温暖的微风吹在脸上，惬意舒服极了。我机械地蹬着自行车，无心观赏一路的风景，心里想着怎么开口给母亲说。还有花疆，刚刚才认了上海妈妈，还没有来得及开口叫她一声妈妈，她就匆匆离去了。让不让花疆知道呢？如果瞒着她，她会天天嚷着上海妈妈怎么不来老房子看她了，如果告诉她，她这么小就要忍受失去亲人的痛苦，对她幼小的心灵该是多么残酷的打击和折磨呀！

我决定先告诉妈妈，看她怎么办。来到老房子，我下了车子，来到家门口，花疆正在一个人玩踢沙包，小腿一蹦一跳，动作像一只小熊，她看见我来了，嘴里咋呼着，伸开双臂向我跑过来，我扔开自行车，上去抱住花疆，脸贴着她那粉嘟嘟的小脸蛋，再也控制不住自己的情感，眼泪像雨水一样流了出来。花疆诧异地扭开脸，看着我说，志疆哥哥，你怎么了？我擦了一把眼泪说，没事，哥哥看见你高兴。花疆笑了，哥哥，你给我带好吃的了吗？她看着我说。哥哥今天走得急，没有给你买好吃的。我歉意地说。哥哥，你这么急，有什么事吗？花疆歪着头天真地问。没事，主要是想妹妹了。我编了一句谎言，脸唰地红了。花疆笑了，露出一嘴豁牙齿，哥哥，沙枣花开了，我都闻到香味了，你带着我去摘沙枣花吧。我说，好。我又说，等到沙枣可以吃了，你的新牙齿就长出来了。花疆兴奋地说，那时候，我就跟着上海妈妈到上海了！我的鼻子一酸，眼泪差点又掉下来，走，咱们摘沙枣花去。我掩饰了一下说。

我过去把倒下的自行车扶起来，踢了支架弹簧，放稳后牵着花疆向沙枣树方向走去。

远远地，我看见孤独的沙枣树撑着巨大的黄绿色树冠，像一朵云团一样飘浮在苍茫的荒野上，微风中隐隐夹着沙枣花的温馨甜香。走近了，沙枣花的芳香沁人肺腑，几乎使我眩晕。我摘了一枝，递给花疆，花疆接过去，放在鼻子跟前贪婪地嗅着，真香啊！到了秋天，它的沙枣一定很甜。哥哥，我到了上海，你一定要给我寄沙枣，你可不要忘了。花疆说。

我忘不了。我抚摸着花疆的头说。

哥哥，你要给我寄好多好多，我要让上海的小朋友也尝一尝。花疆天真地看着我说。

放心吧，花疆，哥哥把这一棵树的沙枣都摘下来，雇一个大轮船，顺着黄浦江，给你送过去。我笑着说。

哈哈哈，太好了。花疆听了，笑得眼泪都流出来了。

下午，母亲披着一身尘土从地里回来了，肩上扛着一把铁锹。她见了我脸上露出笑容，志疆回来了。我答应了一声。母亲洗了手，从白面袋子里舀出白面，要给我揉面擀面条。她端着空碗看着我，感觉出了什么事，犹疑地问，志疆，今天不是星期天，你怎么回来了？我看着花疆没有吭气，花疆高兴地说，我哥带我出去玩了，我哥说了，要雇一个大轮船，把一棵树的沙枣运到上海去。

妈妈一脸诧异，把我拉到一边问，志疆，到底出了什么事？

我无法再控制自己的感情，哽咽着说，花疆的妈妈牺牲了。啊，妈妈手里的瓷碗咣当一声掉在地上，摔成几块。

她怎么牺牲的？妈妈看着我追问道。

前几天，六连库房着火了，她妈妈为了抢救棉种，被烧着的房梁砸住了。我说。

唉，我们当时听到广播喇叭里喊粮场失火了，连长叫人去救火，怎么也想不到她妈妈会牺牲。这几天，李排长让我清理老房子渠道的淤泥，没和大伙在一块干活，你不来，我还不知道。母亲伤心地说。

哥哥，你们说的什么？我怎么没听懂。花疆手里拿着沙枣花过来了。

孩子，妈妈没说什么，妈妈等会给你煮一个鸡蛋吃。说着，妈妈弯下腰，在花疆的小脸蛋上亲了一口。

妈妈你真好。那个上海妈妈也喜欢亲我的脸蛋。她身上可香了。花疆咧开小嘴说。

我来到棚子，把棉花秆子塞进炉子里，用火柴点燃。妈妈在案板上和面。妈妈给我说，你没有给花疆说吧？

我张不开口。她刚和她亲生母亲相认，还没有开口叫妈妈。我难受地说。

都怨我。那一段时间她来老房子，就想让花疆叫她一声妈妈，我给她说，你不要急，心急吃不了热豆腐，到时候你和她熟悉了，她自然会叫你妈。没想到她这么快就离去了，临死也没有听到花疆叫她一声妈。妈妈的眼泪掉下来，落在面盆里。

妈妈，你也不要太伤心，人死不能复活。不管怎么说，她是为抢救公家财产牺牲的，报纸上也报道了，当时她要不是抢救另一个人，也不会牺牲。我说。

那她就是一个英雄。花疆有这样一个妈妈，也会自豪的。妈妈哽咽着说。

咱们要带花疆去给她妈妈烧张纸，毕竟是她的亲生母亲，她不能忘记她。妈妈说。

过几天吧，看她妈妈埋在哪里。我说。

埋在哪里？不就埋在奎屯河吗？咱连队人，还能埋到哪里？母亲说。

她毕竟和平常的死不一样，她是英雄。我说。

不管英雄还是狗熊，我觉得死了都一样。不过话说回来，她是为公家死的，公家应该给她立一块石碑，不能轻易就埋葬了。妈妈说。

陈月娣牺牲的消息，李东阳是从场部党委书记郭立坚口中得知的。那已经是三天以后了。

车排子农场党委书记郭立坚是转业军人，这位曾经的工程兵身材敦实、高大魁梧，两道剑眉下挂着一双和善的大眼睛，流露出睿智和亲切的光芒，给人一种既威严又平和的感觉。这天上午刚上班，李东阳就接到了郭书记秘书小常的电话，让他立即到书记办公室去。李东阳放下手头的工作，往书记办公室走去。书记办公室在西头倒数第二个房间，他只是给他送过文件，从来没有打过工作上的交道。走在过道里，李东阳内心忐忑不安，郭书记大清早找他干什么？如果有工作安排，也轮不到他去，应该是政治处主任或者副主任，怎么会直接找他这个小小的组织干事？

这样想着，他来到了郭书记办公室门前，他轻轻对着门喊了一声：报告。过了两三秒钟，传来一个低沉的声音，进来。李东阳轻轻推开门进去，看见常秘书站在郭书记办公室跟前，郭书记戴着眼镜正在看文件，李东阳站在常秘书后面。因为办公室靠西，室内阳光不是很好，大清早还亮着电灯。

少顷，郭书记看完文件，掏出上衣口袋里的钢笔，在文件上批示。可能钢笔不出水，他画了几下，还是不出水，常秘书赶忙掏出自己的钢笔，拔了笔帽递给郭书记。郭书记龙飞凤舞做了批示，一边把文件给了常秘书，一边说，这件事，你要追紧一点，一点都不能含糊，有了结果立即给我报告。常秘书答应了一声，拿着文件和钢笔往外走。郭书记抬头看见了李东阳，声音亲切地说，东阳来了。李东阳笑着，拘谨地向郭书记点了一下头。郭书记笑着说，你不用紧张，坐下。李东阳的心情放松了一些，坐在他办公桌前面一个罩着灰布坐垫的椅子上，脸色还是有点紧张地看着郭书记。

郭书记端起茶杯喝了一口茶，望着李东阳说，六连青年排的陈月娣你知道吗？听了这话，李东阳的心提到了嗓子眼儿，他不知道郭书记为什么会突然提到陈月娣，难道郭书记知道了他们两人之间的恋情？来不及多想，他嘴唇哆嗦了一下回答说，知道，她是上海知青。然后紧张地看着郭书记。郭书记声音有点沉重地说，她前几天牺牲了。

血"轰"地一下子冲上了李东阳的头，他一阵眩晕。他竭力稳住自己，吃惊地看着面前脸色严峻的郭书记，立刻感到手足无措，感到胸口像火烧一般灼疼。身上的肌肉紧缩起来。四肢变得麻木而僵硬。她牺牲了？为什么？李东阳这会忘记了他的对面是党委书记，猛地从座椅上站起来，睁大眼睛看着郭书记。

你先坐下，不要激动。郭书记看着他平静地说。

陈月娣是抢救六连库房的棉种牺牲的。郭书记望着他说。

六连库房着火李东阳听说了，还听说有两个人受伤了。这一段时间工作忙，他也没有细问，没想到陈月娣牺牲了。他的泪水无声无息流了出来。

郭书记看到他流泪了，还以为他们两人都是六连的，平时很熟悉。他说，东阳，我请你过来，有两件事需要你立刻去办。第一，我们车排子农场要大力宣传陈月娣为抢救国家财产牺牲这个英雄事迹，听说她在火灾现场表现得非常突出，冒着大火多次冲进库房，往外扛棉种，本来她不会付出生命的代价，但为了抢救另外一个女青年，她被掉落的房梁砸中头部，最后牺牲了。第二，我们农场党委要给陈月娣同志申报烈士荣誉，她为农场财产和抢救他人生命死去，我们要大力弘扬这种无私奉献舍己救人的精神。当然，我们兵团现在申报烈士要走自治区这条线，我们把材料整理好以后，报送到场部，总场审核盖章，通过伊犁哈萨克州报到自治区，自治区再向民政部报备，整个手续程序很繁杂。我已经给你们主任说过了，你从今天开始，什么工作都放下，专心致志去做这两件事，到六连去采访搜集材料，争取把宣传稿件打出去，造成影响，让更多的人知道她的事迹。再一个就是把申报革命烈士的有关文件资料找出来交给我，我要专门召开党委会议，在会上讨论这件事。你先把前期材料准备好，会议通过后，立即向总场党委报告。郭书记沉思了一会，脸上微笑了一下继续说。小李子，你到机关没多久，上上下下对你评价很高啊，这两项工作，是政治任务，你一定要全力以赴，认认真真给我做好。

郭书记又喝了一口茶，脸色突然严肃地说，这个陈月娣，有的人说她出身不好，她的父亲是资本家，这样大张旗鼓宣传会不会收到不好的效果？这些人啊，现在还在论出身，封建社会的"血统论"思想还在他们脑子里作怪！周总理早就说，出身不由己，道路可选择。当年陈月娣是响应党的号召到新疆上山下乡的，在连队一干就是十几年，从来没有向组织上提过任何要求，她在六连还积极帮助技术员培育棉花新品种，为农场建设做出了贡献。有的人还咬住她的出身不放，现在都80年代了，国家已经改革开放了，这些人的思想还是这么顽固，像一块榆木疙瘩。中央早就提出解放思想，实事求是，团结一致向前看，可是到了我们这里，某些领域还是死水一潭，极左思想还在作怪，真是春风不度玉门关啊。小李子，我刚才看见你流泪了，说明你对一个战壕里的战友感情是真挚深厚的，我希望你带着这种纯洁无私的感情，去完成这次任务。

这些知识青年，他们都是当年毛主席派来的，现在很多知青闹着要回去，陈月娣却为抢救国家财产和他人的生命，献出了自己宝贵的生命，我们对她的宣传，不仅有积极的教育意义，对目前的返城风也是一个很好的遏制。现在有的地方连正常的生产都搞不下去了，这样下去怎么了得？

申报过程中，你要全程关注，经常打电话向总场请示询问，注意每一个环节和细节。如果需要出面沟通协调，你要及时向我报告，由我和他们协调。小李子，我再给你说一遍，这是一项重要的政治任务，你要高度重视，不能有一丝差错，工作中有什么问题，可以直接向我报告。郭书记看着李东阳，声音异常严肃，表情变得沉重肃穆。

李东阳自行车把上挂了一个黄挎包，顺着场部公路向六连走去。公路两旁的树木已经绽开绿油油的叶片，闪着娇嫩油亮的光泽，田野里满眼皆绿，到处是人声鼎沸忙碌劳动的人群。但是，李东阳满腹惆怅，内心无比沉重和悲痛，往日熟悉亲切的场景在他眼里是如此陌生和模糊。刚才听到陈月娣牺牲的消息，如果不是在郭书记办公室，他一定会控制不住失声痛哭。他不相信陈月娣会离开他，但这却是真真切切的消息，是郭书记亲口告诉他的。拐进六连的岔路口，往前走了一段，人少了，李东阳扔下自行车，来到林带旁的渠道跟前，一屁股坐在渠埂子上，再也按捺不住自己的感情，失声痛哭起来，眼泪流在渠帮子上，又流到浑浊的渠水里，泛着波涛流向远方。

过了许久，李东阳情绪稍微稳定下来，他用手掬着渠水洗了一把脸，然后用手绢擦干，猛地骑上了他的自行车，顺着六连的方向骑去。他疯狂地蹬着脚踏，耳边风声呼呼直响，眼前的林荫道变成了一条模模糊糊的、飘曳摆动的灰带子……

陈月娣姣好的形象和甜蜜往事一幕幕出现在他眼前，娇柔撒娇的声音在他耳边回响。他和她邂逅在傍晚无人的荒野，交往在忙碌的文教办公室，在西头迷人的沙枣林里，他们两个人在夜色下第一次接吻，在月光下的棉花垛上第一次亲热，他慌乱地尝到了甜蜜的禁果。后来，她为了自己的前途，毅然和他切断了一切联系，最后音讯全无。工作进入正常后，他给她写了几封信，她只字未回，他知道她担心耽误他的前程，强忍着内心的思恋和焦灼，多么好的一个姑娘啊，为了坚守两人之间的约定，她承担了多么大的痛苦啊！没想到傍晚在连部后面沙枣林的最后一次会面，竟是两人的永诀。他后悔到机关后没有来到六连和她见面，她在那一段离别的日子里，孤身一人，相思离恨，身心该受到多么大的折磨和摧残，他是完全可以体会和想象到的。

来到六连，文教胡国斌正在办公室等着他。他调到场部机关后，小胡接替了他的文教职位。见到他，小胡热情地和他打了招呼，他没有说话，只是点了一下头。小胡把他领到卫生所旁边的一间空房子，里面有一张床、一张桌子、一把椅子，收拾得干干净净，地上刚扫过，洒了水。小胡说，李干事，徐副主任给马指导员打了电话，说你要来采访陈月娣的事迹，马指导员安排我收拾了这个房间，你看还有什么需要的地方，你再给我说。李东阳说了一声，好，你先忙去吧。小胡出门时说，你先休息一会儿，等一会儿开饭我来叫你。说完就轻轻带了门，回连部了。

房间里弥漫着一股来苏水的香甜气味。李东阳知道这间房子是卫生所存放药品和杂物的库房，现在临时腾出来给他做卧室和书房。六连公用房子紧张，能腾出一间单独给他住，已经非常不错了。他看着熟悉的环境，心中升起一种莫名的感慨和激动，现在他回六连，已经不是那个青涩懵懂听人使唤的小文教了，而是场部党委派来的，徐副主任亲自打了电话，肯定是郭书记让他打的，六连用接待上级领导的方式迎接了他，他的内心油然升起一股优越感和自豪感。看着亲切的床铺、桌子椅子，他仿佛又回到了原来忙碌烦琐的工作和昔日的连队生活。桌子和椅子是从文教办公室搬来的，黄油漆已经暗淡了，上面有他当年留下的痕迹和气息，连接两张抽屉中间一个小方洞圆圆的铁皮锁扣，是他当年到机务排切割钻孔的，绿色的将军不下马小锁也是他到场部商店购买的，那次一共买了四把，指导员、连长、统计和他一人一把，走的时候他把这些东西都做了公物移交，现在他又重新使用，内心油然而生一股激动和亲切。

他的目光落到床上，枕巾和床单一看就是新买的，留着折叠后的线条印记，被子也是新套的，没有使用过，湖绿色的绸子被面是一幅鸳鸯戏水的丝织图案，两只彩色鸳鸯的头伸出来，半截身子叠在被子的夹缝里，显得憨态可掬。这些木头床，都是他在六连当文教时在木工房做的，分配给新来的年轻农工。有的大房子小青年不爱惜，打打闹闹损坏了木床，马指导员让他把每张床都写上名字，谁的床损坏了，统计就扣谁的工资。他到大房子，用毛笔挨个在木床横梁上写了名字，这样每张床就有了主人，果然以后木床就很少有损坏的。这张床是谁的呢？他怀着好奇，揭开了铺在床上的褥子和床单，横梁上陈月娣三个毛笔字赫然映入他的眼帘，那是他的笔迹，这是她的床，她曾经在这张床上度过了无数个夜晚，床上曾有她温馨温暖的气息。

他一时百感交集情不自禁，一头扎在床上，拉过被子盖在头上，新棉被温暖喧腾的棉花气息弥漫开来，陈月娣的形象鲜明生动地浮现在他眼前。她那身材颀长的腰身，特别是那一双水汪汪的含情脉脉的眼睛，像一团燃烧着的火焰烧灼着他的心。他想到了那个月夜下棉花垛发出的薄荷一样的气味，南飞的大雁从他们头顶掠过，发出嘎嘎的叫声，在墨绿色的天空回响，他的肌肤紧紧贴着陈月娣滚烫的身体，缠绵相拥着像一对幸福遨游的小鱼，在无边的水里吐着水泡游动着，一直游到看不见的远方。他浑身燥热，意识迷蒙，昏昏沉沉进入了一种甜蜜的妄想和深深的迷醉，连小胡敲门让他吃饭的声音都没有听到。

一个星期后，李东阳骑着自行车来到奎屯河边的墓地。墓地凌乱不堪，东一座，西一座，光秃秃的坟头爬满了白碱黑碱，有的长着稀疏细小的杂草，河水在旁边呜咽流淌着，显得荒凉孤寂。他把自行车扔在墓地边，踩着虚泡泡松软干燥的碱土，寻找陈月娣的坟墓。他在墓地里寻觅着，转了一圈，在墓地东侧一个长满骆驼刺苇子的角落里，他看见了一座泥土还比较新鲜的坟墓，坟前一块柳木板子面朝东方，他走过去，木板上"陈月娣之墓"五个黑色毛笔字映入他的眼帘，这里埋葬着他的心上人！一瞬间，他的眼泪夺眶而出，雨点一样滴在碱土地上。他上前抱住柳木板子，跪在地上，大声号哭起来。过了许久，他才站起来，围着坟墓四周凝视了一圈，然后用手掬起泥土，一捧一捧给坟墓培了一层新土，最后他怀着依依不舍的心情，一步三回头慢慢离去。

哥哥回家了。我从哥哥口中得知陈月娣埋在奎屯河墓地，是连里派他和几个青年埋葬的，坟前竖了一块柳木板子。在这之前，连里在大礼堂开了追悼会，马指导员致了悼词。哥哥说，听高连长说场部联系了陈月娣家人，她母亲听到这个消息，当时就昏了过去，陈月娣的妹妹白天上班，晚上还要到医院侍候母亲，实在抽不开身到遥远的新疆料理后事，委托场部全权处理，至于她的遗物，全部烧掉。陈月娣已经被评为烈士，他是听文教胡国斌说的。文教还说，是他把烈士证书寄给了上海陈月娣的妈妈。

失火的原因也找到了。是那天往库房里抬棉种的小伙子把烟头扔到了库房西墙角，引燃了草末子起的火。哥哥说。

现在陈月娣已经被评为革命烈士，我们要给她重新立一块碑，把花疆的名字刻上去。妈妈若有所思地说。

把花疆的名字写上去，人家都知道花疆是她的孩子，到时候风言风语，肯定对花疆不好。我说。

不管怎么样，陈月娣是花疆的亲生母亲。母亲死了，孩子给她立块碑，是天经地义的事。不论花疆以后干什么，还是走到哪里，都不能忘了她的娘。别人怎么说我不管，这块碑必须立，还要写上花疆的名字。妈妈语气坚定地说。

花疆个头比水桶高一点儿，一头卷发，肤色微黑，一双明亮的大眼睛，像一汪荡漾着光波的春水，闪着水灵灵的光泽。她懵懵懂懂听着我们说话，不解地看着我们。

妈妈走上前，一把抱起花疆，脸贴在她的小脸蛋上，眼睛充满了泪水。

妈妈，你怎么了？花疆转过头，看着妈妈说。

花疆，妈妈给你说一件事，你听了不许哭。妈妈哽咽着说。

妈妈，我不哭，你说吧。花疆小心翼翼地说。

你的上海妈妈到了一个很远的地方，你暂时见不到她了。妈妈说。

怪不得她这么长时间不来看我。她到什么地方去了，什么时候回来呀？花疆问妈妈。

我也不知道。妈妈打听到她的地址，就带你去看她。妈妈脸色忧郁地说。

那你快一点，我想她了。花疆说。

妈妈掏出十块钱，递给进疆，让他张罗购买水泥和沙石料，准备给陈月娣立碑。

进疆没有接妈妈的钱。他说，妈，不用花钱。我找保管员问他要点水泥，找一点沙石料，钢筋机务排就有，我请一个会水泥匠的师傅，我们搭个帮手，墓碑半天就做好了。到时候请师傅吃一顿饭就行了。

那好吧。进疆，这件事你一定要仔细做好，到时候我们都去，给花疆妈妈立碑。妈妈说。

水泥墓碑做好的那一天，天气阴沉，吹着小风，带着丝丝凉意。大清早，我赶着老房子的牛车，拉着一家人来到奎屯河墓地。路上，骆驼刺开花了，红艳艳细碎的小花，星星点点，依附在细嫩的枝叶上，在微风中轻轻摇曳。边疆和建疆跳下车，摘了一束骆驼刺花，递给了花疆。到了墓地，哥哥和国强等几个朋友已经到了，长方形的水泥墓碑已经高高立在陈月娣的坟墓前，墓碑正中间是陈月娣之墓五个大字，左侧是女儿陈花疆立。水泥字迹凹槽里刷了黑色油漆，显得朴实庄重，肃穆凝重。

我们在坟墓前站成一排，沉默着向墓碑鞠了三次躬。

花疆，站到前面来。母亲手里拉着花疆，让她站在墓碑前。

花疆，叫一声妈。母亲给她说。

花疆手里捧着一束骆驼刺花，站在墓碑前，浑身战栗，嘴唇蠕动着，看看旁边的我们，又看看母亲，半天没有发出声音。

花疆，我现在告诉你，你的亲生母亲陈月娣就在你的面前，她为了公家的财产，已经到了另外一个世界。母亲声音颤抖着说。

花疆，你妈活着的时候，非常疼爱你，你没有叫她一声妈。她现在走了，你今天不叫，她一个人在地下就不会安宁。妈妈继续说着，我看见泪水无声地流淌在母亲脸上。

花疆，我刚才听到妈妈说话了，她说她想你。母亲已经泣不成声。

花疆小小的身体颤抖着，眼泪聚满了眼眶，她的小手捧着的花束微微抖动着。

妈！花疆对着墓碑，带着哭腔叫了一声，像小牛犊稚嫩的叫唤。

花疆，你跪下，把花放在墓碑跟前。说妈我看你来了，再给你妈磕头。母亲在一旁叮嘱说。

花疆慢慢跪在地上，颤巍巍把骆驼刺花放在墓碑的基座上，哭着说，妈，我看你来了。然后，朝着墓碑磕了三个头。

好，花疆，你站起来吧。妈妈过去把她扶起来。

花疆，我再给你说一遍，这是你妈！你以后长大了，不管走到哪里，都要记住这里埋着生你的亲妈！没有你妈，就没有你，你的身上流着你妈妈的血液，你一辈子都不能忘记！你有很多亲人，但是你的亲妈，只有这一个。你记住了吗？妈妈看着花疆，一字一板地说。

我，我记住了。花疆声音哽咽着说。

以后每年到了清明和寒衣节，都要过来给妈妈烧纸焚香，实在来不了，也要在路边画一个圈，烧张纸。你妈妈的在天之灵会感觉到的。妈妈说。

我知道了。花疆看着妈妈，眼泪汪汪地说。

从墓地回来的路上，天空放晴了。我们看见一台拖拉机牵引着一辆绿色的中耕机停放在地头，松土铲的铲尖在阳光下排列整齐，熠熠闪光，像一面面亮晶晶的镜子，反射着太阳明亮的光辉。条田里的棉花苗已经成行，嫩绿的叶片在微风中轻轻摇晃，弱不禁风的样子惹人喜爱。红色的拖拉机在温暖的阳光下，蒙着一层灰褐色的尘埃，覆盖机身的铁皮外壳上用黄油漆写着：毛主席万岁。驾驶员弯着腰正在给拖拉机加油，空气中传来一股浓郁刺鼻的机油味。

第四十章

时间过得很快。一眨眼，1981 年秋天，我上高二了。

9 月，高二开学的时候，场部中学又分了一次班。我们班的班长陈国斌、秦思瑶和另外两位同学分到了尖子班。有个别同学则从尖子班分到了普通班。高二还分了理科和文科，学生可以根据自己的爱好及其擅长科目选择文科或者理科。秦思瑶和陈国斌选的理科，我选了文科。徐志伟也分到了尖子班，和秦思瑶同班，王国强报的文科，和我一起分到高二（三）班。肖老师还是我们的班主任。

通过一年的高中学习，大家刚熟悉没多久，又因为文理科分班和尖子班调整而重新分配，不过这次分班，有很多同学已经熟悉了，喧哗了一阵子，班里很快就平静了。

我们班新来了三个补习生，两个男生，一个女生，一个男生个子很高，有 185cm，另外一个在 170cm 左右，还有一个微胖的女生，他们是上届毕业班的落榜生，没有考上大学，在我们班补习一年，参加明年的高考。我和那个微胖的女补习生是同桌，她长得很秀气，五官精巧，面色白净，戴着一副咖啡色的近视眼镜，她叫黎晓晖。后来我知道她家是场部养路队的，她已经补习了一年，这次是第二年，高中的时候，她学的是理科，复读她选择了文科。她不想考大学，想去参加工作，但她的父亲——养路队的一个施工员，却硬逼着她上了补习班，而且对她说这辈子必须考上大学，否

528

则就让她继续补习下去，直到考上大学为止。她很苦恼，也很无奈，高中的课程是两年，她现在已经是第四年，有了四个班的同学。然而天天背诵着熟悉又枯燥的课文，如同嚼着一块剩馒头，越嚼越寡淡。她说她明年一定要考走，哪怕是个中专也要走，再重读她就要崩溃了。

开学分班以后，高二的学习陡然紧张起来，这是高中阶段的最后一年，学习成绩好的同学在做最后的冲刺，为明年考大学做准备，学习成绩较差的同学，因为面临毕业考试，也在抓紧时间复习。肖老师说了，我们是第一届场部中学办的高中，毕业考试很严格，有一门功课不及格就拿不到高中毕业证，所以教室里空气紧张了很多，课堂秩序比高一时好多了。是的，如果上了两年高中，父母辛辛苦苦供养了两年，期盼了两年，最后连一张毕业证都没有拿到，怎么回去给父母家人交代呢？

我的生活还是老样子，不过自从有了在面粉厂这个工作，虽然辛苦一点、累一点，休息和看书的时间少一点，但是我的经济条件大大改善了。榨油车间从轧花厂拉来的棉种，从去年秋天到今年采摘的棉花轧出来，首尾相接，源源不断，除非检修，机器一年不停地轰轰运转，高高的圆形铁筒一年四季天天吐着油烘烘的棉籽壳，这意味着我这个临时工一年到头都有活干，而有活干，我每月就可以领到一笔数目不菲的工钱。我现在已经完全适应了这里的环境，每晚闻着热腾腾香甜油腻的气味，听着机器震耳欲聋的轰隆声，呼吸着浑浊的飘散着无数尘埃的空气，散发着热气的身上披一层灰色的尘土和棉籽壳的粉末，劳动结束后全身擦洗一遍，星期天如果不回老房子，我会到公共浴室痛痛快快洗个热水澡，加工厂正式工人每个月发四张洗澡票，我是临时工当然没有。我的洗澡票是大房子的工友给的，半年来我已经和他们相当熟悉，他们有时候把吃不完的饭票低价卖给我，然后我到食堂换成玉米面粉带回家。打工后，每个月的60块钱左右的工资，除了吃饭，多余的钱我置办了一件的确良白衬衣、一条海军蓝裤子、一件黄色的高领毛衣、一件灰色的夹克衫、一双橡胶回力鞋。我甚至还买了一双16块钱的黑色单皮鞋，有了这些衣服和鞋子，我的穿戴虽然在班里还是非常不起眼，但足以使我在同学面前不至于显得过分寒酸，我也知道这是虚荣心，但是我们都是十七八岁的年龄，内心敏感而自尊，一个个争强好胜，在男女同学面前，谁不愿意穿戴得体面一些呢？

秦思瑶分到理科尖子班后，面临着更为沉重的学习压力和同学之间的激烈竞争。尖子班的老师也和我们普通班不一样，都是学校资历最深最优秀的老师，有的还是北大、清华的毕业生，每个月都进行模拟考试，公布月考成绩，每个人的成绩贴在教室墙上，更要命的是老师按照成绩进行排名，期中期末成绩还要在学校广播里广播，他们的终极目标是考入梦寐以求的大学，成为世人眼中的天之骄子。校园里，从来去匆匆的步伐和眼睛里焦灼不安的神情，就可以轻易判断出他们是尖子班的学生。

相比之下，普通班的学生就轻松多了，除了个别学习好的同学和尖子班的学生一样勤奋努力，大部分学生按部就班，明知道自己考不上大学，甚至连考大学前的预考都考不过，自然就身心放松了。但是每一个同学还面临着一个严峻的关口，那就是毕业考试。肖老师在高中开学的时候就说了我们这一届学生毕业考试很严格，一门功课不及格就拿不到盖有学校钢印的高中毕业证。这件事情对每个同学来说都是心中的一道坎儿。学习好的同学当然不以为然，毕业考试对他们来说简直是毛毛雨，他们在意的是即将来临的高考，那是万人拥挤争相通过逼仄惊险的独木桥。

我偶然会在校园里、过道里遇见秦思瑶，打个招呼，人多的时候互相点点头就匆匆而过。我发现她更会打扮自己了，穿戴打扮和说话口音已经和场部学生并无二致，甚至比一些场部学生还洋气，气质也更加优雅温淑，只是面色带一点焦虑和不安，隐藏在两条浓黑的眉宇间和一双明亮的眼睛里。我知道她是为自己的前途焦虑，和我为每天的生存焦虑完全是两码事。

今年快过春节的时候，我去过一次她姨姨家。放寒假的时候，不上课了，我就住在加工厂，白天没事就看书学习，晚上再到车间干活。这个星期天，我回了一趟老房子，是妈妈提议催促我去的。妈妈说，花生，非亲非故的，人家给你找了一份工作，还不是看在你和思瑶是一个连同学的份儿？过年了，你去给人家拜个年，要不然人家会笑话你不懂事。

我不想去，我觉得拿着东西到别人家拜年，拉不开脸面，太难为情。母亲看着我为难的样子说，你这孩子，已经是高中生了，还这么扭捏。你不去，人家会以为这家大人也不懂事，以后谁还会帮你？

妈妈说到这里，我不得不去了。说心里话，就是妈妈不说，我也想到了这一点，我想着和思瑶一块去，这样可能不会尴尬。而现在，既然妈妈这样说了，我就不得不去。不过说实在的，从情理上讲我是应该去给她姨姨拜个年，毕竟我在最困难的时候，人家诚心诚意帮过我。

妈妈给我准备了一块猪后腿，肉质肥瘦相间，有三四公斤，还有两只宰好的褪过毛的公鸡。母亲把肉装进一个尿素袋子里，用绳子捆绑好，然后捆在自行车后座上。她说，咱们少吃点，也要补上这份情。你去了，嘴巴要甜一点，代我向大人问个好。

我骑着车子向场部走去。公路上的积雪已经被大车碾压得像一面光滑的镜子，平展展的闪着寒冷的白光，稍不注意就要打滑，摔个四仰八叉。临近春节，大路上人流车流不断，辛苦了一年的连队人，他们戴着棉帽子，脚上穿着笨重的大头鞋，有的走路，有的骑自行车，有的赶着牛车，三三两两向场部方向走。他们要在春节来临之际，买一些生活用品，比如粉条、豆腐、海带等连队商店没有的东西，给老婆孩子扯一块布料做一身新衣裳，再买一挂鞭炮和一包糖果，过年总要有个过年的样子和气氛。有的要在春节期间，趁着过年的空闲时间娶媳妇嫁姑娘，去场部置办结婚的物品。我夹在纷乱的人流中，呼吸着清冷的寒气，用力踏着脚镫子，向场部驶去。

到了秦思瑶姨姨家门口，院子扫得干干净净，雪也被拉走了。我拿着东西敲门后进去，炉子烧得很旺，房子里暖融融的，他们一家人都在，我是第一次见到秦思瑶姨夫。姨姨见了我，热情地把我让到八仙桌跟前坐下，给我倒了一杯热水。秦思瑶的姨夫一看就是一个少言寡语的老实人，戴着一副近视眼镜，穿着一套蓝色工作服，脸上透着和善的笑容。姨姨夸奖我说，志疆呀，榨油车间的人都说你勤快肯干，是个好小伙子。我说，阿姨，主要是你人好。姨姨笑了，说志疆真会说话，坐了一会儿，喝了一杯水，我要走，一直没开口的姨夫说，吃了午饭再走。我说，家里还有事，晚上我还要回来上班。我给姨姨说，我妈向你们问好，祝全家人春节快乐。姨姨说，你回去了也向你妈和家人问好。姨姨说着，从里间房子搬出来一袋子白面，要我带回去。我说什么也不要，姨姨假装生气地给我说你不要，你阿姨也不要你带来的东西，我只好接过面粉袋子，放在自行车上。

转眼到了清明节。冰雪消融，微风和煦。这一天，我和母亲哥哥弟妹一家人，到父亲坟前上坟，我们先在父亲坟前，然后来到王长福坟前，最后来到陈月娣墓前，在每个坟前烧纸焚香。这时，二男一女从红柳丛中走过来，其中一个是六连文教胡国斌，另一个男的二十多岁，女的三十多岁，从两人穿戴看像机关干部。女子手里拿着一部照相机，他们来到了陈月娣墓前，看着墓碑。

母亲带着我们和花疆正在给陈月娣烧纸。看见他们过来了，母亲带着疑惑的表情看着他们。母亲认识胡国斌。胡国斌把母亲拉到一旁说，这两个人，男的是场部宣传科的干事，女的是《新疆军垦》报的记者，到六连采访陈月娣，正好赶上清明节，也跟着来到墓地，祭奠一下陈月娣。

女记者长相清丽、气质文雅，穿一件米灰色长风衣，站在陈月娣墓碑前，男干事给女记者拍了一张照片。然后她转过身，看着墓碑，诧异地问胡国斌，这个陈花疆是谁？

母亲听了，赶忙把她拉到一边，简单给她说了经过。

女记者蹙着眉沉思着。少顷，她让花疆站在墓碑前，对准镜头拍了一张照片。她给妈妈说，阿姨，您把地址留给我，我回去把照片洗出来寄给您。

妈妈说，你留我儿子的地址吧，他叫陈进疆，在六连机务排开拖拉机。

女记者掏出挎包里的笔记本，把名字和地址记在笔记本上。

哥哥结婚以后，我们全家人都很高兴，觉得终于完成了一件大事。母亲自然也非常高兴，她在心里期盼着他们早一点有一个孩子。

但是，自从结婚后，哥哥愁眉苦脸，好像内心有非常不开心的事情。嫂子魏琼花也是精神不振、默默无言，大半年过去了，也没有怀孩子的迹象。

这天，哥哥带回来一封信，里面有一张报纸和一张5寸照片，报纸头版刊登了女记者写的通讯，通栏标题是《她把火热的生命献给军垦事业》，副标题是：《上海知青烈士陈月娣抢救国家财产勇救他人英勇牺牲光荣事迹》，文章配了2张照片，一张是陈月娣穿着黄军装，英姿飒爽，两眼看着远方，手里握着上了刺刀的一把56式半自动步枪。另一张是女记者在陈月娣墓地前的照片，她神情凝重，站在陈月娣墓前，墓碑上"陈月娣之墓，女儿陈花疆"立这一行字正好被她挡住了。母亲看了遗憾地说，这照片照得真没水平，正好把花疆的名字挡住了。我说，人家是故意这样做的，花疆的事没有公开，大家都不知道，突然出现在报纸上，可能有损英雄的形象，记者只有这样处理了。

母亲说，我不管那么多，她是花疆的妈妈，花疆是她的孩子，这个血缘关系谁也切不断，我正寻思着带上花疆到上海找她姥姥和小姨去，花疆快到上学年龄了，再晚就要耽误上学了。

我听了大吃一惊，到上海去？怎么去？你到上海，人生路不熟的，找谁去？再说，就是费了九牛二虎之力找到了，人家会认花疆吗？人家如果不认，或者理都不理你，你这不是自讨苦吃吗？我给妈妈说。

她怎么不认？花疆身上流着她陈家的血，是她的亲外孙，她又是在上海出生的，她凭什么不认？母亲声音高了起来，气喘吁吁显得很激动。

妈妈，你不要激动，陈月娣毕竟没有结婚证，而且现在也不知道花疆的亲生父亲是谁，这么多年了，你这样不分青红皂白，莽撞地找上门去，你站在别人的立场上，人家会接受吗？我着急地说。

我管不了那么多。反正花疆是她亲外孙，她不认也要认。妈妈固执地说。

花疆在这不也一样上学吗？我们不都是在这上学吗？何必费这么大周折，还不一定成。我继续劝道。

花疆的妈妈活着的时候，就想方设法想把花疆带回上海，让她在上海上学。花疆当时也很高兴，天天想着到上海念书。花生，你想想，比较一下，是咱们这里教学水平好，还是上海教学水平好？花疆到了上海，就可以接受更好的教育，将来会有更大的出息。妈妈说。

这个我懂，我害怕去了人家不认，碰一鼻子灰回来。我说。

反正我要试试，说不定人家痛痛快快认了呢。妈妈说。

按说花疆当年在上海出生，她姥姥和小姨都知道，这么长时间了，为什么不见她们找花疆，说明人家根本不想认这个孩子。还有，花疆妈妈牺牲的时候，她们也没有过来，我想可能就是不想认花疆。我说。

妈妈听了，没有马上回答，而是陷入了沉思。

再说，就是人家认了，花疆到了上海，到时候长大了，不一定就认我们了，我们不是白养了吗？我担忧地说。

不会的，这孩子已经懂事了。三岁看小，七岁看老，她从小到大是吃老房子的玉米糊糊，喝老房子的井水长大的，老房子是她的根，她不会忘记我们。妈妈信心十足地说。

如果是这样，那就太好了。我高兴地说。

一转眼，李东阳到场部机关上班已经五年多了。无情的岁月和时间的流逝可以消磨一切，他已经从失去心爱的恋人陈月娣的痛苦情绪中慢慢解脱出来，年轻人那种热烈奔放的血液和朝气蓬勃的激情，又重新在他身上欢畅地流淌激荡起来，他每天投入到火热的工作和生活中去，渐渐忘却了曾经的痛苦。是的，一个人活着，只有不断更新和卸载，才能容纳全新的生活和接受明天的情感，一味沉溺痴情在失去的过往，只会使他意志消沉，时间长了，他的人生就彻底废弃了。

他把自己一天的工作安排得满满当当。开会、学习、调研、写材料、写通讯，整天像一只高速旋转的陀螺，一刻也不停歇。但是，一天紧张繁忙的工作结束后，吃过饭回到自己的房间，面对空荡荡的四壁，他的内心深处却时常涌起一种空虚和落寞，一种无法释怀的情感像石头一样压在心头，使他莫名其妙地烦躁和忧郁，这种情绪无法排遣疏通，无法向人诉说，使他独自苦闷沉溺其中不能自拔。天长日久，这种情绪深深困扰着他。现在，整个国家和社会都在向前看，一切欣欣向荣，他强迫自己不要过分回忆以往的事，对他来说，也要向前看向前走。生活总是这样，不能叫人处处都满意。面对困难和往事，还要顽强热情地活下去，不能因此而一蹶不振……

但是，无论他心情如何，愉快或者痛苦，兴奋或者忧郁，他在机关还是受到关注和众多女青年的仰慕，他是她们梦中的白马王子和暗恋对象，这当然和他的工作和外表有关系。他英俊的长相和挺拔的身材，青春的生命洋溢着令人陶醉着迷的男子汉成熟气息，不凡的谈吐才华、身处比较重要的职位，再加上他谦虚礼貌、没有任何架子，甚至他忧郁沉默的样子，也被她们称为日本演员高仓健式的坚毅冷峻，这使他在机关上下和社会上赢得了良好的口碑。特别是他采访撰写的饱含深情文采飞扬的通讯《她把美好的青春献给祖国边疆》，成功将陈月娣事迹宣传出去后，在全国及新疆内外、特别是上海知青中引起了强烈反响和共鸣，取得了非常好的社会效果和宣传效果，加上后来陈月娣被新疆维吾尔自治区批准为革命烈士，兵团、准噶尔总场又掀起了学习陈月娣先进事迹的热潮，车排子农场的知名度一下子提升了，已经有外地单位过来参观学习。

郭书记对李东阳的工作非常满意，在机关干部大会上不止一次对李东阳提出了表扬。他充满激情地说，如果我们每一个机关干部都像李东阳这样一心想着工作、创造性地开展工作，我们何愁机关工作不上台阶呢？何愁我们的各项事业不向前发展呢？接着，他又点名批评了几个工作滞后拖后腿的科室。以致这些科室的负责人见了李东阳，眼睛里都是嫉妒和恼怒。

11月底，是机关一年一度的年终总结，在分配各个科室评优指标的时候，郭书记特意多给了政治处一个评先指标，因此，李东阳被评为车排子农场"新长征突击手"，获得了一个红彤彤的塑料封面荣誉证书。当时，机关干部谁也没有在意这件事，一个青年人积极要求上进，工作踏实肯干，取得了一点成绩，受到领导肯定和表扬是再正常不过的事情，觉得他辛勤付出了，取得一点荣誉也理所应当。一个月后，在年底机关举行的招录干部考试中，总场组织部的红头招录文件明确规定，获得当年荣誉称号的考试者加 10 分，这是历年来招录干部文件中第一次这样规定。

对于招干考试，机关和连队以工代干人员趋之若鹜，李东阳在六连时就利用一切时间抓紧学习，到了机关更加勤奋刻苦，加上加的 10 分，考试成绩毫无悬念排在全场第一名，考核现实表现是政治处进行的，虽然他是组织干事，但因为是考生而予以回避，但政治处几个人谁不熟悉他呢？接着是政审，他在连队老实巴交根红苗正的父母、在部队已是野战军某部连长的哥哥，还有在场部加工厂工作的妹妹，清白得像一盆子一眼望到底的井水。他本人一心扑在工作上任劳任怨，已是大龄青年了还没有结婚成家，连个女朋友都没有，这样的年轻人打着灯笼都难找，加上他在政治处，天天给领导服务，近水楼台先得月，他一路绿灯，毫无悬念顺利进入了干部队伍，总场组织部的录取干部文件，李东阳的名字排在第一位，而在机关待了五六年的一些以工代干人员却与之失之交臂。

李东阳在机关如鱼得水。成了国家正式干部后，他的工作手续包括组织关系、工资和户口，都按照程序迁移到了场部机关，得到了他梦寐以求的东西，他的心里有一种自豪的成就感。白天繁忙的工作结束以后，夜晚，他有时候独自一个人来到机关门前的果园里。站在稠密的海棠果树下面，闻着沁人心脾的阵阵果香，听着小夜曲般动听的虫鸣，望着远方星光下朦胧的连绵不断的雪山，他久久地沉思出神。有时候很晚了，喧闹的场部已进入沉沉的梦乡，看不见一星灯火，夏夜的风把他的头发吹得纷乱，他才慢慢回到自己的宿舍。

无论他愿意还是不愿意，他的身边，很快围拢了一些长相漂亮、工作条件各方面优越的女孩子。场部毕竟是场部，医院、学校、商店、加工厂里的一些年轻女孩子，变着法子认识他、接近他，有些连队的通讯员、老师也拿着新闻稿件和文学作品找他提修改意见，李东阳对此敬而远之，一方面彬彬有礼，一方面婉言谢绝，他把时间用在了工作学习上。政治处订的《红旗》《半月谈》杂志和《人民日报》《光明日报》《新疆日报》等报纸，他把一些重要的文章和社论摘抄在笔记本上，国内国际的形势，会议传递的重要信息，社论里的关键语句，他抄了整整两大本。这些文章他引用在领导的讲话里、材料里，再结合农场的实际，既有高度和立意，又有举措和落实，高屋建瓴，因地制宜，有时候徐副主任忙了，来不及看他写的材料，匆匆签上名字，就直接转送到主任和政委办公桌上，经过他们审阅签字，变成了会议材料和红头文件，上报总场或者下发农场各单位贯彻落实。

他学会了照相。政治处有一个"海鸥"牌单反相机，一直放在文件柜里没人使用，他来了就打开照相机，按照说明书一点一点学习琢磨，向宣传科的宣传干事学习，很快掌握了照相和洗印技术，有时候新闻干事忙不过来，领导就安排他照相，他脖子里挎着一个照相机，在会场间来回穿梭，一会在主席台，一会在领导座位前，闪光灯一明一灭，在人头攒动的会场分外引人注目。

嗨，那个拿照相机的小伙子是谁？以前怎么没见过？有人悄声问。

噢，那是六连的文教，调到机关没多久。有人回答。

嗨，你连他都不知道，你听广播，天天都有他写的报道。有人接着说。

这一说就知道了，他就是李东阳啊！报道写得不错。刚才那人说。

李东阳学会了一口普通话，这要得益于场部广播员梁淑霞。

到了机关，他每天雷打不动，中午或者下午，要到广播站去送新闻稿。刚开始，他把用复写纸誊写好的稿件塞进广播室门口的小箱子里。那是一个刷了蓝油漆的小木头箱子，上面留了一个指头粗的空口，正好是稿纸的宽度，方便连队来的通讯员投送稿件。

有一次，他正往里面塞稿件，女播音员开门出来了，她礼貌地用普通话给他说，你的稿件不要塞了，以后直接给我就行了。他以后投稿就直接敲门，把稿件给她。后来慢慢熟了，他知道她叫梁淑霞，家在十七连，比他小四岁，高中毕业后在一营学校当音乐老师，因为普通话讲得好，声音甜美，调到场部广播站当了播音员。没事的时候，他就在她的广播站坐一会儿。广播站在场部机关门前右侧的果园里，四周被果树和榆树丛包围，隐藏在浓浓的绿树丛中，一条石板小路曲曲弯弯，通向机关院子，偏僻幽静而无人打扰。广播站里面一间屋是梁淑霞的卧室，卧室里摆着一张小床、一个床头柜、一张写字桌、两把椅子，墙上贴了电影演员陈冲、刘晓庆和龚雪的彩色图片，小花盆里养了君子兰、芦荟和兰草，布置得温馨浪漫，安静优雅，适合安静地读书思考写文章。

经常去广播站送稿，他和梁淑霞渐渐熟悉了。闲暇的时候，梁淑霞泡两杯茶，两个人在她的卧室里海阔天空漫无边际地讨论闲聊。相比年轻单纯涉世不深的梁淑霞，李东阳可谓知识渊博社会经验丰富。他读了很多书，特别是文学书籍，又长期在连队工作，接触各类人物，观察力和理解力都比出了校门就进了机关的梁淑霞犀利敏锐得多，他口若悬河地讲着，从苏联文学讲到中国新时期文学，从俄国批判现实主义作家列夫·托尔斯泰的《战争与和平》《安娜·卡列尼娜》《复活》，讲到诺贝尔文学奖获得者肖洛霍夫的小说《静静的顿河》，到中国当代作家刘心武的《班主任》、卢新华的《伤痕》、张洁的《沉重的翅膀》、路遥的《人生》，从印象派代表画家马奈、雷诺阿和莫奈，到朦胧诗派代表人物北岛、舒婷、顾城，古今中外，绘画建筑，诗歌音乐，滔滔不绝，两个人如痴如醉，沉浸在艺术的长河里。他们喜欢奥斯特洛夫斯基的长篇小说《钢铁是怎样炼成的》，为保尔·柯察金和美丽的冬妮娅的纯洁爱情惋声叹息；喜欢陈钢与何占豪创作的由俞丽拿演奏的小提琴协奏曲《梁祝》，那盘磁带他们百听不厌；喜欢巴黎卢浮宫里来自中亚的古老城市撒马尔罕的一个白色的瓷盘，上面的铭文写道：宽容入口苦涩，回味却甜蜜无穷。多么富有哲理的诗句啊！一本破旧卷边的《俄国油画作品》使他们爱不释手。后来，他俩都热爱上了苏联画家列维坦的油画，他那忧郁的风格，风吹过的荒原，低垂在树梢的烟雾，布满车辙和脚印的小路，特别是《三月》《雨后》《白桦丛》《墓地上空》，画面与他们的故乡车排子何其相似！这些画面曾长久地震撼过他们的心灵。他们为这些伟大的艺术作品而痴迷倾倒陶醉，徜徉人类文明创造的杰出成果中甘之若饴。

梁淑霞的普通话优美得简直是一首诗，抑扬顿挫，吐气如兰，富有女性的磁性和感染力，吸引感染着李东阳，他和她在一起朗诵《当代朦胧诗选》中舒婷的朦胧诗《致橡树》：

> 我们分担寒潮、风雷、霹雳；
> 我们共享雾霭、流岚、虹霓。
> 仿佛永远分离，
> 却又终身相依。
> 这才是伟大的爱情，
> 坚贞就在这里：
> 爱——
> 不仅爱你伟岸的身躯，
> 也爱你坚持的位置，
> 足下的土地。

梁淑霞认真地纠正着他的发音和口型，一字一句矫正他的河南话，在这方面，他像一个小学生，虚心地跟着梁淑霞学习。一段时间以后，他的普通话有了很大进步。普通话本身就是以北方话为基础，他和梁淑霞的交流让他受益匪浅。当然，这仅限于他和梁淑霞之间的对话，在与同事和连队领导说话交流时，他还是用河南话，以免产生尴尬微妙的距离感。

交谈中，时间悄悄流逝，有时候错过了食堂开饭时间，梁淑霞就用煤油炉下挂面，再打两个鸡蛋，两个人一人一碗鸡蛋面，吃得津津有味。饭后，梁淑霞打开她的录音机，欣赏邓丽君、汪明荃、徐小凤、陈百强演唱的粤语歌曲。渐渐地，李东阳喜欢这个安静优雅处处散发着女性温馨气息的小屋子，喜欢和梁淑霞讨论文学和艺术，和她在一起，他内心很放松愉悦，天马行空无拘无束，工作的疲劳和内心的忧伤一扫而光，取而代之的是赏心悦目和对美好生活的心驰神往。

晚上躺在床上，他在心里暗暗把梁淑霞和陈月娣放在一起比较，两个人都喜欢时尚追求美好，这是年轻女子的天性使然，陈月娣骨子里透着大城市的优雅沉稳，梁淑霞性格里含着清水出芙蓉的淡雅朴实；陈月娣在大田里披星戴月风吹雨淋汗珠子摔八瓣，梁淑霞在斗室里对着话筒轻启红唇气定神闲；业余生活一个在连队单调无聊寂寞，一个在场部喝茶谈艺术养尊处优。同样是女人，可是命运是多么不公平，他为陈月娣的命运深深惋惜叹息。

他的工作能力令机关上上下下对他刮目相看。一年以后，他已经完全熟悉和胜任了机关工作。在人才济济各显神通的场部机关大院里，李东阳俨然是一颗冉冉升起令人瞩目的政治新星。

1982 年的"五四"青年节快来了，对于已经是高中二年级的很多同学来说，马上就要高中毕业，如果考不上大学，就意味着这个节日是他们学生时代的最后一个青年节，过不了多久，我们就会告别学校，各自走向社会，开始各自新的人生。早在"五一"之前，场部学校为了丰富校园文化生活，就对"五四"青年节活动做了具体安排，决定在青年节当天，我们高中年级上午举办歌咏比赛，中午毕业班进行一次会餐，晚上在学校操场举办一个大型篝火晚会，高二年级全体师生举行联谊活动。中午的会餐，饭菜由食堂提供，费用由各班班费支出，在教室里进行，课桌拼成饭桌，吴卫国说还有冰镇汽水。这个消息传出来后，大家很兴奋，肖老师要求每个学生捡一捆柴火，集中堆在学校操场，供"五四"青年节晚上燃放篝火用。具体由我这个劳动委员负责，做好登记摆放工作。

4 月底的时候，我提前给胡师傅说了，过了"五一"我就不去榨油车间上班了，因为我要用这一段时间集中精力学习，应付即将来临的毕业考试，这对我来说是一件大事。至于考大学的事，我想了一下，虽然内心非常渴望，但是我没有抱任何希望。辞职的事我也告诉了秦思瑶的姨姨，我给她说，我还要在加工厂宿舍住一段时间，等毕业考试结束了再把铺盖卷搬回去。她说没问题，她给管后勤的说一下。我感激地说，阿姨，这两年真的麻烦你了。阿姨笑了笑说，看你说的，以后有时间到家里坐。

盼望着，盼望着，5月4日在大家的期盼中来临了。早晨天空还有一点乌云，像稀薄的面糊糊挂在天空，等到吃过早饭，太阳就从薄薄的云雾里露出了红彤彤的笑脸，照耀得大地一片明朗。我今天穿了一条海军蓝的确良裤子，上衣是一件白色的确良衬衣，脚上是一双系带的黑皮鞋，如果不是口音带一点河南腔，单从外表看，我俨然就是一个来自场部家庭的高中生。突然穿得焕然一新，和刚开学时迥然不同，连我自己都有点不好意思。一年多来，在榨油车间打短工的生活，虽然辛苦劳累，但是几乎彻底改变了我的经济窘境，使我度过了艰难的学生时期。

今天上午是大合唱比赛，比赛场地已经布置好，就在学校物理实验室门前的空地上，门前的水泥台阶就是合唱场地，台阶上可以站五排人。空旷的小广场已经打扫干净，地面洒了水，用白色的石灰画了线，方便每个班级就座。小广场三面被已经吐出嫩芽的白杨树团团簇拥着，鸟儿欢快地在树上跳跃啁啾着，高大的树身投下一地浓重的绿荫。实验室大门上方的墙上，拉了一条红色鲜艳的横幅，上面贴着楷书的黄色毛笔字"五四青年节歌咏比赛"，广播喇叭里播放着那首激动人心的谷建芬作曲的歌曲《年轻的朋友来相会》，王洁实和谢莉斯充满深情和明快激扬的混声二重唱，在校园内轻轻回荡：

> 年轻的朋友们，
>
> 今天来相会，
>
> 荡起小船儿，
>
> 暖风轻轻吹，

花儿香，鸟儿鸣，

春光惹人醉，

欢歌笑语绕着彩云飞，

……

学生还没到齐，节日的欢快喜庆气氛已经在校园弥漫。9点半，我们集合好队伍，各自拿着教室里的板凳，排队来到物理实验室门前，按照早已划定的位置坐下来。同学们今天穿戴得都很整洁干净，男女同学几乎都是上白下蓝的装束，除了有几个同学穿的是布鞋和球鞋，其余脚上都是擦得锃亮的皮鞋，有的女同学还化了淡妆，洒了香水，一个个青春洋溢朝气蓬勃活力四射，聚在一起叽叽喳喳说说笑笑，大家暂时忘却了即将到来的毕业考试和考大学前激烈的预考竞争，欢声笑语在校园上空飘扬回荡，一个个沉浸在节日的快乐时光中。

歌咏比赛开始了，音乐的声音更大了，曲调欢快流畅、激情飞扬，撩拨撞击着我们年轻的心，倾诉出对未来的无限向往和憧憬，令人心潮澎湃热血喷涌。很快，我们的周围集聚了一些看热闹的中学生，他们一层层把我们团团围在中间，兴奋地说笑着。可能学校为了显示节日的青年性和自主性，今天这场歌咏比赛完全由学生自己主持，各个班级的班主任和其他任课老师和同学们坐在一起，主持人是高二（一）班的秦思瑶和陈国斌，而比赛评委则是各个班选出来的文艺课代表。

沸腾热烈的音乐声中，秦思瑶和陈国斌手里拿着话筒，走到物理实验室门前时，喧闹嘈杂的小广场突然寂静下来，所有人的目光都投向了他俩，聚焦着惊奇、渴盼、激动和内心微微的战栗。秦思瑶今天穿了一件水红色衬衣，颜色像熟透的西瓜瓤，下身是一条天蓝色的裙子，衬衣扎在裙子里。脚上是一双黑皮鞋，浅灰色的短腰袜子。她的这身衣着看似简单随意，其实是精心打扮的结果。因为水红色是经典流行的颜色，也是永不过时的颜色，但不太好搭配，容易穿出俗气感，仅适用于肤色白嫩的年轻女子。而秦思瑶皮肤白皙、亭亭玉立，又正值青春年少，脸上洋溢着青春的活力和光彩，与水红色代表的喜庆、热烈、奔放、激情浑然一体，不仅表达了自己对节日的向往和祝贺，内心的喜悦和朝气也从红色张扬的喜气当中弥漫散发出来。她选择了水红色上衣作为整体的亮点，配了冷色调的裙子和黑色的鞋子，一暖一冷衬托得她更加端庄妩媚、落落大方。陈国斌头上打了发胶，梳着闪亮的一丝不乱的三七分头，和我们男生的装束一样，上衣是白的确良衬衣，下身是海军蓝裤子，脚上是黑皮鞋。他的身材挺拔、气质俊朗，衬衣束在裤腰里，显得神采奕奕气宇轩昂。

他们两人微笑着看着我们，从实验室的东侧走到队伍中间。秦思瑶走在前面，陈国斌在后面紧跟着，来到队伍中间位置，他俩转身面向我们，神色自信、仪态大方，面带淡淡的微笑。这时，全体师生发出了暴风雨般的掌声和欢呼声，在这个重要的节日里，大家第一次看见学生主持人走上主持台，一个个情绪高涨激情昂扬，有的大声拍着巴掌鼓掌，有的女同学掏出了花手绢在人群中挥舞，有的男同学吹着尖厉的口哨，场面一下子沸腾了，白杨树上的鸟儿受了惊吓，惊叫着扑棱棱地飞走了，穿过浓密的树枝飞向天空。围观的同学一个个嚷嚷着往前挤。我前面有同学开玩笑低声说，哎哟，这两个人是真天生的一对。我听了心里却酸溜溜的，像是喝了一碗老陈醋。

比赛结束后，我们班获得第二名，得了一个用木头框子围着的玻璃奖状，高二（一）班是第一名。大家都不服气，议论纷纷，说我们班唱得比他们班好，只是因为两名主持人是他们班的，是各班挑选出来的评委看了他俩的面子，才给高二（一）班打了高分。不过平心而论，秦思瑶和陈国斌今天的主持确实很精彩，从头到尾妙语连珠，台词串联得很成功，情绪也很饱满，既热情洋溢，又突出了节日的主题，说出了大家的心里话，具有很高的艺术品位。他们班的同学说，为了这场比赛，他俩好几个晚上在教室里排练预演，下了很大功夫，才达到了今天的演出效果。

接着，大家很快忘记了上午的一点儿不愉快，因为已经到了中午，马上就是班级会餐了。

每个毕业班选出四个代表到学校食堂，去拿食堂炒好的饭菜，班长带着两个同学到班主任那里领饮料。我、王国强和另两个男同学到食堂端菜。进了食堂的打饭房间，里面已经是香味扑鼻，从打饭的小窗户望进去，炒好的菜盛在铝盆里，飘散着白色的纷乱热气。王国强的姨姨手里拿着一个油乎乎的小本子，正在按照班级发放饭菜。食堂准备了荤素八个菜，每个班的菜分别装在八个小铝盆里，满满当当摆在案板上。

我给王国强姨姨报了班级，然后领了八盆菜，一盆暄腾腾的白面馒头。菜的种类是四荤四素，包包菜、白菜、土豆、萝卜和粉条猪肉炒在一起是四个荤菜，猪肉比平常多了很多，闪着油亮诱人的光泽。素菜是皮牙子炒鸡蛋、素炒红萝卜丝、凉拌海带丝和腌制的咸鸭蛋，这在农场青黄不接的5月，已经非常不错了。王国强说，这都是用咱们的班费买的，学校没有掏钱，顶多就是用了一点儿油盐酱醋。一个同学说，管他是班费还是其他费，中午可以好好吃一顿了。我们分两次把饭菜端到教室，其他同学已经把课桌板凳摆好了，住校的同学拿来碗筷，把菜盛到碗里缸子里，班长把抱来的汽水放到课桌上，一人一瓶"华洋"牌汽水。

吃饭的时候，吴卫国不知从哪里拿了一瓶伊犁大曲白酒，挨个给男同学敬酒。轮到我了，他摇摇晃晃来到我跟前，我看他已经喝多了，说，卫国，别喝了。他瞪了我一眼，喷着满嘴酒气说，志疆，你看不起我？我连忙说，卫国，你说到哪去了？吴卫国把酒瓶子递给我说，志疆，咱们马上就要毕业了，以前不愉快的事一笔勾销，你要看得起我，就喝了这酒。我心里一热，赶忙接过瓶子，嘴对着瓶口喝了一大口，呛得我直掉眼泪。吴卫国高兴地说，志疆，你够朋友。说着，他又接过瓶子，摇摇晃晃给其他同学敬酒去了。

晚上的篝火晚会，我只记住了以下这个画面，很多年以后，我虽然历尽沧桑，但是每次想起这个画面，我依然热血沸腾：夜幕下的操场上，月亮高悬，清波如水，墨绿色的天空像宝石般耀眼明亮。高中班级的一捆捆柴火，堆得像一座座小巧玲珑的宝塔，周围围了一根红丝线。操场上人头攒动、欢歌笑语，是一个欢乐喜庆青春激扬的海洋。秦思瑶和陈国斌穿着白衬衣蓝裤子，并排举着燃烧的火把，神采飞扬，成双成对，跑在游行队伍的最前面，高二（一）班的同学排成两列纵队，小跑着跟在后面，我和张荆梅举着火把，紧跟着高二（一）班，高二（二）班的同学排成纵队小跑着跟在后面，我们嘴里兴奋地高喊着：努力学习，振兴中华！后面的同学跟着我们的声音喊：努力学习，振兴中华！激荡振奋的声音随着铿锵有力的脚步声，在夜幕中冲上云霄、传向远方、传向我们热血沸腾青春激昂的整个 80 年代。

同学们围着操场转了一圈，一个个脸色红润气喘吁吁，眼睛里闪耀着激动和青春的光彩，最后队伍聚拢在操场中央。秦思瑶和陈国斌将手中燃烧的火把，投向已经堆得高高的柴火，浇了柴油的柴火"嘭"的一声点燃了，红色的火苗很快蹿上夜空，篝火点燃了，噼里啪啦燃烧着，熊熊烈火照亮了操场上方的夜空。

远方的天空，灰黑色的云团像一座座群山，遮蔽了天空璀璨的星星和月亮，映衬得篝火愈加鲜红明亮。肖老师站在篝火旁，手指颤动，拉起了怀中的手风琴，欢快嘹亮的乐曲，在篝火上空荡漾飘扬。柴火堆接连不断响着柴火燃烧的噼啪声，像一串滚动的银铃。我的血液沸腾浑身燥热，同学们眼睛里闪现着火红的光影，双手有节奏地打着拍子，一起唱起了《年轻的朋友来相会》。熊熊的火焰伴随着歌声，将气氛推向了高潮。

熟悉的旋律和激扬的歌声，再次在校园里振荡回响：

啊！亲爱的朋友们，
美妙的春光属于谁？
属于我，属于你，
属于我们八十年代的新一辈！
再过二十年，我们重相会，

> 伟大的祖国该有多么美!
>
> 天也新,地也新,春光更明媚,
>
> 城市乡村处处增光辉。
>
> 啊,亲爱的朋友们,
>
> 创造这奇迹要靠谁?
>
> 要靠我,要靠你,
>
> 要靠我们八十年代的新一辈!
>
> ……

唱到最后,老师和同学们围着篝火,手拉手,蹦蹦跳跳,跳起了欢快的舞蹈。夜空中传来张荆梅优美激情的歌声:

> 太阳太阳像一把金梭
>
> 月亮月亮像一把银梭
>
> 交给你也交给我
>
> 看谁织出最美的生活
>
> 啦……
>
> 金梭和银梭日夜在穿梭
>
> 时光如流水督促你和我
>
> 年轻人别消磨
>
> 珍惜今天好日月好日月
>
> 来来来……
>
> 织出青春最美的花朵
>
> 来来来……啊!

通红明亮燃烧的一堆堆火焰,点燃了黑暗的夜空和我们蓬勃的激情,像我们每一个人激情荡漾的青春年华,在令人难忘的80年代校园里熊熊燃烧着，火光照亮了我们每一个的脸，映红了每一个激动的瞳孔，给我们涂上了闪亮的青春的油彩。面对篝火，我在心里默默朗诵着诗人顾城的朦胧诗《一代人》，"黑夜给了我黑色的眼睛，我却用它寻找光明"。是的，我们这一代人不但要寻找光明，还要寻找光明和理想和远大的前途，担负起国家崛起、振兴中华的责任。那一刻，我们每个人都自豪而骄傲地相信，我们是光荣的80年代新一辈，我们的命运和国家的命运紧紧联系在一起，我们是国家建设和发展的栋梁，我们这一代人承前启后继往开来，毫无疑问被历史载入史册。虽然我们现在很多人前途未卜，将来不知何去何从，但是此时此刻的心情是火热的，年轻的心是滚烫的，充满了无限的激情和向往。篝火熊熊燃烧着，伴随着青春飞扬的歌声，照亮了中国大西北的一个小小角落、照亮了校园的整个夜空、照亮了一张张年轻纯朴的脸，照亮了我们的青春、希望和憧憬。

那晚的篝火，在我内心燃烧着，经久不息，温暖影响了我的一生。

自从哥哥结婚后，我发现他突然变得沉默寡言。刚恋爱的时候，他的两个眸子里闪着光，充满了精气神。结婚以后，以前挺爱说话的一个人，现在不爱说话了，看起来总是一副若有所思的样子，脸上都是忧愁。我想着可能是成家后拉家带口，哥哥感觉到肩上的担子沉重了，结了婚的人和没有结婚的人是不一样的，我在加工厂打短工后很少回老房子，也没有时间和他闲聊，不知道他心里的想法。

结婚后的一段时间，哥哥没有开伙，他和嫂子住在趴趴房，吃饭的时候都过来吃，这样吃了一个星期，妈妈提出来分开吃，让哥哥也在家里开伙。哥哥家的炉灶在收拾房子的时候已经盘好，置备了锅碗瓢盆，门口前的柴火也是现成的，自己做饭很方便。妈妈的心思我知道，我们家是大锅饭，基本上顿顿是玉米糊糊就咸菜，如果哥哥单独开伙，他俩都有工资和工分，日子肯定比吃大锅饭好。妈妈这天晚上吃饭的时候，提出来让哥哥开伙后，哥哥放下饭碗说，妈，这不挺好的吗？离得这么近，何必再动一次火？妈妈没有说出原因，她给哥哥说，你们成家了，就应该自己做饭。嫂子在一旁没有吭声，只顾喝着碗里的糊糊。哥哥说，以后再说吧。妈妈说，还以后？以后到什么时候？明天你们就不要来吃饭了，自己做吧。哥哥沉思了一会说，这样吧，妈，这一阵子地里忙，我们先在家里吃着，忙完这一阵子，到 6 月我们再起伙吧。哥哥说到这里，妈妈再不好反驳，再说就有点撵人的意思了。她说，好吧，就听你的，过了六一你们就开伙，到那时候，我就不做你们两个人的饭了。

妈妈心疼儿媳妇魏琼花天天喝糊糊体力不够，隔几天就在锅里炕几个玉米面饼子，吃饭的时候给魏琼花吃，魏琼花不要，妈妈瞪了眼说，琼花，听妈的话，你干活累，光喝一碗糊糊顶不到中午。琼花说，你不是和我一样干活吗？妈妈说，我老了，吃的不多，你年轻，正是掏力气的时候，不能饿坏身子。魏琼花勉强接过饼子。弟弟妹妹睁大眼睛，眼馋地盯着嫂子手中油乎乎的玉米饼，妈妈呵斥他们，看什么看，老老实实吃你们的饭，你们嫂子一天到晚在地里忙，辛辛苦苦给你们挣工分，不吃好一点怎么干得动活？听了妈妈的话，他们又低下头吸溜吸溜喝粥。

妈妈把炕好的饼子，趁几个兄弟不注意，偷偷藏在玉米面袋子里，每次做饭的时候拿出来，给嫂子在锅里馏一块。但还是被他们发现了。

放学回来，边疆、建疆、新疆、爱疆把书包一扔，就从面粉袋子里掏出玉米饼子，你掰一小块，我撕一小块，塞进嘴里津津有味嚼起来，饼子被掰撕得豁豁牙牙，然后再依依不舍藏进面粉袋子里。

妈妈很快发现了。她换了一个地方，把饼子用布包好藏在棚子里的柴火堆里、棚子上的房梁里、塞进被子里，弟兄们放学回来，把房子翻了一个底朝天，最后饼子还是被找到了，掰得像被老鼠啃过一样残缺不全。妈妈气急了，拿起柴火棍挨个抽打他们，他们四散而逃，远远站在柴火垛边，菜窖跟前，哈哈大笑看着妈妈。嫂子魏琼花在一边劝妈妈，妈妈气得掉眼泪。后来妈妈把饼子锁在箱子里，他们又把锁鼻子上的小螺丝别开，吃了饼子后又原样塞进去，妈妈最后想了一个绝招，前几年说要和苏联打仗，家家户户备战备荒，炕了饼子放进篮子里，高高挂在房梁上，以备紧急情况下使用。妈妈把饼子放进小筐子里，用扁担勾着，挂在高高的屋梁上，这样他们谁也够不到了。妈妈给他们说，谁再动一口，就把谁的屁股打得稀巴烂！

弟兄几个再也吃不上饼子了，他们放学放下书包，抬头看着高高的篮子，咽下一股口水，然后带着花疆出去玩了。

嫂子魏琼花不爱说话，每天和妈妈一块到"五七排"干活，回来帮着妈妈抱柴火做饭刷碗，然后给我们洗衣服补衣服。她的针线活很好，干活仔细，缝补的针脚平整细密，妈妈非常喜欢。哥哥有时候上夜班不回来，她就拉着花疆和她一起睡，花疆很愿意和她在一起，张口闭口叫她嫂子，撅着小屁股乐颠颠跟在她后面。

有一个星期天吃过晚饭，可能我回来了，一家人坐在院子里说话。嫂子魏琼花问我什么时候高中毕业，我说再有一个多月毕业考试，考试完我就回来了。她又给妈妈说，妈，人家都说你有一块漂亮的石头。妈妈说，嗯，那是你爸活着的时候，放羊在戈壁滩捡的，不值钱。我说，妈妈你拿出来，让嫂子看看。我知道自从父亲死后，妈妈一次也没有戴过这块石头，一直锁在箱子里，连哥哥结婚这样的大事，也没有拿出来戴，可能怕是睹物思人，想起父亲妈妈心里难受。听了我的话，妈妈有点不情愿地站起身，到房子里去了。过了一会儿，她拿着石头，小心地递给嫂子。嫂子接过石头，仔细地端详着，脸上露出羡慕的神色，过了许久，她才依依不舍把石头给了妈妈，妈妈又回房子锁起来。

哥哥和嫂子走后，我把妈妈叫到棚子里，关上门，我给妈妈说，妈，我看嫂子很喜欢这块石头，不行你就把石头送给嫂子吧？妈妈听了沉下脸说，这块石头是你爸临死前嘱托传给你的，我怎么能送给她？我说，嫂子喜欢，你就送给她呗。妈妈表情严厉地给我说，你再不要说了，这块石头谁都不能动，给你留着。我再也不好说了。

过了六一，哥嫂真的开伙了，不到我们这边吃饭了。花疆还跑过去找嫂子玩，有时候就在哥哥家吃饭。花疆回来嘴巴油乎乎的，今天说吃的白面煎饼，明天说吃的鸡蛋捞面条，馋得兄弟们直流口水。妈妈说，看你们一个个没出息的样子，等将来你们成家了，也天天做好吃的。

有一天傍晚，哥哥回来了，花疆说好几天没见哥哥了，要去趴趴房看哥哥。夜里花疆也没有回来，妈妈让建疆去叫。过了一会，建疆说，花疆不回来了，晚上和嫂子一起睡。

第二天中午吃完饭，妈妈把花疆叫到柴火垛跟前。

花疆，你昨晚和谁睡在一起？妈妈问。

和嫂子。花疆抬起脸，看着妈妈说。

哥哥睡在哪？妈妈又问。

哥哥睡在地上。花疆说。

哥哥怎么睡地上？妈妈问。

我也不知道，地上有被子，哥哥就睡了。花疆不解地说。

这天晚上，妈妈包的韭菜鸡蛋饺子，给他们送了一碗。回来妈妈的步子慢腾腾的，脸色灰灰的，像被霜打了一样。弟弟建疆察觉到妈妈的异常，轻声问妈妈，妈，你咋了？妈妈说，啥咋了，这不好好的。建疆说，我看你过去好好的，回来就阴着脸，嫂子惹你不高兴了？妈妈脸色变了，过了一会儿说，你过去把你哥叫过来。

哥哥穿着蓝色的劳动布工作服过来了。哥哥自从到机务排开上拖拉机，身上就有了一股好闻的机油味。弟弟们看哥哥进来了，都出了棚子，知道妈妈找哥哥有事。

哥哥坐在板凳上，看着妈妈说，妈，你有事吗？妈妈看了一眼哥哥，没有说话。少顷，妈妈问哥哥，我刚才看见你房子里有一卷被褥，这是怎么回事？哥哥脸色有点不自然，他搓了一下手掩饰着说，那是我从机务排搬回来的，我成家了，不能住集体宿舍了。妈妈说，我上次去你们房子，就看见铺盖卷放在那里，今天去还堆在那里，看样子还打开过。我问魏琼花，她支支吾吾也没说清楚。你今天给我说实话，你们是不是没在一个床上睡？

哥哥红着脸说，妈，看你说到哪了，我们没在一个床上，我还能睡在戈壁滩上。妈妈叹了一口气说，人家小两口刚结婚，都是高高兴兴的，天天亲亲热热，我怎么看你们两个有点别别扭扭的，到底怎么回事？我今天告诉你，有什么事可不能瞒着我，我可是想早一点抱孙子。哥哥低着头没有吭气，过了一会儿说，妈，你没事我走了，我要早点睡，大清早还要到棉花地中耕。妈妈说，你忙去吧。我再嘱咐你一遍，魏琼花是个好媳妇，你要好好对人家，可不能三心二意。哥哥"嗯"了一声，走出了棚子。

快毕业了，我们班出了最后一期墙报，主题是《中学时代最后的时光》，有诗歌散文，我写了一篇散文，大家有点忧伤地看着墙报，计算着不多的离校时间。有的同学已经开始互送毕业纪念品了，送得最多的是笔记本，题上赠言，留下祝福，纪念美好的中学时代和一起度过的青春年华。很快，高中毕业考试开始了。这次考试对于学习好的同学当然不算一件事，他们的目标是即将来临的高考。而对于我们这些学习不好的学生来说，无疑是一个巨大的考验。学校领导和肖老师多次在大会上和班级里强调过，毕业考试很严格，不及格的课程只有一次补考机会，再不及格就不发高中毕业证，等到明年再和当年的应届生一起参加考试。

吴卫国像热锅上的蚂蚁，失去了往日的满不在乎和吊儿郎当，开始埋头学习背诵重点，但是已经晚了，冰冻三尺非一日之寒，两年的课程岂能不到短短一个月就能滚瓜烂熟？就是有天大的本事，时间也来不及了。

我最头疼英语，多亏了同桌的补习生黎向辉，她英语很好，考试之前给我讲了几道题，公布成绩的时候，我的英语成绩刚好60分。

考试成绩公布了，我们班只有15个人各科全部及格，我非常幸运，正好在15人当中。大多数同学精神不振垂头丧气，他们还要对不及格的课程补考，如果再不及格，今年就拿不到毕业证，要到明年再去补考。

吴卫国没有拿到毕业证，他不想再学了，把书都扔了，扔在课桌下面。他说，拿不到老子不拿了，大不了去当个体户！自由自在挣大钱。

1982年高考发生新的变化，高考前需先进行预选考试，预选通过才能参加高考。6月，正式高考前一个月，预考开始了，一人一张桌子，监考很严，一个教室有四个监考老师，肖老师给我们说过，预考要淘汰百分之七十以上的学生，对于我们这些高中生来说，辛辛苦苦上了两年，连高考都没有参加，实在是有点残酷，但却没有一点办法。

王国强也没有通过预考，他不敢回家，他要等到7月高考结束后才回家。

六连的四个高中生，只有秦思瑶和徐志伟通过了预考。通过的同学名字被学校用红色的喜报贴在教务处门口的白墙上，我没有过去看，远远看见预考通过的同学脸上露出兴奋的笑容，结着伴三五成群聚在一起说笑着。我看见秦思瑶和陈国斌几个人走了过来，他们小声谈论着什么，我扭头走进了旁边的树林。

预考名单公布的下午，我从加工厂宿舍把铺盖卷搬了出来，然后把钥匙放在桌子上，锁了门。骑上自行车上了加工厂门前的公路。

我走上了通往六连的公路。节气已经到了夏至，两旁的白杨树已经满身新绿，油亮的叶片在微风中轻轻摇摆着，在阳光下像一枚枚闪亮的金币。棉花苗子已经埋住了脚脖，玉米长得有齐腰高，空气浑浊沉闷，含着土地复苏阴湿的气息和植物腐烂的热烘烘味道，弥漫在灰蒙蒙的田野上，黏稠得呛人鼻息。一群麻雀组成的黑云在田野上空飘浮着，一会儿贴着原野，一会儿飞向高空，像一群舞蹈歌唱的黑精灵。我下了路基，把自行车停在林带里，然后登上高高的水渠帮子，向着场部的方向眺望。

学校隐藏在绿得发黑的树林中，高高的旗杆上飘着红旗，在微风中轻轻晃动。校园的广播里传来王洁实谢莉斯《年轻的朋友来相会》，熟悉的歌声穿过寂静校园、茫茫树林、广阔田野，传到我的耳朵里，在夏日的灼热气流中向四周散去。这首歌我百听不厌，激越、欢快的曲调，如一股清澈的泉水，流淌过我的心灵。我的目光又转向加工厂方向，因为太远看不真切，只看见高高的大烟囱冒着滚滚浓烟，厂房渺小而模糊，在蔚蓝中透着苍茫的天空中，在留有一抹血红的金色阳光中，犹如一幅纸剪的画影。

那里曾经留下我的青春和汗水、希望和憧憬，两年的高中生活结束了，等待我的将会是什么呢？独自行走的我，内心充满了惆怅，我的眼中突然涌出了泪水，但是想起在家中等待的母亲，挺直腰杆，向老房子走去。

回到家，我看见门框上两年前写的钢笔字，我一定要考上。笔迹已被风吹雨打变了颜色，但模模糊糊还能看清楚。这几个钢笔字嘲讽似的看着我，两年前的往事又一次涌上心头，那时候自己是多么富有激情和向往，对未来充满信心。仅仅过了两年，我又回到连队，曾经的激情和火热在现实面前几乎消失殆尽，我的内心五味杂陈，不知道将来的路在何方？

晚上吃过饭，妈妈脸色忧郁地给我说，志疆，你高中毕业了，就是考上大学妈妈也供不起。停了一会儿，妈妈叹口气又说，你早点工作吧，这个家妈妈实在扛不动了。

家里的困难我很清楚。除了同母异父的哥哥进疆，我是父亲的老大，我已经是成年人了，我必须扛起家庭的重担，我是妈妈心中唯一的希望。我说，妈，我早考虑好了，我已经在学校报名，高中毕业后就到连队参加工作。

妈妈眼泪一下子掉了下来，哽咽着说，志疆，妈对不住你。

我上前搂住妈妈的肩膀，脸贴着妈妈的面颊说，妈，您放心，不上大学也能成才。我工作了，有工资了，家里的生活就会好起来。

妈妈破涕为笑，说，志疆，你在连队好好干，过几年妈给你成个家，你们一起好好过日子。

我说，妈，我成家还早呢！

我嘴里说还早，脑海里却立刻浮现出一个俏丽熟悉的身影——秦思瑶，我少年时代的梦中情人。她长得越来越漂亮了，身材苗条，长发及腰，像一株荒野上绽放的红柳花，迎风摇曳，千姿百态，那样与众不同又惹人怜爱。她的各科成绩名列前茅，现在顺利通过了预考，如果不出意外，她马上就是一名令人羡慕的大学生了。我知道我和她很不般配，她也根本看不上我，我是荒野地里烤火一面热。但每次看见她，我的心中总会莫名其妙泛起一道道情感的波澜。

预考成绩公布后，下午的第一节课，只有预考通过的和补考的同学在教室里上课。上午，肖老师说报名参加工作的同学，下午到他办公室报名。我找肖老师报名参加工作，正好在办公室遇见秦思瑶，她正和她的班主任老师说着什么事。她上身穿一件流行的草绿色衬衫，一条淡蓝色牛仔裤紧紧绷在修长的腿上，脚上是一双黑色高跟皮鞋，整个人显得青春、活泼，充满阳光和朝气。我有点局促地看了她一眼，她朝我粲然一笑，出了办公室。

报完名，我走出办公室，秦思瑶在门口站着。她好像在等我。见我出来，她走过来给我说，志疆，听说你不考大学了，这太亏了，你学习那么好。

我苦笑一声说，实在没有办法，我也没有通过预考，而且家里太困难了，妈妈想让我早点工作。

秦思瑶怔怔地看着我，这是长大后她第一次这样专注地看我，目光中充满了同情、怜悯和一丝无奈，看得我脸发烧。

沉思了一会儿，思瑶说，志疆，以你的品性和学识，在农场也是人尖子，照样能出人头地。你好好干，说不定过几年就是一个万元户。

万元户？浑身散发着铜臭气的万元户？吐着唾沫星子，数着厚厚一叠十元票面的人民币，脸上露出憨厚朴实的笑容，后面是新盖的一砖到顶的房子，旁边停放着一辆小四轮拖拉机，鸡窝、猪圈、牛圈热热闹闹凑在一起？农场80年代的新一辈？这就是你未来的生活？我的脸发烧，火辣辣的，我想象着，这就是我和她之间的差距。而且很快就见了分晓，一个骄傲的大学生，一个浑身脏兮兮的农工。

我一下子笑了，答道，谢谢你，未来的大学生！

同在一个连队，从小一起长大，一个教室上课，十年寒窗苦读，虽然小时候青梅竹马、两小无猜，但长大了，却要各自走各自的路。命运啊，为什么如此截然不同？想到这里，我心中万分惆怅，长长出了一口气。

我很快融入了老房子的生活。白天帮助妈妈打兔子草、鸡草和猪草，妈妈今年开春又让哥哥逮了两头小猪崽，现在已经长到半桩子了，我打扫兔子圈鸡圈猪圈，把肥料聚成一堆，洒上井水，然后用土埋起来发酵，等到秋天拉到菜地里翻进去。我准备在房头接一间房子，弟弟妹妹这么大了，天天挤在一张炕上实在不方便。

接房子的事我给妈妈和哥哥说了，妈妈说，盖房子可不是一件小事，土块可以自己打，可是还需要砖块、房梁和门窗，最后还要盖，光凭你们兄弟几个盖不起来。

哥哥说，咱家房子太小了，都长大了，挤在一起真不是长事，房梁我可以到连里申请一下，看能不能解决，如果连里同意，伐几棵死树就行了。门窗咱家柴火垛上有木头，请个木工可以做，至于盖嘛，东西准备好了，我请浇水排和机务排的朋友们过来帮帮忙，两天就盖好了。

妈妈听了高兴地说，那就太好了。从现在起，咱家的兔子和鸡都不要宰了，留着盖房子招待客人用。

新疆说，我们放暑假了，也可以打土块。

妈，你不要发愁，咱家人多力量大，都出一份力，不愁盖不起来。

花疆在一旁高兴地说，咱家要盖新房子了，妈妈，我要住新房子。

妈妈说，好，到时候让你住新房子。

花疆说，到时候让嫂子也过来住。

哥哥脸上扫过一层阴云，他看着花疆，好像陷入了沉思。

很快，炎热的夏季要过去了，高考也在我们的煎熬中结束了，六连的高中学生只有秦思瑶一个人考上了大学。秦思瑶被陕西师范大学录取，我是从连部办公室高音喇叭里知道的。大学寄来了录取通知书，连队文教小胡扯着嗓门喊秦思瑶到场部学校拿通知书，他的声音传遍了连队的角角落落。

听到广播的第三天下午，秦思瑶和徐志伟、王国强骑着自行车来到老房子。我一脚泥巴浑身热汗正在水渠边打土块，听到远处传来王国强的声音，我转过头，看见王国强站在柴火垛上，向我挥着一顶军帽，我向他招了招手，然后在水渠里洗干净手脚，穿上鞋子向老房子走去。

秦思瑶穿着一件圆领黄色 T 恤，一条海军蓝裤子，脚上是一双灰色运动鞋，头上随意扎了一个马尾辫，显得轻松自如活泼可爱，看来她的心情不错。王国强和徐志伟表情也很放松，脸上的愁云一扫而光，我们度过了紧张的高中学习阶段，现在确实可以放松一下了。值得庆幸的是，虽然没有考上大学，我们三个人也顺利毕业了，拿上了还没有巴掌大的一个红皮塑料本高中毕业证，也算是两年工夫没有白费。

秦思瑶笑吟吟地看着我。我迎上前去，笑着给她说，祝贺你，大学生同学。秦思瑶笑了，灿烂得像一朵盛开的向日葵，嘴里却说，什么大学生，你可不要讽刺我。

我把他们三人领回家，家里没有人，弟弟妹妹都在土块场，边疆、建疆帮我打土块，新疆、爱疆和花疆在一边玩。我切了一个大西瓜，我们一起吃着，一边兴奋地聊着。我问了一句，今天你们怎么有空到老房子？徐志伟说，我们到场部去了。秦思瑶说，志疆，我准备明天在家里请客，大家高中毕业了，在一起聚一聚。我问，就咱们几个人吗？王国强说，思瑶还请了他们班的几个同学。我一听，陈国斌的名字在我脑海里跳出来，他肯定考上大学了，而且思瑶一定也邀请了他。想到这里，我说，你们聚吧，我还要打土块，家里准备盖房子。思瑶说，你看你，咱们一块考上高中，现在毕业了，以后大家各奔东西，聚在一起的时间就少了。我说，和你在一起时间少，我们还是能经常见到面。秦思瑶说，志疆，你今天怎么了？怎么说话带一股火药味？徐志伟也在一旁说，志疆，明天你一定要来，打土块的活，回头我和国强一块帮你打。说到这里，我再不去就说不过去了，其实我心里也想去，就是感觉有点别扭，人家现在是大学生了，和我的身份不一样了，不像以前都是高中生。我说，那好吧。思瑶听了高兴地说，这还差不多。

秦思瑶考上大学要走是早晚的事，我们要分别了，然后各奔东西。之前，我早已在场部商店给秦思瑶准备了一份礼物，那是一个封面带有几株兰草的淡黄色塑料皮笔记本,是从加工厂搬铺盖卷那天在商店买的,以后没事就很少到场部了,而秦思瑶肯定能考上大学,所以我给她提前准备了这份礼物。明天正好带去送给她,以后就难得见面了。

我正想着,王国强说,志疆,马上要征兵了,你和我去当兵吧?我说,我也想过当兵的事,可是家里这一大摊子,我怎么能走得开?我准备工作,也在学校报了名。我要挣工资养家。秦思瑶说,国强,你到部队可以考军校,将来就是一个军官了,弄不好还可以混个将军呢!王国强哈哈大笑说,将军是那么好当的?现在是和平年代,又不是战争年代,枪林弹雨出生入死说不定能出人头地。

徐志伟说他要去复读,准备再拼一年。从他口中,我得知张荆梅考上了新疆师范大学音乐系,看他说话的样子,情绪有点低落,眉宇间有一股淡淡的忧伤。我明白他的心思,张荆梅考上了大学,他俩的恋爱关系还能维持下去吗?有的大学生一年土,二年洋,三年不认爹和娘,考上大学恋人分手的事比比皆是,谁知道以后会发生什么样的事情。

他们三个走了。看着他们渐渐远去的背影,我没心思干活,来到柴火垛前,靠在柴火垛背阴处想着心事。我的思绪又飞到明天,明天在秦思瑶家的聚会可能是最后一次,从此同学分离,各走各的路。想到这里,我的心中茫然若失。

我想到了秦思瑶,她姣好的面容在我眼前晃动,往事一幕幕呈现,十几年一晃而过,回味起来感觉短暂、甜蜜、忧伤,美好。想到明天的告别,我觉得送秦思瑶一个笔记本太平常了,同学毕业赠送礼物,大多是笔记本。我和她青梅竹马,除了笔记本,再送一个什么礼物好呢?这个礼物要不同寻常,最好能让她终生难忘。我看着灰茫茫的天空,突然想到了前段时间在麦地旁边荒野地里捡的那颗石头,我回来后藏在我睡觉的枕头里,家里人谁也不知道。想到这里,我一骨碌从柴火上起来,跑回家,从枕头里取出这颗石头,又来到柴火垛旁。我凝视着这块石头,石头在阳光下发出璀璨的光芒,我心旌摇曳,刚才的惆怅一扫而去,我又想到了妈妈的那块石头,与妈妈的相比，无论色泽还是外形，这块石头还是逊色不少。

这时，一个大胆莽撞的想法涌上心头：我为什么不把妈妈的那块石头送给秦思瑶呢？妈妈很喜欢秦思瑶，从她见了秦思瑶的笑容里我可以感觉到，思瑶也喜欢这块石头，她在我家戴着石头照镜子时满脸欣喜的画面浮现在我眼前，可是妈妈会同意我把石头送给一个即将上大学的女同学吗？这是父亲留下来的传家宝，那是她将来送给儿媳妇的礼物啊！可是我管不了那么多了，妈妈已经承诺将来把石头传给我，这块石头迟早是我的，我就把它送给思瑶吧，我甚至想，再也没有比秦思瑶更合适的人接受这块石头了，我甚至还这样认为，今生今世，这块石头非秦思瑶莫属！这样想着，我就决定把妈妈珍藏的石头，明天送给秦思瑶。今天晚上我就偷偷把妈妈的钥匙拿过来，打开箱子拿出石头，否则明天就来不及了。为了不让妈妈发现后伤心，我最后决定把我捡到的石头包裹在妈妈的布巾里，至于石头上面的银丝，我以后想办法再裹一层，现在是来不及了，也顾不了那么多了。

中午的老房子静悄悄的，只有清脆的鸟鸣时而掠过晴朗的天空。过了一会儿，我稍微冷静下来，为自己刚才有点疯狂的想法感到耳热心跳，内心有点忐忑不安，但是我还是决定这样做，望着阳光下静静的老房子，我的内心犹如流过一条泛着春波的令人心旌摇曳的春江水，满载着我情感的小舟颠簸着滔滔而去，至于它驶向何方，未来的命运如何，我不得而知，这也许是青春的迷茫幼稚和懵懂吧。我甚至说不清这个礼物寓示了什么，一个十八岁男孩子强烈的愿望和美好憧憬，寓示了纯洁的友谊朦胧的情感抑或神圣的爱情，我说不清，或许是或许不是或许不全是。我也感到有点疯狂，有点冲动，甚至有点胆大妄为，但更多的是激动和不安，内心如火一般燃烧。如果妈妈知道了真相，或者发现了布巾里包裹的石头不是父亲的那块，她一定会感到震惊和伤心难过，但鱼与熊掌不能兼得，若干年以后，我可能会觉得这件事荒唐可笑，但此刻的心情是神圣纯洁的，谁在年轻的时候，没有做过一件冲动的刻骨铭心的事情呢？何况她还是我心心念念的人呢！

　　第二天早晨，我到土块场，脱了鞋跳进水坑里，把昨天傍晚泡的泥巴用铁锹翻出来，堆成一个圆包，用铁锹背面沾水抹光，给边疆和爱疆说，我等会儿到连部办点事，你们中午把土块打了。新疆说，哥你忙去吧，我和爱疆也过去一块打。花疆说，哥哥我和你一块儿去。我把她抱起来说，花疆，你在家里看家，哥哥下午就回来了。

　　我换了一身衣服，"五四"青年节那天穿的那一套，又把脚上的皮鞋用破布擦亮，仔细用刀片刮了胡子，然后把笔记本从书包里拿出来，我想着要写几句临别赠言，写什么呢？我想了半天，也没有想出来一句合适得体的句子，最后打开笔记本，用钢笔在扉页上写了一句话。

　　赠给秦思瑶同学：

　　　祝你学习愉快，早日成才！

　　　　　　　　　　　　　　　　你的同学：陈志疆赠

　　　　　　　　　　　　　　　　1982 年 8 月 28 日

　　我把书包里的书拿出来，然后把笔记本放进去，挂在自行车前把上。然后我从枕头里拿出石头。昨天晚上，哥哥上夜班不回来，嫂子把花疆带走了。边疆睡在棚子里，我还没有从加工厂搬回来之前，他就到棚子睡了。大炕上睡着妈妈和建疆、新疆、爱疆和我。妈妈睡在南头，我睡在北头。累了一天的弟弟和妈妈，很快进入了梦乡。我怀着激动和忐忑不安的心情，躺在炕上想着心事。过了 12 点，夜色更浓了，四角的老鼠也停止了跑动和吱叫，我轻轻下床，蹑手蹑脚来到妈妈身边，摸索着找到她放在凳子上的衣服，我抱着衣服来到靠火墙放箱子的地方，箱子放在一个木头架子上，架子是王长福当年用废旧木料做的，箱子上面没有东西，我早就观察过了。我摸出钥匙，轻手轻脚打开箱子，取出那个布巾包裹，在黑暗中打开后取出了那颗石头。握着光滑水润的石头，我内心狂跳不已。在黑暗中站了很长时间，我的心情慢慢平复了，我把我的那颗石头放进布巾，捆扎好放进箱子锁住，才把妈妈的衣服放回到凳子上。

我把手中火焰一样明亮的石头包在手绢里，装进裤子口袋里，然后骑上自行车，顺着小路向连部走去。

骄阳似火，明亮耀眼。天蓝得像被雪水洗过一般。远处的天山冰峰清晰得仿佛就在眼前，雪白的云朵静静地飘浮在空中。田野上，连片的玉米地绿毡似的一直铺到远方的地平线，更远的天边弥漫着一层淡蓝色的模糊雾霭。有的棉花地已经盛开了棉花，一朵一朵隐藏在依然碧绿的叶片里，像天上的云朵。翻耕过的麦子地，点种的白菜和萝卜，叶子绿油油的，在阳光下闪着绿色的光波。堆在地头还没来得及拉走的麦草垛，像一座座金色的高大城堡。辛劳的人们头顶烈日，仍在地里劳作，有的在白菜地握着锄头松土除草，有的戴着花兜在地里捡拾棉花，大规模的拾花生产在9月以后，这个漫长而繁重的劳动，一直会持续到11月底。

连队静悄悄的。一排排林带里，密集的树枝丛中，蝉发出了那种叫人心烦的单调的大合唱。农工和"五七排"的劳动力都下地劳动了，学生们还没有开学，都在外面水渠里玩耍或者放羊挖猪草拾柴火。各家各户门前的棚子里已经有零星的咕噜咕噜手摇鼓风机的声音，高高的烟囱上面，也开始升起一炷一炷蓝色的炊烟。这是一些麻利的家庭妇女开始为自己的男人和孩子们准备午饭了。空气中飘散着饭菜的香味和炊烟的呛人气味。

秦思瑶家在连部南侧一排土坯平房里，门前有一排高大葱郁的榆树林，前面就是机务排高大的油库，连接油库的白色大土坡一直延伸到林带边。我拐进了她家院子，棚子里传来切菜炒菜的声音，我把自行车扎好，棚子门帘一掀，秦思瑶的妈妈出来了，她腰里系着一条蓝围裙，手里拿着一个锅铲，见了我笑着说，志疆过来了。我说，你好阿姨！她说，你先进房子，菜马上就好了。我推开门进去，徐志伟和王国强已经来了，还有王春玲。秦思瑶家房子是一间半，外面是客房兼她父母的卧室和冬天的厨房，正墙上挂着一张全家福照片。里间半间是她的卧室，挂着一个玫瑰色的府绸门帘。房间布置得整洁干净，弥漫着一股淡淡的薄荷香味。

我和同学们打了招呼。已经一年多没见王春玲了，她的脸上已经脱去了学生的稚气，有两团太阳晒过的苍红，装束打扮也是一副已经参加工作的样子。今天她穿了一件碎花裙子，草绿色的的确良衬衣，脚上是一双黑色的高跟鞋。见我打量她，她笑着说，盯着我看，不认识了吗？我笑着说，士别三日，当刮目相待，你越来越漂亮了。王国强在一边说，志疆，看到眼里就拔不出来了。王春玲哈哈大笑说，你们这些高中生，嘴巴一个比一个厉害，我可说不过你们。我接过话说，什么高中生，我马上就和你一样，也要扛着铁锹修理地球了，你是老工人了，到时候可要照顾我。

我们正说笑着，外面院子里传来一阵声响，秦思瑶出去，一会儿就进来几个人，前面的是陈国斌，后面两个一男一女，我不认识，但见过面，都是和秦思瑶一个班的。最后面是张荆梅。我和陈国斌打招呼，班长你好。他伸出手和我握了一下。他的手汗津津的，握手时用了很大的力量，他的内心一定很兴奋。秦思瑶嚷着让王国强和徐志伟搬桌子摆板凳，他俩把八仙桌上的水壶茶杯放到房子中间的写字台上，把桌子抬到中间的空地上，王春玲用抹布把桌椅擦干净，秦思瑶倒了茶水，招呼同学们一个个坐下来。

秦思瑶的妈妈把菜端上来了，热气腾腾摆了一八仙桌。

一大盘青椒炒鸡块放在桌子中间，黄黄的鸡肉、青青的辣椒、红艳艳的干椒，发出诱人的香味。秦思瑶的妈妈真会做饭，清炖牛肉、回锅肉片、鱼香肉丝、清蒸鲤鱼、芹菜炒肉、红烧茄子、素炒苦瓜，个个色香味俱全，还有凉菜荆芥变蛋、油炸花生、油炸虾片、凉拌粉丝、红油猪耳、糖拌西红柿，大家啧啧称赞，给秦思瑶说，你妈真不简单，手艺这么好。秦思瑶笑着说，为了今天中午的聚会，我妈三天前就开始准备了，今天还请了隔壁的阿姨帮忙，忙了一个上午。

菜上齐了，筷子和酒杯也摆好了。秦思瑶逐个介绍了同学，除了王春玲，大家虽然有的不是一个班，没有说过话，但都在学校见过面。秦思瑶着重介绍了王春玲，说是她学生时代的好朋友，两人形影不离，现在是六连的工人。王春玲站起来，和四个场部来的学生大大方方握了手，说，认识你们很高兴。

秦思瑶倒了一杯五加皮红酒，给男同学倒了五大曲白酒，两个女同学不喝酒，只喝白开水，王春玲也倒了一杯白酒。秦思瑶站起来，端着酒杯说，感谢各位同学今天光临，谢谢大家多年来对我的关心和爱护，喝了这杯酒，祝大家一切顺利，友谊长存！说完，她举起杯子，挨个和每个同学碰了一下，然后一仰脖子，一口喝干了红酒。大家也都举起杯子，无论喝酒还是喝水，一起干了。

三杯酒下肚，大家的情绪点燃了，一边说着话，一边互相敬酒，酒桌上的气氛一下子热烈起来。徐志伟坐在张荆梅身边，两人咬着耳朵在说悄悄话。秦思瑶身旁一边是陈国斌，一边是王春玲，王春玲脸色绯红，她已经喝了不少白酒，还要拿着酒瓶子倒酒，被秦思瑶拦住了，给她酒杯里倒了红酒。交谈中，我得知陈国斌考上了北京大学，排在场部学校录取大学生第一名，我倒了满满一杯白酒，站起来走到他跟前说，陈班长，我敬你两杯酒。第一杯，感谢你在学校对我的照顾和帮助，我终身不忘。说完我一仰脖子一饮而尽，陈国斌站起来说，志疆，你太客气了。说完也一口喝了，呛得他咳嗽了好几声。我又把酒杯倒满，秦思瑶过来拉着我的胳膊说，志疆，他不会喝酒，你也少喝点。我心里升起一股倔强，还有一点妒意，对思瑶说，陈班长到咱们六连，是客人，客人来了不喝好，咱们主人怎么能安心呢？说着，我转向陈国斌给他说，陈班长，祝贺你考上北京大学，希望你将来大展宏图！说完，我举起杯子一饮而尽，然后把酒杯倒过来，两眼盯着陈国斌。陈国斌有点为难，但又不好意思放下杯子，王国强和徐志伟在一旁说，陈班长，这杯酒你今天必须喝，你马上到北京上大学去了，这可是送行酒，以后到六连，可就不容易了！陈国斌的手微微颤抖，举起杯子喝了三次，才把酒喝完，秦思瑶赶快递给他一杯开水。

张荆梅说，别喝酒了，咱们玩个游戏吧，我先说，大家都要接上，轮到谁谁接。说着，她过去打开写字台上录音机的按键，里面传来了邓丽君甜美凄婉的歌声。

张荆梅拍着双手，开始玩游戏。

你拍手，我拍手，
我们一起去旅游。
我问你，你看我，
火车开到哪里去？

和张荆梅一块来的女同学拍着手接着说，她的声音圆润细腻，有一股甜甜的味道。

你拍一，我拍一，
火车开到北京去。

她说完，看着陈国斌。陈国斌脸红红的，额头冒出了热汗，他赶忙接着说。

北京有个天安门，
全国人民都想去。

另一个男同学接着说。

你拍二，我拍二，
火车开到西安去。

说完，他看着秦思瑶。秦思瑶拍着手接着说。

西安有个大雁塔，
欢迎大家去旅游。

> 你拍三，我拍三，
>
> 火车开到成都去。

　　听着他们欢快的笑声和富有节奏的拍子声，我的情绪突然一下子降落到冰点，我的双手不知不觉停了下来。火车轰鸣嘶叫着，一路穿山越岭高歌猛进，火车开到哪里去？车轮子撞击着钢轨咣当咣当发出巨响，闪耀着璀璨的一朵朵金属火花，火车开到西安，开到成都，开到北京，一路风驰电掣欢声笑语，开到你们想去的地方，开到一座座理想之城，那是你们升起梦想和实现远大抱负的地方，可是这一切与我无关。火车离开车站渐渐远去，火车的绿皮车厢消失在远方，火车满世界跑，但是火车永远也不会开到车排子，更不会开到老房子。我的心情沮丧极了，眼前的人物在我眼睛里淡化模糊，一下子变得遥远起来。恍惚中，传来录音机里播放的歌曲《你怎么说》，邓丽君的声音柔情甜蜜、婉转动听，带着一股微微的忧伤和淡淡的惆怅。

> 我没忘记 你忘记我
>
> 连名字你都说错
>
> 证明你一切都是在骗我
>
> 看今天你怎么说

　　徐志伟喝多了，一副醉意，拉着张荆梅的手，两人嘴对着耳朵说悄悄话。王春玲和王国强热烈地交谈着，春玲的眼睛红红的，不知说的什么。陈国斌的脸像鸡冠子，望着秦思瑶，仿佛在眉目传情。秦思瑶眼睛水汪汪的，脉脉含情，娇嗔飞快地瞥了他一眼。我趁他们沉浸在欢乐中，悄悄离开桌子，走出了房间。

　　中午的阳光强烈炽热，照得院子白晃晃的，像洒了一地闪亮发光的银子。一群母鸡躲在棚子阴凉处喘气，一只黄狗伸着长长的舌头一边望着我，一边伸着懒腰。我正准备推自行车，秦思瑶出来了，她给我说，志疆，你怎么出来了？赶快回房子吧，外面太热了。我说，思瑶，我准备走了，你等一会儿给他们说一声，我就不和他们告别了。说着，我踢开支架上的弹簧镫子，把自行车掉转头，秦思瑶看见我执意要走，蹙着眉叹了一口气说，你要走，我也拦不住你，你等一会儿。说完，她一转身进了房子，不一会儿，她出来了，手里拿着一个金黄色的涤纶丝兜，她给我说，走吧，我送送你。

我推着自行车出了院子，秦思瑶和我并排走着。邓丽君的歌声休止了，屋内的说笑声渐渐远去。太阳正当午，光线赤裸灼热，照射在榆树上、我们身上和滚烫的土路上，像一寸又一寸闪亮的金子，灼热明亮的阳光铺叠在柴火垛草垛上，散发着热烘烘带有植物气息的干燥热气。喝了一点白酒，阳光刺眼，我有一种迟钝和恍惚犹疑的感觉。树上蝉尖锐枯燥的叫声有气无力，像睡着了一样。我用眼角的余光打量着秦思瑶。她今天穿了一件紫色的半截袖开领港衫，一条白色的纯棉府绸裙子，一双半高跟黑皮鞋，一双青色的丝光袜子。她的脸白皙粉嫩，微细的绒毛像一团炽热的火焰，可能刚喝了一点儿红酒的缘故，她的脸上泛着一层淡淡的朝霞般的红晕，在阳光下像一朵娇艳的红柳花。她的胸脯微微起伏着，露出少女摄人心魄的曲线和峰波，两只胳膊上的皮肤闪动着麦子般金黄的光泽，双腿挺拔而富有青春的润泽和肌肤的弹性。她的身上散发着"百雀羚"牌雪花膏沙枣花般浓郁的芳香和少女特有的温热体香，我闻到了她身上令人心醉神迷的少女气息。这是她学生时代留给我的最后记忆，也是青春的记忆和青春的回忆。整整 15 年以后，1997 年 7 月 1 日，那个万众瞩目的香港回归之夜，我以专案组组长的身份，和她在那个激烈惊险的抓捕现场再次相遇时，已是物是人非换了人间。

在六连水井旁的大榆树下，我停住自行车，前面就是蒸腾着热浪渺无人迹的公路，像一条蜿蜒发亮的白带，通向远方连接场部的公路。我鼓足勇气，对秦思瑶说，思瑶，你马上要离开了，我送你一个礼物。刚才人多，我没有拿出来。说着，我从书包里掏出笔记本，递给了秦思瑶。秦思瑶双手接过笔记本，一双大眼睛望着我，眼神里有掩饰不住的真诚、温柔与怜悯，但绝对没有一丝嘲笑和鄙薄。此刻，我的心怦怦直跳，夹杂着少年的激动和冲动，更有一种说不出的情愫在体内翻滚涌动。我再次鼓足勇气，从裤子兜里掏出手绢，打开后拿出石头，给秦思瑶说，思瑶，我知道你很喜欢这块石头，今天我送给你。说完，我两眼看着秦思瑶。

秦思瑶的脸上闪过一丝惊喜，随即是一副不解和懵懂的神态，她说，志疆，这么贵重的礼物，我不能收。我连忙说，没什么贵重的，这是我父亲在戈壁滩捡的，就是一块好看的石头。

志疆，我不能收，这是你家的传家宝。思瑶有点难为情地说。

思瑶，这是我妈妈给我的，也不是传家宝，我知道你很喜欢它，你就收下吧。我恳切地说。

秦思瑶看着我手中的金丝玉，金丝玉在阳光下像火焰一样鲜红、火焰一样明亮、火焰一样炽热，我感觉心脏在强烈颤动，我的手在微微颤抖。

秦思瑶看着我说，那好吧，谢谢你，志疆。她小心翼翼地从我手中接过石头，放在手心里仔细端详着，红色的石头在她娇嫩柔软的掌心里，在阳光下发出火焰一样明亮璀璨的光芒，她的手也微微抖动着，我仿佛听到她心房微微颤动的声音。许久，她的目光从掌心转到我的脸上，两眼看着我说，谢谢你志疆，给我送这么好的礼物，我非常喜欢。她的眼睛明亮、纯净、深情、动人，荡漾着井水般晶莹的光泽，我被深深打动了，嘴唇嚅动了一下，但是没有说一句话。这时，秦思瑶把石头连同笔记本放进手里提着的丝兜里，又从里面拿出一个蓝色的塑料皮笔记本，给我说，志疆，我也给你准备了礼物。我没有想到她也会在此刻给我送礼物，我的手颤抖着接过笔记本，装进书包里。我看着她的脸，这时，她的眼睛流露出一种惋惜、同情和淡淡的忧伤，但是没有爱恋和柔情，我知道她是在叹息我的前途和未来。我给她说，我走了，你回去吧，家里还有同学等着你。她没有说话，一言不发看着我上了自行车。

　　我穿过水井，自行车驶进六连通往场部的公路。久旱无雨，空气干燥，天空和大地之间蒸腾着滚烫的热流，仿佛有一丝火星就能燃烧。我内心如释重负又充满迷茫，石头终于送给秦思瑶了，心头卸下重负，可是将来的命运如何，又茫然不得而知。前面慢腾腾走过来一群羊，羊低着头，脑袋几乎挨着地面，扬起一股干热浑浊的尘土，我跳下车子，到路边躲避。羊群散发着热烘烘的膻味和灰尘从我旁边走过，我不由自主回过头，看见秦思瑶还站在大榆树下，远远看着我。不知怎么的，我的眼泪突然不争气地夺眶而出，模糊了视线，我用手擦了一下眼睛，在牧羊人惊诧的目光里，我向秦思瑶挥了挥手，然后骑上自行车，头也不回地走了。

　　公路赤裸，太阳当头，光线热烈刺目，空气灼热而沉闷。在明亮的天空、灰蒙蒙的田野、颜色陈旧灰白的公路上，到处飞着微小的、嗡嗡作响的各类小蠓虫。它们时而围作一团，时而一哄而散，上下左右地乱飞乱窜，扰得我更加心烦意乱魂不守舍。

　　我知道，这是一次人生的告别、青春的告别。从此我和秦思瑶，将各自走上不同的人生道路。以前，我们的身份都是一样的，而现在，我们的身份彻底改变了。以后我就是一名修理地球的农工，而她是一个令人羡慕的天之骄子，省城的一名大学生，美好的生活在向她招手，我和她，中间相隔着十万八千里。

　　公路上蒸腾着热气，晃荡的视线有点虚化。前面是一片沙枣林，浓密的枝叶间青色的沙枣若隐若现，压弯了枝头，旁边是一块玉米地，碧绿的玉米齐刷刷地站立着，闪着油光的叶片刀剑般向上耸立。我拐了进去，把自行车靠在沙枣树上，拿着书包来到玉米地旁。一股混合着玉米秆子的青草味从密不透风的玉米地飘过来。我坐在渠道埂子上，掏出笔记本。蓝色的塑料封皮上是一个北京火车站的图案。我抑制住心跳，打开笔记本，看见扉页上用钢笔写着几句赠言，淡蓝色的字迹柔润，俊秀。

　　赠给陈志疆同学：

　　　　　　弱者的不幸连着死，

　　　　　　不幸使不屈者把不幸摆脱，

　　　　　　沙漠中的红柳不会羡慕鲜花，

　　　　　　渴不死，就要活。

　　　　　　望你继续努力，早日成才！

　　　　　　　　　　　　　　你的同学秦思瑶赠

　　　　　　　　　　　　　　1982 年 8 月 25 日

　　我接连看了几遍，心中充满了少年的无限惆怅和悲凉愁苦，一下陷入深不见底的忧伤和烦恼。这几行短短的诗句，石头一样镌刻在我的内心，又像石头一样，不断敲击着我年轻脆弱的心脏，十八岁的我浑身战栗肝肠寸断。这种极度沮丧失望的感觉，在我以后的人生中还有几次，但这是第一次。我心神黯然，意乱神迷，骑着自行车跌跌撞撞往老房子走，回到家一头倒在炕上。几句诗已经刻骨铭心留在记忆里，永远不会忘记。回想着苦难坎坷的人生路，我一遍遍揣摩咀嚼回味着诗句，内心酸甜苦辣百感交集。我是一个卑微的弱者，被生活打败的一蹶不振的懦夫？抑或是沙漠中一棵焦渴的红柳，为了生存在风沙中苦苦挣扎受尽煎熬？你是一朵芳香四溢的鲜花，流光溢彩，带着故乡的气息飘向命运的远方？我翻来覆去，望着灰旧的破报纸糊的顶棚，两眼空洞无神，心中充满失意、彷徨，和对未来的无知、迷惘，我陷入一种前所未有的混沌和绝望，在我的意识里，秦思瑶的面容逐渐模糊，她渐行渐远，渐行渐远，像风一样，最终消失在人生和记忆的远方。

　　　　　　　　　　　　　　　　　　（上部完）